W0377142

btb

Aus Freude am Lesen

btb

Buch

Als Truly Plaice geboren wird, ist sie riesig – und sie wird immer größer und größer. Ihre Schwester Serena Jane ist das genaue Gegenteil: bildhübsch, zierlich, die weibliche Perfektion. Während Serena Jane im Dorf von allen bewundert wird, erfährt Truly schlimme Demütigungen. Am schmerzhaftesten aber sind die Hänseleien durch den gehässigen Mitschüler Bob Bob Morgan, dessen geheimnisumwitterte Familie seit Generationen die Arztpraxis in Aberdeen führt und dessen Schicksal mit dem der Schwestern verwoben scheint. Doch dann stößt Truly durch Zufall auf das Geheimnis der Morgans, das legendäre Schattenbuch, und was sie herausfindet wird ihr Leben für immer verändern …

Autorin

Tiffany Baker studierte an der University of California und promovierte in viktorianischer Literatur. Sie lehrte Geisteswissenschaften in New York und zog später zu ihrem Ehemann nach England. Inzwischen lebt sie mit ihrem Partner und ihren drei Kindern wieder in Marin County, Kalifornien. Derzeit arbeitet sie an ihrem zweiten Roman.

Besuchen Sie die Website der Autorin: www.tiffanybaker.com

Tiffany Baker

Engelsflügel

Roman

Deutsch von Mo Zuber

btb

Die amerikanische Originalausgabe erschien 2009 unter dem Titel »The Little Giant of Aberdeen County« bei Grand Central Publishing, New York.

FSC
Mix
Produktgruppe aus vorbildlich bewirtschafteten Wäldern und anderen kontrollierten Herkünften

Zert.-Nr. GFA-COC-1223
www.fsc.org
© 1996 Forest Stewardship Council

Verlagsgruppe Random House FSC-DEU-0100
Das für dieses Buch verwendete FSC-zertifizierte Papier *Munken Print* liefert Arctic Paper Munkedals AB, Schweden.

1. Auflage
Deutsche Erstveröffentlichung Juni 2009

Dieses Werk wurde vermittelt durch die Literarische Agentur Thomas Schlück GmbH, 30827 Garbsen.

Umschlaggestaltung: semper smile, München
Umschlagfoto: mauritius images / Nonstock
Satz: Uhl + Massopust, Aalen
Druck und Einband: CPI – Clausen & Bosse, Leck
UB · Herstellung: SK
Printed in Germany
ISBN 978-3-442-73909-7

www.btb-verlag.de

Für Edward

I

Prolog

Der Tag, an dem ich Robert Morgan zur letzten Ruhe geleitete, war in zweierlei Hinsicht bemerkenswert: Zum einen war es kalt und der Himmel ungestüm und eisig wie ein See im Januar, obwohl es mitten im August war, und zum anderen war es der Tag, an dem ich anfing, kleiner zu werden.

Ich erinnere mich, wie ich an dem offenen Grab stand, die schlammige Erde klumpte wie Dung unter meinen Füßen, und darauf wartete, dass Robert Morgans Leichnam hinabgelassen wurde. Den meisten anderen Trauergästen war es zu kühl geworden, und sie waren bereits am Aufbrechen, aber mir war nicht kalt. Ich bestand aus mehreren Schichten, die sich wie bei einer Ziehharmonika übereinanderfalteten. Es waren so viele, dass mir auch mitten in einem Schneesturm nicht kalt werden würde. Ich könnte nackt am Nordpol stehen, und die Kälte würde mir nichts anhaben.

Ich sah zu, wie der Sarg langsam hinuntergelassen wurde; die purpurnen Halteleinen glitten wie sich windende Schlangen um seinen Leib herum. Bevor er gestorben war, hatte der Doktor einen Sarg aus Mahagoni mit Messingornamenten ausgesucht, mit düsterem braunem Satin ausgekleidet. Er hatte eine Beschreibung mit einer Abbildung mit nach Hause gebracht, um sie mir zu zeigen, und ich beäugte sie argwöhnisch. Der Sarg wirkte irgendwie künstlich, wie etwas aus Disneyland oder dem Wachsfigurenkabinett. Er war einfach zu perfekt. Jetzt, wo er gerade mit einem dumpfen Schlag aufgeprallt war, als wäre er im Zentrum der Erde gelandet, wurde mir klar, dass er genauso schnell verrotten würde wie alles andere da unten, Messingschnörkel hin oder her. Ich stellte mir vor, wie Robert Morgan in seiner kunstvoll gearbeiteten Kiste lag, sein Haar über den Schädel gekämmt, wie das Fell eines Otters; die spindeldürren Finger zu einem Knoten über der Brust gefaltet, wartete er auf das letzte Gericht.

Für die Bestattung hatte ich den Lieblingsanzug des Doktors ausgewählt, ihn sorgfältig abgebürstet, bevor ich ihn zum Beerdigungsinstitut brachte, in der einen Jackentasche eine gestreifte Krawatte, in der anderen Socken und Unterwäsche. Ich wusste zwar nicht, wozu ein Toter Unterhosen brauchte, aber da waren sie. Wäre es Robert Morgan überlassen geblieben, hätte er auf Aftershave bestanden, auf einem Gürtel und Manschettenknöpfen, aber da er nicht mehr das Sagen hatte, ließ ich diese Dinge zu Hause. Jetzt, wo der Doktor in seiner zugenagelten Kiste lag, und ich ihn nie mehr wiedersehen würde, fragte ich mich, was der Leichenbestatter benutzt hatte, um die Manschetten zusammenzuhalten. Hielt er ein extra Paar Knöpfe für alle Fälle bereit? Hatte er Draht oder Faden benutzt? Den Plastikverschluss eines Müllsacks?

Ich warf eine Handvoll Erde auf den Sarg und hielt die Luft an, bis ich den dumpfen Aufschlag vernahm. Ich dachte an all die Patienten, die Robert Morgan unter die Erde gebracht hatte und fragte mich, ob dort unten wohl welche von ihnen lagen und auf ihn lauerten. Ob es wohl eine höfliche Truppe mit anständig gefalteten Händen sein würde oder eher ein widerlicher Haufen, der ihm mit seinem verwesten Fleisch zu Leibe rückte. Ich dachte an all die anderen Robert Morgans, die hier auf dem Friedhof lagen – alles in allem vier davon –, und ich stellte mir vor, wie einer sich den anderen einverleibte, gleich diesen kannibalischen russischen Matrjoschkas, wie ihre Einzelteile sich zu einem Frankenstein-Monster zusammenfügten, das in die örtliche Geschichtsschreibung eingehen würde.

Ich bewegte meinen massigen Körper und trat dabei Erde und ein paar Kieselsteine los, die auf den Sarg hinunterfielen. Um das Grab herum wanden sich die blutleeren Arme von freigelegten Wurzeln der Kräuter und Bäume, als bettelten sie um Gnade. Sie erinnerten mich an die Patienten des Doktors, die ihn vor ihrem Ableben anflehten, etwas zu unternehmen, um ihr Leiden zu beenden, ganz gleich was. Sie benutzten Bilder des Verbrennens, von heißem Stahl oder von Klingen, die ein rätselhaftes Alphabet in ihre Knochen ritzten und die vertraute Sprache des Empfindens neu erfanden, bis sie völlig verwirrt und verzweifelt waren. So betrachtete sie zumindest Robert Morgan. »Beachte sie nicht, Truly«, sagte er zu mir und schüttelte den Kopf, während der Sohn seine Mutter die ausgetretenen Stufen hinabführte oder eine gebückte Frau mit letzter Kraft die Treppe hinunterwankte und dabei verzweifelt die entzündeten Händen wrang. »Sie sind nicht mehr ganz bei sich.«

Aber ich war da anderer Ansicht. Robert Morgan konnte vielleicht das nackte Fleisch seiner Patienten kneten, mit seinen Skelettfingern in ihren Organen herumstochern, aber er hatte sich nie auch nur im Geringsten um ihre Seelen gekümmert. Wenn sich ihm tatsächlich eine gezeigt hätte, durch die glühende Klinge der Schmerzen vom Körper abgetrennt, hätte Robert Morgan einfach nichts damit anfangen können. Er verordnete Morphium, schlug zusätzliche Behandlungen vor, verschrieb Salben und Cremes, aber für das sehnsüchtige Verlangen danach, es einfach nur hinter sich bringen zu wollen, wusste er keinen Rat. Nach seinem Verständnis war der Körper eine sich selbst regulierende Uhr. Sie würde schon aus eigener Kraft langsamer werden, wenn die Zeit reif war, die Seele hatte das einfach zu akzeptieren.

Aber wie es so kommt, auch der Doktor war am Ende seines eigenen Lebens tatsächlich nicht mehr ganz bei sich. In den berühmten Familienquilt der Morgans gehüllt, heulte und schlug er in seinem Bett um sich, bis er schließlich nur noch winselte, sein gesamter Körper von einer feinen Schweißschicht überzogen, die ihm einen gewissen Glanz verlieh, den er eigentlich nicht verdient hatte. Ich brachte ihm ein Tablett mit Hühnersuppe, Eiswürfel zum Lutschen und kalte Umschläge für seinen Kopf. Aber als Robert Morgan ins Delirium fiel und nach seiner getrennt lebenden Frau oder seinem Sohn, der ihn verlassen hatte, rief, nahm ich mir seinen eigenen Rat zu Herzen und beachtete ihn einfach nicht weiter. »Robert Morgan, du bist nicht ganz bei dir«, sagte ich dann und betupfte die Risse in seinen Lippen mit Vaseline.

Das alles war nun vorüber, eingeschlossen in Robert Morgans messingbesetzter Kiste. Zum ersten Mal in hundertundfünfzig Jahren war Aberdeen ohne einen Robert Morgan und ohne Arzt, aber anstatt mich so ausgehöhlt wie das offene Grab vor mir zu fühlen, war ich seltsamerweise vollkommen taub. Ich malte mir aus, wie ich in das Haus zurückkehren würde, in dem ich mit Robert Morgan die letzten zehn Jahre gewohnt hatte. Es gab Roastbeef mit grünen Bohnen, die ich vorher zubereitet hatte und die schon auf dem Herd standen, der Tisch gedeckt für eine Person, und danach würde ich fernsehen. Aber zum ersten Mal in meinem Leben verspürte ich keinen Hunger.

Bisher hatte ich das Haus des Doktors mit den weißen Giebeln nur verlassen, wenn es unbedingt sein musste. Meine Freundin aus Kindertagen, Amelia Dyerson, kam einmal die Woche zum Putzen, und im Frühjahr, Sommer und Frühherbst kümmerte sich Marcus Thompson, ein weiterer Freund aus der Kindheit, um den Garten, vermutlich bis in alle Ewigkeit. Diese Besucher – Marcus mit seinem schweißdurchtränkten Halstuch, der auf der hinteren Veranda saß und Limonade schlürfte, und Amelia, den Staubwedel in der Hand und ständig etwas vor sich hin murmelnd – reichten mir als Gesellschaft völlig aus. Außerdem waren da natürlich noch die Patienten von Robert Morgan, aber die waren nicht immer in Plauderstimmung. Sie hatten einen eigenen Eingang zur Praxis und wenn sie wieder gingen, ließen sie oft die Köpfe hängen und waren mit sich selbst beschäftigt, in Gedanken bei ihren unzulänglichen Körpern.

Hätte mich jemals einer danach gefragt, hätte ich ihm alles darüber erzählen können. Wie es sich beispielsweise anfühlte meine Gliedmaßen dabei zu beobachten, wie sie sich aus eigenem Antrieb streckten und dehnten, als wäre ich eine Art Wechselechse. Wie es war, auf dem Familienmobiliar der Morgans Platz zu nehmen und es ächzen und stöhnen zu hören, kurz vorm Auseinanderbersten, falls ich mich auch nur ein Stück weiter zurücklehnte. Wenn ich im Untersuchungszimmer von Robert Morgan auf die Waage stieg und sich die Gewichte nicht austarieren ließen, sondern bis ans andere Ende der Metallstange rutschten, als ob sie der monumentalen Aufgabe, mich zu wiegen, nicht gewachsen wären.

»Wenn du noch größer wirst, könntest du dich beim Zirkus bewerben, Truly«, hatte Robert Morgan bei seiner letzten Untersuchung gegluckst und mein Gewicht in eine dieser endlosen Tabellen eingetragen, die er führte. Dort, irgendwo in seinem Aktenschrank, dokumentierte eine stetig anwachsende Bibliothek von Unterlagen tausendundeine Version der Geschichte meines merkwürdigen Körpers. Der Doktor wärmte das Stethoskop mit seinem Atem an und schob es dann zwischen die verschlungenen Falten meiner Brust. »Du bist wie die dicke Dame, die im Zirkus gestorben ist und solch enorme Ausmaße hatte, dass sie nur in dem Nilpferdwagen abtransportiert werden konnte.« Ich stöhnte. Die Geschichte kannte ich schon. Er erzählte sie mir jedes Mal, wenn er mich untersuchte, wie eine Art Gleichnis, eine Fabel sozusagen über die lächerlichen Demütigungen der Maßlosigkeit.

Er schob die Metallscheibe auf die andere Seite meines Brustkorbs und zog die Stirn kraus. »Die Geschichte ist wahr, ich schwör es dir, hundertprozentig. Was für ein Glück, dass du nicht im Zirkus bist, was Truly? Ach, übrigens, wie geht's denn dem Herzen? Irgendwelche Stiche oder Schmerzen, von denen du mir berichten möchtest?« Ich schüttelte den Kopf und erzählte ihm nichts von den melancholischen Grundtönen, die sich wie ein Weidengeflecht durch meinen Körper zogen. Davon brauchte Robert Morgan nun wirklich nichts zu erfahren, insbesondere weil er für die meisten davon verantwortlich war.

Es gibt Menschen, die schon größer als üblich zur Welt kommen, und andere, die es erst werden, aber ich bin mir sicher, dass dies nichts ist, was man selbst in der Hand hat. Wenn es so wäre, würde ich mich für Puppengröße entscheiden, möglicherweise für Zwerg. Dann würde ich mich überallhin tragen lassen, in einer Sänfte, auf den geölten Schultern attraktiver junger Männer. Ich würde mir dafür einen goldenen Thron aussuchen, reich verziert, vielleicht sogar mit ein oder zwei Drachen, und ich würde Kinder anheuern, die die Becken schlugen und meinen Namen sangen. Mein Leben wäre eine einzige Parade. Aber leider sind meine Füße größer als die der meisten Männer, ebenso meine Hände, meine Hüften, mein Hals, die enormen Ausmaße meiner Schultern und des Rückens. Und die einzige Parade, an der ich je teilgenommen habe, ist die des längst nicht mehr stattfindenden Maifests gewesen, bei der der Bürgermeister mit einer schnatternden Schar der hübschesten Mädchen im Dorf in seinem offenen Coupé die Hauptstraße hinuntergefahren war. Es war Jahr für Jahr das Gleiche gewesen. Dick Crane, der gegen Ende schon senil war, aber noch immer diese eine Bürgerpflicht ausüben konnte, drückte auf die Hupe des Cadillacs, und die Mädchen winkten und kreischten hysterisch, berauscht von ihrer eigenen Schönheit.

Schon bevor ich anfing, so zuzunehmen, und mein Körper sich nach außen stülpte wie ein aufgeblasener Ballon kurz vorm Wegfliegen, war ich bereits riesig. Hart wie Granit und doppelt so schwer, sagte mein Vater immer. *Mit Sicherheit nicht wie deine Schwester, so viel steht fest. Serena Jane kommt nach deiner Mutter. Ein lebendes Püppchen.* Was schließlich den Ausschlag gab, warum Robert Morgan so scharf auf meine Schwester war, selbst wenn er ihr nachstellen musste und sie rauben, wie der Wolf im Märchen. Ich fragte mich manchmal, was geschehen wäre, wenn umgekehrt Serena Jane hinter Robert Morgan her gewesen wäre. Wahrscheinlich hätte er den Schwanz eingezogen und wäre davongelaufen, mit seinen vor Angst klappernden Wolfszähnen. Robert Morgan mochte nichts, wovon er nicht den ersten Bissen abbekam, und er ließ niemals los, bis alles auf Haut und Knochen abgenagt war. Selbst sein in knappen Schritten gesetzter, schleichender Gang verriet in ihm den Mann mit dem grenzenlosen Appetit, immer hungrig und nie satt zu kriegen.

Im Gegensatz zu Serena Jane, die in etwa so kompakt war wie Zuckerwatte. Sie stocherte und pickte in ihrem Essen herum und wurde allmählich so leicht, dass sie fast davonflog. Ganz anders als ich, die immer alles aß, was man ihr vorsetzte, aber die, und das sah jeder, am Ende immer doppelt dafür zahlte.

Nach dem Begräbnis ging ich vom Hauptweg ab tiefer in den Friedhof hinein. Wenn ich mich umgesehen hätte, wäre mir aufgefallen, dass meine Spur durchs Gras immer schwächer und undeutlicher wurde, aber ich stapfte einfach weiter so drauflos, die Nase auf die Wülste meines Bauchs gerichtet, mein Dreifachkinn angezogen, gedankenverloren in dem vertrauten Meeresrauschen meines Atems. Die anderen Trauernden rangen um Fassung, schüttelten das Geräusch der auf den Sarg plumpsenden Erde ab, steuerten zurück zum Dorf und zum Leichenschmaus.

In einiger Entfernung glitzerten die Zacken des schmiedeeisernen Friedhofstors, die schwarzen Spitzen reckten sich in den schwindenden Nachmittag wie eine Reihe fauler Zähne. Sie erinnerten mich daran, wie Robert Morgans Atem gerochen hatte, kurz bevor er verschieden war, als ob sein Körper ein Großreinemachen veranstaltete, in all seinen schmutzigen Ecken und zwielichtigen Ritzen, bevor er ein für alle Mal seinen Geist aufgab.

Eine bitterkalte Böe trieb hinter mir her und peitschte die Rückseite meiner Beine. Ich trug ein schwarzes Kleid aus Rayon, das ich selbst genäht hatte – eine sackähnliche, an mir herunterhängende Hülle, die wenig dazu beitrug, meine Ausbuchtungen und Wülste zu verbergen – keine Strumpfhosen, weil es ganz einfach in meiner Größe keine gab, an den Füßen die schwarzen Arbeitsstiefel, die ich von Oktober bis April anhatte, und um mich hatte ich einen mottenzerfressenen Mantel geschlungen, der mir kaum über die Schultern reichte. Ich hatte ihn auf dem Dachboden des Doktors aufgestöbert.

Am Grab hatte ich neben Amelia gestanden. Ich wusste, dass die Leute tuschelten und sich gegenseitig anstießen, bedeutungsvolle Blicke tauschten, als ich ans Grab herantrat und dabei keuchte wie ein sterbender Elefant. Wenigstens müssen wir uns keine Gedanken machen, dass sie hineinfällt, hatte Vi Vickers Sal Dunfry zugeraunt.

Sal hatte ihr Kichern hinter dem importierten Kalbslederhandschuh verborgen. *Sie würde auf halber Höhe stecken bleiben*. Ich errötete, aber Amelia, die in den letzten zehn Jahren die Arztpraxis geputzt hatte und wahrscheinlich genug Dreck von ihm gesehen hatte, dass sie ihn darunter hätte begraben können, wies darauf hin, dass ich ein Engel war, weil ich mich so lange um Robert Morgan gekümmert hatte, und dass sich niemand, am allerwenigsten anständige Leute mit gesundem Menschenverstand, über mich lustig machen sollten. Daraufhin hielt Sal den Mund, aber nicht ohne vorher noch einen denkwürdigen Blick auf meine strähnigen Haare und fleischigen Gliedmaßen geworfen zu haben und um dann zu dem Schluss zu kommen, dass Amelia Dyerson sowohl blind als auch blöd sein musste. Sie drehte sich noch einmal um, bevor sie den Friedhof verließ und beobachtete, wie ich schwerfällig davontrottete. Truly ist kein Engel, teilte Sal Vi Vickers spöttisch mit, während sie die Falten ihres Kaschmirschals enger um den Hals zog, gegen die ungewöhnliche Kälte. Sie würde den halben Himmel für sich beanspruchen, und außerdem ist sie viel zu schwer, um von der Erde loszukommen.

Eine gereizte Krähe flatterte aus einem Baum in der Nähe auf, krächzte ihr Missfallen hinaus, und ließ den kahlen Ast in der außergewöhnlichen Kälte erzittern. Das Geräusch veranlasste mich, die Welt um mich herum näher zu betrachten, den Boden, der von einer absurden Frostschicht überzogen war, die Grabsteine, die wie uralte Überreste hervorstachen. Ich sah zum Himmel hinauf, das schwindende Licht nur noch ein schwacher Hauch von Azur, und sah der Krähe zu, wie sie sich zum Horizont aufschwang. Und in diesem Augenblick schmolz der harte Stein in meiner Brust, der so viel wog, wie all die Grabsteine von Aberdeen auf einem Haufen, der mich in Robert Morgans Haus festgehalten hatte, selbst noch an Tagen, an dem die Dorfrosen die Luft in honigsüßen Likör verwandelten – da begann nun der Stein zu schmelzen und ließ ölige Tränen über meine Wangen rinnen. Ich wischte sie weg und schämte mich, dass ich über etwas so Lächerliches wie eine Krähe, die sich an dem endlos weiten Himmel auf und ab schwang, heulte, aber dennoch erleichtert, dass ich unter etwas so Enormem stehen durfte, dass selbst für mich genug Platz war. Zum ersten Mal, so weit ich zurückdenken konnte, hatte ich etwas entdeckt, was noch größer war als ich.

1

Genau genommen hätte man schon behaupten können, dass ich Robert Morgan ermordet hatte, aber ich habe es nur getan, weil er darauf bestanden hat und weil der Tod ganz offensichtlich bereits seine bleichen Hände nach ihm ausgestreckt hatte, und dabei war mir durchaus bewusst, dass alleine die Tatsache, darum bitten zu müssen, ihn wahrscheinlich schon zur Weißglut gebracht hatte.

»Sieh mich doch mal an«, krächzte er aus dem übel riechenden Nest von Decken in seinem Bett, »und dann sieh dich an. Es ist irgendwie nicht richtig.« Ich wusste, was er meinte. Man könnte einfach sagen, dass an meinen Knochen mehr Fett als mir zustand haftete. »Du könntest zwei Winter in Folge durchstehen, Truly«, schnarrte er. »Du könntest die ganze verflixte Welt in dir aufnehmen, ohne dass es jemand merken würde.«

Er lag unter dem berühmten Quilt seiner Urgroßmutter, der über und über mit Blumen und Ranken bestickt war, einige davon hübsch ordentlich, eingerahmt von einem schwarzen Karree, der Rest ein einziges Chaos bis zum Rand. Es war schon eine ungewöhnliche Handarbeit. Wenn man sie lange genug betrachtete, kam es einem tatsächlich beinahe vor wie zwei Decken in einer: das ordentliche sorgsam ausgearbeitete Rechteck in der Mitte und der verrückte Rand, der wie eine florale Explosion daherkam. Zumindest war ich zu diesem

Schluss gelangt, nachdem ich zehn Jahre lang das Ding vor Augen gehabt hatte.

Bald darauf sagte der Doktor gar nichts mehr. Zuerst gefiel mir diese Entwicklung, und ich polterte in sein Zimmer, die Tabletts voller Speisen, von denen ich wusste, dass sie der Doktor nicht mehr essen konnte, mit denen ich ihn aber trotzdem quälte. »Diese Geschichte von der toten Dame im Nilpferdkäfig?«, fragte ich und wedelte ihm mit einem Löffel Tapioka vor der Nase herum. »Das ist die dümmste Geschichte, die ich je gehört habe. Und wenn sie tatsächlich wahr wäre? Na, und?« Er schüttelte den Kopf, und ich schob mir den Löffel in den Mund und ließ mir die Körnchen auf der Zunge zergehen, zutiefst zufrieden über ihre rutschige Konsistenz und Süße. »Zum einen: Was haben sie dann mit dem Nilpferd gemacht? Und zum anderen fehlen bei dir die Einzelheiten, um daraus eine richtig gute Geschichte zu spinnen, zum Beispiel, wie sah denn ihr Sarg aus? Oder haben sie sie einfach in den Wagen geworfen und sie dann zu einem riesigen Loch in der Erde gekarrt?«

Ich beugte mich so weit zu ihm vor, dass er die Härchen über meiner Oberlippe sehen konnte. »Willst du wissen, was der Unterschied zwischen einer guten Geschichte und der Wahrheit ist?« Als er nicht darauf antwortete, fuhr ich fort mit der Erläuterung: »Die Details, Robert Morgan. Die sind alles. Wenn du die richtig hinkriegst, kannst du sogar mit Mord davonkommen.« Ich lächelte und tätschelte ihm den Arm. Dann aß ich die Tapioka auf.

Nach ein paar Tagen jedoch beunruhigte mich sein Schweigen. Ich hatte bereits zwanzig Jahre lang seine Spitzen und Beleidigungen ertragen, aber jetzt spürte ich seinen versteinerten Blick auf meinem Körper, als ob er mich bei lebendigem Leib verschlingen wollte. Meist beobachtete ich aus den Augenwinkeln, wie er seinen Mund öffnete und wieder zuklappte. Wie die Puppe eines Bauchredners versuchte er ein Geräusch von sich zu geben, aber es gelang ihm nicht. Dann nahm ich für gewöhnlich sein unangetastetes Tablett und wünschte mir, dass er mich anschnauzen würde wie früher und zugleich, dass er es nicht tat.

Trotz bester Vorsätze hatte der Tod immer auf die Morgan-Männer gelauert, so weit sich irgendeiner von ihnen zurückerinnern konnte, wenigstens so weit wie die Geschichtsaufzeichnungen von Aberdeen reichten. Der erste Robert Morgan kam aus dem Süden, just zu der Zeit, als der Bürgerkrieg sich dem Ende näherte. Im Krieg hatte er bis zuletzt als Chirurg gedient, bis Shermans blutrünstige Rache ihm über den Kopf wuchs. Der Tod war ein Perpetuum mobile, befand der erste Robert Morgan, während er den endlosen Reihen hohläugiger Soldaten durch den stinkenden Süden folgte, ein gezähntes Schlachtinstrument, das immer weiterrollte, solange da Männer waren, die es füttern wollten. Er war keiner von ihnen.

Er desertierte kurz vor Savannah, versteckte sich in den niedergebrannten leerstehenden Überresten von Plantagen und Scheunen, machte sich auf nach Norden, immer an der Küste entlang, bis er Delaware erreichte. Von dort aus drang er weiter ins Landesinnere vor und bahnte sich seinen Weg über den Tuscarora Mountain hoch bis in den Staat New York. Wo immer er hinkam, stellte er die gleiche Frage: Kannte jemand eine wirksame Strategie, sich den Tod vom Leib zu halten? Man zeigte ihm Kruzifixe, Amulette aus Gräsern und Zwirn, Rosenkränze und eine Adlerfeder. Er untersuchte jedes Mal höflich das Objekt und gab es dann seinem Besitzer zurück, setzte sein Bündel wieder auf, seine Gedanken eilten ihm voraus.

Als er den Staat New York erreichte, veränderte sich die Antwort allmählich. »Ich weiß nicht, wie man dem Tod ein für alle Mal den Garaus macht«, erzählte ihm ein alter Farmer mit Zahnlücken, seine Haut knittrig wie Leinen, »aber frag doch mal die Leute in Aberdeen. Die sind alle älter als eine Horde Mumien. Wenn es jemand weiß, dann die.«

Neugierig nahm er die Einladung des Mannes an, die Nacht in seiner Scheune zu verbringen, und in dieser Nacht schlief Robert Morgan seit langem wieder tief und fest. Er erwachte noch vor Sonnenaufgang, schnappte sich sein schwindendes Bündel und machte sich auf, entgegengesetzt zum Sonnenuntergang. Er hatte nicht die leiseste Ahnung, wo er sich befand, aber es war ihm egal. Zum ersten Mal seit seiner Desertion hatte Robert Morgan ein Ziel vor Augen.

Als er bei Wintereinbruch in Aberdeen eintraf, platzte er mitten in eine Influenza-Epidemie, bei der eine einzige Frau alle Bewohner behandelte. Ihr Name war Tabitha Dyerson und sie war mit einer berühmten Hexe verwandt.

»Judith Dyerson starb auf dem Scheiterhaufen«, erzählte Ebert Pickerton, der Wirt des Aberdeen Alehouse, Robert mit einem Zwinkern. »Ein Ketzer. Die gesamte Familie zog daraufhin weg aus Massachusetts hierher. Einige meinen sogar« – und damit beugte sich der Schankwirt zu Robert Morgan vor –, »sie haben ihr Schattenbuch mitgebracht. Daraus zieht Tabitha ihre Heilkräfte.«

Robert Morgan wich ein Stück zurück und atmete kräftig ein. »Ist das der Grund dafür, warum hier alle so lang leben. Wegen des Geheimnises der alten Judith?«

Ebert Pickertons Bauch hüpfte vor Vergnügen auf und ab. »Teufel, nein, mein Sohn«, posaunte er heraus und schlug mit der flachen Hand auf die Theke. »Daran ist unsere üble Laune schuld. Der liebe Gott gewährt uns einfach keinen Einlass.« Sein Gesicht fiel zusammen wie ein Ballon, aus dem die Luft entweicht. »Aber in letzter Zeit scheint es die Einwohner hier genauso wie anderswo zu erwischen. Sie sehen es ja selbst.« Deshalb ging Robert Morgan am Sonntag zur heiligen Messe, schleppte seine medizinischen Instrumente mit, die er bei der Armee hatte mitgehen lassen, und wollte seine Dienste als Arzt anbieten.

Sein erster Patient war ein etwa neunjähriges Mädchen. Es schrie, als er sich ihm näherte. Für das Kind im Delirium sah Robert Morgan, den die sieben Monate Fußmarsch ausgezehrt hatten und der einen Bart trug, den keine Schere zu stutzen vermochte, aus wie der böse Knecht Ruprecht.

»Sie gehen jetzt lieber«, teilte der Vater Robert Morgan mit, und er legte seine Hand unmissverständlich auf dessen Ellbogen. »Wir holen Tabitha.«

Robert Morgan sah überrascht aus. »Ihre Tochter muss unter medizinischer Beobachtung bleiben.«

Der Mann zuckte bloß die Schultern und schob Robert Morgan in die elende Novemberkälte hinaus. »Tabby wird schon irgendein Kraut dagegen haben«, sagte der Mann. »Die haben auch schon früher geholfen.«

Nach einer eingehenden Sitzung beim Barbier von Aberdeen fand Robert Morgan den zweiten Patienten. Diesmal handelte es sich um eine Großmutter, die die Grippewelle erwischt hatte. Mit dreiundsiebzig war sie völlig verschrumpelt, aber zäh, und lag in einem Bett mit Messinggestell – das Bett, in dem sie geboren worden war, und das Bett, in dem sie zu sterben gedachte – und sah Robert Morgan dabei zu, wie er seine Instrumente auspackte. Sie beobachtete ihn ganz genau wie eine Henne, die ihr Ei bewacht. »Bitte«, wimmerte sie. »Ich will, dass Tabitha kommt.« Robert Morgan seufzte so tief, dass die Stiefelspitzen bebten – und packte die Instrumente wieder in das Gamsleder. Ihr schwerfälliger Sohn grinste verlegen. Tabitha würde wenigstens nichts dafür nehmen, außer vielleicht ein, zwei Kürbisse oder einen Laib von dem Melassebrot seiner Frau.

Robert Morgan zog sich mit einer sorgfältig in braunes Papier eingewickelten kleinen Flasche Whisky in das angemietete, düstere Hinterzimmer im Haus der Witwe Dunfry zurück. Bisher hatte Aberdeen ihm bei seiner Suche nach Langlebigkeit die kalte Schulter gezeigt, seinen gut gemeinten Absichten zu heilen getrotzt, und selbst das Wetter meinte es nicht gut mit ihm.

Robert Morgan nahm noch einen Schluck von Eberts selbst gebranntem Whisky, sank noch tiefer in den modrigen Armsessel der Witwe und ließ sich den Fall vom Nachmittag durch den Kopf gehen. Tabby hat Kräuter, hatte der Vater des kleinen Mädchens gesagt. Robert Morgan schnaubte verächtlich, wobei ihm ein bisschen Rotz aus der Nase kam. Betrug war das! Er setzte die Flasche hochkant an. Die Flüssigkeit entflammte in seinem Rachen wie ein Feuerwerk. Er schürzte die Lippen, der brennende Geist des Roggens versengte das Innere seiner Wangen, drang in seine Nase und in die verborgenen Gehörgänge.

Als er wieder zu sich kam, fand er sich im Bett vor. Er stützte sich auf die Ellbogen, und ihm war, als ob seine Augen irgendwo in seinem Kopf schwömmen, dann verlor er das Gleichgewicht. Aus der Ecke drang ein Stöhnen von einer sehr kleinen Frau, die ihr Strickzeug beiseitelegte und zu ihm hinüberging. Sie umfasste sein Handgelenk mit lilienstängelgleichen Fingern, um ihm den Puls zu messen. »Das Schlimmste ist vorbei«, sagte sie zu ihm und huschte zurück in ihre Ecke, ihre Röcke rauschten wie sich aneinander reibende Engel. »Wenn es geht, sollten Sie ein Bad nehmen.« Sie machte sich zum Gehen auf.

»Warten Sie«, rief Robert Morgan ihr mit belegter Stimme nach. »Wie krank war ich denn?«

Die Frau legte den Kopf schief. »Sie haben das Schlimmste hinter sich«, wiederholte sie. »Es wird Ihnen bald besser gehen.«

Robert Morgan stemmte sich noch einmal schwankend auf seine Ellbogen. »Sie sind die Hexe.«

Tabitha Dyerson richtete sich auf und zog die Augen zusammen wie eine Schlange, die sich zum Angriff bereithält. »Ich bin so christlich wie Sie, Sir«, blitzte sie ihn an. »Wahrscheinlich eher noch christlicher. Ich habe Ihnen soeben das Leben gerettet.«

Erst ein paar Stunden später fiel Robert Morgan auf, dass sie den Rest von Ebert Pickertons Whisky eingesteckt hatte.

Sie lebte auf einer Farm am Rand des Dorfes zusammen mit ihrem Vater und ihrem Bruder, der Vater war gezeichnet von Wahnsinn und Altersschwäche, der Bruder in sich gekehrt, seit er aus dem Krieg heimgekommen war. Robert Morgan stapfte über den holprigen Lehmpfad, der als Straße diente und kündete seine Ankunft an, indem er dreimal schroff gegen die Tür klopfte, das Einzige, wozu er noch in der Lage war. Seine Knöchel brannten vor Kälte.

Sie hatte ihn vom Fenster aus kommen sehen und öffnete ihm argwöhnisch, die Hände fest an der Tür. Der Duft von Zitronen, Lebkuchen und Kampfer umfing sie. Weibliche Gerüche, die Robert Morgan längst vergessen gehabt hatte.

»Sie haben sich erholt«, ihre Stimme klang so schroff wie sein Klopfen. Robert Morgan zog einen Apfel aus der Tasche, ein welkes Stück Obst, aber dennoch eine Gabe.

Tabitha nahm ihn mürrisch entgegen und steckte ihn in ihre Schürzentasche. »Gibt es einen bestimmten Grund für Ihren Besuch?«

Robert Morgan spürte die Wärme, die aus dem Haus drang, und dass sie es kaum erwarten konnte, ihn wieder loszuwerden. Er schwankte auf den abgetretenen Absätzen seiner Stiefel wie ein Schiff mit Schlagseite und streckte einen Arm aus, um sich festzuhalten. Allmählich nahm die Welt wieder halbwegs geordnete Formen an, die Dielen der Veranda waren immer noch verbogen und der Schornstein krumm und schief, aber wenigstens passten die Teile wieder mehr oder minder zusammen. Wahrscheinlich würde Robert Morgan niemals mehr wieder so klar sehen. Tabitha verschränkte die Arme und wartete ab. »Ich bin gekommen, um…«, stammelte er, »um Ihre Hand anzuhalten.«

Sie heirateten am Michaelstag, die Witwe Dunfry und Ebert Pickerton waren Trauzeugen. Weihnachten feierten sie mit einer Gans mit Maronenfüllung. Der Bruder trank zu viel Apfelwein und torkelte auf seinem Holzbein herum, an das er sich niemals gewöhnen würde. Der Vater nickte über seinem Teller ein und Robert Morgan zog sich früh in seine Ecke im Wohnzimmer zurück, die er zu einem provisorischen Labor umfunktioniert hatte. Keiner sang.

Es gab drei Dinge, die Robert Morgan an seinem neuen Leben irritierten. Das erste war, dass ihn niemand nach seiner Vergangenheit fragte. Die Leute von Aberdeen betrachteten ihn einfach als Tabitha Dyersons dahergelaufenen Ehemann, und sein Leben davor kam ihnen weder in den Sinn, noch interessierten sie sich dafür. Das zweite, was ihn piesackte, war die Tatsache, dass er hier noch keinen einzigen Patienten geheilt hatte, obwohl er schließlich Arzt war. Seine Heilmittel versagten oder aber die Leute kippten seine Pulver ins Hühnerfutter. Den Verband, den er anlegte, entfernten sie wieder und ersetzten ihn durch Tabithas Breiumschlag aus zerstoßenem Eisenhut und Schweinsurin.

Die letzte Quelle für seine Verwunderung war selbstverständlich seine Frau: unerschütterlich in dem sturmgepeitschten Neuenglandwinter, mondhäutig unter der Decke, wenn er des Nachts mit ihr schlief, verschlossen, wann immer es um sie selbst ging. Ihrem Vater gegenüber war sie geduldig und großmütig; ihrem Bruder gegenüber beherzt; und Robert Morgan gegenüber friedvoll.

»Erzähl mir mal von deiner frühsten Kindheitserinnerung«, begehrte er eines Nachts, nachdem sie sich geliebt hatten. Draußen war es so kalt, dass die Sterne zu zittern schienen.

Tabitha befreite einen ihrer Arme aus dem Laken und strich sich eine Haarsträhne aus den Augen. Als sie sprach, entwich ihr Atem als sichtbarer Hauch. »Kräutersammeln«, sagte sie. »Ein Eisenkessel im Feuer. Der Geruch feuchter Blätter.« Sie senkte den Blick ein wenig und lächelte, aber führte es nicht weiter aus.

»Was ist deine Leibspeise?«, wollte Robert Morgan wissen. Sie waren noch nicht lange verheiratet, aber sie wusste bereits, dass er sehr gern Wildgulasch mit Muskat und Wacholderbeeren mochte, dass er lieber Whisky als Ale trank, lieber Weißbrot als Graubrot aß, während er nur raten konnte, was ihren Geschmack anging. Es störte ihn ein wenig, dieser Vorsprung, den sie ihm gegenüber hatte.

Tabitha streckte einen ihrer langen Arme in seine Richtung aus, und der Gedanke an ihre Berührung erregte ihn, aber sie zog sich nur die Decke bis unter das Kinn. »Ich esse das Gleiche wie du, Gemahl«, flüsterte sie. »Wir sind nun eins. Bitte, lass uns jetzt schlafen.«

An guten Tagen war er nachsichtig mit ihr, sagte sich, dass er Glück hatte, mit einer so gehorsamen und liebenswürdigen Frau verheiratet zu sein. An schlechten Tagen schlich er durchs Wohnzimmer und verfluchte ihr Hexenblut.

Im Juni war Tabithas Bauch prall, und die weiter genähten Röcke spannten darüber, das Baby lag so hoch, dass Robert Morgan sicher war, es würde ein Mädchen. Tabitha Morgan murrte nur über seine Vorhersage. Sie verträumte ganze Nachmittage in dem geblümten Quilt, den ihre Großmutter angefangen hatte. Manchmal traf Robert Morgan sie dabei an, wie sie das Futter erneuerte, den Saum ausbesserte, ihn für kommende Generationen vorbereitete.

Auf seinen Wunsch hin zogen sie in den Ort, und wenn Leute vorbeikamen, war es immer Robert Morgan, der sie empfing, sie in die Untersuchungsecke im Wohnzimmer geleitete und sie unter dem verstärkenden Bruststück seines

Stethoskops bat, tief einzuatmen. Auf dem Regalbrett über seinem Kopf hatte er Gläser voll mit Pillen aus Boston, Pulver aus New York. Er verfügte über einen Kanister Äther und einen Papiertrichter für die Anwendung. Als Tabithas Vater starb, wandelte Robert Morgan sein Zimmer in ein Untersuchungszimmer um und ließ einen separaten Bau als Praxis errichten. Er akzeptierte keine Eier und keine Wollknäuel mehr als Bezahlung und verlangte stattdessen ein Silberstück im Voraus. Alles, was es brauchte, um den Einwohnern klarzumachen, was für ein unduldsamer Herrscher der Tod ist, war eine junge Mutter mit Fleckfieber, die er abwies und die unmittelbar darauf verstarb. Danach leisteten sich selbst die Ärmeren Uhren und brachten jeden Penny zur Bank, damit sie den Doktor nach Stunden bezahlen konnten.

Sein Sohn war gerade fünf geworden, da stellte Robert Morgan einen jungen Mann ein, der ihm die Bücher führte und Termine vergab. Die Praxis hinterm Haus war inzwischen fertig, und es gab darin ein Sprech- und ein Untersuchungszimmer. Der aufsässige Bruder zog auf die brachliegende Farm zurück. Tabitha gebar nach Bertie noch zwei Kinder. Mit jeder Schwangerschaft wurde sie stiller, bis sie schließlich gar nicht mehr sprach. Die Kräutersträuße, die sie sonst um die Deckensparren band, verloren ihre Form, dann ihre Farbe und gaben schließlich auch ihren erdigen Geruch auf, zerbröselten und zerfielen zu Staub. Sie zog sich in ihr Zimmer zurück und arbeitete an dem Quilt, fügte Flicken hinzu und machte ihn noch größer, so dass die Ränder über das Bett hingen und über den staubigen Fußboden fegten. Tabitha lag darin und verwünschte die Schwere in ihren Armen.

Von Zeit zu Zeit wütete Robert Morgan durchs Haus und suchte nach dem Schattenbuch der alten Judith, von dem ihm Ebert Pickerton an seinem ersten Tag im Ort erzählt hatte. Er nahm die Speisekammer auseinander, biss abwechselnd in Schweinepasteten und Käsestücke. Er riss den Holzstapel herunter, kehrte in Tabithas Wäscheschrank das Unterste zuoberst. Er hebelte Dielen aus, stöberte durch die Familienbibel und verbrannte sie anschließend. Dann bestellte er in Boston eine neue Bibel, in geschmeidiges Kalbsleder eingeschlagen und mit vergoldeten Rändern, auf deren Vorderseite seine Initialen und ausschließlich seine, in echtem Gold geprägt waren. Er schrieb die Namen seiner Kinder hinein, in schwungvollen, verschnörkelten Buchstaben, reihte einen exakt an den anderen, aber Tabitha Dyerson, die Hexe, sein altes Weib, aus dem er versucht hatte eine Morgan zu machen, trug er nicht ins Familienregister ein.

In der Kirche bewegte Robert Morgan die Lippen, aber es war nicht das Wort Gottes, das dabei herauskam; stattdessen katalogisierte er seine Vorräte im Stillen vor sich hin: Alkohol, Aspirin, Äther, Karbol, Laudanum. Seiner Erfahrung nach kam die Erlösung in Tropfenform, aus dem schmalen Ausguss eines Becherglases oder von winzigen Körnchen, abgewogen und in einen Umschlag geschüttet. Das Versprechen auf den Himmel war von ihm und seinesgleichen in Flaschen gefüllt und zugepfropft worden, so dass es sich mühelos austeilen ließ.

Als er sich eines Morgens nur nach Gefühl rasierte, um den Blick auf den alternden Fremden im Spiegel zu vermeiden, bemerkte er erst, dass er sich geschnitten hatte, als er sich wieder seinem Ebenbild zuwandte. Die Blutspur zog sich eine Falte hinunter und tänzelte um seinen Kiefer. Er drehte sich nach Tabitha um, aber sie wirkte wie versunken in einem melancholischen Sumpf mitten in ihrem Bett, ihre Stirn so glatt wie ein Ei. Sie beachtete ihn gar nicht. Ihre Hände waren damit beschäftigt, sich zu drehen und zu winden, zu knoten und zu schlingen. Unter ihnen breiteten sich wie von Zauberhand die Konturen der Blüten und seidigen Blätter von Nachtschatten,

Tollkirsche und Schierlingskraut über den Quilt aus. Ein todbringender Garten, gestickt für die unsterbliche Seele.

Robert Morgan streckte seiner Frau das Kinn hin: »Hilf mir«, forderte er aufgebracht, und Tabby drückte ihre kleinen Finger mit einem Stück Leinen umwickelt gegen die Wunde. Im Handumdrehen hörte sie auf zu bluten, und Robert Morgan blickte finster drein. Er fragte sich eine Sekunde lang, wie Tabitha das gemacht hatte, aber dann schlug unten die Uhr, und er griff hastig nach seinem Hut und setzte ihn auf. Für ihn war Wissen etwas so Klares und Eindeutiges, wie die durchsichtigen, ordentlich beschrifteten Flaschen im Regal. Es widersprach seinem Charakter, den Faden einer Idee aufzugreifen und ihm zu folgen, wie es eine Frau mit dem Garnknäuel tat, um es zu entwirren. Außerdem war er spät dran.

»Danke«, grummelte er und lief eilig aus dem Zimmer, seine Gedanken bereits bei der Erlösung. Er glaubte immer noch, dass er für das Sterben in Aberdeen zuständig war – eine Vorstellung, die sich noch die nächsten hundertfünfzig Jahre halten sollte, bis ich daherkam und den Apfelkarren der Geschichte umkippte.

2

Noch bevor ich 1953 dem Mutterleib entschlüpfte, warnten die Leute meine Mutter, dass das Kind, das sie trug, riesig sein würde. »Das wird bestimmt ein Junge!«, verkündete ihr Reverend Pickerton lautstark nach der Messe – da war sie erst im vierten Monat – und legte seine dicken Finger auf ihren Leib. Es kam ihr vor, als hätte sich die Welt in Paare von grabschenden Händen verwandelt.

»Er ist jetzt schon ein richtiger Rabauke!«, gluckste Reverend Pickerton und tätschelte den Bauch meiner Mutter. Wie als Antwort, wendete ich mich und wirbelte in ihrer Gebärmutter herum. Meine Mutter war so extrem rund, dass Robert Morgan, der IV., sie zweimal untersuchte, um sicherzugehen, dass sie keine Zwillinge erwartete.

»Ich kann's einfach nicht glauben«, sagte er immer wieder und schüttelte dabei den Kopf. »So ein großes Baby. Das bricht bestimmt alle Rekorde.« Als seine eigene Frau eineinhalb Jahre zuvor einen kräftigen Jungen gebar (noch ein Robert, der Bob Bob genannt wurde), entsprach ihr Bauchumfang lediglich dem einer Melone. Trotzdem vernahm Dr. Morgan nur einen Herzschlag, nur ein Fötus wuchs in Lily heran. Es sei denn, das Baby hatte sich seinen Zwilling einverleibt und war zu seinem Geschwisterchen geworden, eine Möglichkeit, die er der Mutter vorenthielt.

Bis zum Sommer waren ihre Hand- und Fußgelenke völlig

geschwollen, ihre Knie waren so dick, dass sie schmerzten beim Beugen. Ihre Brüste glichen zwei Kegeln. Sie hatte die ganze Zeit über Heißhunger und aß trotz besseren Wissens unwillkürlich die seltsamsten Dinge – Gelee mit Rosinen auf Roggenbrot, Anchovis und Senfbrote, Limonengelatine mit Schinken und Süßkartoffelstückchen. Ihre Oberschenkel nahmen an Ausmaß zu, wurden wabbelig und blass. Ihre Finger wurden zu Würsten. Meine Schwester Serena Jane war gerade mal zwei Jahre alt und wollte nicht mehr auf ihrem Schoß sitzen. Sie stieß ihre winzigen Fäustchen in die Beine meiner Mutter und suchte nach den alten, schlanken. »Böse Beule.« Serena Janes Meinung nach vereinnahmte ich meine Mutter, bis ich sie gänzlich ausfüllte.

Meine Mutter seufzte und setzte Serena Jane wieder vor sich ab. Von all den Belastungen der Schwangerschaft war sie am wenigsten auf den kritischen, prüfenden Blick eines Kleinkinds gefasst gewesen. Serena Jane schrie, wenn sie ihr abends die falsche Zubettgehgeschichte vorlas. Sie spürte jede Falte und Linie im Gesicht meiner Mutter auf. Sie untersuchte die Käsebrote, die ihr meine Mutter zum Mittagessen machte, mit der beleidigten Miene eines Restaurantkritikers, und quengelte, wenn die Kruste noch dran war. Serena Janes Reaktion auf ein kahlköpfiges, schreiendes Baby wollte sich meine Mutter gar nicht erst ausmalen. Sie streichelte Serena Jane über die feinen Löckchen und versuchte sich nichts daraus zu machen, wenn meine Schwester ihren Kopf wegzog. Meine Mutter seufzte abermals.

»Sei nicht albern«, sagte sie. »Bei dir hatte ich genauso eine Beule. Ich war auch so rund, bis du rausgekommen bist.« Aber sie wussten alle beide, dass es gelogen war. Diesmal war alles anders. Etwas fraß sie tatsächlich von innen heraus auf.

Im achten Monat der Schwangerschaft entdeckte Dr. Morgan den Knoten in der Brust meiner Mutter, vier Wochen vor dem Geburtstermin. Er fühlte sich an wie ein hart gekochtes Wachtelei. Meine Mutter schrie unter dem Druck seiner Finger.

»Seit wann?«, fragte er nur und schob die Brille auf der Nase zurück, als ob sie ihn die Einzelheiten klarer sehen lassen würde.

Meine Mutter senkte den Kopf, einen Knoten im Hals. »Seit etwa drei Monaten.«

»Und die ganze Zeit schon so groß?«

Meine Mutter schüttelte den Kopf. »Er ist größer geworden.« Bob Morgan seufzte und dieses tiefe Atmen allein sagte meiner Mutter alles, was sie wissen musste. Sie spreizte die Knie auf dem Untersuchungstisch und dachte über diesen Reproduktionsvorgang in ihr nach – Kopien von Kopien von Kopien, mit einer verstümmelten Nachricht, die unter ihren Organen kursierte. Ein nicht zu knackender Code.

Sie wehrte Bob Morgans Angebot, sie nach Hause zu fahren, ab und watschelte die Verandastufen hinunter. Ihre Knie gaben nach wie Gummibänder, als sie Maureen und dem kleinen Bob Bob zuwinkte, die durch den Rasensprenger neben dem Haus hüpften. In den Hecken summten die Bienen beladen mit Nektar. Bob Bob, der nur eine Windel umhatte, flitzte auf meine Mutter zu, hängte sich an ihre Wade und brachte sie damit zum Taumeln.

»Nicht, mein Schatz«, schimpfte ihn Maureen kraftlos und löste seine Finger von den aufgequollenen Beinen meiner Mutter, schenkte ihr ein kurzes ermattetes Lächeln. »Tut mir leid«, sagte sie, und ihr Blick wanderte über die enormen Rundungen meiner Mutter. »Er ist nicht zu bändigen. Er will einfach alles haben, was er sieht. Ich komme nicht hinterher.«

Meine Mutter versuchte nach unten zu sehen, auf Bob Bob, aber ihr riesiger Bauch und die aufständischen Brüste ließen es nicht zu. Sie spürte, wie die Finger des Kindes versuchten, sich um ihre Hand zu klammern und sie spreizte die Finger weiter auseinander.

»Ist schon in Ordnung«, entgegnete sie Maureen, und legte die Hand auf ihren Bauch. »Du musst dich nicht entschuldigen«. Sie hatte schließlich gerade erfahren, dass selbst etwas mikroskopisch Kleines einen unaufhaltsamen Willen haben konntc.

Als die Wehen einsetzten, bürstete meine Mutter gerade Serena Janes seidig flaumiges Haar. Serena Jane war wunderhübsch, das wusste meine Mutter, ein zauberhaftes Zusammenwirken von körperlichen Reizen – außergewöhnlich schöne Augen ebenso wie makellos ebenmäßige Zähne, die von einem herzförmigen Mund umrahmt wurden. *Das Mädchen sollte zum Film gehen*, rief unser Vater immer wieder, und hielt dabei Serena Jane hoch, als wollte er sie einem Publikum präsentieren. Es gefiel ihm zu gut, etwas wie meine Schwester in die Welt gesetzt zu haben. Er erfreute sich fast ebenso sehr wie meine Mutter an den gestärkten Rüschenkleidchen, an der gehäkelten, mit Rosen besetzten Babykleidung. Er war ein Durchschnittsbürger, ein Kleinstadtbarbier, aber er hatte eine Prinzessin gezeugt, eine Königin. Und bald würde es zu der kleinen Monarchin auch noch einen Prinzen geben.

»Lass sie runter«, schimpfte meine Mutter. »Ich bin noch nicht fertig.« Das lose rosa Band hing in ihrer Hand wie eine schlaffe Zunge. Mein Vater setzte Serena Jane wieder auf der Kommode ab, wo sie mit starrem Blick und stocksteif, als ob sie auf den Segen wartete, stehen blieb. Meine Mutter krönte Serena Janes Haupt mit einer Doppelschleife. Es sah so aus, als ob sie ein Geschenk verpacken würde, das sie dringend loswerden wollte. Sonnenstrahlen durchfluteten ihre Stimme als sie »Fertig«, sagte. Sie drehte Serena Jane dem Spiegel zu, bog sie nach links und nach rechts. »Wer ist hier wunderschön?«

Serena Jane senkte nur kurz den Blick. Sie wusste, dass sie hübsch war. Sie betrachtete es als ihre Aufgabe. Während die Kleider der anderen kleinen Mädchen bei einer Geburtstagsparty oder beim Picknick längst von der Sommerhitze klebten und schokoladenbeschmiert waren, war ihres immer noch adrett geknöpft und reinlich, so frisch wie die Segel auf dem Eismeer.

Die anderen Mütter in Aberdeen seufzten und beneideten meine Mutter. Sie wussten ja nicht, dass sie Abend für Abend damit zubrachte – manchmal bis zwei Uhr morgens – sich immer auserlesenere Kleidungsstücke auszudenken, um die bemerkenswerte Schönheit ihrer Tochter noch zu unterstreichen. Während mein Vater neben ihr im Bett selig schlummerte, staffierte sie im schwachen Schein der Nachttischleuchte mit zusammengekniffenen Augen die Vorderteile der Kleidchen aus. Sie unternahm einen Stickmarathon, schmückte Serena Janes neuen Wintermantel mit Rosenblüten und Marienkäferchen aus Seide. Sie bördelte Rüschen an die Ärmel, besetzte Kragen mit Schleifen, ersetzte einfache Knöpfe durch perlmutterne. Wenn sie mit den Näharbeiten fertig war und ihr die Finger wehtaten, stieg sie noch einmal aus dem Bett und bügelte die Kleidungsstücke, die Serena Jane am nächsten Morgen anziehen sollte.

Erst wenn die Schühchen blank poliert, die Söckchen zusammengerollt waren, hievte sie ihren enormen Körper wieder ins Bett und gab sich dem Schlaf hin. Obwohl sie es niemandem erzählt hatte, auch nicht meinem Vater, freute sie sich auf einen Jungen, eine Kreatur, die sie nicht jeden Tag wie eine Torte verzieren musste. Dann versank sie im Morast des Schwangerenschlafes, ihre Träume von Baseballschlägern durchtränkt, durchzogen von einem hoffnungsvollen Blau.

»Nimm sie mal«, sagte meine Mutter zu meinem Vater und übergab ihm eine steifbeinige Serena Jane, als sich die erste

Wehe in ihren Rücken krallte wie ein ungeduldiges Tier. Es war ein Sonntag im Juli und es war schwül und drückend, die schwere Luft musste sich den Weg in die Lungen erkämpfen. Die Wehen kamen zwei Wochen zu früh. Meine Mutter griff nach der abgestoßenen Kante der Kommode und versuchte sich daran festzuklammern, während eine aufbrausende Welle, dic sic in die Knie zwang, sie durchflutete. Dann torkelte sie ins Schlafzimmer, wo ihr das Fruchtwasser abging. Mein Vater und Serena Jane starrten sie entsetzt mit weit aufgerissenen Augen an. »Steht hier nicht einfach nur so rum wie Affenzwillinge«, herrschte sie sie an. »Holt Bob Morgan.«

Bis mein Vater wiederkam, hatte meine Mutter den Union-Oil-Wecker, die Nachttischlampe und eine Blumenvase zertrümmert und die Laken zerrissen. Bob Morgan fand sie zusammengekauert auf dem Boden, an dem Leinen nagend, ihre Haare wie Flammen um Gesicht und Hals. Er wirkte wie ein Magnet der Ruhe und der Vernunft, als er seine schwarze Arzttasche abstellte und sich an meinen Vater und meine Schwester wand.

»Ich übernehme das mal«, sagte er zu ihnen. »Du nimmst das Kind am besten mit in die Küche und machst ihm was zu essen.« Völlig verdutzt gehorchte ihm mein Vater.

Alles an den Wehen passte zu ihrem Leibesumfang. Die Fruchtwasserpfütze auf dem Schlafzimmerboden legte den Vergleich mit einem kleinen Teich nahe. Ruckartige Stiche durchzuckten ihren Körper, erschütterten das Bett und selbst das gesamte Haus, so dass jeder im Dorf, der wissen wollte, wie die Geburt vorankam, nur die Maple Street hinunterzugehen und vor der Nummer sieben stehen zu bleiben brauchte. Innerhalb der nächsten Stunden sammelte sich eine neugierige Menschenmasse in unserem Vorgarten, die mit ein paar besorgten Nachbarn begonnen hatte und zu beinahe der gesamten Dorfbevölkerung angewachsen war. Bald wurden Picknickkörbe ausgepackt, eisgekühlte Flaschen Ingwerbier und Limonade verteilt. Estelle

Crane, die erst kürzlich den Bürgermeister geheiratet hatte, kam mit einem Kirschkuchen daher, der eigentlich für das Abendessen gedacht gewesen war, und verteilte ihn an alle.

»Vier Kilo siebenhundertfünfzig Gramm«, sagte John Hinkleman, dem der Gemischtwarenladen gehörte, und klatschte Ebert Vicker fünf Dollar in die ausgestreckte Hand. Reverend Pickerton überbot ihn noch mit einer Wette von fünf Kilo.

»Ich biete noch mehr«, prahlte Robert Thompson. »Ich sage fünf Kilo zweihundert Gramm. Der Doc sagt, das Baby wird alle Rekorde brechen. Er kann immer noch nicht glauben, dass Lily keine Zwillinge kriegt.« Seine Bemerkung löste eine erneute Flut ungestümer Wetten aus, die Männer überlegten noch einmal und erhöhten ihren Einsatz.

»Mit solch einem Jungen, wird das Team von Aberdeen jedes Spiel gewinnen.« Dick Crane, der jüngste Bürgermeister, den Aberdeen je hatte, nahm einen ordentlichen Schluck Bier.

»Das dauert schon noch ein bisschen, Dick«, erinnerte ihn John, aber Dick zuckte nur die Schultern.

»Trotzdem.«

Die Männer rückten noch näher zusammen und setzten ihre Spekulationen fort, bis einer von weit weg, wie es schien, weil es so leise kam, eine Frage stellte.

»Was, wenn es ein Mädchen wird?« Der Gruppe der Männer und ein paar der Frauen in der Nähe verschlug es die Sprache. Die Köpfe wanden sich alle um zu August Dyerson, dem Dorfkauz, dem ortsansässigen Lumpen- und Alteisensammler, erfolgloser Pferdezüchter und allgemeiner Außenseiter.

»Was, wenn – was, wenn – was hast du gesagt?«, stotterte Ebert Vickers, seine dicken Finger voller feuchter Dollarscheine, einen Bleistift zwischen den Zähnen.

August wiederholte seine Frage langsam und deutlich, als ob er es einem besonders einfältigen Anderssprachigen verständlich machen müsste: »Ich sagte: Was. Wenn. Es. Ein Mädchen. Wird?«

Roger Thompson schnaubte, und die Worte sprudelten nur so aus ihm heraus. »August, von was, zum Teufel, redest du da? Lily ist da drin und ist gerade dabei einen Panzer zu gebären. Kein Mädchen ist derart kräftig. Außerdem, sieh dir doch mal Serena Jane an! Sie ist nicht gerade riesig.«

August ignorierte Rogers Argumente, warf sich in die Brust und reichte Ebert Vickers einen Bündel Geldscheine. »Ich möchte, dass du mich bei ›Mädchen‹ einträgst.«

Ebert warf August das Geld wieder hin. »Wir wetten nicht um das Geschlecht, Gus. Hier geht es um das Gewicht. Sag eine Zahl oder tritt beiseite.« August ließ einen Moment lang nur schlaff die Arme hängen, dann nahm er das Geld und stopfte es in seine speckige Tasche. Die Männer bogen sich vor Lachen, als er sich auf den vor Sommerhitze glühenden weißen Streifen des Gehwegs zurückzog.

»Für Frauen und Narren haften wir nicht«, sagte Dick Crane und wischte sich die Augen.

»Für Typen wie Gus wird keine Garantie übernommen«, entgegnete John Hinkleman.

Sie knufften sich abermals gegenseitig in die Seite.

»Fünfdreiviertel Kilo!«

»Sechs!«

Die Zahlen stiegen immer höher, gingen auf wie Brot in der schwülen Juliluft.

In der kühlen Höhle des Hauses schwebten meine Mutter und Robert Morgan, der IV., in ihrem eigenen losgelösten Universum, in dem die Zeit sich dem langsamen Weiten der Knochen anpasste. Meine Mutter lag auf der durchgelegenen Matratze, die Beine angezogen wie ein Paar erschöpfter Flügel. Die Innenseite ihrer blassen Oberschenkel schimmerte, als ob Schnecken über sie hinweggekrochen wären. Wenn eine Wehe sie packte, dass ihr die Zähne klapperten, legte Bob ihr die Hände auf die Wangen und sah ihr fest in die Augen. »Noch nicht«, leitete er sie an. »Noch nicht pressen.«

Aber ich drängte an die Luft und ans Licht. Mit meinem ungeduldigen Dickkopf setzte ich ihr arg zu. »Ich kann nicht mehr«, flüsterte meine Mutter, mit brüchiger Stimme. Sie stellte sich die Zellen in ihrem Körper vor, wie sie ordentlich gebügelt bereit lagen, um im Schrank verstaut zu werden. Sämtliche Zellen, bis auf die widerspenstigen in ihrer Brust. Nichts konnte sie ausmerzen, das war ihr bewusst. In den letzten vier Wochen war der Knoten von einem winzigen Ei auf die Größe einer Kinderfaust angewachsen. Sie versteckte ihn vor meinem Vater hinter der Wattierung ihres Schwangerschafts-BHs, und drehte ihm morgens beim Anziehen den Rücken zu.

»Das schaffst du«, beharrte Bob und indem er es aussprach, machte er es möglich. Meine Mutter spürte wie Bob Morgan den Spalt zwischen ihren Beinen abtaste und zuckte zusammen, als er mit Handschuhen an den Fingern in ihre weichen, teigigen Tiefen eindrang. Sie wusste, dass er bereits zwölf Babys in Aberdeen zur Welt gebracht hatte, einschließlich seines eigenen Sohnes und Serena Jane, aber es machte sie immer noch verlegen.

»Lily…« Bob Morgan fixierte sie abermals mit seinem Blick. »Ich werde dich jetzt mit Kissen abstützen, und dann kannst du anfangen zu pressen.« Er stopfte ihr Kissen und Decken in den Rücken und schob ihr Nachthemd ein wenig höher. Eine Wehe überfiel meine Mutter, die so mächtig war, dass es ihr völlig gleichgültig schien, was Bob Morgan da zu sehen bekam. Sie war sogar dankbar für seinen wachen Blick, der messerscharf war und sich daran erinnern konnte, wer sie war, bevor die Schwangerschaftsvorgänge sie unter sich begruben.

»Meine Augen sind blau«, murmelte sie vor sich hin, um sich an sich selbst zu erinnern, aufgewühlte, fiebrige Worte. »Meine Lieblingsfarbe ist Grün.« Und dann konnte sie ihre Zunge nicht länger im Zaum halten, und ein lang anhaltendes Heulen drang aus ihrer Kehle wie Katzengejammer im Regen.

Im Geist taumelte sie weiter durch ihre Fieberfantasien – ein Brief, den sie ihrem Sohn schreiben wollte, sobald der Schmerz nachließ – als Bob Morgan mich unter dem Einsatz seiner gesamten Kräfte herauszog und meine stämmigen Schultern bestaunte, meinen ausgeprägten neandertalerartigen Schädel.

Corned Beef, fantasierte meine Mutter gerade, ihr Lieblingsabendessen. *Amazing Grace*, ihre Lieblingshymne. *Mein lieber Sohn*, dachte sie und streckte die Hand nach einem Bleistift aus, begierig, die Einzelheiten über sich zusammenzutragen. Sie wollte, dass ihr Sohn diese Dinge von ihr wusste, ehe sie sie vergaß oder nicht mehr da sein würde. *Weihnachten* ihr liebster Feiertag, *Dahlien*, ihre Lieblingsblumen.

Sie verpasste darüber Bob Morgans Protestrufe, als ich endlich aus Lily herausgerutscht war, und er feststellte, dass ich ein Mädchen war. Er schob mir die Hand unter den feuchten Kopf und hätte mich beinahe fallen lassen.

»Lily«, flüsterte er und kam an ihre Seite. »Sieh mal, es ist gar kein Junge, es ist ein Mädchen. Du hast noch ein Mädchen geboren.« Dann wurde er der bedeutungsschwangeren roten Pfütze, die ins Bettzeug sickerte, gewahr. »Lily?«, hauchte er noch einmal, als ich zu schreien anfing. Sein Blick glitt von den blassen Wangen meiner Mutter zu meinem stumpfnasigen Gesicht. Er legte mich auf den durchtränkten Laken ab, die Nabelschnur noch nicht durchtrennt, langte nach dem Hals meiner Mutter, um ihren Puls zu fühlen und hinterließ dort einen breiten roten Streifen. Er spürte ein schwaches Pochen, aber Bob Morgan wusste, dass er es nicht mehr lange spüren würde. Er kümmerte sich gar nicht um die Nachgeburt, schnitt nur die Nabelschnur an meinem Bauch durch und machte einen Knoten hinein, wobei er mein wütendes Geschrei einfach überhörte.

»Lily«, drängte er noch einmal, rüttelte meine Mutter an

der Schulter und hinterließ noch mehr rote Schmierer an ihrer Brust, so dass sie aussah wie eine Wilde mit Kriegsbemalung. Er legte mich auf sie drauf. »Lily, du musst deinem Baby einen Namen geben.«

Aber der Kopf meiner Mutter rollte hin und her und ihre Augen starrten ihn aus dem Gallert ihrer Augenhöhlen an. Gefangen in ihrem Schädel, waren ihre Gedanken immer noch vollauf mit der wundersamen Bestandsaufnahme ihrer selbst beschäftigt, mit der Liste, die sie ihrem Kind mit auf den Weg geben wollte – Lieblingskuchen, Filme. *Kleine Frauen,* der Titel des Buches, das sie am liebsten gelesen hatte. Nicht dass ein Junge so etwas lesen wollte – die belanglosen Dramen verbrannter Kleider und abgesäbelter Haare, Dinge unter Schwestern. Sie versuchte sich an ein Buch für Jungen zu erinnern, aber es fiel ihr keins ein, und sie beschloss den Brief zu beenden. *Yours truly – In ewiger Liebe,* hauchte sie in die stickige Zimmerluft, aber es kostete sie viel Kraft. Auf ihrem Oberkörper hatte sich ein Tier niedergelassen, zupfte an dem Knoten in ihrer Brust. *Nimm ihn,* dachte sie, *ich wollte ihn sowieso nicht haben.*

»Truly?«, wunderte sich Robert Morgan und wischte sich die Finger an einem Tuch ab, ein glänzender Finger nach dem anderen. »Lily, was verflixt noch mal ist das denn für ein Name?« Aber er bekam keine Antwort mehr. Als er mich von der Brust meiner Mutter hochhob und meinen riesigen Kopf dabei mit der ausgebreiteten Hand stützte, waren die Lippen meiner Mutter schon so blau wie der Himmel überm Haus.

»Na ja«, sagte Bob Morgan und betrachtete mich, »du bist vielleicht hässlich wie die Nacht und schwer wie ein Ochse, aber ich denke, deine Mama hat dich wahrlich lieb gehabt, Truly.« Ich nuckelte an meiner Faust und lauschte den Worten des Doktors mit einer gewissen Ernsthaftigkeit, als ob ich bereits ahnte, dass dies in den nächsten dreißig Jahren mein einziger direkter Zugang zu dem Wort *Liebe* sein würde.

3

Hätte August Dyerson bei seiner Wette auf einem Mädchen bestanden, hätte er den Männern von Aberdeen eine schöne Stange Geld abknöpfen können, aber somit hatte keiner einen Nutzen von meiner Geburt, denn so wie es aussah, hatte ich mit meinem Gewicht selbst noch die höchsten Gebote übertroffen. Es herrschte allgemeine Heiterkeit und Gelächter, als Dr. Morgan die offizielle Zahl verkündete, und dann Stille, als er bekannt gab, wie unwesentlich das alles war, in Anbetracht der Tatsache, dass meine Mutter gestorben war. Geläutert packten die Leute ihre Picknickkörbe zusammen und sammelten die leeren Flaschen ein. Am nächsten Morgen gab Ebert Vickers die schlappen Dollarscheine ihren rechtmäßigen Besitzern zurück, indem er einen Rundgang durchs Dorf machte und von Tür zu Tür ging; den Hut hielt er dabei vor die Brust aus Ehrfurcht vor meiner armen toten Mutter und ihrem riesenhaften Neugeborenen. Niemand in Aberdeen sprach es aus, aber es war offensichtlich, dass alle dachten, ich wäre schuld am Tod meiner Mutter. Ein Baby, das so riesig war wie ich, war einfach unnatürlich.

Bob Morgan gab sich die allergrößte Mühe, meinem Vater zu erläutern, dass die Geburt wirklich äußerst blutig verlaufen war, aber dass meiner Mutter auch so nicht mehr viel Zeit geblieben wäre. Er beschrieb den Knoten, der sich in ihrer Brust festgesetzt hatte und in ihrem Körper wie ein Spion nur darauf gelauert hatte, seine Abgesandten auszuschicken. »Letztendlich wäre es ein verlorener Kampf gewesen, Earl«, sagte Bob. »Sie hätte ihn nicht gewinnen können. Du hättest ihr das doch ersparen wollen, oder?«

Mein Vater, der vor Kummer kein Wort herausbrachte und nun mit zwei mutterlosen Töchtern alleine dastand, starrte auf seine auf dem Bett ausgestreckte, schmächtige Frau, und es kam ihm so vor, als sei seine Kehle von innen verklebt. Es war nicht mehr zu ertragen, wie die braunen Klumpen in das Bettzeug sickerten, der metallisch-säuerliche Geruch, das Ganze. Wie ein halbfertiges Mahl, bei dem die Kerzen auf dem Tisch noch brannten, eine Gabel noch auf dem Tellerrand wankte. Er betrachtete den leblosen Körper meiner Mutter – ein Rest, ein Überbleibsel vom Leben – und dann sah er Robert Morgan, den IV., an und ahnte instinktiv, dass der Mann gern aus seiner Verantwortung entlassen wäre. Die offene schwarze Arzttasche in seinen Händen sah aus wie ein sprachloser Mund, der zu einer Erklärung ansetzte.

Mein Vater wollte nichts davon wissen. Er drängte Bob beinahe zur Tür hinaus, weg von den Mädchen und seinem Haus, die Verandastufen hinunter. »Du kannst gehen. Los«, sagte er. »Ich übernehme das jetzt.«

Immer noch beschämt über das ausgelassene Volksfest zu meiner Geburt, wollte niemand der Beerdigung meiner Mutter beiwohnen, deshalb standen nur mein Vater, meine Schwester und ich am Fuß ihres Grabes und sahen zu, wie sie unter der Erde von Aberdeen verschwand. Reverend Pickerton las hastig ein paar Bibelverse und zog sich dann eilends zurück, wobei er seine Stirn mit der makellosen und Trost spendenden Ecke seines Taschentuchs betupfte.

»Mein aufrichtiges Beileid, Earl«, murmelte er, kniff meinen Vater mit seinen krebsähnlichen Fingern in den Oberarm und vermied es peinlichst, mir ins neugeborene Mondgesicht zu sehen. Meinen Vater wunderte die Tiefe seiner Trauer. Reverend Pickerton zögerte einen Moment, drückte dann noch einmal den Arm meines Vaters und wies mit dem Kinn auf mich. »Tut mir leid, dass es ein Mädchen geworden ist«, und drückte noch einmal zu, bevor er entfloh.

Der Nachmittag verdichtete sich um meinen Vater. Das Grab meiner Mutter vor ihm sah aus wie das höhnische Grinsen eines Narren. Meine Schwester neben ihm schniefte mit gesenktem Kopf gleich einer Glockenblume, der Schwung ihrer Oberlippe trat durch all den Rotz nur noch stärker hervor. Und dann war da noch ich, mehr ein Brocken als ein Baby, mit unebener Haut und riesigen Augen, ungerührt von der Bedeutung des Abgrunds, der sich vor mir auftat. Mein Vater hielt mich darüber. »Da drin liegt deine Mutter. Nimm Abschied von ihr.«

Mein Vater musste entsetzt mit ansehen, wie ich meinen Schnuller in den Mund schob, den Sauger abbiss und das abgetrennte Plastikstück auf den derben Kiefernsarg meiner Mutter spuckte, wo er klappernd aufprallte und sich wie ein verlorener Kreisel drehte. Sosehr er auch versuchte, es der Unwissenheit von Kleinkindern zuzuschreiben oder einer Seele, die in dem klobigen Käfig des Körpers gefangen war, kam es meinem Vater später immer so vor, als ob ich genau gewusst hätte, was ich da tat. Und in gewissem Sinn hatte er Recht. Selbst damals vermutete ich wahrscheinlich schon, dass einem manchmal nichts anderes übrig blieb, als auf den Tod zu spucken und die Beine in die Hand zu nehmen.

Mein Leben als kleines Mädchen fand mit anderthalb Jahren ein jähes Ende, als ich urplötzlich aus allen Kleidern meiner Schwester herausgewachsen war. Bei dem Versuch, meinen Kopf in eine der rüschenbesetzten Hauben zu zwängen, die meine Mutter genäht hatte, wurde meinem Vater ziemlich schnell klar, dass das nicht viel anders war, als würde man eine Wassermelone durch ein Schlüsselloch stopfen wollen. Ganz gleich wie er auch daran zerrte und riss, die Bändel der Haube ließen sich nicht zusammenbinden. Die Haube bedeckte noch nicht mal die Hälfte meines roten Schädels.

Mein Vater trat einen Schritt zurück und betrachtete mich. Während Serena Jane die Gliedmaßen und Konturen einer eitlen kleinen Fee besaß, erinnerte mein Körperbau eher an die schwersten und rundesten aller Dinge – eine Kanonenkugel etwa, und ich war auch fast genauso unempfindlich für Zusammenstöße und Prellungen. Nachdem ich bereits im beispiellosen Alter von sieben Monaten laufen konnte, war ich zweimal die Treppe hinuntergestürzt, war unbeschadet Hals über Kopf von der Veranda in die Blumenbeete gefallen und überlebte, als mich Serena Jane in unserem rostigen roten Handwagen vor die herannahenden Autos schubste.

Nach jedem Unglück untersuchte mich mein Vater sorgsam auf Anzeichen von Gehirnerschütterung, Knochenbrüchen und Schürfwunden. Ich hatte niemals irgendwelche Beulen oder Blutergüsse – ich weinte noch nicht einmal. Eigentlich erfuhr er von den frühen Katastrophen nur durch den Heidenkrach, den ich beim Umfallen verursachte. Es war, so erzählte er seinen Kunden im Friseursalon, als ob ein Komet in die Erde eingeschlagen wäre. Ansonsten hätte ich ebenso gut aus Gummi sein können.

Er seufzte und griff nach einem der mit Spitzen besetzten Hemdchen, die meine Mutter genäht hatte, bevor sie gestorben war und die mir noch vor ein paar Monaten gepasst hatten. Aber auch damit hatte er kein Glück. Er hob das Hemd an meine kräftige Brust. Es wirkte an mir wie Puppenkleidung und endete drei Zentimeter über meiner Hüfte. Mein Vater wühlte in einer von Serena Janes Schubladen und zog ein gerafftes Kleid hervor – vollkommen neu und unangetastet, ein Geschenk der

Frau des Pastors. Auch das passte nicht. Schließlich steckte er mich, aus Verzweiflung darüber, dass er zu spät zur Arbeit im Frisörsalon kam und weil ihm einfach nichts mehr anderes einfiel, in eines seiner eigenen Hemden, schlug die Ärmel mehrere Male um. Der Saum schlabberte um meine Füße.

Vaterschaft war für ihn zu einer Serie von Verhandlungen geworden, bei denen er vermutlich immer verlieren würde. Ohne meine Mutter hatte mein Vater einfach kein Vorbild, an dem er sich orientieren konnte, um zwei Töchter großzuziehen, insbesondere da wir so unterschiedlich waren. Die Dinge, die Serena Jane glücklich machten, Teegeschirr und Rüschenkleidchen und die Nagellackreste meiner Mutter, brachten mich zum Weinen. Mein Vater merkte bald, dass ich robusteres Spielzeug brauchte: leere Büchsen, die klapperten und die sich zu Pyramiden auftürmen ließen; kratzige Taustücke, die ich wickeln und knoten konnte; einen Pappkarton mit einem Loch als Fenster.

Und dann noch mein Appetit, dessen mein Vater nicht Herr wurde. Er öffnete eine Dose Babynahrung nach der anderen, wärmte sie vorsichtig auf dem Herd, so wie er es bei meiner Mutter gesehen hatte, und goss sie dann in eine Reihe von sterilisierten Flaschen, die ich wegkippte als wären es Fingerhüte mit Milch. Mit drei Monaten brachen bei mir die ersten Zähne durch, und bald darauf gab mein Vater die Flaschennahrung auf und fütterte mich stattdessen mit haufenweise Tapiokabrei.

»Du kannst doch nicht einem kleinen Kind schon feste Nahrung geben!«, schimpfte Amanda Pickerton mit ihm bei einem ihrer ersten Gnadenbesuche, und mein Vater stimmte ihr mit erschöpftem Blick und hängenden Schultern zu.

»Ich kann eigentlich nichts davon«, gestand er ihr und so kam es, dass Amanda Pickerton für einige Zeit die Obhut über mein Dasein übernahm.

Unter der Woche, bevor er zum Haareschneiden in den Frisörsalon ging, überließ mein Vater meine Schwester und mich dem besseren Ermessen Amandas. Diese Regelung sagte meinem Vater zu, dem es egal war, wer uns ihm aus den Händen nahm, solange er sie für etwas anderes frei hatte, und Amanda, deren eigene Kinder schon erwachsen und weggezogen waren, gefiel es. Sie war eine dieser Frauen, die Macht über etwas Kleineres brauchten, und daraus ergaben sich auch schon die Probleme zwischen uns beiden. Ich war nie winzig genug, um durch die Ritzen ihrer Welt zu passen.

An dem Morgen, als mich mein Vater in seinem alten Hemd auf ihrer Veranda absetzte, runzelte Amanda ihre Stirn und zog die Mundwinkel sichelförmig nach unten. Mein Vater schob uns ohne ein Wort ins Haus, sein Unterkiefer entschlossen, den Blick bereits auf die beruhigende Welt von Männerhaaren gerichtet. Serena Jane sprach für ihn und fand ausdrucksstarke Worte.

»Sehen Sie mal, Mrs. Pickerton! Truly platzt aus allen Nähten«, juchzte sie und erfreute sich an meiner clownesken Aufmachung.

Amanda musterte Serena Jane und fand wenigstens an ihr nichts auszusetzen. Wie immer saßen Serena Janes Zöpfe einwandfrei, allenfalls die Schleifen darin hingen ein wenig schief, die Falten in ihrem Rock waren vielleicht auch nicht ganz so exakt gebügelt, aber dafür konnte unser armer Vater ja nichts. Er war ja schließlich nur ein Mann, und gab sein Bestes. Ich war diejenige, die es ihm schwer machte.

An diesem Morgen hatte ich außer der Schmach des zu großen Hemdes auch noch Krümel an meinem ausgeprägten Kinn kleben und, wie Amanda bemerkte, dazu noch einen Butterflecken auf meinen feisten Wangen. Mein Vater hatte mich neben Serena Jane abgestellt und Amanda bemerkte, dass ich größer war als meine Schwester. Serena Janes Arme und Beine waren zart, mit ausgeprägten weiblichen Kurven, aber meine Gliedmaßen hingen unbeholfen an meinem Körper herab, als ob ich ausgestopft wäre. Selbst meine Lippen wirkten, als wären sie geformt und aufgesetzt worden. Amanda seufzte tief und streckte wenig begeistert die Hand nach mir aus.

»Komm mit, mein Schatz«, gurrte sie. »Lass uns mal schauen, ob wir was für dich finden.« Sie starrte meinen Vater mit Kuhaugen an, der auf der anderen Seite des Fliegengitters mit den Füßen scharrte und nichts so sehr wollte wie weg. »Mach dir keine Sorgen«, säuselte sie, lächelte Serena Jane an, und packte meine Hand ein wenig fester als nötig. »Ich habe oben noch ein paar alte Kleider von Gina, die passen sollten. Du wirst sie bestimmt nicht mehr erkennen, wenn du wiederkommst.« Mein Vater grinste kurz, seine Kiefer entspannten sich vor Erleichterung, und er wand sich auf dem Absatz und sprang die Verandastufen der Pickertons hinunter, ohne zu bemerken, wie weiß Amandas Knöchel um meine Hand waren.

Sobald er um die Ecke war, verschwand das Lächeln von Amandas Lippen. Die Verwandlung war beachtenswert, wie ein Haus, das wieder schlicht und schmucklos dastand, nachdem die Weihnachtsgirlanden abgenommen waren. Ohne ihre Kirchenmaske sah Amanda fast aus wie ein Fuchs. »Meine Liebe«, sagte sie zu Serena Jane und band die Schleife in ihren Zöpfen ordentlich, »warum gehst du nicht ein bisschen im Wintergarten spielen? Ich habe dort die Puppen für dich hingelegt und auch ein paar Bücher.«

Serena Jane warf mir einen verunsicherten Blick zu. »Aber meine Schwester …«

Amanda unterbrach sie: »Zerbrich dir nicht deinen hübschen kleinen Kopf wegen Truly. Ich kümmere mich schon um sie.«

Serena Jane kam zu mir und platzierte ein trockenes Küsschen auf meiner Wange. Ich wollte mich an ihre Taille klammern, aber sie hielt mich davon ab. Sie mochte meine klebrigen Finger nicht auf ihren Kleidchen. »Truly mag auch mit Puppen spielen«, teilte sie Mrs. Pickerton mit und ging dann nach hinten, wo sie ein beeindruckendes Aufgebot an Plastikfiguren mit echt wirkenden Wimpern erwartete.

Oben, im Zimmer ihrer erwachsenen Tochter Gina, zog mir Amanda das anstößige Hemd aus und setzte mich dann halbnackt auf einen harten Korbstuhl. Das Geflecht pikste mir in die Oberschenkel und ich versuchte mich daraus zu befreien, aber Amanda bekam es mit und drückte meine Schultern mit ihrem gesamten Gewicht nach unten. »Du bleibst da sitzen!«, befahl sie mir, und ihre grellroten Fingernägel bohrten sich mir ins Fleisch. Obwohl ich noch nicht sprechen konnte, hatte ich die Botschaft verstanden. Ich hörte auf, mich zu winden, und starrte Amanda an. Auf meinen Schultern zeigten sich kleine halbmondförmige Einkerbungen.

Ich sah Amanda zu, wie sie mehrere Kartons, die im hinteren Teil des Schranks verstaut waren, durchforstete. Immer wenn sie ein Kleidungsstück herauszog, breitete sich der Geruch von Mottenkugeln aus. Ich musste niesen, und Amanda strafte mich mit einem vorwurfsvollen Blick über ihre Schulter, wendete sich aber sogleich wieder ihrer Aufgabe zu, den Kleiderschrank zu durchkämmen. Die Mottenkugeln schienen sie dabei nicht zu stören. Sentinel, das rote Kätzchen von Amanda, tauchte plötzlich aus dem Nichts auf und fing an, mir in die Waden zu krallen. Ich versuchte den kleinen Kater zu verscheuchen, aber er folgte mir nicht. Amanda drehte sich um und lächelte. Dann gab sie ihm einen leichten Tritt und er verschwand unterm Bett. »Braves Kätzchen«, schnurrte sie das Tier an.

Sie hatte ein paar Kinderkleidchen hervorgekramt, einige davon geblümt, andere mit Rundkragen, ein paar Kittel und weiße Spitzenblusen zum Drunterziehen, ein Paar Lackschuhe mit Riemchen. Oben auf den Stapel legte sie noch eine gekräuselte Hose und Rüschensöckchen. Ich sah nur zu, atmete durch den offenen Mund die abgestandene Luft im Raum ein und gab ungebührliche Schmatzgeräusche von mir. Amanda kam auf mich zu und schob mir zwei Finger unter das Kinn.

»Hör sofort damit auf«, sagte sie, und ihre Augen glitzerten bösartig dunkel wie zwei Onyxe. Sie zerrte mich unter großer Mühe hoch, bis ich stand. »Du hörst dich an wie ein ganzer Schweinestall. Zieh das mal über.« Ihre Hände fuhren über ein rosagestreiftes Kleid, auf dessen Latz Entchen hüpften. Sie hielt die Öffnung auseinander und versuchte es mir über den Kopf zu stülpen. Der Hals war weit genug – das Kleid war wahrscheinlich sogar zu groß –, aber ganz gleich wie sehr Amanda Pickerton sich auch mühte, sie schaffte es einfach nicht, es mir überzustreifen.

»Sitz still«, bellte sie mich an, aber ich wand mich wie ein Fisch an der Angel. In einer behänden Bewegung zog mich Amanda auf ihren Schoß, setzte sich auf den Stuhl, klemmte mich zwischen ihre Beine und drückte zu, bis mir vor Erstaunen fast die Augen herausfielen und mein Mund offen stand. Amanda bohrte mir ihren Ellbogen von hinten in die Rippen, hielt mich damit fest und kämpfte abermals mit dem Kleid.

»Wenn ich es nicht besser wüsste«, spuckte sie zwischen zusammengebissenen Zähnen hervor, und rupfte das rosagestreifte Kleid wieder retour über meine Haare, »würde ich fast behaupten, du hast etwas Teuflisches an dir, Kind.« Wie zum Protest wedelte ich mit den Ärmchen, aber Amanda legte mir den Unterarm über den Leib, presste mir ihr Knie gegen die Luftröhre und machte mich damit mundtot. Sie drehte das Kleid schnell um und setzte mich hin, zwängte meine Arme in die Puffärmel und stellte mich dann auf den Boden.

»Na also!«, zwitscherte Amanda und versuchte mit der einen Hand ihr zerzaustes Haar wieder in Ordnung zu bringen; mit der anderen knöpfte sie das Kleid zu. »Hübsch bist du immer noch nicht, aber wenigstens hast du was Anständiges an.« Ich beäugte sie einen Moment lang, und dann riss ich, mit einer unheimlich erwachsenen Vorsätzlichkeit, das Zuckerstangenkleid mit einem einzigen Ruck vom Saum bis zum Kragen entzwei. Sentinel kam unterm Bett vorgeschossen und fing an, mit den Stofffetzen zu spielen.

»O weh!« Amanda schnappte nach Luft, als ob ihr jemand in den Magen geboxt hätte und stopfte sich die Faust in den Mund, biss so fest darauf, dass sie ihr eigenes säuerliches Blut schmeckte.

Als mein Vater um fünf Uhr wiederkam, traf er eine finster dreinblickende Amanda Pickerton an. Ihm fiel auf, dass Amanda einen Verband um den rechten Daumen trug, durch den ein kleiner rubinroter Fleck schimmerte. Ich hatte immer noch das alte Hemd an, in dem er mich heute Morgen abgegeben hatte. Er hatte die Veranda kaum betreten, da kam ihm schon Amanda entgegen und drückte mich ihm in die Arme, als wolle sie ein besonders beleidigendes Geschenk zurückgeben. Mein Vater sah die winzigen Fältchen um Amandas Mund herum zucken.

»Haben ihr die Kleider nicht gepasst?«, fragte er hoffnungsvoll, und warf einen Blick auf das abgetragene Hemd, das mich umhüllte. Der Mut sank ihm ein wenig. Er verdiente nicht viel beim Haareschneiden, und ohne das Talent meiner Mutter mit Nadel und Faden, wusste er nicht, wie er zwei Mädchengarderoben bestreiten sollte. Amanda zischte, ihre Stimme bitter wie Schlangengift.

»Nichts an diesem Kind wird jemals passen, Earl. Merk dir das. Sie ist kaum mehr wert als ein wildes Tier, und ich für meinen Teil bin fertig mit ihr.«

Mein Vater sah sie verdutzt an. Mein Gewicht in seinen Armen war ihm so vertraut und beruhigend wie ein alter Stein. Er untersuchte mich von oben bis unten, konnte aber keine Blutergüsse, Schürfwunden oder Anzeichen eines Sturzes entdecken. Auch von den Striemen vom Gürtel, mit dem mich Amanda versohlt hatte, bevor sie mich damit für den Rest des Tages auf dem Stuhl festband, war nichts mehr zu sehen.

»Sie ist nicht schon wieder aus dem Fenster gefallen?«, fragte er mit zusammengekniffenen Augen, doch Amanda schnaubte nur.

»Sie wird noch viel Schlimmeres anstellen, bis sie groß ist und auszieht. Du wirst noch an mich denken. Dem Mädchen steckt der Teufel in den Knochen«. Sie schielte auf Serena Jane, die neben ihr auf der Veranda verharrte. Sie strich Serena Jane über das glänzende Haar. »Sie dagegen ist ein wie Stückchen vom Himmel. Ich werde sie jederzeit gern wieder betreuen.«

Sie küsste Serena Jane kurz auf die Wange, ging dann eilig ins Haus und schlug die Tür hinter sich zu. Im Halbdunkel des Flurs mit den bodenständigen Gerüchen von Möbelpolitur und Braten blieb sie stehen und sah sich die Gaze genauer an, ein einziger roter Tropfen verunzierte das Weiß. Dann riss sie den Verband ab und lutschte begierig an ihrem Daumen, bis die Wunde sich weiter öffnete, saugte lang und tief ihren eigenen Geschmack ein.

Ich hing schlafend über der Schulter meines Vaters, und Serena Jane plapperte von Teegeschirr und Puppen, während er die State Street hinunterschlurfte, dankbar, dass es Wochenende war. Es bedeutete, dass ihm wenigstens zwei Tage blieben, sich für mich etwas einfallen zu lassen, auch wenn er keine Ahnung hatte, was. Zu Hause machte er für sich und Serena Jane lustlos eine Dose Suppe warm und für mich wärmte er einen Topf Tapioka auf. Der Hemdsaum rutschte mir über die Schenkel, als er mich auf dem Sofa absetzte, aber meine Haut war rosig und prall, sämtliche Anzeichen von Amandas spitzen Fingernägeln und Kniffen waren verschwunden.

Nachdem wir im Bett lagen – Serena Jane mit engelsgleich

ausgebreiteten Armen wie Flügel, ich zu einem Knäuel zusammengerollt – goss sich mein Vater seinen Notvorrat an Whisky ein und überlegte. Er ging im Kopf die Frauen durch, die meine Mutter gekannt hatte, aber so mitfühlend sie auch sein mochten, so hatten sie doch alle ihren eigenen Kummer und eigene Sorgen und zu wenig Zeit, zu wenig Geld, zu wenig Unterstützung. Er seufzte und kippte den restlichen Whisky hinunter. Es blieb ihm nur eins übrig, auch wenn es ihm nicht gefiel. Aber es war immer noch besser als gar nichts: August Dyerson, der komische Kauz. Der letzte, der ihm einfiel. Die Notlösung.

Am nächsten Morgen zog mein Vater Serena Jane eines der letzten passenden Kleidchen an, und knotete ein Paar fleckige rosa Schleifen in ihre Zöpfe. Serena Jane zog die Stirn kraus, als sie die Fettflecke darauf sah, sagte aber nichts, während unser Vater die Satinbänder in ihr Haar band, mit seinen unbeholfenen Daumen, die sich in ihren Schädel bohrten. Sie wusste, dass Mrs. Pickerton sie neu binden würde. Das machte sie immer so. Mein Vater stülpte mir wieder eines seiner alten Hemden über, diesmal ein kariertes, und rollte abermals die Ärmel hoch bis über meine Handgelenke. Ich kreischte und ruderte kräftig mit den Armen. Ich sah aus wie ein Miniaturdirigent, der eine Menschenmenge lenkt.

»So ist es recht, Truly«, sagte mein Vater zu mir. »Zeig's ihnen.«

»Daddy?«, fragte Serena Jane, als er sie im Beifahrersitz des Fords festschnallte und mich auf ihren Schoß fallen ließ. »Warum fahren wir denn mit dem Auto?« Für gewöhnlich gingen wir zu Fuß zu Pastor Pickerton und seiner Frau.

»Weil«, sagte mein Vater, »ich nicht glaube, dass Mrs. Pickerton deine Schwester um sich haben will. Ich muss sie woanders hinbringen.« Er hatte erwartet, dass Serena Jane ein wenig beunruhigt reagieren würde oder zumindest enttäuscht, aber sie zeigte keinerlei Bedauern, soweit er das sehen konnte.

Stattdessen verlagerte sie ihr Gewicht unter meiner Körperfülle und schlug artig die Knöchel übereinander.

»Ach so«, bemerkte sie. »Das ist auch gut. Dann krieg ich die Kleider.«

Mein Vater warf einen raschen Blick auf seine beiden Töchter, ich, mit Marmelade verschmiert und unförmig, und Serena Jane, exquisit wie ein Sahnetörtchen, und er musste zugeben, dass sie nicht ganz Unrecht hatte. Ein Mädchen wie ich war wahrscheinlich in Overalls und dreckigen Turnschuhen besser dran als in Spangenschuhen und gekräuselten Kleidchen, ganz gleich was die Leute darüber dachten. Er fragte sich, was unsere Mutter getan hätte. Er sagte sich, dass es keine Rolle spielte, aber dann fielen ihm die Stoffmeilen wieder ein, die meine Mutter Nacht für Nacht dekoriert hatte, und er spürte einen Stich im Herzen, der so spitz war, als würde ihn eine silberne Sticknadel durchbohren – von der Art, wie sie benutzt wurden, um das Kopfkissen eines Babys zu besticken, damit es beim Schlafen von niemand anderem träumte.

Außer dem eindrucksvollen Quilt, hatte Tabitha Dyerson Morgan die Familienfarm an Generationen von glücklosen Dyersons weitervererbt, was sich ganz allgemein in dem Zustand der Farm widerspiegelte. Obwohl die Farm der Dyersons nicht mehr als zweihundert Jahre alt war, sah sie aus wie aus der Steinzeit. Die Mauern waren schief und krumm. Um das Farmhaus herum wucherte struppiges Unkraut aus dem Fundament wie Hexenhaar, und die Fenster waren unter all den Ablagerungen von Dreck fast bedeutungslos geworden. Ein Stück hinter dem Hauptgebäude ragte ein stillstehendes Windrad empor, die Blätter starr, wie rostige Flügel.

»Vogel«, rief ich und drehte mich mit ausgestreckten Armen nach hinten.

Dad stellte den Motor ab und schüttelte den Kopf. »Das ist eine Windrose, Truly«, erläuterte er. »Siehst du, die Blätter drehen und drehen sich.« Er warf einen Blick auf das rostige Metall und berichtigte: »Manchmal.«

Ein kleines Mädchen hockte im Gras vor dem Hauptgebäude und pulte mit einem Stock Regenwürmer aus der Erde. Als sie meinen Vater näher kommen sah, stand sie auf und zog den Saum ihres schmuddeligen Rocks herunter, die Beine ineinander verknotet. Als wir uns näherten, rochen wir den Urin und sahen zwei erbsengroße Tränen in den Augen des Mädchens glitzern. Ihre Unterlippe bebte, während sie mit den Armen ruderte, aber noch bevor sie in ein Geheul ausbrechen konnte, ging eine drahtige Frau raschen Schrittes über den Hof, hob sie hoch und drückte sie fest an sich, ungeachtet des Urins. Sie strich dem Mädchen über die strähnigen Haare. Obwohl die Finger der Frau knorrig wie Baumzweige aussahen, waren sie doch erstaunlich beweglich.

»Ist schon in Ordnung, Amelia«, sagte sie beruhigend, ein Auge auf uns gerichtet. »Wir machen dich gleich sauber. Drinnen gibt's Früchtekuchen.« Amelia schmiegte den Kopf an ihre Schulter und steckte sich zwei Finger in den Mund. Die Frau drehte sich etwas, so dass sie meinen Vater über Amelias Kopf hinweg ansehen konnte. »Earl, was kann ich für dich tun?« Es klang nicht unfreundlich, aber die Besuche von gierigen Kreditgebern über Jahre hinweg hatten ihrer Stimme einen gewissen misstrauischen Ton verliehen.

Mein Vater setzte mich ab und schürzte die Lippen. »Guten Morgen, Brenda. Ist Gus da?«

Sie wies bestimmt mit dem Kinn in Richtung Scheune. »Er macht mit den Pferden rum. Die Woche gibt es wieder ein Rennen.« Augusts Pferde hatten allesamt noch nie besser als mit dem letzten Platz abgeschnitten – eine Tatsache, die sich in letzter Zeit bezahlt gemacht hatte. Gewisse Gentlemen mit weitreichenden Verbindungen hatten mit Gus Dyersons vorhersehbaren Verlierern einen Riesenreibach gemacht, und sie geizten nicht gerade mit ihren Gewinnen.

»Danke«, sagte mein Vater und schlurfte über das unebene Gras, ich tapste hinter ihm her. Er hörte, wie das klapprige Fliegengitter hinter Brenda zufiel und sie im Haus vor sich hin summte. »Das ist ein gutes Zeichen«, murmelte er vor sich hin, denn nach seiner Vorstellung summten nur zufriedene Leute vor sich hin.

Dad fand Gus zwischen einer scheckigen Stute und der rohen Stallwand, wo er die müden Flanken des Tiers bürstete. Als mein Vater näher trat, blickten ihm sowohl Mann als auch Pferd kurzsichtig entgegen, aber dann breitete sich ein Lächeln über Gus' Gesicht aus, und es strahlte, als wäre die Sonne aufgegangen. Die Furchen und Einbuchtungen in seinem Gesicht verwandelten sich in gefälligere kleinere Falten, und er reckte das Kinn. »Earl Plaice!«, rief er aus und gab dem erbärmlichen Pferd zum Nachdruck einen Klaps auf den Schenkel. Das Tier schnaubte und verlagerte sein Gewicht.

Ich nehme an, es sprach Bände über Gus, dass er einen Besucher so erfreut begrüßte. Im Allgemeinen kam keiner je auf die Dyerson-Farm heraus, es sei denn, um Schulden einzutreiben. Noch nicht mal die Post schaffte es bis zu ihnen raus, sie hörte bei den Dunfrys auf, genau da, wo die Straße zur unwegsamen Hölle wurde.

Mein Vater ließ mich nicht aus den Augen, als ich auf einen räudigen Köter, der auf einem Strohhaufen lag, zuging, aber dann sah er, dass der Hund so müde und verbraucht war wie alles andere hier und keine große Gefahr darstellte. Er faltete die Hände vor seinem Bauch. »Ich muss dich um einen Gefallen bitten«, krächzte er und erwartete, dass Gus abwehrend die Schultern heben oder wenigstens den Kiefer vorschieben würde. Aber der Mann blieb offen und entspannt.

»Schieß los«, sagte er und untersuchte abwesend mit dem Finger eine wunde Stelle im Mund.

»Ich frage mich, ob Brenda wohl ein Auge auf Truly für mich werfen kann, nur unter der Woche. Ich würde ja gar nicht danach fragen, aber mit Amanda Pickerton läuft's nicht gut.«

Gus zog seinen Finger aus dem Mund und untersuchte etwas Gelbliches daran. »Was ist mit Serena Jane? Soll sie auch hierbleiben?«

Mein Vater trat von einem Fuß auf den anderen. »Sie ist kein Problem.«

Gus schielte zu mir hinüber. Ich hatte mich an den verflohten Hund gekuschelt, und er bemerkte zum ersten Mal meine Aufmachung. »Warum ist sie so angezogen?«, fragte er.

Mein Vater seufzte. »Nichts passt ihr mehr, und Amandas Mädchenkleider will sie nicht tragen.«

Gus lachte und spuckte auf den Boden in den Dreck um sich. »Ein echtes Energiebündel, was?« Er grinste, und mein Vater entspannte sich endlich, weil er erkannte, dass dieser Ort für mich vielleicht gar nicht so schlecht war. Ich konnte hier nichts mehr auf den Kopf stellen, und selbst wenn ich hier so nackt rumrennen sollte, wie der liebe Gott mich geschaffen hatte, würde sich niemand daran stören. August kam zu mir herüber und lächelte wie ein schäbiger, gütiger Gott. »Dir wird's hier gut gehen, meine Kleine«, sagte er, und ich starrte zurück, verblüfft über seinen Irrglauben.

Als mein Vater am Abend wiederkam, entdeckte er, dass Brenda eine Lösung für mein Kleidungsproblem gefunden hatte: Sie hatte mir Jungensachen übergezogen. Mein Vater konnte sich nicht vorstellen, wo die her waren, aber überall lagen hier die seltsamsten Dinge herum – ein verrostetes Jagdhorn lag unter dem Küchentisch, eine Bratpfanne lauerte auf der Treppe zur Veranda, auf den Stühlen stapelten sich Zeitungen und Wettberichte –, dass er sich gar nicht erst die Mühe machte nachzuforschen. Alles, was er wusste, war, dass ich lebte, es mir gut ging und ich einen schwarzweißen Jeansoverall trug, in dem ich aussah wie ein Lokomotivführer, der beklagenswerte Hund lag zusammengerollt, treu ergeben in der Ecke neben mir, Amelia kauerte bei mir und sah mit großem Interesse zu, wie ich ein rosafarbenes Plastikpuppenbein schwang. Mein Vater sah sich um, aber es gab kein Anzeichen für den Rest der Puppe. Nebeneinander wirkten Amelia und ich weniger wie Spielkameraden als wie zwei separate Inseln – Amelia still und halb verwildert und ich überbordend in jeder Hinsicht. Amelia warf sich auf das Puppenbein, aber ich war noch nicht so weit, es ihr abzugeben. Sie stopfte sich die Finger in den Mund und wartete, gab seltsam klingende Geräusche von sich, irgendwo zwischen einem Brummen und einer Art Melodie. Ich sah zu meinem Vater auf und streckte die Arme aus, plapperte irgendeinen Kauderwelsch vor mich hin. Amelia langte schnell zu, schnappte sich knurrend das Puppenbein und zog sich dann damit unter den Tisch zurück.

»Was ist mit ihr?«, fragte mein Vater und wies mit dem Kinn auf Amelia. »Kann sie nicht sprechen?«

Brenda zuckte über ihrem Brötchenteig die Schultern. »Das wird sie schon noch, wenn sie so weit ist.«

Mein Vater nahm mich auf seinen Arm. »War sie brav?«

Brenda seufzte. »Brav genug.« Sie rührte mit dem Holzlöffel in der Schüssel und hielt sie dann Amelia hin, die das Puppenbein fallen ließ und den restlichen Buttermilchteig mit langen gierigen Schlürfern ausleckte.

Mein Vater verzog sich in Richtung Tür, weil die Hitze des Ofens ihn zum Schwitzen brachte. »Also, dann vielen Dank für alles. Vor allem für die Kleider.«

Brenda bearbeitete den Teig weiter und sagte hinter einer Haarsträhne hervor, die ihr ins Gesicht gerutscht war: »Du musst ihr noch mehr kaufen.«

Mein Vater hielt einen Moment inne. »Mehr Kleidungsstücke für ein Mädchen oder einen Jungen?«

Brenda unterbrach ihr Kneten für einen Moment, gerade so lange, dass meinem Vater wieder einfiel, wie hübsch sie einmal gewesen war. »Wie willst du sie denn haben?«

Mein Vater überlegte. »Na ja, sie ist ein Mädchen.«

»Also?«

Mein Vater dachte zurück an die vollkommen runden und erwartungsfrohen Tage kurz vor der Geburt, eine schillernde Erinnerung, zerbrechlich wie eine Seifenblase. Er erinnerte sich an den Football, den er mitgebracht und ihr sachte zugeworfen hatte, das neue Schweinsleder war gegen ihre Hände geklatscht, als ob es dorthin gehörte. Er erinnerte sich, wie meine Mutter ein paar Stiefelchen und eine Mütze in Blau gestrickt und das zarte Gewebe zur Begutachtung an der Stricknadel hochgehalten hatte. Meine Eltern mochten Namen, die mit *C* anfingen: Caleb. Christopher. Clive. Es musste meinem Vater im Nachhinein unglaublich vorkommen, dass es in seinem Leben einmal eine Phase so voller Zuversicht und Hoffnung gegeben haben konnte. Aber warum sollte ich nicht sein dürfen, wie es mir am besten gefiel? Wenn er sich beeilte, schaffte er es noch in Hinklemans Laden, bevor der zumachte. Er griff nach dem Fliegengitter und sah, dass es an mehreren Stellen eingerissen war.

»Danke«, sagte er noch einmal, aber Brenda zuckte nur die Schulter und wendete sich wieder dem Gebäck zu, stach mit einem Glas und mit Hilfe des Handballens runde Hügel aus dem Teig und verknetete den Rest wieder. Wenn es etwas gab, was Brenda gut konnte, dann war das, die Überbleibsel, die ihr das Schicksal auf den Teller gelegt hatte, zu verwerten.

»Du kannst sie morgen wieder vorbeibringen, wenn du willst«, sagte sie schnell und schob das Backblech in den Ofen. »Amelia freut sich über Gesellschaft und Zeit hab ich wahrlich genug.«

Mein Vater fasste mit der Hand an seine Schläfe und zog seinen Fantasie-Hut. Zeit war besser als nichts, dachte er sich, dazu konnten wir nicht Nein sagen.

4

Wenn es das Ziel von Erziehung war, das Selbst zu verändern, indem sie an ihm hobelte und ritzte wie ein Schnitzmesser, dann begann meine Erziehung sicherlich an einem strahlenden Augustmorgen 1958, als mich zum ersten Mal jemand »Riesin« nannte.

Aus gegebenem Anlass weckte mich Serena Jane besonders früh an diesem Morgen und bereitete mir ein richtiges Frühstück zu – Cornflakes, Toast und ein Glas Milch. »Sei froh, dass Dad ans Einkaufen gedacht hat«, sagte sie und schob mir das Essen über den Tisch. »Wenn ich in der Schule bin, knurrt mir die meiste Zeit der Magen, aber ich habe gelernt, damit zu leben.«

Ich nickte und versuchte langsam zu essen. Ich wusste, wovon sie sprach. Je mehr ich wuchs, desto hungriger wurde ich, und wir hatten nie viel zu essen im Haus. Die Dyersons auch nicht. Sie aßen alles, was die Erde ihres dürftigen Gartens hergab, und lebten ansonsten von Essensgutscheinen.

Serena Jane wischte sich die Toastkrümel vom Mund, stand auf und streckte mir die Hand hin. Sie war heute Morgen so nett zu mir, wie ausgetauscht. »Komm, ich bürste dir die Haare, bevor wir losgehen, aber wir müssen uns beeilen.« Wenn es darum ging, pünktlich zu sein, war Serena Jane so unerbittlich wie der stählerne Zeiger der Stoppuhr. Sie hetzte mich, ganz gleich, wo es hinging, aber ich versuchte, mir nichts daraus zu machen. Es war ihre Art mir zu vermitteln, dass sie von uns beiden das Sagen hatte.

Sie zog hastig den Kamm durch mein Haar, wischte mir mit einem Tuch und Spucke über die Schuhe und drängte mich dann zur Haustür hinaus, wo ich stand und wartete, während sie pflichtbewusst abschloss. Wir trotteten auf dem Bürgersteig an Sal Dunfrys Haus vorbei und dann bei den Pickertons, aber als wir am Friedhof entlangkamen, bohrte ich die Hacken in die Erde und blieb abrupt stehen, so unbeweglich wie ein Esel.

Ich kam fast nie am Grab meiner Mutter vorbei, doch jetzt, im goldenen Morgenlicht, blinkte das weiße Rechteck ihres Grabsteins hervor, und bevor Serena Jane auch nur Buh sagen konnte, hatte ich mich losgerissen und stürmte durch das schmiedeeiserne Tor. »Warte, Truly!«, rief Serena Jane, ihre Stimme hohl wie Röhricht in der Ferne, doch ich rannte immer weiter, bis zu dem Grab in der Ecke, wo unsere Mutter lag. Ich hätte nicht sagen können, warum ich das Bedürfnis verspürte, mich ins Gras zu knien und mit den Händen über die Pflanzen zu streichen, aber diese Tätigkeit beruhigte mich. Wenn ich die Augen schloss, war es fast, als ob meine Mutter mir die Hände streichelte und mir sagte, dass alles gut würde, dass es mir gefallen würde in der Schule.

Ich spürte von hinten einen jähen Ruck am Kragen, und Serena Jane beugte sich über mich wie eine ungeduldige Krähe, fragte mich, was um alles in der Welt ich da tat. »Dir ist schon klar, dass dort draußen die wirkliche Welt auf uns wartet, Truly? Ich schwöre, manchmal hab ich das Gefühl, du hast einen Kürbis als Kopf.« Unglücklich strich ich ein letztes Mal über das Gras, dann stand ich auf und folgte ihr.

Schließlich gelangten wir zu der Schule, die aus einem einzigen Raum bestand, und Serena Jane zog mich an der Hand die Stufen hinauf, aber sobald wir drinnen waren, ließ sie meine Hand los. Obwohl meiner Schwester zwei Jahre älter war als ich, war ich die Größere. Im letzten Jahr war ich so schnell gewachsen, dass ich eine Handbreit größer war und um Pfunde schwerer. Doch in gleichem Maße wie ich Serena Jane größenmäßig einholte, distanzierte sie sich immer mehr von mir. Sie hing ihren Pullover an einen der Kleiderhaken und strich sich den Kragen glatt, ihr Blick glitt über den Hof auf der Suche nach den Freundinnen, von denen ich schon gehört hatte, die sie aber nie mit nach Hause brachte. »Bleib da«, sagte sie und drehte sich um. »Ich komm gleich wieder und sag dir, was du machen sollst.«

»Aber ich will auch mit«. Ich wollte meiner Schwester hinterher, doch ich wusste schon, dass sie mich zurückscheuchen würde. Ich spürte, wie mir die Tränen in die Augen stiegen.

Serena Jane schürzte die Lippen und dachte darüber nach. Wenn sie etwas hasste, dann war es, wenn ich weinte, nicht etwa weil sie Mitleid mit mir hatte, wie ich genau wusste, sondern weil sie sich dann schuldig fühlte. Es war die einzige Waffe, die ich gegen sie besaß, aber ich setzte sie nur ein, wenn mir keine andere Wahl mehr blieb. Serena Jane stöhnte und streckte noch einmal die Hand aus. »Also dann in Dreiteufelsnamen, wenn es unbedingt sein muss. Aber halt den Mund, und mach nur das, was ich dir sage.«

Die Glocke, die just in diesem Augenblick schrillte, schrieb die irritierenden Gerüche von Kreide, Kleber und frisch gespitzten Bleistiften für immer tief in mein Gedächtnis. Eine Frau in einem Twinset, mit Augen wie ein Luchs, marschierte nach vorn. Serena Jane begleitete mich zu einer Bankreihe. »Setz dich da hin«, flüsterte sie und wies auf das Pult neben ihrem. Es war zerkratzt und so alt, dass es noch ein Tintenfass hatte. Ich quetschte die Beine unter den Stuhl so gut es ging und faltete meine Hände zu einem Dach. Ich schielte zu meiner Schwester, aber sie saß kerzengerade, die Fußknöchel übereinandergeschlagen, die Hände sittsam nebeneinander auf dem Tisch, ganz die vorbildliche Schülerin.

Den ganzen Morgen über erfuhr ich von Dingen, von denen ich bisher nichts gewusst hatte. Das Alphabet zum Beispiel – eine Kette von wahnsinnigen Ecken und Kanten, begleitet von einem melodischen Singsang. Wie sich mein Name schreibt. Die Zahlen von zehn bis zwanzig. Wie viele Seiten ein Fünfeck hat. Mein Kopf wurde mit Fakten überschwemmt, wie ein Rinnstein nach dem Gewitterregen. Als die Glocke erneut läutete, gingen die Kinder der Reihe nach zur Frühstückspause hinaus. Wieder lief ich meiner Schwester hinterher. Durch die offene Tür sah ich den Kastanienbaum wogen, und ich sehnte mich danach, mich darunterzustellen, ihm beim Rauschen zuzuhören. Serena Jane und ich waren fast zur Tür hinaus, als die Stimme der Lehrerin durch die Luft peitschte wie der Schwanz eines Krokodils auf der Suche nach Beute.

»Mädchen, wartet mal bitte einen Augenblick!«

Serena Jane seufzte und sah den anderen Mädchen hinterher, die sich zu Gruppen formierten. Sie packte mich abermals am Handgelenk und schleifte mich nach vorn. Das Kinn meiner Schwester neben mir befand sich auf einer Höhe mit meiner Schulter. »Ja, Miss«, sagten wir im Chor.

Die Lehrerin zog die Nase kraus. Sie warf ihre Lippen auf. »Wer von euch beiden ist Truly?«

Serena Jane zeigte auf mich. »Das ist sie.«

»Und wie alt bist du, mein Kind?«

Ich wollte gerade die Hand heben. Der Blick der Lehrerin glitt auf ihre Namensliste, dann wieder zurück zu mir. Ich hob die Hand höher und streckte alle fünf Finger aus, eifrig wie Soldaten vor dem Krieg. Die Lehrerin riss die Augen auf und schloss sie. »Aber das ist nicht möglich. Du bist eine kleine *Riesin*!«

Ich errötete. Das Wort kannte ich bereits aus Brenda Dysons Märchen, wo aus normalen getrockneten Bohnen verzauberte Stängel wuchsen, gewöhnliche Gänse Eier aus Juwelen legten und verhexte Harfen ganz von selbst sangen.

Für mich war es ein Wort, das von außergewöhnlichen Versprechen umrankt war, von Schlosstürmen und Schatztruhen sprach. Aber so klang es nicht bei der Lehrerin. Sie presste das Wort durch ihre Schneidezähne, als wolle sie die Zahnpasta ausspucken. »Einfach riesig«, führte sie aus. »Das ist doch bestimmt nicht normal.«

Serena Jane und ich blinzelten sie verwirrt an. Es war ja auch nicht normal, keine Mutter zu haben, oder einen Vater, der zum Frühstück Bier trank, aber so war das nun mal, und wir hatten uns damit abgefunden, genauso wie mit den abgelegten Kleidern, den fehlenden Geburtstagsfeiern und Weihnachten ohne Baum. Die Glocke läutete erneut, und die Lehrerin legte die Liste auf den Tisch zurück. »Die Pause ist zu Ende«, sagte sie, als wolle sie ein Fliege wegschnippen. »Aber die Unterredung noch nicht. Bitte kommt nach Unterrichtsende noch einmal zu mir.«

Meine Schwester und ich schlichen zu unseren Pulten in der Mitte des Klassenzimmers zurück. Vielleicht hatte Serena Jane an diesem Nachmittag noch etwas gelernt; ich mit Sicherheit nicht. Meine Gedanken klebten an einem einzigen Satz, wie ein Kaugummi an einem Schuh, und ich wusste, ganz gleich wie sehr ich mich auch bemühte, ich würde ihn nie wieder losbekommen. *Kleine Riesin*. Die Worte wirbelten mir immer und immer wieder durch den leeren Kopf; meine schulische Erziehung geriet ins Stocken, bevor sie überhaupt begonnen hatte.

Die Lehrerin hieß Miss Sparrow. Sie kam direkt aus dem Lehrerinnenseminar und war neu in der Stadt. Deshalb waren ihr auch die Absonderlichkeiten, mit denen einige Kinder in Aberdeen aufwarteten, fremd, was ihr nicht gerade zum Vorteil gereichte, denn so musste sie alle mit einem Mal kennenlernen. Die Einwohnerzahl von Aberdeen war so gering, dass alle Kinder zusammen in einem Zimmer unterrichtet wurden, die größeren halfen den kleineren. Miss Sparrow stammte aus Albany, was im Vergleich dazu eine Großstadt war. Sie fand das gesamte Konzept reizvoll, als Dick Crane, der jugendliche Bürgermeister von Aberdeen, es ihr bei einem Bewerbungsgespräch im dem mit Chintz bezogenen Teesalon des Seminars vorstellte.

»Wie entzückend!«, rief sie aus, nippte an ihren Darjeeling und klimperte mit den Wimpern einem Mann zu, der bestimmt acht Jahre jünger war als sie. »So rustikal!« Und Dick Crane, der ebenfalls betört war, und zwar von Miss Sparrows langen, schlanken Beinen (deren Reiz ihre fünfunddreißig Jahre leicht vergessen ließen), nippte ebenfalls an seinem Tee und versäumte es geflissentlich, ihre Vision von einem ländlichen Arkadien zurechtzurücken.

1958 war Aberdeen irgendwo zwischen Dorf und Kleinstadt einzuordnen. Unkraut wuchs aus den Rissen in den Gehwegen, die von Winter zu Winter weiter aufbrachen. Die Glocken der Feuerwehr klemmten manchmal, wenn es feucht war, und die Zeitung hatte ihre Samstagsausgabe längst eingestellt. Es gab immerhin ein Hobby-Softballteam, den Gartenverein der Frauen und eine Bücherei aus Backstein, aber das Team gewann nie, das Alter der Gartenvereinsmitglieder lag zusammengerechnet bei vierhundertundsieben, und die Seiten der meisten Bücher in der Bibliothek waren so ausgeblichen und abgegriffen, dass man sie nicht mehr richtig lesen konnte.

Sogar die Straßenbäume sahen verkümmert aus. Im Frühherbst bekamen ihre Blätter einfach Flecken und fielen ab, anstatt sich wie anständige Laubbäume gelb und rot zu färben. Am ersten Schultag waren die Stufen zur Eingangshalle der Schule bereits derart glitschig von den welken, heruntergerieselten Blättern, dass Miss Sparrow stehen bleiben und sich die glatten Sohlen der schwarzweißen Pumps mehrfach an der Türschwelle abstreifen musste. Als sie aufsah, entdeckte sie

Marcus Thompson, den klügsten Jungen in der Schule, der sich hinter dem Globus auf ihrem Tisch herumdrückte.

»Ach du meine Güte!« Sie schnappte nach Luft, denn Marcus sah aus wie ein Gartenzwerg.

»Hallo!«, zischte er durch eine Lücke zwischen seinen vorstehenden Zähnen hervor. »Ich bin hier, um die Schwämme zu reinigen.«

Miss Sparrow strich sich mit der manikürten Hand über den Bauch, holte tief Luft und richtete sich auf. »Aber natürlich«. Sie lächelte, und ihre zartschimmernden Lippen verzogen sich zu einem sichelförmigen Bogen. »Wie reizend. Ich bin Miss Sparrow, die neue Lehrerin.« Sie trat hinter den Tisch, um sich vor Marcus in Sicherheit zu bringen, aber er ließ sich nicht abwimmeln. Er klopfte voller Begeisterung die Filzschwämme aneinander und verursachte eine Wolke aus Kreidestaub.

»Das ist wie intergalaktischer Nebel«, rief er und streckte die Nase hoch, um die weißen Teilchen fliegen zu sehen. »Vielleicht war es das, was Laika von der Raumkapsel aus gesehen hat.«

Miss Sparrow hielt sich die Faust vor den Mund und hüstelte: »Wer?«

Marcus klopfte noch wilder. »Laika. Die russische Hündin im Weltall. Ich habe alles über sie in der Zeitung gelesen.«

Miss Sparrow nahm ihre Faust vom Mund. »Du kannst lesen?«

»Na, klar! Laika war an Bord der Sputnik zwei, die die Erde zweitausendfünfhundertsiebzigmal umrundet hat.« Er zog die Stirn kraus und hielt einen Moment lang inne mit Schwämmeklopfen. »Die Wissenschaftler reden unentwegt davon, einen Menschen ins Weltall zu schicken, aber ich finde, dass Laika die wahre Heldin ist. Sie ist allerdings gestorben, haben Sie das gewusst?«

Miss Sparrow sah vorwurfsvoll drein und bürstete sich den

Staub aus den Haaren und von ihrem Kamelhaarrock. »Die Russen sind nicht unsere Freunde, junger Mann.«

Marcus dachte darüber nach. »Bedeutet das, dass wir uns freuen sollten, wenn ihre Raumfahrthunde sterben?«

Miss Sparrow hatte keine Gelegenheit mehr, ihm darauf zu antworten, weil die anderen Kinder gerade in einem lauten Haufen zur Tür hereingepoltert kamen. Der Staub, den Marcus aufgewirbelt hatte, löste bei einem flachsköpfigen Jungen einen Asthmaanfall aus. Er rang auf der Stelle nach Luft und keuchte, seine arme Lunge kollabierte wie ein lecker Blasebalg, sein aspririnfarbenes Gesicht erglühte dunkelrosa.

»Marcus Thompson«, schimpfte Vi Vickers, und hielt das um Luft ringende Kind am Ellbogen. »Hör auf damit. Du weißt doch, dass du das draußen machen sollst.«

Miss Sparrow sah Vi an und entdeckte ein erdbeergroßes Muttermal unter ihrem linken Auge, das ihr einen überraschten Ausdruck verlieh. Aber Vi Vickers war eine der älteren Schülerinnen der Klasse, und es gab eigentlich nichts mehr, was sie hätte verblüffen können. Sie begleitete den hustenden Jungen nach draußen, mit ihrem erstaunten linken Auge, um die Lippen ein gelangweiltes Schmollen.

Als sich Marcus' geisterhafte Staubwolke wieder gelegt hatte, konnte Miss Sparrow den Rest der Klasse betrachten und war erleichtert, dass sogar einige der Mädchen recht hübsch waren. Sie konstatierte mit Freude, welche von ihnen geraffte Kleider zum ersten Schultag trugen und welche neue Schleifen in die Haare geflochten hatten, welche Jungs ihre Wirbel mit Bryle-Pomade gezähmt hatten, mit engelsgleich glänzenden Köpfen. Alles in allem mutmaßte sie, während ihre rot lackierten Fingernägel die winzigen Perlmuttknöpfe ihrer Strickjacke entlangwanderten, ließ sich aus ihnen etwas machen. Ihre Brust füllte sich wieder mit Hoffnung. Dann flog die Tür auf, und das hübscheste Mädchen fasste das hässlichste an der Hand, das Miss Sparrow jemals gesehen hatte.

»Aber deine Eltern waren doch bestimmt mit ihr beim Arzt«, sagte Miss Sparrow, als wir nach der Schule unsere Unterhaltung fortsetzten, und maß mich mit dem gleichen abschätzenden Blick, den die Händler einem Kalb auf dem Jahrmarkt schenkten. Ich trat nervös von einem Bein auf das andere, was Miss Sparrows Eindruck von einem Rindvieh sicherlich noch verstärkte.

Es half auch nichts, dass ich ausnahmsweise einmal wie ein Mädchen gekleidet war. In einem Anflug von Mitleid hatte mir Mrs. Pickerton eine Schulgarderobe genäht, bestehend aus kackbraunen Schürzen, armeegrünen Trägerröcken und hellbraunen Blusen. Nach der Kleidung zu urteilen musste es sich um eine Gefängnisstrafe handeln, Einzelhaft für die Seele. In dem Faltenrock und dem kleinen Rundkragen sah ich aus wie eine Comicfigur, wie ein Monster, das Produkt eines völlig schiefgegangenen Schnittmusters. Tatsächlich musste Mrs. Pickerton die Maße um das Vierfache erweitern, was zu zirkuszeltartigen Proportionen geführt hatte, die nichts dazu beitrugen, meine Wülste und Ausbuchtungen zu verbergen. Ich senkte den Kopf und überließ meiner Schwester das Reden.

»Wir gehen nicht zum Arzt«, berichtete Serena Jane Miss Sparrow, ihre Stimme lieblich wie Glockengeläut, aber ebenso ausdruckslos, als ob die Töne, die sie anschlug, nicht ganz zur Musik passten.

Miss Sparrow schüttelte den Kopf, als hätte sie Wasser in den Ohren. »Also, was meinst du denn damit, ihr geht nicht zum Arzt? Was, wenn ihr krank seid?«

Serena Jane zuckte die Schulter. »Werden wir nicht.«

»Ihr werdet nie krank?«

Serena Jane zuckte wieder die Schulter: »Zumindest nicht schlimm krank.«

Miss Sparrow strich sich eine nicht vorhandene Rockfalte in ihrem Schoß glatt und holte tief Luft. »Aber euch ist doch bestimmt aufgefallen, dass äh, etwas *nicht stimmt* mit deiner jüngeren Schwester? Deine Mutter wollte doch bestimmt wissen, was ihr fehlt.« Miss Sparrows Blick huschte von dem Feenkind zu dem hässlichen Entlein. Ich scharrte mit den Füßen und hielt den Kopf noch tiefer gesenkt.

»Unsere Mutter ist tot.« Diesmal klang Serena Janes Stimme so matt wie ihr Blick.

»Ach so, ich verstehe.« Miss Sparrow sah mich mit zusammengekniffenen Augen an, als ob ich dadurch kleiner würde. Mir war klar, dass sie immer noch Schwierigkeiten hatte zu glauben, dass Serena Jane mit mir verwandt sein könnte. Sie holte ein Blatt und ihren emaillierten Füllfederhalter aus der Schreibtischschublade, Zeichen ihrer preisgekrönten Schönschreibkunst. Sie schwang die Hand über das Blatt, führte kunstvolle Kringel und Schnörkel aus, dann pustete sie die Tinte trocken und steckte die Nachricht in einen Umschlag.

»Hier«, sagte sie. »Gib das heute Abend deinem Vater. Darin steht, dass ihr zum Arzt müsst, wenn ihr dieses Jahr zur Schule wollt. Ihr braucht eine Untersuchung und einen Hörtest und müsst geimpft werden. Die Schulbehörde hat gewisse Vorschriften, denen wir uns doch nicht einfach widersetzen können, oder?« Sie beäugte noch einmal meine massige Erscheinung. Ich befand mich eindeutig nicht mehr im normalen Bereich. Ich war sogar mit Sicherheit eine Riesin, und obwohl Miss Sparrow Expertin auf dem Gebiet des Kleinmachens war, war sie sich zugleich sicher, dass etwas von meiner Größenordung nicht mehr zu ihrem Aufgabenbereich gehörte.

»Was ist das?«, fragte mein Vater, als ihm Serena Jane beim Abendessen den Brief hinhielt. Zögernd öffnete er das Schreiben, als wolle er eine uralte Karte auseinanderfalten, und kniff die Augen zusammen, um Miss Sparrows florale Handschrift zu entziffern.

Seit meine Mutter gestorben war, war mein Vater auseinandergegangen und an den Rändern breiter geworden wie eine halbgegessene Eiswaffel. Alles an ihm schien sich zu verformen, sich unmittelbar nach unten zu bewegen – der Eindruck wurde durch seine mangelnde Körperhygiene nur noch verstärkt. Seine verknitterte Hose hing ihm über den Hintern und vorn unter der bauchigen Speisekammer. Sein Hemd hing schlaff herab, die eingerissenen Zungen seiner Schuhe ebenso. Selbst die Schnürsenkel hatten den Kampf aufgegeben und schleiften am Boden. Die Kunden im Frisörsalon wollten ihn schon gar nicht mehr an ihre Haare lassen und wandten sich lieber an einen der jüngeren Angestellten, die inzwischen im Laden arbeiteten. Meinem Vater war das gleich, er hatte genug von Schmalzlocken und Entenschwanzfrisuren und Schnauzern. Er war wie ein Bäcker, der nie etwas Süßes aß, oder ein Goldschmied, der nur Silber trug. Die meiste Zeit des Tages verbrachte er auf einem Stuhl in der Ecke des Frisiersalons, las die Zeitung und studierte die Rennberichte. Er hatte ein kleines Bündel Geld angehäuft, indem er gegen August Dyersons jämmerliche Pferde wettete, aber das blieb sein Geheimnis. Er brachte das Geld einfach nach Hause und steckte es in einen Schuhkarton unter seinem Bett.

Er legte Miss Sparrow's Nachricht vor sich auf den Tisch, wo eine der Ecken in einem gemeinen Klecks Tomatensauce landete. Die meisten Abende bereitete ich das Essen zu und aß alleine. Ich holte einfach irgendwelche Dosen aus den Schränken und leerte den Inhalt in die Teller. Dann saß ich alleine am Tisch und lutschte Oliven von meinen Fingern, oder fuhr mit dem kleinen Finger am Rand einer Büchse Tapiokabrei entlang, während sich mein Vater auf dem durchgesessenen Sofa auf der anderen Seite des Zimmers lümmelte. An den Abenden, an denen er sich zu mir an den Tisch setzte, fühlte ich mich immer ein bisschen unbehaglich, als ob ich es mit einem flüchtigen Gast zu tun hätte, den niemand eingeladen hatte. Er rülpste leise und beugte sich dann zu Serena Jane hinüber.

»Hast du dieser Lehrerin gesagt, dass wir zu keinem Arzt gehen?«, fragte er und blinzelte sie in dem düsteren Licht an, als wäre sie ein Engel, der sich hierherverirrt hatte – eine Einschätzung, die er offenbar mit Serena Jane teilte. Sie nickte.

»Und hast du ihr auch gesagt, warum?«, bohrte er weiter.

»Ich hab ihr gesagt, dass Mama gestorben ist.«

In den Mundwinkeln meines Vaters hatten sich kleine Speichelreste gesammelt. Zwei seiner Zähne waren abgebrochen, die anderen so gelb wie alte Socken. »Hast du ihr gesagt, dass der Doktor daneben stand, als sie starb, und nichts für sie getan hat?« Er strich mit der Hand über den Brief der Lehrerin. Ich sah ihm zu und verspürte den Drang, meine Hand auf seine zu legen, seine zerschundenen Knöchel mit meiner Handfläche zu bedecken und sie so lange festzuhalten, bis sie sich wieder zu den annehmbaren kleinen Höckern verwandelten, die ich in Erinnerung hatte. Mein Vater hieb mit der Faust auf den Tisch.

»Wir brauchen keinen Hexendoktor. Wir kommen gut ohne ihn aus.« Sein Blick schoss hin und her zwischen der wundersamen physischen Vollkommenheit von Serena Jane und dem Rätsel um mich.

»Kein bisschen deine Mutter«, sagte er und gluckste. »Eher schon drei davon. Kein Wunder, dass Lily gestorben ist, als sie dich herauspresste. Verflixt, du könntest wahrscheinlich ein Scheunentor versperren.« Ein Hustenanfall schüttelte ihn, und er krümmte sich und verharrte so, die Bierdose schwankte bedenklich auf seinem Knie. Ich spürte das Verlangen, sie wegzutreten und zuzusehen, wie die Flüssigkeit spritzte. Nach einer solchen Tirade meines Vaters kam ich mir immer wie einer dieser übel riechenden, löchrigen Putzlappen vor, die in der Ecke der Spüle lagen. Ich dachte an die Röntgenbrille auf der Rückseite der Cornflakespackung, die wir letzte Woche gekauft hatten und die man bestellen konnte. Just in diesem Augenblick wünschte ich mir, mein Vater würde sie aufsetzen. Dann hätte er vielleicht sehen können, dass ich viel mehr von meiner Mutter hatte, als er meinte. Stattdessen rülpste er und fuhr sich mit dem Handrücken über den Mund.

»Ganz bestimmt«, echote er in den leeren Raum, und ignorierte die kleinen rasiermesserscharfen Zähne, die an meiner Seele nagten, sie leise auslöschten und mich klein machten, trotz meines Leibesumfangs, die mich noch nicht einmal halb so groß sein ließen wie das Mädchen, das ich gern sein wollte.

Die Praxisräume von Dr. Robert Morgan rochen nach Franzbranntwein, Pfefferminze und Desinfektionsmittel. So, stellte ich mir vor, musste die Luft auf Berggipfeln riechen – dünn, antiseptisch, eisig. Alles an der Praxis war kalt. Die Edelstahl-Spüle, in der sich eiskalte Wassertropfen sammelten und erzitterten wie ängstliche Feen. Der Linoleumfußboden, auf dem meine Füße durch die Socken hindurch taub wurden. Die Reihe von medizinischen Greifinstrumenten auf einem Metalltablett nach Form und Größe angeordnet. Sogar der Untersuchungstisch aus Leder war kalt. Ich rutschte auf dem darauf ausgerollten Papierstreifen hin und her, und es raschelte unter meinem Gesäß und den Schenkeln. Ich probierte, das dünne Baumwollhemd um mich zu wickeln, aber das Gewebe leistete Widerstand, stand den ganzen Rücken hinunter offen wie ein lachender Mund. Verlegen legte ich die Hände in den Schoß und wartete. Da flog plötzlich die Tür auf der anderen Seite des Raumes auf.

Über den dicken schwarzen Rändern von Dr. Robert Morgans Brille lugten die geschwungenen Augenbrauen eines Jägers aus der Märchenwelt. Ich starrte in seine Augen – wässrig, gerötet, aber sanft – und beschloss, dass es mir nichts ausmachte. In den Geschichten war es immer ein netter Mann. Er hatte Schneewittchen von der bösen Königin befreit. Er rettete Rotkäppchen aus dem gierigen Rachen des Wolfes. Wenn ein Jäger die Axt schwang, so wusste ich, verhielt man sich am besten ruhig und ließ ihn seine Arbeit machen. Dr. Morgan klappte den Metalldeckel des Klemmbretts hoch und warf einen Blick auf die Unterlagen, als wollte er in seinem Skript nachlesen, wie man die Unterhaltung begann. Er ging zu der kleinen Theke hinüber und legte die Akte auf der Kante ab. Ich wartete darauf, dass sie herunterfiel, aber nichts passierte.

»Hallo Truly.« Er streckte mir seine langgliedrige Hand hin. »Wir haben uns schon lange nicht mehr gesehen. Um genau zu sein, das letzte Mal bei deiner Geburt. Seitdem bist du ein ganzes Stück gewachsen.«

Ich senkte den Kopf. »Mrs. Pickerton sagt, ich wachse zu schnell. Sie sagt, ich sei sogar schon zu groß für die Hose des Teufels. Sie näht meine Schulkleidung.« Ich spürte, wie mir das Blut zu Kopfe stieg, was meine Wangen fleckig erscheinen ließ. Wenn Serena Jane errötete, sah sie nur noch hübscher aus.

Dr. Morgan steckte das Stethoskop in seine Ohren und hob die Scheibe an. »Mrs. Pickerton ist eine alte Ziege«, sagte er und drückte die Membran auf meine Brust. Er lauschte wie ich sorgfältig ein- und ausatmete, doch nach einer Weile wich sein Lächeln einem besorgten Blick. Er rutschte mit der Membran des Stethoskops ein paar Zentimeter nach unten. »Interessant«, sagte er, zog die Ohrbügel heraus und legte sie sich um den Hals. »Ich würde dich gerne wiegen.« Er führte mich zu der Standwaage in der Ecke und zeigte mir, wie das Metallgewicht über den gerasterten Metallbalken hin und her geschoben werden konnte, von der kleinsten Einheit zur größten. Ich hielt das Hemd hinten zu und trat auf die Waage. Das Gewicht blieb in der Mitte stehen.

»Sehr schön«, sagte Dr. Morgan und notierte etwas auf dem

Klemmbrett. »Bleib bitte da stehen. Ich werde dich messen.« Er schob einen weiteren Metallbalken an einem vertikalen Lineal entlang, bis er flach auf meinem Kopf lag. »Aha«, sagte er, kniff die Augen zusammen und notierte wieder etwas. »Interessant«, sagte er noch einmal. Es gefiel mir, wie er das sagte und dabei die Silben zerhackte – in-ter-es-sant – so dass ich mir vorkam wie ein gedankenverloren zusammengesetztes Puzzle.

Ich war es gewohnt, dass die Leute mich anstarrten, aber niemand hatte mir jemals bewusst so viel Aufmerksamkeit geschenkt. Mein Vater betrachtete mich ausschließlich durch seinen allabendlichen Bierschleier. Serena Jane ignorierte mich die meiste Zeit. Brenda Dyerson, die immer alle Hände voll zu tun hatte in dem baufälligen Haus, behielt mich fest in ihrem Blickwinkel, zusammen mit Amelia, die immer so dicht bei mir war, dass wir uns berühren konnten ohne zusammenzuzucken. Amelia sagte allerdings nie einen Ton, lächelte nur hie und da und reichte mir ihre kaputten Spielsachen, wenn sie damit fertig war. Und auch wenn es zutraf, dass sich Mrs. Pickerton mit der Grimmigkeit einer aufgebrachten Wölfin auf bestimmte Teile von mir konzentrierte, so waren es doch immer nur die schlechten Teile. Bisher hatte sich noch niemand die Mühe gemacht, mein Ganzes unter die Lupe zu nehmen und die Knochen im Nacken mit denen im Rücken, die Schienbeinknochen mit den Knöcheln zu verbinden und so ein Gesamtbild herzustellen. Ich kam mir vor wie ein seltenes und wunderschönes Insekt, das unterm Mikroskop betrachtet wurde. Vielleicht, dachte ich bei mir, weiß Dr. Morgan den Namen für das, was mich von den anderen unterscheidet. Wenn er mich einordnen konnte, könnte ich mich vielleicht anders darstellen und wüsste, was ich den Leuten antworten sollte, wenn sie mich anstarrten, als wäre ich ein preisgekröntes Ausstellungsstück auf dem Jahrmarkt. Mein Herz schlug ein wenig schneller vor freudiger Erwartung.

Ich kletterte wieder auf den Tisch und ließ Dr. Morgan mir mit seinem Gummitomahawk auf meine Kniescheibe klopfen, als ob wir Indianer spielen würden, etwas, das die wortkarge Amelia und ich manchmal im Wald hinter der Dyerson-Farm machten. Dabei war Amelia immer die Prinzessin, verängstigt und in Lebensgefahr, und ich war der tapfere Indianer, der durch das Unterholz brach, der wutschnaubend mit schlackernden Armen und Beinen angerannt kam. Amelia war so leicht, dass ich sie auf einem Arm tragen konnte, und das machte mir großen Spaß. Ich fühlte mich dadurch wichtig und hatte die Illusion, zu etwas tauglich zu sein. *Mach dir keine Sorgen*, hechelte ich und schleifte Amelia zur Scheune, *ich sorge dafür, dass wir beide sicher sind, für immer*. Amelia machte dann immer die Augen zu und kicherte, aber wenn ich sie ansah, hatte sie immer noch eine besorgte Miene, als ob alle ihre Lebenserfahrung als Dyerson sie eines Besseren belehrt hatte, als auch nur auf einen Funken von Erlösung zu hoffen.

Dr. Morgan legte mir ein Maßband um den Kopf, um die Brust und um die Oberschenkel, schrieb mit seinem Bleistift noch mehr Zahlen in die Akte. Er strahlte mir mit der Stiftleuchte in die Augen und beobachtete, wie sich meine Pupillen zusammenzogen und wieder weiteten – parallele Welten mitten in mir, die geboren wurden und wieder erstarben. Er spähte in meine Nasenlöcher und Augen. Er kniff und stieß mich und bohrte an mir herum. Er ließ mich ein Auge zuhalten und unsinnige Buchstaben von einer Tafel ablesen. Als ich die Hände wechselte, verteilten sich die Buchstaben und schwirrten herum, wie Elstern auf einem Feld.

»Ist dir jemals schwindelig?« Dr. Morgan tastete meinen Hals ab. Ich schüttelte den Kopf. »Atemnot? Müdigkeit? Starker Durst?« Ich schüttelte noch einmal den Kopf. Nein, nein und nochmals nein, auch wenn es gar nicht stimmte. Mein Herz hob und senkte sich manchmal, als ob es ein Eigenleben führte, aber ich wusste nicht, wie ich das dem Doktor hätte erklären sollen. Außerdem wollte ich, dass er notierte, dass mit mir alles in Ordnung sei, wegen Miss Sparrow. Das Herz eines wilden Tieres und regelmäßige Schwindelanfälle führten nicht zur erwünschten Diagnose.

Dr. Morgan klappte den Aktendeckel zu. »Also gut, Truly.« Er tätschelte mir das Knie und starrte mich über den schwarzen Brillenrand hinweg an. »Wir sind hier fertig.« Es war eine Brille, wie sie Wissenschaftler trugen – eckig, dick und extrem vernünftig. Ich fragte mich, ob ich alles in Winkeln und vollkommen geradlinig sehen würde, wenn ich sie aufsetzte. Würde alles in der Welt eine Ordnung annehmen? Dr. Morgan reichte mir mein Kleiderbündel. »Du kannst dich jetzt wieder anziehen. Ich warte draußen, und dann würde ich gern deinen Vater sprechen.«

Ich nahm die Kleidungsstücke. Es war mein Wochenendjungenoutfit: Overall, ein kariertes Hemd, wollene Jagdsocken. Sie hingen an meinen Händen wie eine abgelegte Haut. Ich sah zu Dr. Morgan auf und holte tief Luft. »Bin ich eine Riesin?«

Dr. Morgan hatte bereits die Hand auf dem Türknauf, als er sich noch einmal zu mir umdrehte. »Eine Riesin? Wer hat dir denn das erzählt?«

»Miss Sparrow. Sie sagt, mit mir stimmt irgendwas nicht. Sie sagt, so groß kann man gar nicht sein.«

Dr. Morgan trat noch einmal zu mir. Er nahm die Brille ab und wischte sie sorgfältig mit der Ecke seines weißen Kittels, immer und immer wieder, jedes Brillenglas, bis es sauber war und glänzte. »Hat sie dich deshalb hierhergeschickt?«, fragte er schließlich. Meine Unterlippe zitterte, und ich nickte. Dr. Morgan tätschelte mir die Schulter in dem gedankenabwesenden Rhythmus, in dem eine Mutter ihr Kind beruhigte.

»Du solltest dir nichts daraus machen, was Leute wie Miss Sparrow sagen genauso wenig wie Mrs. Pickerton. Sie haben keine Ahnung von Medizin. Sie wissen gar nicht, wovon sie reden. Er fasste mir unters Kinn und wischte mit seinem Daumen meine Tränen weg. Seine Hände waren erstaunlich warm. »Hast du schon mal was von der Hirnanhangdrüse gehört?« Ich schüttelte den Kopf. Er ertastete den Sockel meines Schädels und klopfte darauf, kennzeichnete die Stelle, als ob er auf Schatzsuche wäre.

»Es ist, als hättest du eine kleine Uhr in deinem Hirn. Die sagt deinem Körper, wann er wachsen soll und wie schnell. Bei manchen Leuten geht die Uhr langsam, deshalb wachsen sie nicht so sehr. Das sind die kleinen Leute in der Welt. Andere Leute, so wie du, haben es eilig, möglichst schnell groß zu werden. Es ist als würde dein Körper an einem Rennen gegen die anderen teilnehmen, das er unbedingt gewinnen will. Die normalen mittelmäßigen Menschen, an denen nichts Besonderes ist, also, manche von denen sind einfach neidisch, das ist alles. Sie wissen nicht, was sie von dir halten sollen.«

Ich riss die Augen auf: »Bist du ein Hexendoktor?«

Er legte den Kopf zurück und lachte heiser auf. »Wer hat dir denn das erzählt?«

»Mein Daddy. Er hat gesagt, wir brauchen keinen Hexendoktor. Aber ich finde nicht, dass du aussiehst wie eine Hexe. Außerdem habe ich immer gedacht, dass Hexen Mädchen sind.«

Dr. Morgan lächelte. »Das sind sie auch, Truly. Das sind sie. Und eines Tages wirst auch du bestimmt bezaubernd sein. Du und deine hübsche Schwester. Jetzt zieh dich aber an, dann bring ich dich nach Hause.« Er ging zur Tür und zog sie hinter sich zu, nahm Klemmbrett und Bleistift mit – gemeinsam mit der Erkenntnis zu der er über mich gelangt war.

5

Von außen sah unser Haus fast genauso aus, wie die anderen in der Maple Street. Es hatte eine niedrige Veranda mit einer Schaukel darauf, einen weißen Lattenzaun und Spitzenvorhänge in den Fenstern. Bei der unteren Treppenstufe wuchsen Gänseblümchen. Im Winter kamen dicke Rauchwolken aus dem stämmigen Schornstein. Aber in unserem Haus gab es auch einiges, was die anderen nicht hatten. Aus dem Regenrohr, das lose neben der Veranda hing, wuchs Unkraut. Die Farbe der Schindeln war abgeplatzt. Der Briefkasten wackelte auf dem Pfosten hin und her wie der Kopf eines Betrunkenen. Der Postbote war dazu übergegangen, das bisschen Post, das wir bekamen, unter der Tür festzuklemmen, wo Dad, wenn er sie fand, sie ins Wohnzimmer kickte, bis der Stapel so hoch war, dass man ihn nicht mehr übersehen konnte. Dr. Morgan sah auf seine schwarzen Budapester und registrierte dazwischen eingekeilt zwei Kuverts, während er darauf wartete, dass mein Vater auf sein Klingeln hin zur Tür kam. Von drinnen hörte man etwas umfallen, dann Schritte, die sich näherten, und dann blinzelte mein Vater ins Licht des Nachmittags. Ich stand vor ihm auf der Veranda, an der Hand von Dr. Robert Morgan, dem IV.

»Geh sofort ins Haus«, blaffte mein Vater mich an. »Brenda Dyerson hat im Laden angerufen und gefragt, wo du bleibst.«

Es war Samstag, der geschäftigste Tag im Frisörsalon. Serena Jane war bei den Pickertons. Ich hätte an diesem Morgen auf August warten sollen, der mich abholen und mit raus zur Farm nehmen wollte, aber stattdessen war ich zu Dr. Morgan losgezogen, mit Miss Sparrows Zettel in der Hand, worin sie von Riesen und medizinischen Untersuchungen und Impfungen schrieb, wenngleich in perfekter Schönschrift. Ich drückte kurz Dr. Morgans Hand zur Bekräftigung und stapfte die Treppe hoch in das Zimmer, das ich mir mit meiner Schwester teilte. Von unten hörte ich die schwerfälligen, unsteten Schritte meines Vaters, die sich mit dem exakten Klackern von Dr. Morgans Schuhen mischten. Seine Schritte klangen, wie die eines Vaters klingen sollten, fand ich. Fest, entschlossen. Die Art von Schritten, die ich gern abends vernommen hätte, wie sie die Treppe heraufkamen, um mich zuzudecken, anstatt der tapsigen meines Vaters.

Ich setzte mich aufs Bett, die Ellbogen auf die Knie gestützt, und betrachtete mich im Spiegel auf der Rückseite der Tür. Ich füllte ihn bereits ganz aus, von einer Kante zur anderen, mein Körper war massiger als der irgendeines Monsters. Ich drehte meinen Kopf hin und her und schnitt Grimassen, dann fasste ich an meinen Hinterkopf, an die Stelle, von der Dr. Morgan gesagt hatte, dass dort eine kleine Uhr säße. Ich tastete die Gegend ab, konnte aber nichts spüren, dann lauschte ich mit angehaltenem Atem, hörte aber nichts ticken. Ich reckte meinen Nacken und streckte die Arme aus, und imitierte eine von Serena Janes Ballerinaposen, aber ich verwandelte mich nicht in eine Schwanenprinzessin, wie Serena Jane. Ich blieb einfach ich – glubschäugig, wulstlippig, Kinn über Kinn über Kinn. Ich ließ die Arme wieder sinken und ließ mich auf das Bett plumpsen. Ich war kein tanzendes gefiedertes Wesen. Offensichtlich war ich noch nicht mal so was Exotisches wie ein Riese, aber eine normale Größe hatte ich auch nicht. Ich seufzte und zog Miss Sparrows Zettel aus der

Tasche, inzwischen zerknittert und mit Schweißflecken übersät, aber trotzdem immer noch hübsch anzusehen.

Ich rutschte von der Bettkante und wankte zu dem einzigen Schreibtisch im Zimmer, dessen Schubladen ich mit Malstiften, Wachskreide, Füllern und Papier gefüllt hatte, und dessen Oberfläche mit Serena Janes Haarreifen, Lipgloss, Zeitschriften und einem Tiegel mit Hautcreme übersät war. Ich schaffte ein wenig Platz in dem Krempel und strich so gut es ging Miss Sparrows Zettel glatt, dann holte ich ein leeres Blatt Papier aus der Schublade und zog die Kappe von einem grünen Filzstift ab. Nachdem ich das leere Blatt auf Miss Sparrows Schrift gelegt hatte, fuhr ich dem Gezwirbel ihrer Buchstaben nach, und entspannte mein Handgelenk, damit ich die Windungen und Schnörkel ihrer Worte besser kopieren konnte. Ich beendete die erste Zeile der Nachricht, lehnte mich zurück und betrachtete mein Werk. Gar nicht schlecht. Ich beugte mich wieder darüber und machte mich von neuem an die Arbeit, fest entschlossen, das Vokabular der Eleganz linientreu zu beherrschen, entschieden, wenigstens etwas an mir so schön wie möglich zu machen.

Unten nahm Dr. Morgan gerade auf dem durchgesessenen Sofa Platz und sank tief in die Kissen ein. Aus der Küche kam ein schwach säuerlicher Geruch. Dr. Morgan schloss den Mund, atmete durch die Nase und ließ sich nichts anmerken, so wie er es während des Medizinstudiums gelernt hatte. Von dort oben auf dem Treppenabsatz konnte ich beinahe in das Zimmer linsen. Ich beugte mich vor, um mehr sehen zu können.

»Also Earl, es ist schon eine Weile her«, sagte Dr. Morgan und vermied es tunlichst, meine Mutter zu erwähnen. In den Jahren nach ihrem Tod wurde er immer mehr in sich gekehrt, und brütete unentwegt über die Handvoll Patienten, die er während seiner Laufbahn verloren hatte. Sein Labrador Cody trauerte mit ihm und folgte ihm auf Schritt und Tritt, wobei ihm der rosa Lappen seiner Zunge aus der Schnauze hing. Dr. Morgan legte die Hände auf die knochigen Knie und räusperte sich. »Ich nehme nicht an, dass *du* Truly heute Morgen zu mir in die Praxis geschickt hast.«

Mein Vater schnaubte und öffnete die nächste Bierdose. »Es gibt nichts auf dieser Welt, was mich zu dir führen könnte. Was immer auf mich zukommen mag, ich kriege das alleine hin. Aber die Mädchen …« Er zuckte die Schultern. »Na ja, die werden größer. Die haben inzwischen ihre eigenen Vorstellungen.«

Dr. Morgan hüstelte diskret hinter vorgehaltener Hand. »Genau darüber wollte ich mit dir sprechen. Dir ist doch bestimmt aufgefallen, das Truly größer ist als andere Mädchen ihres Alters. Sie ist sogar größer als Serena Jane, die zwei Jahre älter ist.«

Mein Vater schluckte. »Ja, besonders hübsch ist sie nicht.«

Ich runzelte die Stirn. Obwohl mir klar war, dass meine Schwester die Schöne in der Familie war, bevorzugte ich insgeheim meine eigene Körpermasse und mein mir vertrautes Gewicht, die mir so viel weniger anstrengend erschienen. Serena Jane war viel zu zerbrechlich, zu angemalt und glänzend. Ich machte mir immer Sorgen, dass sie splittern und entzweibrechen könnte, anfällig wie ein Porzellanpüppchen.

Dr. Morgan verscheuchte eine Fliege von seinem Ohr. »Nett ist, wer Nettes tut«, sagte er. »Was mir Sorgen macht, ist, wie schnell Truly wächst. Es ist vollkommen ungewöhnlich für eine normale Fünfjährige. Ihr Hormonhaushalt ist offenbar aus dem Gleichgewicht, wahrscheinlich ausgelöst von der Hirnanhangdrüse.«

Mein Vater lungerte weiter gegenüber im Raum herum. »Na so was, was sagt man denn dazu?«

»Wenn ich noch ein paar Tests machen könnte, mir das Blutbild ansehen, könnte ich bestimmt das Problem näher bestimmen und …«

»Nein.«

»Aber …«

Mein Vater stand auf. In dem Zwielicht und von so nah wirkte mein Vater größer, als sich Dr. Morgan erinnerte, sein Brustkorb war eingesunken, seine Wangen waren ausgehöhlt, aber die Schultern immer noch breit. »Keine Tests«, sagte mein Vater, und es klang bemerkenswert klar, dafür, dass er schon beim fünften Bier des Nachmittags war. »Keine Blutabnahme, keine Spritzen, kein Vorzeigen bei deinen Arztkumpels. Keiner macht eine Zirkusnummer aus meiner Tochter.«

»Komm schon, Earl, darum geht es doch gar nicht. Ich versuche ja nur zu helfen.«

Mein Vater kniff die Augen zusammen. Den gleichen Blick setzte er im Frisörsalon auf, bei einer der seltenen Gelegenheiten, bei denen er jemandem die Haare schnitt. »Ich finde, du hast schon vor fünf Jahren genug getan«, presste er zwischen den Schneidezähnen hervor.

Dr. Morgan ließ den Kopf hängen. »Sie wäre sowieso gestorben, Earl. Es gab wirklich nichts, was ich hätte tun können. Sie hatte zu viel Blut verloren, aber selbst wenn nicht, wäre sie früher oder später an dem Tumor gestorben.«

»Das weißt du doch gar nicht. Das kann niemand mit Sicherheit sagen. Vielleicht wäre er zurückgegangen. Oder sie hätte Bestrahlungen oder sonst was kriegen können.«

Dr. Morgan erhob sich. »Nein, das glaube ich nicht. Das hättest du auch herausgefunden. Entgegen allem, was du gern glauben möchtest, gibt es gewisse Dinge, die ich mit Sicherheit weiß, und andere Dinge gegen die ich machtlos bin, ganz gleich wie schmerzhaft sie sein mögen. Und Earl, ich sag dir jetzt mal was, mit Truly stimmt etwas nicht. Aber in diesem Fall kannst du etwas tun. Du kannst sie vor diesem Übel retten.«

»Der Herr hilft denen, die sich selbst helfen«, sagte mein Vater. »Rettung ist nicht gerade meine Stärke.«

Aber *meine*, hätte Dr. Morgan am liebsten gesagt, doch

dann wurde ihm klar, dass das so nicht zutraf. Meine Mutter hatte er ja auch nicht retten können. »Was wird aus Truly?«, fragte er schließlich.

Mein Vater zuckte die Schultern. »Ich denke, sie wird kriegen, was ihr zusteht, ob dir das gefällt oder nicht, so wie wir alle.« Er stapfte auf Dr. Morgan zu und haute ihm kräftig auf den Rücken. Der Hieb schmerzte etwas, wie es seine Absicht gewesen war. Er stapfte in den Flur und riss die Haustür auf. »Danke, dass du gekommen bist«, sagte er. »Und nun scher dich zum Teufel!«

Mein Vater wartete, bis die schwarze Anzugjacke von Dr. Morgan um die Ecke verschwunden war, bevor er die Tür schloss. Er stand eine Weile lang im Flur, strich sich das fettige Haar zurück, stopfte sich das Hemd in die Hose und stieg die ausgetretene Treppe hoch zu unserem Zimmer. Ich saß vornübergebeugt an dem kleinen Schreibtisch. Mein Vater musterte mich eingehend, aber es half nichts. Ganz gleich wie sehr er auch danach suchte, er fand nie auch nur das geringste Anzeichen meiner Mutter in mir. Wenn ich nicht hier im Haus geboren wäre, hätte er wahrscheinlich geglaubt, ich wäre bei der Geburt vertauscht worden.

Als die Bierfahne meines Vaters in meine Nase drang, sah ich von meinem Blatt Papier auf. Die Spitzen von Daumen und Zeigefinger waren grün, und auch auf Nase und Wangen hatte ich smaragdfarbene Schmierer. Mein Vater beugte sich über mich, um zu sehen, was ich da trieb. Unter meiner Hand schlug eine grüne Tintenlinie Purzelbäume über das Papier.

»Lass mich mal sehen.« Er nahm das Schriftstück und hielt es ans Fenster, wo das Licht durch das Blatt fiel und die Schrift in eine Ranke verwandelte. *Sie ist mit Sicherheit eine Riesin. Eindeutig nicht mehr im normalen Bereich.* Er seufzte und legte das Blatt beiseite. Es war die Handschrift dieser eingebildeten, neuen Lehrerin. Natürlich hatte ich keine Ahnung, was da stand. Er legte mir die Hand auf den Kopf und wünschte sich, dass er besser im Geschichten erzählen wäre, wünschte sich, dass ihm jetzt eine einfiele, wo der Riese nicht böse war und ihn nur niemand verstand und die Prinzessin riesig wäre – je größer desto besser –, wo die äußere Schönheit immer mit der inneren Schönheit einherging, wo die bösen Königinnen auch aussahen wie die Hexen, die sie waren, und wo hochmütige Lehrerinnen für alle Zeiten in den Turm verbannt wurden.

»Warum kommst du nicht mit runter und isst etwas?«, fragte er. »Ich glaube es ist noch Thunfisch da. Ich mach dir ein Sandwich.« Und ich, wie immer gierig, das Loch in mir zu stopfen, folgte ihm nach unten, die grüne Beschreibung von mir flatterte in meinen Händen wie der dornige Stiel einer duftenden, aber giftigen Rose.

6

Komm her!«, August winkte mit seinen sehnigen Armen in meine Richtung.

Es war Januar und eisig in der Scheune, aber ich gewöhnte mich allmählich daran. Ich wohnte inzwischen bei den Dyersons. Vor sechs Monaten, kurz nach meinem zwölften Geburtstag, war ich zum Frühstück nach unten gegangen und hatte meinen Vater aufrecht auf dem Sofa sitzend vorgefunden, seine Wangen so starr wie ein Stück Asphalt, seine Augen zwei runde Knöpfe, die sich auch dann nicht regten, als ich brüllte. Serena Jane kam ins Zimmer und rieb sich den Schlaf aus den Augen. Sie brauchte etwa zwei Sekunden, bis sie wusste, was zu tun war. Sie deckte Dad mit dem schäbigen Afghanen zu und schob mich in die Küche. »Sieh nicht hin«, sagte sie und rief Dr. Morgan an, der uns zum zweiten Mal mitteilen musste, dass wir einen Elternteil verloren hatten.

Der Tod ist etwas anderes, wenn man sich daran erinnert. Als meine Mutter starb, war ich ein Neugeborenes, erblickte verschwommenen mit gerade geöffneten Augen das Licht der Welt, döste, satt von der Milch. Diesmal aber war ich alt genug, um mitzubekommen, dass, abgesehen von Mrs. Pickerton, Serena Jane und ich die einzigen Frauen bei der Beerdigung meines Vaters waren. Die anderen Trauergäste waren Kunden aus dem Frisörsalon, die alle gern mal mit meinem Vater einen zur Brust genommen hatten.

Mrs. Pickerton, meine Schwester und ich standen dicht beisammen, etwas abseits von den Männern, unsere nackten Knie wurden vom feuchten Aberdeen-Wind gepeitscht. Neben uns leuchtete der Marmorgrabstein meiner Mutter wie ein halbvergessener Mond im Nebel. Ich sehnte mich danach, meinen Kopf in das weiche Gras an ihrem Grab zu betten, auf die schwarze Erde zu weinen, bis sie sich in Schlamm verwandelte, aber Amanda Pickerton riss mich bei der Hand und zwang mich, geradeaus zu sehen. In diesem Augenblick hasste ich sie noch mehr als sonst, und ich hasste auch alle anderen um mich herum, meine eitle, dumme Schwester, die bis jetzt nicht geweint hatte, weil sonst ihre Augen bei der Beerdigung rot und geschwollen gewesen wären, die Frisörkunden, mit ihren schlaff herabhängenden Mündern und Augen, sogar meinen Vater, weil er mich allein zurückgelassen hatte. Ich hatte es satt, dass die Leute um mich herum starben und ich in meinen kratzigen Kleidern still stehen musste. Ich versuchte meine Hand zu befreien, aber Amanda schlang ihre Finger wie eine Klaue noch fester um meine. »Steh still«, zischte sie und zerrte genervt an meinem Arm.

»Arme Lily, armer Earl«, murmelte Dick Crane.

»Wenigstens hatte er immer den besten Whisky«, brummte Ebert Vickers und strich sich über die Bartstoppeln.

»Und jetzt hat der Whisky das Beste von ihm«, fügte Roger Thompson hinzu.

Amanda Pickerton räusperte sich und warf ihnen einen vorwurfsvollen Blick zu, zog meine Schwester und mich näher zu sich heran. Am Vormittag war sie mit zwei identischen Plastikkoffern ins Haus gekommen. »Was immer ihr behalten wollt, packt es in die Koffer«, befahl sie in barschem Offizierston. »Alles andere geht an die Heilsarmee.« Sie öffnete den Kleidersack, den sie so behutsam über dem Arm getragen hatte, breitete unsere Trauerkleider auf den Betten aus und stellte die dazugehörigen Schuhe darunter. Serena Janes waren neu und aus Lackleder. Meine waren braune Stiefel, aber wenigstens hatte Mrs. Pickerton sie poliert und frische Schnürsenkel eingezogen. »Ich komme um zwei Uhr wieder.« Sie hielt sich die Armbanduhr vor die Augen. »Zwei Uhr«, sagte sie noch einmal und hastete die Treppe hinunter. Noch bevor die Haustür zugeschlagen war, raste ich in das Zimmer meines Vaters, holte den Schuhkarton mit dem Geld unterm Bett hervor und teilte es fifty-fifty zwischen mir und Serena Jane auf. Dann blieb ich zögernd vor der Kommode meiner Mutter stehen und suchte ihren Schildpattspiegel. Auch den steckte ich ein und rannte zurück in unser Zimmer.

Als es zwei Uhr wurde, standen Serena Jane und ich gekämmt und eingekleidet bei der Haustür, die beiden Koffer nebeneinander im Flur. Ihr Koffer war schwerer als meiner – als gäbe es in ihrem Leben mehr, was sich zu behalten lohnte –, aber das sah man den Koffern nicht an. Stattdessen hätte man sie für ein perfektes Paar halten können, das ein gemeinsames Ziel hatte. Weshalb ich überrascht war, als ich das schreckliche Schnaufen des Trucks der Dyersons vor dem Friedhofstor vernahm, gerade als die Beerdigung meines Vaters zu Ende ging.

»Beeil dich«, drängte mich Amanda Pickerton, und drückte mir einen harten Klumpen Aberdeen-Erde in die Hand. Sie wies mit dem Kinn auf das Grab. »Mach schon, wirf ihn runter, und schließe deinen Frieden. Du willst ihn doch nicht warten lassen.«

Zuerst meinte ich, sie redete von meinem Vater, aber während ich mir die Lehmkrümel von den Fingern streifte, rutschte mir plötzlich das Herz in die Hose. Ich linste durch das Friedhofstor, und sah meinen Koffer auf der Ladefläche, mit einem ausgefransten Stück Seil festgezurrt. »Nein«, sagte ich leise zu Amanda. Das eine war, den ganzen Tag auf der Dyerson-Farm zu verbringen, die Pferde mit Hafer zu versorgen und sich dabei durch hüfthohes Gras zu kämpfen. Etwas ganz anderes war es, dort jeden Morgen zu dem schwächlichen Kikeriki ihres anämischen Gockels aufzuwachen. »Lass mich bei Serena Jane bleiben«, flehte ich, aber Amanda reagierte entsetzt auf den Vorschlag und wich vor mir zurück. Ich versuchte den Blick meiner Schwester einzufangen, doch Serena Jane stand immer noch über das Grab meines Vaters gebeugt, in ihre eigene Welt vertieft. Sie vernahm unsere Unterhaltung noch nicht mal mit einem Ohr. Ich fragte mich, wo ihr Koffer war, und dann dämmerte mir, dass er wahrscheinlich schon bei den Pickertons stand, ausgepackt und im Schrank verstaut, seine Reise war zu Ende. Und wenn ich jemals auf meine Schwester neidisch war, dann war es ebendeshalb – nicht auf ihr Aussehen, nicht auf ihr gelassenes Hinnehmen dessen, was die Welt ihr bot, nein, es war die Tatsache, dass sie ganz eindeutig diesen hässlichen Koffer nie wieder würde benutzen müssen.

Amanda rang sich ein schwaches Lächeln ab. »Meine Liebe, es ist gänzlich unmöglich, dass du bei uns bleibst. Dir wird es bei Brenda und August bestimmt besser ergehen, glaub's mir. Sie entsprechen dir mehr.« Sie lenkte mich in Richtung Truck. »Geh schon«, drängte sie mich und schob mich von hinten an. »Es wird dir dort schon gut gehen.«

August half mir in die Fahrerkabine und Amanda schlug die Tür hinter mir zu. August drehte sich zu mir und strich mir über die Wange. Seine Finger kratzten wie Äste im Wind, obwohl er versuchte, mich so sanft wie möglich zu berühren. Ich drehte mich um und sah durch die Heckscheibe nach meinem Koffer. »Mach dir keine Sorgen«, sagte August. »Ich hab ihn gut festgebunden.«

»Danke«, murmelte ich, aber deshalb machte ich mir gar keine Sorgen. Mir war nur gerade eingefallen, dass ich außer dem Koffer niemals mehr wieder etwas mit meiner Schwester gemeinsam haben würde.

Die Dyersons waren echte Hinterwäldler. Ihre Wurzeln reichten tief und waren weit verzweigt, wie beim Unkraut, und sie gingen bis auf Tabithas trunksüchtigen Bruder James zurück. Als Veteran des Bürgerkrieges war er nicht so unbeschadet davongekommen wie der erste Robert Morgan. Er hatte ein Bein zusammen mit dem lebendigeren Teil seiner Seele verloren. Er kehrte auf Krücken nach Aberdeen zurück, mit einem Holzbein am Oberschenkel, sein Gang schwankend nicht nur wegen des ungewohnten Anhängsels, sondern auch vom schwarzgebrannten Schnaps, den er in den tiefen Tälern der Appalachen herzustellen gelernt hatte. Nachdem seine Schwester Robert Morgan geheiratet hatte und mit ihm in den Ort gezogen war, leistete er den Füchsen und Krähen, die die Farm heimsuchten, Gesellschaft und pflanzte blasses, kraftloses Getreide an, um daraus seinen Schnaps zu brennen. Als er starb, überraschte er das ganze Dorf damit, dass er nicht nur eine Halbblut-Oneida zur Frau genommen hatte, die er eines Nachmittags in den Wäldern aufgeschreckt hatte, als sie gerade sein Destillat plündern wollte, sondern auch noch der Vater ihres Kindes war.

»Das war Amelias Ururgroßvater Jeremy Blood Moon Dyerson«, brüstete sich August stolz in der Scheune, klopfte einem seiner Klepper die tragisch knochige Flanke und strich dann über die dunklen wirren Haarsträhnen seiner Tochter. »Von ihm haben wir unsere Intuition geerbt. Dafür sind wir überall berühmt-berüchtigt.« Er klopfte sich an die Stirn und zwinkerte mir zu, und ich erstickte ein Kichern hinter meinem Handschuh. Ob nun wegen ihres unreinen Bluts oder des scharfen Geruchs des Kornschnapses, der immer in ihrer Kleidung hing, waren die Dyersons alles andere als berühmt in Aberdeen, und das Gleiche galt auch für ihre Pferde. August liebte die Tiere dennoch. »Auf ihre Art sind sie Sieger«, sagte er. »Sie ticken nur ein wenig anders«, und Amelia pflichtete ihm heftig nickend bei. Ich starrte auf den Widerrist des nächstbesten Pferdes und dann auf Augusts schlaffe Haltung und stellte fest, wenn die Welt schon Verlierer verabscheute, dann musste sie Gewinner erst recht hassen. Was sonst könnte die rostige Windrose erklären, die auf dem Hof der Dyersons vor sich hin rottete, die sich hartnäckig haltenden Steine auf den Feldern und vor allem die Melancholie von Amelia, die mit ihren Tintenfassaugen und ihrer Fähigkeit, sich geräuschlos anzuschleichen, anscheinend etwas von Jeremy Blood Moons Talent für das Heimliche geerbt hatte.

In meinem neuen Leben bei den Dyersons teilte ich mit Amelia das Zimmer, die Mahlzeiten und sogar einige Kleidungsstücke (Amelia trug das, was ich ablegte), aber es gelang mir einfach nicht, die Tatsache außer Acht zu lassen, dass sie das genaue Gegenteil meiner Schwester war – dunkel, wo Serena Jane hell war, flach, wo Serena Jane rundlich war, und vor allem stumm, wo Serena Jane fast platzte vor Meinungen, angefangen mit dem verheerenden Zustand meiner kerzengeraden Haare bis zu dem richtigen Sitz der Sicherheitsnadel auf ihrem Schottenrock.

Amelias Schweigen war es auch, was mir am meisten zusetzte. Zum ersten Mal in meinem Leben war ich diejenige, die herumkommandierte, und es war ein einsames Geschäft, wie sich herausstellen sollte, besonders wenn es sich dabei um eine Untertanin handelte, die so verträumt und schweigsam war wie Amelia. »Wollen wir draußen spielen?«, fragte ich sie beispielsweise, nachdem uns Brenda ein paar Spiegeleier über den ramponierten Tisch geschoben hatte. »Lass uns in den Wald hinter der Scheune gehen und nach Pfeilspitzen suchen.« Aber Amelia war damit beschäftigt, ihre Gabel durch den Eidotter zu ziehen, und antwortete nicht. Dann schaufelte ich das Essen hinunter und stapfte alleine nach draußen, ganz ohne Serena Janes Schnodderigkeit, mit der sie mich immer zur Eile angetrieben hatte. Der Wald mit seinen raschelnden Tieren und dem verstohlenen

Raunen Tausender Blätter, war für mich immer die Erlösung nach Amelias Stille.

Eines Tages jedoch, etwa sechs Wochen nach meiner Ankunft, überraschte sie mich, indem sie sich so leise an mich heranschlich, dass sie mich an ein Reh erinnerte, das versuchte, sich um einen Bären herumzudrücken. »Jetzt spielen«, sagte sie zu mir und reichte mir eine Hahnenfeder.

Mir stand der Mund offen. »Du sprichst ja.« In der gesamten Zeit bei den Dyersons, sowohl vor als auch nach dem Tod meines Vaters, hatte sie nie ein einziges Wort gesagt. Wenn sie etwas wollte, zeigte sie entweder darauf oder beschrieb den Gegenstand mit den Händen und Brenda und Gus kamen ihrer Aufforderung nach.

»Warum sagt denn Amelia nie etwas?«, fragte ich Brenda.

Sie lächelte nur ihr bedächtiges Lächeln, wischte sich die Hände an der Schürze ab und zuckte die Schultern. »Ist das wichtig?«

»Ich denke nicht.«

»Na, da hast du deine Antwort.« Und sie wandte sich wieder dem Ofen zu.

In der frischen Luft des Waldes klang Amelias Stimme rauer als ich mir sie vorgestellt hatte, ähnlich der Baumrinde. »Jetzt spielen«, sagte sie noch einmal. Es fiel ihr schwer, das »l« in spielen auszusprechen.

Ich zwirbelte die Feder in meinen Fingern und versuchte meine Überraschung zu verbergen. »Was willst du denn spielen?«

Amelia ließ sich einfach an Ort und Stelle in den Dreck plumpsen und blinzelte mich an. »Geschichte«, krächzte sie, dann schloss sie den Mund und verfiel wieder in ihr unheimliches Schweigen. Ich fuhr mir mit der Feder unterm Kinn auf und ab. Sie kitzelte wie Samt. Amelia saß geduldig zu meinen Füßen und starrte mich an. Ich starrte zurück. Ich staunte über Amelias Mut, den es sie gekostet haben musste, die paar

Worte zu äußern, und überlegte, wie ich sie am besten dafür belohnen könnte. Amelia wurde jedoch ungeduldig und hieb mit ihrer kleinen Faust auf den Waldboden ein, was mich dazu veranlasste, den Mund zu öffnen und einfach das Erstbeste, was mir einfiel, herauszusprudeln.

»Es war einmal«, fing ich an, »eine wunderschöne Prinzessin mit dem schrecklichen Namen Bugaboo. Sie wünschte sich nichts sehnlicher, als dass die Leute sie lieb hatten, aber sobald sie den Mund aufmachte und sich vorstellte, fingen alle an zu lachen, dass sich die Balken bogen. Der dumme Name war schon schlimm genug, aber sie quakte dazu auch noch wie ein alter Ochsenfrosch auf Freiersfüßen.

Keiner glaubte, dass Bugaboo eine Prinzessin war, bis sie eines Tages eine magische Feder fand, ganz wie diese Hahnenfeder.« Ich hielt sie hoch. »Weil sie ihr gut gefiel, steckte sie sich die Feder ins Haar, doch die war verhext und raubte ihr die Stimme.

Zuerst dachte Bugaboo: Wie schrecklich! Aber dann wurde ihr bewusst, dass sie jetzt niemand mehr auslachen konnte. Und so wurde aus ihr die klügste, netteste, hübscheste Prinzessin der Welt, und sie musste nie mehr etwas sagen, weil die Leute schon vorher wussten, was sie wollte, auch ohne dass sie es aussprach, und sie lebte glücklich bis an ihr Lebensende.«

Amelias Mund stand offen. Sie hielt erstarrt die kleinen Hände vor der Brust gefaltet, als wäre sie dem Frost zum Opfer gefallen. Einen Moment lang fragte ich mich, ob vielleicht noch mehr mit ihr nicht stimmte, abgesehen davon, dass sie nicht sprach, aber dann brach sie in einen solch begeisterten Beifallsturm aus, dass ich mir Sorgen machte, sie könne sich dabei die Kleider an den Ästen zerreißen.

Am nächsten Tag kam sie mit einem Kranz aus Zweigen, den sie mit Rohleder zusammengebunden hatte, für mich an, und wollte noch eine Bugaboo-Geschichte hören. Ich erzählte ihr wie Bugaboo ein Floß aus Holz baute und damit über den Ozean segelte, der so weit war, dass sie ein ganzes Jahr brauchte, um ihn zu überqueren. Bald hatte ich eine ganze Sammlung von Dingen, die Amelia für mich zusammengetragen hatte, in der Schublade der Kommode zwischen unseren Betten. Jeden Tag war etwas Neues hinzugekommen, bis ich allmählich merkte, dass ich nicht alleine war, und dass es in Aberdeen sogar für Leute wie Amelia und mich Geschenke gab, selbst wenn wir sie selbst basteln mussten.

Jetzt, wo wir Verbündete waren, fing Amelia an, hinter mir herzulaufen, anhänglich wie ein Schatten, ob es mir gefiel oder nicht. Ich nahm sie sogar mit in den Ort, wenn ich samstags Serena Jane bei Hinkleman an der Theke traf – der einzige Tag, so hatte Mrs. Pickerton beschlossen, an dem wir uns verabreden durften. Mr. Hinkleman schüttelte meiner Schwester die perlweiße Hand, als wäre sie eine Hochwohlgeborene und gab ihr extra Kirschen in ihre Limonade, aber als Amelia und ich an der Reihe waren, verlor er kein Wort, und er achtete immer peinlich genau darauf, uns nicht zu berühren, wenn er die Vierteldollarmünzen aus unseren klebrigen Händen einsammelte.

»Pech haftet genauso leicht an wie Ruß«, hörte ich ihn zu der pickeligen Aushilfe sagen, während er mit seinem Schrubber ziellose Kreise über den Boden zog. Mein Magen krampfte sich zusammen, aber ich schenkte ihm keine Beachtung. Ich starrte vor mich hin, setzte die Limo an und leerte sie in einem einzigen gierigen Zug, verschlang die ganze Süße auf einmal, und ließ die Kohlensäure ordentlich in mir kribbeln. Amelia neben mir schaukelte auf ihrem Barhocker hin und her und trank etwas zurückhaltender, genoss das Prickeln der Kohlensäure in ihrem Hals, vermischte Vergnügen mit Schmerz, bis das eine das andere war. Ich wand mich von ihr ab und meiner Schwester auf der anderen Seite zu. In der Öffentlichkeit sprach ich nie mit Amelia, weil sie da sowieso nicht geantwortet hätte, das wusste ich, sie hätte lediglich die Stirn gerunzelt und noch fester an ihrem Strohhalm gesogen.

»Sie kann sprechen«, beharrte ich, als Serena Jane sich einmal über Amelia lustig gemacht hatte. »Sie macht das nur nicht, wenn Fremde dabei sind.« Aber Serena Jane hatte einfach ihre Lockenmähne zurückgeworfen und naserümpfend behauptet, dass ja wohl Amelia die Befremdliche wäre.

»Was hättest du lieber auf einer einsamen Insel dabei?«, wollte ich jetzt von ihr wissen, und hakte meine Füße unter der Querstrebe ein. »Essen oder Werkzeug?« Ich bemerkte wie Amelia an ihrer Nagelhaut herumzupfte. Sie dachte offenbar über die Frage nach, auch wenn sie sie nur in Gedanken beantworten würde.

Serena Jane zuckte leicht genervt mit der Schulter und schaute auf die Uhr. Amanda Pickerton wollte um eins mit ihr ins Kino gehen. »Wen interessiert das schon?« Sie hatte meine Spielchen immer schnell über. In ihrem neuen Leben musste Serena Jane anscheinend nie irgendwelche Entscheidungen treffen. Nach der ersten Woche, die wir getrennt voneinander verbracht hatten, hatte ich sie gefragt, was es bei ihr zum Frühstück gab, und sie hatte mich fassungslos angestarrt, als ob ich vom Mars käme. »Was immer ich will«, erwiderte sie. »Mrs. Pickerton bindet einfach ihre Schürze um und zaubert es herbei. Sie ist eine fabelhafte Köchin.«

»Aber was, wenn du Pfannkuchen und Eier wolltest?«, hakte ich nach und versuchte mir Brenda vorzustellen, wie sie dieses Angebot unterbreitete und es nicht zustande brachte. Das Frühstück bei den Dyersons bestand aus was immer die Hühner auf den Tisch brachten. »Was davon würde Mrs. Pickerton dir zubereiten?«

Serena Jane warf ihre Haare über die Schulter. »Was für eine blöde Frage, Truly. Warum sollte ich jemals derart viel auf einmal essen?« Ich sah auf die weißen Knie meiner Schwester hinab, die sich aneinanderkuschelten wie ein Paar von Brendas Eiern und spürte nicht zum ersten Mal den Drang, sie aufzuschlagen. Ich wollte ihre Rippen auseinanderbiegen, bis ich an ihr schmutziges Inneres herankam, es musste doch etwas Unreines an meiner Schwester geben, dachte ich, und dann würde ich meine Finger darauflegen.

Stattdessen versuchte ich sie dazu zu bringen, sich für etwas zu entscheiden. Ich versetzte uns auf eine imaginäre einsame Insel, ließ uns im dunklen Dschungel umherirren, aus qualmenden Flugzeugen in Städte abstürzen, wo wir die einzigen Überlebenden waren. Dann bot ich verschiedene Alternativen. Verhungern oder Kannibalismus? Flucht oder Freundschaft mit den Einheimischen schließen? Jagen oder Fischen? Ich war diejenige, die die meisten Antworten gab.

»Ich würde Werkzeuge wählen«, sagte ich, »weil man dann Fische fangen könnte und sein eigenes Essen hätte.« Ich rückte mit meiner Hand ein wenig näher an ihre auf der Theke heran. »Ich würde auch welche für dich fangen. Wenn wir auf einer einsamen Insel gestrandet wären, würde ich alles mit dir teilen.«

Serena Jane unterdrückte ein Gähnen und warf dann einen abschätzigen Blick auf meine Overalls. Jetzt, wo ich von Amanda Pickertons Garderobe befreit war, trug ich nichts anderes mehr. »Also wirklich, Truly«, sagte Serena Jane und schnippte, gelangweilt von meinen Fantasien, einen Fussel von ihrer Strickweste, »du könntest dir wenigstens eingestehen, dass du weiblich bist.«

Ich musterte die wulstige Hülle meines Körpers. »Warum denn?«

»Weil du es *bist*.«

Ich drehte einen Vierteldollar auf der Theke und sah zu wie er immer mehr ins Trudeln geriet, bis er schließlich umfiel. Ich war viele Dinge, größer als die meisten Jungs. Auch stärker. Aber das zählte nicht, wenn man ein Mädchen war. Alles, was alle immer an mir wahrnahmen, war das, was mir fehlte: nette Kleider, gute Manieren, ordentliche Haare. Ganz gleich, was Brenda auch damit anstellte, mein Haar weigerte sich, Locken anzunehmen oder sich sonst wie vernünftig zu verhalten. Amelia dagegen hatte Haare, mit denen man etwas anfangen konnte, aber sie trug sie immer nur in einem Zopf, den sie sich selbst flocht, und Brenda kam das gerade recht.

»Das ist doch egal«, murmelte ich, und schlürfte den Limonadenrest aus. »Ich werde niemals hübsch sein.«

Serena Jane stöhnte: »Darum geht es doch gar nicht.«

»Dann vergiss es.« Ich stieß den Strohhalm ins Glas. Aber ich wusste schon, was sie sagen wollte, auch wenn es mir nicht gefiel. Sie wollte von mir, dass ich eine echte Wahl traf, bevor jemand anders kam und es für mich tat.

Im ersten Winter nach dem Tod meines Vaters lernten Amelia und ich Stud Poker mit fünf Karten und Rommé in der bittersüßen, kalten Luft der Scheune, umgeben vom beißenden Geruch von Pferden und Heu. Bis Ende Januar hatte August uns beigebracht, wie man ein Paar Würfel so warf, dass wenigstens einer eine niedrige Zahl anzeigte und wir nicht unser letztes Hemd verloren. »Das nennt man die Quoten ausgleichen«, sagte August und hockte sich zu uns, um unsere Technik besser bewerten zu können.

Amelia bedachte ihn mit einem langen Blick. Nur in der Scheune, im Beisein ihres Vaters, sprach sie klar und deutlich, wahrscheinlich, weil man immer meinte, August könne man gar nicht mehr enttäuschen, nach seinem Erfolg auf der Rennbahn zu urteilen. »Das nennt man bescheißen«, sagte sie, und August brach in schallendes Gelächter aus.

»Wer hätte das gedacht?«, sagte er. »Eine Dyerson auf dem rechten Weg!« Amelia funkelte ihn böse an.

»Komm schon, Mädchen«, beschwichtigte sie August. »Lass mal sehen, was die Karten uns heute bescheren.« In der verwitterten Scheune bauschte sich sein Atem zu flachen Wölkchen auf und vermischte sich mit dem Atemhauch der schnaubenden Pferde. Es sah so aus, als ob zaudernde Engel zu uns herniederstiegen, als ob etwas beinahe Wundersames bevorstünde. Amelia und ich waren in einem Alter, in dem Wunder noch geschehen konnten, wenn auch viel seltener als früher. August zog ein Kartenspiel aus dem Ärmel seines Mantels, mischte, hob ab und sagte uns dann, wir sollten jeweils die oberste Karte abnehmen. Er selbst zog auch eine Karte und ließ uns dann noch mal eine ziehen.

»Haltet sie verdeckt. Zeigt sie mir nicht.« Ich hielt das Paar an meine Brust, die Beschichtung rutschte unter meinen Handschuhen hin und her. Amelia sah sich ihre einmal an, verdeckte sie dann mit der Hand und starrte an die Decke. August zog noch eine Karte und runzelte die Stirn.

»Also, es ist ganz gleich, welche Farbe die Karten haben, oder auch welche Formen, das Einzige, was zählt, ist die Anzahl. Kannst du die Zahlen, Truly?« Ich zuckte die Schultern. Miss Sparrow hatte versucht, mir Rechnen beizubringen, und dabei mit dem Zeigestock so fest gegen die Tafel geschlagen, dass der Schiefer bröckelte, aber ich hatte offensichtlich nichts davon kapiert.

»Also, hat eine von euch eine Dame auf ihren Karten? Oder einen König?«

Ich sah nach und schüttelte den Kopf. Amelia sagte nichts.

August hielt inne und fuhr dann fort mit seinen Anweisungen. »Okay, gut. Dann zählt mal zusammen, was ihr habt.«

Ich studierte die schwarzweißen Formen auf der einen Karte. »Sechs Herzen auf der einen und acht schwarze Dinger auf der anderen.«

»Und bei dir, Amelia?«

»Ein König und eine Dame.«

August stieß einen Pfiff aus. »Also das ist ziemlich gut. Ich würde dabei bleiben.« Er wand sich mir zu. »Und du hast insgesamt vierzehn?« Er beugte sich herunter, und ich konnte die gelben Nikotinflecken auf seinen Zähnen erkennen, die Krähenfüße um seine Augen. »Es geht darum, einundzwanzig zu kriegen. Bilder zählen zehn. Asse können eins oder elf zählen. Man kann sich noch eine Karte geben lassen, aber damit ist man vielleicht schon drüber. Dir fehlen immer noch sieben, Truly. Deshalb würde ich noch eine nehmen, aber das ist deine Entscheidung.« Er richtete sich auf und stand hinter mir wie ein Richter, während ich versuchte mich zu entschließen. Ich hätte nie gedacht, dass so eine kleine Karte von solcher Bedeutung sein konnte.

»Also gut«, sagte ich schließlich. »Gib mir noch eine Karte.«

August grinste und dabei verstärkten sich die Falten und Furchen auf seinem Gesicht. »So ist es richtig, Mädchen. Nimm die oberste Karte.« Mit dem Daumen zog er noch eine Karte vom Stapel. Aber als ich sie nahm, sie mir vor die Brust hielt und einen Blick darauf riskierte, erblickte ich den Herzkönig, mit Augen so schmal wie Forellen, sein Gesicht eingerahmt von einem strengen Lockenhelm. Mir sank der Mut.

»Was ist los?« Augusts Vogelscheuchengestalt war alles, was ich sah. »Bist du drüber?« Mit knorrigen Fingern, an denen eine der Kuppen fehlte, drehte er meine Karten um. »Oh, das ist aber schade. Damit hast du vierundzwanzig. Zu viel. Lass uns mal schauen, was Fortuna für mich hat. Er zog eine Karte vom Stapel. »Verflucht.« Das Wort war ihm aus dem Mund gerutscht. »Ich hab siebenundzwanzig. Das ist noch schlimmer.« Er zeigte mir seine Karten. Eine Herz-Neun, eine Pik-Acht, und den Karobuben mit den gekräuselten Lippen. Ich erkannte eine Familienähnlichkeit zum Herzkönig in seinem schuppigen Blick, den pompösen Locken, den Schultern, die nicht so aussahen, als ob sie vorhätten, Fortuna Platz zu machen. Der Stempel königlicher Herkunft machte anscheinend erfolgreich, aber grausam. Ich merkte mir dieses Detail, um es einmal in eine meiner Bugaboo-Geschichten einzubauen.

»Mach dir nichts draus«, sagte August in der schneidenden Winterluft und legte mir einen seiner Stroharme um die Schultern. »So viel zum Glück. Es gewinnt nicht immer die Zahl, auf die man gesetzt hat.« Sein Kinn erschlaffte bei dieser Erkenntnis, dann reckte er es, und seine Zahnstummel wirkten wie kleine Grabsteine in der gelben Flut. Das war seine Art zu lächeln. »Das nächste Mal bringe ich euch Krone und Anker bei.«

Seine Hand verschwand in der Tasche und kramte drei Würfel hervor. Das Elfenbein glänzte in seiner Hand, glatt und rund, wie seine Zähne es nie gewesen waren und wahrscheinlich auch niemals sein würden.

Nachts, wenn ich schlief, legte ich das Kartenspiel, das August mir gegeben hatte, unters Kopfkissen und hoffte, dass, wenn ich aufwachte, die dicken Augen der Buben, die hochmütigen Münder der Damen, und die lächerlichen Kronen der Könige zerquetscht sein würden. Morgen für Morgen hatten sie sich jedoch kein bisschen verändert, und es war immer nur mein verquollenes Mondgesicht, an dem sich der ganze Schaden ablesen ließ. Woche für Woche wurden meine Wangen voller, mein Kopf länger. Meine Beine schossen wie Keimlinge. Bald stakten mindestens zehn Zentimeter meiner Knöchel unter meinen Hosenbeinen hervor, und ich fror an den Beinen in der rauen Luft, aber die Dyersons konnten sich nur soundsoviele Jungsoutfits leisten. Die Stapel mit den Kleidungsstücken auf Amelias Seite wurden immer höher.

Gleichzeitig sammelte Serena Jane bei den Pickertons mehr Kleider an, als sie gebrauchen konnte. Mrs. Pickerton nähte für sie Kleider mit Schmetterlingskragen und perfekte weiße Blusen mit hauchdünnen Ärmeln, die sich wie Pusteblumen aufbauschten. Jede Woche wusch und bügelte Elsie, Mrs. Pickertons Haushaltshilfe, die Kleidungsstücke und brachte sie wieder in Form, bereit für den nächsten Spaziergang. Sie standen im Kleiderschrank wie kleine Zinnsoldaten in Habachtstellung. Wenn ich sie besuchte, schaute ich gern durch ihre Kleiderkammer.

»Warum trägst du den hier nie?«, fragte ich sie und zog einen grünen Schottenrock hervor. Er gefiel mir; mit seiner grausamen Sicherheitsnadel hatte er etwas von einem keltischen Krieger. Serena Jane hob noch nicht mal den Blick von ihrer Filmzeitschrift.

»Ich weiß nicht.« Es regnete, und wir hatten keine Lust auf Hinkleman gehabt.

Ich langte in meine Hosentasche. »Soll ich dir einen Kartentrick zeigen?« Aber der einzige Laut von Serena Jane war das Blättern. Ich hängte den Kilt in den Schrank zurück. »Wenn ich du wäre, würde ich den wahrscheinlich so ziemlich jeden Tag anziehen.«

Amanda Pickerton klopfte an und streckte dann den Kopf zur Tür herein. Sentinel, nun breiter und gemächlicher, aber nicht weniger bedrohlich, miaute laut zu ihren Füßen. Instinktiv rückte ich von ihm ab. »Serena Jane? Hühnerpastete zum Abendessen.« Mir lief sofort das Wasser im Mund zusammen, aber Amanda kräuselte ihre Lippen mir zuliebe zu einem Lächeln. »Mach dir keine Sorgen, Liebes. August kommt dich gleich abholen.« Sie bemerkte meine Hand an dem Kilt und schüttelte heftig den Kopf. »Oh nein«, sagte sie. »Auf gar keinen Fall. Du und Karo, das wäre eine Katastrophe.« Sie schloss die Tür hinter sich, als würde sie ein Reptil in den Käfig sperren.

Ich ließ mich neben Serena Jane aufs Bett fallen, dass die Matratze durchsackte. Sie wusste noch nicht mal, was für ein Glück sie hatte. Es gab Hühnerpastete, heiß und dampfend direkt aus dem Ofen, wann immer sie wollte, und sie hatte eine Tagesdecke mit Rüschen und eitlen Primeln übersät. Sie bekam jede Woche Taschengeld, ob sie es verdient hatte oder nicht. Ich schubste meine Schwester mit der Schulter an, was dazu führte, dass das Bett abermals schwankte. »Vermisst du mich manchmal?« Ich hielt meine Augen kerzengerade nach unten gerichtet, mein Blick schwamm zwischen den Primeln. Wenn überhaupt, dachte ich, sollte sie eigentlich die Einsame sein. Ich hatte schließlich Amelia nachts neben mir im Bett, mit ihren komischen, schnuckeligen Schnarchern. Serena Jane hatte hier niemanden.

Serena Jane warf die Zeitschrift auf den Boden und drehte sich auf den Rücken. »Manchmal vorm Einschlafen ist es schon komisch ohne dich.« Sie blinzelte die Decke an, und ich stellte mir vor, wie sie das mitten in der Nacht machte, die Arme über dem Kopf wie Flügel. Ich rief mir ins Gedächtnis, dass nichts für umsonst war. Die Klavierstunden und neuen Kleider meiner Schwester hatten ihren Preis. Vielleicht kam einem der im Dunkeln noch höher vor. Serena Jane drehte sich wieder auf den Bauch und strich sich die Haare aus dem Gesicht. »Morgens ist dann wieder alles gut. Ich gewöhne mich daran.«

Ich stellte mir vor, wie sie aus Amanda Pickertons Hochzeitsservice im Basketweave-Design Milchkaffee trank, frisches Obst aus der Kristallschüssel auftat und die bewundernden Blicke des Reverends über sich ergehen ließ. Wann immer ich sie besuchte, fiel mir auf, dass er eine Menge Zeit hinter seiner Zeitung verbrachte, wenn sie in der Nähe war. Wenn er mit den Schlagzeilen fertig war, beschäftigte er sich mit Entwürfen für seine Predigten und Finanzformularen, bis Serena Jane ausging und den üblichen betörenden Duft von Nachtjasmin verströmte. Einmal hatte ich ihn dabei beobachtet, wie er wie ein Hund, der einen neuen Knochen inspiziert, hinter ihr her schnüffelte und sich eine ordentliche Nase voll genehmigte, vom parfümierten Hauch der Sünde – sein einziger Genuss für diesen Tag.

Wäre er ein Spieler gewesen, der er nicht war, unter gar keinen Umständen, hätte Reverend Pickerton wahrscheinlich sein gesamtes Vermögen Serena Jane zu Füßen gelegt, nur zum Vergnügen, nur um zuzusehen, wie ihre geschmeidigen Arme alles an ihren jungfräulichen Busen rafften. Er war zwar ein Mann des Geistes, aber Fleischeslust war ihm nicht völlig fremd. Ich wette, er hätte sogar noch dafür gezahlt, wenn er sich auf Serena Janes Seite hätte schlagen dürfen, für jeden Tag in der Woche. Er war kein Narr. Er wusste, dass Schönheit in dieser Welt immer siegte.

7

Die Tage seit dem Tod meines Vaters waren in Monate übergegangen und als der Januar der gefürchteten Februarkälte wich, weigerte ich mich, in die Schule zurückzukehren. Nichts, was Brenda anführte, konnte mich umstimmen. »Wird dir Serena Jane nicht fehlen? Willst du nicht mehr Zeit mit ihr verbringen?« Ich schüttelte den Kopf. Serena Jane hatte in der Schule immer Wert darauf gelegt, so weit wie möglich von mir entfernt zu sitzen, und in den Pausen hatte sie mich durchweg links liegen gelassen und sich den gefälliger proportionierten Mädchen angeschlossen.

Brenda versuchte es noch mal anders: »Willst du nicht deine Freunde treffen?« Ich schnaubte nur hämisch.

»Mach, was du willst.« Sie zuckte die Schultern. »Da sparen wir Benzin. Du kannst mit Amelia hierbleiben.« Weil Amelia immer wieder stumme Phasen hatte, unterrichtete Brenda sie zu Hause. Amelia hatte das Klassenzimmer nicht ein einziges Mal betreten und ich hatte vor, mich an sie zu halten. Beim Klang ihres Namens löste sich der Kloß in meinem Hals, als ob man ihn geschmiert hätte. *Amelia*, inzwischen meine einzige und ständige Gefährtin. Amelia, die blubberte wie ein Suppentopf, wenn sie versuchte, mit jemand anders als mir zu reden, die sich unbemerkt am Rand der Schatten entlangbewegte, deren Haut so blass war, dass es schien, als würde sie bei Tageslicht zerfallen.

Allerdings waren nicht alle mit meiner neuen Regelung einverstanden. Miss Sparrow beispielsweise fing in ihrem Klassenzimmer an zu brodeln. Was hatte es mit mir auf sich?, fragte sie sich. Warum ließ ich mich nicht in die vernünftigen Bahnen ihrer erzieherischen Autorität lenken? Wenn es jemanden gab, der dringend gezielter Formgebung von außen bedurfte, so war ihrer Ansicht nach ich das. Und obwohl sie mich absolut grotesk fand und ich ihr persönlich widerstrebte, war sie dennoch mehr als bereit, den Versuch zu unternehmen, meine Masse zu bezwingen.

Sie wartete mit ihrem ersten Besuch auf der Farm bis nach dem Valentinstag und ersparte mir damit das übliche Brimborium aus Tonpapierherzen, die alle untereinander austauschten außer mir. Durch das vereiste Fenster oben beobachteten Amelia und ich, wie sie von ihrem Auto zu der klapprigen Haustür trippelte, wobei ihre Hasenfellstiefel eine feine Kalligraphie in den Schnee zeichneten. Es klang wie die Salve aus einem Maschinengewehr, als sie an die Tür hämmerte, bis Brenda öffnete. Priscilla Sparrows Blick streifte Brendas schmale Schultern und ihr Kopftuch im Paisleymuster, und Brendas Mund verzog sich zu einem Bogen. Dann öffnete Brenda den Mund und feuerte alle Pfeile ab, die sie darin gesammelt hatte, durchbohrte Miss Sparrows Rüstung aus Nagellack und Haarspray und korallenrotem Lippenstift. Sie schlug Miss Sparrow die verschrammte Holztür vor der Nase zu. Ich ritzte mit dem Fingernagel einen Strich in meine Handfläche, um den Stand zu markieren. Von unten in der Küche hörte ich Brenda mit den Töpfen und Pfannen rumoren und scheppern.

»Mädels«, krähte sie, »Kommt runter, und helft mir beim Tisch decken.« Sie rasselte mit den Gabeln, als wären es Säbel. »Diese verfluchte dämliche Gans«, brummte sie und klatschte die Teller mit dem Eintopf auf den Tisch. »Die hält sich für allwissend.« Sie streifte mit ihrem Blick die Ausbuchtungen meines Körpers und dann Amelias hohle Wangen, und hielt inne. »Sie weiß überhaupt nichts von uns.«

Es stellte sich heraus, dass das Gleiche für Brenda galt, wenn es darum ging, Miss Sparrow zu unterschätzen. Denn trotz ihres sorgfältig aufgemalten Make-ups und der klackernden Stöckelschuhe und der hochtrabenden Worte war Priscilla Sparrow tief in ihrem Herzen eine Kämpfernatur. Ihrer Meinung nach war sie im Recht, und sie hegte nicht die geringste Absicht, das Spielfeld einer komplett Ungebildeten wie Brenda Dyerson zu überlassen. Die Absätze ihrer Fellstiefel hinterließen gewaltige Löcher im Schnee, als sie zu ihrem Auto zurückstapfte und nach Hause fuhr, wo sie sich eine Tasse starken Tee zubereitete, mit einem ordentlichen Schuss Sherry, und sich wieder sammelte.

Als Miss Sparrow das nächste Mal ankam, reichte ihr der Schnee bis zu den Knien. Sie musste das Auto auf der Straße abstellen und den Weg zur Farm hinunterstapfen, was sie jedoch nicht abschreckte, und so hämmerte sie schließlich abermals auf die Tür ein, als wäre sie auf der Flucht. Diesmal saß ich mit Amelia an dem vernarbten Küchentisch, und wir tranken gerade Kakao. Ich sah große nasse Flecken auf Miss Sparrows geschminkten Wangen. Wieder füllte Brendas schmächtiger Körper den Türrahmen aus, und sie schob das Kinn vor, ärgerte sich über die Wärme, die um ihre Knöchel wirbelte und nach draußen entwich. Priscilla Sparrow mochte gut in Mathematik gewesen sein, aber sie machte sich nicht die geringste Vorstellung davon, was wir für Rechnungen anstellten, bevor wir ein weiteres Scheit Holz aufs Feuer legten.

»Um was geht's«, raunzte Brenda sie an.

Miss Sparrow verlor nicht gern unnötig kostbare Worte, fasste in ihre Tasche und zog mit sorgsam in Handschuhe gekleideten Fingern ein Kuvert hervor.

»Vom Leiter des Obersten Schulamts. Darin steht, dass Sie dem Gesetz nach verpflichtet sind, alle Kinder in Ihrer Obhut in die Schule zu schicken, und dass, wenn Sie dieser Pflicht nicht nachkommen, Sie der Vernachlässigung bezichtigt und Ihnen die Kinder weggenommen werden können.« Sie warf einen Blick über Brendas Besenstielschultern auf meinen massigen Körper und Amelias fettige Haare und müden Blick. Wir waren beide äußerst unattraktiv in ihren Augen, aber das war im Moment nicht von Belang. Sie war nur hier, um sicherzustellen, dass die Regeln eingehalten wurden, dass alles rechtens war, dass unter ihrer Aufsicht niemand durch die Maschen fiel.

Brenda nahm ihr den Umschlag ab und stopfte ihn in die Schürzentasche, ohne sie anzusehen. Sie war die Sachverständige, wenn es darum ging, unangenehme Neuigkeiten wegzustecken. Ihrer Erfahrung nach kamen schlechte Nachrichten immer aufgetakelt daher, mit roter Tinte und Siegeln reich verziert, als ob schriftliche Drohungen die Verstärkung benötigten, so wie Kredithaie Eintreiber brauchten. Sie wusste alles über die, und die alles über sie.

Brenda zitterte in dem eisigen Luftzug und trat ungeduldig von einem Fuß auf den anderen. Von draußen reckte Priscilla Sparrow immer noch den Hals nach uns und versuchte, einen Blick zu ergattern.

»War's das?« Brenda schob die Tür ein Stück weiter zu.

In der Kälte hatte sich Miss Sparrows Nase in eine rote Knolle verwandelt. Trotzdem gelang ihr ein schwaches Lächeln. »Es sei denn, es gäbe besondere Umstände für eine Ausnahme, von denen ich nichts weiß.« Die Zähne hingen in ihrem Mund wie Eiszapfen.

Brenda antwortete ihrerseits mit einem matten Lächeln. »Keine Ausnahmeregelung. Truly geht ab morgen wieder zur Schule.«

Priscilla Sparrows verschmierte Lippen zogen sich noch weiter von den Zahnkanten zurück. »Ach. Der Brief betrifft aber *alle* hier lebenden Kinder. Ich glaube, Sie haben mit ihrem Gatten ein eigenes Kind? Ein Mädchen, das noch nie in der Schule war?«

»Ich unterrichte Amelia zu Hause. Sie ist schüchtern. Sie hat Probleme mit dem Sprechen.«

Priscilla Sparrows Augenwinkel verengten sich zu giftgetränkten Pfeilen. »Und was veranlasst Sie zu glauben, dass Sie qualifiziert wären, diese Verantwortung zu übernehmen? Haben Sie irgendeine pädagogische Ausbildung vorzuweisen? Sind Sie mit der frühkindlichen Entwicklung vertraut?«

In dem Moment linste Amelia, die sich hinter ihre Mutter gestohlen hatte, hinter deren Schürze hervor. Ein Leben unter Gangstern, Pferdedieben, Schmugglern und Spielern hatten Amelia eine untrügerische Nase für Gier, Eitelkeit und andere ausgesucht korrupte Charakterzüge verliehen, und bei Miss Sparrow roch sie ranzigen Stolz verbunden mit den bitteren Ausdünstungen unerwiderter Liebe. Sie roch den zitronig-herben Geruch von Einsamkeit gemischt mit Verzweiflung. Direkt unter Priscilla Sparrows Haut, das ahnte Amelia, gab es ein Hauch von einsichtigem Rosmarin, gefolgt von dem modrig-faulen Gestank der Eifersucht und einer schleichenden Duftspur von Neid – kurzum (trotz Miss Sparrows geglückteren Versuchen bei Dick Crane), die Gerüche einer alten Jungfer.

Ich glaubte nicht, dass jemand wie Priscilla Sparrow mehr Erfolg haben würde, Amelia zum Sprechen zu bewegen, als ihre Mutter, und selbst wenn es ihr gelang, würde es nichts ändern. Am Ende des Tages wäre Amelia immer noch eine Dyerson – mit biegsamem Rückgrat, ziemlich abgerissen, ein Flickwerk. Sie war wie sie war, und es machte ihr nichts aus. Nicht wie ich, die alles gegeben hätte, um ihre lästige Haut und ihre Knochen loszuwerden, die ich mich bis aufs Mark hätte entblößen können, bis nichts mehr weiter übrig gewesen wäre als das Herz eines Spielers, das schnell und wahrhaftig schlug, und immer noch geglaubt hätte, dass da draußen irgendwo ein Kartenstapel auf mich wartete, der extra für mich gemischt war.

Ich hatte Recht mit der Schule. Miss Sparrow hasste mich, aber Amelia hasste sie noch mehr. Es stellte sich heraus, dass Amelia nicht in der Lage war, sich in Vortragsweise, Diktat, Wiederholen oder sonst einer Art von Auswendiglernen zu verbessern. Einen ganzen Monat lang musste Amelia im Anschluss an den gemeinsamen Unterricht bleiben, bis der Mond durch die Fensterquadrate der Schule schien, aber es nützte nichts. Ganz gleich wie viele Buchstabensäulen aus Kreide Miss Sparrow anschrieb, ganz gleich wie sehr sie gegen die Tafel hieb, aus Amelia drang kein Laut. Mit den Zahlen erging es ihr besser, da sie eine klare Vorstellung davon besaß, was eine Null war. Sie wusste zum Beispiel, dass nichts geteilt durch nichts immer noch nichts war. »Die Dinge sind, wie sie sind«, murmelte sie mir zu, auf dem langen, kalten Nachhauseweg, ihre Zunge endlich gelöst nach der Gefangenschaft der Schule. »Du kannst sie nicht ändern.«

Nicht dass Miss Sparrow es nicht versucht hätte. Zuerst bestrafte sie Amelia dafür, dass sie nicht sprach und steckte sie in den Mantelschrank, dann probierte sie es nacheinander mit Hätscheln, Einschüchterung und schließlich mit Schmeicheln. »Komm schon, Süße«, sagte sie und hob Amelias Kinn mit einem Finger an, damit sie ihr besser in die Augen sehen konnte. »Den anderen Kindern fällt Vortragen leicht, das sollte es dir auch.« Wenn Amelia still wie eine Eule vor sich hin blinzelte, bohrte Miss Sparrow ihren Finger fester unter Amelias Kinn. Ihre Zähne schienen noch ein Stück länger zu werden. »Du weißt doch, dass Kinder, die sich weigern, ihre Lektion zu wiederholen, nichts vom Weihnachtsmann kriegen? Das wär doch nicht schön, oder?« Amelia, für die das Konzept vom Weihnachtsmann völlig abstrakt war, blinzelte nur einmal mehr.

Letzten Endes gab Miss Sparrow auf, ignorierte die teilnahmslose Gegenwart von Amelia in der hinteren Reihe und ließ sich etwas einfallen, damit sie am Tag der staatlichen Prüfung nicht anwesend war. Amelia machte das nichts aus. Sie verbrachte den Nachmittag zu Hause in Decken gewickelt, blätterte durch den Sears-Katalog und half Brenda beim Backen.

Meine Rückkehr zur Schule verlief nicht viel glatter als Amelias. An dem Tag des Tests kämpfte ich mich durch einen Berg von Fragen, meine Zunge gefangen zwischen meinen Zähnen, meine Knöchel unterm Tisch zusammengepresst, als ob ich die Antworten hervorlocken könnte, wenn ich alle Schrauben an meinem Körper festzog. Ich warf einen Blick auf den Platz neben mir, auf Marcus Thompson, der seinen Stift so schnell es ging über das Papier bewegte und dabei die Antworten vor sich her sagte, am Rand noch zusätzliche Fakten und Erklärungen hinzufügte, die ihm wichtig erschienen. Ich beugte mich zu ihm, in der Hoffnung ein oder zwei Antworten mitzukriegen, aber er gab nur Kauderwelsch von sich. »Besserwisser«, zischte ich, und er riss erschrocken den Kopf hoch. Dann grinste er.

»Klotzi«, gab er zurück, aber seine Augen funkelten, als er es sagte.

Seit meiner Rückkehr zur Schule war Marcus als Einziger nett zu mir gewesen. Meine eigene Schwester war so flüchtig wie ein Geist, huschte in den Pausen an mir vorüber wie ein unfassbares Gespenst, und diese Kluft von Fremdheit zwischen uns setzte mir mehr zu als meine Probleme mit Zahlen und Buchstaben oder die rüden Bemerkungen der anderen.

»Hey, Truly«, höhnten die anderen. »Komm her und setz dich auf den Stein hier. Den zermalmst du doch locker, und dann können wir Murmeln spielen.« Oder: »Truly, Truly, von Fuß bis Ohr, passte nicht durchs Scheunentor«. Ich sah mich jedes Mal nach meiner Schwester um, aber sie war meistens zu weit weg, um mir helfen zu können, flatterhaft und unwirklich wie ein Glühwürmchen.

Wenn ich während des Unterrichts meinen Blick ganz nach links wandte, konnte ich ihr glänzendes, helles Haar sehen. Manchmal trug sie einen Pullover in der Farbe von Orangensorbet oder einen Rock, der so viele Falten hatte, dass sie aussah wie eine Flamencotänzerin. Um das Handgelenk trug sie ein Armband mit Glücksbringern, das Mr. Pickerton ihr zum Geburtstag geschenkt hatte – ein silbernes Herz, ein winziger Schlüssel und ein kleines Kreuz, das mit Saatperlen besetzt war, wie das, was er seiner richtigen Tochter geschenkt hatte. Wenn Serena Jane den Arm bewegte, hörte ich die Anhänger klimpern. Oft schloss ich die Augen und stellte mir vor, es wäre ein Geheimcode, den sie mir sandte. Beim Mittagessen und während der Pausen wurde Serena Jane sofort von einer Schar Verehrer umringt – Mädchen, die die Fransen ihres neuen Kilts bewunderten, und Jungen, die sich fragten, wie ihre Wimpern so dunkel sein konnten und ihre Haare so hell. Sogar Miss Sparrow huschte um sie herum, und gab Serena Jane ihre Aufsätze mit soldatischen Ausrufezeichen und liebevoll aufmunternde Anmerkungen wieder. Unter meinen stand immer nur auf der letzten Seite ganz einsam eine Vier.

Amelia und ich aßen allein auf dem großen Stein, der die Form einer Schildkröte hatte, packten schweigend unsere Sandwichs aus dem Wachspapier und kauten niedergeschlagen vor uns hin, jeder in sein eigenes Elend versunken. Dann aber entdeckte ich Marcus, der uns von seinem Sitzplatz auf der anderen Seite des Schulhofs aus anstarrte und irgendwelchen Unsinn vor sich hin brabbelte. Ich stieß Amelia an. »Was hat der denn für ein Problem?« Sie zuckte nur die Schultern und widmete sich wieder ihrem aufgeweichten Brot mit Thunfisch. Ich starrte Marcus dermaßen an, dass mir fast die Augen herausfielen, und er errötete und verzog sich nach drinnen, um

Miss Sparrow noch weiter mit seinen endlosen Details über russische Raumfahrthunde, die chemischen Eigenschaften von Curare-Pfeilgift, die physikalischen Kräfte des Curveballs, den Mel Stottlemyre von den New York Yankees geworfen hatte, und was immer ihn noch umtrieb, zu plagen.

Eines Nachmittags jedoch, entweder weil er genug von meinem Gestarre hatte oder weil er so viel zu erzählen hatte, dass er fast platzte, da verließ er plötzlich die Bank auf der anderen Seite des Schulhofs und stahl sich mit seinem Rucksack an unseren Stein heran, ließ sich so dicht neben mir nieder, dass unsere Beine sich berührten. Amelia und ich waren gerade dabei, unsere Sandwichs aufzuessen, die Brenda uns eingepackt hatte, und kauten ganz langsam auf den staatlich gesponsorten, trockenen Käsescheiben, damit wir möglichst lange etwas davon hatten.

»Was willst du?«, sagte ich barsch und wappnete mich für eine Bemerkung über meinen Hintern, dass er schwerer sei als Stein oder sonst etwas Blödes in der Art.

Aber Marcus langte nur in seinen Rucksack, holte ein paar Comic-Hefte heraus und breitete sie auf dem Stein zwischen Amelia und mir aus. »Wollt ihr euch die mal ansehen? Ein paar davon sind richtig gut.«

Ich zuckte die Schultern und hob ein Spiderman-Heft auf. Auf der Vorderseite schüttelte Spidey gerade ein Spinnennetz aus dem Handgelenk, so groß, dass es für ein ganzes Hochhaus gereicht hätte.

Marcus tippte auf die Seite. »Eigentlich müsste es aus seinem Bauch kommen, weil dort die Spinnen ihren Faden weben. Wusstet ihr, dass sie unterschiedliche Fäden machen können? Klebrige für Fallen und glattere, stärkere, an denen sie sich entlanghangeln. Die glatten weben sie in ihre Netze ein, damit sie sie durchqueren können ohne haften zu bleiben.« Marcus kniff die Augen zusammen. »Was meint ihr, welchen Spidey hier benutzt?«

Ich verdrehte die Augen. »Offensichtlich den klebrigen, weil er ja die Bösen fangen will.«

»Aber hier sind gar keine Bösen drauf.«

Über den Schulhof hinweg sah ich meine Schwester, wie sie eine Geschichte erzählte, den Kopf lachend zurückgeworfen. Ich legte das Heft wieder hin und schob es Marcus zu. »Also gut, dann eben den anderen Faden. Wen interessiert das schon?« Es war nett, Gesellschaft zu haben, aber ich war wie Spidey. Ich arbeitete alleine. Ich reckte mein Kinn nach oben. »Weißt du denn nicht, dass man mit Amelia und mir nicht spricht?«

Marcus blätterte einen Comic um. Er war klein, aber nicht so leicht einzuschüchtern. Er zuckte die Schulter. »Mit mir spricht auch keiner. Sie wollen nichts hören von dem, was ich weiß. Wie von den Spinnen. Wusstet ihr, dass sie unter Wasser leben können? Es gibt sogar eine Art, die wasserfeste Netze webt.« Er senkte den Kopf. »Die sieht aus wie eine Glocke.« Die Unterarme auf den Stein gestützt, beugte sich Amelia neben mir über das Titelblatt eines Superman-Klassikers, gefesselt von der Verwandlung des unscheinbaren Helden vom Duckmäuser mit Brille zum Mann aus Stahl. Marcus wies mit dem Kinn auf das Heft. »Superman ist in Ordnung, aber Spiderman gefällt mir besser. Ich sammle Superman-Comics nur wegen des Wiederverkaufswerts. Meine Sammlung ist jetzt schon zehn Dollar wert, und ich hab nur zwei dafür bezahlt.«

Ich verschränkte provokativ die Arme. »Wenn du so clever bist, dann erzähl mir doch mal, wie Superman es schafft, so schnell die Kleidung zu wechseln.«

Marcus errötete und fing an die Hefte unaufgefordert eins nach dem anderen wieder einzusammeln, seine blassen Finger flatterten wie vom Licht trunkene Motten über die Ecken der Einbände. Über uns hatte sich eine tiefe, dunkle Wolke entladen und spuckte Schnee aus. »Ich weiß darauf keine Antwort«, sagte er, als wäre es das Traurigste auf der Welt. »Manche Dinge sind einfach frei erfunden.« Er trat sehr nah an mich heran. Seine Augen waren von einem intensiven Blau. Genau da kam Miss Sparrow heraus und klingelte mit unbarmherziger Pünktlichkeit. »Aber nicht alles«, sagte er sehr leise. Ich näherte mich ihm, um zu verstehen, was er sagte, und kaum war es geschehen, küsste er mich rasch auf die Wange. Ich sah zu Amelia, aber sie war völlig fasziniert von dem Schnee und hatte gar nichts mitgekriegt. Ich zog sie am Ärmel, mein Gesicht puterrot. Plötzlich war das Letzte, was ich tun wollte, in die Klasse zu gehen.

»Komm schon«, sagte ich. »Wir gehen besser rein.«

Nach der Schule wartete Marcus still bei der Mantelkammer auf Amelia und mich. Er folgte uns durch den ganzen Ort und wartete auf ein Zeichen von uns, dass er näher kommen durfte. »Was macht er denn da?« fragte Amelia und wandte den Kopf nach ihm, und ich musste ihr gestehen, dass er mich vorhin geküsst hatte.

Die Sonne brach kurzzeitig durch das Wolkengekräusel und ließ Marcus' Schatten wie eine Fledermaus neben uns her huschen. Ich zeigte es Amelia. »Sieh dir das an.« Sie drehte den Kopf wieder nach ihm um und lächelte ihr seltenes Lächeln. »Hör auf damit«, zischte ich sie an. »Wenn du ihn noch ermutigst, folgt er uns immer weiter.«

Amelia hörte allerdings nicht auf, so als ob sie etwas wüsste, wovon ich keine Ahnung hatte. Vor uns tanzten und hüpften unsere drei Schatten auf und ab – Amelias war eine glücklichere Ausgabe von ihr, der von Marcus verlängert und elegant, und meiner so riesig, dass er über den Gehweg hinunter auf die Straße glitt, wo er sich so weit ausdehnte, dass ich nicht mehr hätte sagen können, wo ich aufhörte und die restliche Welt anfing.

»Er muss in dich verliebt sein«, flüsterte Amelia und staubte eine Schneewolke vor sich her. Trotz sämtlicher Anweisungen von Miss Sparrow stolperte ihre Zunge immer noch über die

Konsonanten, so dass ich einen Moment brauchte, bis ich begriff, was sie gesagt hatte. Als es mir klar wurde, verzog ich das Gesicht.

»Das ist doch lächerlich. Er wollte mir seine Comic-Hefte zeigen. Das ist alles.«

Amelia zuckte die Schultern, als ob Liebe nichts Besonderes für sie wäre. »Manchmal«, sagte sie in ihrer komisch eintönigen Art zu sprechen, »reicht das schon aus.«

Das Einzige, was ich bei meinem Umzug auf die Farm der Dyersons mitnahm, war der Schildpattspiegel meiner Mutter, ein Hochzeitsfoto meiner Eltern und meine Hälfte von dem, was mein Vater mit Augusts Pferden gewonnen hatte. Das waren nur drei Dinge, eigentlich ganz übersichtlich, aber im Laufe meines Lebens habe ich es geschafft, alle zu verlieren. Es begann mit dem Spiegel meiner Mutter. Von all den Dingen, die meine Mutter auf dieser Welt zurückgelassen hatte, war der Schildpattspiegel eine der wenigen Sachen, die mein Vater nicht weggegeben hatte. Jahr um Jahr waren die Seidenunterwäsche, die Kleider im Schrank meiner Mutter, ihre vorn abgerundeten Schuhe, nach und nach in Kleidersammlungen und im Müll gelandet.

»Da sind die Motten drin«, bellte Dad, wenn er mit einem Arm voller Pullovern die Treppe herunterkam. »Der ist am Saum ausgefranst«, erläuterte er, als er ihren Mantel weggab. »So etwas trägt niemand mehr.«

Ich habe nie verstanden, warum er den Spiegel behalten hatte. Er war nicht gerade wertvoll – auf der Rückseite war er sogar gesprungen bis in den Griff und das Glas war fleckig und matt und verlieh jedem, der hineinsah das Aussehen eines Pockenopfers. Dennoch war er aus echtem Schildpatt und selbst nachdem er jahrelang unbeachtet herumgelegen hatte, leuchtete er noch sanft und erinnerte mich an gut geöltes Holz.

Manchmal stahl ich mich ins Zimmer meines Vaters und nahm den Spiegel von der Kommode, drehte ihn hin und her oder fing das Licht darin ein und warf einen kleinen leuchtenden Kreis an die Decke. Nach jeder Säuberungsaktion meines Vaters schlich ich zu der Kommode, um sicherzugehen, dass der Spiegel noch da war, und er lag immer da, auf einem gelben Leinenläufer, mit dem Glas nach unten.

An einem verregneten Nachmittag, als ich etwa sechs war und Serena Jane acht, beschlossen wir Maikönigin zu spielen – ganz so wie die richtige Maikönigin, die jedes Jahr in Aberdeen gekrönt wurde. Ich nahm an, dass Serena Jane dabei die Rolle der Königin übernehmen wollte, wie sonst auch immer, aber an jenem Nachmittag lächelte sie nur und sagte: »Nein, Truly, diesmal sollst du die Königin sein.« Und deshalb ließ ich mich in ein Kostüm aus Toilettenpapier wickeln, mit einer Alufolienkrone auf dem Kopf und dem Mopp als Blumenstrauß. Ich war mir dämlich vorgekommen, bis mich Serena Janes Atem im Nacken kitzelte und sie mir zuflüsterte: »Schau mal, du bist eine Prinzessin.« Sie hielt mir den fleckigen ovalen Handspiegel vor mein eckiges Kinn und meine Knollennase, und dieses Mal glaubte ich ihr.

In meinem Bett unter dem Schlafzimmerfenster lauschte ich des Nachts Amelias unregelmäßigen Schnarchern und dachte an Serena Janes rosenumranktes Zimmer bei den Pickertons. In Amelias Zimmer lagen alte Pferdedecken auf den Matratzen, und an den Fenstern hingen Mehlsäcke. Wenn es dunkel wurde, zündeten wir einen Kerzenstummel an, jeden Tag den gleichen, bis nur noch eine Pfütze geschmolzenen Wachses übrig war. Selbst im Dunkeln war dies kein Zimmer, das Fantasien von Kronen und Ballkleidern entfachte. Ebenso wenig wie es den raffinierten Glanz eines Schildpattspiegels gebraucht hätte. Ich konnte auch so ganz gut erkennen, wie es um mich herum aussah. Aber ich war nicht wie mein Vater. Ich konnte ihn nicht einfach so loslassen.

»Warum gibst du den Spiegel nicht Serena Jane?«, schlug Amelia eines abends vor, nachdem ich ihr eine Bugaboo-Geschichte erzählt hatte. Davor war sie ins Zimmer gekommen und hatte mich dabei ertappt, wie ich mich unglücklich darin betrachtete. »Ich wette, Serena Jane würde sich über etwas von eurer Mutter freuen.« Sie erwähnte nicht, dass sie meinte, Serena Jane könnte einen Spiegel besser gebrauchen als ich, aber das brauchte sie auch nicht. Wählte man zwischen meiner Schwester und mir, war ganz klar Serena Jane die Schönere, mit dem schöneren Leben. Sie hätte bestimmt mehr Spaß daran, sich selbst anzustarren, als mir jemals vergönnt sein würde.

Ich drehte mich um und schob den Spiegel unters Bett zurück. Es war das Letzte, was ich von meiner Mutter hatte, aber vielleicht hatte Amelia ja Recht. Wenn ich den Spiegel Serena Jane geben würde, würde uns das vielleicht wieder zusammenbringen. In dieser Nacht schlief ich schlecht, wälzte mich hin und her, aber als ich morgens erwachte, hatte ich einen Entschluss gefasst. Bevor wir zur Schule aufbrachen, wickelte ich den Spiegel in einen alten Schal und stopfte ihn ganz unten in meinen Ranzen, schnallte vorsichtig die Riemen darüber.

Den ganzen Morgen über, eine langweilige Mathestunde hindurch, rutschte ich unruhig hin und her, sehnte mich nach der Pause, damit ich Serena Jane mein Geschenk geben konnte. Ich beobachtete, wie meine Schwester sich über ihre Unterlagen beugte und sich dann aufrichtete und gelangweilt aus dem Fenster starrte. Schönheit bedurfte keiner ungekürzten Division, dachte ich, einen Bleistiftstummel in den Fingern. Schönheit teilte die Welt nach ihren eigenen Regeln auf.

Die Schulglocke ertönte, und Miss Sparrow sah gedankenverloren in die Klasse, als wäre sie überrascht, dass sie an der Tafel stand, vor zwanzig und noch was Schülern. Die Zeit meinte es nicht besonders gut mit ihr. Winzige Fältchen bevölkerten die dünne Haut um ihre Augen, und ihr Mund, einmal so prall wie Sommererdbeeren, wurde an den Rändern immer schmaler. Sie kaufte sich immer noch jedes Jahr ein Paar neue zweifarbige Pumps, obwohl sie sich beschwerte, dass ihre Zehen sie umbrachten und dass die Risse in den Gehwegen von Aberdeen bis zur Unendlichkeit reichten. Sie blinzelte und klatschte trocken in die Hände, deren Fingerspitzen kreidig waren. »Pause, Kinder«, rief sie. Sie ballte eine Hand, führte sie zum Mund und räusperte sich.

Ich wartete, bis alle draußen waren, dann zog ich den Spiegel aus meinem Ranzen. Langsam packte ich ihn aus dem mottenzerfressen Schal, in den ich ihn eingewickelt hatte. Serena Jane war draußen und lachte über etwas, was ein Junge zu ihr gesagt hatte und gab mit ihrem neuen Rock an. Ich hatte vor, den Spiegel auf Serena Janes Pult zu legen, wo sie ihn entdecken und schon verstehen würde. Sie würde bestimmt nach der Schule auf mich warten und mit mir zu Hinklemans schlendern, um dort ein Limo zu trinken, mit den Füßen auf den Querstreben des Barhockers. Dann würde sie sagen: »Hier, das schenk ich dir«, und das Armband mit den klickernden Glücksbringern abstreifen. Sie würde wissen, wie dringend ich so etwas Kleines und Verspieltes gebrauchen könnte, um mein Leben damit zu schmücken.

Ich hatte den Spiegel gerade auf Serena Janes Tisch gelegt und drehte mich um, als ich Miss Sparrow von hinter ihrem Schreibtisch zwitschern hörte: »Was hast du denn da, Liebes?« Ihre Absätze klackerten auf mich zu und machten bei Serena Janes Pult Halt. Sie nahm den Spiegel und klemmte sich die Hand daran ein.

»Oh!«, rief sie aus und ließ den Spiegel auf den Boden fallen. Ein krakeliger Sprung zog sich über das Glas, und eine gezackte Scherbe fiel neben ihren Schuh. »Was ist das denn?« Sie lutschte an ihrer Hand und schob die Scherben mit dem Fuß beiseite. »Weißt du nicht, dass es verboten ist, so etwas in die Schule mitzubringen?« Sie nahm die Hand vom Mund. Ein roter Striemen zog sich quer über ihre Handfläche.

»Siehst du, was passieren kann? Was, wenn das deine Schwester gewesen wäre? Es tut mir leid, aber ich muss das konfiszieren.« Sie steckte sich den Stiel des Handspiegels in ihren Bund, passte auf den Sprung und die gezackten Glassplitter auf, dann runzelte sie die Stirn wie eine verstimmte Kaiserin. »Los, geh schon raus.«

Ich senkte den Kopf. Mit Miss Sparrow zu streiten war immer ein verlorenes Spiel. »Jawohl, Ma'am.« Ich zögerte noch, es lag mir schon auf der Zunge, dann schlurfte ich mit gesenktem Kopf hinaus auf den Schulhof. Miss Sparrow sah mir hinterher, die Lippen zusammenknipst wie der Verschluss einer Damenhandtasche. Sie wartete, bis ich ganz zur Tür hinaus war, dann zog sie den Spiegel heraus und hielt ihn sich vor, drehte ihn hin und her, um sich von allen Seiten zu betrachten.

»Spieglein, Spieglein«, flüsterte sie, und ihre Augen weiteten sich wie die eines jungen Mädchens. Ihr Blick fiel auf Serena Janes Flachskopf vor dem Fenster, dann rümpfte sie die Nase und warf den Spiegel in den Müll. Von draußen hörte ich das Scheppern, als der Spiegel in dem Metalleimer landete. Verdrossen zog ich das Kartenspiel, das August mir gegeben hatte, aus der Tasche und blätterte es durch. Ich drehte die Pik-Sechs, die Karo-Drei und die unattraktive Kreuzdame um, ihr Gesicht aufgedunsen mit königlicher Blasiertheit. Ich wusste, dass diese Karte in einer Pokerrunde Gold wert sein konnte. Sie konnte das Spiel gewinnen, wenn alles andere dazu passte. Aber beim Black Jack konnte diese Dame ebenso gut im Handumdrehen alles zunichtemachen, genauso schnell wie man mit ihr gewinnen konnte. Das war eben das Risiko von Gelegenheitsspielern, wie ich gerade lernte – selbst wenn man alles verlor, es gab immer eine neue Karte, die man umdrehen konnte, immer eine andere Seite des Würfels, auf der sich die Dinge wieder einrenken konnten. Es war ganz einfach. Das hatte August mir beigebracht. Man mied Pik und konzentrierte sich auf Karo, und im Zweifel gab es immer noch den Joker.

Draußen warteten Amelia und Marcus bei dem Schildkrötenstein. »Hast du ihn ihr auf den Tisch gelegt?«, fragten sie und verstummten, als sie mein Gesicht sahen.

Ich schüttelte den Kopf. »Miss Sparrow hat ihn mir weggenommen.«

Amelia wurde böse und stampfte frustriert mit dem Fuß auf. Marcus war es, der das Richtige sagte: »Mach dir keine Gedanken, Truly«, besänftigte er mich. »Spiegel sind nur dazu da, das Licht zurückzuwerfen und Licht ist nichts anderes als Tausende von Photonen – winzig kleine Teilchen. Miss Sparrow hat dir nicht wirklich etwas weggenommen. Was immer du jemals in diesem Spiegel gesehen hast, ist schon lange nicht mehr dort, sondern Teil von dir. Das kann dir niemand nehmen.«

Er hielt mir die Hand hin, und ich nahm sie, entschied mich, zumindest in diesem Moment dafür, ihm zu glauben.

8

Wenn man in einem Ort aufwuchs, wo jeder jeden kennt, war eines der Dinge, die man lernte, dass Sehnsüchte und Träume zum Allgemeingut gehörten. Und Bob Bob Morgan hatte seiner Lebtag nie etwas anderes als zwei Dinge gewollt: Arzt werden und meine Schwester besitzen.

Arzt zu werden war kein Problem. Er hatte die Geschichte auf seiner Seite. Bei seinem Ururgroßvater angefangen, war bisher jedes männliche Wesen in seiner Familie Arzt gewesen. Auch er würde einer werden, so viel stand bereits fest. Es war quasi Vorsehung. Selbst wenn er die Prüfung bei der Ärztekammer versiebte, die Hochschule in Buffalo musste ihn dennoch aufnehmen. Er konnte jedes Mal, wenn er Blut sah, umkippen, er würde trotzdem seinen Doktor machen. Serena Jane war allerdings nicht ganz so leicht zu haben. Alles an ihr, von ihren Puppenmund über ihre Augen mit den schwarzen Wimpern und dem weichen blonden Haar, entsprach einem extravaganten Pony bei einer Ausstellungsschau. Ganz gleich wie sehr Bob Bob seiner Begeisterung für sie Ausdruck verlieh, sie würdigte ihn keines Blickes.

Nicht dass Bob Bob nicht alles gegeben hätte und uns mit seinen Versuchen, auf sich aufmerksam zu machen, viel Vergnügen bereitete. In der dritten Klasse kletterte er beispielsweise das Abflussrohr am Schulgebäude hoch und ließ sich an einem Arm herunterhängen, bis er abstürzte und sich das Handgelenk brach. Serena Jane gähnte nur und kratzte an dem Schorf auf ihrem Knie, aber ich muss gestehen, ich war fasziniert davon, wie der Knochen seitlich aus seinem Arm hervorstand und sein Gesicht die Farbe von altem Waschwasser annahm. Als er zehn war, fuhr er während eines heftigen Gewitters mit dem Fahrrad immer im Kreis um die Schule herum und legte es darauf an, vom Blitz getroffen zu werden, bis Miss Sparrow ihn unter einem zerfetzten, flatternden Schirm hineinschickte.

Für Serena Jane aß er Würmer, legte sich mit einem Schwarm wilder Bienen an, die sein Gesicht wie eine reife, pralle Pflaume aussehen ließen. Ich habe die darauffolgende Woche sehr genossen. Es war das erste Mal, dass ich zu Recht sagen konnte, dass nicht ich die Hässlichste in der Klasse war.

Wenn Bob Bob sich nicht gerade für Serena Jane produzierte, dachte er sich neue Möglichkeiten aus, mich zu quälen. Er legte mir Reißzwecken auf den Stuhl, um zu sehen, ob ich es beim Hinsetzen spürte, und tat dann völlig erstaunt. Er füllte meine Überschuhe mit Schnee, klaute mein Mittagessen und bombardierte mein Haar mit kleinen in Spucke getränkten Papierbällchen. Das Einzige, worüber ich froh war, war, dass er Amelia in Ruhe ließ, vielleicht weil sie so still war, und Marcus auch, vielleicht, weil er Bob Bobs Hausaufgaben machte.

»Wir könnten es Miss Sparrow melden«, versuchte es Amelia eines Nachmittags nach der Schule, während sie meinen Kragen von Spuckgeschossen befreite, aber sie wusste ebenso gut wie ich, dass ein derartiger Vorschlag nicht die geringste Aussicht auf Erfolg hatte. Miss Sparrow liebte Bob Bob so sehr wie sie uns hasste.

»Wir könnten eine Art Rachefeldzug starten«, meldete sich Marcus zu Wort und rieb sich die Hände, sein Hirn bereits mit der kunstvollen Maschinerie von Vergeltungsaktionen beschäftigt.

»Nein!« Ich schrie beinahe. »Das würde alles nur noch schlimmer machen. Meint ihr nicht?«

»Wahrscheinlich.« Marcus starrte auf seine Hände, deprimiert, dass er das Wissen aus tausend Comic-Heften angesammelt hatte und nichts davon in die Tat umsetzen konnte.

»Lasst es uns einfach der Zeit überlassen.«

»Das könnte ja ewig dauern.« Marcus heulte beinahe.

Ich zuckte mit den Schultern. »Ich kann warten.«

Als sich in der sechsten Klasse bei Bob Bob die Hormone regten, legte er sich noch mehr ins Zeug, um meine Schwester zu beeindrucken. Er stahl die Pfeife aus dem Arbeitszimmer seines Vaters und lernte, wie man Rauchringe blies, aber Serena Jane schnaubte nur verächtlich und hielt die Nase hoch. In seinem letzten Schuljahr verzweifelte Bob Bob anscheinend immer mehr, und er legte mit seinem Werben noch einen Zahn zu. Drei Monate lang schmollte er und blies Trübsal und bettelte seine Eltern an, ihm ein Cabriolet zu kaufen, bis er auf eine geniale Idee kam, zu der sein Vater nicht Nein sagen konnte. Eines Abends beim Essen breitete Bob Bob Gabel und Messer wie ein Pokerblatt siegesgewiss auf dem Teller aus, kippelte mit dem Stuhl nach hinten und rieb sich das spitze Kinn.

»Hör auf, mit deinem Stuhl zu kippeln«, sagte seine Mutter ohne aufzusehen.

Dr. Morgan warf seinem Sohn einen bösen Blick zu. »Du hast doch gehört, was deine Mutter gesagt hat.«

Bob Bob verharrte regungslos. »Vielleicht hört ihr euch erst mal an, was ich zu sagen habe.« Er dehnte die Worte so genussvoll, als würde er an einem Karamellbonbon lutschen. »Ich hab ein bisschen nachgedacht.«

Sein Vater stöhnte und legte ebenfalls Messer und Gabel auf den Teller. »Es geht hoffentlich nicht wieder um das vermaledeite Auto. Das Thema ist erledigt.«

Bob Bob ließ den Stuhl auf den Boden knallen. »Das ist wirklich schade. Dann kann ich wohl nicht Medizin studieren.«

»Was zum Teufel redest du da?« Dr. Morgans Wangen färbten sich purpurn.

»Überleg doch mal. Ohne Auto komme ich wohl nicht so einfach nach Hause, oder? Und ich weiß, dass es Mom das Herz brechen würde.« Maureen hob kurz die Hände und richtete den Blick auf ihren Mann.

Eine Vene pochte auf Dr. Morgans Stirn. Er schlug mit der Faust auf den Tisch. »Also gut, du kriegst dein verflixtes Auto. Aber es wird kein Neuwagen sein, kapiert?«

Bob Bob war das gleich. Er fuhr am selben Morgen, an dem er es bekam, damit zur Schule, ließ lässig den Arm aus dem Fenster hängen und hatte auf Anhieb eine Gruppe kichernder Mädchen um sich geschart. Sie rieben die Knie unter den Röcken aneinander, ihre Lider flatterten wie die zarten Hälse von jungen Singvögeln. Ich vernahm, wie Amelia neben mir durch die Lücke zwischen ihren Schneidezähnen tief Luft holte, und ich wusste sofort, was sie dachte. Die Dyersons hatten ganz andere Ansprüche an ein Beförderungsmittel. Da machte man sich nichts aus Hochglanz und Chrom. Wenn es Räder hatte und sich fortbewegen ließ, benutzte man es.

»Es ist ein Pony Car«, hauchte Marcus zu meiner anderen Seite und erinnerte mich damit daran, dass er immer noch ein Junge war, der eine Schwäche für Autos hatte, selbst wenn sie Bob Bob gehörten.

»Ein 1967er Mustang. Der hat einen 6,4-Liter V-8-Motor unter der Haube. Mustang hat letztes Jahr den Trans-Am Cup mit dem Baby gewonnen.«

Ich verdrehte die Augen. Marcus war mit zunehmendem Alter eher noch schlimmer geworden. Aber ich hatte mich an ihn gewöhnt. Plötzlich ging ein Geraune durch die Mädchenschar, als Serena Jane auf den Wagen zustolzierte. Ich hielt die Luft an und fragte mich, ob es jetzt so weit war, ob dies der Tag war, an dem sie sich geschlagen geben und in seine Arme sinken würde, wie wir alle hofften. Aber was tat sie wohl?

Nichts, oder besser gesagt, nicht gar nichts. Es war ein bisschen mehr. Zuerst legte sie den Kopf auf die Seite, wie ein Huhn, das sich über sein eigenes Ei wundert. Dann schwang sie die Hüften und trat näher heran, so nah, dass Bob Bob sie hätte packen können, wenn er gewollt hätte. Aus ihrer Tasche zog sie einen Lippenstift. Sie beugte sich über den kleinen Rückspiegel, schürzte die Lippen, wie wenn sie in eine saure alte Brombeere gebissen hätte, und zog sich ganz dezent die Lippen nach.

Allein an Bob Bobs Unterkiefer konnte man erkennen, dass er sie am liebsten umgebracht hätte, und wahrscheinlich hätte ihm die Hälfte der Mädchen dabei nur zu gern geholfen. Das Problem mit Serena Jane war, dass es ihr schwerfiel, sich an die Regeln zu halten, vor allem an die des Dorfes, die besagten nämlich, dass das schönste Mädchen dem Jungen mit dem meisten Glück gehört. Ganz gleich wie sie dazu stand, Serena Jane gehörte zu Bob Bob, so einfach war das. Es war ebenso ein Tatbestand, wie ihre Schönheit, August Dyersons Pech, Marcus' Intelligenz und meine Ausmaße.

Ich hatte die Regeln von klein auf gelernt, weshalb ich ahnte, dass da etwas wie ein brennender Güterzug auf Serena Jane zugerast kam. So lange ich lebte, hatten die Leute nie verstehen können, wie Serena Jane zu einer Schwester wie mir gekommen war, aber wenn man mal darüber nachdachte, war es doch ganz logisch. Der Grund, warum wir uns unterschieden wie Abwasser von Quellwasser, war doch der, dass das Hübsche ohne das Hässliche nicht existieren konnte. Jedem, der zuerst in meine schlammbraunen Augen gesehen hatte, wäre sofort aufgefallen, dass die Augen von Serena Jane so vielversprechend blau waren, wie der Atlantik im Juli, aber mit mir direkt neben meiner Schwester bestand daran überhaupt kein Zweifel mehr. Neben mir wirkte Serena Jane automatisch wunderschön, ohne dass sie sich erst darum bemühen musste.

Die Leute in Aberdeen meinten vielleicht, es sei besser, mir aus dem Weg zu gehen, aber sie sahen mich dennoch an. Sie mussten ja. Selbst mit den flachen Absätzen der Männerschuhe war ich so groß wie ein Junge. Wenn mich die Footballmannschaft gelassen hätte, hätte ich ohne großen Aufwand drei Spieler auf einmal abwehren können. Meine Hände hätten das längliche Schweinsleder mit der gleichen mühelosen Anmut gehalten wie ehedem Vince Lombardi. Das Laufen hätte mir allerdings Schwierigkeiten bereitet, denn trotz meines robusten Aussehens wurde ich innerlich von mysteriösen Schmerzen und Beschwerden heimgesucht. An manchen Morgen wachte ich auf und mein Genick was so steif, dass es mir beim Versuch, meinen Kopf zu drehen, so vorkam, als würde man eine rostige Lokomotive eine Meile weit die Schienen entlangschieben. An anderen Morgen war es wiederum mein Herz, das ein paar Takte aussetzte und in meinem Brustkorb hin und her flackerte, als wolle es sich nicht auf eine Frequenz festlegen. Aber ganz gleich wie schlimm es auch wurde, selbst an den Tagen, an denen mein Kopf hämmerte und mein Blickfeld eingeschränkt war, verlor ich kein Wort darüber, weil es mir immer so erschien, als ob es den Dyersons in ihrem Unglück noch viel schlechter ging.

Manchmal, wenn mir die freundlichen Augen des Doktors einfielen, wie sie über die Brillenränder hinweggeblickt hatten, dachte ich daran, noch einmal bei Dr. Morgan in der Praxis vorbeizusehen, aber der Gedanke daran, was er sagen könnte, brachte mich immer wieder davon ab. Das und die Aussicht, dort auf Bob Bob zu stoßen. Ein Mädchen wie ich hielt sich am besten von einem Jungen wie ihm fern. Wenn ich Bob Bob betrachtete, sah ich einen gefährlichen Jungen, mit Augen, die für seinen kindischen Kosenamen viel zu berechnend waren. Er zuckte zusammen, wenn der Ladengehilfe bei Hinkleman seine Bestellung ausrief, wurde böse, als Miss Sparrow bei der Namensliste für den Herbst »Robert« durch

»Bob Bob« ersetzte und blickte finster drein, wenn seine Mutter ihn so nannte. Tatsächlich waren die Einzigen, denen es Bob Bob jemals verzieh, sein Vater und meine Schwester – sein Vater, weil er von ihm wusste, dass er keine Bedenken hätte, ihm das Fell über die Ohren zu ziehen, und Serena Jane, weil sie so hübsch war.

Und später auch mir, aber das war eine andere Geschichte. Ich zählte schließlich nicht wirklich. Ich denke, ich war einfach so unscheinbar, dass, wenn ich ihn bei seinem Kosenamen nannte, es beinahe so war, als hätte ich gar nichts gesagt.

Anders als allgemein angenommen, war Serena Jane keine echte Blondine. Mit den Jahren wandelte sich ihre Haarfarbe von gesponnenem Flachs zu sumpfigem Braun, so dass Serena mit fünfzehn bereits Expertin im Haarefärben war. In Aberdeen wusste niemand außer mir davon, noch nicht mal Amanda Pickerton, die sich bestimmt betrogen gefühlt hätte, von dem offensichtlichen Makel an der Schönheit meiner Schwester; auch nicht Miss Sparrow, die das Gefühl gehabt hätte, sich dafür rechtfertigen zu müssen; und mit Sicherheit keines von den anderen Mädchen, die sich den Rest des Jahres in kleinen boshaften Grüppchen zusammengerottet und üble kleine Gerüchte über sie verbreitet hätten. So seufzten sie, wenn Serena Jane hüftenschwingend, das Kinn mit dem Grübchen nach oben gereckt an ihnen vorüberwandelte, und die Jungs bekamen glasige Augen. Sie hätten sich jedoch Serena Jane niemals in Jeans zu Hause vorstellen können, den königlichen Kopf über das Waschbecken gebeugt, die Haare voller Mayonnaiseklumpen und Bier. Sie wären in hundert Jahren nicht darauf gekommen, dass der helle Glanz ihrer Locken von einer schlichten Mischung aus Kamille, Zitrone und Wasserstoffperoxyd herrührte, die sie auftrug, wenn Amanda Pickerton an ihren Ausschusssitzungen teilnahm, Reverend

Pickerton in der Gemeindekanzlei war und die Haushälterin die Dielen oben bohnerte.

Der Einzige, der darauf hätte kommen können, war unser Vater. Von ihm stammte das Rezept nämlich ursprünglich, doch er hätte niemals geglaubt, dass seine zehn Jahre alte Tochter sich die Zutaten besorgen könnte, und er bemerkte noch nicht mal, dass sie es getan hatte. Eigentlich war ich es, die beim ersten Mal die Versorgung garantierte, indem ich etwas von einem Schnitt faselte, den ich desinfizieren wollte, als mein Vater wissen wollte, wozu ich Wasserstoffperoxyd brauchte, aber Serena Jane war die Nutznießerin. Ihre Haare wurden davon so glänzend und weich, dass sie an das Wasser eines Bachs erinnerten. Dad hatte sie an diesem Abend etwas schräg angesehen, aber nach dem dritten Bier nahm er nichts mehr Außergewöhnliches wahr. Für Serena Jane war dies wahrscheinlich ein weiterer Grund, froh zu sein, dass unser Vater nicht mehr lebte. Niemand würde jemals ihre Geheimnisse verraten. Niemand konnte ihr die Zukunftspläne vermasseln, und davon hatte sie eine ganze Menge.

»Ich will Schauspielerin werden«, eröffnete sie mir in Amandas Küche im März zu Beginn ihres letzten Schuljahres und zündete sich eine von Reverend Pickertons Zigaretten an, die sie aus seiner Tasche entwendet hatte. »Und nicht nur irgendeine dieser abgetakelte Diven – ein Star, eine zweite Marilyn, eine Ava, eine Rita.« Ich glaubte es ihr. Sie hatte von allen dreien Poster an ihrer Schlafzimmerwand. Eine eigene Göttin für jede Farbe des Haarregenbogens.

»Aber ich werde natürlich blond sein«, fuhr Serena Jane fort und blies träge den Rauch aus. »Brünette halten sich vielleicht länger, aber Blondinen kann man nichts abschlagen. Man muss sie einfach anhimmeln.« Ich wusste, wovon sie sprach. Die Leute starrten Serena Jane immer gierig hinterher.

In letzter Zeit hatten ihre Freundinnen angefangen, samstagsabends Bier aus der Flasche zu trinken, genau wie die

Jungs. Montags machte dann das Getuschel so schnell die Runde wie die Hexen im Kreis flogen – wer wem einen Zungenkuss gegeben hatte, wer's bis zum Petting gebracht hatte und wer es ganz durchgezogen hatte. Aber meine Schwester war davon ausgenommen, und ich sowieso. Ich hatte dabei keine Wahl. Ich verbrachte die Wochenenden zurückgezogen in der Scheune der Dyersons, spielte mit den Karten, umringt vom warmen Atem der Pferde, aber Serena Jane war einfach zu gut für alle. Sie trug schicke Hosen, wenn die anderen Jeans anhatten, und selbst jetzt noch, mit ihren schmierigen Haaren, die aber immer noch adrett aussahen, war sie gefasst und distanziert wie ein Buddha. »Die anderen können sich ruhig den Dorfjungs an den Hals werfen«, sagte sie. »Lass sie hier Wurzeln schlagen. Ich hau ab.«

Ich reichte ihr ein Handtuch und sah zu, wie sie es um ihren Schädel schlang. »Du siehst aus wie Kleopatra«, sagte ich.

Serena Jane reckte den Hals. »Stimmt, oder? Liz Taylor trägt öfter einen Turban, und die Männer liegen ihr zu Füßen. Nicht dass sie sich etwas daraus machen würde. Sie liebt tatsächlich nur Richard Burton.« Serena Jane seufzte, und ich wusste, sie hätte sich so jemanden in Aberdeen gewünscht, einen Helden mit extrem breiten Schultern. Jemanden, der mit einer Hand ihre Zigarette anzündete und mit der anderen dabei sanft ihren Ellbogen hielt. Sie schob das Handtuch zurecht. »Und was kriege ich? Bob Bob, der noch Pickel am Kinn hat, zum Essen Milch trinkt und versucht, sich einen Bart stehen zu lassen, und noch nicht mal das gelingt ihm.«

»Warum willst du dann was von ihm?« Es war meine Aufgabe, die unangenehmen Fragen aufzuwerfen. Serena Jane zuckte einfach nur mit den Schultern und wandte den Blick ab. Ihre Aufgabe war es, den Mund zu halten, aber diesmal tat sie es nicht. Stattdessen führte sie mich zu Amandas Küchentisch und erzählte mir eine Geschichte.

Vor zwei Wochen war sie endlich mit Bob Bob ausgegangen. Sie hätte gern Zefirellis *Romeo und Julia* im Kino gesehen, aber Bob Bob hatte sie stattdessen auf eine Party in Hansen mitgenommen, wo betrunkene Jungs die Veranda rauf- und runtersprangen und versuchten, sie um die Hüfte zu fassen. Bob Bob hieb einem von ihnen in die Seite, so dass er blau anlief. Deshalb mussten sie sich schleunigst aus dem Staub machen und rannten zu seinem Wagen, wie die Ratten auf der Flucht.

Er fuhr mit meiner Schwester zu einem Diner, wo er darauf bestand, dass sie sich einen Vanille-Milkshake bestellte. Er sah ihr dabei zu, wie sie ihn trank, sehr langsam, weil sie Vanille hasste, was nur ich wusste. Als sie fertig war, wischte er ihr den Mund ab, als wäre sie ein kleines Kind, und faltete dann die Serviette mit seinen langen Fingern. Ich konnte mir gut vorstellen, dass seine Augen in dem schummrigen Licht des Diners gelb leuchteten und dass sein Kinn und seine Zähne besonders spitz wirkten und ihm das Aussehen eines Wolfes ohne Pelz verliehen. Wenn ich es gewesen wäre, hätte ich meine Hand weggezogen, aber Serena Jane hatte keine Chance, weil Bob Bob ihr Handgelenk umklammerte und seinen Daumen auf ihren Puls drückte, so dass ihr Blut zusammenfloss. Bob Bob wusste nichts davon, aber Serena Janes Herz flatterte wie ein aufgeschreckter Vogel unter ihrer Bluse. Bob Bob drückte seinen Daumen noch tiefer in das Netz von Adern an Serena Janes Handgelenk.

Er beugte sich nach vorn. »Wenn ich eingezogen würde und über die Grenze ginge, würdest du mitkommen?« Überall in Amerika waren junge Männer unterwegs, einige von ihnen in rostigen VW-Bussen Richtung Norden, andere in den Stahlbäuchen von Militärflugzeugen, kreidebleich darauf wartend, dass sie in den sumpfigen Morast des Krieges torpediert wurden. Hier war Serena Janes Chance, eine Eröffnung, an die sie hätte anknüpfen können, aber sie nutzte sie nicht. Ich hätte ihm etwas an den Kopf geworfen in Richtung, dass ich Gewehrsalven im Dschungel immer noch einem Wolf im Wald vorzog, aber ich schätze, es war nicht fair, so etwas von Serena Jane zu erwarten. Sie hatte noch nie im Leben irgendetwas Hässliches sagen müssen.

Serena Jane zog ihre Hand zurück und hielt sie dicht am Körper, als ob sie verbrannt worden wäre. Sie schob den Milkshake-Rest von sich. »Ich dachte, du wärst zurückgestellt worden. Ich dachte, du wärst sicher vor ihnen, weil du Medizin studieren willst.«

Bob Bob musterte sein Glas. »Bin ich auch, aber man weiß ja nie. Johnny geht. Marcus auch.«

Serena Jane hob die feuchten Augen. »Wirklich? Marcus?« *Armer Marcus*, dachte sie, nicht ganz das, was ich sagte, als ich herausfand, dass er sich freiwillig gemeldet hatte.

»Idiot!«, kreischte ich, als er es mir erzählte. »Was hast du dir denn dabei gedacht? Weißt du eigentlich, wie gefährlich es dort ist? Wenn du Glück hast, überlebst du vielleicht die erste Woche.«

In den letzten zehn Jahren hatte sich Marcus ganz schön herausgemacht, was sein Äußeres anging. Seine blauen Augen und seine Haare waren recht ahnsehnlich, aber er war immer noch der Kleinste in der Klasse. Zu seinem Vergnügen fing mich Bob Bob jeden Valentinstag vor der Schule ab und hielt mich fest, bis ich mich bereit erklärte, Marcus zu küssen. Bis letztes Jahr musste er sich immer noch auf den Stein stellen, um an meinen Mund heranzureichen, aber erst kürzlich hatte er einen Wachstumsschub, was seine Mutter dazu veranlasste, ihm neue Hosen zu kaufen, die sie dennoch unten umnähen musste. Marcus war furchtbar stolz darauf.

»Tut mir leid«, flüsterte ich jedes Mal, bevor sein Mund auf meinen traf, und er murmelte dann immer: »Mir nicht«, und ich schloss die Augen und war überrascht, dass er nach Salz schmeckte. Er war fast übertrieben gutmütig, anständig, und man konnte sich bei ihm immer darauf verlassen, dass er sich gern für die gerechte Sache einsetzte, was eben auch der Grund dafür gewesen war, der Armee beizutreten.

An dem Nachmittag, an dem er mir von seiner Dienstverpflichtung erzählte, waren wir auf dem Weg zur Dyerson-Farm. Er trat näher an mich heran und nahm meine Hand. Seit unserem letzten Valentinstagkuss ließ ich es zu, dass er mich nach Hause begleitete, Hand in Hand. Amelia kriegte es irgendwie immer hin, uns schon vorauszugehen. An diesem Nachmittag, der mich noch Jahre später verfolgte, lag ein eisiger Hauch in der Luft. »Komm schon, Truly. Sei doch nicht so. Ich bin ganz schön stark. Du hast doch gesehen, dass ich mein eigenes Körpergewicht stemmen kann. Ich hab in der Garage mit Dukeys alten Gewichten trainiert.« Dukey, sein um zehn Jahre älterer Bruder, war der Einberufung entgangen und feierte das, indem er zu Hause wohnen blieb, einen Job nach dem anderen verlor und sein Körpergewicht in Liter umsetzte. »Außerdem ist es für unser Land.«

»Eigentlich ist es ja *ihr* Land«, fertigte ich ihn kurz ab, aber meine Hand zog ich nicht weg. »Und überhaupt, was ist mit mir?«

Marcus blinzelte und trat einen Schritt näher, seine Stiefel knirschten im letzten Schnee des Winters. »Um deinetwillen kämpfe ich ja«, flüsterte er. Dann drückte er noch einmal meine Hand, bevor er sich auf den Weg in die Stadt zurück machte, und ich Gelegenheit hatte, ihm zu sagen, dass er diesen Kampf bereits gewonnen hatte. Ich sah ihm hinterher und wunderte mich, dass alles, was ich fühlte – als hätte man es mir mit einem schweren Stiefel in die Brust eingestampft – überwältigende Sorge war, dabei war er doch so verdammt siegesgewiss.

»Armer Marcus«, sagte Serena Jane eben laut und unterbrach dafür ihre Geschichte, und ihre Stimme hallte wie eine Trauerglocke durch Amandas Küche. »Er stirbt bestimmt, noch ehe das Flugzeug überhaupt gelandet ist.«

Ich biss die Zähne zusammen und befahl mir, nicht daran zu denken. »Und was hat Bob Bob zu der Neuigkeit gesagt?«

Serena Jane stöhnte. »Er sagte, er würde nicht gehen.«

»Aber was ist mit seiner Familie?« Man konnte nicht in Aberdeen groß werden, ohne von den Morgans und dem Krieg gehört zu haben. Sie hatten sich allesamt dabei hervorgetan. Unter den vier Morgans gab es genug Medaillen und Uniformen, dass sie ihre eigene Armee damit hätten ausstatten können.

Serena Jane zuckte die Schultern. »Bob Bob hat behauptet, dass sein Ururgroßvater aus dem Bürgerkrieg desertiert ist. So kam er überhaupt erst hierher. Er kam aus dem Süden hier herauf. Ich schätze, für ihn war der Krieg nicht so großartig gewesen.«

»Aber wenigstens hat er gedient, war dabei gewesen.«

»Nur um davonzulaufen und sich hierherzuverirren. Wo verdammt noch mal sollte Bob Bob denn in Vietnam hinirren?«

Ich sagte nichts. Ich stellte mir Bob Bob vor, wie er sich einen Weg durch den südasiatischen Dschungel kämpfte, sein Gesicht grünstichig, Schlammspritzer im Haar. Üppige Schlingpflanzen wanden sich um Arme und Hals, ringelten sich eng wie exotische Schlangen um ihn und drückten zu, bis er blau wurde, dann lila und dann kohlrabenschwarz. Bis er wusste, wie es ist, die ganze Zeit gehänselt zu werden.

Was sollte ich schon zu den Ereignissen, die sich an diesem Abend zwischen Bob Bob und meiner Schwester abspielten, sagen? Vielleicht nur so viel, dass Serena Jane schon immer irgendwo eine Hauptrolle hatte spielen wollen und sie nun endlich Gelegenheit dazu bekam. Bob Bob fuhr sie langsam nach Hause, sein Arm über ihrer Sitzlehne, seine Finger reckten sich nach ihr wie Spinnenbeine. Wenn ich mir das alles vorstelle, selbst jetzt noch, ist es für mich, als sähe ich einen Film im Kino. Es ist wie ein Drang, demjenigen auf der Leinwand etwas zuzurufen, ihn zu warnen, aber natürlich führt es zu nichts weiter als zu Heiserkeit und bösen Blicken von den anderen um einen herum.

Sie hatte erwartet, dass er sie nach Hause zu den Pickertons fuhr, wo Reverend Pickerton im Schein der Wohnzimmerlampe über der Zeitung saß und auf sie wartete, aber Bob Bob parkte stattdessen vor Aberdeens klapprigem Friedhofstor. Serena Jane verschränkte die Arme vor der Brust und wurde zur Mumie. »Was wollen wir hier? Das ist ja unheimlich.« Sie langte nach dem Türgriff.

»Warte.« Bob Bob hielt sie am Rocksaum fest. »Du könntest dich wenigstens für den netten Abend bedanken. Die meisten Mädchen würden das tun.« Im Dunkeln leuchteten die Haare meiner Schwester immer wie die einer Nixe. Als wir noch kleiner waren, benutzte ich sie als Nachtleuchte, indem ich ihr den Kopf zudrehte und sah, wie der Mond oder die Straßenlaterne sich auf ihrem Kopfkissen spiegelten. Es war fast unmöglich, solche Haare nicht für sich haben zu wollen, und genauso erging es Bob Bob – er wollte seine Nase darin versenken und Serena Janes salzigen Geruch einatmen, seine Zunge einen Fisch werden lassen, der durch die geheimnisvollen Höhlen ihres Körpers schnellte.

Serena Jane versuchte ihn abzuwehren, aber der klebrige Vanillegeschmack verschloss ihr die Kehle. Sie langte nach dem Türgriff, reichte aber nur bis zur Fensterkurbel, als Bob Bob sich auf sie warf, sein Knie zwischen ihren Schenkeln, und mit ungeduldigen Fingern an den Schleifen ihrer Bluse rupfte. Sein Atem kam keuchend und stoßweise, drängte durch die Lücken seiner zusammengebissenen Zähne hindurch. Serena Jane drehte und wand sich unter ihm, aber er blieb obenauf, mit seinen dünnen Fingern kniff er ihr in die schmalen Schultern und in den Hals wie ein wilder Hummer, bis sich ihre Muskeln entspannten, bis ihre Sehnen erschlafften und sie ihre Augen schloss und den Kopf mutlos nach hinten fallen ließ, sich ergab, so wie er es sich immer erträumt hatte, wie er es sich immer gewünscht hatte. Anschließend reichte er ihr sein T-Shirt zum Abwischen, ignorierte den Blutfleck, den sie darauf hinterließ.

»Behalt es«, brummte er, als sie es ihm zurückgeben wollte. Er fühlte sich euphorisch, geradezu großherzig. Draußen hatte sich die Nacht ausgebreitet wie eine Braut. Eine Windböe erfasste die Bäume über dem Auto und ließ Schneeklumpen auf das Dach rutschen. Bob Bob grinste. Das war seine Nacht. *Die* Nacht.

Serena Jane ließ sich von ihm nach Hause fahren – eine vernünftige Wahl, die besser war, als durch den Schneematsch über den Friedhof zu laufen, und außerdem war es sowieso schon zu spät für alles andere. Sie drehte den Kopf zum Fenster auf ihrer Seite und versuchte so gut es ging den gespenstischen Zwilling, der verdrossen neben ihr herschwebte, zu ignorieren, und mit diesem Gebaren erfüllte sich der Augenblick, nach dem ich mich mein Leben lang gesehnt hatte: Serena Jane wusste endlich, wie es war, wie ich zu sein. Als sie ausstieg, ohne Unterwäsche oder ein weiteres Wort zu Bob Bob, kam es ihr vor, als hätte sie mit ihrem Spiegelbild den Platz getauscht und wäre zu dieser anderen Ausgabe von sich geworden, durchsichtig, wackelig, für immer in einem kleinen schwarzen Quadrat eingefangen.

Jetzt, wo ich ihr zusah, wie sie über der Küchenspüle der Pickertons ihr Haar mit dem Handtuch umwickelte, sah ich, dass sie nichts davon vergessen hatte.

Sie beugte sich zum Fenster und hauchte einen nebligen Kreis darauf, als wolle sie sich beweisen, dass sie noch existierte, aus Blut und Atemluft, und nicht gerade dabei war, sich aufzulösen. Dies war eines der Dinge, um die Serena Jane mich beneidete. Sie meinte, dass ich mir niemals Sorgen zu machen brauchte, dass ausreichend von mir vorhanden war, aber am Ende fand sie heraus, dass sie sich geirrt hatte.

9

Nach dem Zusammentreffen mit Serena Jane träumte Bob Bob immer öfter von meiner Schwester. Das war an sich nichts Besonderes, sie hatte ja jahrelang seine Träume bevölkert, aber die Gefühlslage der Träume hatte sich verschoben. Diese neue Serena Jane war nicht mehr die Teenie-Prinzessin mit Grübchen, sondern eine Todesfee mit glühenden Augen. Es war eine Facette von Serena Jane, die bisher nur ich gekannt hatte – wild, primitiv, äußert unversöhnlich – und er war entsetzt von ihr.

Bob Bob schreckte jedes Mal gewaltsam aus diesen Träumen hoch, seine Kehle angespannt, aber der Schrei darin erstickt. Manchmal schickte der Mond sein milchiges Licht zum Fenster herein, und er rieb sich die Augen mit den Handballen und sah zur Decke empor und fragte sich, was diese Albträume zu bedeuten hatten. Das, was im Dschungel spielte, war leicht zuzuordnen. Tag für Tag kamen mehr Jungs nach Hause, eingehüllt in die endlose Dunkelheit der Leichensäcke. Fernsehen, Zeitungen, Zeitschriften und sogar Comics waren voll von dem überbordenden Horror in Vietnam. Was den Krieg anging, war Bob Bob sicherlich nicht der Einzige, der nachts schweißgebadet erwachte.

Aber die anderen Träume, in denen er ganz gewöhnlichen Dingen nachging und immer wieder aus heiterem Himmel von einer zähnefletschenden, völlig unbekannten Serena Jane erwischt wurde, diese Heimsuchungen ließen ihn ratlos zurück. Ich beobachtete, wie er sie in der Schule anstarrte, aber sie schien sich nicht verändert zu haben. Ihre Nase stand immer noch in die Luft mit dem Charme von Tinker Bell. In der Mitte ihres Kinns war immer noch das Grübchen. Und Tag für Tag sah sie wie eh und je über ihn hinweg, als wäre er Luft, genauso wie es die Leute bei mir machten.

Dann erschien ihm Serena Jane eines Nachts als Krähe mit einem klackernden Schnabel. Sie thronte auf seiner Schulter und bohrte ihre schuppigen Krallen in sein Fleisch, krächzte ihm ins Ohr, und als sie fertig war, pickte sie hinein, als wolle sie ihn tadeln. Er wand empört den Kopf nach ihr, und da sah er, dass die Krähe einen kleinen Spiegel hielt, dessen ovales Glas wackelte und glitzerte wie ein Juwel. Er sah in den Rahmen und war überrascht, das blasse Gesicht eines Kleinkinds darin zu entdecken, welches ihn aus feuchten, dunklen Augen anstarrte und mit den winzigen Fäusten ruderte, als würde es nach Luft ringen.

Bob Bob erwachte schweißgebadet aus dem Traum. Es war eiskalt im Zimmer, aber seine Mutter hatte sich hereingeschlichen und ihn mit dem Familienquilt zugedeckt, der normalerweise die Wand im Wohnzimmer unten zierte, und ihn jetzt unter Hitzeschichten begrub, dass er fast keine Luft mehr bekam. Er hasste dieses Ding. Die Decke war riesengroß. Seine Ururgroßmutter Tabitha Morgan, von der alle behaupteten, dass sie eine Hexe war, hatte darauf ein Feuerwerk aus Blumen und Ranken appliziert. Als er nun unter ihrem Quilt erwachte, konnte er nachvollziehen, warum. Es kribbelte ihn, als würden knochige Finger über ihn hinweghuschen.

Es war Anfang April, aber als er aus dem Fenster blickte, sah er, dass ein für diese Jahreszeit ungewöhnlicher Schneesturm die Welt bedeckt und alle harten Kanten gleichermaßen zu weißen Hügeln aufgebauscht hatte. In der oberen Ecke des

Fensters zeigte sich der Vollmond, der sich gespenstisch auf allem Weißen widerspiegelte.

Es war das gleiche Licht, das ihm vor einer Woche in der kleinen Bezirksleichenhalle aufgefallen war, in die er mit seinem Vater als Vorbereitung auf das Medizinstudium gegangen war, ein Licht, das wenig Spielraum für farbliche Abstufungen oder Schattierungen ließ. Die Art von Licht, das den Toten gehörte. Sein Vater überprüfte die letzten Schritte einer Autopsie an einer seiner Patientinnen, einer alten Frau aus dem Dorf, die Bob Bob kaum gekannt hatte. Auf dem Tisch in der Leichenhalle lag ihr verschrumpelter Körper, bedeckt von einem schäbigen Tuch, das aber nicht bis zu ihren Füßen reichte, die, schuppig und knotig wie die eines Huhns, hervorragten. Vermutlich hatten sie schon zu Lebzeiten so ausgesehen, mitsamt den spärlichen Haarbüscheln und dem zahnlosen Mund. Wenn es etwas gab, was ich über den Tod gelernt hatte, dann war es, dass er nur das zur Geltung brachte, was sowieso schon da war.

»Komm her«, wies Bob Bobs Vater ihn an und legte ihm die Hände auf die Schultern. »Hab keine Angst, ich will, dass du dir das ansiehst.«

Bob Bob schüttelte ihn ab. Er hatte keine Angst, er war noch nicht einmal beeindruckt. Was ihn betraf, war die alte Frau nichts weiter als der vertrocknete Panzer eines dieser Käfer, die am Ende jeden Sommers auf dem Garagenboden herumlagen, ihre verdorrten Beine an den Bauch herangezogen, die Flügel ausgetrocknet und zu Staub zerfallen. Wenn er mit seinen Turnschuhen auf ihr herumtrampelte, würde sie garantiert knirschen und bröseln, und das wär's. Bob Bob verharrte, so reglos er konnte, und zählte die wächsernen Falten, bis sein Vater beschloss, dass er genug gesehen hatte, und das Gesicht der Frau mit dem Tuch bedeckte. Er wand sich Bob Bob zu. »Na?« Die Frage hing wie ein Angelhaken in der Luft.

Bob Bob zuckte die Schulter. »Gar nicht so schlimm.« Eine

der Neonröhren über ihm flackerte und irritierte seine Augen. Er musste blinzeln und hasste sich dafür, diese Schwäche zu zeigen.

Dr. Morgan legte seinem Sohn die Hand auf die Schulter. »Mit der Zeit wird es einfacher«, versicherte er ihm. »Wenn du mit Anatomie durch bist, wird dir der Tod in Fleisch und Blut übergegangen sein.«

Bob Bob sagte nichts dazu, aber dachte bei sich, dass er seinem Vater jetzt schon um Längen voraus war. Das meiste an der Leichenhalle war eigentlich ganz vorteilhaft. Sie war wohltemperiert, es gab niemanden, der einem stundenlang das Ohr abkaute wegen irgendeines dämlichen Problems, und alles befand sich an seinem Platz. Soweit er das beurteilen konnte, war der Tod nichts Besonderes. Schließlich stand er jedem bevor, ob es einem gefiel oder nicht, und je früher man sich darauf einstellte, desto besser. In der Tat, es war nichts, weshalb man sich hätte Gedanken machen müssen.

Er folgte seinem Vater nach draußen zum Auto, kniff geblendet von der strahlenden Frühlingssonne die Augen zusammen, verscheuchte die zu dieser Jahreszeit üblichen kleinen Mücken, die um seine Nase schwirrten, und blickte finster auf ein paar verwelkte Narzissen an vertrockneten Stielen. Er zertrat sie still und leise mit seinen Turnschuhen, als sein Vater nicht hinsah. Der Tod war nicht das Schlimme, aber das Sterben war ein ermüdender, langwieriger Prozess – darin waren wir uns einig. Er spürte die Blumenzwiebeln unter seinen Füßen knacken und stieg ins Auto ein, setzte sich neben seinen Vater, erleichtert davonzukommen. Bob Bob machte die Augen zu und beschloss, sich entweder für die Toten oder die Lebenden zu entscheiden. Es interessierte ihn nicht, die Menschen von einem Stadium in das andere hinüberzubegleiten.

Als er jedoch allein in seinem Zimmer aus dem Krähentraum mit Serena Jane aufschreckte, bekam die harte Schale emotionaler Distanzierung, an der Bob Bob so sorgfältig gearbeitet hatte, Risse. Im unsteten Mondlicht, das gerade sein Zimmer durchflutete, fühlte er sich plötzlich von einer fremden, melancholischen Sehnsucht erfüllt, als hätte er Heimweh nach einem weit entfernten Land oder den lange vermissten Armen einer Geliebten. Er schüttelte den Kopf und kehrte dem Fenster den Rücken zu, drapierte den riesigen Quilt um sich herum. Es lag bestimmt an dem unerwarteten Schnee, am sinkenden Luftdruck, dass er sich so töricht fühlte. Es gab keine Halbwahrheiten oder Vogelfrauen oder Zauber. Und es war die Liebe, die einem den lächerlichsten Streich von allen spielte. Das hatte ihn meine Schwester gelehrt. Letztendlich verbarg sich unter all den Schichten von Haaren und Kleidern ein Mädchen wie alle anderen – eine Komposition aus Haut und Haaren, Zunge und Zähnen. Eine warme Fleischeshülle. Nichts weiter als eine kleine Stimme im Dunkeln, die er versuchte zu ignorieren.

Marcus dagegen hatte keine Gelegenheit mehr, den Frühling in Aberdeen zu erleben. Anfang März war er nach Vietnam losgezogen, ganz ohne großes Trara. Er beschränkte sich auf einen Besuch bei den Dyersons, um mich zu sehen. Uns war erbärmlich zumute, als wir unter dem klapprigen Windrad, das sich nur noch bei einem extremen Wintersturm drehte, beisammenstanden.

»Warum tust du das?«, fragte ich ihn noch einmal. »Du brauchst es nicht zu tun. Geh einfach über die Grenze. Das machen viele. Oder geh aufs College. Vielleicht kriegst du bei der Armee einen ruhigen Job, hinterm Schreibtisch oder so.«

Marcus senkte den Blick. »Nein, das ist nichts für mich.«

»Ohne dich beleidigen zu wollen, aber wie willst du das schaffen? Ich meine, wieso haben sie dich überhaupt genommen?«

Marcus scharrte mit der Fußspitze im Dreck und schnaubte:

»Na, hör mal, Truly. Ich bin vielleicht klein, aber doch keine Missgeburt oder so was.«

Verletzt trat ich einen Schritt zurück. »Du meinst, so wie ich?«

»Nein, nein, so war es nicht gemeint.« Er strich sich mit der Hand durch das dichte schwarze Haar. »Was ich damit sagen wollte, ist, dass die Army derzeit alle einstellt. Groß, klein, das ist ihnen völlig egal, Hauptsache, du kannst schießen.«

»Und weshalb glaubst du, dass du das kannst?«

Marcus machte wieder einen Schritt auf mich zu. »Sei doch nicht so.« Aber ich wusste, wie sehr Marcus von den Konflikten in Übersee fasziniert war. Seine kindliche Begeisterung für die Tiere bei der russischen Raumfahrt und seine Besessenheit von der ausgeklügelten Anatomie der Insekten waren nun von dem Wissensdurst abgelöst worden, all die dunklen Details moderner Kriegsführung zu kennen.

»Die M61 ist die neuste Granate«, erzählte er mir und zeigte mir einen Artikel in der Zeitung, während wir uns bei Hinkleman einen Float teilten. Er holte Bleistift und Kugelschreiber aus seinem Rucksack und malte eine längliche Form auf. »Siehst du, sie sieht aus wie eine Zitrone!« Er fügte in der Mitte einen Kringel dazu. »Das ist eine Stahlspiralfeder mit Einkerbungen. Wenn man an dem Ring zieht, explodiert der Sprengstoff, und die Spirale verwandelt sich in ein Hochgeschwindigkeitschleudergeschoss mit tödlicher Wirkung.«

»Ich schätze, das ist die Absicht dahinter«, grummelte ich und schlürfte das letzte bisschen Eis aus dem Glas. Aber Marcus war noch nicht fertig. Er zeichnete weiter an einer groben Skizze eines Helikopters mit zwei Rotorblättern.

»Dieses Baby hier ist eine HueyCobra. Das ist die Kurzform für die AH-1 Cobra. Sie macht dreihundertfünfzehn Stundenkilometer, was eine ganze Menge ist, in Anbetracht dessen, dass sie leer schon fast dreitausend Kilo wiegt. Sie steigt bis zu einer Höhe von dreitausendsiebenhundertundzwanzig

Metern auf, mit einer maximalen Steigrate von acht Komma zwo Metern pro Sekunde.« Er blätterte die Zeitung um. »Oh, sieh mal, da ist auch ein Artikel über Khe Sanh.« Ich kämpfte in Gedanken noch mit den exotischen Klängen einer fremden Sprache, während Marcus die Seite schon herausgerissen und in seine Tasche gestopft hatte. Ich wusste, dass er alles in einer leeren Zigarrenkiste unter seinem Bett sammelte, Ausschnitte über Kampfeinsätze und Angriffe. Er glättete und faltete die Seite aus dem Life-Magazin mit einem Bildbericht über die Soldaten. Die schwarzweißen Hubschrauberrotorblätter und Gewehre stimmten ihre Lockgesänge an, und die Soldaten schwitzten und grinsten, und jedes Mal, wenn Marcus sie ansah, wusste ich, dass ihm das Blut durch den Körper hämmerte wie Schüsse aus Maschinengewehren. Krieg, Krieg, Krieg, ging der Takt, das abgehackte Herzklopfen, uralt und immer wieder neu. Ein Rhythmus genau richtig für Marcus, seine Chance, etwas Großes, Heldenhaftes zu vollbringen.

Ebert Vickers Sohn war bereits einem Mörserangriff zum Opfer gefallen, sein Körper war in Puzzleteilen nach Hause transportiert worden. Frederik, der ältere Bruder seines Freundes Henry, war von einem Spion der Vietcongs in der Nähe eines Dorfes erdrosselt worden. Als er ein paar Stunden darauf von einer Einheimischen aufgefunden wurde, war die Wunde an seinem Hals bereits von gierigen Spatzen ausgepickt worden. Es hatte den Anschein, als ob selbst die Vögel in Vietnam Hunger litten. Mandy James schrieb jede Woche nach Hause, Briefe, in denen sie von ihrem Leben als Lazarettschwester berichtete. Wann immer ihre Mutter einen Brief von ihr bekam, sah man es ihrer Nasenspitze an und den verquollenen Augen, die so rot wie die giftigen Beeren der Stechpalme waren, und dadurch wusste der ganze Ort, dass es um unsere Truppen nicht besonders rosig stand. Ich sah in Marcus' große, erwartungsfrohe Augen, der Weg zur Dyersons-Farm wand sich hinter ihm wie ein braunes Band.

»Hast du denn keine Angst? Du siehst doch auch die Nachrichten im Fernsehen.« Ich suchte nach einem Anzeichen für Furcht oder Zweifel, aber das Einzige, was ich in seinen Augen erkannte, waren meine sich darin spiegelnden Rundungen.

»Ich muss es tun, Truly. Es tut mir leid. Ich werde dir schreiben, das verspreche ich.« Er hielt mir seinen Mund hin und wollte, dass ich ihn küsse, aber ich war viel zu aufgebracht. Ich kehrte ihm den Rücken zu und ging zurück zum Farmhaus, so wütend, dass ich mich nicht mehr umdrehte und ihm noch nicht mal Auf Wiedersehen sagte.

Seine ersten Briefe strotzten vor draufgängerischer Prahlerei. »*Liebe Truly,* schrieb er, *viele der Jungs hier haben Heimweh, aber ich nicht. Ich schaffe inzwischen fünfzig Liegestütze hintereinander. Ich weiß, wie man ein Gewehr säubert und ölt. Diesen Amerikaner kriegt kein Charlie!* Bei der Grundausbildung, so erfuhr ich, hatte er gelernt, um Zigaretten zu würfeln, die Hornpfeife zu blasen und seine Stiefel auf Hochglanz zu polieren. In Übersee wurde er als Sanitäter eingesetzt und fuhr einen Krankenwagen. Er wusste zwar nicht, wie man mit der Gangschaltung umging, aber er würde es bestimmt rausfinden, wenn es so weit war.

Bald darauf wurden seine Briefe immer kürzer. *Liebe Truly, ich lebe. Bin immer noch hier.* Die Zeit war anscheinend zur Herausforderung für ihn geworden. Selbst seine Handschrift sah müde und verstimmt aus. Eines Tages bekam ich einen Brief mit einer Geschichte, die mich dazu veranlasste, ihm endlich zu antworten.

Im zentralen Hochland, so schrieb Marcus, waren die Skelette von Reissilos das Einzige, was die früheren Dörfer erkennen ließ. Manche davon waren noch drei Meter hoch und mehr, bei anderen war die Fassade eingestürzt, der Reis längst verschlungen. In dem behelfsmäßigen Erste-Hilfe-Posten, der einst eine Scheune gewesen war, kauerte Marcus, die Hände über den Ohren, den Kopf eingezogen, während eine weitere Artilleriegranate kreischend am Horizont detonierte.

Marcus sah hinaus zu dem Rauch am Himmel und dann auf seine gesprungene Armbanduhr. Noch zwei Stunden bis zur Dunkelheit, dann würde er rausgehen und wer immer übrig geblieben war in den Krankenwagen laden und dann so schnell wie möglich wieder verschwinden. Er ließ sich auf einem Heuhaufen nieder, lehnte sich gegen seinen Rucksack, zog die Knie zur Brust. Es war gegen Ende des Frühlings, aber das Wetter in Vietnam glich dem der Unterwelt – feuchtigkeitsgeschwängerte, drückende Hitze, die einigen Männern so zusetzte, dass sie einfach starben.

»Thompson! Es ist so weit! Der Maultierzug ist bereit.« Connelly, sein Gruppenführer, schüttelte ihn an der Schulter. Es war Nacht geworden, und damit waren auch die Utensilien für die Verstümmelten und Verwundeten aufgetaucht. Tragbahren. Morphiumspritzen. Meterlange weiße Gaze, die einen Soldaten in eine betäubte Mumie verwandelten.

»Drei Jungs liegen da draußen flach, heute Nacht«, bellte Connelly. In den Krankenwagen passten drei Schwerverletzte auf Tragen oder sechs Verwundete im Sitzen. Connelly hantierte an dem Griff der Trage, auf der sich eine menschliche Gestalt wand. »Lieg still!«, herrschte er ihn an. Der Soldat beachtete ihn gar nicht und wand sich weiter, als würde er von einem unsichtbaren Puppenspieler bewegt.

»Verdammte Bluter«, keuchte Connelly, als er sich auf den Trupp der Wagen zubewegte und sich duckte, als in der Nähe eine Granate hochging. »Sie hinterlassen überall ihre Spuren. Mir sind die ›Leichen‹ lieber. Sie machen weniger Arbeit.« Leichen nannten sie die Quasi-Toten, die mit den aufgeschlitzten Kehlen, halbeingeschlagenen Schädeln, abgehackten Füßen.

Marcus legte den Gang ein und fuhr los auf dem unkenntlich gemachten Weg. Der Vollmond schien durch die Wolkenlücken, ein weißer Kreis, hell wie ein Fischauge. Aus dem meterhohen Dickicht und den Gräsern zu beiden Seiten raunte es Botschaften und Drohungen. Er tastete nach dem Verbandskoffer und versicherte sich, dass er noch neben seiner Gasmaske lag, und dann kramte er in seiner Jackentasche nach dem Flachmann.

Er brachte die alte Klapperkiste abrupt zum Stehen, legte den Leerlauf ein, beäugte skeptisch den Ast, der quer über dem Weg lag. Connelly hinter ihm trat ebenfalls auf die Bremse, wie auch Swanson und Smith dahinter, und der kleine Konvoi sammelte sich wie die Planwagen auf einem Kriegspfad. »Heda?«, rief Connelly in die Dunkelheit.

»Ast auf dem Weg, Sir«, rief Marcus. »Ich räume ihn weg.«

»Sei auf der Hut, Thompson«, befahl Connelly. »Könnte eine Falle sein.«

»Ja, Sir«, entgegnete Marcus, als wäre ihm das nicht schon selbst in den Sinn gekommen. Er sprang aus dem Wagen, und schlich sich im Dunkeln Schritt für Schritt heran, hätte gern die Scheinwerfer eingeschaltet. Wenigstens konnte man die Umrisse im Mondlicht erkennen. Er beugte sich über den knorrigen Ast, inspizierte ihn von allen Seiten, atmete tief ein und kickte ihn zur Seite. Nichts. Kleine Schweißperlen standen auf seiner Stirn, rannen erleichtert an ihm herunter.

Marcus richtete sich wieder auf und wollte gerade etwas sagen, da zerriss eine ungeheuerliche Detonation die Luft und füllte seinen offenen Rachen mit einer giftigen Wolke, die ihm in den Augen und auf der Zunge brannte, bevor sie in seine Lunge kroch und ihm den Atem raubte.

»Mörser!«, hörte Marcus Connelly schreien, während er sich taumelnd zum Krankenwagen zurücktastete, nach dem rettenden Gewehr fummelte, Blasen auf der Zunge, die Augen zwei gereizte Sümpfe. Er zog das Hemd über den Mund, spürte, wie sich ihm der Magen umstülpte und dann das Erbrochene auf seinem Hemd. Gegen den Krankenwagen gelehnt, ließ er das Erbrochene sich um sein Kinn herum sammeln und atmete hindurch, so gut es ging. Die Granate war etwa dreißig Meter vor ihnen eingeschlagen, ein Stück weiter vorn im Wald.

Ein Hinterhalt. Es war das Schlimmste, was passieren konnte, das, was selbst Atheisten zu Gläubigen machte, was Leben stahl wie ein lautloser Dieb und es durch einen Tod ersetzte, der mit dem Duft von Tamarinden und Kokosnuss durchtränkt war.

Marcus' Sicht lichtete sich etwas, der Dunst legte sich so weit, dass er seine Taschenlampe fand und sie einschaltete. Es war völlig überflüssig, sich jetzt noch Gedanken über den Lichtkegel zu machen, wo doch nur knapp vor ihm die Flammen im Gehölz aufloderten. Er schwenkte seine Lampe in panischen Bogen, beleuchtete mit jeder Armbewegung neue grässliche Szenerien. Neben dem Weg lag ein zuckender Haufen Soldaten. Marcus stolperte über ein Paar Stiefel und entdeckte Swanson mit dem Gesicht im Schlamm, die hintere Schädelhälfte zertrümmert wie ein mit Süßigkeiten gefülltes Osterei.

Marcus registrierte bestürzt, dass er noch atmete. Swanson ließ das Gewehr in der Hand los und klammerte sich an Marcus' Handgelenk. Marcus warf einen Blick auf den eingesackten Transporterraum des Krankenwagens, um den Schaden zu ermessen. Diese Männer waren mit Sicherheit tot. Swansons Finger gruben sich in Marcus' Handgelenk, als wollten sie seinen Puls fühlen. Er drückte zu. Seine Augen flatterten – der optische Telegraf des Sterbenden. Marcus drückte zurück. Er hatte verstanden.

Er kramte in seinen Taschen so schnell er konnte nach einem Taschentuch, bevor Connelly etwas mitbekam. Er zögert noch einen Augenblick, dann hielt er Swansons Nase zu und legte die andere Hand flach auf den verstümmelten Mund. Swanson holte Luft und drückte Marcus's Arm, aber der ließ nicht locker. *Vielleicht hätte ich ihn retten können,* schrieb er.

Vielleicht hätte ich ihn herausholen können. Vielleicht hätte ich es nicht tun sollen.

In der Ferne blaffte Connelly nach ihm: »Thompson… Thompson! Warum hast du die Verwundeten allein gelassen? Vergiss Swanson. Los, zurück zu deinem Rettungswagen.«

Marcus ließ seinen Freund zurück und stolperte zu seinem eigenen Wagen. Er sah erst gar nicht nach den Soldaten in seinem Transporter, ob sie lebten oder schon tot waren. Das würde er schon noch herausfinden, wenn er sie im Feldlazarett ablieferte und sie den Schwestern überließ, die schön und ruhig wie Milchmädchen waren. Ich stellte mir vor, wie Marcus das Gaspedal durchtrat und im Dunst davonbrauste, Stock und Stein unter sich zermalmte, den wütend schreienden Connelly einfach stehen ließ, wie die Krähen in Augusts Feld, und zum ersten Mal, seit er weggegangen war, musste ich unwillkürlich an ihn denken und mir wurde bewusst, wie sehr ich ihn vermisste. Ich war sechzehn und bekam gerade meine erste Vorstellung von den denkwürdigen Gesetzen der Liebe – wie das, was nicht gesagt wurde, viel komplizierter sein konnte, als das, was schwarz auf weiß geschrieben stand.

Ich steckte seinen Brief in die Tasche meines Flanellhemdes und wartete darauf, dass Amelia nach unten ging und die Hühner fütterte, damit ich ihm eine Antwort schreiben konnte. Ich starrte über die unebenen, steinigen Felder und überlegte, von was ich ihm erzählen könnte. Von der kümmerlichen Reihe Mais, die ich gepflanzt hatte? Von den Krähen, die ihn wieder auffraßen? Vielleicht von so etwas Einfachem wie der Erde selbst. *Wenn du zurückkommst*, schrieb ich schließlich, *lass uns uns in die Felder da draußen legen und darin schlafen, ganz gleich was für ein Wetter ist. Die Krähen werden sich auf unseren Schultern und Köpfen niederlassen, mit ihren Flügeln an unseren Hals stupsen und an unseren Ohrläppchen picken, sie werden all die verdorbenen Stücke von uns auf-*

picken, bis außer Sehnen, Knochen und Zähnen nichts mehr übrig ist. Bis wir so rein sind, dass man durch uns hindurchsehen kann, bis zu den Wurzeln, bis zur Erde. Bis selbst unsere Erinnerungen lebendig aufgefressen werden.

Ich klebte das Kuvert zu und schickte den Brief ab. Aber vielleicht war ich zu weit gegangen, weil ich niemals Antwort darauf bekam. Das Nächste, was ich von Marcus hörte, war, dass er in einem Krankenhaus in Maryland lag und sich erholte. Ich erfuhr, dass eines seiner Beine weggefetzt worden war und eine Hand ebenfalls, was seine gesamte Gestalt veränderte und es ihm schwer machte, sich fortzubewegen, und noch schwieriger zu schreiben. Oder vielleicht gab es auch nichts mehr zu erzählen. Vielleicht hatte die Granate das für ihn erledigt.

10

Am Morgen der offiziellen hundertvierzigsten Maitagsfeier von Aberdeen wachte meine Schwester früh auf, taumelte zu der Porzellanwaschschüssel in ihrem Zimmer und übergab sich. Dann spülte sie sich den Mund mit Listerine aus, ging auf Zehenspitzen den Flur hinunter zum Badezimmer und goss leise die Schüssel in der Toilette aus. Sie band ihre flachsblonden Haare hinten im Nacken zu einem Knoten und starrte in den Spiegel des Arzneischränkchens.

In dem trüben Glasviereck sahen ihre Augen blutunterlaufen und die Lider geschwollen aus. Ihre Wangen waren blass, und ihre Lippen wirkten voller, was unmöglich von der Bienenwachssalbe, die sie abends auftrug, herrühren konnte. Sie fuhr sich über ihr Schlüsselbein und hielt sich die ziehenden Brüste. Es bedurfte nur eines kurzen Blickes, um zu erkennen, wie rund und prall sie geworden waren, oder um sich zu vergewissern, dass ihre Hüften sich zu beiden Seiten ausdehnten wie ein Paar falsch angebrachter Flügel. Sie seufzte, kniff sich in die Wangen, um ihnen etwas Farbe zu verleihen und überlegte, wie sie es anstellen sollte, sich in das Maiköniginkostüm zu zwängen.

Ihre letzte Periode war vor zehn Wochen gewesen. Das war so lange her, dass sie wusste, dass sie so bald auch nicht wieder kommen würde, und außerdem lange genug, dass sie sich ausrechnen konnte, warum. Es war allerdings noch nicht so lange, dass ihr inzwischen eingefallen wäre, wie sie damit umgehen sollte. Ich war die Einzige, die davon wusste, und ich spürte jede Stunde an jedem Tag ihr Problem in meinem eigenen Unterleib, in Form eines Fragezeichens. Ein Baby war ganz bestimmt nicht das, was meine Schwester wollte, so viel war sicher. Ich wies sie darauf hin, sobald sie es mir erzählt hatte, eine Woche vor dem Fest.

»Truly, ich glaube ich bin schwanger«, sagte sie, und ihre hübschen Hände wanden sich dabei in ihrem Schoß wie zwei Drachenschnüre. Wir befanden uns in Amanda Pickertons Küche, die sie gerade erst avocadogrün gestrichen hatte. Die Wangen meiner Schwester reflektierten die Farbe und ließen ihre Haare wie Algenfarn erscheinen.

»Bist du auch sicher?« Vielleicht wollte sie nur ein bisschen dramatisieren, dachte ich, aber Serena Jane senkte den Kopf und fing an zu weinen. Mit einem Baby konnte sie die Probeaufnahmen in Hollywood oder die Titelseiten der Magazine vergessen. Ein Baby bedeutete volle Windeln, Gesabber und saure Milch. Es war mit Sicherheit das undankbarste Publikum der Welt. Natürlich war es mir ein Leichtes, so zu denken. Was wusste ich denn schon von den verzwickten physikalischen Gesetzen von Sex und Liebe. Nur dass ich zu groß war, um daran teilzuhaben. Monat für Monat bekam ich die Periode mit der simplen Regelmäßigkeit des Mondes, und wenn die dumpfen Krämpfe in Bauch und Rücken bei mir Sehnsucht aufkommen ließen, brauchte ich nur in den Spiegel zu sehen, um zu wissen, dass meine Chancen in etwa so standen, wie die von Augusts Rennpferden auf einen Sieg beim Kentucky Derby.

Serena Jane schniefte: »Was soll ich bloß tun? Sal Dunfry hatte letztes Jahr das gleiche Problem und war bei einem Arzt in Manhattan, der sich darum gekümmert hat, aber ich habe nicht das Geld dazu. Außerdem gäbe es gar keine Gelegenheit. Amanda würde mich vorher kreuzigen lassen.«

Ich kauerte auf dem Stuhl und hielt meine Faust unters Kinn. »Ist es von Bob Bob?«

Serena Jane biss sich auf die Lippe und nickte. Sie legte die flache Hand auf den Bauch und drückte ihn nach innen gegen ihr Rückgrat. »Er weiß noch nichts davon.« Sie zog den Bauch noch weiter ein, als könne sie ihre Figur mit Willenskraft wieder zurückerlangen, aber es half nichts. Es war offenkundig und nicht zu übersehen. Jeder mit zwei Augen im Kopf konnte mit einem Blick erkennen, was mit ihr los war, und bald würden es alle wissen. Alle außer Bob Bob. Er hatte nicht die leiseste Ahnung. Tag für Tag in der Schule durchbohrte meine Schwester ihn mit ihren Blicken, aber er drehte sich noch nicht mal nach ihr um. Ich stellte mir vor, dass es für Serena Jane merkwürdig sein musste, dass Bob Bob sie nach all den Jahren plötzlich ignorierte – wahrscheinlich ein ähnliches Gefühl, wie wenn man sich von seinen langen Haaren trennte, oder einen schweren Mantel am Ende des Winters ablegte.

»Warum schreibst du ihm nicht einen Brief?«, schlug ich ihr vor, aber sobald Serena Jane den Stift in die Hand nahm, verkrampfte sich ihre Hand. Sie lauerte Bob Bob auf mit der Inbrunst eines Bluthundes, schritt beim Training den Rand des Baseballfeldes ab und beschattete ihn auf dem Nachhauseweg von der Schule. Wenn August mich nicht in der Scheune brauchte, kam ich mit.

Wir verfolgten ihn wie zwei lustlose Geister, bis uns Bob Bob eines Tages beide erschreckte, indem er auf uns losging, aggressiv wie ein Hund im Zwinger. Wir standen auf dem Gehweg vor seinem Haus. Mir fiel auf, dass der Lattenzaun einen Anstrich bitter nötig hatte, aber ich konnte mir nicht vorstellen, dass Bob Bob sich zu derlei niedrigen Arbeiten herablassen würde. Wahrscheinlich stellten die Morgans dazu Leute an.

Serena Jane öffnete den Mund und wollte ihm gerade von dem Baby erzählen, das ganze Dilemma aus ihr herausfließen lassen wie ein Wasserfall, aber als sie versuchte etwas zu sagen, brach ihr die Stimme und erstarb. Sie stand einfach nur da und quakte wie die verzauberte Prinzessin Bugaboo, bis Bob Bob schließlich verächtlich schnaubend zum Haus hinaufstürmte, uns einfach auf dem Gehweg stehen ließ, mit einem penetranten Vanillegeschmack im Rachen. Serena Jane wartete, bis er die Tür hinter sich zugeknallt hatte, dann beugte sie sich über die Hecke und übergab sich, und ich hielt ihr dabei die Haare zurück. Das blasse Mondgesicht von Maureen Morgan erschien am Wohnzimmerfenster, ihr Mund zu einem O geformt, und ihr Atem hinterließ einen Beschlag auf der Scheibe. Sie runzelte die Stirn. Mädchen in diesem Alter erbrachen sich nicht einfach nur aus Liebe. Ihrer Erfahrung nach hatte unerwiderte Liebe noch nie jemanden ernsthaft krank gemacht, aber Liebeserwiderungen, na ja, die konnten schon körperliche Konsequenzen haben, und es war ziemlich offensichtlich, dass sie gerade Zeugin davon geworden war. Bob Bobs jahrelange Faszination von meiner Schwester war kein Geheimnis gewesen – seine Eltern zogen ihn jeden Abend beim Essen damit auf –, aber was Maureen daran so überraschte, war, dass Serena Jane endlich nachgegeben und Bob Bob nichts davon erzählt hatte. Da stimmte etwas nicht. Misstrauisch ließ Maureen den schweren gebauschten Vorhang zurückfallen. Hinter den Samtfalten sah sie zu, wie ich meiner Schwester dabei behilflich war, sich den Mund mit dem Handrücken abzuwischen. Maureen wand sich ab. Sie hatte genug gesehen. Sie wusste, was getan werden musste.

Es überraschte niemanden wirklich, dass Serena Jane den anonym gewählten Titel der Maikönigin für sich gewann. Schließlich stand ihr die Krone schon vom Tag ihrer Geburt an zu. Mit sechs beherrschte sie es bereits perfekt, auf dem Wagen mitzufahren – ein Bratenwender als Zepter in der Armbeuge, auf dem Kopf eine Krone aus Alufolie –, und mit dem rechten Arm zu winken, als wäre sie eine lebendige Schaufensterpuppe. Jetzt, wo es tatsächlich so weit war, sah ich, dass es Serena Jane schwerfiel, die Sache durchzustehen. Zum einen spannte das Oberteil des Kleides so sehr, dass sich die Nähte kräuselten. Und zum anderen qualmte es derart heftig aus Dick Cranes Wagen, dass selbst mir schlecht wurde. Wenn meine Schwester nicht hinsah, beobachtete ich, wie Dick immer wieder den Rückspiegel so einstellte, dass er ihre prachtvollen Waden im Blick hatte. Solch ein Mädchen brachte es bestimmt mal zu etwas, dachte er ganz offensichtlich, während sein Blick in den Spiegel fiel. Meine Schwester war bestimmt nicht umsonst so blond zur Welt gekommen. Bei Frauen war das nie der Fall. Er schmatzte genussvoll, löste langsam den Blick von Serena Jane und freute sich auf das Barbecue.

Die Feierlichkeiten zum Maitag waren das älteste regelmäßig stattfindende Festival im Staat New York, eine Tatsache, mit der Dick gern warb. Jedes Frühjahr ließ er ein anderes Erinnerungsstück an diesen Tag herstellen – eine stolze Tradition, die in Estelle Cranes Wohnzimmer für Chaos sorgte. Der offizielle Maitag-Teller von 1962 hing an der Wand, die Narzissen darauf verzogen aufgrund der unbeständigen Hitze beim Brennen (der Töpfer drüben in Hansen war ein Freund von Dick). Und auf dem Schaukelstuhl lag das Stickkissen von 1965, ein Wulst, übersät mit winzigen blassen Schmetterlingen, die wie Motten wirkten.

Die Maitag-Teetasse von 1959 erhielt den Ehrenplatz auf Estelles Sideboard, mit dem dazupassenden Teetablett von 1960, das dahinter aufgestellt war. Zwischen 1965 und 1967 gab es eine unselige Lücke, aber dieses Jahr, 1969, war beinahe der Beginn eines neuen Jahrzehnts. Trotz der Proteste seiner Frau ließ Dick eine ganze Reihe von T-Shirts drucken, auf denen vorn mit Bändern geschmückte Maibäume waren und hinten in großen blauen Buchstaben: *Maitagsfest! Die älteste Party im Staate New York! Immer noch genauso gut!* Wider besseres Wissen trug Estelle eines der T-Shirts nach dem Umzug zum Picknick auf dem Dorfanger, aber außer Priscilla Sparrow (die, wie wir alle wussten, eine unsterbliche Schwäche für Dick Crane hatte, was Alter, Position und jeglichem gesunden Menschenverstand widersprach) war sie die Einzige. Estelle sah Prissy mit zusammengekniffenen Augen an und rümpfte verächtlich die Nase.

»Vergiss sie ganz einfach«, riet ihr Cally Hind an der Kartoffelsalatausgabe. »Jeder weiß doch, dass sie irre ist. Sie verdrehte die Augen in Richtung Serena Jane, die majestätisch auf dem Maithron saß, während Dick mit einem Teller Spareribs um sie herumschwänzelte. »Um die würde ich mir eher Gedanken machen.«

»Das ist ja lächerlich«, schnaubte Estelle. »Zum einen müsste sie Dick erst mal diesen Teller Rippchen entreißen, und zum anderen hat dieses Mädchen Pläne. Wenn sie sich an jemanden ranmacht, dann bestimmt an keinen aus dem Ort.«

Cally klatschte eine Portion Kartoffelsalat auf Estelles Teller und beugte sich vor zu einem kurzen Tratsch. »Ich habe da was anderes gehört. Wenn ihre Pläne nicht Bob Bob, eine Kirche und ein ausgestelltes weißes Kleid einschließen, wird dieses Mädchen so bald nirgendwohin gehen. Der Ring sitzt schon so gut wie fest an ihrem Finger. Sie muss nur noch die Highschool abschließen.«

Estelle legte die Stirn in Falten und beobachtete erleichtert, wie Dick für einen Nachschlag auf den Grill zuging und meine Schwester alleine auf ihrem riesigen geschmückten Hochstuhl sitzen ließ, ungerührt wie eine Puppe, die jemand zur sicheren Verwahrung oben ins Regal gestellt hat. Estelles Miene wurde sanft. Vielleicht dachte sie an die frühen Jahre ihrer eigenen Ehe, wie verwirrend es gewesen war, sich plötzlich in einem fremden Haus zurechtzufinden, den lieben langen Tag alleine mit einem Stapel Wäsche und einer tickenden Uhr. »Was für eine Schande«, murmelte sie. »Sie ist ja schließlich noch blutjung.«

»Sie hat bestimmt das Schattenbuch der alten Tabitha Morgan gefunden und es für ihre Zwecke benutzt«, sagte Madge Harkins naserümpfend und betrachtete Serena Janes Haare, die das Sonnenlicht reflektierten.

Cally Hind schüttelte den Kopf. »Wohl kaum. Soviel ich gehört habe, könnte sie ein bisschen Hexenzauber ganz gut gebrauchen, wenn du weißt, was ich meine. Sie ist in anderen Umständen.« Cally ließ sich die Worte wie Fruchtbonbons auf der Zunge zergehen. Estelle und Madge wandten die Köpfe nach meiner Schwester, prachtvoll in Satin und Taft, und tatsächlich, die gedehnten Nähte ihres Kleides, ihre schweren, angeschwollenen Brüste und die Müdigkeit, die sich um ihre Augen gesammelt hatte, reichten aus als Beweise. Sie erinnerten sich daran, was Babys einem antaten, gleich von Anfang an, und wie es von da an unaufhaltsam bergab ging.

Madge schlug sich die Hand vor den Mund. »Das arme Ding! Was um Himmels willen hat sie sich denn dabei gedacht? Von all den Kindern im Ort bin ich mir bei ihr am sichersten gewesen, dass sie von hier abhaut. Sie hatte schon immer so eine Tendenz.«

Estelle stieß die Gabel in den Salat. »Weiß Amanda davon?«

»Gott behüte«, schnaubte Cally. »Was denkst du dir denn? Ihr Mann ist der Vikar, und was sie angeht, sie glaubt doch, das Mädchen wäre eine lebende Prinzessin.«

Madges Blick wurde verträumt. »Sie wird eine wunderhübsche Braut sein.«

»Vorausgesetzt, dass er sie heiratet.«

»Oh, das wird er schon. Seine Leute werden schon dafür sorgen. Der Dorfarzt kann schließlich nicht dabei zusehen, wie sein eigener Sohn die Mädels den Fluss hochpaddelt und sie dann dort aussetzt.«

»Es sei denn, er kümmert sich selbst drum.«

»Ach herrje, so was würde doch Bob Morgan niemals tun?« Madge riss die Augen auf.

Cally seufzte. »Nein, aber seinem Sohn würde ich es schon zutrauen. Nur gut, dass er noch keine Zulassung als Arzt hat. Gott schütze uns, wenn es so weit ist.«

Estelle nickte. »Ja, der Junge hat etwas, was ich nicht ausstehen kann. Einmal ist er, ohne mit der Wimper zu zucken, mit seinem Fahrrad mitten durch meine Petunien gefahren. Ich hab direkt daneben gestanden.«

Madge winkte ab. »Ach, Estelle, das ist doch schon Jahre her. Ich bin sicher, dass er inzwischen erwachsener geworden ist.« Da entdeckte sie meinen riesigen Schatten am Ende der Essensausgabe. »Das hier *ist* ein hoffnungsloser Fall«, sagte sie und verdrehte die Augen in meine Richtung. »Da nützt kein Zaubertrick mehr was. Sie ist die geborene Kandidatin für die moderne Medizin.«

Cally riss ihren Blick von meiner Schwester los und lenkte ihn in meine Richtung. »Man kann einfach nicht glauben, dass sie verwandt sind.«

»Dort draußen bei den Dyersons zu leben, macht das Ganze nicht leichter«, fügte Estelle hinzu. »Das arme Ding. Earl ist schon nicht mit ihr zum Arzt und die Dyersons können es sich erst recht nicht leisten, bei ihnen reicht's ja kaum fürs Essen.«

Ich verlagerte mein Gewicht von einer Seite auf die andere und übte schon mal, mit den Bäumen hinter mir eins zu werden, wie ein Fels im Schatten. Ich stand so reglos, dass ich mich neben die Statue des Gründers von Aberdeen hätte gesellen können, oder auf den Friedhof, zusammen mit all den anderen erstarrten Seelen, über die man offen herziehen konnte, ohne jemanden zu verletzen.

»Sie sieht aber so aus, als ob sie ordentlich zu essen bekäme«, spöttelte Cally, aber Estelle brachte sie mit einem Stirnrunzeln zum Schweigen.

»Sie kann ja nichts dafür, dass sie aussieht wie ein Sherman-Panzer. Außerdem ist es bestimmt besser so. Sieh dir doch Serena Jane an. Ihre Schönheit hat ihr nur einen Haufen Ärger eingebracht.«

Daraufhin verfielen die drei Frauen in Schweigen, starrten auf ihre leeren Teller und grübelten über den paradoxen Zusammenhang von Chance und Schönheit, den Serena Jane und ich verkörperten. Ohne Schönheit, so viel wusste ich, könnten die Möglichkeiten im Leben an mir vorüberziehen, aber zu viele Reize bedeuteten auch Verpflichtungen. Es war wie bei dem Frontalaufprall eines Zuges, die vorn traf es am schlimmsten. Vielleicht kam ich am Ende wirklich besser weg. Ich war hässlich – niemand würde das abstreiten – aber ich war auch so groß, dass mir nichts entgehen konnte. Und wenn doch einmal, würde ich hoffentlich so schlau sein, es ziehen zu lassen.

Als Bürgermeister Dick Crane die Maikönigin 1969 mit viel Spucke und Ausgelassenheit ankündigte, schmachtete ich mit dem gesamten Ort höflich in der Hitze, und klatschte, wo es passte, während meine Beine an dem Holzklappstuhl festklebten. Ich saß alleine in der letzten Stuhlreihe auf dem Rasen und konnte Bob Bob drei Reihen vor mir sehen. Er schwitzte aus einem anderen Grund. Ich beobachtete, wie er meiner Schwester dabei zusah, wie sie mit gewohnter Anmut und einer leichten Grünfärbung um die Nase den Thron bestieg, und dann sah ich, wie er in seine Tasche griff und an dem Diamanten mit Smaragdschliff herumfingerte, den ihm seine Mutter heute Morgen gegeben hatte.

Es war praktisch seiner, schon immer gewesen, seine Großmutter hatte ihn seiner zukünftigen Frau vermacht, aber ich gehe jede Wette ein, dass er nie ernsthaft daran gedacht hatte, ihn eines Tages wirklich zu benutzen. Seine Mutter war da allerdings anderer Meinung. Sie kam in sein Zimmer gestürzt, kaum war er aufgewacht, reichte ihm die kleine grüne Samtschachtel und sagte: »Nimm den Ring, und bring das wieder in Ordnung.« Bob Bob hatte nur die entschiedene Linie ihrer Lippen gesehen – eine Linie, die sich niemand zu übertreten traute – und nichts mehr gesagt. Hatte nur die Hand ausgestreckt und die Schachtel entgegengenommen.

Nachdem sie raus war, öffnete er den Deckel und schielte auf den glitzernden Edelstein. Er erinnerte ihn an die Glasmurmeln, die seine Mutter in den Blumenvasen versenkte, und sein Herz zog sich plötzlich panisch zusammen, als ihm klar wurde, dass Serena Jane voraussichtlich auf mehr von diesen Annehmlichkeiten bestehen würde. Leinenservietten für acht Personen, Kristallfläschchen mit Parfüm, flachsköpfige Kinderfotos von facettiertem Glas gerahmt, und nicht zu vergessen den verdammten Quilt seiner Eltern – Serena Jane würde zweifellos ihren Anteil an Haushaltsgegenständen einfordern.

Oder vielleicht doch nicht? Es war so, dass Bob Bob, trotz strengster Überwachung meiner Schwester über all die Jahre hinweg, eigentlich so gut wie gar nichts von ihr wusste. Er hatte keine Ahnung, dass Gänseblümchen ihre Lieblingsblumen waren, dass sie schnarchte wie ein Lkw-Fahrer, dass sie Popcorn im Kino Bonbons vorzog und dass ihre Lieblingsschokolädchen mit Lavendelcreme gefüllt waren. Was Bob Bob anging, so war er der Meinung, dass Mädchen nicht essen, rauchen, schwitzen, fluchen oder furzen sollten. Und wenn sie es taten, wollte er zumindest nichts davon wissen. Natürlich sollte sich das fortan ändern. Sobald er den Ring seiner Großmutter an ihren Finger gesteckt hatte, würde sie sicher ihre Offensive starten. Sie würde an ihm herummeckern, dass er seine Socken wechseln sollte. Sie würde seine Lieblingsbaseballkappe wegwerfen. Sie würde darauf bestehen, dass er statt Turnschuhen ordentliche Schuhe trug, Bier aus dem Glas trank und samstags den Rasen mähte. Bob Bob mag vielleicht gedacht haben, dass er den Hauptgewinn ergattert hatte, während er den Ring in seiner Tasche zwischen Daumen und Zeigefinger hin und her drehte, aber bald schon würde es Serena Jane sein, die die Zügel in der Hand hielt.

Ich hätte von Bob Bob mehr Fingerspitzengefühl erwartet, aber er wählte just den Augenblick, als meine Schwester die Stufen des Podiums herunterkam, die Arme voller piksiger Rosen, ihre niedrigen Pfennigabsätze rutschten über das Sperrholz. Er machte sich nicht die Mühe, vor ihr niederzuknien. »Hier«, sagte er und hielt ihr den Ring entgegen.

Meine Schwester blinzelte den Diamanten an, der vor ihr aufblitzte wie ein anschuldigendes Auge. Sie streckte betont langsam den nackten Arm aus und zupfte den Ring aus Bob Bob Morgans Fingern. »Was ist das denn?«

Groll erfasste ihn und trieb ihm die Zornesröte ins Gesicht. »Der gehörte einmal meiner Großmutter. Meine Mutter meint, du sollst ihn tragen.«

Serena Jane atmete aus, ihr Atem roch nach Nelken, die sie kaute, um die Übelkeit zu bezwingen. »Oh«, flüsterte sie. Sie fragte sich, wer es Mrs. Morgan verraten hatte, oder ob sie es selbst rausbekommen hatte. Bob Bobs Mutter hatte in dieser Hinsicht etwas Unheimliches. Sie wusste immer ganz genau, wer von den Jugendlichen am Wochenende trinken war und wer angefangen hatte zu rauchen, selbst wenn es nur ein oder zwei am Tag waren. Zugleich wusste jeder, dass sie es nicht von Bob Bob hatte. Er redete kaum mit seinen Eltern. Serena Jane sah ihm dabei zu, wie er sich mit dem Ellbogen am Geländer des Podiums abstützte.

»Und, ist es wahr?«, wollte er wissen.

Serena Jane nickte, und ihr war nicht bewusst, dass ihre blonden Haare mit dem Tiara-Imitat in der Nachmittagssonne kleine Lichtfunken versprühten. »Ja.«

Bob Bob biss die Zähne fest zusammen. Ein Mal, dachte er. Es war nur ein einziges Mal. Als Sohn eines Mediziners hätte man von ihm erwarten können, dass er die Grundlagen der menschlichen Biologie ein bisschen schneller begriff. Er zog den Bauch ein. »Dann hat meine Mutter wohl Recht.« Meine Schwester antwortete nichts darauf, und er wies sie mit dem Kinn an. »Mach schon, steck ihn an.« Er sah zu wie Serena Jane den schmalen Platinring über ihren vierten Knöchel schob. Der Ring war etwas zu groß. Er wackelte an ihrem Finger hin und her. Bob Bob stöhnte: »Also?« Das Wort hing zwischen ihnen wie der Missklang einer verstimmten Gitarre.

Die Holzstühle leerten sich. Auf dem Rasen packten die Leute die Picknickkörbe zusammen, sammelten die Kinder ein und wickelten sich die Hundeleinen um die Handgelenke, verabschiedeten sich von ihren Freunden. Der Nachmittag neigte sich dem Ende zu, und die Party war für dieses Jahr vorüber. Estelle schleifte Dick aus Priscilla Sparrows Dunstkreis. Cally Hind setzte ihrem Sohn schwer zu wegen der Unmengen Bier, die er getrunken hatte, und Amanda Pickerton packte methodisch alle Reste in die passenden Tupperware-Behälter. Einer nach dem anderen faltete die Decke zusammen und schloss den Weidenkorb. Bald war ich die Einzige, die noch übrig war, ich kauerte hinter einem Hartriegelbaum am Rasenrand. Durch die Blütenwiese hindurch beobachtete ich, wie Bob Bob sich meiner Schwester bei den Stufen in den Weg stellte, wie Serena Jane ihre Hand hochhielt und sie anstaunte und dann ihr Gesicht hinter ihren Händen verbarg, als würde sie sich selbst ein Geheimnis erzählen.

Ich wartete bis sie losgingen, nebeneinander, aber ohne sich zu berühren, und kroch zum Podium hinüber. Auf der unteren Stufe fand ich Serena Janes Maiköniginnenschärpe, schlaff und besprenkelt vom zu der Jahreszeit üblichen Schlamm. Das passierte den Mädchen jedes Jahr. Sie tollten im Gras, stiegen in die Cabrios der Jungs und wieder hinaus und merkten erst viel später, dass die dunkle Erde Aberdeens an ihnen haftete. Es war blöd von ihnen. Ich hätte ihnen gleich sagen können, dass das passieren würde, aber mich fragte ja keiner.

Ich sah mich um, aber niemand beachtete mich, deshalb bückte ich mich, hob die Schärpe auf und legte sie mir um Hals und Schulter. Mir war es egal, dass die Schärpe verdreckt war, in meinen Augen war es immer noch ein Preis, etwas, das man an den Weihnachtsbaum hängen konnte oder um ein Geschenk binden. Ich dachte daran, meiner Schwester hinterherzurennen, aber Serena Jane war bereits weg, von Bob Bob in ihr neues Leben bugsiert worden. Es war ein einsames Gefühl, sie mit ihm davontrotten zu sehen, ähnlich wie ein Film ohne Happy End. Na ja, dachte ich. Wenigstens durfte sie Braut sein. Das würde ihr gefallen.

Ich blieb noch einen Moment bei dem Podium stehen, einen Fuß schon fast auf der untersten Stufe, und dachte darüber nach, die Bühne zu erklimmen und mich auf dem Thron meiner Schwester niederzulassen. Aber ich konnte mir das Gejohle und den Spott vorstellen, die ich ernten würde. Ich zog den Fuß zurück und legte die Schärpe wieder ab, ein billiges Band, das in meiner kräftigen Hand knitterte. Die Ränder waren ausgefranst und die Enden waren nur zusammengeklebt. Genauso wie das meiste im Leben.

Ich stopfte die Schärpe in meine Jeanstasche und ging davon, staunte über den außergewöhnlichen Abendhimmel über mir. Ein winziger Stern nach dem anderen trat hervor und dann die dünne Mondsichel, und sie verwandelten Aberdeen von einem unbedeutenden Provinznest in einen im dämmrigen Licht liegenden Garten. Ich erinnerte mich daran, dass die Dinge nicht immer das waren, was sie zu sein vorgaben, groß oder klein, grob oder fein. Ich beschloss, den Dingen um mich herum mehr Aufmerksamkeit zu widmen. Ganz gleich wie sie mir jetzt vorkommen, sagte ich mir, es konnte sich alles noch ändern, manchmal sogar zum Besseren.

11

Serena Jane hielt es acht Jahre lang mit Bob Bob aus, was, wenn man darüber nachdenkt, an sich schon eine lange Zeit für eine Strafe ist und erst recht, wenn es sich dabei um einen Abend handelt, für den sie gar nichts konnte. In der ganzen Zeit sah ich sie genau zweimal. Das erste Mal gleich im Anschluss an ihre Hochzeit Mitte Juni. Ich war nicht eingeladen, aber das war keiner. Es waren bloß Bob Bob, Serena Jane und seine Eltern anwesend, die alle mit verbissenen Gesichtern im Büro von Richter Warson standen und innerlich bebten. Serena Jane trug ein hellblaues Kleid in der Farbe ihrer Augen und selbst von dort, wo ich saß, in Augusts Lieferwagen auf der anderen Straßenseite, war die Wirkung verstörend. Es ließ ihre schneeweiße Haut gespenstisch erscheinen. Ihre Haare waren zu einem strengen Knoten gebunden, und sie hielt ein schon halbverwelktes Rosenbouquet in den Händen.

»Tut mir leid, Truly, aber ich will niemanden dabeihaben«, beharrte sie, als ich ihr anbot, Brautjungfer zu sein. »Es wird nur eine kurze Angelegenheit sein, und gleich danach ziehen wir nach Buffalo, für die Zeit, in der Bob Bob dort Medizin studiert.«

»Wo kriegst du denn das Baby?«

Serena Jane trommelte leicht mit den Fingern auf ihren Bauch. »In Buffalo natürlich. Dort wird sich wohl ab jetzt alles abspielen.«

Ich versuchte mir meine Schwester alleine in einer fremden Stadt mit niemandem, den sie kannte, außer Bob Bob vorzustellen. Dann versuchte ich mir mein Leben ohne Serena Jane in Aberdeen vorzustellen. Wir waren vielleicht nicht wie die Schwestern aus *Little Women* oder den anderen Büchern, die ich gelesen hatte, aber sie war alles, was mir an Familie geblieben war. Von uns beiden hatte sie es vermutlich schlechter getroffen, und ich musste zugeben, dass ich ein wenig Schadenfreude empfand. Das geschieht ihr recht, dachte ich, dafür, dass sie einfach so weggeht und mich schon wieder alleine lässt. Ich sah sie an und hoffte, dass sie die Tränen in meinen Augen nicht bemerkte. »Wann sehe ich dich denn wieder?«

»Das weiß ich nicht, Truly.« Serena Jane pustete sich eine Haarsträhne aus dem Gesicht. »Vielleicht an Weihnachten? Ich kann mir vorstellen, dass wir die Feiertage hier verbringen, wenn das Baby geboren ist.«

Aber sie kamen nicht, weder zu Thanksgiving noch an Weihnachten. Die freien Tage über Thanksgiving ließen nicht genug Zeit, erklärte mir Serena Jane in einer kurzen Notiz, die sie mir Anfang November schrieb. Bob Bob steckte im Examen, und das Baby konnte jeden Augenblick geboren werden. Aber im Dezember würden sie bestimmt kommen.

»Was ist los?«, fragte Amelia, während sie mir dabei zusah, wie ich den Brief zusammenfaltete und ihn wieder in den Umschlag steckte. Sie war schlank und hochgewachsen in den letzten Jahren, aber sie war noch genauso blass wie eh und je, und obwohl ihre Sprache sich so weit verbessert hatte, dass sie auch mit anderen außerhalb ihrer Familie sprach, konnte ich immer noch heraushören, bei welchen Buchstaben sie Schwierigkeiten hatte. »Schlechte Neuigkeiten?« Wenn ihre Stimme zum Tragen kam, klang sie immer noch so rau und spröde wie früher. Die Leute waren oft erstaunt darüber, dass ihre Stimme tiefer war als meine.

Wir saßen auf den Betten in unserem gemeinsamen Zimmer. Ich sah sie an. Seit wann war Amelias Gesicht mir vertrauter, als das meiner Schwester? Ich betrachtete ihre feuchtbraunen Augen und den Sichelmond ihres Mundes. Wenn ich versucht hätte, Amelia mit geschlossenen Augen zu zeichnen, wäre es mir wahrscheinlich ohne weiteres gelungen, sie originalgetreu abzubilden. War Vertrautheit dasselbe wie Verwandtschaft? Ich wusste es nicht. Ich legte den Brief aufs Bett und vermisste meine Schwester. Mein Herz war konfus.

Es wurde ein Junge, den sie natürlich Robert nannten. »Sieh mal«, hauchte ich, als ich Amelia das Schwarzweißfoto zeigte. Er sah aus wie ein winziger Krieger, mit wachsamen Augen, die Hände unterm Kinn geballt. »Er ist um vier Uhr fünfzehn morgens geboren«, las ich, »und wiegt 3260 Gramm. Sie nennen ihn Bobbie.«

Amelia betrachtete das Foto. »Er sieht Serena Jane ähnlich«, sagte sie. »Aber den Mund hat er von Robert Morgan. Das gibt später mal Ärger.«

Ich fand, dass Bobbie einfach vollkommen aussah, so vollkommen, dass ich mir wünschte, er gehörte mir. Ich fragte mich, wie es wohl war, Mutter zu sein, ob es ein Segen oder eine Last war, so ein winziges Säckchen aus Haut und Luft in den Armen zu halten. Es gab alle möglichen Mütter auf der Welt, so viel wusste ich schon. Ich habe es bei den Scheunenkatzen gesehen. Manche geizten nicht mit mütterlicher Zuneigung, schnurrten und leckten ihre Nachkommenschaft demonstrativ mit ihren Sandpapierzungen. Wieder andere Katzenmütter machten nicht mehr als unbedingt nötig, gebaren ihre Jungen und zogen dann den Schwanz ein, flitzten ab in die Felder. Ich wusste nicht, was eine Katzenmutter dazu veranlasste, bei ihrem Wurf zu bleiben, genauso wenig wie ich sagen konnte, was die Rabenmütter dazu veranlasste, so schnell und unbekümmert wieder in die Wildnis zurückzukehren, aber ich hoffte, dass meine Schwester sich eher wie die Ersteren verhielt.

Ich legte das Foto von Bobbie in den Schuhkarton, den ich bei den Dyersons unterm Bett aufbewahrte, in dem außer den alten Gewinnen meines Vaters aus den Wetten auf Augusts Pferde und ein paar neueren von mir, das einzige Hochzeitsbild meiner Eltern lag und ein Zeitungsausschnitt von Serena Jane als Maikönigin. Es war das Nächste an einem Familienalbum, was ich besaß. Ich wollte gerade wieder den Deckel auf den Karton setzen, als mich ein schrecklicher Gedanke packte. Was, wenn Bobbie wie ich wurde? Was, wenn er fett und schwer wie eine Melone wurde? Was würde Bob Bob mit solch einem Baby anfangen? Würde er all seine medizinischen Zaubertricks bei seinem Sohn anwenden und versuchen, eine Seele zu flicken, die gar nicht zerrissen war? Oder würde er ihn einfach ignorieren wie einen Teig, der zu lange gegangen ist.

Ich dachte an all die Bemerkungen, die ich über die Jahre hatte ertragen müssen: *He, Truly, wenn du noch weiter wächst, gießen wir dich in Bronze und stellen dich auf den Dorfanger! He, Truly, ich könnte jemanden gebrauchen, der meinen Laster nach Mississippi schiebt.* Nach einer Weile kam es mir so vor, als wären diese Stimmen ständige Begleiter, sie verstummten nie, wie Kirchenglocken. Es war keine Begleitmusik, die ich irgendjemandem wünschen würde, schon gar nicht einem Neugeborenen. Aber man kann sich nicht ständig sorgen, was einem das Leben entgegenbringen wird. Babys wuchsen auf, um so zu sein, wie sie sollten, und für jeden gab es einen Platz. Das hatte ich von Augusts krummen und schiefen Pferden gelernt. Selbst die hoffnungslosesten Senkrücken unter ihnen konnten ein Rennen laufen und Geld bringen. Ich setzte den Deckel auf die Schachtel und schob sie wieder unters Bett.

Zwei Jahre später machte ich meinen Abschluss, und es kamen sogar ein paar Leute zur Feier. Amelia saß ganz hinten unter den Zuschauern, zusammen mit Brenda und August, der mit den Lippen schmatzte aus Vorfreude auf den Braten, der zu diesem besonderen Anlass zu Hause auf uns wartete. Amanda Pickerton saß ganz vorn in der Mitte mit zusammengekniffenem Mund, auf dem Schoß ein in Geschenkpapier verpacktes Wörterbuch. Aber Marcus fehlte mir. Ohne ihn fühlte sich alles irgendwie nicht richtig an. Er hätte mit Sicherheit am lautesten geklatscht und durch die Zähne gepfiffen, als Miss Sparrow mir die Zeugnisrolle überreichte und angestrengt die Zähne zu einem Lächeln entblößte. Bis zum heutigen Tag ist sie die Einzige, die ich kannte, die es schaffte, selbst ein Lächeln schmerzvoll zu gestalten.

»Zwei Punkte weniger und es hätte nicht gereicht«, bemerkte sie zimperlich in Hinsicht auf mein Abschlusszeugnis. Ich hätte nicht sagen können, ob sie sich über das Ergebnis freute oder nicht.

»Danke«, hauchte ich, und plötzlich griff Priscilla Sparrow mit der Zielstrebigkeit eines Raubvogels nach meinem Handgelenk und überrumpelte mich damit völlig.

»Steh für dich ein«, sagte sie, und ihre kleinen Augen glitzerten in der Nachmittagssonne. »Steh immer zu dir selbst, Mädchen. Niemand sonst wird es für dich tun, weiß Gott.«

»Ja, Ma'am«, sagte ich etwas lauter, riss ihr die Rolle aus der Hand und flüchtete.

Liebe Serena Jane, schrieb ich später an diesem Abend, *hier das Zeugnis, das ich heute bekommen habe. Ich hätte mich gefreut, wenn du dabei gewesen wärst, aber ich weiß ja, dass du alle Hände voll zu tun hast mit Bobbie. Brenda und August waren da und auch Amelia, und Mrs. Pickerton hat mir ein Wörterbuch geschenkt. Wann kommst du denn nach Hause? Ich würde Bobbie so gern sehen. Kannst du noch ein paar Fotos schicken?«*

Jede Woche sah ich gewissenhaft nach der Post und wartete auf Antwort, die nie kam. Wer weiß, wie lange ich noch zu dem rostigen Briefkasten hinausgerannt wäre und in seinen leeren Schlund gespäht hätte, überzeugt davon, dass ich diesmal bestimmt Glück hätte, wenn August nicht das unseligste Pferd seines Lebens gekauft und mich noch einmal mehr gelehrt hätte, dass für Leute wie uns andere Regeln galten.

Zuerst sah es gar nicht aus wie ein Pechvogel, viel eher wie ein Sieger. Es war ein Vollblütler, rassig und temperamentvoll, vom Widerrist bis zum Hals. August führte es an einer alten Strippe in die Scheune und schloss es in einen der Ställe. »Das ist Lightning«, sagte er gedehnt und freute sich über unsere verdutzten Gesichter. »Hab ihn beim Pokern gewonnen.«

Amelia riss ungläubig die Augen auf, und ich wusste sofort, was sie dachte. Ich sprach es für sie aus: »Du hast tatsächlich gewonnen?«

Augusts Grinsen war breit und geschmeidig wie ein Fuchsschwanz. »Dieser hier wird das Ruder herumreißen«, sagte er, tätschelte Lightning die Flanke, und zog schnell die Hand weg, als Lightning den Kopf herumwarf und versuchte, ihn zu beißen. Brenda schnaubte verächtlich und verzog sich wieder in die Küche.

Ein paar Wochen lang war Lightning das am meisten beachtete, wenngleich übellaunigste Tier in Augusts Stall. Er bekam als Erster vom Hafer, die süßesten und längsten Karotten und extra Bürstenstriche. »Sobald er sich ein bisschen eingewöhnt hat, werden wir ihn auf der Rennbahn laufen lassen«, versprach August, »dann werden wir ja sehen, wer den ganzen Weg bis zur Bank lacht.«

Ich striegelte die freundlicheren Pferde und sagte nichts. Erst am heutigen Morgen war ich nur haarscharf einer Amputation entgangen, bei dem Versuch, Ligthning etwas ins Maul zu schieben, und es kam mir so vor, als ob seine Widerspenstigkeit nicht unweigerlich den Sieg bedeutete. Es sollte sich herausstellen, dass ich damit Recht behielt, denn kaum drei Tage später ging August frühmorgens hinüber zu den Pferdeställen, um die Tiere zu versorgen, und machte dabei den verhängnisvollen Fehler, sich auf die falsche Seite von Lightning zu begeben.

Von dem jähen Knall des Scheunentors und dem darauf folgenden Tumult von Pferdehufen aus dem Schlaf gerissen, rannte ich hinaus und fand August reglos in einem Strohhaufen, blau im Gesicht, sein Brustkorb zertrümmert. Auf mein entsetztes Schreien hin kam Brenda angerannt, und gemeinsam schafften wir August ins Haus, wo er auf den zerrissenen Decken auf dem Sofa zusammenbrach und um Luft rang.

»Fahr schnell, und hol Dr. Morgan«, bellte Brenda, aber sie wusste ebenso gut wie ich, dass es keinen Zweck mehr hatte. Noch während sie sprach, ging Augusts Atem immer langsamer und angestrengter, und das Blaue um seinen Mund herum verfärbte sich noch dunkler.

»Daddy?«, piepste Amelia, die noch vor uns mitbekommen hatte, dass Augusts Brust sich nicht mehr hob und senkte und er schließlich nur noch still dalag.

Brenda ging in die Hocke und schlug die Hände vors Gesicht. »Verdammt noch mal«, sagte sie und wiederholte es noch einmal langsamer, als wollte sie sichergehen, dass der Herrgott auch wirklich jedes Wort mitbekam. »Verdammt. Noch. Mal.«

Ich sagte gar nichts. Ich hatte schon oft genug die Nachwirkungen des Todes durchlebt, war aber noch nie beim Sterben dabei gewesen, und nun war ich berührt von dem einfachen Geheimnis des Vorgangs. Noch vor einer Minute war das Leben durch Augusts Körper geströmt und einen Moment später war er so still und kalt wie Schnee. Ich starrte auf seinen offenen Mund und die alten vergammelten Zahnstümpfe und konnte kaum glauben, dass er nicht gleich wieder aufstehen, die Hosen abklopfen und uns allen zuzwinkern würde.

»Was sollen wir jetzt machen?«, fragte ich schließlich mit feuchten Augen. Brenda nahm die Hände vom Gesicht, ihre Augen trocken und hart.

»Also zunächst könnten wir mal dieses vermaledeite Mistvieh erschießen«, sagte sie und ging los, Augusts Gewehr holen.

Ich hatte den Tod meines Vaters bereits als recht nüchterne Angelegenheit erlebt, aber bei den Dyersons erfuhr ich erst, wie elementar der Tod sein konnte. Es gab keine Trauerfeier, kein Begräbnis auf dem Friedhof, nur ein tiefes Loch auf dem abgelegensten Feld, und wir drei, wie wir da zitternd im Wind standen. Brenda wollte partout nichts sagen und Amelia war viel zu geschockt dazu, deshalb betete ich leise das Vaterunser, und Brenda zimmerte ein einfaches Kreuz zusammen, das wir in den Erdhaufen steckten, bevor wir ihm den Rücken kehrten und den Ort den Krähen überließen. Bis zum Frühjahr gab es Pferdefleisch, das wir, den Kopf still über den Teller gebeugt, aßen, die zähen, knorpeligen Fleischstücke zwischen unseren Zähnen.

Danach übernahm ich eine ganze Menge von Augusts Aufgaben, unterwarf Brendas Gemüsebeete der Hackordnung, hackte Holz, bis mir fast der Rücken brach, und selbstverständlich mistete ich die Pferdeställe aus und fütterte die Pferde. Weder Amelia noch Brenda wollten etwas davon wissen, aber für mich war es bei weitem der angenehmste Job. Pferde fällten kein Urteil, sparten sich schlaue Bemerkungen über meine Größe oder mein Aussehen. Im Gegenteil, bei den Pferden kam mir meine Körpermasse zugute. Ein Pferd konnte sein gesamtes Gewicht an mich lehnen und wusste, dass ich ihm standhalten konnte.

Ich schickte meiner Schwester eine kurze Nachricht, dass August gestorben war und ich jetzt auf der Farm arbeitete und die Stadt und die Schule zwar manchmal vermisste, aber mich lieber um die Pferde kümmerte. *In Liebe, Truly,* schrieb ich in der Handschrift, die wir bei Miss Sparrow gelernt hatten, darunter, in der ich nicht hätte erklären können, wie riesig und leer der Himmel mir jeden Abend erschien, oder wie ich, wenn nachts der Wind an den Schindeln des Hauses rüttelte, mir manchmal wünschte, ich könnte mit ihm davonwehen, nach Buffalo, wo Serena Jane und Bobbie sich aneinanderschmiegten.

»Warum besuchst du sie nicht?«, fragte mich Amelia eines Abends vor dem Einschlafen im Dunkeln. Es war noch nicht lang her, dass August gestorben war und ihre Stimme kehrte nur langsam und zögerlich zurück. Sie sprach nur hin und wieder. Weder Brenda noch ich drängten sie. Und obwohl Amelia und ich jetzt ganz offiziell erwachsen waren, teilten wir uns immer noch ein Zimmer, wie wir es schon als junge Mädchen getan hatten. Ich antwortete nicht. Amelia wusste nichts davon, aber ich war schon einmal zu meiner Schwester aufgebrochen. Ich hatte von dem Geldbündel unter meinem Bett genau den passenden Betrag entnommen und war den ganzen Weg zur Busstation gelaufen, wo ich mir ein Ticket kaufte. Als es jedoch Zeit war einzusteigen, bemerkte ich, wie mich die anderen Passagiere anstarrten und wie die Damen ihre Handtaschen auf die leeren Sitze neben sich stellten, in der Hoffnung, dass es mich davon abbringen würde, mich ausgerechnet neben sie plumpsen zu lassen.

»Raus oder rein?«, fragte der Fahrer genervt.

Der Bus schnaufte ungeduldig. Ich stieg wieder aus. »Raus.«

Der Fahrer legte den Gang ein. »Ganz wie es gefällt.«

»Wenn ich Serena Jane wäre, wäre ich bestimmt furchtbar einsam«, sagte Amelia jetzt in die Dunkelheit. »Ich versteh gar nicht, warum sie nicht wenigstens schreibt.«

Aber ich verstand, warum. Ich war etwas aus Serena Janes Vergangenheit, auf einem staubigen Weg abgestellt, auf einer heruntergekommenen alten Farm, und Serena Jane war jemand, der keinerlei Verwendung für das Vergangene hatte.

»Schlaf jetzt«, sagte ich zu Amelia, und folgte sogleich meinem eigenen Rat, den Kopf voll mit Bildern von Alufolienkronen, einem zersprungenen Spiegel und den verstaubten Kleiderreihen meiner Mutter – immer wieder durchwoben von der Erinnerung an den verblassten Reif des verlorenen Glücksbringerarmbands, das meine Schwester einst um ihr Handgelenk getragen hatte.

Ganz klar, die Zeit fand immer einen Weg, die Leute zu zwicken, wenn sie am wenigsten damit rechneten, und genau das trat ein, als Serena Jane und Marcus auf einen Schlag nach Hause zurückkehrten.

Es dauerte acht Jahre, das waren vier Jahre mehr, als ich angenommen hatte. Bob Bob hatte das College abgeschlossen, und wir hatten alle erwartet, dass er im Sommer, bevor er als Assistenzarzt anfing, nach Hause kommen würde, aber er blieb mit Serena Jane und Bobbie in Buffalo, und ehe ich mich's versah, waren weitere vier Jahre vergangen. Der Krieg in Asien endete, und die Jungs kehrten nach und nach enttäuscht nach Hause zurück, verlottert und unrasiert, die Münder so verzerrt, ihre Gesichter kaum wiedererkennbare Masken. Marcus war nie dabei. »Glaubst du, es geht ihm gut?«, flüsterte ich Amelia nachts im Bett zu. »Meinst du, er erinnert sich noch an uns?« Aber das Einzige, was von ihr darauf kam, war ein Händedruck.

Und dann eines Tages kehrte er schließlich doch noch heim. Ich war gerade oben auf der Windrose der Dyersons, eigentlich der ideale Ort zum Ausschauhalten. Halb oben auf der Leiter, konnte ich mühelos die ungeraden Ränder der Farm erkennen – den Brunnen, das verrückte Flickwerk aus Restbeständen auf dem Dach, das ich letzten Winter angebracht hatte, und die eingesunkenen Dachbalken der Scheune. Ich sah auch die Butterblumen, die sich am Rand des Gartenzauns sammelten – ein hübscher gelber Fleck im Nachmittagslicht. Die Wäsche, die auf der Leine flatterte, strahlte zu meiner Verwunderung richtig, und hoch über allem breitete sich wie ein wohlgesinnter Engel der fedrige Streifen eines vorbeirauschenden Düsenfliegers aus. Aber Marcus sah ich nicht kommen. Er stand ganz plötzlich unter mir und spähte zu mir herauf, als ob er gar nicht weg gewesen wäre.

Ich hieb die Nägel an meinen Stiefeln fester in die Streben der Windradleiter, unsicher, ob ich hinunterklettern und ihn umarmen oder lieber dort oben bleiben sollte. Es war eine mir unbekannte Zwickmühle. Trotz meiner Größe war ich nicht daran gewöhnt, Leute unter mir zu haben. Das war mit Sicherheit eine Begleiterscheinung meines Daseins bei den Dyersons. Die Welt war auch ohne uns immer größer geworden, während wir immer kleiner wurden, und immer weniger Platz in den Vorstellungen der anderen einnahmen, bis wir wie der Unrat waren, der nach dem Maifest über den Anger wehte – ein Teil vom Ganzen, aber kein Teil, den irgendjemand sehen wollte. Marcus legte die Hand an die Leiter des Windrads.

»Hallo, Truly«, rief er, aber es war die Stimme eines Fremden, tiefer, rauer, mit einem leichten Knirschen darin, das zuvor nicht da gewesen war. Als er sich bewegte, sah ich, dass er hinkte. Seine Haare waren länger, und seine Augen saßen tiefer in den Höhlen. Beim Hinunterklettern sah ich, dass seine Mundwinkel von Bartstoppeln eingerahmt waren, die dabei waren, sich Neuland zu erobern. Ich setzte erst den einen Stiefel auf die Erde, dann den anderen und wischte mir den Schmutz von den Händen. Marcus zuckte, als wolle er mich umarmen, hielt sich dann aber zurück. Die verletzte Hand behielt er in der Hosentasche.

»Seit wann bist du wieder da?«, fragte ich.

»Seit gestern Abend.« Es folgte betretenes Schweigen, und dann wurde er etwas ausführlicher. »Seit sie mich aus dem Krankenhaus entlassen haben, bin ich einfach durch die Gegend gezogen. Ich war an Orten, die du dir noch nicht mal im Traum vorstellen kannst. Wusstest du, dass in den Katakomben von Paris die Gebeine von fünf Millionen Menschen liegen? Es gibt dort hundertsechsundachtzig Meilen unterirdischer Gänge mit Wandmalereien aus dem achtzehnten Jahrhundert. Einige davon sind jedoch überflutet.«

»Ach.« Auf der einen Seite war ich beruhigt, dass Marcus' alte Leidenschaft für Fakten seine Verletzungen unbeschadet überstanden hatte, während ich mich auf der anderen fragte, was er in alten muffigen Gräbern voller Gebeine zu suchen hatte. Ich probierte es mal mit der Zukunft und hoffte, seine Pläne dafür würden besser klingen. »Was hast du denn jetzt vor?« Die Vokale klangen nasal, und ich strich mir eine Strähne meiner dichten Haare hinters Ohr. Jetzt, wo ich etwas älter war, waren meine Haare womöglich das einzig Gute, das mir geblieben war, aber sie rochen immer nach Heu und Pferdestall, deshalb bildete ich mir nichts darauf ein.

»Ich werde raus auf den Friedhof ziehen«, erklärte Marcus. »Du kennst doch das halbzerfallene Cottage dort?« Ich kannte es. Seit zwei Generationen hatte niemand mehr dort gewohnt. »Dick Crane meinte, ich kann da für umsonst leben, wenn ich es wieder aufbaue und mich um den Friedhof kümmere.«

»Damit meinst du Grabpflege?« Ich fragte mich, ob sein Interesse an Krypten und Gebeinen nicht vielleicht doch etwas problematischer war.

Marcus zuckte nur die Schultern. »So kann man's nennen.«

»Willst du denn nicht zu Hause bei deiner Mutter wohnen?«

Marcus starrte vor sich hin. »Ich glaube, ich war ein wenig zu lange weg, um jetzt wieder bei meiner Mama einzuziehen. Außerdem zieht sie bald weg zu Dukey, meinem Bruder in Texas.«

»Ach, so.« Ich erinnerte mich vage, davon gehört zu haben, obwohl ich mir kaum vorstellen konnte, dass Dukey in den unendlichen Weiten von Texas mehr Glück haben sollte als in dem winzigen Aberdeen, wenn es darum ging, eine Arbeit zu behalten. Wahrscheinlich entdeckte er dort seine Vorliebe für heruntergekommene Kneipen, Lone-Star-Whisky und Frauen mit Hochfrisuren (in dieser Reihenfolge), und das wäre auch schon alles. Es hatte den Anschein, als ob eine Menge Leute das Dorf hinter sich ließen und sich entweder in wärmeren Gefilden zur Ruhe setzten oder wegen besserer Jobs wegzogen. Aberdeen war wie eine Party, die schon ein wenig zu lang gedauert hatte. Die Zurückgebliebenen waren nur noch graue, müde Gestalten, die beinahe im Stehen einschliefen. Vermutlich zählte auch ich zu ihnen. Ich holte tief Luft. »Hast du – hast du jemals den Brief gekriegt, den ich dir geschrieben habe?« Meine Stimme schwankte, hoch und unsicher, so zittrig wie das Windrad hinter mir.

Ich wusste nicht, was ich erwartet hatte, aber sicherlich nicht das, was Marcus darauf antwortete. Er lächelte bloß und sagte: »Klar, Truly, ich hab alle deine Briefe gelesen. Danke.«

Aber es gab nur einen, hätte ich am liebsten eingeworfen. Ich erinnerte mich an mein Versprechen, eine Nacht mit ihm in den Feldern zu verbringen, und errötete beschämt. Marcus überraschte mich jedoch. »Das waren wunderschöne Worte«, flüsterte er mit gesenktem Blick, und seine Stimme klang heiser. Ich wollte ihm etwas darauf entgegnen, doch mein Atem rasselte nur in meiner Brust.

Marcus räusperte sich. »Also, ich muss jetzt los. Ich will zum Cottage und noch was arbeiten, bevor es dunkel wird. Ich wollte nur, dass du weißt, dass ich wieder hier bin.«

Ich traute mich nicht aufzusehen, während er davonschlenderte, dabei eine Melodie pfiff, an die ich mich vage erinnerte, und mit dem kaputten Bein eine eigenartige Spur in der Erde hinterließ. Das Windrad hinter mir übertönte den Rest der Melodie. Ich schloss die Augen und lauschte. Wenn ich mich ernsthaft anstrengte, konnte ich mir fast vorstellen, dass es ein Liebeslied war.

Die Leute spülte es nach Aberdeen und wieder weg davon. Und nach Marcus war Bob Bob an der Reihe mit seinem großen Auftritt. Nachdem er sich sein Leben lang um die Leute im Ort gekümmert hatte, setzte sich Robert Morgan, der IV., endlich zur Ruhe und Bob Bob war wild entschlossen, seinen Platz einzunehmen. Er hatte sein Examen bestanden, alle Abschlüsse absolviert, die er dafür brauchte, und freute sich offensichtlich darauf, der neue Dr. Morgan von Aberdeen zu werden. Im Dorf war es das einzige Gesprächsthema.

»Ob er wohl immer noch so unleidlich ist?«, sagte Amanda Pickerton zu Cally Hind, als sie bei Hinkleman's an der Theke zu Mittag aßen.

»Ach, das glaube ich nicht«, antwortete Cally Hind. »Er ist ja inzwischen erwachsen. Und Vater. Aus ihm ist bestimmt ein netter junger Mann geworden.«

»Serena Jane sagt, dass Bobbie schlau ist wie ein Fuchs. Er ist jetzt sieben. Ich kann's kaum erwarten, ihn zu sehen. Angeblich sieht er genau aus wie sie.«

Ich sammelte meine Einkäufe zusammen und ging damit zur Ladenkasse. Es schmerzte mich, dass Amanda Pickerton mehr von meinem Neffen wusste als ich. Sie wirbelte auf ihrem Hocker herum. »Oh, Hallo Truly.« Ich konnte genau hören, wie viel Mühe sie sich gab, überrascht zu klingen, obwohl ich wohl kaum zu übersehen war.

»Hallo«, erwiderte ich.

»Deine Schwester kommt also nach all den Jahren wieder nach Hause. Du musst entzückt sein.«

Es ging mir durch den Sinn, dass Serena Jane sich von zu Hause entfernt hatte, lange bevor sie aus Aberdeen weggegangen war, aber ich zwang mich zu einem Lächeln und sagte nickend: »Ja, klar.«

»Ich meine, acht Jahre sind eine furchtbar lange Zeit, nicht wahr?«, fuhr Amanda fort. »Wahrscheinlich erkennt ihr euch kaum noch wieder.« Sie verzog leicht abfällig die Oberlippe und ich sah, dass einer ihrer Zähne mit Lippenstift verschmiert war, sagte ihr aber nichts davon.

»Das wird sich zeigen.«

»Na ja, wahrscheinlich schon. Ich meine nur, Serena Jane ist jetzt Mutter und die Frau eines Arztes, und du«, hier legte sie eine wirkungsvolle Pause ein, »du lebst doch immer noch da draußen bei den Dyersons, oder?« Sie rümpfte ein wenig die Nase, während sie mich von oben bis unten begutachtete, meinen schlammverspritzen Overall, das Flanellhemd, die Stiefel.

»Ja, Ma'am.«

»Natürlich.«

Die Unterhaltung geriet ins Stocken, und mir wurde klar, dass, ganz gleich wie sehr ich wuchs, ich für Amanda Pickerton immer die kleine Rotznase mit den Ringelschwänzchen blieb, die ihr in die Augen sah und ihrem Urteil, was gut für mich sei, trotzte. Wir verabschiedeten uns höflich voneinander, gaben uns die Hand, zeigten die Zähne, und auch wenn ich es ungern zugab, ich konnte mich nicht ganz davon befreien, was sie über mich und Serena Jane gesagt hatte, dass wir uns entfremdet hatten. Es stimmte, so viel wusste ich, doch es war wie ein Flohstich, der juckte und nervte, aber zugleich so unbedeutend war, dass man ihn einfach hätte ignorieren sollen, und trotzdem schaffte ich es nicht. In dieser Nacht spukte mir der Gedanke im Kopf herum, bis er gerührt und geschlagen war wie Butter.

»Was ist los mit dir?«, fragte mich Amelia, als wir am nächsten Morgen die Hühner fütterten. Sie streute einen großen Kreis aus Körnern, der wie Schnee um sie herum fiel.

»Es geht um Serena Janes Heimkehr. Ich weiß nicht mehr, wie ich mich ihr gegenüber verhalten soll. Sie hat mir gefehlt, aber ich habe das Gefühl, dass die Schwester, die ich einmal hatte, nicht mehr existiert, und ich habe keine Ahnung, wer an ihrer Stelle nach Hause kommt.«

Amelia verteilte die letzte Handvoll Futter. »Warum überlässt du es in diesem Fall nicht einfach ihr, sich bei dir zu melden?« Sie stellte den Eimer hin und klopfte sich die Hände ab. Es war ein schlichter und brauchbarer Rat, typisch für Amelia. Das lebenslange Ausweichen vor den Kugeln der Gläubiger hatte sie gelehrt, wie man sich geradewegs an die Wurzel eines Problems macht und es so schnell wie möglich löst. Ich hielt mich also zurück und ließ meine Schwester mit dem Glamour eines, wenngleich etwas abgetakelten, Idols aus der Matineevorstellung in die Stadt einziehen. »Sie wird schon kommen, mach dir keine Sorgen«, versicherte mir Amelia. »Sie wird nicht widerstehen können.« Nach einer Woche war es so weit.

Als sie kam, war ich gerade dabei, die Hühner zu füttern, und verstreute Hände voll Korn um mich herum, ohne genau hinzusehen, wo es landete. Geblendet von der Mittagssonne sah ich sie gar nicht kommen, und noch als sie vor mir stand, konnte ich sie kaum erkennen. Ich stellte mich blinzelnd in den Schatten. »Hallo, meine Schwester«, sagte sie forscher als früher, so dass ich nicht genau wusste, ob sie sich über mich lustig machte oder nicht. Ihr Haar war dunkler. Es hatte jetzt die Farbe von Honig und sie trug es etwas kürzer, so dass es ihr nicht mehr glitzernd über die Schulter fiel, wie das einer Meerjungfrau. In der Tat schien insgesamt nicht mehr allzu viel an meiner Schwester zu glitzern. Sie war zugeknöpft und umgürtelt, ihre schlanken Beine sicher in Nylon verpackt, der Rocksaum ging ihr züchtig bis zu den Knien. Es gab immer noch ein paar Hippies, die in ihren VW-Bussen durchs Land zogen, aber die Mode änderte sich allmählich. Serena Jane hatte diese Ära anscheinend mit der müden Resignation einer alten Frau überstanden.

»Na!«, sagte sie, und ihr Blick wanderte über den Himmel und blieb an den rostigen Flügeln des Windrads hängen. »Bob Bob und ich sind wieder im Ort. Wir sind erst letzte Woche angekommen.«

»Aha.« Ich versuchte mir meine Schwester als Frau des Dorfarztes vorzustellen, die im Großen und Ganzen dort weitermachte, wo Maureen Morgan aufgehört hatte. Ich versuchte sie mir in einer von Maureens Schürzen vorzustellen oder über Maureens Blumenbeete gebückt, wie sie die Rosen pflegte, aber es gelang mir nicht. »Es ist irgendwie seltsam, dass Dr. Morgan wegzieht«, sagte ich schließlich. »Keiner der anderen Dr. Morgans hat das jemals getan.«

Serena Jane nickte. »Sie ziehen runter nach Florida.«

Ich scharrte mit dem Stiefel im Dreck und verscheuchte die Hühner. »Das ist schön.«

Serena Jane zuckte die Schultern, als ob nach acht Jahren in Buffalo Ort und Zeit an Bedeutung verloren hatten. »Ich hab deinen Brief mit der Nachricht von August erhalten. Es tut mir sehr leid.« Aber es hörte sich nicht so an. Sie klang gelangweilt.

»Danke«, murmelte ich.

Serena Janes Nasenflügel breiteten sich aus wie Blütenblätter, und sie rümpfte leicht die Nase über den Gestank des Hühnermists. »Nicht dass sich hier viel verändert hätte. Ich nehme mal an, du weißt, dass Sal Dunfry und ihr Mann in Papas altem Haus wohnen. Sie haben es gelb gestrichen.«

»Ich weiß. Sie haben Narzissen im Vorgarten gepflanzt. Es sieht richtig hübsch aus.«

Serena Jane rümpfte wieder die Nase. »Ich verabscheue Gartenarbeiten. Erinnerst du dich an Marcus Thompson? Ich habe ihn angestellt, damit er sich um die Blumen kümmert.« Ich spürte, wie mein Gesicht bis zu den Haarwurzeln brannte. »Er ist ein großartiger Gärtner«, sagte Serena Jane.

»Ach ja?« Ich versuchte unbeeindruckt zu klingen.

»Es sieht ganz danach aus, als ob du es immer noch auf ihn abgesehen hättest, Truly.«

Ich verzog das Gesicht. »Stimmt gar nicht. Er ist einfach ein Freund.«

»Wie auch immer.« Sie schlug nach einer Fliege.

»Wie geht's Bobbie? Wann kann ich ihn sehen?« Ich stellte mir das verschrumpelte Gesicht des Neugeborenen vor, wie auf dem einzigen Foto, das ich von ihm hatte. »Warum hast du nicht mehr Fotos von ihm geschickt? Warum bist du nie mit ihm hierhergekommen?«

Serena Jane starrte in den Dreck unter ihren an den Zehen offenen Schuhen. »Das ist etwas komplizierter«, sagte sie leise, »aber es geht ihm gut, wirklich. Es ist alles in Ordnung. Er wächst und gedeiht.« Sie hatte sich offenbar daran gewöhnt, Mutter zu sein. Vielleicht erschien ihr die Vorstellung, dass sich Bobbie eines Tages von ihr lösen würde, fast schon unglaublich.

Ich fragte mich, ob es Maureen Morgan ebenso ergangen war, als Bob Bob geheiratet hatte und nach Buffalo gezogen war – als ob eine drückende Last von ihr genommen worden war und sie von jahrelanger unbeabsichtigter Pein befreit hatte. Eher nicht, vermutlich. Maureen war grundsätzlich anders als Serena Jane, sie war rundlich und weich, wo Serena Jane kantig und flach war, sentimental, wo Serena Jane praktisch veranlagt war, grau und blass, während Serena Jane heller als die Sonne schien. Oder zumindest einst geschienen hatte. Ich überlegte, ob das Leben in Maureens Haus, im selben Bett zu schlafen, von denselben Tellern zu essen, allmählich dazu führen würde, dass Serena Jane ebenfalls rundliche Waden und ein Doppelkinn bekommen würde. Ob sie wohl einen ähnlich wankenden Gang entwickeln würde, wie ein Schiff, das durch ein sanftes und vertrautes Meer schlingerte. Nein, beschloss ich dann. Diese Eigenschaften – Rundungen und eine gemächliche Gelassenheit angesichts des Alterns – erfasste nur zufriedene Menschen, und man musste Serena Jane nur ansehen, um zu wissen, dass sie so weit davon entfernt war wie Aberdeen vom Mond.

Serena Jane strich sich eine Strähne aus dem Gesicht. »Du

starrst mich gerade an«, beschwerte sie sich und hob eine Hand gegen das Sonnenlicht.

Ich errötete. »Du hast dich verändert.«

»Du auch.«

Als sie geheiratet hatte, war ich fast noch ein Kind gewesen, aber ich wusste, dass jetzt nichts mehr von dieser Erscheinung übrig war. Stattdessen war alles an mir ausladend und kräftig – meine Wangen, meine Augen, selbst die Andeutung einer Brust unter dem weiten Männerhemd. Ich war größer als die meisten Männer im Ort, aber es war nicht ersichtlich, ob ich jetzt ausgewachsen war, und es lag sowieso weniger an meiner Größe, wenn sich die Leute erschreckten. Es war mehr meine Fülle, die Art und Weise wie meine größeren Gelenke sich hervorwölbten. Serena Jane hatte anscheinend vergessen, wie ich aussah.

Sie formte ein O mit ihren Lippen – eine hübsche vielversprechende Form, voll der Dinge, die ihr in den Sinn kamen, die sie aber nicht aussprach. Dann würgte sie eine Entschuldigung hervor und stolperte zurück zu der unbefestigten Straße, wo sie ihren Wagen geparkt hatte. Alle anderen Straßen in Aberdeen waren nach und nach geteert und gepflastert worden, aber nicht dieser Teil. Schließlich führte er ja nirgendwo hin. Serena Jane warf die Tür von Bob Bobs neuem Buick hinter sich zu und drehte den Zündschlüssel um, ihre zarten Fesseln traten unbändig auf das Gaspedal ein. Im Rückspiegel sah sie, dass ich ihr gefolgt und bei dem verrosteten Briefkasten der Farm stehen geblieben war, mein Unterkiefer hing schlaff herunter. Ich winkte ihr mit meiner breiten Hand, aber Serena Jane ignorierte mich und legte den Gang ein. Sie trat das Gaspedal noch weiter durch und genoss den Staub, den sie hinter sich aufwirbelte.

Serena Jane kniff die Augen zusammen, und die Wagenräder schlingerten über die Straße, wie die Kapriolen in ihrem Kopf. Vielleicht war es ja gar kein Zufall, dass sie wieder in

Aberdeen gelandet war, aber vielleicht sollte sie auch gar nicht hierbleiben, ging es mir durch den Sinn. Wenn sie kurz in ihren Rückspiegel geblickt hätte, hätte sie nach wie vor meine verschwommene Gestalt im Staub entdeckt, die immer hier sein würde. Meine Körpermasse allerdings würde sie verfolgen, wo immer sie hinging. Aber sie blickte nicht zurück. Sie fuhr schneller und ließ mich allein zurück. Doch das würde nicht mehr lange so sein. Serena Jane hatte sich einen Plan zurechtgelegt, der alles ändern würde.

II

12

Als Bob Bob an jenem Morgen, an dem ihn meine Schwester verlassen hatte, erwachte, wusste er bereits, was geschehen war, noch ehe er die Augen öffnete. Er merkte es am Fehlen der vertrauten Gerüche im Haus: ihr baumwollartiger Atem aus der Kissenmulde neben ihm, das leicht säuerliche Kaffee-Aroma, das von unten hochstieg, gefolgt vom Bratenfettgeruch des Frühstückspecks. Er lag ganz still, nur seine Nasenflügel bewegten sich, aber er roch nichts.

Vielleicht hätten seine ersten Gedanken seinem siebenjährigen Sohn Bobbie, der zwei Zimmer weiter schlief, gelten sollen, oder auch sich selbst. Stattdessen stellte er sich unverzüglich Maureens erwartungsvoll gespannte Miene vor, zerfurcht von Ungläubigkeit, dann die strengen Mundwinkel seines Vaters. Seine Eltern befanden sich zwar weit weg in Florida, aber als einer der Morgans aus Aberdeen konnte man nie so ganz der gezeitengleichen Anziehungskraft des Familieneinflusses entgehen. Keiner seiner Vorfahren war jemals in einem Krieg umgekommen, jemals etwas anderes als Arzt gewesen oder geschieden worden. Die Ehe war eine Verbindung fürs Leben.

Miststück, dachte er, während er die Beine unter der Decke ausstreckte und den zusätzlichen Platz in dem zerwühlten Bett genoss. Er öffnete die Augen und ließ den Blick durchs Zimmer schweifen. Sie hatte anscheinend nicht viel mitgenommen. Über dem Gitterwerk des Stuhls in der Ecke hing noch ihr heller Morgenrock aus Seide, der Saum ergoss sich über den Boden. Die Fläschchen und kleinen Tiegel mit Gesichtcremes, die kreuz und quer über die Frisierkommode verteilt waren, hatte sie anscheinend nicht angerührt und selbst die gewohnten Schuhe – ein Paar Pumps mit niedrigen Absätzen – standen noch da. Bob Bob stützte sich auf die Ellbogen, das Bettzeug rutschte ihm bis zur Hüfte herunter. Er schnaubte, warf die Decke zurück, schwang die Beine aus dem Bett und tastete mit den Füßen nach seinen Pantoffeln.

Dann wartete er ab.

Das Haus erschien ihm düster und undurchdringlich, wie das Wasser im Teich, das an einem trägen Sommertag reglos vor sich hin dümpelt. Er konnte sich nicht vorstellen, dieses Gefühl auf Dauer zu ertragen, und es kam ihm in den Sinn, dass er Serena Jane möglicherweise doch vermissen könnte. Vielleicht hatte er sich getäuscht. Vielleicht war Serena Jane bloß mit einer frühen Tasse Tee im Garten. Vielleicht besuchte sie eine ihrer alten Schulfreundinnen. Vielleicht war sie unten und führte das Haushaltsbuch, bevor sie das Frühstück machte, oder stand über die Spüle gebeugt und entfernte einen Fleck in Bobbies Hemd. Dann fiel sein Blick auf das Kuvert.

Sie hatte es dort hinterlassen, wo er es finden musste – oben auf seinem Arztkoffer, am Fußende des Bettes. Er riss das Kuvert auf und zog ein weißes Blatt Papier hervor. Mitten darauf standen, in eilig oder nervös hingekritztelten Buchstaben, zwei einfache Sätze: *Suche nicht nach mir. Geh und hol Truly.* Das war alles. Nichts über Bobbie. Keine Gründe, keine Erklärung, noch nicht einmal eine Unterschrift.

Bob Bob zerknüllte den Zettel in seiner Faust und warf ihn in den Papierkorb neben dem Bett. *Sie ist also weg,* dachte er. Auch gut. Gut auch für ihn. Sie hatten sowieso nicht zusammengepasst. Zuerst war Serena Jane ein Geheimnis für ihn – leuchtend und distanziert – dann war er von ihr besessen gewesen, bis sie in letzter Zeit mehr und mehr zu einer fleischlichen Hülle geworden war, mit der er sich sein Dasein teilte. Sie putzen jeden Abend zusammen die Zähne und spuckten dann abwechselnd ins Waschbecken aus. Danach gingen sie gemeinsam zu Bett, schlüpften nebeneinander unter die schwere Baumwolldecke, schüttelten ihr Kissen auf und drehten sich anschließend den Rücken zu. Er konnte sich nicht mehr daran erinnern, wann sie sich das letzte Mal geliebt hatten, wenn man das überhaupt so nennen wollte. Nach dem ersten Mal hatte sie sich in einen kalten Fisch verwandelt; nichts war mehr übrig von der bezaubernden, heißblütigen Meerjungfrau, die er sich immer erwartet hatte. Genau darin bestand auch das Problem: Serena Jane war eigentlich immer schon eine gottverdammte Eisprinzessin gewesen.

Suche nicht nach mir, hatte in der Nachricht gestanden. Vielleicht würde er das bleiben lassen, aber er würde sich auch nicht zurücklehnen und nichts tun, da hatte Serena Jane ihren größten Denkfehler begangen. Wenn sie glaubte, er würde sie einfach so davonziehen lassen, wie Regenwasser den Abfluss hinunterrann, dann musste sie das wohl noch einmal überdenken. Einen Robert Morgan ließ man nicht einfach so sitzen, zumindest hatte es bisher noch keiner getan.

Geh und hol Truly. Auch wenn Bob Bob es sich nur äußerst widerwillig eingestand, musste er doch zugeben, dass dies keine schlechte Idee war. Sie war sogar richtig gut. Die schwerfällige Schwester ohne nennenswerte Perspektive. Ein hoffnungsloser Fall. Bob Bob stellte sich vor, dass ich bestimmt überglücklich sein würde, den Platz meiner hübschen Schwester einzunehmen, ich würde ganz sicherlich begeistert sein.

Und am besten daran wäre, so folgerte er, dass ich so schwer war, dass ich nicht weglaufen konnte.

Noch am selben Morgen, an dem meine Schwester abgehauen war, erblickte ich Robert Morgan (seit er sich als Arzt niedergelassen hatte, war es strengstens untersagt, ihn Bob Bob zu nennen) durch das Scheunentor, wie er durch den Schlamm der Dyerson-Farm auf mich zusteuerte. Obwohl ich überrascht war, muss ich gestehen, dass ich stolz darauf war, es mir nicht anmerken zu lassen. Wir hatten in letzter Zeit eine Menge Besuch auf der Farm gehabt, überwiegend Männer eines bestimmten Alters, die der Glanz in den Augen der verwitweten Brenda gefangengenommen hatte, und die nur zu glücklich waren, ihre Heldenhaftigkeit unter Beweis zu stellen, indem sie ein paar der anstehenden Schwerstarbeiten erledigten.

Augusts Tod lag inzwischen Jahre zurück und die Farm befand sich noch immer in desolatem Zustand, aber die neuen Vorhänge in der Küche und die ausgebesserten Verandastufen gaben Anlass zu vorsichtigem Optimismus. Das Unkraut um die Veranda herum war kurz geschoren, und irgendwer hatte es sich zur Aufgabe gemacht, die noch funktionstüchtigen Motorteile hinterm Haus abzutransportieren. Selbst die Ringelblumen am Ende der Tomatenstangen schienen ein wenig aufrechter zu stehen.

Ich war gerade bei Hitching Post im Stall und striegelte sein räudiges Fell, als die schmale Silhouette von Robert Morgan in der Toröffnung erschien. Hitching Post, das letzte der zum Verlieren verdammten Rennpferde, schnaubte abfällig und trat von einem Bein aufs andere.

»Ganz ruhig«, flüsterte ich ihm ins Ohr. Trotz seiner Schwächen war Hitching Post ein exzellenter Charakterkenner. Mit untrüglichem Instinkt spürte er die eitelsten Jockeys auf der Rennbahn auf und jagte sie gegen die Absperrung. Dem linken Tierarzt trat er immer auf den Spann; Brendas Verehrer ließ er nicht an sich heran, erkannte womöglich die Dollarzeichen in ihren Herzen. Als Robert Morgan näher trat, blähte Hitching Post die Nüstern auf und legte die Ohren an. In der trockenen Luft der Scheune ging sein Atem rasch wie eine ungestüme Windböe.

»Ruhig«, flüsterte ich ihm abermals zu, und Hitching Post entspannte sich etwas und lehnte sich an mich. Ich neigte meinen Kopf zu ihm herunter, froh um das Pferd zwischen mir und Robert Morgan.

»Hallo«, drang Robert Morgans Stimme wie ein Hauch Winterluft durch das halbverrottete Gebälk der Scheune. Ich spürte es bis auf die Knochen und hielt die Luft an. Ich spähte über Hitching Post hinweg und betrachtete den Gatten meiner Schwester ausgiebig. Er hatte an Leib und Beinen etwas zugelegt und trug die Haare kürzer, aber die Gesichtszüge waren unverkennbar dieselben. Es hätte mich nicht verwundert zu hören, dass er bei Vollmond heulte.

»Hallo«, krächzte ich, aber es klang eher wie eine Frage. Mir wurde bewusst, dass die einzigen Male, die Robert Morgan mit mir gesprochen hatte, die waren, wo er etwas von meiner Schwester wollte oder mich ärgern. Es gab keinen Grund zu der Annahme, dass sich daran etwas geändert haben sollte.

Robert Morgan trat direkt vor mich und rieb die Handflächen aneinander. Es war August und, obwohl noch früh am Morgen, schon ziemlich heiß. Robert Morgan räusperte sich, als ob er nervös wäre, aber dafür kannte ich ihn zu gut. Schlangen kannten keine Furcht.

»Also«, hob er erstaunlich versöhnlich an. »Es ist wohl schon ein paar Jahre her.« Es handelte sich um eine Feststellung, der ich nichts entgegenzusetzen hatte. Deshalb fuhr Robert Morgan fort und faltete seine Finger zu einem Dach. »Wahrscheinlich sollte ich es kurz machen und gleich zum Punkt kommen«, sagte er.

In der Tat, das war ganz nach seinem Geschmack. Schließlich hatte er Serena Jane auch auf einen Schlag ergattert, sie acht Jahre lang verschleppt gehalten und völlig daneben wieder zurückgebracht.

»Schieß los«, stammelte ich. August hatte das immer zu seinen Gläubigern gesagt. *Schieß schon los.*

Robert Morgan starrte auf seine blitzblanken Schuhe im Dreck und holte tief Luft. »Deine Schwester ist weg. Ich weiß nicht, wohin. Sie hat eine Nachricht hinterlassen, auf der steht, dass ich mich an dich wenden solle.« Er sah mich von unten an, ein Blick, der bei jemand anderem kokett gewirkt hätte, bei ihm aber nur berechnend. Er langte in seine Tasche und zog den Zettel hervor, den er aus dem Papierkorb gefischt hatte. »Hier, siehst du?«, sagte er.

Das wird nicht funktionieren, sagte ich mir. Es war schließlich nicht mein Problem, dass Serena Jane ihn verlassen hatte. Dann fiel mir Bobbie ein. Ich streckte die Hand nach dem Zettel aus.

Robert Morgan scharrte mit dem Fuß über die verzogene Diele, während er wartete, bis ich die kurze Notiz gelesen hatte. Nach all den Jahren erschütterte es mich, wie sehr Serena Janes Handschrift der meinen glich, wie sie den unteren Teil der *Fs* schwang und bei den *Ys* einen Kringel anhängte, genau, wie es uns Miss Sparrow beigebracht hatte. Ich fragte mich, ob ihr anscheinend unbeabsichtigtes Vermächtnis nicht von vornherein geplant war – eine ganze Generation von Schulkindern, deren Buchstaben mit ihren identisch waren. Ich faltete die Nachricht meiner Schwester behutsam wieder zusammen und gab sie Robert Morgan zurück.

»Ich verstehe«, sagte ich. Robert Morgan kniff sich in den Nasenrücken. Er schloss die Augen und seufzte. Hitching Post in seiner Box tat es ihm gleich.

»Ich weiß nicht, was ich machen soll«, gestand Robert Morgan. »Ich muss mich um die Praxis kümmern, und Bobbie ist erst sieben. In dem Alter braucht ein Junge noch seine Mutter. Was weiß ich schon, wie man sich um ein Haus und einen Jungen kümmert.«

Etwa so viel wie ich, dachte ich bei mir. Und nicht jeder

hatte das Glück, eine Mutter zu haben. Ich nicht. Aber ich sagte nichts dazu. »Nein.« Ich schüttelte den Kopf und wand mich wieder Hitching Post zu. Robert Morgan kniff die Augen zusammen. Sein Blick wanderte die rissigen Dielen auf und ab, während er überlegte.

»Ich nehme an, die Farm hier ist für dich wie ein Zuhause.« Er wandte den Kopf und betrachtete das heruntergekommene Farmhaus durch das offene Scheunentor. »Es gehört den Dyersons seit – was? – fast zweihundert Jahren.«

Ich zuckte die Schultern. Robert Morgan fuhr fort, penetrant wie eine Wespe. »Und dennoch sieht es nicht so aus, als ob es euch hier draußen richtig gut ginge. Ich schätze, ihr habt es schwer, seit August nicht mehr ist. Du weißt schon...« Er hielt inne und formte mit seinen Händen wieder ein Dach, ein Grinsen um die Mundwinkel. »Es wäre eine wahre Schande, wenn man euch den Kredit streichen müsste, oder etwa nicht? In der Tat, ihr würdet dabei möglicherweise auf einen Schlag alles verlieren.«

Ich erstarrte. »Was meinst du denn damit?«

»Ich bin der Arzt hier, Truly. Ich kenne so gut wie jeden, und sie hören auf mich, ob es sich um eine Ohrenentzündung handelt oder, sagen wir mal, etwas Privateres, so etwas wie Schulden frühzeitig eintreiben. Ich gewähre meinen Patienten grundsätzlich keinen Kredit. Sie zahlen im Voraus oder sie werden nicht behandelt.«

Das kann ich mir vorstellen, dachte ich. »Was willst du von mir?«

Robert Morgan verzog den Mund, die Lippen heimtückisch wie zwei Schlangen in der Sonne. Er zog noch einmal Serena Janes Notiz aus der Tasche und ließ sie vor sich herunterbaumeln. »Es geht nicht um das, was ich will, sondern um das, was deine Schwester wollte. Du würdest doch wohl deiner eigenen Familie keine Bitte abschlagen.«

Du gehörst nicht zur Familie, dachte ich, dann fiel mir Bobbie wieder ein. Ich legte die Hände auf Hitching Posts Rücken, seine schiefen Knochen gaben mir Kraft. Ich wählte meine Worte vorsichtig, bevor ich sie aussprach. »Ich kann nicht vor Dienstag.«

Robert Morgan nickte. »Das ist in Ordnung. Bis dahin werden wir allein zurechtkommen.«

»Und ich will einen Fernsehapparat im Zimmer.«

Robert Morgans Augen blitzen kurz auf, aber er nickte noch einmal. »Ich werde sehen, was ich tun kann.«

»Einen mit Farbe und nicht zu klein.«

Er ging langsam auf das Tor zu. An seinem Haaransatz hatten sich winzige Schweißperlen gesammelt. »Also gut. Einen Farbfernseher.«

»Und nicht zu klein.« Ich kehrte ihm zuerst den Rücken zu. Ich fand nicht, dass dies eine unzumutbare Forderung war – ein Fernsehapparat. Wenn ich mich schon im Haus dieses Mannes einsperren ließ wie eine Legehenne, dann war meiner Meinung nach ein kleiner Ausblick in die Welt doch nicht zu viel verlangt.

»Den brauchst du auch«, sagte mir Amelia voraus, als ich ihr erzählte, dass ich zum Doktor ziehen würde, um mich um Bobbie zu kümmern. Wir waren gerade dabei, die Eier einzusammeln.

»Kommt ihr hier allein klar?« Ich hielt eines der Eier in meinen Händen, spürte noch die Wärme und hätte es am liebsten eingesteckt und mitgenommen.

»Wir kommen schon klar«, erwiderte Amelia nüchtern und ließ sich dann auf keine weitere Unterhaltung mehr ein.

Ich sah sie an und hoffte auf ein Anzeichen von Traurigkeit, aber eigentlich war mir klar, dass ich keines vorfinden würde. Sie war zu sehr an Kummer gewöhnt, um ihn zu zeigen, und schwere Zeiten waren ihr so vertraut, dass sie sich davon nicht mehr großartig beeindrucken ließ. Dieses Mal hätte ich mir gewünscht, ihr Äußeres wäre ein bisschen weicher, nachgiebiger, dem meinen ähnlicher. Ich legte das Ei in den Korb und stellte sie mir mit dem quietschenden Windrad und den streitsüchtigen Hühnern allein vor. »Ich werde dich schrecklich vermissen. Du bist mir wie eine Schwester.«

Amelia ließ sich nichts anmerken und reichte mir noch ein Ei, aber ich sah, wie ihr die Tränen in die Augen stiegen. »Mehr als eine Schwester«, beharrte ich. »Serena Jane hat mich nur ertragen, weil wir im selben Haus zur Welt kamen.« Ich streifte den Korb über den anderen Arm. »Warum hast du mich denn ertragen?«

Amelia sah mich an und versuchte nicht länger, ihren Schmerz zu verbergen. Ich stellte den Korb ab und drückte sie fest an mich, hielt sie in den Armen, wie einen seltenen Vogel. »Mach dir keine Sorgen, mein Herz wird immer bei euch sein«, versicherte ich ihr.

Als sie endlich etwas sagte, klang es gedämpft und schwer verständlich, wie früher, als sie noch klein war. »Pass auf, dass du nicht herzlos wirst bei Robert Morgan. Pass auf, dass er dir nicht dein Bestes raubt.«

So wie er es mit Serena Jane gemacht hat, das meinte sie. Aber dann dachte ich an Bobbie, wie traurig und verwirrt er sein musste und wie sehr er seine Mutter vermisste und da wusste ich, dass ich es tun musste. »Ich werde schon aufpassen«, versprach ich ihr. »Du kennst mich am besten. Du wirst mich schon davor bewahren.« Sie nickte und legte ihre Hand auf die Brust, als wolle sie einen Treueeid schwören.

Vom riesigen Schuldenberg der Dyersons war dies eine der Verpflichtungen, der sie voll und ganz Rechnung tragen würde.

Vier Tage später sah mir Robert Morgan dabei zu, wie ich die vier Stufen der vorderen Veranda meines neuen Zuhauses erklomm. Mir fiel wieder ein, wie seine Eltern einmal, als er noch klein war, mit ihm im Auto zu den Präsidentenköpfen von Mount Rushmore gefahren waren. Er hatte allen erzählt, wie riesig sie aus der Entfernung gewirkt hatten, aber als er näher kam, sah er erst wie riesig sie wirklich waren und verstand gar nichts mehr. Ich stellte mir vor, dass ich ihm ähnlich vorkommen musste. Mich aus der Nähe betrachtend, fiel es Robert Morgan bestimmt schwer, sich vorzustellen, warum Gott eine derart hässliche Frau geschaffen hatte. Meine Knollennase passte nicht zu meinen aufgedunsenen Wangen, die wiederum im Widerspruch zu meinen schlauchartigen Lippen standen, usw. Ich war nicht fett, aber korpulent und ich hatte etwas von einem Baum. Meine Hüften schwangen hin und her, während ich den Pappkoffer die vier Stufen hinauftrug und ich fragte mich, wie viel ich wohl wog. Die Dyersons besaßen keine Waage; sie hatten wahrlich andere Sorgen. Tatsächlich war wenig genau das, wovon die Dyersons am meisten hatten: Die Kleidung war fadenscheinig, die Mahlzeiten waren kärglich, das Glück war rar. Was meine Größe anging, wusste ich auch darüber nicht genau Bescheid. Ich überragte Robert Morgan auf jeden Fall um mindestens fünf Zentimeter. Wenn ich nicht ständig so verwundert dreingesehen oder mir auf die Lippen gebissen hätte, bevor ich etwas sagte, wäre es gut möglich gewesen, dass er sich ein bisschen vor mir gefürchtet hätte.

Wir traten durch die Haustür und in die Diele des Hauses, wo sich nichts weiter befand als ein leerer runder Tisch mit einem Wasserfleck in der Mitte, einer Treppe, die nach oben in den zweiten Stock führte und vier verschlossene Türen. Robert Morgan stellte meinen Koffer mitten im Vorraum ab und öffnete eine der Türen. »Da geht's zur Küche«, sagte er und wies mit dem Kinn in die Richtung. »Darin essen wir. Das Esszimmer ist hier, dies ist das Arbeitszimmer und das«, er durchquerte die Diele und öffnete die letzte Tür, ist das Wohnzimmer. Es wird nie benutzt, aber wenn dir danach ist, darfst du ruhig deine Abende hier verbringen.«

Ich zwängte mich durch die Tür des kleinen Raums und blinzelte im Dämmerlicht, die Fensterläden waren geschlossen. Ein durchgesessenes Sofa stand vor dem Kamin, und in den Ecken waren zwei ramponierte Stühle. Auf dem Boden sammelten sich die Staubmäuse, und der Häkelteppich war von Motten zerfressen. Der Quilt mit dem Blumenmuster an der Wand war das einzig Beachtenswerte in dem Raum. Ich trat näher heran und bestaunte all die kleinen Stiche, die das Ganze zusammenhielten. Diese Art von Patchwork-Muster hatte ich noch nie zuvor gesehen. Die Mitte sah noch ganz stimmig und gewöhnlich aus, Blumen und Blätter in ordentlichen Bahnen hoch und runter, aber außerhalb des schwarz eingefassten Karrees wirkte es, als ob die Herstellerin aufgegeben hätte und einfach querbeet Ranken und Blätter appliziert hätte, bis ihr das Garn ausgegangen war. So vertieft war ich in die Betrachtung des Quilts, dass ich beinahe Robert Morgan hinter mir vergessen hätte.

»Der gehörte meiner Ururgroßmutter«, sagte er. »Tabitha Morgan. Du kennst doch die Geschichten über sie. Sie hat ihn angefertigt.«

»Die gesamte Decke?« Mein Atem ging rasch. Es erschien mir unmöglich, dass die Hände einer einzigen Frau einen derartigen Reichtum hervorgebracht haben sollten. Wie viele Jahre hatte sie wohl dafür gebraucht, fragte ich mich. Und was für einen Zorn musste sie in sich getragen haben, um solch ein Kaleidoskop zu kreieren? Im düsteren Licht des Wohnzimmers schienen die Farben auf und ab zu tanzen und zu Verschwörungen und Legenden einzuladen. Natürlich wusste im Ort jeder, wer Tabitha Morgan war. Im zarten Alter von sechsundzwanzig Jahren galt sie bereits als alte Jungfer und war Aberdeens ursprüngliche Heilerin, bis der erste Dr. Morgan daherkam und sie heiratete. Es war jedoch eine unglückliche Verbindung, und Tabitha starb schon früh – einige munkelten, durch die eigene Hand, und andere, durch die ihres Gatten. Doch ihr Schattenbuch wurde niemals gefunden.

»Glaubst du, dass es das Buch mit den Zauberformeln wirklich gibt?«, fragte ich den Doktor und fuhr mit dem Finger über das alte Gewebe.

Robert Morgan schnaubte wie eine von Augusts alten Mähren und entblößte dabei seine langen Zähne. »Das ist bloß ein Haufen Weibergetratsche – eine Sünde, die du hoffentlich nicht begehen wirst. Wenn du hier gut klarkommen willst, behältst du, was hier vor sich geht, am besten für dich, Truly. Das bin ich meinen Patienten schuldig.«

»Natürlich«, stammelte ich.

Er wirbelte auf dem Absatz herum. »Dann kannst du jetzt nach oben gehen. Dein Zimmer ist das dritte von links. Ich überlass das dann dir. Es sieht nicht so aus, als ob du viel mitgebracht hättest. Ach so, und wenn du willst«, er warf einen Blick über die Schulter auf den Quilt, »kannst du das alte Ding mitnehmen. Ich kann es sowieso nicht gebrauchen.« Er hielt kurz inne. »Wir essen für gewöhnlich etwa um sechs. Bobbie muss hier irgendwo stecken. Ich kann mir vorstellen, dass er vorbeischaut, um dich zu begrüßen. Er wird dir sagen, was er zum Abendessen will.« Und noch bevor ich etwas erwidern konnte, war er aus dem Zimmer und hatte die Tür fest hinter sich zugezogen, so dass ich mich allein mit dem verwirrenden Quilt vorfand. Der Doktor entfernte sich pfeifend und selbstzufrieden, als hätte er gerade einen Flaschengeist eingefangen.

Er hatte mir das Gästezimmer überlassen, das zum Garten hin lag und den Blick auf die Felder freigab, mit einem Himmelbett, von dem ich nicht wusste, ob es mir standhalten würde. Ich breitete den Quilt darüber aus. Es gefiel mir, wie dadurch das Zimmer gleich freundlicher wirkte. Wenn es erst einmal Winter wurde und die Laubfärbung in Aberdeen ein schmutziges Braun annahm, würde ich froh sein, um die aufgestickten roten und blauen Blüten mit den blassgrünen Stängeln. Sie würden als Erinnerung daran dienen, dass die Welt da draußen noch existierte und bloß schlief.

Ich stapfte zum Fenster und zog die Vorhänge ein wenig zurück. Das Fensterglas war alt und trüb, aber mit einer angenehmen Aussicht auf die Blumenbeete, die Maureen vor Ewigkeiten angelegt hatte. Mittendrin kniete Marcus, den Kopf gesenkt, als ob er betete, die Hände inmitten der Pflanzen. Er spürte, dass ihn jemand beobachtete und richtete den Blick nach oben zum Fenster, die mandelförmigen Augen weit aufgrissen. Ich hob die Hand ein wenig und winkte ihm, und er hob das Kinn zum Gruß und sah mich mit zusammengekniffenen Augen an. Es war nicht gerade ein Empfang, wie man ihn Helden bereitet, aber es war nett, wenigstens ein vertrautes Gesicht zu sehen. Da hörte ich ein Scharren im Flur. Neugierig ging ich zur Tür und machte sie auf, wobei ich auf etwas Weiches, Zurückweichendes stieß.

»Aua«, rief ein Kind und mein Neffe Bobbie Morgan streckte den Kopf herein. Mir stockte der Atem, und ich machte erschrocken einen Satz zurück. Es war, als wäre Serena Jane wieder Kind geworden – nur diesmal ein Junge mit Ohren wie ein Elf, und von einer Schwermut umgeben, die bestimmt von den Morgans stammte.

»Oh«, stotterte ich. »Ich wusste nicht, dass jemand da ist.«

Bobbie erschien nun vollständig im Türrahmen – hoch aufgeschossen, in einem verwaschenen T-Shirt und barfuß, in den Armen eine Vase mit Blumen. »Marcus hat mich die für dein Zimmer pflücken lassen«, sagte er schüchtern und sah auf die Blüten hinab. »Ich dachte, Gelb und Blau könnten dir gefallen.«

Ich beugte mich zu ihm hinunter und nahm ihm die Vase ab. »Die sind wirklich hübsch. Danke sehr.« Die Vase stellte ich auf einen der Nachttische.

Ohne die Blumen sah Bobbie noch schmaler aus, die Arme so zerbrechlich wie zwei Zündhölzer. Sein Blick verfinsterte sich. »Was macht der denn hier? Der gehört ins Wohnzimmer.« Er wies mit dem Kinn auf Tabithas Quilt auf dem Bett.

Ich wendete mich wieder Bobbie zu. »Tut mir leid. Verzeih mir. Willst du ihn lieber in deinem Zimmer haben?«

Bobbie dachte darüber nach, wobei sich seine Augenbrauen senkrecht aufstellten. »Nein. Das wäre meinem Vater bestimmt nicht recht.« seine Knie traten unter dem Saum seiner kurzen Hose hervor. Sie leuchteten weiß wie verschütteter Zucker. Ich hatte keinerlei Erfahrung mit Kindern, aber ich wusste sehr wohl, wie es war ohne Mutter. Ich erinnerte mich an all die Nachmittage, die ich im Kleiderschrank meiner Mutter zugebracht hatte, und den immer schwächer werdenden Geruch ihrer Mäntel und Schuhe eingesaugt hatte, ein Geruch, der mit nichts vergleichbar war. Ich klopfte auf den Quilt.

»Also, wir können ja Folgendes ausmachen: Wann immer du willst, kannst du hier reinkommen und dich auf das Bett legen. Und deinem Vater müssen wir ja nichts davon erzählen. Das bleibt unser kleines Geheimnis.«

Ich beobachtete Bobbie dabei, wie er die Folgen dieser kleinen Ungehorsamkeit bedachte. »In Ordnung«, sagte er schließlich und seine Stimme brach. Er legte den Kopf schräg, genauso wie es Serena Jane getan hat, wenn sie sich im Spiegel betrachtete. Ich ertappte mich dabei, dass ich dachte: *zu schade, dass er ein Junge ist. Er ist wirklich ein hübsches Kind.* Wie ich bald darauf herausfand, war es genau das, was Robert Morgan am meisten Sorgen bereitete. Jungs hatten nicht hübsch zu sein. Sie sollten hart und unnachgiebig sein, wild und schroff wie die Berge. *Dann sollten sie also genauso sein wie ich,* malte ich mir aus.

Sobald ich untergebracht war, ging Robert Morgan zur Praxis hinüber, vergewisserte sich, dass er zweimal von innen abgeschlossen hatte, und schritt dann weiter auf und ab. Auf seinem Tisch lag ausgebreitet der Zettel meiner Schwester, die Knicke waren glatt gestrichen, und er war jeden einzelnen verschmierten Buchstaben immer und immer wieder mit seinem dünnen Zeigefinger nachgefahren. *Such nicht nach mir*. Als ob er auch nur im Traum daran denken würde. Als ob er sie wieder bei sich haben wollte. Aber das Verschwinden meiner Schwester bereitete Robert Morgan Sorgen. Es sah nicht gut aus, wenn sie im Ort dahinterkommen würden. Es deutete auf gewisse Unzulänglichkeiten in der Ehe hin, für die er sich nicht rechtfertigen wollte. Er kniff die Augen zusammen. Es war an der Zeit einen Gefallen einzufordern.

Einer der ausgesprochenen Vorteile, Sohn des Dorfarztes zu sein, war der, dass er auf all die Kollegen seines Vaters zurückgreifen konnte, einschließlich des örtlichen Leichenbeschauers Bernie Briggs. Es dauerte etwas, bis er Bernie am Telefon hatte, aber dann hörte er dessen raue Stimme. Nur wenige Minuten später fraß er Robert Morgan aus der Hand.

»Natürlich rufe ich dich sofort an, wenn so etwas hereinkommt«, versprach Bernie. »Da kannst du Gift drauf nehmen.«

»Danke«, murmelte der Doktor betont leise. »Das war mir eine echte Last.« Nachdem das geklärt war, legte er den Hörer auf, lehnte sich in seinem Stuhl zurück und verschränkte die Arme hinterm Kopf. Hätte er eine Zigarre gehabt, hätte er sie sich bestimmt zwischen die Zähne gesteckt. Aber noch durfte er sich nicht auf seinen Lorbeeren ausruhen. Er musste zuerst noch ein paar Telefonate führen.

Er setzte sich wieder auf, nahm noch einmal den Hörer ab und wählte die Nummer der Polizei in Hansen, dem nächsten Polizeiamt von Aberdeen aus. In den Vierzigern hatte man im Bezirk überlegt, eine Wache in Aberdeen einzurichten, aber der damalige Polizeichef hatte es so dargestellt: Ein Feuer das nicht brennt, muss auch nicht gelöscht werden. Als er auf der Polizeiwache anrief, beschloss er, dass diese Nachlässigkeit für ihn nur von Vorteil war. Am anderen Ende meldete sich eine freundliche junge Dame am Empfang. Robert Morgan nannte geflissentlich seinen Namen und seine Adresse. Er sprach übertrieben deutlich und ließ dem Mädchen absichtlich viel Zeit, um sich die Geschichte seiner verschwundenen Ehefrau zu notieren.

Die letzte Nummer, die er wählte, hätte ich auswendig aufsagen können, selbst noch im Traum. Das Tuten schrillte dem Doktor in den Ohren. Dann hauchte jemand einen schwachen Gruß ins Telefon. »Amelia«, sagte Robert Morgan, »was für ein Glück, dass du zu Hause bist. Und immer so verschwiegen. Darauf ist Verlass. Es geht um einen kleinen Gefallen.« Amelia am anderen Ende sagte nichts, deshalb fuhr der Doktor fort. »Ich bitte dich nur darum, weil ich Truly schützen will. Jetzt, wo ihre Schwester weg ist und sie von der Farm weggezogen, mache ich mir Sorgen, dass sie emotional nicht wirklich stabil ist. Aber du, du bist zäher, als du aussiehst.«

»Komm zur Sache.« Amelia verlor ungern unnötige Worte an Leute, die nicht zu ihrer Familie gehörte. Sie stand ausschweifenden Eröffnungen genauso ungehalten gegenüber wie ihr Vater. Sie wusste, dass sich der Kern der Angelegenheit offenbarte, sobald die Karte umgedreht wurde und keinen Augenblick früher.

»Ich brauche dich vermutlich für die Identifizierung. Du weißt schon, im schlimmsten Fall.«

»Hmm.« Auch ohne Worte, wusste man bei Amelia meist ganz genau, was sie meinte.

»Was willst du damit sagen?«, säuselte Robert Morgan, und es klang, als wolle er den Telefonhörer mit Seide umschmeicheln.

Amelia schwieg. Deshalb antwortete Robert Morgan für sie. »Ich nehme an, du wunderst dich, warum ich nach meiner Frau suche, wenn sie doch weggelaufen ist.«

Amelia atmete in den Hörer. Das war es in der Tat, was sie sich gefragt hatte. Logik war nie ihr Problem gewesen. Robert Morgan knirschte mit den Zähnen und fuhr mit seiner einseitigen Unterhaltung fort. »Ich brauche dich, um die Sache abschließen zu können. Warte, bis ich dich wieder anrufe. Und denk dran, kein Wort zu niemandem.«

Amelia stöhnte. Die Stimme des Doktors wurde rau wie Schmirgelpapier. »Wenn du mir in dieser Angelegenheit hilfst, sollst du es nicht bereuen, Amelia, das verspreche ich dir. Wenn du dich aber weigerst …« Er beendete den Satz erst gar nicht, aber das brauchte er auch nicht. Wenn er wollte, das wusste Amelia, brauchte Robert Morgan nur seine Freunde bei der Bank darauf anzusetzen, dass sie alle Schulden, die seit fünfzig Jahren auf der Farm lasteten, auf einmal eintrieben und dafür sorgten, dass sie und ihre Mutter mit ihren sieben Sachen in einer Schubkarre von dannen ziehen müssten.

Ihr Herz raste, als sie auflegte. Sie hatte keine Wahl in dieser Sache, das wusste sie, aber vielleicht konnte sie den Einsatz etwas erhöhen. Vielleicht würde dabei eine feste Stelle für sie beim Doktor herausspringen. Vielleicht würde sie endlich in der Lage sein, ihre gesamten Schulden endgültig loszuwerden. Bei derartigen Situationen, so hatte Amelia gelernt, wo alles gegen einen sprach, kam es darauf an, die nächste Karte zu ziehen, trotzdem weiterzuspielen, die Freunde in der Nähe zu halten und die Feinde noch näher.

Als ich an diesem ersten Abend alleine war, räumte ich die paar Jeans und Hemden in die Schublade der Kommode. Dem Fernseher auf dem Stuhl schenkte ich keinerlei Beachtung. Ich legte meine Zahnbürste und die Zahnpasta auf den einen Nachttisch und nestelte dann an Bobbies Blumen in der Vase auf dem anderen. Schließlich holte ich noch den altvertrauten Schuhkarton vom Boden meines ramponierten Koffers hervor. Nachdem ich mich auf der knarzenden Matratze niedergelassen hatte, öffnete ich den abgenutzten Deckel und kramte darin nach dem Bündel Geldscheine, das ich fest zusammengerollt hatte. In den letzten Jahren waren fast alle von Augusts Pferden gestorben oder abgeholt worden, so dass nicht mehr viel zu dem Bündel dazugekommen war; dennoch hielt ich einen ordentlichen Batzen in den Händen. Ich hatte das Geld nie gezählt, aber es war genug, dass der Gummi darum spannte, genug um das Herz eines Spielers höher schlagen zu lassen. Nur, was sollte ich denn damit anfangen? Ganz besonders jetzt, wo ich an den Doktor und Bobbie gebunden war, Bobbie, der seine Mutter vermisste, mit seinem merkwürdigen Blick und den dünnen Armen.

Ich legte das Geldbündel zurück und angelte nach den alten Spielkarten, die Kanten schon ganz weich und zerfleddert. Ich hatte sie seit August gestorben war nicht mehr hervorgeholt. Hier in dieser neuen Umgebung kamen sie mir schmuddelig und leblos vor, und ich legte sie wieder zurück. Mir blieb nichts als ein paar alte Fotos von meinen Eltern und Serena Jane. Von mir waren keine Fotos in der Kiste und auch keine von den Dyersons. Leute wie wir gingen nicht in die Geschichte ein, noch nicht mal in unsere eigene.

Aber vielleicht würde sich daran bald etwas ändern, dachte ich und strich im Dunkeln über Tabitha Morgans Handarbeit. Ich spürte, wie sich die Baumwollfüllung des Quilts um meinen massiven Körper legte, und stellte mir vor, in ein Netz aus Pflanzen gehüllt zu sein. Jeder hinterließ etwas, und wenn es nur Asche war. August hatte seine buckeligen Pferde zurückgelassen, Tabitha ihre Näharbeit. Serena Jane hatte mir ihren Sohn vermacht, auch wenn sie nur aus Aberdeen weg war, und meine Mutter hatte mich zurückgelassen. Was würde wohl mein Vermächtnis sein?

Ich wollte weiter darüber nachdenken, aber draußen ließ ein kräftiger Wind die Blätter rascheln, ein Geräusch, das mich an die Dyersons und die Farm erinnerte, und noch bevor ich mich besinnen konnte, lösten sich meine Gedanken in tiefem traumlosen Schlaf auf, der mich mit sich zog wie ein Faden durch ein Nadelöhr.

13

Bereits nach zwei Wochen kam es mir so vor, als hätte ich den größten Teil meines Lebens in Robert Morgans Haus verbracht. Es verwunderte mich in der Tat, dass ich mich so schnell an einen Mann gewöhnte, den ich kaum kannte, aber so war Robert Morgan nun mal.

Alles im Haus war exakt so, wie er es sich vorstellte. Ordnung war ihm heilig, und deshalb hatte der Doktor eine ganze Palette von häuslichen Regeln aufgestellt, dass einem nur so der Kopf brummte. Wir aßen nur ungesalzene Butter, tranken fettarme Milch, bloß keine Vollmilch, kauften den Laib Brot am Stück und schnitten ihn zu Hause selber auf, das Fruchtfleisch aus den Orangen pressten wir durch ein kleines Sieb. Der Frühstücksspeck wurde knusprig, aber nicht verbrutzelt serviert, die Zeitung musste immer dreifach gefaltet auf der Ecke des Küchentischs parat liegen, und wenn mir der Dotter des Frühstückseis zu fest geriet, warf er einfach alles in den Müll und aß erst wieder zu Mittag etwas.

Was die Garderobe des Doktors anging, die meisten seiner Hemden waren einfarbig, obwohl er auch ein paar karierte besaß, die er am Wochenende trug, und alle mussten gestärkt und gebügelt sein. Seine Socken wollte er farblich sortiert in der Schublade liegen haben, und jeden Freitag stellte er die Schuhe zum Putzen in den Flur. Es war ein Wunder, dass Serena Jane nichts Drastischeres unternommen hatte als wegzulaufen, dachte ich, während ich einen weiteren spitzen Hemdkragen bügelte. Es überraschte mich, dass sie ihn nicht vorher noch um die Ecke gebracht hatte.

»Truly«, Robert Morgans Stimme dröhnte durch die offene Verandatür zu mir in die Küche. Es war mein zweiter Samstag im Haus des Doktors, was bedeutete, dass er im Büro seiner Praxis drüben Schreibarbeiten nachholte, während ich bügelte und mich um den Braten zum Abendessen kümmerte, der langsam im Backofen schmorte, und den niemand von uns wirklich gern aß. »Kannst du mal einen Moment rüberkommen?«

Ich pustete mir eine Haarsträhne aus der Stirn und stellte das Bügeleisen senkrecht auf. »Ich komm sofort, Robert Morgan«, rief ich. Ich sah zur Uhr. Zwei Uhr. Bobbie war mit Marcus unterwegs zu einer Baumschule. Sie würden erst in einer Stunde wiederkehren. Ohne Bobbie verging die Zeit im Haus viel langsamer. Anstatt zu ticken, schleppten sich die Uhrzeiger voran, als wären sie so groß und schwer wie meine Hände.

Ich kam einfach nicht darüber hinweg, wie ähnlich Bobbie Serena Jane war. Tatsächlich zu ähnlich, denn allmählich fielen mir ein paar sonderbare Züge an ihm auf. Zum einen kam es mir so vor, als hätte er Probleme mit den anderen Jungs. Ich hoffte, dass es nur daran lag, dass er neu war in Aberdeen und gerade erst mit der Schule angefangen hatte. Es war eindeutig, dass er sich noch nicht an die Sitten und Gebräuche auf dem Land gewöhnt hatte.

»Wo ist denn der Rest?«, hatte er mich mit einem Stirnrunzeln gefragt, als ich ihn am ersten Tag zur Schule begleitete. Miss Sparrow erwartete ihn mit gefalteten Händen an der Türschwelle. Ihre Haare waren weißer, als ich sie in Erinnerung hatte, und bei genauerem Hinsehen erschienen die Knöchel an ihren Händen so knorrig wie die Zweige an einem Obstbaum, aber sie hatte immer noch die gleiche kerzengerade Haltung, hielt den Nacken immer noch stocksteif.

»Das hier ist alles«, erwiderte ich. »Das ist schon die gesamte Schule. Es gibt nicht so viele Kinder in Aberdeen, deshalb gehen alle in ein und dieselbe Klasse. Später, wenn du älter bist, fährst du mit dem Schulbus nach Hansen, aber als ich klein war, sind wir hier zur Schule gegangen bis zum Highschool-Abschluss – deine Mutter, Marcus, Amelia und ich, und auch dein Vater.«

Bobbies Augen leuchteten auf. »Wirklich? War das die Lehrerin meiner Mutter? Meinst du, sie erinnert sich an sie?«

Ich zog eine Grimasse, versuchte aber gleich, es wie ein Grinsen aussehen zu lassen. »Ach, ich bin mir ziemlich sicher, dass Miss Sparrow keinen ihrer Schüler vergessen hat, aber vielleicht …« Ich nahm Priscilla Sparrows finsteren Blick in unsere Richtung wahr, »… ist es besser, die Vergangenheit ruhen zu lassen. Geh einfach rein, und genieß es, um deiner selbst Willen gemocht zu werden.«

Bobbie umarmte meine Knie. »Danke, Tante Truly! Um Drei komme ich wieder nach Hause, okay?«

Ich beobachtete, wie Miss Sparrow die Augen zusammenkniff, als Bobbie näher trat, dann klaffte ihr Mund auseinander wie eine geplatzte überreife Melone, und da wurde mir klar, dass sie lächelte. »Also, wenn das nicht Bobbie Morgan ist!«, sagte sie gekünstelt und betrachtete ihn von oben bis unten. »Direkt aus Buffalo. Meine Güte, wie die Zeit vergeht. Es kommt mir vor wie gestern, dass ich deinen Vater in Erdkunde unterrichtet habe. Komm doch rein.« Sie hielt die Tür auf, und dann, vielleicht, weil es immer noch so heiß war, verharrte sie noch einen Augenblick länger in der offenen Tür und genoss einen letzten Luftzug. »Wo möchtest du gern sitzen?«, fragte sie und wies mit einer weit ausholenden Handbewegung auf die Tischreihen. Bobbie zögerte einen Moment und ließ sich dann auf der Mädchenseite neben ein sehr kleines Mädchen mit Schleifen in den Rattenschwänzen plumpsen. Ich seufzte leise. Bitte, dachte ich, lass ihn aufstehen und sich auf die andere Seite setzen. Miss Sparrow blinzelte ein paarmal, aber dann nahm sie die Hand von der Klinke und ließ die Tür zufallen, so dass ich nichts weiter sehen konnte.

Bobbie blieb auf dem von ihm gewählten Platz sitzen, doch damit machte er sich bei den Jungs keine Freunde. Er war ein Irrlicht angesichts ihrer Gewitterwolken, ein verbeulter Zinnsoldat in Anbetracht ihrer Truppenstärke. Er konnte den Ball weder kicken noch werfen wie die anderen Jungs, konnte beim Laufen nicht mithalten und machte sich nichts daraus, sich von Bäumen baumeln zu lassen. Nach der Schule ging er alleine nach Hause, flüchtete sich erleichtert in die Küche, und wenn es ein besonders schlimmer Tag gewesen war, konnte ich es immer daran erkennen, dass er sich schnurstracks in sein Zimmer zurückzog, ohne den Imbiss anzurühren, den ich für ihn zubereitet hatte. Ich nahm an, dass er seine Mutter vermisste, aber ich hatte keine Ahnung, wie ich sie ins Spiel bringen sollte, und so ließen wir die Erinnerung an Serena Jane zwischen uns stehen, durchdringend und betörend wie der Duft des Nachtjasmins.

»Truly!«, hallte Robert Morgans Stimme noch einmal in die Küche, diesmal noch ein bisschen aufgebrachter. »Ich warte hier schon zehn Minuten auf dich! Hast du's vergessen?«

»Ich komm ja schon, Robert Morgan.« Ich hängte das Hemd auf, das ich gerade gebügelt hatte, schaltete das Bügeleisen aus, strich meine Jeans glatt und ging über die Veranda zu ihm rüber, während ich überlegte, ob ich etwas von Bobbies Schulleben erwähnen sollte. Lieber nicht, beschloss ich. Nach allem, was ich bisher gesehen hatte, war Robert Morgan eher ein Vater, der sich streng an die Zehn Gebote hielt. Er stellte die Regeln auf und schien sich nicht besonders für die Schwierigkeiten zu interessieren, die sie einem verursachten.

»Was willst du?« Ich streckte den Kopf zur Praxistür herein. Hier war alles noch schmuckloser als im Haus. Ich erinnerte mich schwach an die Praxis und den Untersuchungsraum von meinem ersten Besuch als Kind, aber Robert Morgan hatte neue Apparaturen angebracht und die Beleuchtung durch Neonröhren ersetzt, mit dem Ergebnis, dass selbst gesunde Patienten gegen die weiße Wand halbtot wirkten.

Robert Morgan saß vollkommen aufrecht in seinem alten Lehnstuhl hinterm Schreibtisch, so dass es mir so vorkam, als schritte ich auf den Pharao zu. Das Einzige, was ihm noch fehlte, war die Kopfbedeckung und ein kleiner Spitzbart, aber ihm genügte die Brille. Er sah darüber hinweg, als wäre er erstaunt, mich hier vorzufinden, wo er es doch gewesen war, der schon zehn Minuten lang alles zusammengeschrien hatte, damit ich meinen Allerwertesten hierherbewegte. Ich verschränkte die Arme vor der Brust und war ausnahmsweise einmal froh darüber, dass ich so groß war, so dass er den Kopf in den Nacken legen musste, um mit mir von Angesicht zu Angesicht zu reden. Er wies mit einer Handbewegung auf den Stuhl. »Setz dich doch.«

Ich wollte eigentlich nur weiterbügeln, aber ich quetschte meinen Leib in einen der schmalen Stühle vor seinem Schreibtisch und faltete die Hände über meinen zusammengezwängten Knien, ganz so, wie es uns Miss Sparrow im Benimmunterricht beigebracht hatte. Das meiste davon hatte ich als unnötig erachtet, aber jetzt erkannte ich, dass es vielleicht doch noch ganz brauchbar sein konnte. Plötzlich riss sich Robert Morgan mit einem jähen Ruck die Brille von der Nase. Aus dieser Nähe wirkte sein Gesicht nackt ohne sie, als ob ich ihn dabei ertappt hätte, wie er gerade unter der Dusche hervorkam. Ich sah auf die Schwielen an meinen Händen. Ganz gleich wie hässlich sie aussahen, es war immer noch besser als das Komm-zu-Jesus-Gestarre des Doktors.

Er räusperte sich. »Ich hatte einen unangenehmen Anruf aus dem Bezirksleichenschauhaus. Hör gut zu, was ich dir jetzt sage, und mache dich auf etwas gefasst.«

Mein Herz schlug eine Rolle rückwärts. Ich schluckte geräuschvoll. Natürlich wusste ich, was mir der Doktor erzählen würde. Er würde eine schmerzliche Nachricht von meiner Schwester für mich haben. Ich hatte darauf gewartet, etwas von ihr zu hören, und nun erkannte ich auf einen Schlag, dass es nichts Gutes sein würde. Robert Morgan setzte die Brille wieder auf, als genügte es ihm nicht, mir die Nachricht mitzuteilen, sondern als wollte er auch noch sehen, wie sie auf mich wirkte.

»Eine Frau, die auf die Beschreibung deiner Schwester passt, ist in einem See in der Nähe von Albany aufgefunden worden. Da sie nackt gewesen war, gibt es nichts, woran man sie hätte identifizieren können. Jemand, der sie kennt, muss nachweisen, dass sie es ist. Es müssen sogar zwei Leute sein, aber mach dir keine Sorgen« – er streckte seine Hand nach mir aus, als ob er mich beruhigen wollte – »Ich habe Amelia gebeten mitzukommen. Sie hat Serena Jane gut genug gekannt, um sie zu identifizieren. Du kannst hier bei Bobbie bleiben. Du solltest da nicht hingehen.«

Ich rutschte auf dem unbequemen Stuhl herum und sagte nichts. Auf der einen Seite war ich froh über Robert Morgans plötzliche und untypische Rücksicht auf meine Gefühle. Ich wäre zusammengebrochen, so sicher wie Hunde Flöhe haben, wenn ich hätte ansehen müssen, wie sich die Haare meiner wunderschönen Schwester über den kalten Stahltisch des Leichenschauhauses ergossen. Auf der anderen Seite ärgerte es mich, dass Robert Morgan mich so gut kannte, dass er das wusste.

Es klopfte leise an die Tür, und Amelia streckte den Kopf herein, ihre dunklen Augen wirkten beruhigend. Sie trippelte zu meinem Stuhl und drückte meine Schulter. Es war das erste Mal seit meinem Auszug, dass ich sie sah, und sie kam mir noch schmaler vor als sonst, trug die schwarzen Haare in einem ordentlichen Knoten hinterm Kopf. Ich erinnerte mich an all die Male in unserer Kindheit, wo sie mich gerufen hatte, die langen, spitz zulaufenden Finger vors Gesicht geschlagen, und ich eine Spinne in unserem Zimmer beseitigen musste. Ich konnte sie mir nur schwer an der Seite des Doktors in einem eisigen, gekachelten Raum vorstellen, wo sie zusehen musste, wie Coroner Bernie Briggs den Reißverschluss der Plastikhülle öffnete. Noch bevor ich es mir anders überlegen konnte, richtete ich mich auf und sagte: »Amelia, das solltest du nicht machen müssen. Ich gehe da mit Robert Morgan hin. Ich bin weiß Gott groß und kräftig genug dafür.«

Amelia warf dem Doktor einen erschrockenen Blick zu und drückte dann noch einmal meine Schulter. Der Doktor nickte, und sie beschwichtigte mich mit bebender Fistelstimme, die sie immer hatte, wenn sie besonders aufgeregt war: »Lass mich das für dich machen, Truly.«

Ich hätte es ihr ausreden müssen. Ich war ein paar Köpfe größer als Amelia und etwa dreimal so breit. Ich war immer diejenige, die bei der Gartenarbeit den Spaten schwang, das bösartigste Pferd bezwang, das Sofa anhob, damit sie darunter fegen konnte und die Heuballen stapelte. Aber Schwäche hatte etwas Heimtückisches, ganz egal wie groß man war. Sie wand sich einem wie eine Schlange um die Knöchel, und legte sich einem schließlich um den Hals, drückte fest zu, bis man blau anlief. Ich sackte in dem Stuhl zusammen und stellte mir Serena Jane aufgedunsen und grün verfärbt vor, und mir wurde noch einmal bewusst, dass, wenn ich sie wirklich so sehen müsste, ich nie mehr dieselbe sein würde.

»Also gut«, flüsterte ich. »Geh du mit.« Ich spürte sofortige Erleichterung, und gleich darauf wurde mir bange, dass ich den Würgegriff der Schlange zuließ und dass sie immer da sein würde und mich am Ende hinterrücks anfallen würde wie alle Schlangen.

»Das ist eine weise Entscheidung«, sagte der Doktor, als ich aufstand und wieder in die Küche gehen wollte. »So ist das bei Familien, Truly. Wir greifen uns gegenseitig unter die

Arme und ziehen uns gegenseitig am Schopf hoch, wenn es beschwerlich wird.«

Ich hätte am liebsten gesagt: *Wenn das stimmt, wäre ich schon im Himmel, so beschwerlich, wie mein Weg bisher war.* Aber ich sagte nichts, kein Wort. Die Schlange hatte meine Zunge erwischt.

Als Robert Morgan an diesem Abend nach Hause kam, schlich er umher wie eine Katze, die ihre Beute bewacht. Amelia folgte ihm auf den Fersen, den Mund zusammengekniffen, als ob das, was sie an diesem Nachmittag gesehen hatte, anrüchige Flecken auf ihrer Seele hinterlassen hätte. Ich saß im Wohnzimmer, Tabithas Quilt über den Beinen. Das Geschirr war schon gespült, und Bobbie hatte gegessen und war nach oben gegangen. Das Haus lag wie im Dämmerschlaf und zog mich mit sich. Zuerst hörte ich die Haustür gehen und dann die aufgebracht flüsternden Stimmen von Robert Morgan und Amelia. Worüber sollten sie sich denn streiten?, rätselte ich. Es war ganz und gar nicht Amelias Art, mit jemand anderem als den ihr Nächsten auch nur längere Zeit zu reden.

»Wenn ich das gewusst hätte, hätte ich mich niemals darauf eingelassen«, zischte Amelia, und der Doktor antwortete ihr entsprechend.

»Eine stirbt, eine lebt, Amelia. So ist das nun mal in der Welt.«

»Aber das hier …«

Der Doktor unterbrach sie jäh. »Darauf hatten wir uns geeinigt. Jetzt halte dich auch an deinen Teil der Abmachung.«

»Hey …« Als ich in die Diele geschlurft kam, hämmerte mein Herz so wild wie gewöhnlich, und wie immer, wenn ich zu lange stillgesessen hatte, schmerzten meine Glieder. »Na?«

Robert Morgan wand sich aus seinem Mantel und warf die

Schlüssel auf den kleinen runden Tisch, wo sie sich wie Knochen zu einem Häuflein auftürmten. Er vermied es, mich anzusehen. »Es ist, wie wir befürchtet haben. Die Beerdigung ist morgen.«

Ich hatte erwartet, dass Amelia auf mich zukommen würde, aber sie blieb in der am weitest entfernten Ecke der Diele stehen und kaute nervös an ihrem Daumennagel. Ich sackte wie betäubt auf der Treppe zusammen, und fühlte mich, als hätte man mir das letzte bisschen Leben ausgehaucht. Man hatte uns bereits in der Kindheit getrennt, meine Schwester und mich, und dennoch hatte ich immer gewusst, dass ich nicht alleine war. Jetzt blieb nur noch ich übrig. Und Amelia. Ich sah sie an und bemerkte, wie sie dem Doktor einen beunruhigten Blick zuwarf.

»Wir reden später darüber«, knurrte Robert Morgan. »Hol jetzt erst mal Bobbie. Wir müssen es ihm sagen.« Aber ich rührte mich nicht. »Steh auf«, sagte Robert Morgan. »Du kannst später zusammenbrechen. Ich brauch dich jetzt, um es Bobbie zu sagen.«

Ich blieb, wo ich war, die Ellbogen auf die Knie gestützt. Aus irgendeinem Grund konnte ich an nichts anderes denken als an die Koffer aus Kunstleder, die wir von Amanda Pickerton bekommen hatten, nachdem unser Vater gestorben war. Meiner war, bereits kurz nachdem ich umgezogen war, in dem Unrat der Dyersons untergegangen, aber es war mir egal gewesen. Serena Janes hatte ihren jedoch immer hinten im Kleiderschrank aufbewahrt, bereit für Hollywood. Robert Morgan wusste nichts davon, aber an meinem ersten Morgen, nachdem ich den Speck für Robert Morgan und Bobbie gebraten, nachdem ich die Pfannen abgetrocknet und die Betten gemacht und die Toiletten geschrubbt hatte, habe ich die Sachen meiner Schwester durchgesehen. Das meiste davon kannte ich nicht. Ein paar Schuhe mit mittelhohen Absätzen in einer unauffälligen Farbe. Über dem Stuhl ein Morgenmantel aus Seide. Eine Perlenkette mit kaputtem Goldverschluss. Ihre Kleider hingen noch immer aufgereiht im Kleiderschrank, wie Soldaten vor der Schlacht. Sie hatte noch bis zuletzt Filmzeitschriften gelesen. Und dann sah ich ihren alten Koffer unter dem Bett hervorlugen, der Deckel stand offen wie ein Mund, der mit einer späten Einsicht rang. Darin lag ein buntes Foto aus einer Zeitschrift, auf dem eine pazifische Idylle abgebildet war – Palmen, viel Strand und vor allem der Ozean, so blau wie die Augen meiner Schwester. Weit draußen am Horizont, ein kleines Segelschiff.

Da hörte ich Schritte, richtete mich auf und öffnete die Augen wieder. Robert Morgan kam angeschlurft und schob Bobbie vor sich her. »Mein Sohn«, sagte er und blieb hinter ihm stehen, »deine Tante möchte dir etwas erzählen.«

Ich öffnete den Mund und wollte protestieren, aber es kam kein Ton heraus. Bobbie neigte mir erwartungsvoll sein elfengleiches Gesicht zu, seine Augen, die genauso blau waren wie Serena Janes, waren umgeben von einer tiefen Traurigkeit. *Er weiß es,* erkannte ich. *Er weiß es bereits*. Plötzlich wusste ich, was zu tun war. Ich stand auf und streckte meine Hand nach ihm aus.

»Komm her«, sagte ich. »Ich möchte dir etwas zeigen.« Robert Morgan schoss giftige Pfeile in meine Richtung und Amelia schüttelte zaghaft den Kopf, aber das war mir egal. Ich würde verdammt sein, wenn ich das Gedächtnis an Serena Jane in einem Sumpf von Seewasser untergehen ließ. Die Welt war doch wohl noch etwas größer; sie hatte immerhin Platz für mich und auch für Bobbie.

»Komm mit«, befahl ich ihm und stampfte nach oben, Bobbie folgte mir auf den Fersen. Ich stürmte in das Zimmer von Robert Morgan und öffnete den Kleiderschrank. »Deine Mutter hat uns für immer verlassen«, sagte ich. »Es tut mir so leid, dass ich diejenige sein muss, die es dir sagt. Sie war meine Schwester, und ich habe sie geliebt, Gott weiß wie sehr, sie wird mir sehr fehlen. Hier« – ich deutete auf den Schrank – »such dir aus, was du willst.«

Ich sah ihm zu, wie er behutsam den Saum eines braunen Rocks anfasste, dann den Ärmel einer Bluse. Er strich über die Kleidungsstücke und verbarg dann seine Nase in einem Armvoll Kleider. »Dieses hier«, sagte er schließlich und rieb das verblasste hellblaue Kleid zwischen den Fingern. Es war Serena Janes Hochzeitskleid.

»Das hier? Oh, Schatz, bist du dir da sicher?«

Bobbie nickte eifrig.

»Also gut.« Ich zog den Kleiderbügel heraus. »Sonst noch was?«

Bobbie schüttelte den Kopf.

»Gut. Dann hängen wir das in deinen Kleiderschrank, und immer, wenn du deine Mom vermisst, kannst du es dir ansehen und an sie denken, in Ordnung?«

Bobbie sagte nichts, er drückte nur das Satinkleid an sich – die einzige Liebkosung seiner Mutter, die ihm blieb. Ich wollte zu ihm und ihn umarmen, aber dies war eindeutig ein intimer Moment, und er hatte sich noch nicht völlig an mich gewöhnt. Ich befürchtete, er könnte mich einfach abschütteln und ärgerlich werden, weil ich Serena Jane so wenig entsprach.

Ich tat, was ich konnte. Ich blieb bei ihm im Zimmer, atmete dieselbe abgestandene Luft ein und aus und lauschte den Bäumen, die ihre Äste im Wind schüttelten, wie Pferde ihre Köpfe. *Sch, sch, sch,* raunten sie und übernahmen das Beruhigen für mich, versprachen Dinge, von denen ich nicht wusste, ob ich sie würde einhalten können – dass alles wieder gut werden würde, dass ich die leere blaue Hülle füllen würde, die meine Schwester hinterlassen hatte. Dass der Junge mit der Zahnlücke und den weit aufgerissenen Augen, der vor mir stand, beim Heranwachsen nicht ersticken und eingehen würde, sondern vielmehr Wurzeln schlagen und sich ausbreiten würde, mit der ganzen wilden Pracht und Beharrlichkeit des Unkrauts.

14

Nachts, wenn im Mondlicht die Ecken und Kanten des Morgan-Hauses stumpfer und weicher wurden, entließ es seine Geister. Im Sommer, wenn es von Hitze und Insekten heimgesucht wurde, stöhnten die Wände im seinem Inneren wie alte Hunde in der Sonne. Und im Winter heulten und knackten die Heizkörper mit der angestauten Wut von Banshees, den Todesfeen. Vor allem im Winter war die Gegenwart der Morgan-Vorfahren spürbar. Ich zog dann immer die Vorhänge vor der Kälte zu und lag im Bett, den blumenreichen Quilt bis zum Hals hochgezogen, schaute das Spätprogramm im Fernsehen und versuchte, den Eindruck von Augen in den Wänden zu ignorieren. Die Zimmertür klapperte leicht gegen die Schwelle, wurde von eisigen Luftzügen, die durch das Haus wirbelten und eine Art unheimlicher Musik erzeugten, hin und her gerüttelt.

Es gab nicht viel in meinem Zimmer, was von meiner Anwesenheit zeugte. Eine Zahnbürste, eine Haarbürste und eine Tube mit Creme für die Lippen lagen auf dem einen Nachttisch, auf dem anderen lag ein sechs Monate altes *People*-Magazin, die Seiten abgegriffen und vergilbt. Ich holte mir die Zeitschriften aus dem Wartezimmer, bevor Robert Morgan sie wegwarf, und überflog mit Enthusiasmus die veralteten Liebesaffären berühmter Filmschauspielerinnen und die Skandälchen der Rockstars. Ich war noch nie geflogen, hatte noch nie

Champagner getrunken und besaß noch nicht mal ein Bankkonto. Das bisschen, was ich brauchte, nahm ich mir vom Haushaltsgeld, so dass ich mein Erspartes unterm Bett nicht anzurühren brauchte. Gelegentlich fügte ich mal einen Zehn-, mal einen Zwanzigdollarschein hinzu, bis das Bündel so dick und prall war wie mein Handgelenk. Ich stellte mir vor, dass es sich zu einem Segel auffächern und mit Wind füllen würde, wenn ich es öffnete, bereit, mich und vielleicht auch Bobbie übers Meer zu tragen.

Allmählich verstand ich, dass es in Robert Morgans Dasein ein Innen und ein Außen gab. In der Innenwelt gab es den Fernseher, Essen und das kratzende Ticken der Großvateruhr; die Außenwelt, das waren die anderen. Auf der Farm war mir meine Größe nützlich gewesen (zwischen den Pferden war sie gar nicht weiter aufgefallen). In der Porzellanpuppenwelt im Heim der Morgans jedoch kam ich mir vor, als hätte ich zwei linke Hände. Allein im ersten Jahr zerbrach mir bald die Hälfte von Maureens alten Tellern, zusammen mit den beiden spindeldürren Stühlen im Wohnzimmer, einer Teekanne, einem alten Familienerbstück und einer ganzen Batterie von Staubsaugerteilen. Nach und nach ging ich dazu über, es wie zuvor auf der Farm zu halten und nur die einfachsten Mittel einzusetzen. Ich ersetzte den Staubsauger durch einen Besen, und wenn die Sonne schien, hängte ich die Teppiche zum Klopfen draußen auf. Ich benutzte zum Kochen nur noch gusseiserne Töpfe, und trotzdem fehlte mir die regelmäßige körperliche Betätigung. Den ganzen Tag drinnen gefangen, spürte ich plötzlich Stiche und Schmerzen, die ich zuvor nie bemerkt hatte. Als es kälter wurde, wurden meine Fingerspitzen und meine Fußsohlen taub wie von Bienenstichen. Manchmal tanzten Flecke vor meinen Augen, und dazu noch mein stotterndes Herz. Wenn ich mich morgens aufsetzte oder mich bückte und zu schnell wieder hochkam, zog sich mein Herz zusammen und schickte unergründliche Botschaften durch meine Adern.

Und es gab noch andere Veränderungen. Mein Kinn wurde augenscheinlich immer eckiger und meine Stirn breiter, aber am schlimmsten war die Gewichtszunahme. Vielleicht lag es ganz einfach daran, dass ich keine Farmarbeiten mehr verrichtete, oder vielleicht war es auch der Happen hier und da, den ich mir den ganzen Tag über immer wieder stibitzte, aber gleich nachdem ich beim Doktor eingezogen war, fing ich an zuzunehmen und hörte nicht mehr auf damit. Im August trug ich noch die gewohnten Latzhosen und groben Männerhemden, aber schon im Oktober füllten neue Kilos Bauch, Oberschenkel und Schultern, meine Beine wirkten wie ausgestopft. Erst wurden mir die Hemden zu eng und dann die Hosen, bis ich schließlich Serena Janes alte Singer-Nähmaschine aus dem Schrank hervorkramte und mir ein paar Hängekleider schneiderte. Amelia besorgte den Stoff dafür, aus dem schlichtesten und robustesten dunklen Gewebe, das sie auftreiben konnte, von der Art, wie sie ihn für sich selbst ausgesucht hätte, damit sie noch unsichtbarer wurde. Bei mir klappte das nicht ganz. An dem Morgen, an dem ich das erste Mal in einer meiner neuen Kreationen die Treppe zum Frühstück herunterkam, starrten mich sowohl Robert Morgan als auch Bobbie mit offenem Mund an.

»Warum hast du denn ein Nachthemd an, und warum so ein dunkles?«, fragte Bobbie, den Mund noch voller Cornflakes. Bobbie gefielen Farben besonders gut, sehr zum Missfallen von Robert Morgan. Er war der Ansicht, dass Jungs sich ihr Leben lang vernünftig und in männlichen Farben kleiden sollten, in grauem Flanell, in Khaki, in Dunkelblau und Leder.

»Das soll ein Kleid sein«, stammelte ich.

»Was ist mit deinen anderen Sachen?«

Ich wurde rot wie eine Tomate. »Sie sind mir zu klein geworden, wahrscheinlich bin ich wieder gewachsen.«

»Toll!«, rief Bobbie aus, den Mund voller Toast. »Werd ich auch mal so groß wie du, Tante Truly?«

Robert Morgan verzog das Gesicht und legte die Zeitung beiseite. »Das hat dir gerade noch gefehlt. Du hast es auch so schon schwer genug.«

Das stimmte. Bobbie hatte immer noch Probleme mit den anderen Jungs in Aberdeen. Die großen Pausen verbrachte er lieber mit den Mädchen seines Alters bei der Schaukel oder er schlich alleine über den Schulhof. Er brachte nie Freunde mit nach Hause. Ich konnte gut verstehen, warum ein Junge wie Bobbie so groß wie ich werden wollte. Ich verstand es sogar sehr gut. Ich beugte mich zu ihm und flüsterte ihm ins Ohr: »Eines Tages vielleicht«, und sein Gesicht leuchtete auf.

»Setz ihm keinen Floh ins Ohr«, blaffte Robert Morgan und legte den Kaffeelöffel auf der Untertasse ab. Ich warf ihm einen finsteren Blick zu und fegte das Geschirr vom Tisch in die Spüle, während der Doktor mir hinterherstarrte. Als ich mich umdrehte sagte er: »Du nimmst übermäßig viel zu. Du solltest mich dich untersuchen lassen.« Er kniff die Auge zusammen, als verfasste er in Gedanken bereits einen aufwändigen Arztbericht, für dessen Veröffentlichung er großes Lob einheimsen würde: *Die Lebensgewohnheiten einer amerikanischen Riesin*, gegebenenfalls mit Tuschezeichnungen, Tabellen und Grafiken und allen möglichen Abbildungen. Kein Wunder, dass mein Vater Whisky als Allheilmittel bevorzugt hatte.

»Mir geht's wirklich gut.« Das Letzte, was ich brauchte, war, dass er mich mit seinen knochigen Fingern auseinandernahm wie einen Truthahn zu Thanksgiving. Aber es war schon zu spät. Ich merkte, dass die Idee Robert Morgan gepackt hatte, und wenn er sich mal etwas in den Kopf gesetzt hatte, war die Möglichkeit, ihn wieder davon abzubringen, etwa so groß wie die Wahrscheinlichkeit, dass einem Flügel wachsen würden und man damit zum Mond flog.

»Es ist einfach unverantwortlich, seine Gesundheit so zu vernachlässigen. Was wiegst du inzwischen? Weißt du das überhaupt?«

Ich wusste es nicht. Es war wahrscheinlich ziemlich viel – da hatte Robert Morgan sicher Recht –, aber was mich anging, das war immer noch meine Sache. Außer Robert Morgans Vater hatte mich noch nie jemand gemessen oder gewogen, und ich nahm mir diese Freiheit heraus. Sie erlaubte es mir, meine Größe in Relationen zu betrachten zu Augusts Pferden zum Beispiel, ihnen war ich in etwa ebenbürtig; im Vergleich zu Amelia war ich ein Berg; und für Bobbie, das wusste ich, war ich die Größte.

Die Stimme des Doktors riss mich aus meinen Tagträumereien. »Einer von uns wird diese Auseinandersetzung verlieren, und das werde nicht ich sein. Wenn du zur Vernunft gekommen bist, findest du mich drüben in der Praxis. Wir können mit der Untersuchung anfangen, sobald du hier fertig bist.«

Ich schnaubte höhnisch. »Der Tag an dem ich da hinübergehe, wird der Tag sein, an dem sich ein Regenbogen über der Hölle ausbreitet.«

Ich sah aus dem Fenster und war erleichtert, Marcus zu sehen, der hinten an der Gartenhecke Blätter und Zweige schnitt. Ich war mir nicht sicher, was ich ihm noch bedeutete, aber ich genoss es immer noch, ihn um mich zu haben. Er kam alle paar Tage vorbei, ganz gleich was für ein Wetter war, und kümmerte sich um den Garten, aber wir sprachen selten miteinander. Seine Muskulatur war inzwischen wesentlich ausgeprägter, mit breiten Schultern und straffen Konturen, der Körper eines Mannes, kein kleiner Junge mehr. Ich musste unwillkürlich an all seine Briefe denken, und dann fielen mir all die Küsse wieder ein, die ich ihm Jahr für Jahr am Valentinstag gegeben hatte, und ich fragte mich, ob er sich wohl auch noch daran erinnerte. Teils war mir daran gelegen und teils auch wieder nicht, und diese Unentschlossenheit machte mich schüchtern. Ich wusste, dass Marcus und ich mehr als Freunde waren, dass uns etwas Grundlegenderes und Tieferes verband. Aber so selten, wie wir miteinander sprachen, hätten wir ebenso gut flüchtige Bekannte sein können. Das Ergebnis davon war, dass wir auf unsere körperlichen Eigenheiten reduziert wurden. Ich sah es so: Aus ihm war ein kleiner Mann geworden, der der Erde verhaftet blieb, der Pflanzen den Menschen vorzog, der seine Rosen hegte und pflegte, als wären sie Babys. Und wenn ich ehrlich war, sah auch ich nicht gerade preisverdächtig aus. Ich war jemand, der zwar alle überragte, aber dabei die kleinen Dinge des Lebens vergessen hatte. Während der warmen Tage im September war ich zwei-, dreimal zu Marcus hinausgegangen und hatte ihm Limonade angeboten, aber daraus hatte sich keine Unterhaltung entsponnen. Nicht die geringste. Er hatte einfach das Glas genommen und es hinuntergestürzt, und ich stand verlegen neben ihm, meine Wangen röter als Hahnenkämme.

Mist aber auch, dachte ich, trocknete mir die Hände am Geschirrhandtuch ab und wandte mich um, um mich davon zu überzeugen, dass sich der Doktor auch wirklich getrollt hatte. Er neigte dazu, sich in Luft aufzulösen, sobald ich ihm den Rücken zukehrte, und es jagte mir jedes Mal eine Gänsehaut über den Rücken. Andererseits hatte ich dadurch genügend Zeit, meinen Gedanken nachzuhängen, und gerade jetzt hätte ich gut die Gesellschaft eines Vertrauten gebrauchen können. Noch bevor ich es mir anders überlegen konnte, nahm ich einen alten Schal von dem Kleiderhaken neben der Küchentür, wickelte ihn mir um den Hals und stapfte nach draußen. Die Blätter an den Bäumen fingen gerade an, sich zu verfärben und dadurch wirkte alles wunderschön bunt. Ich atmete tief durch und genoss den Hauch von Frost in der Luft. Ich wohnte gerade mal zwei Monate bei dem Doktor, aber in dieser kurzen Zeit hatte meine Lunge anscheinend bereits den Genuss von frischer Luft vergessen. Ich schlurfte durch das lange Gras, zertrat ein paar vertrocknete Blätter und erfreute mich an dem knisternden Geräusch. Als ich mich der hinteren Hecke näherte, hörte Marcus das Rascheln im Gras, richtete sich auf und wischte sich mit der versehrten Hand den Schweiß von der Stirn. Heute trug er keine Handschuhe, und ich konnte ganz deutlich seine Verwundung sehen. Der Mittelfinger fehlte, und der Daumen war zersplittert und steif wie der Stummel einer Ingwerwurzel, die Haut runzlig und zerrupft. Es sah sehr schmerzhaft aus, aber anscheinend war es gar nicht so schlimm, wenn Marcus damit die Hecke stutzen konnte.

Als er bemerkte, dass ich ihn anstarrte, räusperte er sich und stopfte die Hände in die Taschen. »Hallo! Das ist aber eine Überraschung.«

Ich schlug beschämt die Arme um mich, immer noch erschüttert darüber, wie viel ich in letzter Zeit zugenommen hatte. »Ich schnappe nur ein bisschen frische Luft. Später soll es wohl regnen.« Ich hüstelte. »Ich nehme an, wenn es kälter wird, sehen wir dich nicht mehr so oft.«

Um Marcus' Lippen spielte ein Lächeln. »Davon weiß ich nichts. Ich ziehe die Sonne vor, klar, aber ich mache auch gern bei Regen weiter. Wasser ist nützlich.«

Ich fuhr über die akkurat geschnittene Kante der Hecke und versuchte, natürlich zu klingen. »Dann kommen die Regenwürmer raus, was? Und die Spinnen.« Ich errötete, weil mir einfiel, wie er mir von Spidermans fantastischen Fähigkeiten erzählt hatte.

Marcus spielte mit einem Blatt. »Ja, aber lass es nicht so unappetitlich klingen. Die meisten Leute machen sich keine Gedanken über die weniger erfreulichen Seiten des Gärtnerns, aber genau da machen sie einen Fehler. Die Leute halten Gärtnern für einen Zeitvertreib, ein Hobby, aber es steckt sehr viel mehr dahinter.« Er knöpfte seine Jacke zu und warf einen Blick zum Himmel. »Im Garten findet man das gesamte Spektrum von Geburt, Leben und Tod. Hier trifft Gift auf Göttertrank, konkurriert die Nährkraft mit der Verwesung. Kurzum, ein Garten ist ein Kriegsschauplatz im Kleinen.« Bei der Erwähnung von Krieg hielt er inne, beugte sich vor und griff wieder zur Heckenschere.

Ich quetschte ein paar der Blätter an der Hecke zusammen, um mir Mut zu machen, und sprach mit leiser und sanfter Stimme. »Marcus«, bat ich ihn. »Ich weiß, wir haben schon lange nicht mehr miteinander geredet, aber ich muss wissen, was dir da drüben passiert ist. Was ist mit uns geschehen?« Ich nahm an, dass mich die Sticheleien des Doktors beim Frühstück wegen meines Gewichts hatten so mutig werden lassen. Es war anscheinend einfach der Morgen der unangenehmen Themen. Ich rechnete nicht wirklich mit einer Antwort, und ich wusste sowieso gar nicht genau, ob ich sie hören wollte, aber Marcus schwang die Schere von der einen Hand in die andere und überraschte mich.

»Mach die Augen zu«, sagte er und nach einer kurzen Stille folgte ich ihm. Als er wieder sprach, klang seine Stimmte so verbittert, dass mir sofort mulmig wurde. Er war fast wie ein Fremder, und ich fragte mich, ob seine Briefe (wenn er sie abgeschickt hätte) sich wohl ebenso bitter angehört hätten. »Stell dir mal ein Dorf umgeben von Palmen vor, den hübschesten Ort, den du dir ausmalen kannst. Bananenstauden und Reisfelder ringsherum. Freundliche Menschen in den farbenfrohsten Kleidern. Hühner, wo du hinsiehst. Hast du's?«

Ich nickte, und er fuhr mit etwas sanfterer Stimme fort: »Gut. Jetzt stell dir vor, wie alles in Flammen aufgeht. Die Reisfelder schwimmen in Napalm, ein zehnjähriger Junge mit zerfetzten Beinen von der Granate, die du gerade geworfen hast.« Ich hörte das Ratschen der Heckenschere und öffnete die Augen. Marcus stutzte in wilden Bewegungen die Hecke weiter, ohne mich anzusehen.

»Es tut mir leid«, sagte ich tonlos.

Marcus zuckte die Schultern. »Dir und dem Rest Amerikas.

Aber weißt du, als ich selbst am Bein getroffen wurde, war ich fast erleichtert. Nicht weil ich nach Hause konnte, sondern wegen des Jungen. Jetzt waren wir quitt.«

Ich pflückte ein Blatt von meinem unförmigen, selbst genähten Kleid. Anscheinend befand sich nichts mehr in der Welt dort, wo es sein sollte. Meine Schwester lag leblos unter der Erde, ich wohnte bei ihrem Mann in diesem Haus, und Marcus war immer noch in der brütenden asiatischen Hölle gefangen. »Ich hatte nicht erwartet, dass es so kommen würde«, murmelte ich und hielt mit Mühe die Tränen zurück. »Dazu bin ich, glaub ich, inzwischen noch mal so dick geworden wie damals, bevor du weg bist. Ich weiß auch nicht, was mit mir los ist.«

Marcus hielt einen Augenblick mit dem Stutzen inne. »Ich finde, du siehst gut aus. Eigentlich noch besser. Manchmal ist es gar nicht so schlimm, groß zu sein. So viel weiß man, wenn man klein ist.«

Mir schwoll die Brust an. »Danke«, stammelte ich und wurde knallrot. Ich hätte Marcus am liebsten umarmt, aber er sah so verlegen aus, wie ich es war. Deshalb schlang ich mir den Schal wieder um und bewegte mich langsam auf das Haus zu. »Vielleicht besuche ich dich das nächste Mal, wenn du da bist. Dann bring ich Kuchen mit.«

Marcus richtete sich auf und lächelte zaghaft. »Das fände ich nett. Oh, pass auf die Astern auf«, rief er, als ich blindlings in die farbenprächtigen Blumen lief, die am Ende der Hecke wuchsen. »Sie blühen nur noch eine Woche. Hier!« Er pflückte ein paar von den purpurnen Sternen und reichte sie mir. »Nimm sie mit rein. Sie machen es drinnen freundlicher, und sterben müssen sie so oder so.«

Ich zögerte. Was er mir anbot, war keine Rückkehr zu dem, was uns verband, das wusste ich, und noch nicht mal ein Weitermachen, dort wo wir aufgehört hatten. Es war viel mehr wie die dünne weiße Narbe, die sich über seinen versengten

Daumen spannte – etwas Neues, das auf etwas Altem aufbaute. Ich nahm die Blumen.

»Danke.« Ich hielt sie ganz fest und ihr grasiger Duft stieg mir in die Nase, während ich zum Haus zurücklief. Im Haus würden sie bald welken und ihre Farbe verlieren, aber hier draußen leuchteten sie so lebhaft wie die Akeleien auf Tabitha Morgans Quilt. Womöglich entsprachen Momente wie dieser den Fäden, die sich über die Baumwollflicken zogen, machten aus dem Alltäglichen etwas gänzlich Unerwartetes. Und wenn ich eben gerade kein neues Material in greifbarer Nähe hatte, lag es vielleicht daran, dass ich es gar nicht haben sollte. Vielleicht sollte ich einfach die Samen kultivieren, die sich bereits unter meinen Fingerspitzen gesammelt hatten.

15

Wer weiß, wie lange wir noch Katz und Maus gespielt hätten, der Doktor und ich, wäre ich nicht Anfang Dezember mit einem Schmerz aufgewacht, der so heftig war, dass er mir fast den Verstand raubte, und ich wusste sofort, dass es mit dem üblichen Aspirin nicht getan war. Wenn ich versuchte, mich im Bett aufzusetzen, verschwamm alles vor meinen Augen wie im Fernsehen bei Bildstörung, so dass ich Mühe hatte meinen Blick zu fokussieren. Ich bemerkte, dass ich die Stoffblüten auf Tabithas Quilt anstarrte. Sie schienen zu pulsieren und mir etwas zuzuflüstern. Ich hob den Kopf und versuchte, ihr Lied zu verstehen, aber eine Woge von Übelkeit brach über mir zusammen, und ich ließ mich auf die Matratze zurücksinken, dankbar, die Augen wieder schließen zu können. Ein paar Minuten später, als ich sie erneut öffnete, schwebte Bobbies verstörtes Gesicht über mir.

»Tante Truly.« Seine Stimme kam von weither. Er schüttelte mich an der Schulter. »Alles in Ordnung? Was fehlt dir? Dad hat mich geschickt, um nach dir zu sehen, weil du so lange brauchst.«

Ich tastete nach dem Wecker auf dem Nachttisch. »Wie spät ist es?« Es klang hölzern und tonlos.

»Halb acht. In einer halben Stunde fängt die Schule an. Und Dad will sein Frühstück haben.«

Die Erwähnung von Essen bereitete mir erneut Übelkeit.

Ich rülpste und setzte mich abermals auf. Ich wartete einen Moment, aber es ging schon etwas besser. Gut genug, um ein, zwei Eier zu braten und Kaffee auszuschenken. Ich sah Bobbie noch einmal an, dessen Konturen immer noch unscharf und verschwommen waren. Vor zwei Wochen war ich mit ihm zu Serena Janes Grab gegangen, und wir hatten Blumen daraufgelegt. Dabei hatte er den Kopf ähnlich feierlich geneigt gehalten – wie ein Blatt, das sich vor dem Winter einrollt. Ich verspürte das Bedürfnis, ihn fest in meinen Mantel zu hüllen und ihn zu küssen, bis ihm warm wurde, aber mein Bauchgefühl sagte mir, dass er sich losmachen würde, wenn ich es versuchte. Er hatte sich inzwischen an mich gewöhnt, mich aber noch nicht lieb gewonnen. Ich durfte ihm Gutenachtgeschichten vorlesen und ihn auf die Wange küssen, wenn ich ihn jedoch umarmen wollte, wurde er stocksteif, und wenn er zur Schule losging, winkte er mir nur durch die Glastür der Küche, bevor er sich abwandte und bedrückt auf den Weg machte.

Aber vielleicht hing er doch mehr an mir, als mir klar war. Ich erkannte die Betroffenheit, die sich in seinem Gesicht breit machte, als ob er mit der Vorstellung spielte, dass alle Erwachsene in seinem Leben eintrocknen würden wie Maiskolben und dann davonfliegen würden. Er war gerade erst acht geworden, aber er bewegte sich jetzt schon auf die dunkle Schwelle zum Zynismus hin, wie ich feststellte. Wenn man ihn noch weiter herumschubsen würde, befürchtete ich, würde er die Seiten wechseln und genauso gemein werden wie sein Vater. Es sei denn, mir würde vorher etwas einfallen, was dies verhindern könnte. Ich schwang mich aus dem Bett.

»Ich bin heute Morgen etwas wackelig auf den Beinen«, beruhigte ich ihn, während der Raum sich in die Länge zog und wieder wankte. »Aber ich wette, dein Daddy ist ein Genie, wenn es ums Kurieren geht. Ich wette, er schafft es, dass es allen besser geht. Sogar mir.«

Bobbie zog die Stirn kraus und setzte sich neben mich aufs Bett. »Ich dachte, du hast gesagt, du willst lieber zur Hölle fahren, bevor er dich anfasst.«

Ich blickte finster drein. Da hatte er Recht. Den ganzen letzten Monat bis hin zu Thanksgiving hatte Robert Morgan weiter darauf gedrängt, mich untersuchen zu wollen, und bisher hatte ich mich ihm Schritt für Schritt widersetzt, so dass er bereits Schaum vorm Mund hatte. Zuerst versuchte er mir gut zuzureden, doch schließlich ging er einfach dazu über, mich zu beschimpfen. »Du bist genauso dickköpfig und engstirnig wie dein Vater, Truly«, verkündete er eines schrecklichen Abends bei Tisch. »Du solltest dankbar sein, dass du bei einem Mann der Vernunft und der Wissenschaft untergekommen bist und nicht immer noch in diesem Schlammloch sitzt, das die Dyersons Farm nennen.«

»Mir hat es dort gefallen«, antwortete ich ganz ruhig. »Sie waren gut zu mir.«

»Wenn sie so gut zu dir waren, warum haben sie dich dann zu einem Nilpferd heranwachsen lassen? Warum haben sie dich nie zu meinem Vater gebracht, als man noch etwas dagegen hätte tun können?«

Ich legte die Gabel hin. »Und mit was hätten sie bezahlen sollen? Mit einem Tipp für die Rennbahn? Außerdem war ich gar nicht so schwer, als ich noch dort draußen gewohnt habe. Ich habe erst seit ich hier bin so zugelegt.«

Dies ließ den Doktor einen Moment lang verstummen, aber es brachte ihn dennoch nicht davon ab zu schätzen, wie viel ich genau zugenommen hatte. Er musterte mich von oben bis unten. »Ich würde sagen dreißig, vielleicht sogar vierzig Pfund in ein paar Monaten. Hast du einen Überblick, wie viel du isst?«

Ich sah auf meinen Teller. Da lagen noch die Überreste von einem halben Brathähnchen zu einer kleinen Pyramide aufgetürmt neben einer Pfütze sämiger Soße und einem Klecks

Kartoffelbrei. Ich hatte dreimal nachgenommen, aber ich konnte einfach nicht anders. Sobald das Essen verschlungen war, schrie mein Magen nach mehr.

Der Doktor lehnte sich in seinem Stuhl zurück, knüllte siegessicher seine Serviette zusammen, gewiss, dass dieser Punkt an ihn ging. »Ein Besuch in der Praxis und wir finden bestimmt heraus, was wir mit deinem Appetit machen können. Außerdem würdest du mir damit einen Gefallen tun. Ich habe mit John Hinkleman gewettet, dass du mehr als 200 Kilo wiegst.« Er kicherte. »Du musst dich nur noch auf die Waage stellen, und das Geld gehört mir.«

Ich warf nun ebenfalls meine Serviette auf den Tisch und stand auf, puterrot vor Wut. »Eher werde ich zum Affenarsch, bevor ich dir diese Genugtuung gönne.« Bobbie schlug die Hand vor den Mund und kicherte. Ich sah ihn an und zwinkerte ihm zu. »Mit Kirschen und Schlagsahne.« Dann stampfte ich in mein Zimmer und ließ das dreckige Geschirr einfach stehen. Was kümmerte es mich, wenn die Küchenschaben einzogen oder der Doktor bis in die Nacht nach mir rief.

Jetzt, neben mir auf dem Bett, lachte Bobbie nicht mehr. Er sah besorgt aus und sein schmales Gesicht noch verkniffener als sonst. Eine weitere Schmerzattacke überfiel mich, und ich biss die Zähne zusammen, plötzlich ganz schwach. »Also gut«, flüsterte ich. »Du kannst deinem Vater sagen, diese Runde geht an ihn. Heute ist sein Glückstag. Ich komme gleich in seine Praxis.«

»Ich sag es ihm«, rief Bobbie und stürzte hinaus in den Flur. »Ich sag ihm, er soll die Arznei fertig machen.«

»Doppelte Portion«, murmelte ich zu mir selbst und drückte gegen meine Schläfen. »Eine extra für meinen Stolz.«

Man musste ihm schon zugutehalten, dass er nicht gleich die Arme in die Luft warf und einen Freudentanz aufführte, als ich an die Tür klopfte, aber viel hat nicht gefehlt. Der Doktor vergeudete jedenfalls keine Zeit mit Nettigkeiten, gab mir einfach ein gestärktes Laken, schob mich hinter eine Stellwand und sagte mir, ich solle mich ausziehen und mir das Laken umbinden. »Verzeih mir das Laken«, sagte er, als ich wieder hervortrat. »Ich konnte mir einfach nicht vorstellen, dass dir der übliche Umhang reichen würde.« Er rieb sich die Hände und versuchte gar nicht erst sein frohlockendes Grinsen zu verbergen, während er mich zur Waage führte. »Endlich! Bist du so weit zu überprüfen, ob ich die Wette mit John Hinkleman gewonnen habe?«

Ich verzog das Gesicht und verschränkte die Arme. »Nur unter einer Bedingung.«

Das Grinsen des Doktors verschwand. »Was denn?«

»Ich will nicht wissen, was die Waage anzeigt.«

»Was meinst du denn?« Der Doktor machte ein langes Gesicht und in diesem Augenblick sah er ein bisschen aus wie ein kleiner Junge, dem man den Fußball weggenommen hat.

»Sag's mir einfach nicht. Ich will es nicht wissen. Und auch nicht wie groß ich bin, oder meine Blutgruppe, oder meinen Hüftumfang. Das kannst du alles für dich behalten. Ich bin nur hier, weil mir gleich der Kopf platzt.«

Robert Morgan machte sich an seinem Klemmbrett zu schaffen. »Das ist nur eine Migräne«, sagte er naserümpfend. »Dazu kommen wir gleich. Aber wie kann ich dich denn behandeln ohne Informationen?«

Ich ließ nicht locker und schob trotzig den Unterkiefer vor. »Das ist die Bedingung. Mach daraus, was du willst.«

Der Doktor überlegte ein paar Minuten hin und her und gab sich dann geschlagen. »Also gut. Ich werde dir nichts verraten. Du bist genauso stur und lächerlich wie alle Dyersons, aber ich schätze, wir sind nun mal, wie wir sind. Könntest du dich jetzt bitte mal auf die verflixte Waage stellen?«

Ich zögerte noch und fragte mich, ob er Wort halten würde,

aber dann kletterte ich doch auf die kleine Bodenfläche und ließ den Doktor die Gewichte ganz nach rechts schieben. Er stieß einen lang anhaltenden Pfiff aus. »Wow! Noch mehr als ich angenommen habe. Du musst irgendwo noch eine Tonne versteckt haben.« Ich warf ihm einen drohenden Blick zu, und er verstummte und machte sich Notizen auf seinem Klemmbrett. »Setz dich.« Er wies auf seinen Untersuchungstisch, und ich setzte mich widerwillig darauf, hoffte, dass er mich aushalten würde, während Robert Morgan mit einem Gummikriegsbeil auf meine Knie einhieb, mir einen hölzernen Spatel in den Rachen schob, Ohren, Augen, Hals und Nase durchleuchtete, so dass ich wie das Empire State Building erstrahlte, und mir die kalte Scheibe des Stethoskops kreuz und quer über den Brustkasten schob.

»Wie hört es sich denn an?«, fragte ich. Mein Herz war das Einzige, was mich halbwegs interessierte, und ich fragte mich, ob es darin genauso aussah wie bei allen anderen, aber der Doktor hielt nur streng den Finger hoch, als ob er die Windrichtung ermitteln wollte, und da wusste ich, dass ich irgendein medizinisches Gebot verletzt hatte. Er nahm die runde Metallscheibe von meiner Brust und tastete meine Luftröhre auf und ab. »Schlucken«, befahl er, bevor er ein Maßband aus der Tasche zog und es mir um die Brust, die Hüfte und die Oberarme legte.

»Ich war von Anfang an groß. Das weißt du doch.« Ich errötete, während er die Zahlen in seine Tabelle kritzelte. »Dein Vater hat gesagt, dass ich da etwas im Gehirn habe. Eine kleine Uhr.« Ich erinnerte mich, wie sein Vater meinen Schädel abgetastet hatte, ganz sanft, und mir von dem Teil in meinem Kopf erzählt hat, der zu schnell tickte, und ich fragte mich, ob es das war, worauf Robert Morgan durch das Stethoskop lauschte. Oder war es lediglich der langsame Fluss meines Bluts, der ihm bestätigte, was er bereits über mich zu wissen glaubte? »Vielleicht kommen die Kopfschmerzen daher.«

Robert Morgan sammelte seine Gedanken, als ob er sie aus einem sehr tiefen und kalten See herausfischen müsste. »Nimm erst einmal ein paar Aspirin. Das geht vorbei. Frauen bekommen manchmal Migräne. Aber in deinem Fall kommt es bestimmt von was anderem.« Er runzelte die Stirn.

»Wozu diese Untersuchung«, stammelte ich, »wenn du nichts für meine Kopfschmerzen tun kannst?« Draußen wurde es langsam dunkel, die Bäume warfen ihre Blätter und toten Zweige ab und rüsteten sich für Schnee und Eis.

Robert Morgan blinzelte und pikste mir mit einer Nadel in den Arm, um Blut abzunehmen. Der Stich war jäh und zugleich vertraut, ganz wie die Reißzwecken, auf die ich mich vor Jahren gesetzt hatte. Ich fragte mich, ob er es genauso genoss, mich mit einer Nadel zu piksen, wie er es damals genossen hatte, mich in der Schule zu quälen. Das kurze Aufleuchten seiner Augen sprach dafür, aber es sprach auch von einer größeren, erwachseneren Vorfreude.

Plötzlich versagte mir der Atem. Es war ein beinahe unheimliches Erlebnis, so als ob Gott inmitten eines Sturms für fünf Minuten seine Wut beiseitegelassen hätte, um sich noch etwas viel Schrecklicheres auszudenken. »Hier geht es gar nicht um meine Kopfschmerzen«, sagte ich. Wenn ich die Kunst des Zorns besser beherrscht hätte, hätte ich die Symptome vielleicht als Wut erkannt und hätte einiges davon unmittelbar an dem Doktor ausgelassen wie Hagel auf einem Blechdach. Aber wenn man bei den Dyersons aufwächst, lernt man, so etwas ganz einfach zu unterdrücken. Dafür musste mindestens das gesamte Haus über einem zusammenbrechen und einen darunter begraben. Ich öffnete die Faust und sah zu, wie sich das Teströhrchen mit Blut füllte.

Robert Morgan zog die Nadel aus meiner Vene und betupfte den Einstich mit einem Wattebausch. Es kam mir so vor, als drückte er ihn fester dagegen, als notwendig gewesen wäre. »Dachtest du im Ernst, ich lass dich bei mir wohnen und nutze nicht die Gelegenheit, dich zu untersuchen? Du bist in etwa so normal, wie ein Hund mit zwei Schwänzen, Truly. Um ehrlich zu sein, weiß ich noch nicht mal, ob ich dich kurieren kann.« Er ließ meinen Arm los.

»Na ja«, sagte ich mit glühenden Wangen, »du hast es ja selbst gesagt. Wir sind nun mal, wie wir sind. Ich senkte den Kopf und dachte an meine Schwester, die so hübsch zur Welt gekommen war, und dann an Amelia, die zur Schweigsamkeit neigte. Ich war stark und kompakt, dafür geschaffen, die Pferde in der Scheune zu striegeln. Aber ich mochte Augusts Pferde. Ich vermisste den tröstlichen Stallgeruch von Heu und Dung. Allein schon die Erinnerung an die staubige Luft der Scheune verlangsamte meinen Atem und ließ meine Nackenmuskeln sich entspannen. Ich sah zu dem Doktor auf. »Wie kommst du eigentlich darauf, dass ich geheilt werden will?«

»Verzeihung?« Robert Morgan war mit seinen Gedanken zweifellos gerade bei der Vorstellung seiner Zusammenarbeit mit den berühmten Ärzten in der Stadt. Ein Fall wie meiner, wurde mir bewusst, würde Wunder wirken, wenn es darum ging, seinen Namen über die Grenzen von Aberdeen hinaus bekannt zu machen – eine Anerkennung, die ihm vermutlich fehlte, eine Welt, aus der ihn meine Schwester und Bobbie herausgerissen haben, noch bevor er in den Genuss davon kommen konnte.

Ich verschränkte meine Arme. »Was führt dich zu der Annahme, dass ich von dir kuriert werden will?« Es erschien lächerlich, mich mit dem Doktor anzulegen, zumal einer von uns beiden splitternackt war, aber wenn ich bisher etwas gelernt hatte, dann war es: Nutze die Gunst der Stunde.

Robert Morgan starrte mich an, als würde ein Zeh aus meiner Stirn wachsen. »Selbstverständlich wirst du mir erlauben, dich zu heilen.« Er beugte sich dicht zu mir, seine Stimme das Zischen einer Schlange, die in meine engen Herzkammern drängte. »Gib's schon zu. Du willst es genauso sehr wie ich.

Du würdest mich dich komplett auseinandernehmen lassen, wenn ich dich so hübsch – oder wenigstens so zierlich – wie deine Schwester machen könnte.«

Ich machte mir gar nicht erst die Mühe, darauf zu antworten, verließ einfach die Praxis unter Hungerkrämpfen, die meinen Körper durchzuckten wie Feuerwerkskörper, meine Kopfschmerzen so gut wie überwunden. Ich stürmte so schnell wie möglich in die Küche und riss die Kühlschranktür auf. Das Brummen und die kalte Luft hatten eine beruhigende Wirkung auf mich. Hot-Dog-Soße, Hühnchenreste, Petersilie. Ich stopfte mir den Mund voll bis zum Geht-nicht-mehr. Ganz gleich mit was, Hauptsache, mein Magen wurde gefüllt. Ich könnte durchaus gierig gewirkt haben, doch meine Völlerei bescherte mir weder Erleichterung noch eine Galgenfrist. Ich legte die Hände flach auf das gelbe Öltuch des Küchentischs und schluckte schwer. Tränen traten mir in die Augen, und nachdem in der näheren Umgebung nichts mehr zu essen übrig war, schluckte ich diese eben auch noch herunter.

Eines Tages würde Robert Morgan am eigenen Leib erfahren, was es bedeutete, gepikst und herumgeschubst, gekniffen und durchleuchtet zu werden. Er würde erfahren, wie es ist, sein eigenes Versuchskaninchen zu sein. Der Unterschied zwischen dem Doktor und mir wäre natürlich, dass er immer nach Heilung suchen würde, während ich schon darüber hinaus war. Jetzt war es raus. Lange bevor es wirklich dazu kam, hatte ich bereits daran gedacht, Robert Morgan umzubringen. Dies war der Zeitpunkt, an dem ich mir gelobte, dass, wenn sich mir jemals die Gelegenheit bieten würde, ich ihm eine ordentliche Dosis seiner eigenen Medizin verpassen würde, die er nicht überleben würde.

16

In diesem Februar türmten sich die Hecken, die den Garten des Doktors von den Feldern abgrenzten, zu Schneehaufen auf. Es war so klirrend kalt, dass die Eichelhäher sich das Eis aus den Federn zupften. Selbst die Wildkatzen gaben auf und versteckten sich in den Schlupfwinkeln unter den Holzstapeln, und immer noch hatte Bobbie keine Freunde gefunden. Ich sah den Dorfkindern zu, wie sie nach der Schule zusammenklüngelten und sich unter großem Gejohle gegenseitig nach Hause begleiteten, aber Bobbie trottete immer alleine vor sich hin, das Kinn erhoben, auch wenn es ihm schwer fiel. Ich kochte ihm Kakao, und er verkroch sich in meinem Zimmer unter dem Quilt und kuschelte sich in die Kopfkissen. »Erzähl mir eine Geschichte«, verlangte er. »Eine, die ich noch nicht kenne.«

»Willst du noch was von Prinzessin Bugaboo hören?« Ich hielt mir die Kaffeetasse unter die Nase und sog den Dampf ein. Es war Amelias Idee gewesen, Bobbie die Geschichten zu erzählen, und sie gefielen ihm anscheinend, aber ich fragte mich, ob er nicht zu groß wurde für Prinzessin Bugaboo. Erst kürzlich hatte ich ihn im Bad überrascht. Die Tür war einen Spalt breit geöffnet, und ich sah, wie er immer wieder das sich aufreckende kleine Ding zwischen seinen Beinen ins Wasser senkte. Aber ganz gleich wie sehr er sich mühte, es tauchte immer wieder auf und sprang von alleine hoch wie ein Seeungeheuer, in einem verwirrender Rhythmus, der Teil von ihm war und auch wieder nicht.

Ich sauste schnell den Gang hinunter, bevor er mich sah, nur um gleich darauf meine Feigheit zu bereuen. Ich überlegte, mich wieder zurück zu stehlen und anzuklopfen, und vielleicht ein ernstes Gespräch mit ihm zu führen, aber das Leben gibt uns nicht die Chance, unsere Entscheidungen rückgängig zu machen, allenfalls sie noch einmal zu überdenken. Wer konnte das besser wissen als ich. Ich musste ja nur einmal die strammen Säulen meiner Beine und die Fülle meines Bauches betrachten oder an Marcus' vernarbte Hand und sein Hinken denken, und ich wurde daran erinnert, wie sein Körper ihn nicht vergessen ließ, wie er einst war, oder was er einmal gekonnt hatte, und wie mein Körper mich nie vergessen ließ, was er immer sein würde. Und jetzt waren es anscheinend Bobbies Glieder, die anfingen ihre eigene komplizierte Geschichte zu erzählen.

»Heute mal keine Bugaboo-Geschichte«, sagte Bobbie. »Erzähl mir von was anderem.«

Ich zog den Quilt hoch und Bobbie näher zu mir heran. »Pass auf, dass dir auch richtig warm ist.« Ich griff hinter mich und schob die Kissen zurecht, und nach einer Weile ließ sich Bobbie hineinsinken. Sein kindliches Gewicht fiel auf der Matratze kaum auf, und als er sich an meinen fülligen Körper schmiegte, spürte ich seine Anspannung. Es war, wie ein aufgeschrecktes Pferd zu beruhigen, und ich dachte an all die Tage zurück, an denen ich Augusts nervöse Tiere gestriegelt hatte. Der Trick war, sich langsam zu bewegen und sanft mit ihnen zu sprechen, um einen Hufschlag oder ein Zwicken zu vermeiden. Man musste sich durchlavieren, als hätte man ein Geheimnis und sei kurz davor, es auszuplaudern.

»Weißt du«, ich fuhr über die gezackte Borte von Tabithas Quilt, »es gab eine Zeit, in der der einzige Arzt weit und breit deine Ururgroßmutter Tabitha gewesen war.«

Bobbie rührte sich nicht, aber er atmete flach, als würde er gebannt darauf warten, dass ich fortfuhr. *Wahrscheinlich*, dachte ich, *hat er noch nie etwas davon gehört*. Robert Morgan hatte ihm diese Geschichte bestimmt nicht erzählt, und Serena Jane hatte kein Interesse an so etwas Gewöhnlichem wie der Folklore von Aberdeen. Ich zog meinen Ellbogen noch ein Stück weiter hoch, damit Bobbie noch näher heranrücken konnte.

»Es gab eine Zeit, in der die Leute aus dem Dorf zu Tabby kamen und sich von ihren Zauberformeln und dem Balsam in ihren Tiegeln heilen ließen. Das hat sich mit deinem Ururgroßvater allerdings alles schlagartig verändert. Er war der erste richtige Arzt im Ort.

Einige hielten ihn für einen Segen mit seinem schwarzen Koffer voller Instrumente und Pulvern, wieder andere bestanden darauf, dass es ihnen mit Tabbys ursprünglichen Heilpraktiken besser ergangen war. Sie hatten ihnen jahrzehntelang geholfen, warum sollten sie jetzt plötzlich nicht mehr funktionieren? Aber sie hatte einfach damit Schluss gemacht, und niemand weiß, warum. Als sie starb, blutjung und so süß, dass die Bienen den Honig auf ihrem Grab sammelten, starb alles, was sie wusste, mit ihr. Niemand hat jemals das Buch der Zauberformeln entdeckt, und der Herrgott weiß, dass mehr als einer der Morgans das gesamte Haus auf den Kopf gestellt hat auf der Suche danach.«

Bobbie bekam große Augen. »Meinst du denn, es ist noch immer hier, Tante Truly? Vielleicht oben auf dem Dachboden? Da oben gibt es massenhaft altes Zeug.«

Ich schüttelte den Kopf. Die Hälfte von dem, was ich erzählt hatte, war erfunden, aber es klang so gut, dass ich es fast selbst glaubte. »Vielleicht, aber ich denke nicht. Ich glaube, die alte Tabby war cleverer.«

Bobbie nickte entschieden. »Du hast bestimmt Recht. Sie hat es irgendwo versteckt, wo niemand draufkommt.«

Genau in diesem Augenblick fiel ein Strahl der Wintersonne ins Zimmer, unerwartet in seiner leuchtenden Helligkeit, eine Lichtnadel, die die dreieckigen Spitzen des Karos in der Mitte des Quilts durchbohrte. Darin reihten sich aufgenähte Stoffblüten und Blätter gewissenhaft in Bahnen aneinander, Blumenteile, die auf eine Reihe aus aufgenähten weißen Stoffquadraten gestickt waren. Außerhalb des mittigen Karos wucherten die Pflanzen jedoch üppig und querfeldein, ohne eine erkennbare Anordnung, als ob sie wild aus dem Deckenrücken gesprossen wären. Wie viele Stunden hatte diese zierliche Frau wohl für die Unmenge an Stickereien gebraucht? Das machte mich stutzig. Ich stellte mir eine Ehefrau mit weichen Haar vor, über ihren eigenen Schoß gebeugt, die Stirn gerunzelt, während sie einen weiteren Faden einfädelt im zwielichten Schein des Schnees draußen, das späte Feuer am Abend fast erloschen, ihre Fingerspitzen wund von der Kälte, aber entschlossen, in Bildern festzuhalten, was sie nicht in Worte fassen konnte. Ich sog die Luft ein und richtete mich so abrupt auf, dass ich den Kaffee auf dem Laken verschüttete.

»Tante Truly, geht's dir gut? Kriegst du wieder eine Migräne?«

Wie konnte ich es bloß übersehen haben? Fast sechs Monate hatte ich jetzt schon unter dem verflixten Quilt geschlafen und habe ihn nie für mehr als eine Extraschicht Wärme gehalten. Natürlich hatten mich die bunten Muster fasziniert, aber nur als Aufheiterung des ansonsten farblosen Raums. Es war aber viel mehr als das, wie mir gerade bewusst wurde. Sehr viel mehr. Ich strich über das Garn des Gewebes, beeindruckt, wie schlau Tabitha gewesen war und wie dumm die Generationen nach ihr. Ich warf Bobbie einen Blick zu.

»Denk mal darüber nach«, murmelte ich, und mein Daumen glitt über den gestickten Stängel einer vermeintlichen Pfefferminze. »Wenn du etwas sehr Wertvolles verstecken wolltest, wo würdest du es hintun? An irgendeinem dunklen

Ort, wo es vielleicht gefunden würde, oder auch nicht, oder würdest du dir etwas Raffinierteres einfallen lassen? So etwas, wie es einfach möglichst unauffällig öffentlich zugänglich zu machen, dort, wo es jeder sehen kann, so dass gar niemand erst auf die Idee kommt, zweimal hinzusehen?«

Bobbie runzelte die Stirn. »Was meinst du denn?«

Unten drückte der Wind die Küchentür auf, und sie fiel wieder zu. Bobbie und ich lauschten schweigend. Robert Morgans entschlossene Schritte trabten über die Holzdielen in den Vorraum. Ich merkte plötzlich, wie spät es schon war. Ich küsste Bobbie aufs Haar. »Mach dir nichts draus, ich schwätze nur dummes Zeug. Lass uns runtergehen und das Abendessen machen.«

Bobbie pellte sich nur zögerlich aus dem Nest von Decken heraus und zog seine Beine aus der warmen Hülle der Laken. Er hielt einen Moment inne und musterte den Quilt. »Warum sind die Blumen am Rand so wild und in der Mitte so ordentlich? Es sieht fast so aus, als hätte die alte Tabby sich nicht entscheiden können.«

Ich legte die Hände auf die warme Kuppel seines Kopfes, strich ihm die Haare glatt und ließ ihn nur widerwillig gehen. »Vielleicht. Das könnte es gewesen sein. Oder vielleicht wollte sie damit sagen, alles hat zwei Seiten. Es hängt nur davon ab, wie man es betrachtet.«

An diesem Abend, nachdem das Geschirr abgetrocknet war und zwei Maschinen Wäsche sortiert und zusammengefaltet, der Küchenfußboden mit zwei Teilen Wasser und einem Teil Essig gewischt war und nachdem Bobbie seine Hausaufgaben gemacht und sich hinter den Ohren gewaschen hatte, schloss ich meine Zimmertür ab und breitete den Quilt auf dem Boden aus. Bobbie hatte Recht gehabt. Der Quilt sah aus, als ob die Arbeit der linken Hand mit der Arbeit der rechten Hand durch die schwarze Borte in der Mitte zusammengefügt worden wäre. Ich kniff die Augen zusammen. Es erinnerte mich an etwas, an einen Ort. Ein Ort, an dem das Chaos des Lebens auf Ruhe und Ordnung traf, ein Ort, den ich nur allzu gut kannte. Ich hielt die Luft an. Natürlich! Der Friedhof mit seinem spitzen schmiedeeisernen Gitter, das von Kräutern umrankt war. Und darin immerwährende steinerne Rechtecke, ordentlich von Blumen eingerahmt. Mein Herz raste. Der Quilt war nicht nur irgendeine Handarbeit. Er war ein Plan. Aber wofür?

Ich atmete flach, als ich die Nachttischlampe so drehte, dass das feine Netz aus Stickereien, welches sich über das gesamte Patchwork erstreckte, besser ausgeleuchtet wurde. Und da! Blass und unauffällig, tauchten spezifische Formen aus dem Schatten ans Licht, erst ganz schwach und dann immer deutlicher. Ein Knochen. Eine Flamme. Ein Auge. Ein Herz. Ein Mund. Eine Hand. Und an der gesamten äußeren Kante entlang, immer und immer wieder, etwas, das so aussah wie ausgebreitete Flügel.

Ich atmete aus und hockte mich auf die Fersen. Meine Hüften schmerzten von der Kauerhaltung, und meine Augen taten weh, aber mein Puls raste mit der Begeisterung eines Pferdes im schnellen Galopp. War es Maureen, der Mutter von Robert Morgan, jemals aufgefallen? Ihr oder einer der anderen Morgan-Ehefrauen? Ich hielt es für unwahrscheinlich. Tabitha Morgan hatte keine Tochter gehabt, nur Söhne. Und die Söhne wiederum hatten selbst wieder Söhne. Aber die Jungen hatten geheiratet und jeder von ihnen hatte hier im Haus gewohnt mit dem Quilt an der Wand. Hatte denn keiner von ihnen die Muster entdeckt?

Letztendlich war es auch gleich. Tabby war Staub in der Erde und ihr Schattenbuch eine törrichte Legende. Keiner hätte sie geglaubt. Die Legende musste aber irgendwoher gekommen sein, und wenn ich mir Tabbys Quilt so ansah, meinte ich zu wissen, woher. Sie entsprang einem Geheimnis, das zu viele Jahrhunderte in einem Brustkorb eingezwängt gewesen war, wie ein langer, tiefer Atemzug. Und das Besondere an Geheimnissen ist, dass sie sich vermehren. Trägt man erst mal eins unterm Hemd, gesellen sich leicht noch ein paar andere hinzu. Das war mir genauso ergangen. Ich bekam eigentlich erst Ärger, als ich vergaß, dass alle um mich herum es genauso gehandhabt hatten.

17

Ich brauchte den gesamten Frühling dafür, bis ich herausfand, was mir der Quilt sagen wollte. Abends studierte ich im Licht der Nachttischlampe die gespenstigen Konturen zwischen der blumigen Oberfläche und fragte mich, was sie wohl bedeuten sollten. Knochen und Münder und Herzen, die losgelöst schwebten. Sie mussten einem Plan folgen, beschloss ich schließlich – eine Topografie des Körpers – sie thronten über speziellen Kräutern und Pflanzen und standen anscheinend in Bezug dazu. So betrachtet, erschien der Quilt vollkommen logisch. Tabitha wollte damit zeigen, welche Kräuter Einfluss auf die jeweiligen Körperteile hatten und die Zackenkante, die so sehr an das Eisengitter des Friedhofs erinnerte, sollte zeigen, wo die Zutaten für die Heilmittel zu finden waren.

Als Nächstes musste ich herausfinden, wie die Pflanzen hießen. Zwei ganze Wochen lang kopierte ich abends die Blüten und Stängel in ein Notizbuch, passte auf, dass ich alles richtig machte und glich die Proportionen immer wieder ab. In der Dunkelheit, die von außen gegen mein Fenster drang, und unter dem Geräusch der späten Schneeschmelze vom Gebälk des Daches, hatte ich das Gefühl, etwas von der Einsamkeit Tabithas nachzuempfinden, als sie so dasaß und nähte und nur der Mond wie ein großes kahlköpfiges Baby ihr dabei zusah. Tagsüber setzte ich Marcus darauf an und nervte ihn im Garten mit meinen Zeichnungen und Fragen, aber um ehrlich zu sein, kam es mir so vor, als genösse er die Ablenkung durchaus. Es bot ihm Gelegenheit, seine alte Rolle als Besserwisser wieder einzunehmen.

»Wie steht's mit dieser«, wollte ich an einem besonders milden Frühlingsnachmittag von ihm wissen. »Wie heißt diese Blume?«

Marcus beäugte die verzweigten violetten Blüten, die ich in mein Notizbuch skizziert hatte, und beugte sich zu mir. »*Digitalis.* Es ist lateinisch für ›Fingerhut‹, weil man ganz leicht seinen Finger in die Blüte stecken kann.« Dann runzelte er die Stirn. Aber es ist nur ein Unkraut. Fass es besser nicht an. Es ist giftig. Ich pflanze es nicht an. Warum fragst du mich das eigentlich alles?«

Mein Herz hüpfte in Marcus' Nähe. So nah roch er vertraut und dennoch exotisch, wie der Baumbestand hinter der Farm der Dyersons. Ich schlug mein Notizbuch zu und trat einen Schritt zurück, wischte mehrmals meine feuchten Hände an dem rauen Wollstoff meines Kleides ab. »Schon gut, vergiss es.«

Marcus grinste und tauschte den Spaten in seiner Hand gegen eine Zange aus seinem Werkzeuggürtel. Bist du sicher, dass du es nicht auf meinen Job abgesehen hast?«

Ich errötete. Seit er nach Hause gekommen war, hatte sich Marcus einen Namen als Gartenbauspezialist gemacht. Zuverlässig wie er war, durfte er auf dem Friedhof im Cottage des Verwalters wohnen, das seit vierzig Jahren leer gestanden hatte. Zuerst hielt er die Friedhofspflege nur für irgendeinen Job, aber bald machte es ihm richtig Spaß.

Sal Dunfry fand ebenfalls Gefallen daran, als sie ihm an einem heißen Nachmittag dabei zusah, wie er die Gräser entlang der Friedhofsmauer schnitt.

»Was soll ich bloß mit meinen Hortensien machen?«, fragte sie ihn, während sie Blumen auf dem Grab ihrer Mutter niederlegte. »Sie sind einmal lila gewesen. Jetzt sind sie verblichen und farblos.«

»Kaffeesatz«, antwortete Marcus. »Nur um die Stiele rum.«

Sal klimperte mit den Wimpern. »Vielleicht kommst du besser mal vorbei und siehst dir das an. Die Tulpen machen auch Probleme.«

Gibt es für eine Frau irgendetwas Unwiderstehlicheres als einen Mann, der die Dinge zum Wachsen bringt? Von ihrem Küchenfenster aus beobachtete Sal, wie Marcus erst die Tomaten dann die Chrysanthemen umsorgte. Ihr fiel wieder ein, dass er einmal der schlauste Junge im Dorf gewesen war, dann fragte sie sich, ob seine neueste Beschäftigung eher für Intelligenz oder Dummheit sprach, nur um daraufhin festzustellen, dass es ihr gleichgültig war. Sie sah ihm dabei zu, wie er sein Hemd auszog und sich von der Sonne den Rücken bräunen ließ und beschied, dass er perfekt gebaut war, wenn auch klein und mit einem lahmen Bein.

»Meinst du, dass es vernarbt ist?«, flüsterte Vi Vickers Sal zu, als sie die nächste Woche gemeinsam aus Sals Fenster Marcus draußen bei der Arbeit beobachteten. »Glaubst du, dass es gefühllos ist?«

Sal kicherte. »Man kann sich kaum vorstellen, dass solch ein kleiner Mann so stark ist.«

Vi seufzte: »Sieh dir seine Hand an. Sieh dir die Narben über seinem Daumen an.«

»Ich kapier's nicht«, sagte Sal mit einem Naserümpfen. »Warum hängt er immer mit Truly im Haus von Dr. Morgan rum? Ich seh sie manchmal zusammen auf der Veranda sitzen, zwei komplett ungleiche Turteltauben. Sie fragt ihn immer nach irgendwelchen Pflanzen.«

»Sie waren immer Freunde gewesen. Erinnerst du dich nicht mehr? Wir haben ihn immer aufgezogen und sie auch. Aber er hat sich mit Sicherheit verändert, und Truly, na ja …« Vis Stimme verlor sich.

Sal führte ihren Gedanken zu Ende: »Sie wird sich nie ändern. Das ist das Gesetz der Trägheit. Etwas so Großes lässt sich nicht einfach bewegen.«

Vi kicherte. »Du meinst *jemand* so Großes.«

Sal zuckte nur die Schultern, als wolle sie sagen, was ist das für ein Unterschied, und ich schätze, sie hatte ein Argument, aber was das Gesetz der Trägheit betraf, hatte sie Unrecht. Man konnte auch etwas Riesiges aus der Bahn werfen, und dazu bedurfte es nicht immer etwas – oder jemand – Großen. Mit geringen Mitteln konnten schon erstaunliche Ergebnisse erzielt werden. Manchmal braucht es nur den kleinsten Anstoß von einem Paar kaputter Hände, um selbst die vertrocknetste Zwiebel zum Blühen zu bringen.

Und außerdem lag Sal da falsch. Ich veränderte mich auf unerklärliche Art und Weise. Ich nahm stetig an Gewicht zu, ganz gleich wie wenig ich aß. Nach dem Migräneanfall hatte ich mich Robert Morgans wöchentlichen Untersuchungen ergegeben – nicht weil ich dachte, sie könnten mir irgendwie helfen, sondern weil mich schließlich doch die Neugier packte, genau wie es der Doktor vorausgesagt hatte. Was wäre, wenn er eines Tages doch noch eine Methode fand, mein Wachstum einzudämmen? Ich war gespannt. Würde ich sein Angebot annehmen? Ich dachte an Marcus, und mein Puls fing an zu rasen. Wenn ich es so weit bringen würde, dass er seine Hand nach mir ausstreckte und sie nicht hochhalten musste, würde ich dafür nicht alles tun? Selbstverständlich würde ich das.

Dieser Tage musste ich nichts weiter tun, als mich auf die Waage zu stellen, und schon rutschten alle Gewichte bis zum Anschlag nach rechts. Robert Morgan notierte die Ergebnisse nur nickend und hielt sich weiterhin an die Abmachung, die Daten für sich zu behalten. Wenn ich ein oder zwei Pfund zugenommen hatte, gluckste er zufrieden und schrieb etwas auf, als ob es seinen lange gehegten Verdacht bestätigte. Dann erzählte er mir jedes Mal diese blöde Geschichte vom Nilpferd.

Er behielt jeden Zentimeter von mir im Auge, leuchtete alle meine Poren mit seiner Stablampe aus, glitt damit an mir hinauf und hinunter, wie der Strahler eines Leuchtturms, der nach Schiffsbrüchigen sucht. »Ach du meine Güte, bist du hässlich«, stellte er einmal fest, schaltete die Stiftleuchte aus und tastete meine Drüsen ab. »Und das ist eine fachmännische Einschätzung. In der Tat bist du so jenseits von allen Tabellen, dass ich dies hier bestellen musste.« Er zeigte mir einen Karton, aus dem er eine Blutdruckmanschette hervorholte. »Eigentlich ist die für's Bein gedacht, aber wir befestigen sie einfach hier.« Er zog die Manschette über meinen Oberarm, pumpte sie auf und notierte, was angezeigt wurde. Dann holte er seine Nadel hervor, zog ein Gummiband an die Stelle der Blutdruckmanschette und stach mir in die Vene.

»Was machst du eigentlich damit?«, fragte ich ihn, als er endlich fertig war. Vor ihm reihten sich sechs Glasröhrchen auf. Ich drückte einen Wattebausch auf den Einstich in meiner Armbeuge.

Robert Morgan verschloss das letzte der Röhrchen. »Nicht dass dich das was angeht, aber ich schicke sie an ein Universitätslabor. Ich fange allmählich an, interessante Ergebnisse zu sehen.« Ich war versucht, ihn danach zu fragen, ließ es aber sein, denn wir hatten ja eine Vereinbarung getroffen, und außerdem war Robert Morgan mit seinen Informationen so freigebig wie August, wenn man ihn nach seiner Lieblingsangelstelle fragte.

»Du würdest mir doch sagen, wenn es mit mir zu Ende geht, oder?«, witzelte ich, drehte ihm den Rücken zu und sammelte meine formlose Kleidung auf. Ich trat hinter die spanische Wand, warf mir das Kleid über den Kopf und wartete auf eine Antwort.

Als er endlich etwas erwiderte, war es mit dem ihm eigenen, teuflischen Humor: »Warum sollte ich ein Experiment beenden, wenn es gerade so gut läuft.«

Mein Mund stand offen, und ich trat schnell wieder hinter die Stellwand. »Vielleicht aus Rücksicht auf den Patienten?«, schlug ich vor. Meine Wangen brannten vor Wut. »Weil es angebracht wäre? Weil du mit Menschen zu tun hast und nicht mit Steinen?«

Robert Morgan schüttelte den Kopf und steckte die Stiftleuchte in die Brusttasche. »Mach dir keine Sorgen, Truly. Noch nicht.« Er beugte sich zu mir, den Mund zu einem Halloweenkürbis-Grinsen verzogen, und tätschelte mir den Arm, bevor er sich wieder hinter seinem Schreibtisch in Sicherheit brachte und mich vor Wut stammelnd zurückließ.

»Verfluchte Ärzte«, murmelte ich und stürmte über die Veranda in die Küche, wo ich seinen Mittwochsbraten verkohlen ließ, bis er eins mit der Pfanne wurde. Während ich die Tomaten für die Soße hackte, schluckte ich die Tränen herunter. Es war nicht so leicht, mir wehzutun. Die Nadeln von Robert Morgan schafften das nicht und auch nicht das Bügeleisen, an dem ich mir letzte Woche den Unterarm verbrannt hatte. Einmal in Augusts Scheune hatte Hitching Post sich aufgebäumt und war auf meinem Vorderfuß gelandet, aber das Einzige, was davon zurückblieb, war ein hübscher blauer Fleck und ein zerquetschter Zehnagel. Ich gewöhnte mich sogar an die Migräneanfälle. Es war fast so, als saugte mein Körper den Schmerz der Welt auf wie Brot den Soßenrest in der Schüssel.

Aber der Schmerz, den ich in diesem Moment empfand, war etwas, was ich bisher noch nicht gekannt hatte. Er kam offenbar aus meiner Mitte und breitete sich aus, bis es mir sogar in den Fingerspitzen kribbelte. Ich sah an mir hinunter und bemerkte, dass ich mir in den Finger geschnitten hatte. Das Blut schoss heraus und vermischte sich mit dem Tomateninnern auf dem Schneidbrett. Das erklärte das Brennen. Ich sah aus dem Fenster und überlegte einen Moment lang, in die Praxis hinüberzugehen, aber der Gedanke, dass er mich noch einmal anfasste, ließ mir die Haare zu Berge stehen. Außerdem wartete in meinem Zimmer eine ganz andere Art von Arznei auf mich, wie mir gerade einfiel. Ohne mit der Wimper zu zucken, schob ich die Tomaten mitsamt dem Blut in den Bräter und ließ sie schmoren. Dann warf ich das Messer hin und stapfte nach oben, um in Tabithas Quilt zu lesen.

Anscheinend hatte ich die Wahl: Hand oder Herz. Die Hand ließ auf Berührung schließen und somit auf Haut, aber das Herz stand bestimmt für Blut. Ich zog ein finsteres Gesicht und beschloss dann beides zu vermischen. Aber wie, fragte ich mich. Als Tee? Als Brei? Oder sollte ich etwa die Blätter roh und im Ganzen essen? Tabbys Stickereien enthielten keine Anleitung für die Zubereitung – nur die reinen Zutaten. Ich untersuchte die Pflanzen auf dem Quilt noch ein bisschen länger. Ich kannte noch nicht alle, konnte aber Beinwell, Vogelmiere und Gelbbaum unter dem Herz und der Hand ausmachen. Dann musste das eben reichen, und was noch besser daran war, sie waren leicht zu finden. Ich musste nicht erst auf den Friedhof. Das war in der Tat eines der Rätsel, die mir der Quilt aufgab, die ich noch nicht gelöst hatte. Warum hatte Tabitha das Zackengitter des Friedhofs von Aberdeen darauf abgebildet? Die Hälfte der gestickten Pflanzen wucherte überall in Spuckweite. Es gab keinen Grund, bis zu den Grabstätten des Dorfes hinauszuwandern. Ich legte den Kopf schief und sah mir den Quilt aus einer anderen Warte an. Vielleicht ist der Friedhof ja nur der Ort, an dem alle Heilkräuter zu finden sind, überlegte ich. Und ich kam immer mehr zu dieser Überzeugung.

Meine Augen verweilten auf den winzigen Lippen, die sich über Pfefferminze und Kamille schürzten. Der Mund, dachte ich, die Pforte zum Magen. Pfefferminze war gut für die Verdauung, das wusste so gut wie jeder. Dann machte mein Herz einen kleinen Hüpfer. Was wenn Tabitha noch ein bisschen mehr gewusst hatte? Ich überlegte weiter. Was wenn sie den Appetit auch zügeln und nicht nur fördern konnte? Ich dachte noch einmal an die entwürdigende Untersuchung, die ich bei Robert Morgan über mich ergehen lassen musste. Was, wenn ich ihn mit seinen eigenen Waffen schlagen würde? Was brauchte ich dazu? Pfefferminze, wie es der Quilt wollte, und Kamille. Hagebutten und Löwenzahnblätter. Aber würde ich davon noch mehr Hunger bekommen? Ich hatte keine Ahnung. Es gab nur einen Weg, es herauszufinden.

Ein Brei wäre am einfachsten herzustellen und sowohl für den Schnitt am Finger als auch gegen mein Magenknurren. Ich konnte die Stängel und Blätter zerstampfen und sie auf die Wunde schmieren und die andere Rezeptur zu einem Tee verdünnen.

Ich wartete bis alle schliefen und schlich mich dann bei Mondlicht in den Garten. Ich war schon Ewigkeiten nicht mehr nachts draußen gewesen, und ich spürte die feuchtkalte Luft als eine nicht unangenehme Überraschung am Hals. Ich atmete sie tief und gierig ein, lauschte dem ausgelassenen Zirpen der Grillen, meine Augen gewöhnten sich langsam an die Dunkelheit. Oben im Haus war noch Licht im Zimmer des Doktors, die Vorhänge fest zugezogen, so dass das Fenster nur gedämpft leuchtete. Ich bewegte mich schnell und hoffte, dass er die Geräusche einem umtriebigen Stinktier oder Opossum zuordnen würde.

In der Küche zerstieß ich die Handvoll Zweigchen und Blättchen zu einer glatten grünen Masse im Mörser. »Truly?«, dröhnte die hölzerne Stimme des Doktors die Treppe hinunter. »Machst du da unten so ein Krach?«

»Ja, Robert Morgan«, rief ich hinauf und füllte die Paste in eine Schüssel. »Ich mach mir nur einen kleinen Imbiss.«

Ich meinte, ihn hämisch kichern zu hören, dann war es wieder still. Der Schnitt in meinem Finger pochte und nässte unter dem Pflaster, als ob er geradezu nach einem Breiumschlag verlangte. Ich riss das Pflaster ab, tropfte einen ordentlichen Klecks darauf und zuckte vor der Hitze zurück, die sich augenblicklich ausbreitete. Ich schmierte immer mehr darauf, rieb sogar die Brandwunde am Unterarm damit ein und wickelte dann die Hand in ein sauberes Geschirrhandtuch, ließ die leere Schüssel bis zum nächsten Morgen in der Spüle stehen.

Ich goss kochendes Wasser über die zweite Mixtur und sah zu, wie sie trüb wurde. Ein angenehmer Geruch stieg aus der Tasse empor, der starke Duft der Minze. Ich inhalierte den Dampf und nahm einen vorsichtigen Schluck in der Erwartung, dass es bitter schmecken würde, aber gar nicht. Ich zog ein erstauntes Gesicht, nahm noch einen Schluck und kippte dann gierig den Rest hinunter.

In dieser Nacht träumte ich von meiner Schwester, aber in meiner Fantasie hatte sie sich mit Tabitha Morgan vermischt, ihre langen Haare trug sie unter einer Seidenhaube, um die Hüften einen baumwollenen Faltenrock. Sie lachte und drehte sich und als ich versuchte, sie zu berühren, entfernte sie sich tanzend von meiner ausgestreckten Hand. »Warte«, rief ich ihr hinterher, aber sie drehte sich immer schneller, bis sich die Zweiglein auf ihrem Rock in riesige gefüllte Rosen verwandelten. Da erwachte ich von dem übermächtigen öligen Geruch, der durch die Ritzen im Fenster hereindrang.

Es war schon recht spät. Die Sonne war bereits über die Fliederbüsche gestiegen und bewegte sich auf die Wolken zu. Ich setzte mich auf und wickelte das Handtuch um meine Hand ab. Die grüne Paste war fest geworden wie Gelee, aber als ich sie im Badezimmer abwusch, entdeckte ich, dass die Haut rings um die Wunde sich zusammengezogen hatte wie Lippen, die einen Kuss erwarteten, und die Stelle mit der Brandwunde war wieder rosig und glatt. Ich spannte die Hand und bemerkte, dass auch der Schmerz weg war. Der Schnitt hinterließ ganz bestimmt eine Narbe, aber das machte mir nicht das Geringste aus. Ich konnte sie einfach unter all den anderen körperlichen Unzulänglichkeiten verbuchen.

Ich kam pfeifend in die Küche. Der Doktor saß schon am Tisch, trank mit gekreuzten Beinen ein Glas Orangensaft und studierte die Tageszeitung. »Was ist das denn in der Spüle?« Entweder wollte er mich verspotten oder es lag am Zitronensaft, den ich ihm unter den Orangensaft gemischt hatte – ich konnte es nicht eindeutig zuordnen.

Ich huschte zu der Spüle und wischte schnell die Pastereste aus der Schüssel. »Nichts, nur mein Imbiss von gestern Nacht. Erinnerst du dich?«

Robert Morgan schnaubte verächtlich, also war es doch Hohn gewesen. »Was um Himmels willen war das denn? Sah aus wie etwas, was du Augusts Schindmähren füttern würdest. Erzähl mir nicht, du machst so eine verrückte Diät. Weil ich zu bezweifeln wage, dass, ganz gleich was du in dieser Hinsicht unternimmst, es je etwas bringen wird.«

Die aufsteigende Wut ließ meine Nasenflügel beben und rauschte durch meine Ohren wie atmosphärische Störungen. Ich zog die Zehen in meinen Stiefeln ein. Ich hätte nichts lieber getan, als dem Doktor den Saft über den Kopf zu schütten und zuzusehen, wie er ihm in den Kragen laufen würde, aber bei einem Mann wie Robert Morgan tat man besser daran, die Ellbogen einzufahren, den Kopf zu senken und seine Gefühle für sich zu behalten.

»Eine Diät?«, wiederholte ich. »Nein, nein, nichts dergleichen. Natürlich hast du Recht, Robert Morgan. Ich habe nur ein Rezept ausprobiert, das nichts geworden ist, nichts weiter.«

Aber meine Erklärung interessierte ihn gar nicht. Er war bereits dabei, die Zeitung wieder dreimal zu knicken und sich den Mantel überzuziehen, in Gedanken schon bei dem Terminkalender auf seinem Schreibtisch.

»Es wird noch heiß heute, Truly«, krähte er und öffnete die Hintertür. »Denk dran, alle Fenster aufzumachen.«

Ich griff nach den Eiern. »Warte, willst du kein Frühstück?«

»Das kannst du haben. Ich habe keinen Hunger.« Er ging eilig über die Veranda, und ich war wieder allein mit der leeren Schüssel in der Spüle und dem Duft der Rosen, der wie eine süße Verlockung in der Luft lag.

18

Ich fühle mich für vieles schuldig, aber wahrscheinlich nicht für die Verbrechen, für die man mich am ehesten verantwortlich machen würde. Ich bereue beispielsweise nicht, Robert Morgan auf den Weg geschickt zu haben, seinen Schöpfer zu treffen. Kein bisschen, es war ja schließlich seine Idee. Was die anderen beiden Seelen angeht, bei denen ich etwas nachgeholfen habe, na ja, jede von ihnen war so betrübt, dass ich es kaum ausgehalten habe.

War es richtig, was ich getan habe? Vielleicht. Manche in Aberdeen würden es Barmherzigkeit nennen, wieder andere raunen, es sei das Werk von Hexen und Dämonen – die Auferstehung von Tabitha Morgan und ihrem teuflischen Quilt. Und bis zu einem gewissen Grad haben sie auch Recht. Es sind schließlich ihre Rezepturen, die ich anwende, sowohl zur Heilung als auch zu dunkleren Zwecken. Aber etwas habe ich nie getan – ich habe niemals für irgendwen eine Entscheidung getroffen. Die Leute kommen von sich aus zu mir, manchmal wegen ihrer Gesundung und manchmal wollen sie auch mehr, aber immer sind sie es, die mich darum bitten. Warum lehne ich nicht ab, könnte man sich fragen. Warum sage ich nicht einfach: »Nein, das mache ich nicht. Schluss. Aus.«?

Sie können mir glauben, ich ziehe es schon öfter mal in Erwägung, aber man bedenke: Da ist diese unvergleichbare Macht des Todes, die es auszugleichen gilt, für das, was in der

Vergangenheit geschehen ist. Ganz besonders in meiner Vergangenheit. Ich hatte geglaubt, mein Schicksal nicht mehr ändern zu können, dass die Dinge, die mir zugestoßen waren, in meine Knochen gemeißelt seien, aber jedes Mal, wenn ich ein Leben nehme, entdecke ich, dass dem nicht so ist. Dann entdecke ich eine lang verschüttete Schicht meiner eigenen Vergangenheit, ein weiteres Stückchen meiner Seele.

Im Normalfall ist es leicht einzusehen, warum jemand sein Leben beenden möchte. Meistens liegt eine schwere Krankheit vor. Manchmal sind es auch Schulden, obwohl ich in diesen Fällen nichts machen kann. Urteilen ist nicht meine Aufgabe, nur ermitteln. Aber ich kann nicht den Einfluss der Vergangenheit auf die Gegenwart außer Acht lassen. Ich sehe ihn nicht, aber er ist dennoch allzeit vorhanden, wie ein Fels unter Wasser, der ein Schiff versenkt. Und es sind nie die Leute, von denen ich vermute, dass sie etwas an der Vergangenheit gedreht haben, die daran schuld sind. Freund oder Feind, jeder ist dazu fähig, ein paar harmlose Details unter den Tisch fallen zu lassen, ein oder zwei Tatsachen auszulassen, und damit ein Leben für immer zu verändern. Ob sie es zugeben, ist noch einmal eine ganz andere Sache.

Bevor ich beim Doktor einzogen bin, hätte ich mich niemals als rachsüchtig bezeichnet, aber je länger ich unter seinem Dach weilte, desto mehr fühlte ich einen Groll in mir aufsteigen, gleich einem launenhaften Kind. Meist war es die Abwesenheit meiner Schwester, die sich im Haus wie ein übler Geruch hielt, den wir alle zu ignorieren versuchten. Der Doktor bewerkstelligte es, indem er sich, zwischen langen Schweigeperioden, immer wieder in Tiraden über mein Gewicht, mein Aussehen, meine Kochkunst, mein Dasein im Allgemeinen ausließ.

»Ein großer Vogel für eine große Frau«, kicherte er süffisant, als ich den Truthahn auftrug, den ich zu Thanksgiving zubereitet hatte. »Bei deiner Schwester hat es immer nur Stubenküken gegeben, aber ich schätze für jemanden wie dich, Truly, wäre das noch nicht mal eine Vorspeise. Sohn«, – er pikte in ein Stück Brustfleisch und wandte sich an Bobbie – »Reich mir deinen Teller, und mach dich auf eine Füllung gefasst.« Er lachte ein wenig über diese sich alljährlich wiederholende Anspielung, übersah die Tränen in Bobbies Augen und konnte sich gar nicht vorstellen, dass er immer noch seine Mutter vermisste.

»Danke«, murmelte Bobbie, seine Stimme so trocken wie das Fleisch auf seinem Teller, und aß überhaupt nichts, noch nicht mal von dem Kürbiskuchen oder den Buttertoffees, die ich speziell für diesen Abend zubereitet hatte.

Nach jedem dieser unerfreulichen Abendessen, nach jeder dieser demütigenden Untersuchungen durch den Doktor, nutzte ich die Gelegenheit, mich in die Geborgenheit meines Zimmers zurückzuziehen und mich mit Tabithas Quilt zu beschäftigen, seine seltsamen botanischen Ranken und Linien zu studieren, während ich versuchte, den Groll in mir auf eine handliche Größe zu reduzieren.

Dank Marcus waren mir die Namen der Pflanzen inzwischen vertraut, aber das Gesamtkunstwerk gab mir nach wie vor Rätsel auf. Die Kräuter in der Mitte waren einfach. Da war quasi alles, was ich erwartete, dabei. Pfefferminze, Beinwell, Salbei, Lavendel, Borretsch, Kamille und Rosmarin. In konventionellen kleinen Reihen, sittsam auf ordentliche weiße Vierecke gestickt, stellten sie offensichtlich die Wirtspflanzen dar. Mit Marcus' Hilfe hatte ich eine Vielzahl Kräuter getrocknet und jedes für sich in einem Glas in der Speisekammer bei den Gewürzen untergebracht. An den ruhigen Abenden ging ich meine Aufstellung mit den Pflanzen und Pflanzenteilen durch, und versuchte weiter, den Quilt zu enträtseln.

Das aufgestickte Auge stand für die Sehkraft, stellte ich mir vor, so dass die Kräuter darunter wahrscheinlich für gute Sicht waren. Ich notierte: Heidelbeere, Chrysanthemen, Geißblatt und Schachtelhalm. Und tatsächlich, als sich an meinem linken Augenlid ein Gerstenkorn bildete, sorgte ein Breiaufstrich aus diesen Pflanzen schnell für das Wiederabschwellen. Durch den Erfolg bestärkt, benutzte ich die Rezeptur für die Schnittwunde an meiner Hand und für Bobbies aufgeschürftes Knie, mit dem Hinweis, bloß nichts davon seinem Vater zu erzählen. Ich hatte noch keine Gelegenheit gehabt, die Heilmittel, die sich auf dem Quilt unter dem Knochen befanden, auszuprobieren, aber ich stellte mir vor, dass Tabitha sie für Brüche und Risse gedacht hatte. Außerdem nahm ich an, dass das Herz für Blut und Kreislauf stand. Die Hand bedeutete meines Erachtens Haut, und der Mund wies auf Essen und somit auf den Magen hin. Jeden Abend bevor ich einschlief, trank ich eine Tasse Minze-Kamille-Tee, wie es auf dem Quilt empfohlen wurde, doch mit der Verdauung hatte ich noch nie Probleme gehabt und an meinem Appetit änderte sich leider auch nichts.

Das Einzige, was ich nicht zuordnen konnte, waren die Flügel am Rand der Decke. Vielleicht waren sie einfach nur zur Dekoration. Vielleicht hatten sie überhaupt nichts zu bedeuten. Die äußeren Pflanzen waren auf jeden Fall nicht so akkurat angeordnet, wie die in der Mitte. Genauer betrachtet glichen sie eher Wildkräutern. Sie wucherten und rankten; ihre Wurzeln, Samen und Zwiebeln verhedderten sich in einem wirren Knäuel. Außerdem hatten sie allesamt einen eher schlechten Ruf – wie beispielsweise die Engelstrompete, mit weißen Blütenkelchen, deren Samen ein Nilpferd umhauen könnten. Schierlingskraut und Tollkirsche waren darunter, sowie die länglichen Blätter des Oleanders und gezackter Nachtschatten. Marcus hatte sich geweigert, die Pflanzen für mich zu trocknen.

»Ich weiß nicht, was du mit dem Zeug vorhast«, sagte er und warf eine Handvoll gebündelten Rosmarin auf die Arbeitsplatte in der Küche, »aber glaub bloß nicht, dass ich dir einen Haufen Schierlingskraut bringe. Bei dir und dem Doktor erscheint es mir durchaus möglich, dass einer von euch beiden auf die Idee kommen könnte, den anderen umzubringen. Damit hat sich Sokrates das Leben genommen, nachdem die Athener ihn verurteilt hatten.«

Ich spürte ein plötzliches Ziehen am Schädelansatz, und einen Moment lang glaubte ich, ich würde wieder eine Migräne bekommen, aber stattdessen trat mir ein Bild von dem ungeordneten Rand des Quilts vor Augen, mit den blassen hostiengleichen Flügeln, und plötzlich hatte ich eine so grelle Erleuchtung, dass sie mir fast das Augenlicht nahm. Ich wusste, das Schierlingskraut tödlich wirken konnte, aus einem der Pflanzenführer, die mir Marcus aus der Bücherei mitgebracht hatte, aber es wurde auch manchmal als Beruhigungsmittel angewandt. Belladonna und Digitalis konnten ebenfalls tödlich wirken und wurden dennoch in der Heilkunde genutzt. Die Kunst lag natürlich in der richtigen Dosierung. Oder auch nicht.

»Oh«, hauchte ich und griff nach der Kante der Arbeitsplatte. »Ach herrje!«

Marcus eilte mir sofort äußert besorgt zur Seite. »Was ist los?«, fragte er und stütze mich sanft im Rücken.

Ich richtete mich auf, überrascht darüber, wie vertraut und zugleich fremd mir seine Berührung war. Ein Teil von mir wollte, dass er seine Hand wieder auf meinen Rücken legte, aber ein anderer Teil hatte Angst davor zu zerbersten. Ich zog meine Schürze glatt. »Nichts, Verzeihung. Alles in Ordnung. Mir ist nur plötzlich wieder etwas eingefallen.«

Marcus sah mich fragend an, aber dann zog er schließlich seinen Hut wieder auf. Er hielt einen Moment inne, als ob er noch etwas hinzufügen wollte, aber der Augenblick ging vorüber und er öffnete Wind und Garten die Tür. Der leichte Schimmelgeruch von Kompost stieg mir in die Nase. Es war der gleiche Geruch wie auf dem Friedhof – ein Geruch von Beerdigung und Verfall, aber auch von Erneuerung und Leben. Ein Thema, von dem Tabitha Morgan offensichtlich eine ganze Menge gewusst hatte, und von dem ich ganz entschieden mehr wissen wollte.

Wir hier in Aberdeen sind absolute Gewohnheitstiere. Die Samstage sind beispielsweise den Sitzungen des Gartenkomitees und den Ausflügen der Bücherei vorbehalten. Freitags wird die Straße gefegt. Mittwochs wird der Müll eingesammelt und sonntagmorgens, während der Rest von Aberdeen betete oder schlief oder die Taschen mit den Golfschlägern ins Auto lud, traf ich Amelia. Sonntagmorgens putzte sie die Praxisräume von Robert Morgan, aber wir nutzten hinterher immer die Zeit, um Neuigkeiten auszutauschen.

Sie brachte ihre eigene Ausrüstung von der Farm mit – Eimer, Mopp, Staubwedel, Bleiche, Essig und Backpulver. Amelia hielt nichts von modernen Haushaltsreinigern. Sie putzte einfach mit dem, was schon ihre Mutter vor ihr benutzt hatte, Zitronenöl, Salz und die gute alte Ellbogenschmiere – viel körperlicher Einsatz. Aber als Zugeständnis an die klinische Sauberkeit des Doktors erklärte sie sich bereit, den Boden und die Oberflächen des Untersuchungszimmers mit dem nach Fichtennadel duftenden Desinfektionsmittel zu wischen, das er aus einem seiner Kataloge bestellt hatte. Dabei verzog sie demonstrativ das Gesicht und riss beide Fenster auf.

Nach der Arbeit kam sie immer zu mir in die Küche und trank eine Tasse bitteren Kaffee mit mir. Der Dampf stieg über die Tassenränder empor und vernebelte unseren Blick, bis alles viel besser aussah. Es war ein Trick, den wir schon auf der Farm gelernt hatten – eine aus der Not geborene optische Täuschung, die uns immer noch gute Dienste leistete. Amelia erzählte mir dann immer das Neuste. Die schlimmste Neuigkeit aber kam an dem Tag, als sie mir erzählte, dass sie Hitching Post haben erschießen lassen.

Ich verschüttete den Kaffee über den Tisch. Zu diesem Zeitpunkt hatte ich bereits vier Jahre beim Doktor gewohnt, und natürlich hatte sich in dieser Zeit einiges im Ort getan, aber nicht so viel, wie man hätte annehmen können. Die Feuerwehrglocken waren nach wie vor jeden Sommer verklemmt. Die Zeitung hatte immer noch dasselbe Impressum, und selbst die Katzen und Hunde der Nachbarschaft verließen höchst selten ihre vertrauten Flecken. Die Erinnerung an Hitching Posts krumme Vorderbeine und seinen buckeligen Rücken überkam mich, so dass ich ihn fast vor mir sehen konnte mit seinen feuchten Nüstern und allem. Ich hatte ihn beinahe schon als festen Bestandteil der Scheune betrachtet, fiel mir auf. Ich schlürfte meinen Kaffee. »Was war denn los mit ihm?«

Amelia seufzte. »Er fing an zu lahmen, und wir konnten es einfach nicht mehr mit ansehen. Außerdem kostet das Heu nicht gerade wenig. Ma ist auch nicht mehr die Jüngste, und ich mochte Pferde noch nie.«

Ich biss mir auf die Unterlippe. »Aber trotzdem.«

»Es ging wenigstens schnell. Nur eine Kugel. Und dann haben wir ihn begraben.«

Ich runzelte die Stirn. »Wo denn?«

»Genau neben Dad.«

Da zuckte es um meine Mundwinkel. Ich stellte mir August in der Unterwelt vor, wie er fieberhaft Lose ausgab und Wetten abschloss und alle dazu einlud. »Das hätte ihm bestimmt gefallen.«

Amelia lächelte ebenfalls. »Ich weiß.« Sie verfiel in Schweigen, trank den Rest ihres Kaffees und nahm das rote Kopftuch ab. Der Doktor wollte, dass sie es trug. Er nahm es sehr genau und wollte nicht, dass sie auch nur ein Haar in der Praxis hinterließ. Am Sonntag arbeitete Amelia länger als sonst, aber da sie nach Stunden bezahlt wurde, bedeuteten die Überstunden auch mehr Geld. Darüber hinaus genoss sie die zusätzlichen Stunden der Ruhe.

Trotz der vielen Jahre unter Miss Sparrows qualvollen Rechtschreibe- und Redekunstübungen, wurde aus Amelia nie eine Quasselstrippe. Weit gefehlt. Als ob sie Miss Sparrow trotzen und sich als Siegerin hervortun wollte, sprach Amelia im Allgemeinen eigentlich nur, wenn sie unter Druck stand, manchmal sogar, wenn sie mit mir zusammen war. Deshalb passte ihr das Putzen auch so gut, weil es ihr Raum und Zeit gab, die geringfügigsten Dinge des Lebens eingehend zu betrachten, nichts, was nicht abgestaubt, nichts, was nicht geschrubbt wurde. Am meisten aber gefiel Amelia, dass es sich dabei um eine feinfühlige Aufgabe handelte. Die Leute wollten, dass ihre Räume frisch und neu wurden, aber zugleich wollten sie nicht, dass jemand die Nase in ihre persönlichen Angelegenheiten steckte, und darin lag Amelias wahre Begabung. Sie konnte den Eindruck erwecken, dass sie überhaupt nichts angerührt, nichts bewegt hatte, dass die funkelnden Lampenschalen und glänzenden Tischflächen nur einem zauberhaften Zufall entsprangen, selbst wenn sie dabei ganze Räume auf den Kopf stellte.

Auf Genauigkeit legte der Doktor ganz besonderen Wert. Einmal hatte Amelia ein Gefäß mit Wattebäuschen von der linken auf die rechte Seite der Theke im Untersuchungszimmer gestellt, woraufhin Robert Morgan sie am nächsten Sonntag vor der Praxis abfing, die Lippen fester verschlossen als Fort Knox. »Erkennst du hier eine Anordnung?«, fragte er und zeigte auf die Glasbehälter mit Wattebäuschen, Wattetupfern, Zungenspateln und einzeln verpackten, in Alkohol getränkten Tupfern. Er sprach langsam und deutlich, als ob Amelia dumm wäre oder aus dem Ausland, aber daran war sie bereits gewöhnt. Die meisten redeten so mit ihr.

Amelia nickte und hielt den Daumen hoch, zum Zeichen, dass sie verstanden hatte. »Kein Problem«, krächzte sie. »Wird nicht wieder vorkommen.«

Ihre raue Stimme überraschte Robert Morgan, aber ich kannte sie besser als er. Worte waren für Amelia etwas, womit man sparsam umging. Sie waren vergleichbar mit Essig oder Bleiche. Eine winzige Dosis konnte fast alles säubern, wenn man aber mehr davon hinzugoss, konnte man damit heillosen Schaden anrichten.

Nach diesem Vorfall achtete Amelia peinlich genau darauf, den Abstand der Gefäße von der Kante der Theke aus abzumessen, den Stuhl des Doktors an exakt die gleiche Stelle zurückzubewegen und sich die Anordnung der Bücher im Regal einzuprägen, bevor sie sie wieder zurückstellte. Amelia liebte Bücher, und die Bücher von anderen Leuten boten eine Welt des Wissens, die über das, was da gedruckt stand, noch hinausging. Ich wäre zum Beispiel nie im Leben darauf gekommen, dass der uralte Reverend Pickerton und seine Frau eine Ausgabe des *Kama Sutra* unter ihrem Bett liegen hatten oder dass sich Vi Vickers, die immer schicke Twinsets trug, billige Science-Fiction-Romane in der Bücherei auslieh. »Die sind für meinen Sohn«, behauptete sie errötend, immer wenn Amelia mit dem Staubwedel darüberfuhr. »Er lässt sie nur immer auf meinem Tisch liegen.« Aber Amelia sagte nie etwas. Ihr war es doch gleich, wenn Vi Vickers sich in den Abenteuern von Weltraumkriegerinnen verlieren wollte.

Robert Morgans Regale bargen keinerlei derartige Unbedachtheiten. Beim Doktor war das, was man sah, auch das, was man bekam, und nachdem Amelia einmal die Bücher durchgesehen hatte, war sie es bald leid, Querschnitte der inneren Organe zu betrachten.

Ich war in den meisten Fällen der Ansicht, dass man der Natur nicht ins Handwerk pfuschen sollte, aber ich schätze, das ist Sache des persönlichen Geschmacks. Amelia benutzte beispielsweise keinerlei Kosmetik, trug täglich einen schwarzen Rock und ein weißes Oberteil und hatte in den letzten sechs Jahren noch nicht mal mehr ihre Haare geschnitten. Aber ihre Haut war glatt und leuchtete wie ein Apfel, und ihre Augen waren so klar wie Quellwasser.

»Wie machst du das bloß?«, wollte Vi immer von ihr wissen, aber Amelia lächelte nur und hüllte sich in Schweigen. Die Antwort hätte Vi sowieso nicht gefallen – durch harte Arbeit und ein noch härteres Leben. Das, und einen Bogen um Spiegel machen.

An dem Tag, an dem sie mir von Hitching Post erzählte, hatte sie ihre Arbeiten ausnahmsweise in Windeseile verrichtet. Als sie das letzte Buch aus dem Regal zog, musste sie sich so weit über die Trittleiter beugen, dass sie das Gleichgewicht verlor und es fallen ließ. Sie sah zu, wie es auf den Boden plumpste, mit den offenen Seiten nach unten, und wie dabei ein Bündel Briefe herausrutschte. Sie kletterte hinunter, las sie wieder auf und drehte einen nach dem anderen um, einen Ausdruck von Beunruhigung und Überraschung im Gesicht. Plötzlich traten ohne Vorwarnung die schwarzen Schuhe des Doktors in ihren äußersten Blickwinkel.

»Ich bezahle dich nicht, damit du hier herumschnüffelst.«

Amelias Wangen brannten. Sie versuchte, das Bündel in den Händen zu verstecken, gab es aber sogleich auf, stand einfach nur da und zitterte vor Erregung. Die Nasenflügel des Doktors bebten, was kein gutes Zeichen war. »Wenn ich recht darüber nachdenke, bin ich eigentlich ganz froh, dass du sie gefunden hast. Es ist gewissermaßen sogar ein glücklicher Zufall. Weil du sie jetzt für mich loswerden kannst.«

Amelia wurde bleich. »Sir?«

»Ist es nicht das, wofür ich dich bezahle? Dass du hier den Müll wegschaffst?«

Amelia senkte den Kopf. Ihr Mund arbeitete und brachte mit Ach und Krach die Worte hervor. »Aber das sind …«

Plötzlich flog etwas durch die Luft, ein Glasaschenbecher, ein Hochzeitsgeschenk, das der Doktor quer durch den Raum schleuderte. Aber er zerbrach nicht, bekam nur einen hässlichen Riss, der sich wie eine Narbe über den Boden zog. Ohne ihren Blick vom Doktor abzuwenden hob Amelia ihn auf und stellte ihn wieder auf den Schreibtisch. Sie war Augusts Tochter; nichts konnte sie so leicht erschüttern. Sie bewegte einen Moment lang den Mund, befeuchtete ihre Zunge, dann erhob sich ihre Stimme, entschlossen und angriffslustig, wie eine Wolke von Stechmücken. »Ich will, was du mir versprochen hast. Ich warte jetzt schon vier Jahre darauf, jetzt will ich die Urkunden der Farm haben. Ich weiß, dass sie hier im Schreibtisch sind. Ich habe sie gesehen.«

Der Doktor wartete einen Moment ab, bevor er antwortete, als ob er noch überlegen müsste, ob er richtig wütend sein oder ihr die kalte Schulter zeigen sollte. Am Ende überraschte er Amelia. Er lächelte und entblößte dabei seine langen Zähne wie ein Bär, der es darauf anlegt, einen für sich zu gewinnen, bevor er einen aus dem Hinterhalt attackiert. »Na, aber so was«, summte er, sein verkniffener Blick in ziemlichem Kontrast zu dem zuckersüßen Gesäusel. »Ich muss schon sagen, welch Überraschung! Ich habe anscheinend endlich einen würdigen Gegenspieler hier in Aberdeen gefunden. Und noch dazu in der stillen kleinen Amelia Dyerson. Vielleicht hast du doch mehr von deinem Vater, als ich bisher dachte.«

Bei der Erwähnung ihres Vaters reckte Amelia ihr Kinn und richtete es wie eine Waffe direkt auf den Doktor. Robert Morgan rieb sich den Nacken. »Also gut. Abgemacht, aber nur unter einer Bedingung: Ich möchte, dass du die Briefe verbrennst. Während ich dabei zusehe. Nur dann überschreibe ich dir die Vertragsurkunde.«

In diesem Augenblick zog der buttrige Duft von Apfelkuchen zum Fenster der Praxis herein. Erschrocken sah Amelia, wie ich aus der Küche herüberwinkte, mit einem heißen Kuchen auf dem Fensterbrett. Ich erinnere mich, dass ich sie mit einer Handbewegung aufforderte, herüberzukommen. Amelia winkte mit dem Finger zurück. Sie ließ die gelben Umschläge auf den Boden fallen und fegte sie zusammen wie die Geister aus der Vergangenheit, damit ich sie nicht sehen konnte.

Ich habe mir oft vorgestellt, was passiert wäre, wenn Amelia sich an jenem Nachmittag anders entschieden hätte, aber im Nachhinein ist man immer klüger, und dann vergisst man manchmal, dem Vergeben Platz zu lassen. Wie viel Unheil hätte sie wohl damit ausgelöst, wenn sie das Bündel mit in die Küche gebracht hätte und es mit mir bei einem Stück Apfelkuchen durchgegangen wäre, das frage ich mich, und wie hoch wäre der Preis gewesen, den sie dafür hätte zahlen müssen?

Als ich aus dem Küchenfenster sah, fiel mir nichts Ungewöhnliches auf. Amelia putzte, es schien alles wie immer, sie rückte die Bücher zurecht und verteilte Bienenwachs auf den Regalbrettern, während ihr der Doktor mit der üblichen sauren Miene dabei zusah. Ich beobachtete, wie sie die Bücher alle wieder ordentlich ins Regal zurückstellte, die Rücken bildeten eine vom Staub befreite Reihe, und mit dem letzten Buch ging sie ganz besonders behutsam um. Sie stieg von der Leiter herunter und betrachtete ihr Werk, fegte dann einen Haufen Dreck in eine braune Einkaufstüte. Der Doktor folgte ihr ins Haus, das Zimmer war nun leer und bald darauf hörte ich sie aus dem Wohnzimmer. Der rauchige Geruch von Kaminfeuer stieg mir in die Nase.

»Was macht ihr da?« Ich streckte den Kopf zur Tür herein. »Warum macht ihr schon so früh am Tag Feuer? Ich habe einen Kuchen gebacken.«

Robert Morgan warf rasch ein Scheit in die Glut. Blauer Rauch stieg den Schornstein hoch. Als er sich zu mir umdrehte, fletschte er die Zähne wie eine Hyäne. »Hab ich nach dir gerufen?«

Ich machte einen Satz rückwärts. »Nein, aber …«

»Dann scher dich hinaus, bevor ich dir Beine mache.«

Ich zog die Stirn kraus. Da stimmte etwas nicht, aber ich hätte nicht sagen können, was. In der anderen Ecke des Raums kauerte Amelia zu Füßen des Doktors, wie eine Leibeigene, die sich schlecht benommen hatte. Schweigend wie immer sah sie mit eigenartig besorgter Miene den auflodernden Flammen zu, wie sie sich um das Scheit züngelten und es verschluckten.

Der Doktor schritt quer durchs Zimmer und legte die Hand auf die Tür. »Amelia kommt gleich, sie ist gerade damit beschäftigt, ein paar Dinge im Haushalt zu bereinigen.« Und damit knallte er mir die Tür vor der Nase zu und ließ mich mit dem nostalgischen Duft von frischem Apfelkuchen allein.

Auf der anderen Seite des Dorfs hatte Priscilla Sparrow Probleme, ihren Fuß in die schwarzweißen Pumps zu quetschen. Jeden Morgen kreiste und wand sie die Zehen, aber ohne Erfolg. Der Schuh weigerte sich einfach, den verdickten Ballen an ihrem Mittelfuß aufzunehmen, und es blieb ihr nichts anderes übrig, als die klobigen schwarzen Männerschuhe anzuziehen, die sie zwei Tage vor Beginn des neuen Schuljahres in Aberdeen gekauft hatte – ihr dreiundzwanzigstes in diesem Klassenzimmer, aber ihr erstes mit hässlichen Schuhen. Ihre Füße waren nicht das Einzige, worauf kein Verlass mehr war. An manchen Morgen hatte sie Probleme, den drahtigen Schopf grauer Haare in einen ansehnlichen Knoten gedreht zu bekommen. An anderen Morgen wirkte der rosa Satinglanz-Lippenstift etwas grell auf ihren schmalen Lippen, und an manchem Tagen musste sie sogar ein Mieder tragen, um den kleinen Bauchansatz zu verstecken. Bereits zum zweiten Mal hatte sie ihre Tweedröcke eine Nummer größer kaufen müssen, aber jedes Jahr ließ sie ihre Figur von neuem im Stich, und sie nahm an Umfang noch ein paar Zentimeter zu. Diesen Monat machte sie die Kohldiät, und sie spürte, wie sich tief in ihren Eingeweiden ein Aufruhr anbahnte. Sie rülpste leise und errötete, obwohl sie alleine war.

Etwa zur gleichen Zeit, zu der ich erfuhr, was Einsamkeit bedeutete, konnte auch Priscilla Sparrow ein Lied davon singen. Einst, in den frühen Sechzigern, hatte die kleine Schule am Ortsrand sich einer Klasse mit allen Alterstufen gerühmt, aber heutzutage blieben nur noch zehn Kinder zu unterrichten. Inzwischen wurden die Schüler nach der dritten Klasse mit dem Schulbus zur Mittelstufe nach Hansen gekarrt, wo sie mit Kindern in ihrem Alter zusammenkamen und außerdem Kunst- und Sportunterricht hatten. Wenn Priscilla Sparrow ehrlich zu sich selbst gewesen wäre, hätte sie zugeben müssen, dass ihre gegenwärtigen Schüler höchstwahrscheinlich ebenfalls die Schule in Hansen besuchen würden, hätte sich nicht jüngst der große Dick Crane eingemischt, der mit dem Schulinspektor Poker spielte. Um sich bei Dick dafür zu bedanken, hatte Prissy ihm einen besonders schönen Pullover aus Shetlandwolle gestrickt, aber als sie ihn ihm vorbeibringen wollte, hatte ihr Estelle, seine Frau, geöffnet, mit leicht säuerlicher Miene und hochgezogenen Augenbrauen, und Priscilla hatte den Pullover danach nie wieder gesehen.

Sie seufzte und gab den Kampf mit den Pumps auf, kickte sie unters Bett und zog die verhassten schwarzen Männerschuhe an. Sie strich sich die Haare aus der Stirn und steckte die Perlenohrringe in die Ohrlöcher. Sie hatte sie sich selbst gekauft, als Geschenk zu ihrem fünfjährigen Jubiläum als Lehrerin. Sie hatte sie in der Auslage des Juweliers in Hansen entdeckt und sofort gewusst, dass Dick sie ausgesucht hätte, wenn er die Freiheit gehabt hätte. Aber das hatte er natürlich nicht. Trotz all ihrer Bemühungen ging er jeden Abend nach Hause zu Hochzeitsfotos in Silberrahmen, Sesseln mit Wollteppichen und einem Martini, den Estelle für ihn mischte, genau wie er ihn mochte.

In ihren schlechten Zeiten schmerzte es Prissy, zugeben zu müssen, dass sie keine Ahnung hatte, wie man einen Martini mischte, und eigentlich konnte sie auch sonst keinen Cocktail zubereiten. Sie trank meist nur Sherry und an Weihnachten ein Glas Portwein. Sie räusperte sich und griff nach dem Telefon auf ihrer Frisierkommode und fand sich endlich damit ab, dass sie Doktor Morgan anrufen musste wegen ihres verflixten Fußes. Im Ernst, sie sollte sich endlich eines der Tastentelefone zulegen, aber war das nicht Verschwendung? Und dieses tat es ja noch. Jeder hatte seine eigenen Lügen, die er sich glauben machen wollte, und das war Prissys, dass alles noch ganz gut funktionierte, so gut es eben ging. Dennoch, ein Besuch beim jungen Doktor Morgan konnte nicht schaden, dachte sie bei sich. Was sollte er ihr schon erzählen, was sie nicht bereits wusste.

Die Patienten von Robert Morgan kamen manchmal zu mir auf die Veranda, wenn ich gerade da saß, und hielten einen Plausch. Priscilla Sparrow gehörte nicht zu ihnen. Zu ihrem Termin trippelte sie zur Praxistür, ohne mich auch nur eines Blickes zu würdigen, die Augen noch stärker zusammengekniffen als sonst, und ich ahnte sofort, die Zeit arbeitete gegen sie.

In der Praxis zog sie sich einen Umhang aus Zellstoff über und dachte an die Zeit zurück, als Robert Morgan noch ein geschwätziger kleiner Junge mit weit ausholenden Ellbogen war. Es musste ihr merkwürdig vorgekommen sein, ihn wie seinen Vater gekleidet zu sehen, in einer Arztpraxis, aber mit noch immer demselben Kinn und den Augen wie früher als Kind. Es klopfte zögerlich an die Tür, und Robert Morgan fragte mit seiner rauen Stimme, ob sie bekleidet wäre. Priscilla räusperte sich und zwitscherte. »Aber ja, selbstverständlich.«

Sie zog das Hemd ein wenig straffer über ihren Rücken und fühlte sich darin nackter als ohne, ein Gefühl, das ich nur zu gut kannte. Um Prissys Schultern herum stand der Umhang ab, als hätte er Flügel, und jedes Mal, wenn sie sich bewegte, knisterte es. Sie sah sich in dem Raum um. Die vielen harten Metallkanten waren ihr unangenehm. Sie war an das knorrige alte Holz des Klassenzimmers gewöhnt mit seinem berauschenden Duft aus Kreide, Bleistiftresten und Bananen. Auf dem Untersuchungstisch sackte Priscilla etwas in sich zusammen, als Robert Morgan ein schwindelerregendes Aufgebot an Untersuchungsinstrumenten vorbereitete, nichts davon auch nur annähernd vertraut. Sie spürte, wie sich ihr der Kopf drehte und stützte sich mit der Hand ab. Ich kannte dieses Gefühl nur allzu gut, es war, wie wenn man feststellt, dass die Zukunft ohne einen stattgefunden hat.

Robert Morgan klopfte ihr Schlüsselbein mit seinen Knöcheln ab. »Wann waren Sie das letzte Mal zur Untersuchung, Miss Sparrow?«

Das Innere ihres Brustkorbs klang hohl und voller Widerhall, wie eine leere Urne. »Vor Jahren.«

»Ich habe keine Akte von Ihnen in unseren Unterlagen gefunden.« Robert Morgan steckte sich das Stethoskop in die Ohren und wandte seinen Blick ab, während er die Scheibe zwischen ihren faltigen Brüsten hin und her schob.

»Ich bin in Albany zum Arzt gegangen, aber das ist so weit weg. Ich dachte, ich komm einfach mal hierher. Ich hab nur ein bisschen Probleme mit dem Ballen am Fuß. Deshalb muss ich diese hässlichen Schuhe tragen.« Sie wies mit dem Kinn auf die verhassten schwarzen Männerschuhe in der Ecke.

Robert Morgan drehte den Kopf nach ihnen und nahm das Stethoskop ab. »So schlimm sehen die gar nicht aus.«

»Aber doch, natürlich.« Wie sollte Prissy ihm erklären, dass diese scheußlichen schwarzen Schuhe sich in ihr Leben gedrängt hatten, unverschämt und arrogant wie Krähen. Sie wollte gerade dazu ansetzen, es ihm näher zu erläutern, aber dann sah sie, wie er die Stirn runzelte, während er ihre Wirbelsäule abtastete, die Männerschuhe schon wieder vergessen, konzentriert auf etwas in ihrem Rücken.

»Tut das weh?« Er drückte auf einen ihrer Brustwirbel und löste damit ein kleines Universum an Schmerzen aus.

»Au!« Ein Feuerball schoss die Bahnen ihres zentralen Nervensystems entlang. Es war das gleiche Gefühl, das sie in ihrem Fuß gespürt hatte, nur dass es nun von oben nach unten verlief, als ob der Schmerz sie hereinlegen wollte, indem er die Richtung wechselte – und wenn Priscilla Sparrow etwas hasste, waren es Betrüger.

»Verzeihung«. Robert Morgan war fertig und zog den Umhang wieder über ihrem Rücken zusammen. Während er etwas notierte, runzelte er noch immer die Stirn. »Leiden Sie manchmal unter Schwindelgefühlen oder Atemnot?«

Wenn sie jetzt darüber nachdachte, tatsächlich, neuerdings ja. »Ich habe eine Diät gemacht«, erklärte sie ihm. »mit Kohl.«

Robert Morgan sah auf sie herunter. »Das ist ungesund.«

»Dick zu sein aber auch, junger Mann.« Ihre Stimme hatte den gleichen Effekt, wie der Schlag mit dem Lineal. Das unnachgiebige Korsett der Stimme einer Lehrerin war für Prissy schon lange Gewohnheit.

»Ich finde, Sie sollten zu einem Spezialisten gehen.«

»Was? Wieso?«

»Einem Onkologen. Ich kann Ihnen ein paar Adressen geben, aber die sind alle weiter weg. Noch nicht mal in Hansen gibt es einen.«

Priscilla blickte finster drein. »Einen Onkologen? Aber der ist doch für Krebs zuständig. Ich hab da nur ein kleines Problem mit meinem Fuß.«

Robert Morgan schüttelte den Kopf. »Es sieht nicht danach aus.« Er machte eine Pause, damit sie die Neuigkeit registrieren konnte, dann nahm er seinen Rezeptblock und schrieb einen Namen und eine Telefonnummer auf. »Den würde ich zuerst anrufen. Er ist schlichtweg der Beste. Und wenn Sie ihm erzählen, dass ich Sie geschickt habe, wird er Ihnen sofort einen Termin geben.« Er versuchte, Prissy den Zettel zu reichen, aber ihre Finger waren so starr, dass sie ihn fallen ließ. Unbeirrt beugte sich Robert Morgan hinunter, hob ihn auf und achtete darauf, dass sie ihn diesmal festhielt. Es war immer das Gleiche, wenn er einem Patienten eine schlechte Nachricht überbrachte. Sie ließen die Überweisung fallen oder verlegten sie. Nicht selten musste ich bei ihnen anrufen und dafür sorgen, dass sie sich darum kümmerten. Mit Priscilla Sparrow würde Robert Morgan allerdings keine derartigen Probleme haben. Sie war eine gehorsame Regelbefolgerin durch und durch, bis auf ihre verkrebsten Knochen. Genau die Art von Patientin, die ihm gefiel.

»Wenn er Sie nirgendwo dazwischenschieben kann, dann rufen Sie mich an, und ich nenne Ihnen jemand anders«, sagte Robert Morgan und ging aus dem Zimmer.

Ich sah zu, wie Priscilla Sparrow wie betäubt in den Nachmittag hinaustrat, ihr Gesicht knittrig wie Seidenpapier, und obwohl ich es nicht für möglich gehalten hätte, dass wir beide etwas gemeinsam haben, wusste ich doch, wie es ihr ging.

19

Auch der Tod ist in gewisser Weise ein Quilt. Wir leben alle zusammen in dieser Welt, und wir sind alle gleichermaßen sterblich, aber wenn nur einer seinen Faden auf die andere Seite zieht, kann das eine Kettenreaktion hervorrufen, die man sich niemals hätte träumen lassen. Vielleicht bleibt davon bloß ein unseliger Knoten übrig, den es zu lösen gilt. Vielleicht entsteht aber auch ein neues Muster, manchmal vielleicht eine komplett neue Sichtweise von sich selbst.

Marcus' Weigerung, mir auch nur eine Pflanze von dem wild wuchernden Rand auf Tabithas Quilt mitzubringen, ließ mir allmählich die Galle überlaufen. »Hat er kein Vertrauen zu mir?« Während ich die Wäsche sortierte oder Kartoffelbrei kochte, wütete ich vor mich hin. »Was glaubt er denn, was ich damit vorhabe? Sie dem Doktor unters Essen zu mischen?« Um ganz ehrlich zu sein, war mir der Gedanke bereits gekommen, wenn ich nachts auf meinem kleinen Fernseher Krimiserien ansah, die Räume des Hauses um mich herum eine einzige Verschwörung. Um diese Nachtzeit bekamen solche Pläne etwas Finsteres und Unbarmherziges.

Das Rätsel um die ineinander verknoteten giftigen Pflanzen irritierte mich zusehends. Nachts drehte und wälzte ich mich unter ihnen und bei Tag fiel es mir schwer, nicht ständig die Konturen ihrer Blätter und Stängel nachzufahren. Es kam mir in den Sinn, dass Marcus wahrscheinlich nur einen Blick darauf zu werfen brauchte und ihm wäre alles klar, aber irgendwie erschien es mir nicht richtig, jemanden in Tabithas Geheimnisse einzuweihen. Den gesamten Winter über plante und überdachte ich alles, und als dann der Frühling hereinbrach, war meine Neugier so groß, dass ich es kaum noch abwarten konnte, bis Tabbys gefährliche Kräuter endlich loslegten und zu blühen anfingen, damit ich sehen konnte, ob ich mit meinen Vermutungen Recht hatte.

Ich nahm von allem auf dem Quilt etwas mit: Schierlingskraut und die Blätter vom Oleander, Nachtschatten, Zwiebeln von Narzissen und Fingerhut. Eine kleine Engelstrompete und einen einzigen Rizinussamen. Stechapfel. Ich wartete wieder, bis alle schliefen, und schlich dann nach unten. Die Mischung verwandelte sich beim Zerstoßen von einem moosgrünen Brei zu einer beinahe schwarzen Paste. Ich hielt mir die Schüssel unter die Nase und roch vorsichtig daran, rechnete mit einem scheußlichen Gestank, war aber angenehm überrascht, wie lieblich es duftete. So süß, dass es funktionieren könnte.

Den ganzen Winter über hatte ich hin und her überlegt, wie ich Tabithas Quilt testen könnte. Jetzt mal im Ernst, ich wusste natürlich, dass ich dem Doktor keine Mischung aus Giftpflanzen ins Essen schmuggeln konnte, weil ich die Wirkung einer solchen Zusammenstellung nicht kannte: Wurde man nur krank davon oder wirkte sie gleich tödlich? Ich dachte daran, sie an Hasen oder Vögeln auszuprobieren, aber es würde schwierig werden, sie im Auge zu behalten, und Haustiere hatten wir keine. Ich war schon kurz davor, die Idee aufzugeben, aber das Pflanzenlabyrinth auf dem Quilt ließ mir einfach keine Ruhe, und dann, in einer Nacht, in der ich besonders schlecht schlief, kam mir die Lösung.

Ich schlich mich zur Hintertür hinaus, in Gummistiefeln und einem schwarzen Mantel, den ich oben auf dem Dachboden gefunden hatte, und den ich mir über das Nachthemd warf. Es war Halbmond, und am Himmel hingen ein paar ausgefranste Sterne, als ob Aberdeen die Überbleibsel einer Vaudeville-Show abgestaubt hätte, aber sie genügten mir, um mich zurechtzufinden, und dafür war ich dankbar.

Ich brauchte etwa fünf Minuten bis zu Amanda Pickerton, und als ich dort vorm Gartentor stand, brauchte ich weitere fünf Minuten, um wieder zu Atem zu kommen. Alle Lichter waren ausgeschaltet, noch nicht mal das Licht auf der Veranda brannte, und ich stellte mir vor, wie Amanda und der Reverend in ihrem uralten Bett lagen, die Kissen genau gleich ausgerichtet, die Decke hochgezogen über die schmalen Hüften. Ich fragte mich, ob Serena Janes Zimmer immer noch mit Primeln übersät war, die Frisierkommode vollgestopft bis obenhin, oder ob es Amanda inzwischen in ein Nähzimmer oder Gästezimmer verwandelt hatte, und wenn dem so wäre, wie sie aushalten konnte, es zu betreten.

Das Tor ließ sich fast geräuschlos öffnen, aber das leise Quietschen reichte aus, um den uralten Sentinel von seinem Posten auf der Veranda aufzuscheuchen. Wenn irgendein Wesen etwas von dem Geheimnis des Lebens wusste, dann war das Sentinel, denn er war fast ebenso alt wie ich. In der Dunkelheit funkelten seine Augen wie die einer jüngeren Katze, und seine Silhouette erschien mir wieder geschmeidig und bedrohlich zugleich. Bei Tageslicht war seine Schnauze grau, und sein Fell zeigte kahle Stellen, aber dem Wesen nach war er immer noch derselbe, selbst wenn weder seine Krallen noch sein Blick besonders scharf waren. Ich näherte mich ihm ganz langsam, um ihn nicht zu erschrecken, schlich mich bis zu den Stufen hin, zog langsam das Glas mit Tabbys Rezeptur aus der Manteltasche und öffnete verstohlen den Schraubverschluss.

Damit ihm das Gebräu besser schmeckte, hatte ich etwas von dem übrig gebliebenen Thunfisch und ein rohes Ei daruntergemischt. Sentinels Schnurrhaare wackelten, und er miaute heiser. »Braves Kätzchen«, versuchte ich leise Amandas Singsang nachzuahmen, und stellte das Glas auf der obersten Stufe ab.

Sentinel verharrte, als ob er noch überlegen müsste, ob er lieber meine Fußknöchel attackieren oder sich über das Mitbringsel hermachen sollte, aber schließlich entschied er sich doch für Letzteres. Er verschlang den Brei mit drei Bissen, aber dann brauchte er noch ein wenig länger, um das Glas auszulecken, und machte dabei vor Genuss einen Buckel. Er umrundete das Glas in einem engen Kreis, den Schwanz aufgestellt, als wäre es eine Beute, die er selbst gefangen und nach Hause gezerrt hätte. Erst ein Kreis, dann ein zweiter. Bei der dritten Umrundung schließlich wankte und schwankte er, taumelte extrem weit nach links. Ein Ausdruck von Entsetzen und Verwirrung huschte ihm übers Gesicht. Seine Beine knickten ein, und er miaute einmal – ein strafendes, anklagendes Maunzen –, bevor er zusammenbrach und mit den Pfoten zuckte.

Ihn bei seinem Todeskampf auf der Veranda zu beobachten, war schlimmer und zugleich auch besser, als ich erwartete hatte. Es war natürlich schrecklich mit anzusehen, wie das Fell an seinem Bauch zuckte und er das Kinn zur Brust zog, aber nachdem es vorüber war, lag er vollkommen regungslos da und sah im silbrigen Mondlicht wunderschön aus. Ich hob das Glas auf, schraubte den Deckel darauf und steckte es wieder in meine Manteltasche. Dann warf ich erst einen und dann noch einen Blick über die Schulter. Es kam mir richtig vor, etwas zu beten, aber mein Kopf war leer und meine Beine waren lahm vom Kauern. Ich rappelte mich auf, zog meinen Mantel zurecht und achtete darauf, Sentinel nicht zu berühren. Ich schloss das Tor hinter mir, schob den Riegel vor und machte mich auf den Nachhauseweg, wobei ich Wert darauf legte, den Kopf gesenkt zu halten, im Dunkeln zu bleiben.

Die Genugtuung hielt sich in Grenzen, während ich durch die Pfützen aus Dunkelheit schlich. Meine Vermutungen, was Tabithas Quilt anging, hatten sich bestätigt, aber was fing ich nun mit diesem Wissen an? Ich legte die Hand um das leere Glas in meiner Tasche und versuchte nicht an den Schaum vor Sentinels Schnauze zu denken.

Von jetzt an, stellte ich mir vor, würde ein Teil von mir immer dem Dunkeln zughörig sein.

Nachdem sie wusste, dass sie sterben musste, wollte Priscilla Sparrow es nur noch so schnell wie möglich hinter sich bringen. Ihrer Meinung nach war ihr gesamtes Dasein auf die Kunst des Wartens beschränkt gewesen, und sie war es offen gestanden leid. Während ihrer Laufbahn als Lehrerin hatte sie stets darauf gewartet, dass die Kinder aus der Pause zurückkamen, danach auf ihre Pensionierung, und in der Liebe hatte sie gehofft, dass Dick Crane seine Frau verließ und sie für sich haben wollte. Diesmal wartete sie auf das Ende.

Nur dass es nicht eintrat. Dr. Morgans Diagnose, Knochenkrebs, bedeutete noch lange nicht das Ende, genauso wenig wie all die anderen Prognosen. Sie wachte Monat für Monat auf, war noch dünner, noch faltiger, noch blasser um die Nase und furchtbar wütend auf die Welt. Sie besuchte eine ganze Reihe von Ärzten. Der letzte Arzt war sogar zu ihr nach Hause gekommen. Er war noch sehr jung gewesen – hatte gerade erst sein Medizinstudium beendet –, und nun saß er in ihrem kleinen Wohnzimmer mit einer Tasse Tee auf den wackelnden Knien und schüttelte nur immer wieder den Kopf. »Sind Sie sicher, dass die Diagnose richtig ist?« Seine Stimme zitterte wie Röhricht im Wind.

Priscilla zuckte die Schulter »Drei verschiedene Ärzte haben sie gestellt.«

Sie wusste, wie es dem jungen Mann ging, denn auch sie war zuerst bestürzt und dann erstaunt gewesen über die Prognose von Robert Morgan. Sie war nach Hause gegangen und hatte sich im Spiegel betrachtet und war sich mit ihren manikürten Fingerspitzen immer wieder über die glatten Wangenknochen und die Nase gefahren. Als sie noch einmal zu Robert Morgan in die Praxis kam, verfinsterte sich seine Miene über den Laborbefund, und er tastete sie ein weiteres Mal ab, wobei er all die wunden Punkte traf. Letztendlich wusste er auch keine Erklärung mehr. Es war nicht so, dass die Krankheit zurückging, aber sie schritt auch nicht voran, sagte er. Sie verbrachte die Zeit nur mit Nichtstun.

Prissys Beine baumelten vom Untersuchungstisch wie die eines kleinen Kindes. »Du meinst also, dass es sich noch ewig hinziehen könnte?«

Robert Morgan schielte sie über den Rand seiner Brille hinweg an. Er hatte eine böse Erkältung, und er formte die Hand zur Faust und hustete hinein. Zum ersten Mal fühlte er sich wie einer seiner eigenen Patienten. Der Kopf tat ihm weh, und die Glieder schmerzten, und er wollte sich nur noch hinlegen. »Wir befinden uns auf unbekanntem Terrain, aber dennoch, ja, auch wenn es sehr ungewöhnlich ist.«

Prissy verlagerte ihr Gewicht. Es pochte in ihren Stirnhöhlen, ihr Mund war wie immer trocken. Sie verzichtete inzwischen komplett auf Make-up, Pumps und ihren engen Tweed-Rock. Sie sah Robert Morgan direkt in die Augen. »Lässt sich daran nichts ändern?«

Er zog die Stirn kraus. »Was meinen Sie denn damit?«

»Du bist doch Arzt. Du weißt doch, wie man den Dingen auf die Sprünge hilft.«

Robert Morgan verzog den Mund. Er dachte über die reizvolle Versuchung, Macht über Leben und Tod in der Hand zu halten, nach, aber letzten Endes hatte sich der Doktor doch immer an die Regeln gehalten. Der Körper hatte seine eigenen Gesetze, und er sah sich verpflichtet, sie zu berücksichtigen. Er seufzte: »Das kann ich leider nicht machen. Es widerspricht jeglicher medizinischer Ethik. Ich könnte meine Zulassung verlieren.«

»Verstehe«. Priscilla ließ den Kopf hängen.

»Außerdem sollten Sie gar nicht an so etwas denken.« Robert Morgan zog die Brille ab. »Bleiben Sie positiv. Versuchen Sie es mit leichten Gymnastikübungen – so etwas wie Schwimmen oder Gärtnern. Treffen Sie sich mit einer Lesegruppe. Genießen Sie die Zeit, die Ihnen noch bleibt. Ich gebe Ihnen die Nummer eines Hospizes.«

Priscilla blinzelte ihn an. Das nächste Schwimmbad lag zehn Meilen entfernt, und sie besaß kein Auto. Der Garten um ihr Häuschen war so groß wie ein Handtuch, und die einzigen Leute, die vielleicht Interesse an einer Lesegruppe hätten haben können, waren die Freunde von Estelle Crane. Das erste Mal in ihrem Leben kamen Prissy die ihr bevorstehenden Tage so sinn- und nutzlos vor, wie Ballons auf einem Kindergeburtstag. Sie wusste nicht, ob sie sie platzen oder einfach aufsteigen und davonschweben lassen sollte.

Priscilla richtete sich auf. »Ja«, sagte sie. »Da hast du vollkommen Recht. Natürlich.« Sie stieg vom Untersuchungstisch herunter, zog sich an und ging nach Hause, machte sich eine Tasse Tee, fand ein altes Kartenspiel und legte sich eine Patience, die sie nur gewinnen konnte. Sie griff nach einem abgenutzten Notizblock und setzte einen Haken hinter Nachsicht mit Leid auf ihrer dürftigen Liste mit erledigten Aufgaben in ihrem Leben.

Jeder hat seine persönliche Belastungsgrenze, und der Tag, an dem Priscilla Sparrow aufwachte und ihr die Haare büschelweise ausfielen, war der Tag, an dem sie beschloss, dass es ihr reichte. Ganze Haarbüschel lagen zu einem Fächer ausgebreitet auf ihrem Kopfkissen, als sie den Kopf anhob, und fast alle übrigen gingen ihr unter der Dusche aus, glitten ihr vom Kopf wie Regenwasser vom Dach und verstopften den Abfluss.

Erschüttert drehte Prissy das Wasser aus und trat nass und

kahl auf die Badematte. Als sie endlich genug Mut geschöpft hatte, um in den Spiegel zu sehen, war sie schockiert. Ohne Haare sah sie das, was alle schon seit Jahren immer gesehen hatten. Ihre Augenbrauen waren dünn und krakelig. Ihr Mund glich einer gezackten Kerbe. Und ihre Nase – ihre Nase war wie ein spitzer Schnabel. Hatte sie schon immer so ausgesehen, fragte sich Priscilla, oder war es nur das Alter, das ihr einen Streich spielte, das ihren Spiegel verzauberte, damit er ihr alle ihre Ängste und Nöte entgegenhielt? Sie nahm den Lippenstift und malte sich ein Lächeln auf. Dann verbarg sie das Gesicht in den Händen und weinte bitterlich. Ihre Glieder bebten. Ihre Augenwinkel fühlten sich neuerdings immer an, als ob sie voller Sand wären, und ihr Herz summte und schlug gegen ihren Brustkorb wie eine aufgebrachte Biene. *Es ist nur eine Frage der Zeit,* sagten die Ärzte. *Die Zeit wird ihren Tribut fordern.* Es war ihre Standardantwort, aber sie wussten in etwa so viel wie ein Fass voller Affen. Für Prissy waren Zeit und Leid zwei wettstreitende Königinnen, die ihren Körper wie eine Landkarte zwischen sich ausgebreitet hatten.

Sie band sich ein Chiffontuch um den Kopf, nahm es wieder ab und probierte den Winterhut auf, aber für den Glockenhut aus Filz war es zu warm. Sie schlang sich abermals das Tuch um und befestigte es mit einer Brosche, die ihr Dick geschenkt hatte, eine goldene, perlenbesetzte Meerjungfrau mit Augen aus Smaragden. Sie hatte sie sich an dem Nachmittag, an dem er sie ihr geschenkt hatte, sofort ans Revers gesteckt, sie dann aber sogleich wieder abgenommen und seitdem nie mehr getragen. Sie war einfach zu mädchenhaft für sie, hatte sie sich gesagt. Insgeheim aber befürchtete sie, dass Estelle genau die gleiche tragen könnte. Es würde Dick ähnlich sehen, ihnen identische Klunker zu kaufen und dann das arme Sünderlein zu mimen, wenn es herauskam. Teufel aber auch, hätte er dann bestimmt gesagt, sie war so hübsch, dass es schade gewesen wäre, nur eine davon zu kaufen.

Sie vergaß, die Tür abzuschließen, und ging rasch um die Ecke, erleichtert, als sie das Haus des Doktors am Ende der Straße erblickte. Sie senkte den Kopf und eilte darauf zu. Diesmal würde sie unter keinen Umständen unverrichteter Dinge wieder von dannen ziehen, schwor sie sich. Ich öffnete ihr die Tür, und mir war klar, dass Priscilla Sparrow mich nicht wiedererkannte. Zum einen hatte ich seit Bobbies erstem Schultag ungefähr drei Größen zugelegt, und zum anderen trug ich keine Männerkleidung mehr. Ich hatte die Haare unter einem Kopftuch versteckt und war barfuß. Auch mein stechender Blick war Prissy nie zuvor aufgefallen. Verlegen nestelte sie an der Meerjungfrau an ihrem Turban. »Hallo, meine Liebe«, sagte sie.

Um ehrlich zu sein, ich hätte Priscilla Sparrow auch beinah nicht mehr erkannt. Ihre Stimme war das Einzige, was sich nicht verändert hatte. Sie war hell und klar und besaß nach wie vor eine gewisse Autorität. Sie fixierte mich mit ihrem trüben Blick. »Kann ich für einen Augenblick hereinkommen? Ich möchte etwas mit dir besprechen.«

Priscilla Sparrow saß im Wohnzimmer auf der zierlichen Kante des viktorianischen Sofas und sah sich nervös um. Es geschah äußerst selten, dass jemand das eigentliche Wohnhaus betrat und mir fiel auf, dass Prissy überrascht war von der Nüchternheit. Unter ihren Füßen glänzten schlichte Holzdielen. Die Wände leuchteten in Taubenblau und die Sonne schien durch die schmucklosen Fenster.

Prissy schloss die Augen und atmete tief ein. Wenn sie allein gewesen wäre, hätte sie wahrscheinlich der Versuchung, die orthopädischen Schuhe auszuziehen, nicht widerstanden, die Beine auf dem Sofa ausgestreckt und ein Nickerchen gemacht. Stattdessen faltete sie ihre knotigen Finger, betete um Glück und Gelingen, und kniete so gut es ging auf dem gebohnerten Holzboden vor mir nieder, bat von Frau zu Frau.

Es ist schon seltsam, was die Zeit aus ehemaligen Widersachern macht. Hier kniete mir die unbeugsame Miss Sparrow zu Füßen, mit etlichen Zahnlücken, gelben Augäpfeln und einem Schädel, der so kahl war wie eine gerupfte Gans. Während sie sprach, fiel mir wieder ein, wie sie den gesprungenen Spiegel meiner Mutter konfisziert hatte und wie es geklungen hatte, als er in dem blechernen Mülleimer landete, wie das Glas zersplitterte. Selbst jetzt noch hatte ich die Vorstellung, dass dies das Geräusch war, das ein Herz machte, bevor es zerbrach. Einen Moment lang wünschte ich, ich könnte diesen Spiegel Priscilla Sparrow vorhalten, damit sie sich einmal richtig ansah. Schauen Sie mal: *Das* ist hässlich. Größe hat damit überhaupt nichts zu tun.

Um ehrlich zu sein, hat Größe eine ganze Menge mit Vergeben zu tun. Als ich auf die armselige, knochendürre Priscilla Sparrow hinunterblickte, kam mir zum ersten Mal, dass meine enormen Ausmaße vielleicht ein unverhofftes Geschenk waren. Diese Masse von Fett und Muskeln, die mich umgab – derselbe Körper, den Robert Morgan am liebsten zerschnippelt hätte – war wie eine Rüstung, die sich über meine Seele gelegt hatte. Und bislang hatte ich all das Elend, das mir zuteilgeworden war, aufgenommen wie Salz das Wasser.

Ohne meinen Blick von Prissy abzuwenden, beugte ich mich zu ihr. Behutsam nahm ich ihre verkrampften Hände in meine. »Ich kümmere mich darum«, flüsterte ich ihr zu, meine Stimme so weich wie die Oberfläche von Tabithas Quiltdecke. »Ich verspreche es. Ich werde mich darum kümmern, auf die eine oder andere Art.«

Der Doktor stand meinen Ansichten nicht gerade freundlich gesinnt gegenüber. Ich beschloss, ihn trotzdem erst einmal dazu zu konsultieren. »Ganz bestimmt nicht«, platzte er heraus, als ich ihm von Priscilla Sparrows Besuch berichtete. »Ich habe ihr schon gesagt, dass ich so etwas nicht mache. Es ist absolut unethisch.« Er entfernte ein Stück Knorpel vom Schinken aus seinen Zähnen. Wir hatten gerade zu Abend gegessen. Bobbie war nach oben gegangen und machte seine Hausaufgaben. Ich hatte sämtliche Leibspeisen des Doktors zubereitet – Schinken in Colasoße, doppelt gebackene Rösti, und Tomatensalat mit Gummibärchen – aber es nützte nichts. Er blieb mürrisch und abweisend und wollte partout nicht mit mir einer Meinung sein, erst recht nicht, da es seine Arbeit betraf.

»Aber vielleicht ist ihr Leben künstlich zu verlängern noch viel unmoralischer.« Ich schob ihm eine Tasse sehr bitteren Kaffee hin und versuchte, das Bild von Sentinel, wie er da mit eingefallener, grauer Schnauze schlaff im Mondlicht lag, zu verdrängen.

»Es ist Mord.«

»Es ist immer noch eine Alternative.«

»Und die ist Mord.«

»Oder Frieden.« Ich maß den Doktor mit einem langen eindringlichen Blick. Nachdem ich seine Verkündungen und Befehle stets stillschweigend hingenommen hatte, war es befreiend, endlich einmal eine eigene Meinung zu äußern, selbst wenn er sie ablehnte. Ich stemmte die Hände in die Hüften. »Hör mal gut zu, du weißt vielleicht eine Menge über den menschlichen Körper, aber von der Seele hast du verdammt noch mal keine Ahnung. Manche Menschen sind fix und fertig. Sie haben es satt, noch länger rumzuhängen und zu warten, wenn doch das Ende schon in Sicht ist. Das solltest ausgerechnet du doch besser wissen als jeder andere.«

Der Doktor hielt die Klappe und schlürfte seinen Kaffee. Sein Haar lichtete sich bereits, und was übrig war, stand struppig von seinem Kopf ab. Eine Minute lang sah er aus wie Bobbie. »Es ist gegen das Gesetz«, fuhr er mich an, anklagend und böse, ganz der Alte. *Aber vielleicht konnte er einfach nicht anders,* dachte ich mir. Vielleicht sind seine Zellen einfach so getrimmt.

»Nun ja, das kommt ganz darauf an.«

»Worauf?« Robert Morgan war kein Mann, der an den simplen moralischen Grundsätzen eines August Dyerson Gefallen fand, aber ich stellte begeistert fest, dass sie sich in mir noch immer zäh und lebendig hielten – ganz wie eines seiner alten lahmen Rennpferde.

Ich zog die Augenbrauen hoch. »Ob man dabei erwischt wird.«

Ich bereite mich auf meinen großen Abgang vor, wollte gerade würdevoll wie die Königin von Saba aus der Küche schreiten, doch der Doktor war ein Mann, der immer das letzte Wort haben musste, und er würde bestimmt auch jetzt nicht darauf verzichten, selbst wenn er sich dabei seine weiße Weste schmutzig machte.

»Mal nicht ganz so eilig. Setz dich hin«, befahl er. Er schob mir einen Stuhl hin, benetzte die Lippen und sprach mit der Seelenruhe eines Mannes, der alle Zeit der Welt hatte. »Ich wollte das hier eigentlich nicht«, sagte er und fuhr sich mit der Hand durchs Haar, »aber du lässt mir keine andere Wahl.« Er sah mich wieder an. »Mal ehrlich, Truly, wenn es dabei um dich gehen würde, meinst du wirklich, dass du dann genauso reden würdest? Das, was ich dir gleich erzählen werde, könnte deine Meinung vielleicht ändern.« Ich zögerte, und ein übles Gefühl stieg in mir auf. »Hast du eine Ahnung, wie dein Leiden heißt?«

Ich zog es vor, stehen zu bleiben. Als ich mich dazu entschied, mich für Priscilla Sparrow einzusetzen, war ich nicht darauf gefasst gewesen, meine Ausmaße en détail zu erörtern, aber wenn dem Doktor so viel daran gelegen war, diese Richtung einzuschlagen, so hatte ich kein Problem, ihm auf diesem Wege zu folgen. »Na ja, ich stell mir vor, es ist irgendwas mit Riesen…«, sagte ich, »und falls nicht, stellst du bestimmt einen Antrag, dass es umbenannt wird.«

Robert Morgan klopfte unbeeindruckt mit den Fingern auf

das Tischtuch. Er wägte offenbar etwas ab, dann nickte er zufrieden und fuhr fort: »Die exakte Bezeichnung lautet *Akromegalie*. Du bist so eine Art Riesin, Truly. Weißt du, was das bedeutet?«

Ich stöhnte. Wie oft in meinem Leben musste ich diese Unterhaltung noch führen? Ich dachte an meine ersten Schultage und Miss Sparrows ungläubige Einschätzung. Ich fühlte mich lahm und schwer wie eine rostige alte Tonne. Vielleicht sollte ich doch den mir angebotenen Stuhl annehmen. Ich ließ mich darauf nieder, bevor ich antwortete. »Es bedeutet, dass ich überdurchschnittlich groß bin, Robert Morgan.«

Er schüttelte den Kopf. »Nein, es bedeutet noch mehr. Wie hat mein Vater dir das erklärt, als du noch klein warst? Mit einer kleinen Uhr?«

»Ja, mit einer Uhr.«

»Na ja, das ist technisch gesehen nicht ganz richtig. Es ist mehr eine Stoppuhr, oder eine Eieruhr. Bei den meisten Menschen hört die Hypophyse nach der Pubertät auf, Hormone auszusenden, aber nicht bei dir. Vermutlich ist die Ursache dafür ein Tumor. Deine innere Uhr läuft immer weiter oder anders gesagt, du hast nie aufgehört zu wachsen und wirst womöglich auch niemals damit aufhören.«

Ich lehnte mich auf dem Stuhl zurück, versuchte diese neue Information möglichst gelassen aufzunehmen und hätte dazu gern eine Tasse Kaffee gehabt.

»Da ist noch etwas«, fuhr der Doktor fort. »Ich hab dir das noch nie gesagt, aber in Anbetracht unseres Themas heute Abend, finde ich, ist es an der Zeit. Du solltest wissen, dass diese Krankheit für dich sehr wahrscheinlich das Aus bedeutet, Truly.«

»Wie bitte?« Der Ausdruck *das Aus* flatterte mir im Hals herum wie eine im Eis gefangene Ente. Ich versuchte zu atmen, aber es ging nicht.

Der Doktor senkte den Blick und war wieder ganz der Mediziner. »Dein Herz wird das Wachstum nicht verkraften. Deine Organe vergrößern sich stetig und sind irgendwann überlastet. Deine Lebensfunktionen werden unausweichlich nachlassen.«

Ich verlagerte mein Gewicht, und zum ersten Mal merkte ich ganz deutlich, wie das Holz des Stuhls unter mir nachgab. Mehr noch als letzte Woche? Ich überlegte. Viel mehr noch als vor einem Monat? Ich legte eine Hand auf die Brust. »Auweia.«

Robert Morgan faltete die Hände. »Das muss ein Schock für dich sein.«

Er machte sich keine Vorstellung, was mir alles durch den Kopf schoss. Wie groß würde ich noch werden? Woran merkte ich, wenn meine Organe versagten? Aber einige der Fragen waren dringlicher als andere und insbesondere eine durfte nicht unbeantwortet bleiben. »Wie konntest du das all die Jahre vor mir verschweigen?«, platzte ich schließlich heraus.

Robert Morgan trank seinen schwarzen Kaffee und dachte nach. »Ich wollte es dir schon lange sagen. Natürlich hast du ein Recht darauf, es zu erfahren.« Er zögerte einen Moment und räusperte sich dann ausgiebig. »Ich habe immer auf den richtigen Zeitpunkt gewartet. Einen besseren.«

Ich schlug mit der flachen Hand auf den Tisch. »Besser als was?«

Eines musste man dem Doktor lassen, er zuckte noch nicht mal mit der Wimper. »Besser als dieser«, erwiderte er, so unbeeindruckt wie ein Kohlkopf. Er fuhr sich mit der Hand durchs Haar und holte aus. »Schau mal, Truly, es ist nie einfach, jemandem eine schlechte Nachricht zu überbringen, und wenn es sich dabei auch noch um ein Familienmitglied handelt, macht es das nicht gerade leichter. Ich nehme an, ich wollte unser kleines Boot nicht zum Kentern bringen. Nicht, so lange du noch gesund bist, und nicht nach all dem, was uns Serena Jane angetan hat.«

»Aber was, wenn mir inzwischen etwas zugestoßen wäre. Was, wenn, was, wenn…« Was, wenn ich gestorben wäre, aber ich brachte es nicht über die Lippen.

Robert Morgan breitete die leeren Hände aus, als wollte er die ganze Schuld an den Himmel weitergeben. »Dann hätte es auch nichts daran geändert, dass ich dir nichts davon erzählt habe.« Da hatte er nicht Unrecht. Außerdem wäre es ihm nicht ganz ungelegen gekommen. Solange ich nichts von meinem Zustand wusste, konnte mich Robert Morgan wie ein lauernder Löwe beobachten, mit wedelndem Schwanz und gebanntem Blick aus den Augenschlitzen. Dann konnte er bis zu meinem Ende jeden Zentimeter an mir vermessen, all die Veränderungen festhalten, und wenn ich nicht mehr wäre, könnte er die ganzen Zahlen in einem dicken medizinischen Artikel veröffentlichen und seinen Namen in Rot daruntersetzen.

»Wie stehen meine Chancen?«, fragte ich schließlich. »Kannst du nichts machen?«

Der Doktor schüttelte bedächtig, fast ein wenig traurig, den Kopf. »Unter normalen Bedingungen schon, aber in deinem Fall sind unsere Mittel beschränkt. Ein chirurgischer Eingriff, da bin ich mir ziemlich sicher, wäre vergebens und viel zu riskant. Bestrahlung hat wieder andere Tücken, da bleibt nur noch die Behandlung mit Medikamenten übrig. Ich würde gern gleich mit einer Reihe von Tabletten und Spritzen anfangen.«

»Und was, wenn ich das ablehne?«

Der Doktor zuckte die Schultern. »Dann stirbst du eben früher.«

Ich schob den Stuhl vom Tisch zurück, ein flaues Gefühl in der Magengrube. Ob das eines der Symptome war?, überlegte ich. Der Anfang vom Ende? Und was war mit meinen Kopfschmerzen? Aber im Endeffekt war das alles unwichtig. Das Einzige, was ich wollte, war weg von hier, bloß weg aus dem Haus des Doktors. Ich sehnte mich nach der Farm, nach meinem alten Zimmer mit der kratzigen Pferdedecke, die mir an Hüfte und Knien scheuerte. Ich wollte den Doktor nie mehr sehen.

Da kam Bobbie in die Küche gewankt, die dünnen Arme voller Insektenstiche, die Zunge zwischen den Zähnen. Er hatte gerade die Schwelle zwischen Kindheit und Heranwachsendem überschritten, aber seine Kindlichkeit noch nicht vollkommen hinter sich gelassen »Tante Truly?« Er blinzelte, verwirrt darüber, dass der Tisch noch nicht abgeräumt war. »Ich habe zu meiner Hausaufgabe in Geschichte eine Frage.«

Ich war sofort hellwach... Bobbie. Flachsköpfig, vollmundig, hübscher als jedes Mädchen in Aberdeen. Aber einsam, die Traurigkeit stand ihm in den Augen. Ein Junge, der sich vollkommen von seinem Vater unterschied und ebenso gut ein Geschenk des Himmels hätte sein können. Wenn ich aus irgendeinem Grund nicht da wäre, was würde mit ihm geschehen? Mit wem könnte er denn reden, wenn er müde von der Schule nach Hause geschlichen kam, die Lippen aufgeplatzt, von den Rüpeln in der Schule gepiesackt. Wer würde ihm das Abendessen zubereiten, seine Socken sortieren, und darauf achten, dass er die Zähne putzte.

»Tante Truly«, jammerte er. »Hörst du mich?«

Ich legte mir die Hand aufs Herz. Trotz allem, was der Doktor erzählt hatte, schlug es wie immer, beständig und zuverlässig in meiner Brust. Schon möglich, dass es riesig war, überdurchschnittlich groß, aber das bedeutete ja nur, dass es zu mir passte. Es war so zäh und faserig wie die zweimal gekochte Schweinehaxe im Topf unten auf dem Herd. Ich fasste mir ins Gesicht und spürte eine salzige Träne herunterkullern. Da war also doch noch ein Rest Schrot in mir, dachte ich und sah zu Robert Morgan hinüber. Es war jetzt fast dunkel, und die Schatten umgaben uns wie Spinnweben. Wenn wir uns nicht bald bewegten, würden sie uns bei lebendigem Leib auffressen, und eins wusste ich mit Sicherheit: Mir würde das nicht passieren. Ich erhob mich. Zumindest heute Abend ging ich nirgendwo mehr hin.

»Natürlich habe ich dich gehört«, sagte ich und begann, den Tisch abzuräumen. »Ich komme gleich. Dein Vater und ich haben uns unterhalten, aber wir sind fertig. Ich hab eben erst bemerkt, dass wir den Nachtisch vergessen haben. Wer will was von dem Pfirsichkuchen?«

Bobbie schmatzte, und der Doktor sah auf und blinzelte, erstaunt und freundlich wie ein Kind. »Ja, danke. Das wäre nett.«

Ich schnaubte verächtlich. »Das ist nicht nett, sondern schlichtweg Hunger, der da spricht.« Ich kehrte ihm den Rücken zu und schaltete das Licht an. Eine Tatsache ist eine Tatsache, dachte ich. Keiner von uns würde überdauern, aber das bedeutete nicht, dass wir das Hier und Jetzt außer Acht lassen sollten. Und schließlich hatte ich einen Bauch, und der hatte seinen Willen, und just in diesem Moment sagte er mir, ich solle aufhören, mich selbst zu bemitleiden, und die Arbeit vollbringen, die der Herrgott für mich ausersehen hat.

20

Manchmal denke ich, es wäre für uns alle besser, wenn wir uns ein Beispiel an den Pferden nähmen und unsere Mitmenschen entsprechend behandelten. Wenn ein Pferd sich den Hals bricht, sitzt man auch nicht herum und debattiert über die Vorteile, es am Leben zu erhalten. Man geht los, holt das Gewehr, zielt genau zwischen die Augen und drückt ab. Alles andere wäre grausam. Aber wenn ein Mensch auf sein Ende zugeht, neigen die Leute zum Philosophieren. Sie fangen an, Fragen zu stellen, auf die es keine Antwort gibt, wie etwa: Wofür lebt man? Und was kommt danach? Und für wie viele unserer Taten müssen wir geradestehen? Pferde müssen sich nicht damit herumschlagen, und meiner Meinung nach sind sie die Glücklicheren – frei im Herzen und ganz und gar im Augenblick lebend. Selbst das schlechteste Pferd von August, der schielende Hitching Post, hatte etwas Edles in seinen schiefen alten Knochen.

Letztendlich unterscheidet sich der Mensch aber vom Pferd. Das lässt sich nicht leugnen. Zum einen geben die Menschen immer Kontra. Sie tun ein Leben lang ihre Meinung kund. Und sie sind wankelmütig, sie erzählen ständig etwas anderes und wechseln andauernd ihre Ansichten. Bei einem Pferd weiß man immer ziemlich genau, was es tun wird, aber bei einem Menschen würde ich nicht darauf wetten. Man kann es einfach nicht vorhersagen. August hatte das in seinem Leben immer und immer wieder am eigenen Leib erfahren müssen, und auch ich machte diese Erfahrung, als ich beschloss, Priscilla Sparrow beim Sterben zu helfen. Ich hatte Sentinel zugesehen. Ich dachte, ich hätte verstanden, wie es vor sich geht, aber das Universum hält immer noch ein paar Überraschungen auf Lager, selbst noch für eine erprobte Kartenspielerin wie mich, die daran gewohnt ist, die Verliererhand zu bekommen. Ich schätze, das ist die kosmische Art, dafür zu sorgen, dass wir es uns nicht zu bequem machen und die wesentlichen Fragen außer Acht lassen. Wenigstens erkläre ich es mir so.

Es gibt zwei Möglichkeiten, mit schlechten Nachrichten, die die eigene Zukunft betreffen, umzugehen. Die erste besteht darin, sich ein Süppchen aus Kummer und Sorgen zu kochen, und die zweite ist Verdrängen. Meiner Erfahrung nach führt die erste Möglichkeit nur zu Bauchschmerzen. Um mich also von meinem eigenen Ableben abzulenken, konzentrierte ich mich stattdessen auf Prissys.

Nachdem er mir die schlechte Nachricht übermittelt hatte, stellte der Doktor ein medizinisches Programm für mich auf, das Hände voll von Pillen schlucken, gepikst werden wie ein Nadelkissen, literweise Blutabzapfen und endlose Untersuchungen beinhaltete. Nach der dritten Woche kam ich mir ein wenig vor wie eine Legehenne, die für ein neues Hühnerhaus getrimmt wurde, aber immer wenn ich anfing, so zu denken, stellte ich mir Bobbies blasses Gesicht mit einer Leichenbittermiene an meinem Grab vor, und erinnerte mich an Priscillas missliche Lage, und da fiel es mir wieder leichter, die nächste Hand voll bitterer Pillen zu schlucken.

Sosehr mir diese neuste Prozedur auch zuwider war, ich konnte nicht abstreiten, wie sehr sich mein Körper in den letzten Monaten verändert hatte. Ich sprach immer langsamer, als ob meine Zunge gewachsen wäre, und wie der Doktor mir versicherte, war sie das auch, die Lücken zwischen meinen Zähnen waren nie größer gewesen. Außerdem schwitzte ich ständig, selbst wenn es kühl war, und meine Haut war stets mit einem feinen Fettfilm überzogen.

»Jetzt, wo wir eine klarere Vorstellung davon haben, worum es geht, können wir die Symptome gezielt mit Medikamenten therapieren«, behauptete der Doktor, aber er war ja auch nicht derjenige, der sie ertragen musste. Nachts, wenn Bobbie und Robert Morgan schliefen, schlich ich mich in die Küche und braute ein paar von Tabbys Heilmitteln zusammen. Gegen die Übelkeit, die die Pillen verursachten, kochte ich mir einen Tee aus Pfefferminze und Kamille. Gegen das Ekzem, das sich auf meinen Fußrücken ausbreitete, rührte ich eine Paste aus Ringelblumen und Holunderbeeren an und vermischte sie mit weichem Bienenwachs; und gegen die Kopfschmerzen versuchte ich es mit Mutterkraut. Ein paar Tage nach der Anwendung meiner Heilmittel sah der Doktor ungläubig auf meine nackten Zehen und strahlte.

»Das Ekzem geht zurück, wie ich sehe. Bald wird sich auch alles andere bessern.«

Ich betrachtete meine Füße und war mir ziemlich sicher, dass Tabithas Bienenwachssalbe für die Heilung verantwortlich war. »Ich frag mich, was deine Ururgroßmutter wohl dafür verschrieben hätte«, wollte ich wissen und lehnte mich damit ziemlich weit aus dem Fenster.

Der Doktor schnaubte verächtlich und schaltete seine Stiftlampe ein. »Wahrscheinlich ein Molchauge mit einer Prise getrockneter Spinnenbeine. Aber ich schätze, das werden wir nie herausfinden, jetzt, wo ihre sogenannten Zauberformeln für immer verloren sind. Dreh den Kopf hierher.« Er richtete den Lichtstrahl auf mein Auge.

Ich blinzelte und bemühte mich, mein Auge offen zu behalten. »War sie nicht die Nachfahrin einer ganzen Reihe von Hexen?«

Der Doktor leuchtete mir ins andere Auge und schaltete dann zufrieden wieder aus. Flecke tanzten mir vor den Augen. »Das erzählt man sich. Offenbar wurde eine ihrer Vorfahren in Massachusetts auf dem Scheiterhaufen verbrannt. Aber das ist alles nur Geschwätz.«

»Was denn? Das Verbrennen?«

Robert Morgan runzelte die Stirn. »Nein, das ist wahrscheinlich tatsächlich passiert, aber der Rest ist Unsinn. Soweit wir wissen, hätte sie ebenso gut mit ihrem Bruder eine Schwarzbrennerei betreiben können, bis mein Ururgroßvater kam und es ihr untersagt hat.«

»Hmmm.« Ich schlug die Fußknöchel übereinander.

»Du klingst skeptisch. Sag bloß nicht, dass du an die dummen Geschichten über eine alte Frau glaubst. Vertrau mir, Truly. Es gibt kein Schattenbuch, und ich muss es ja wissen.« Er errötete und kritzelte schnell etwas auf das Blatt in seinem Klemmbrett. »Also gut, also gut«, sagte er finster dreinblickend, als er sah, dass ich ihn immer noch anstarrte. »Ich habe vielleicht ein- oder zweimal danach gesucht, als ich noch jünger war. Rein aus wissenschaftlicher Neugier.«

Ich versuchte, mir nichts anmerken zu lassen. »Aber selbstverständlich.« Ich erinnerte mich daran, wie ich ihn kurz nach meinem Einzug im Wohnzimmer vorgefunden hatte, wo er die Schubladen der kleinen Kommode durchwühlte und die Fliesen um den Kamin herum abtastete. »Nichts«, fuhr er mich an, als ich ihn gefragt hatte, was er da machte. »Ich untersuche nur den Mörtel, was ich ja jetzt eigentlich genauso gut dir überlassen kann.«

Er riss ein weiteres Rezept von seinem Block. »Das sollte dir gegen die Arthritis helfen. Du hast erwähnt, dass deine Fingergelenke steifer werden. Ich besorge es bis Ende der Woche für dich.«

Meine Gedanken kreisten schon wieder um das Lexikon auf Tabbys Quilt. Was war noch mal unter dem Knochen aufgestickt? Ich meinte mich an Schachtelhalm zu erinnern. Und Arnika. Ich wartete bis der Doktor draußen war, damit ich mich hinter der Wand zurückziehen und mir mein weites Kleid überwerfen konnte.

»Was gibt's zum Abendessen?«, rief der Doktor mir hinterher, als ich gerade zur Tür hinauswollte. Für einen derart dünnen Mann hatte er einen unglaublichen Appetit. Nicht dass man den nicht ein wenig hätte eindämmen können mit den Kräutern auf Tabithas Quilt, kam es mir plötzlich, mit Pflanzen, die sowohl Leid als auch Erlösung bringen konnten oder auch nur gewöhnliche Übelkeit.

»Molchaugen«, erwiderte ich, »mit einer Prise Spinnenbeinen.« Und ich machte mich auf, um ihm zumindest das Abendessen, wenn nicht gar seinen Magen, mit ein paar Maiglöckchenblättern zu verderben.

Nach alldem, was ich über die Provinz weiß, sind die Einheimischen entweder tolerant und großzügig oder stur wie Esel, und das, wofür sie sich entscheiden, hat viel mit dem zu tun, was sie zu opfern bereit sind. Ich glaube, Tabitha Morgan hatte das verstanden und deshalb den ersten Robert Morgan geheiratet und ihre Geheimnisse einem Quilt anvertraut. Schließlich hatte man nicht einfach eine verbrannte Ahnin in seiner Biografie, ohne sich ein wenig Sorgen über eine mögliche Wiederkehr zu machen. Ganz gleich wie freundlich die Menschen in Aberdeen ihr begegneten, ganz gleich wie dankbar sie ihr waren, dass sie ihre kranken Kinder heilte, musste sie doch eine bedrohliche Unterströmung gespürt haben, die am besten durch die traditionellen Verbindung von Heirat und Mutterschaft abgewendet werden konnte. Schließlich waren alte Jungfern schon von jeher ein Problem für die Gemeinschaft gewesen, das sich wie ein roter Faden durch die gesamte Geschichte zieht, und Jungfern mit Zauberformeln waren ganz besonders unbeliebt.

In mancherlei Hinsicht hatte ich es gut. Niemand hatte jemals großartig was von mir erwartet – schon gar nicht, dass ich mir einen Mann angelte oder Kinder kriegte. Obwohl meine Größe meine Sprache und meine Bewegungen verlangsamte, hat sie mir paradoxerweise auch ermöglicht, mit Dingen davonzukommen, die niemand in Aberdeen jemals für möglich gehalten hätte, wie beispielsweise die Rezepturen von Tabitha auszuprobieren. Oder Priscilla Sparrow, direkt unter der spitzen Nase von Robert Morgan, ein Ende zu bereiten.

Nach dem, was der Doktor mir über mein eigenes Leiden erzählt hatte, malte ich mir aus, dass ich einmal auf die gleiche Gnade angewiesen sein könnte, die ich Prissy zuteilwerden lassen wollte. Es war mir ein Trost zu wissen, dass, wenn Robert Morgans Medikamente versagten und ich auch aus dem Quilt keine Heilung ziehen konnte, es noch einen anderen Ausweg gab als den schmauchenden Lauf einer Pistole oder mich von der Bahnbrücke ein Stück außerhalb zu stürzen. Aber es fällt mir fast ein wenig schwer einzugestehen, was der wahre Grund war, warum ich so viel Zeit über den verstreuten Flügeln und Ranken des Quilts zubrachte. Auch wenn ich das selbst gern geglaubt hätte, meine Absichten waren nicht rein altruistischer Natur. Tatsächlich waren sie das genaue Gegenteil davon. Es handelte sich um reine Rachegelüste.

Ich weiß schon, Priscilla Sparrow war alt und krank und sie hatte vor mir niedergekniet und mich angefleht, aber ich bring's einfach nicht fertig zu lügen. Irgendwie gefiel mir die Vorstellung auch. Ich war wie ein Kind, das breitbeinig dastand, die Hände in die Hüften gestemmt, die Unterlippe schmollend vorgeschoben. Ich frohlockte darüber, dass die Frau, die mich als Erste eine Riesin geschimpft hatte, die mir das Einzige, was mir noch von meiner Mutter blieb, weggenommen hatte, mich nicht ein Mal gelobt hatte, nun krank war. Ich freute mich irgendwie, dass sie so untröstlich und einsam sterben musste. Ich war sogar noch froh darüber, dass

Miss Sparrow noch nicht einmal sterben konnte, wie sie gern gewollt hätte. *Dann erfährt sie endlich am eigenen Leibe, was es heißt, wenn der Körper einen im Stich lässt*, dachte ich bei mir.

Dieses Gefühl hielt allerdings nicht länger als eine Woche an. Das Problem war, dass ich die einstmals grausame Miss Sparrow nicht mit der knochigen alten Dame im Turban, die vor mir niedergekniet hatte, in Einklang bringen konnte. Wäre ich nachtragender gewesen, hätte ich bestimmt an der quälenden Erinnerung festgehalten, aber wie so oft gewann die Gegenwart die Oberhand, und ich ließ die Erinnerungen aus der Schulzeit verblassen, wie sich Metallbeschlag in Essigwasser aufhellte. Die Flügel auf dem Quilt, deren Ränder so zart waren, dass sie mir entglitten, wenn ich versuchte, sie mit den Fingern nachzufahren, schienen dringend um Erlösung zu flehen. *Erlösung.* An einem Samstag im Frühsommer durchkämmte ich die Böschungen am Straßenrand, Brachen, Grünstreifen entlang der Zäune und sogar das unwegsame Dickicht am Rande der Stadt, alles brachliegende Gelände, wo vielleicht todbringende Pflanzen wachsen konnten, bis hin zur Friedhofsumzäunung.

Es war so ein Tag, an dem man am liebsten die Schuhe ausgezogen hätte und durch den Bach gewatet oder barfuß durchs Gras gestreift wäre, ganz und gar nicht dazu bestimmt, um derlei Zutaten zu pflücken. Ich hatte mir eine Liste gemacht. Oleander und Nachtschatten. Fingerhut und Stechapfel und Engelstrompete. Brennnesseln gegen Bisse und Stiche. Alles Kräuter, vor denen Marcus mich gewarnt hatte. Alle, die ich bei Sentinel angewandt hatte und noch mehr. In dieser Nacht ließ ich sie vier Stunden lang zu einem schlammigen Sud einkochen. Dann fügte ich noch ein paar eigene Verbesserungen hinzu, Minze gegen den bitteren Geschmack und Kamille, um ihn abzumildern, und außerdem Zucker, damit mein Vorhaben besser hinunterrutschte. Ich ließ das Gebräu abkühlen und seihte es in drei kleine Gläser ab, schraubte diese fest zu und stellte sie auf den Tisch. Wie viel würde Prissy wohl davon brauchen?, fragte ich mich. Einen Löffel voll? Eine ganze Tasse? Das gesamte Glas? Was die Dosierung anging, wurde mir immer klarer, dass Tabithas Quilt eher ein grobes Raster als eine echte Anleitung war. Es blieben dabei immer Fragen offen.

Am nächsten Morgen wachte ich früh auf, und nachdem ich mich vergewissert hatte, dass Bobbie und der Doktor noch schliefen, stahl ich mich die Treppe hinunter in die Küche und holte einen Korb aus der Speisekammer. Ich wickelte eines der Gläser in ein frisches Geschirrhandtuch und legte es in den Korb. Dann setzte ich mich hin und schrieb eine kurze Nachricht. *Das ist es, worauf du gewartet hast,* schrieb ich. *Trinke alles auf einmal, ohne abzusetzen. Gott segne dich*. Ich steckte den Zettel in einen Umschlag und band ihn mit einer roten Schleife um den Korbhenkel. Es waren noch zwei Gläser übrig. Ich stellte sie in die Speisekammer, wo die Flüssigkeit beunruhigend flimmerte und fluoreszierte. Zwei Gläser für mich, für den Fall der Fälle, dass die vom Doktor beschriebene Katastrophe eintrat. Nicht nur für die Möglichkeit, sondern für den Ernstfall.

Als ich bei Priscilla eintraf, lag die Zeitung bereits auf der Veranda – dreifach gefaltet, genau wie die des Doktors – und daneben stand eine Flasche Milch. Ich schielte nach rechts und links den Bürgersteig hinunter, aber alles was ich sah, waren tickende Rasensprenger, die Zeitung der Nachbarn in der Hecke und eine gefleckte Katze. Ich schob den Korb vor die Tür und ging wieder.

Auf dem Nachhauseweg stellte ich mir vor, wie Prissy das Kuvert aufriss, meine Nachricht las und sie dann wegwarf. Dann malte ich mir aus, wie sie den Deckel aufschraubte und an dem grasigen Gebräu roch, bevor sie den Kopf in den Nacken legte und den Inhalt in einem Zug hinunterkippte. Ein

Cocktail aus Sommer, frischem Heu, einem Spritzer Limonade und dem rauchigen Qualm von Feuerwerk würde ihre Kehle hinunterprickeln, so hoffte ich. Aus einer Zeit, zu der noch alles jung und üppig und voller versteckter Reize war. Vielleicht würden die Gesichter ihrer Schüler – von jedem einzelnen von Anfang an – vor ihrem geistigen Auge auftauchen, die Schüler würden sich erheben und ihr entgegengehen. Das hätte ich zumindest gern gehabt. Ich könnte mir sogar vorstellen, dass ich allen vorausging, den Zug anführte, mit meinen stämmigen Beinen, den fliegenden Haaren, den längst fälligen Chor der Seraphime mit Klatschen begleitend.

21

Nach Prissys Ableben verfiel ich in einen Dämmerzustand, in dem die Zeit anscheinend ohne mich weiterlief wie ein Fluss, der einen Bogen um einen Berg macht. Ich weiß nicht, ob es an den Medikamenten des Doktors lag oder an den Rezepturen des Quilts, aber irgendetwas hemmte mein Wachstum, so dass ich zum ersten Mal das bedrückende Gleichgewicht des absoluten Stillstands erfuhr. Die Winter kamen und gingen, der Schnee türmte sich hoch auf und schmolz wieder. Die Fliederhecken beim Haus wuchsen immer höher, bis Marcus wieder kam und sie herunterschnitt. Bei alldem war ich nur die gelangweilte Betrachterin, mit dem immergleichen Standpunkt, die Welt um mich herum weit weg und klein; es kam mir damals die meiste Zeit so vor, als blickte ich durch das falsche Ende eines Teleskops.

»Was ist denn mit dir los?«, fragte mich Marcus eines Nachmittags, als ich draußen die Wäsche aufhängte. Wir besaßen sämtliche modernen Gerätschaften, aber der Duft von in der Sonne getrockneten Laken gefiel mir viel besser, deshalb nutzte ich die Aussicht auf schönes Wetter, um die Haushaltswäsche auszulüften. Ich wusste schon gar nicht mehr, wann ich das das letzte Mal gemacht hatte.

»Was meinst du damit?«, murmelte ich durch den Mund voller Wäscheklammern. Marcus nahm sie mir sanft ab, und hielt mir dann die Hand hin, damit ich eine nach der anderen aufnehmen konnte. »Ich seh dich seit Wochen zum ersten Mal wieder hier draußen. Du hängst den ganzen Tag in der Küche rum, aber du kochst kaum noch was. Du bist weiß wie ein Gespenst. Du gehst mir und Amelia aus dem Weg, und Bobbie sagt, dass du manchmal tagelang nicht mit ihm sprichst. Ich glaube, du fehlst ihm.«

Er fehlte mir auch. Er war jetzt ein richtiger Jugendlicher, und wie bei einem undichten Eimer, der Tag für Tag leerer wird, strömte seine Seele aus ihm. In den letzten Jahren war er durch den Stimmbruch gegangen und seine Stimme tiefer geworden. Die Haare unter seinen Achseln und im Schambereich sprossen. Aber das war es auch schon mit seiner Entwicklung zum Mann.

In Wirklichkeit glich Bobbie viel mehr einem weiblichen denn einem männlichen Heranwachsenden, und ich wusste nicht so genau, wie ich damit umgehen sollte. Er verbrachte Stunden im Badezimmer, zupfte und rasierte sich hier und da und genoss das ganze Gerupfe. Ich wusste, dass er in seinem Zimmer unter einer losen Diele Make-up versteckt hatte. An verregneten Nachmittagen, wenn sein Vater bei Patienten in der Praxis war, zog Bobbie seine Unterlippe mit einem zartrosa Lippenstift nach, und trug anschließend geheimnisvoll schimmerndes Mitternachtsblau auf die Lider auf. Er hielt den Spiegel so dicht vor sein Gesicht, dass er beschlug, und beobachtete wie sein wahres Ich zum Vorschein trat, er, der Gertenschlanke mit getuschten Wimpern, der die Hüften gleich einer zarten Glocke schwang. Denjenigen, den er in einem Märchenturm gefangen hielt, wo er auf einen wunderschönen Prinzen wartete.

»Bin ich ebenso bezaubernd wie Prinzessin Bugaboo?«, fragte er mich immer, streckte den Kopf zur Tür herein und klimperte mit den Wimpern, gekonnt wie eine Haremsdame. Als ich ihn das erste Mal geschminkt erwischte, fand ich es zugegebenermaßen schon ein wenig anstößig. Ich war nicht schockiert, nicht aufgebracht und auch nicht verlegen, aber etwas angewidert, ähnlich wie ich auf einen Käfer, der sich im Mehl vergnügt, reagiert hätte.

»Was hast du denn da auf deiner Schnute?«, rief ich aus, mein Spiegelbild türmte sich hinter ihm auf, wie ein Berg, der sich zum Himmel reckt. Meine Haare waren von grauen Strähnen durchzogen, wie mir jetzt erst auffiel, und mein Gesicht hatte jegliche Kontur verloren. Meine Wangen gingen in meinen Hals über und der wiederum in kolbenförmige Schultern, die in meinen runden Armen und Handgelenken mündeten. Mein Atem war in meinem Brustkorb gefangen wie ein armseliges Tier in einem Käfig.

Bobbie wich ein wenig vor mir zurück. »Sei mir nicht böse, Tante Truly. Bitte. Ich glaube, so soll ich *wirklich* aussehen.«

Es fehlte nicht viel und ich hätte ihn gezwungen, es abzuwaschen, aber dann sah ich noch mal hin und mir wurde klar, dass er Recht hatte. Er sah wirklich besser aus – lebendiger. Ich fasste ihn unters Kinn. »Es ist in Ordnung«, sagte ich und blickte ihm tief in die geschminkten Augen. »Aber es soll unter uns bleiben. Ich glaube nicht, dass dein Vater etwas davon erfahren muss. Es ist unser kleines Geheimnis.«

Und das war es auch, bis Robert Morgan eines Nachmittags schon früher aus der Praxis kam und alles zunichte machte. Panisch versuchte Bobbie das Rouge abzuwischen. Doch als er die Treppe herunterkam, starrte sein Vater ihn an.

»Was zum Teufel hast du denn da im Gesicht?«, wollte er wissen, und Bobbie mit einer Schlagfertigkeit, die ich ihm nicht zugetraut hätte, erzählte ihm, dass es von einem rosa Füller kam.

»Ich bin über meinen Büchern eingeschlafen und habe mir anscheinend Tinte ins Gesicht geschmiert, was wenig Sinn ergab, aber seinen Vater anscheinend erst einmal zufriedenstellte.

»Geh und wasch dir das Gesicht«, befahl Robert Morgan

und fügte dann hinzu: »Und warum benutzt du nicht blaue Tinte wie alle anderen Jungen?«

»Bei Hinkleman gab's keine blaue mehr«, murmelte Bobbie und stahl sich die Treppe hinauf, sein Gesicht mit Schweißperlen überzogen. Er ging ins Badezimmer und wusch sich. Dann nahm er ein grobes Handtuch und rieb so lange bis Augenlider und Lippen wund waren, löschte diese Seite aus seinem Dasein.

Ich weiß, wie es dir geht, wollte ich ihm sagen, aber in letzter Zeit, wenn ich versuchte, mit ihm zu reden, wenn ich sachte an seine Tür klopfte oder ihn mit Keksen in die Küche locken wollte, wies er mich jedes Mal ab, gab vor, zu viele Hausaufgaben zu haben oder schlichtweg keine Lust.

»Du bist nicht meine *Mutter*«, stieß er einmal zynisch hervor und nahm sich von den Karamellen auf dem Küchentisch. Mir blieb die Luft weg, als ob er mich geohrfeigt hätte.

»Du hast aber sonst niemanden«, erwiderte ich dann schnippisch und damit hatte ich bei Bobbie ins Schwarze getroffen. Er stürmte hinaus, und ich konnte ihm nur noch »Halt, warte, tut mir leid«, hinterherrufen. Noch nie hatte ich so mit ihm gesprochen, aber es war schon zu spät. Das Kind war in den Brunnen gefallen. Danach war er noch unzugänglicher und verdrossener, vermied beim Abendessen den Blickkontakt und auf die Fragen seines Vaters, wie sein Tag gewesen sei, antwortete er nur einsilbig.

»Was ist mit ihm los?«, wollte Robert Morgan wissen. »Spricht er mit dir? Nimmt er Drogen?« Sein Gesicht verdunkelte sich.

Ich sah verblüfft auf. War es das? Das konnte ich mir nicht vorstellen, zumindest nicht regelmäßig. Aber was konnte ich Robert Morgan schon von Bobbies speziellem Gram erzählen? Dass sein Sohn lieber Lippenstift als Jeans trug? Dass er aus der »hübschen Phase« nicht einfach herauswachsen würde? Und warum sollte ich ihm überhaupt etwas erzählen, fragte ich mich, wenn die Wahrheit ganz offensichtlich vor unser aller Augen lag?

Marcus nahm es einfach als Tatsache hin. »Der Junge ist halt anders«, sagte er schulterzuckend, als ich ihn bei seiner Arbeit an den Fliederbüschen aufsuchte, um ihn nach seiner Meinung zu fragen. »Es hat es schwer in einem Ort von der Größe eines Grillenflügels. Alles, was auch nur im Geringsten von der Norm abweicht, erscheint hier fünffach so schlimm, wie es eigentlich ist.« *Amen*, stimmte ich ihm zu.

Er kniff die Augen zusammen. »In Vietnam gab es in den Städten diese Bars, wo die Jungs sich wie Mädchen kleideten und tanzten und sangen und alles.« Ich versuchte mir Marcus dort vorzustellen, seine Hand noch unversehrt und um eine dreckige Whiskyflasche gelegt, aber es gelang mir nicht. Sein Blick war zu friedlich dieser Tage, und das Stärkste, was er je anrührte, war Tee. Er sagte mit einem Schulterzucken: »Nach einer Weile vergisst man einfach, wer was ist und genießt die Show.«

Ich zwirbelte ein Blatt in den Fingern. »Also, was schlägst du vor?«

Marcus lächelte: »Genieß die Show, Truly. Versuch nicht, sie zu lenken.« Er berührte kurz meine Hand, und ich zuckte errötend zurück. Er ignorierte meine Reaktion und starrte an einen Fleck etwas weiter weg. »Sag mal, was hältst du von einem richtigen Garten, hier an dieser Stelle? Ich habe mir ein paar alte Anlagen aus dem neunzehnten Jahrhundert angesehen, die gut hierher zum Haus passen würden. Du und der Doktor könntet euer eigenes Gemüse anpflanzen und essen.«

Ich sah mir das Stück aus Gras, Hecken und immergrünen Einfassungen an. Soweit ich mich erinnerte, hatte es hier immer so ausgesehen. Im Frühjahr sprossen Iris und Narzissen in wechselnden Reihen, und im Sommer tummelten sich die Primeln am hinteren Zaun.

»Ich weiß nicht. Der Doktor lässt mich ja noch nicht mal

die Marke meiner Schuhcreme wechseln, und das hier sind alles Blumen, die seine Mutter angepflanzt hat.«

Marcus Blick verfinsterte sich. »Wahrscheinlich hast du Recht. Es ist nur so, dass ich verdammt gern mal was anderes machen würde, als die Buchsbaumhecken der Leute zu schneiden.«

Ich erkannte plötzlich, wie wichtig es ihm war, einen Garten anzulegen, wie er vielleicht auch einmal Wurzeln einpflanzen wollte, statt immer nur welche auszureißen. Ich überlegte, ob er jemals frustriert darüber war, dass er zwar all die komplizierten lateinischen Bezeichnungen der Büsche um ihn herum kannte, von den komplizierten Vorgängen bei der Fotosynthese ganz zu schweigen, und am Ende doch nichts anderes war, als der Verwalter der Gärten anderer Leute. »Warum legst du nicht auf dem Friedhof einen Garten an?«, schlug ich vor. »Da draußen ist jede Menge Platz.«

Marcus schüttelte den Kopf. »Das Land gehört der Stadt. Es ist nicht gestattet. Außerdem« – sein Blick wanderte über das Gras und wich meinem Blick aus – »wollte ich es irgendwie auch für dich tun.«

Ich sah auf meine Hände hinab – geschwollen, marmoriert, abgebunden wie Würstchen. Hände, die kein Mann bei Bewusstsein jemals lieben konnte, selbst Marcus nicht. »Danke«, würgte ich hervor, »aber du versuchst es vielleicht besser in dem Garten von jemand anderem.« Ich rückte noch ein Stückchen weiter von ihm ab. Es war fast Mittag, Zeit für eine neue Injektion. Zwei verschiedene Pillen und eine Spritze pro Tag waren anscheinend das Einzige, was mich noch davon abhalten konnte, wie ein Heißluftballon davonzufliegen. »Ich muss jetzt wieder rein. Der Doktor will mich wegen irgendwas sprechen.«

Marcus sah aus, als ob er noch etwas hinzufügen, einen weiteren Gedanken äußern wollte, aber ich ließ ihm keine Gelegenheit. Ganz offen gestanden wollte ich es nicht hören. Just in diesem Moment hatte ich nicht das Gefühl, Platz für ein weiteres Geheimnis in mir zu haben.

Während des letzten Jahres in der Highschool fand Bobbie endlich einen Freund. Salvatore war ein oder zwei Jahre älter als er und schaffte nur mit Ach und Krach seinen Abschluss. Er wohnte in Hansen, kam aber nachmittags öfter mit Bobbie nach Hause. Wo Bobbie hell und schlank war, war Salvatore breit und muskulös, imposant wie ein Bulle und ungefähr genauso stolz. Er war mir auf der Stelle unsympathisch.

»Er hat mir nicht die Hand gegeben, als wir uns das erste Mal begegnet sind. Er isst nichts von dem, was ich für euch koche, und er sieht mir nie direkt in die Augen«, beschwerte ich mich bei Bobbie. »Er wirkt immer nervös, als ob er gerade etwas eingesteckt oder zumindest darüber nachgedacht hat.«

Bobbie wandte höhnisch ein: »Salvatore hat im Leben noch nie etwas mitgehen lassen. Du magst ihn bloß nicht, weil ich ihn so sehr mag.«

Ich hätte beinahe Streit mit Bobbie angefangen, aber da war etwas dran. Es war nicht zu übersehen: Wenn sie gemeinsam am Tisch saßen, berührten sich ihre Füße und wenn Salvatore durch die Hintertür nach Hause ging, hatte Bobbie immer die Hand an seinem Rücken.

»Was machst du, wenn dein Vater es herausfindet?«, fragte ich Bobbie, und er zog ein finsteres Gesicht.

»Wird er nicht.«

»Aber was, wenn doch?«

Der Dachboden war die Lösung. Während eines außergewöhnlichen Hagelschauers mitten im August sahen sich Bobbie und Salvatore nach einem Ort um, wo sie einen Joint rauchen konnten. Bobbies Zimmer kam nicht in Frage, weil ich oben in meinem Zimmer vor dem Fernseher hockte und er sich nicht traute, so weit zu gehen. Der Rest des Hauses kam aus den offensichtlichen Gründen nicht in Frage und Bobbie war schon dabei vorzuschlagen, dass sie es sein ließen, als Salvatore ihn fragte: »Gibt's hier nicht so was wie einen Dachboden, Mann?«

Als er und Bobbie den nach oben hin spitz zulaufenden Raum betraten, zündete er den Joint an, inhalierte tief den süßlichen Rauch und begutachtete das Drunter und Drüber an hölzernen Schiffskoffern, aufgetürmten Kisten, Plastiksäcken und einem Haufen Gartenutensilien. »Abgefahren«, verkündete er begeistert. »Ich wette, da ist bestimmt was Wertvolles dabei. Du solltest versuchen, es zu verkaufen.«

Aber Bobbie hatte kein Interesse daran, Gewinn zu machen, stattdessen konzentrierte er sich auf die Spitzenkante eines Sonnenschirms, der unter einem zusammengerollten Teppich hervorlugte. Er nahm den Joint von seinem Freund und inhalierte mit einer Freude, die seine Begeisterung für Gras bei weitem übertraf. Er hob den Schirm auf und spannte ihn über seinem Kopf auf.

»Wunderschön«, sagte Salvatore grinsend. Dann beugte er sich vor und küsste Bobbie. Erschrocken ließ Bobbie den Schirm fallen und drehte sich dann schnell zu ihm hin für den nächsten Kuss, sein Mund offen wie eine Eierschale, alles in ihm drängte nach draußen. Vor ihnen schlängelte sich der Rauch empor und teilte sich wieder, verwandelte sich in Schleier so zerbrechlich wie Spinnweben.

Fortan hörte ich Bobbie und Salvatore jeden Nachmittag zum Dachboden schleichen, wo sie sich in einer Welt aus Chiffon und Satin, Samt und Pelzen verloren. Eine Truhe nach der anderen enthüllte, in zarte Papierbogen eingeschlagen und unter Kampfer begraben, geraffte Unterröcke und ausgestellte Nachmittagskleider, Satinhüte mit Federn und Korsetts mit so glatten Bändern, dass sie Bobbies Haut wie die Schuppen einer Meerjungfrau küssten.

Hin und wieder stieß Bobbie auch auf eine Soldatenuniform, glorreich mit Tressen besetzt, oder auf eine der Jagduniformen seines Urgroßvaters, aber die tat er gleich beiseite, ließ sie achtlos fallen, als wäre es die Zeitung von vorgestern. Polster und Rüschen hatten es ihm angetan, Unterkleider und Nylonstrümpfe. Gewänder, die ihn umschmeichelten und sich bei jeder Bewegung um ihn herum drehten. Kleidungsstücke, die das Männliche an ihm auflösten.

Bis zum Winter konnte er ohne weiteres die kleinen Häkchen der Petticoats verschließen, die winzigen Knöpfchen an den Stoffhandschuhen, und er kannte den Unterschied zwischen Organza und Tüll, zwischen Baumwollsatin und Moiréseide. Er lernte mit einer Tournüre zu sitzen, sich in einem Korsett aus Walfischknochen vorzubeugen und aus einer silbernen Teekanne einzugießen. Er lernte, dass Kleidungsstücke für Frauen keineswegs nur als Reizwäsche für Männeraugen dienten, sondern auch richtig mühsam zu tragen sein konnten.

Es war nicht schwer zu erkennen. Alles an ihm sprach dafür. Ich beobachtete, wie er anfing, sich anders zu bewegen, sich seiner Hüften und der Rückseiten der Knie bewusst wurde, während er sich morgens Kaffee einschenkte, die Schulter ganz gezielt einsetzte, wenn er die Tasse trug. Es erinnerte mich an Serena Jane, wie er das Kinn hob, bevor er trank, und ich fragte mich, ob es etwas geändert hätte, wenn Bobbie als Mädchen zur Welt gekommen wäre. Vielleicht wäre Robert Morgan dann netter zu ihm gewesen. Vielleicht hätte er von einem Mädchen nicht ganz so viel erwartet. Aber es war nun mal, wie es war. Ganz gleich wie man es betrachtete, man konnte die irritierende Wahrheit, die Bobbie zwischen seinen Beinen trug, nicht leugnen – die hässliche ungewollte Wurzel, die ihn in Aberdeen festhielt und die es nur darauf anlegte, ihre Samen auswerfen und sich zu mehren, wenn er nichts dagegen unternahm.

22

Die Winter in Aberdeen sind fürchterlich. Stechend. Beißend. So kalt, dass selbst die Wahrheit gefriert. Der Winter, in dem Bobbie schließlich auszog, war noch schlimmer. Der Boden war so hart gefroren, dass er wie Stein klang, und die Leute in Aberdeen verkrochen sich und machten alles dicht. Kaum einer traute sich hinaus, und wenn doch, sagte keiner auch nur ein Wort. Die Theke bei Hinkleman blieb leer; noch nicht einmal hinter der sicheren Fensterscheibe winkte irgendwer hervor. Die ganze Conifer Street hoch und runter sah man nur zugezogene Vorhänge und Kamine, die qualmten wie Dampfloks.

Ausgerechnet mitten in der schlimmsten Kälte meinte Marcus, seine Pläne für das Frühjahr hinsichtlich eines Gemüsegartens Robert Morgan vortragen zu müssen. Robert Morgan empfing ihn wie immer in der Küche, während ich Kaffee kochte und mir Mühe gab, mir nicht anmerken zu lassen, wie sehr ich mich über Marcus' Besuch freute. Ich hatte ihn seit Monaten nicht mehr gesehen und auch Amelia war schon seit Wochen nicht mehr da gewesen. Jeder Besuch war willkommen. Ich spähte Marcus über die Schulter, als er die selbst entworfenen Pläne ausrollte. »Nichts Zartes wie Kopfsalat und auch nichts Exotisches«, sagte er gerade. »Aber ein paar Erdbeeren könnten gut passen. Oder wie wär's mit Salatgurken?«

Robert Morgan nahm die Tasse Kaffee, die ich ihm hinhielt, und schüttelte den Kopf. »Gemüse zieht Schädlinge an und sieht zudem unattraktiv aus. Und außerdem ist das Letzte, was Truly braucht, noch mehr zu essen. Sie ist ja jetzt schon so rund wie eine Wassermelone. Stimmt's?« Er zwinkerte Marcus zu, und ich errötete. Marcus sah beschämt zur Seite, aber der Doktor merkte es gar nicht, fuhr fort und stellte die gleiche Frage, die ich schon gestellt hatte. »Wenn du dir einen Garten anlegen willst, kannst du das nicht draußen auf dem Friedhof machen?«

Marcus blickte finster drein. »Das Land gehört der Stadt. Sie genehmigt es nicht.«

Robert Morgan rieb die spindeldürren Finger. »Also Marcus, ich weiß nicht, was ich dir sagen soll. Ich bin sehr zufrieden mit deiner Arbeit an den Blumenbeeten, aber im Augenblick steht mir der Sinn nicht nach Veränderung. Vielleicht findest du eines Tages ein Stück Land für dich, aber bis dahin« – er klopfte Marcus auf den Rücken – »musst du dich wohl damit abfinden, weiterhin meine Wünsche auszuführen.« Er zog die Lippen über die Schneidezähne, seine Art zu lächeln.

Marcus war mucksmäuschenstill. Wenn man ihn nicht so gut kannte, hätte man meinen können, die Beleidigung wäre an ihm abgeprallt, aber daran wie er seine Pläne wieder zusammenrollte, erkannte ich, dass er verärgert war. Ich wollte gerade etwas zu seiner Verteidigung vorbringen, aber Marcus warf mir einen warnenden Blick zu und hielt mich mit einem fast unmerklichen Kopfschütteln davon ab, so dass ich mir nur Kaffee nachgoss. Hätte Robert Morgan an dieser Stelle den Mund gehalten, wäre wahrscheinlich alles in Ordnung gewesen, aber tief in seinem Innern war Robert Morgan immer noch der kleine Junge, der einen schlafenden Hund mit einem Stecken piesackte, immer noch der kleine Junge, der einen Stein in ein Bienennest werfen würde, nur um zuzusehen, wie sie ausschwärmten. Er beugte sich zu Marcus und sprach so leise, dass ich es niemals geglaubt hätte, wenn ich nicht beim Herd direkt daneben gestanden hätte.

»Und wer ist jetzt der Klügere?«, fragte er Marcus raunend und eindringlich, und tätschelte Marcus die Schulter, als ob er ein Kind wäre, rollte die Zeitung zusammen und schlurfte in die Praxis hinüber.

Ich schaltete die Platte unter dem Topf mit Wasser aus und drehte mich um. Mein erster Impuls war, dem Doktor hinterherzugehen und ihn zu verprügeln, aber dann sah ich Marcus erhitztes Gesicht und wollte stattdessen lieber ihn streicheln. »Ignorier ihn einfach«, sagte ich. »Du weißt doch, dass er schon immer giftig wie eine Schlange gewesen war.«

»Warum bleibst du bei ihm, Truly. Wie hältst du das bloß aus?«

Ich trocknete mir die Hände am Geschirrhandtuch ab. Marcus wusste nichts über meine Krankheit, ebenso wenig wie Amelia. Ich hatte beschlossen, es für mich zu behalten, genauso wie alles, was ich über Tabithas Quilt wusste. Ich sah Marcus an und war in Versuchung ihm alles zu erzählen, aber ich wusste, dass er entsetzt sein würde, wenn ich ihm gestand, was ich für Priscilla getan hatte, und ich wollte nicht, dass er mich verachtete. Stattdessen flunkerte ich ein bisschen.

»Ganz einfach«, sagte ich. »Es geht um Bobbie. Kannst du dir vorstellen, was mit ihm passieren würde, wenn ich nicht hier wäre?«

Marcus schüttelte wieder den Kopf. »So ein Junge und dann einen Vater wie Robert Morgan. Ich schätze, das Einzige, was sie gemeinsam haben, ist die Blutgruppe.«

»Nein, noch nicht mal das. Bobbie hat O positiv, wie ich und seine Mutter. Das weiß ich von dem Mal, als er mit dir den Zaun repariert und sich dabei den Arm aufgeschlitzt hat, da habe ich ihn gehalten, als er genäht worden ist und einen Bluttest brauchte.«

»Ich erinnere mich. Bobbie war der Einzige, den Robert

Morgan nicht behandeln konnte.« Er zögerte einen Augenblick, und dann fuhr er fort und fragte das, was er wirklich wissen wollte. »Aber was ist mit dir? Pikst er dich immer noch so viel, Truly? Notiert er immer noch alles in seinen Unterlagen? Ich weiß, wie sehr du das hasst.«

Ich schwieg dazu.

»Warum hast du das jemals zugelassen?«, fragte Marcus. »Warum verweigerst du dich nicht einfach?«

Weil ich, wenn ich das täte, wohl sterben müsste, hätte ich am liebsten gesagt, *und noch bin ich nicht bereit dazu.* Ich winkte ab. »Es ist doch egal. Da hat der alte Trottel wenigstens was zu tun. Es ist nicht gut, ihn zu verstimmen.« Ich wusste nicht, wie ich Marcus Robert Morgans Temperament beschreiben sollte. Es war nicht das Bedrohliche, das schnell anwuchs und sich wieder verzog wie ein Gewitter, eher das Düstere und Langanhaltende, wie der Nordwind, der Frost und Eis mit sich bringt. Einmal provoziert, konnte seine Wut tagelang anhalten, alles um ihn herum einfrieren, die Temperatur stürzen lassen, bis das Atmen schmerzte. Ich hatte gesehen, wie er mit säumigen Patienten umsprang, da verstand er keinen Spaß. Der Nordwind ließ nicht mit sich handeln.

Da merkte ich, wie Marcus, der so klein war, dass er keinem direkt in die Augen sehen musste, wenn er nicht wollte, mich anstarrte als wäre ich die Sonne nach der Eiszeit. Nervös schob ich eine Haarsträhne hinters Ohr. Marcus legte seine versehrte Hand auf meine Wange. Ich war erstaunt, dass ich seine Narben nicht spürte. Sein Atem hing zwischen uns. »Was wäre, wenn wir hier allein wären?«, fragte er leise. »Was würdest du dann machen?«

Ich schüttelte den Kopf.

»Komm schon. Hast du dich nie gefragt, wie es sein würde?«

Meine Haut brannte. Ich räusperte mich. »Das ist lächerlich. Wir sind so gegensätzlich wie Salz und Pfeffer, Wasser und Sand.«

Marcus seufzte und zog die Hand zurück. Sie fehlte mir auf der Stelle. »Na und, wer sagt denn, dass alle Liebeslinien übereinstimmen müssen?« So hatte ich es noch nie zuvor betrachtet, dass der perfekte Partner eben nicht so war, wie man selbst, sondern all das verkörperte, was man selbst nicht war. Marcus scharrte mit dem Stiefel. »Du bist noch nicht so weit.«

»Nein.«

Er zog seine Mütze wieder auf und einen Handschuh nach dem anderen an, ohne mich dabei anzusehen. »Ich geh dann mal. Du weißt ja, wo du mich findest.«

Er öffnete die Tür, und der Schnee trieb herein.

Nachdem er weg war, bemerkte ich erst, dass er seine Entwürfe auf dem Tisch liegen gelassen hatte. Ich rollte sie sorgfältig und behutsam aus, betrachtete die mit Bleistift gezeichneten Windungen und Bogen. Soviel ich daraus las, wollte er hinten am Zaun Gemüse in einer eigenartig anmutigen Spirale anpflanzen. Er wollte eine Reihe von Hecken ausgraben und an deren Stelle Mais setzen. Er hatte vor, einen Birnbaum zu pflanzen. Ich schloss die Augen und stellte mir das papierne Geräusch der vertrockneten Maisblätter vor, die mir in der Dunkelheit eine Botschaft zuraunten. Ich stellte mir Marcus' starken nackten Rücken über ein umgegrabenes Beet gebeugt vor und malte mir aus, wie die Fruchtkugeln am Ast in der Dämmerung baumelten, blass wie Mondsteine, schwer wie Babys, die darauf warten, geboren zu werden.

»Was siehst du dir denn da an?« Bobbie war in die Küche gekommen, ohne dass ich es bemerkt hatte.

»Ach, nichts.« Ich rollte schnell die Pläne wieder zusammen. »Die gehören Marcus.«

»Lass mich auch mal sehen.«

»Nein.« Ich raffte die Pläne an mich. »Es ist nichts Besonderes, nur ein paar Ideen für den Garten.« Aber ich hatte immer noch Marcus' Worte Kopf, wie Luftblasen so leicht und zart.

»Na, komm schon, was ist schon dabei?« Bobbie streckte die Hand aus. Sein Arm war glatt wie ein Strommast und milchigweiß. Bobbie schien von Monat zu Monat dünner und blasser zu werden. Aus unerfindlichen Gründen hatte Robert Morgan ihn noch nicht in seine Praxis geschleppt und ihn einer ganzen Reihe von Tests und Injektionen unterzogen wie mich, aber bei seinem eigen Fleisch und Blut galten wohl andere Maßstäbe. Da hatte Marcus Recht. Robert Morgan hatte Bobbie noch nie behandeln können. Sie suchten stattdessen einen Arzt in Hansen auf.

Als ich aufsah, hatten sich Bobbies Augenbrauen zu zwei ärgerlichen Schrägstrichen verzogen, genau wie die seines Vaters, und zum ersten Mal war er mir ein wenig unheimlich. Vielleicht war es ein Fehler gewesen, ihm in all den Jahren nie etwas zu verbieten, dass er immer alles bekommen hatte, was er wollte, und dass ich das Geheimnis des Dachbodens für mich behalten hatte.

Die Lippen über die Zähne zurückgezogen, war er das perfekte Abbild seines Vaters, und plötzlich wusste ich, worin ich mich geirrt hatte. Es war etwas, das ich eindeutig hätte wissen müssen, etwas, das ich bis zu diesem Zeitpunkt nicht erkannt hatte: Bobbie hatte eine unausgewogene Gesamterscheinung, sein Inneres passte nicht zu seinem Äußeren. Er hatte die Nase von Serena Jane, Serena Janes blaue Augen, ihren Mund, ihre Wangen, aber selbst wenn man all diese Details zusammennahm, kam dennoch ein weiterer Robert Morgan dabei heraus. Es war faszinierend. Vielleicht war das Schicksal doch im Biologischen verankert.

Ich wich einen Schritt zurück und hielt die Pläne weiter fest. »Sie sind wirklich nicht so interessant. Warum setzt du dich nicht, und ich mache dir ein paar Eier?«

Er entriss mir die Pläne, bevor ich etwas einwenden konnte und rollte sie aus. Er blinzelte enttäuscht auf den Entwurf. »Du hast Recht. Die sind langweilig. Alles ist langweilig.« Er warf die Pläne zur Seite und ließ sich auf einen Stuhl plumpsen, während ich zum Herd ging und ihm Frühstück machte.

»Na, ich schätze, das wird sich mit einem Mal ändern, wenn du nächstes Jahr in Buffalo mit dem Medizinstudium anfängst genau wie dein Vater. Dann wirst du keine Zeit mehr für Langeweile haben.«

Bobbie schnaubte. »Klar doch, mit meinen Noten warten sie dort doch nur auf mich.«

»Die werden dich schon aufnehmen. Die müssen dich aufnehmen. Vier Generationen deiner Familie waren schon dort. Jeder Robert Morgan dieser Familie hat einen Doktorabschluss, das wirst du doch wohl auch noch schaffen.« Die Eier in der Pfanne starrten wie wissende Riesenaugen. Ich stocherte im Eigelb und drehte die Hitze herunter. »Dein Vater wird nicht immer hier sein. Eines Tages braucht er einen Nachfolger.«

Bobbie schüttelte den Kopf. »Dazu wird es nicht kommen.«

Ich betrachtete die Ringe unter Bobbies Augen, seinen schlanken Hals und seine Handgelenke, die knochigen Schultern, die sich unter dem T-Shirt krümmten. Er sah beinahe aus wie ein Skelett, ein Exemplar für Studienzwecke. Ich konnte ihn mir schlecht einsam in einer Leichenhalle vorstellen, wie er über das Innere des Körpers rätselte, aber ich ging trotzdem davon aus, dass er es tun würde. Alle Morgans vor ihm hatten es getan.

»Sei nicht albern.« Ich goss zwei Gläser Orangensaft ein. »Prost! Auf die segenreichen Wege des zukünftigen Dr. Morgan.« Bobbie stieß schmollend mit mir an, und schien dabei alles andere als sicher, dass diese Wege dahin führen würden, wo er hinwollte.

In dieser Nacht erwachte Bobbie mit einer so heftigen Erektion, dass es fast schmerzte. Er hüpfte aus dem Bett und versuchte seinen Penis hinunterzudrücken, aber er blieb standhaft. Sobald er ihn losließ, richtete er sich wieder auf und trotzte ihm. Er zog seine Boxershorts herunter und starrte sich im Schrankspiegel an. Alles an ihm war weich und zart – seine Hüften, seine langen, schlanken Oberschenkel, die Grübchen und Vertiefungen seines Brustkorbs – bis auf das Nest aus Haaren zwischen seinen Beinen und dem Fleischzylinder, der pulsierend nach oben drängte. Es war nicht so, dass er besonders großzügig ausgestattet war (wenigstens empfand er es nicht so); aber allein die Tatsache, dass er dieses Ding überhaupt zwischen den Beinen hatte.

Er fuhr sich mit der Hand durchs Haar und seufzte. Im Frühjahr würde er durch die Klappstuhlreihen schreiten müssen, einen albernen Hut auf dem Kopf, und eine Zeugnisrolle entgegennehmen – ein Ereignis, an dem ihm absolut nichts lag. Robert Morgan und ich würden später kommen, das wusste er schon, und hinten im Auditorium Platz nehmen. Sein Vater würde ihn böse anstarren, sauer auf ihn, weil er weit davon entfernt war, Jahrgangsbester zu werden, und ich würde mich schwerfällig von meinem Stuhl erheben und winken. Wir würden für Fotos posieren und noch ein wenig ziellos herumlaufen und dann würden wir zusammen nach Hause fahren und Platten voller halbkalter Speisen essen. Die Erektion verschwand, ohne Vorankündigung, ebenso schnell wieder, wie sie gekommen war, und Bobbie seufzte vor Erleichterung.

Immer noch nackt wuschelte er sich durchs Haar. Zum großen Verdruss seines Vaters hatte er sich in den letzten Wochen die Haare wachsen lassen. Flaumige Büschel rankten um seine Ohren und plusterten sich um sein Kinn, ließen es weicher erscheinen. Er wirkte fast mädchenhaft. Aber nicht in Kombination mit dem strengen Revers eines blauen Blazers, nicht mit der kompromisslosen Streifenkrawatte, die er bei den Zusammenkünften der Studentenverbindungen im College tragen müsste.

Er zog die Boxershorts wieder an und ein T-Shirt über und machte den Schrank auf. Ganz weit hinten neben seinem Wintermantel hing das hellblaue Kleid seiner Mutter. Er schob die anderen Kleidungsstücke beiseite und strich über das seidige Material des Rocks, fuhr mit dem Daumen den herzförmigen Ausschnitt entlang. Wenn er seine Nase darin vergrub und tief einatmete, konnte er noch ganz schwach den Duft in dem Gewebe riechen. Er streifte das Kleid vom Bügel und zog es sich über den Kopf, genoss den kühlen glatten Stoff auf seiner nackten Haut. Er drehte sich wieder dem Spiegel zu, und seine Wangen glühten vor Begeisterung. Wenn er diesen Augenblick nur verlängern könnte, dachte Bobbie, die intimen Stunden der Nacht ausweiten, damit noch ein bisschen was davon in den Tag hineinreichte. Wir fühlen uns häufig in unseren Wunschvorstellungen und Fantasien alleingelassen, aber das ist oftmals eine Täuschung – und vielleicht sogar die gefährlichste. Denn wenn wir die gemeinsamen Fäden unserer geheimsten Wünsche vergessen, verdrängen wir unser elementarstes Wesen und verlieren den Zugang zu unserer Seele.

Bobbie konnte sich nur noch bruchstückhaft an seine Mutter erinnern. Wie ihre Haare auf seinen Wangen kitzelten. Der sanfte Druck ihrer Lippen auf seinem Hals, wenn sie ihm einen Gutenachtkuss gab und ihn zudeckte. Der klickende Rhythmus ihrer Absätze auf dem Parkett, eine Melodie, die er einfach nicht hinbekam, ganz gleich wie sehr er sich auch mühte. Am Rande des Friedhofs bei einer kleinen Lichtung im Westen ruhte der quadratische Grabstein aus Granit – ein ausgesprochen hässlicher Gedenkstein, den Robert Morgan ausgewählt hatte, mit der gröbstmöglichen Schrift, so gewöhnlich, wie es nur ging. An dem Nachmittag von Serena Janes Beerdigung stand die Sonne noch hoch und strahlend am Himmel, erinnerte sich Bobbie, aber der Wind war bereits so schneidend gewesen, dass er seine Tränen trocknete, noch bevor sie hervortreten konnten.

»Möge sie ruhen in Frieden«, hatte Reverend Pickerton durch eingesunkene fahle Lippen gemurmelt.

»Amen«, hatte Robert Morgan geknirscht.

Später gingen wir fast nie mehr auf den Friedhof, aber ich kann nur die Gründe für mein eigenes Fernbleiben benennen. Schon als wir meine Schwester bestattet hatten, war mir ihr Grab anonym erschienen – ein leeres Rechteck, das für mich leer blieb, auch noch nachdem es aufgefüllt war. Einmal im Jahr legte ich Blumen auf das Grab meiner Mutter und meines Vaters, aber das von Serena Jane mied ich gänzlich. Ich vermisste sie viel zu sehr. Marcus hatte mir erzählt, dass er den Stein regelmäßig vom Unkraut befreite, dass die lauten Krähen sich gern darauf niederließen. »Ich weiß nicht, warum, aber sie sammeln sich immer dort. Normalerweise machen sie so was nicht.«

Vielleicht hatte es an dem Kleid seiner Mutter gelegen, das seine Schultern umschmeichelte, oder vielleicht auch an all den Jahren, die er seine Mutter entbehrt hatte, aber in diesem Moment beschloss Bobbie, dass das Grab seiner Mutter der einzige Ort auf der Welt war, wo er sein wollte. Er schlich sich unbemerkt aus dem Haus – den Mantel über das Kleid seiner Mutter geschlungen die Stiefel ungeschnürt. Die frostige Luft traf auf seine nackten Beine, aber er spürte es nicht. Der blasse Mond schien auf seine Fußspuren, kleine Höhlen im Schnee, zuerst dicht beisammen und dann immer weiter auseinander, bis sie schließlich völlig aus der Form liefen. In dem wankenden Haus auf der Conifer Street – dem Haus seines Vaters und von jeher aller Morgans – schliefen Robert Morgan und ich, knirschten mit den Zähnen, nichts ahnend, dass der Lauf der Geschichte gerade durchbrochen worden war und eine neue Verzweigung der Ereignisse, auf die wir keinen Einfluss hatten, begonnen hatte.

III

23

Manchmal könnte man fast meinen, ich sammelte Seelen, um für die wiedergutzumachen, die ich im Laufe meines Lebens verloren hatte – die Reihe von Verschwundenen, die mit meiner Mutter begonnen und sich wie der Flügel eines Raben ausgebreitet hatte und alles unter sich überschattete. Manchmal kann man Unglück herannahen sehen und sich dafür wappnen, meist aber bricht es so überraschend und gewaltig über einen herein wie ein Hagelsturm mitten im Juni.

Bobbie kehrte nicht in das Haus seines Vaters zurück. Stattdessen klingelte Marcus am nächsten Morgen bei Robert Morgan, und als ich öffnete, senkte er den Blick, drehte seinen Hut in den Händen. »Hallo, Marcus«, rief ich und öffnete das Fliegengitter. »Komm doch rein. Willst du noch mal um deinen Garten kämpfen?« Ich war überrascht, ihn an der Haustür vorzufinden. Normalerweise kam er durch die Küche.

Marcus mied es, mich anzusehen. Er ist wütend auf mich, dachte ich, weil er versucht hat mir zu sagen, dass er mich liebt und ich es nicht erwidern konnte. Aber ich arbeitete daran, und ich war überzeugt, dass ich es eines Tages hinkriegen würde. Vielleicht sogar schon bald.

»Ich muss Robert Morgan sprechen.«

»Ich schloss die Tür. »Ich hole ihn. Aber Marcus…« Jetzt war ich diejenige, die seinem Blick auswich. »Wegen dem, was du zu mir gesagt hast, letzten…«

Marcus winkte ungeduldig ab. »Das kann warten. Jetzt hol aber Robert Morgan. Bitte. Es ist wichtig.«

»Was ist los? Alles in Ordnung?«

Marcus kniff sich in den Nasenrücken. »Es geht um Bobbie. Ich habe ihn auf dem Friedhof gefunden, an Serena Janes Grab. Was ist mit ihm los?«

Ich legte erschrocken die Hand auf die Brust, als mir einfiel, wie ich auf ihn eingeredet hatte, sich um seine Ausbildung zu kümmern. In mancherlei Hinsicht kam er mir immer noch vor wie ein kleiner Junge. Obwohl die Zukunft sich unaufhaltsam auf ihn zu bewegte, verharrte er teilweise noch in der Vergangenheit. Plötzlich fühlte ich mich schuldig. Ich sah Marcus' geduldigen, aber ratlosen Blick und konnte ihm nicht standhalten. »Ich hole ihn. Warte solange in der Küche«, sagte ich und ging los, den Doktor aus der Praxis holen.

»Was gibt's für ein Problem?« Robert Morgan betrachtete mich abweisend über den Rand seiner neuen Brille hinweg, die ihn noch mehr wie einen Arzt aussehen ließ.

»Es geht um Bobbie. Marcus ist in der Küche. Er kann's erklären.«

Robert Morgan runzelte die Stirn, aber er legte den Stift beiseite, holte seinen Arztkoffer und folgte mir in die Küche zu Marcus, der unruhig mit seinem guten Fuß aufklopfte.

»Mach dir keine Sorgen. Er ist bei mir. Es geht ihm gut«, setzte Marcus an, »aber ich dachte, es ist besser, wenn du weißt, dass er die Nacht am Grab seiner Mutter verbracht hat.«

Der Doktor brachte das Ganze auf einen Punkt: »War er betrunken?«

»Nein. Nein, nicht dass ich wüsste. Eigentlich kam er mir ziemlich nüchtern vor.«

»Na, Gott sei Dank. Obwohl es, unter uns, nicht das erste Mal wäre, dass ein Morgan sich ordentlich einen genehmigt.« Fehlte nur noch das Zwinkern und Schulterklopfen, aber Marcus ignorierte ihn einfach.

»Hör mal, ich weiß nicht genau, wie ich's dir sagen soll, aber Bobbie war – ist nicht ganz sich selbst.«

Robert Morgan wurde plötzlich ernst: »Was meinst du denn damit?«

»Also zum einen trug er ein Kleid, als ich ihn gefunden habe.«

Einen Moment lang herrschte eisernes Schweigen, und als Robert Morgan endlich wieder das Wort ergriff, sprach er so leise, dass ich ihn kaum verstand. »Hat ihn sonst noch jemand gesehen?«

»Nein, dafür war es noch zu früh. Es fing gerade erst an zu dämmern.«

»Und wo ist er jetzt?«

»In meinem Cottage und schläft.«

Es folgte eine kurze Pause, dann: »Gut, das ist gut. Ich gebe dir ein paar Kleidungsstücke für ihn mit. Und hier...« Robert Morgan kramte in seiner Arztasche und schüttete ein paar Pillen aus einer Plastikflasche. »Gib ihm zwei davon, wenn er aufwacht. Gib ihm zuerst die Tabletten, dann die Kleidung und warte dazwischen etwa zwanzig Minuten.«

Eine Weile lang sprach keiner ein Wort. Ich konnte mein Herz hämmern hören, während ich gebannt wartete, was Marcus sagen würde. Würde er die Tabletten einstecken und keine weitere Fragen stellen, oder mit halb geöffneter Hand zögernd stehen bleiben? Ich hatte richtig vermutet. Marcus schüttelte energisch den Kopf, sah auf seine Stiefel hinab: »Nein, Sir«, sagte er entschlossen. »Das ist nicht die Antwort, die ich hören wollte.«

Robert Morgan blickte ihn finster an und schloss die Finger um die Pillen. »Nichts für ungut, aber er ist *mein* Sohn. Ich habe hier das Sagen.«

Aber Marcus war nicht umzustimmen. »Ich schätze, dann müssen wir uns wohl darauf einigen, dass wir uns nicht einig werden. Ich gebe ihm diese Pillen auf gar keinen Fall.«

Der Doktor brodelte: »Du kannst Bobbie nicht einfach bei dir wohnen lassen. Ich ruf die Polizei.«

Marcus verschränkte die Arme. »Ist Bobbie nicht gerade vor zwei Monaten achtzehn geworden?«

Robert Morgan kochte fast über, und Marcus nahm seinen Hut. »Wie ich schon gesagt habe, ich denke, das Einzige worauf wir uns einigen können, ist dass wir uns uneinig sind.«

Aber bevor er die Tür öffnen konnte, hieb Robert Morgan mit der Hand dagegen. »Nur damit du es weißt, wenn du durch diese Tür gehst, hast du in diesem Haus nichts mehr zu suchen. Wenn du noch mal mein Grundstück betrittst, lasse ich dich verhaften.«

Marcus zuckte die Schultern. Das Gesicht des Doktors färbte sich dunkelrot. »Du warst schon als kleiner Junge ein mieser Versager, Thompson, und du bist immer noch nichts weiter als ein Schlappschwanz. Da ändert kein Krieg was daran.«

Ich hielt die Luft an. Es war das Schlimmste und Gemeinste, was Robert Morgan hätte sagen können. Draußen vorm Haus riss eine plötzliche Windböe an den abgestorbenen Zweigen. Es hatte etwas Endgültiges, Hohles und Mattes. Zu seiner Ehre blieb Marcus ruhig. »Du kannst mich beleidigen, so viel du willst, Bob Bob, aber es ändert nichts an deinem Sohn. Ich schätze, ich nehme den vorderen Ausgang.« Marcus drehte noch einmal an seinem Hut, warf mir einen vielsagenden Blick zu und schüttelte dann den Kopf. Es reichte aus, um mir begreiflich zu machen, dass er sich verabschiedete.

»Warte!« Ich eilte ihm hinterher, die Dielen bogen sich unter meinem Gewicht. »Marcus, geh nicht weg! Nicht so. Was ist mit Bobbie?«

Marcus blickte zu mir auf. Seine Augenwinkel waren feucht. »Der ist nur am anderen Ende des Orts. Da sind wir übrigens beide anzutreffen.«

»Du weißt, dass das nicht so einfach ist.« Meine Stimme klang rau und unstet.

Marcus legte wie schon zuvor seine Hand auf meine Wange, und es kam mir vor, als würde die Sonne meine Haut küssen. »Ich pass gut auf ihn auf. Das verspreche ich.«

Ich kämpfte mit den Tränen. »Das weiß ich, und Robert Morgan wird sich vielleicht bald eines Besseren besinnen.«

»Das halte ich für sehr unwahrscheinlich.«

»Da hast du vermutlich Recht.«

Das Ding mit dem Abschiednehmen ist, dass es erst richtig bitter wird, wenn es vorbei ist. Erst nachdem er die Haustür hinter sich zugezogen hatte, wurde mir klar, dass die Chance, ihm mitzuteilen, dass ich ihn ebenfalls liebte, etwa flohgroß war, Tendenz sinkend. Zum ersten Mal seit meinem Einzug beim Doktor wagte ich es, davon zu träumen, wie es wäre, das Haus zu verlassen, ohne Koffer oder ein zweites Paar Schuhe, sondern einfach nur mit Karacho die Tür hinter mir zuzuknallen und meine Hüften Richtung Dyerson-Farm zu schwingen, hinaus aus der Stadt. Oder in Richtung Friedhof zu Marcus.

Hinter mir warf Robert Morgan seinen Schatten an die Wand und unterbrach meine Gedanken. Ich seufzte. Träumen war zwecklos. Ganz gleich wie weit ich ging, ich würde mich nicht von Robert Morgans schlechter Laune befreien können, und auch meinen eigenen Problemen würde ich nie entkommen.

Die Stimme des Doktors zerriss die Luft, wie ein Vorhang, der plötzlich zurückgezogen wird. »Ich möchte, dass du bis heute Abend Bobbies Zimmer leer räumst. Danach schließ die Tür von außen ab, und lass sie zu.«

Ich wand mich zu ihm um. »Er ist immer noch ein Junge. Er ist verwirrt.«

Robert Morgan gebot mir mit ausgestreckter Hand Einhalt. »Bis heute Abend.«

»Was soll ich denn mit seinen Sachen machen?«

»Verschenk sie, oder wirf sie weg. Ist mir egal.«

Der Doktor konnte Bobbies Sachen in alle vier Winde verstreuen, als ob sie Knochen wären, dachte ich, aber dessen

Geist würde weiterhin immer unter seiner Haut bleiben. Ich versuchte meine Gedanken in Worte zu fassen, die der Doktor verstehen konnte: »Er ist immer noch dein Sohn«, sagte ich, »ganz gleich was er getan hat. Dein eigen Fleisch und Blut. An der Tatsache lässt sich nichts ändern.«

Robert Morgan blinzelte, und zum ersten Mal fiel mir auf, dass sich in seinen Augen das Licht ebenso spiegelte wie in Bobbies. *Vielleicht gibt es ja doch noch eine Verbindung zwischen ihnen*, versuchte ich mir einzureden.

Aber ich hatte Unrecht. Als Robert Morgan den Mund öffnete, die Lippen so hart wie Granit, wusste ich sofort, dass jegliche Verbindung abgerissen war. »Du hast vollkommen Recht. An der Biologie kann ich nichts ändern, aber an der Geschichte.« Er hielt mir seine Hand hin, als wolle er sich vorstellen. »Schön, Sie kennenzulernen«, sagte er. »Ich bin nach fünf Generationen der erste Robert Morgan ohne Sohn.«

Während Schnee und Eis sich zu dem unumgänglichen Schneematsch des Frühjahrs wandelten, fragte ich mich, ob Vergangenheit und Zukunft nicht vielleicht wie ein Hüftgelenk miteinander verbunden waren, eines rieb am anderen, bis eines aufgab. Ich hatte mir wirklich alle Mühe gegeben, Robert Morgan nicht zu hassen. Die meiste Zeit meines Lebens habe ich das versucht, und jetzt, wo mir bewusst wurde, dass Bobbie ihn ebenfalls hasste, tat mir so viel Missgunst schon fast wieder leid. Oder vielleicht nicht wirklich leid. Leid war vielleicht etwas zu viel gesagt. Ich bedauerte es eher. Es besagte, dass, obwohl ich bestimmte Dinge gern wiedergutgemacht hätte, sie mir nicht unbedingt leidtaten.

Zum einen tat mir das, was ich für Prissy getan hatte, immer noch nicht leid. Der Doktor wurde fuchsteufelswild, als er herausfand, dass sie sich das Leben genommen hatte, aber er hatte keine Ahnung, dass ich ihr dabei behilflich gewesen war.

Prissy war sorgsam mit den Beweisen umgegangen. In letzter Zeit schnitt er dieses Thema aber immer wieder an, vielleicht weil es nach meiner Schwester und Bobbie noch so etwas war, was ihm durch die Lappen gegangen war, oder aber auch, weil es ihm leichter fiel, sich auf etwas zu konzentrieren, was ihm nicht so wichtig war. »Ich glaube, dass jemand im Ort gegen mich arbeitet«, kochte er. »Jemand muss sie beim Sterben unterstützt haben. Sie hätte weiter kämpfen können. Alte Frauen fallen nicht einfach in der Küche mit verfärbten Lippen tot um, selbst wenn es ihnen schlechter geht als einem Fisch an Land.«

Ich zuckte die Schultern und war froh, dass sich der Quilt im Zimmer oben befand, weit weg von dem durchdringenden Blick des Doktors. »Wenigstens hat sie ihren Frieden gefunden.«

Aber der Doktor sorgte sich weiterhin um das Problem, bis das Thema eines Tages so abgenutzt und fadenscheinig war wie eine von Augusts alten Pferdedecken. Jeden Abend grübelte Robert Morgan über seinem Teller, wobei ich versuchte, mich so still wie möglich zu verhalten. Ohne Bobbie hatten sich die Gespräche im Haus bald auf den steten Monolog des Doktors reduziert.

»Reverend Pickerton kann es nicht gewesen sein. Er ist ein Mann Gottes«, mutmaßte Robert Morgan und klapperte mit der Gabel auf seinen Teller mit Roast Beef. »Und Sal Dunfry war es auch nicht. Die ist zu blöd, um ihre eigene Pisse mit Wasser zu verdünnen. Amelia käme dafür in Frage – mit all ihren Reinigungsmitteln – aber nein, sie ist viel zu schüchtern. Ich wette, es war dieser kleine Mistkerl von Gärtner. Der hält sich immer noch für den Schlausten, obwohl ich derjenige mit dem Doktortitel bin.«

Als Marcus' Namen fiel, richtete ich mich sogleich etwas auf. »Das ist ja lächerlich«, fiel ich ihm ins Wort, und wischte das Fett von meinen Lippen. »Marcus war im Krieg.

Das Letzte, was er tun würde, ist jemandem das Leben zu nehmen. Außerdem ist er Gärtner. Er sorgt dafür, dass Dinge gedeihen.« Aber stimmte es nicht auch, dass Gärtner gleichzeitig immer mit dem Tod kämpften, gegen die Dürre oder Fäule oder gegen hungrige Schädlinge? Marcus sagte immer: Im Garten ist der Tod der erste, letzte und einzige Beweis für Leben.

Der Doktor sah mich abschätzend an. »Sieh dich mal an, du bist ja völlig aufgelöst. Erzähl mir nur nicht, dass du immer noch diesem kleinen Widerling nachtrauerst. Erklär mir mal, wie das jemals funktionieren soll.«

Ich ließ den Kopf hängen. »Nein, das würde es wohl nicht. Außerdem ist es gar nicht so.« Aber ich konnte das warme Gefühl von Marcus' Hand auf meiner Wange nicht vergessen und das glückliche Leuchten in seinen Augen, wenn sich unsere Blicke trafen. *Was weißt du schon von der Liebe,* hätte ich den Doktor am liebsten gefragt, *wenn doch alle, die du mal geliebt hast, dich verlassen haben*. Ich legte Messer und Gabel neben den leeren Teller.

Nur damit er den Mund hielt, spickte ich seinen Hackbraten am nächsten Abend ordentlich mit Chilis, dass er kaum zwei Worte herausbrachte, bevor er die Augen aufriss und der Schweiß auf seine Stirn trat. »Heilige Mutter Maria!«, hustete er. »Was zum Teufel hast du da rein?«

Ich blinzelte ihn sanft an. »Oh, ist das etwa zu scharf? Ich hab nur ein paar Chilis drangemacht.« Und außerdem noch ein wenig Pulver von getrockneten Hyazinthenzwiebeln, aber das würde er später noch zu spüren bekommen, wenn sein Magen zu krampfen anfing.

Der Doktor umklammerte die Gabel und biss die Zähne zusammen. »Wenn du das aufgetan hast, kann ich es auch essen.« Und das tat er auch, bis auf den letzten Bissen.

Die Truthahnroulade zu seinem Geburtstag würzte ich mit Faulbaumrinde, was dazu führte, dass er nochmals einen Abend einsam auf der Toilette verbrachte, und drei Wochen später ließ das Mutterkraut im Salat (das mir sonst gute Dienste bei meinen Kopfschmerzen erwiesen hatte), seine Zunge anschwellen. Ich tropfte Borretschöl in seinen Kaffee und sah zu, wie seine Augen innerhalb von zwei Wochen ein kränkliches Gelb annahmen, wurde Zeugin, wie sich auf seinen Lippen Blasen bildeten, nachdem er einen Pudding, aufgepeppt mir Aronstab, gegessen hatte.

Er betrachtete meine Speisen argwöhnisch und schnupperte daran, wie ein Hund, der ein Almosen beschnüffelt. »Was, verdammt noch mal, kochst du denn da immer, Truly?«, fragte er. »Nichts, was du auf den Tisch stellst, bekommt mir.«

Ich fuchtelte hilflos mit den Händen. »Ach, das tut mir aber leid, Robert Morgan. Jetzt, wo Bobbie weg ist, bin ich manchmal nicht ganz bei der Sache. Ich schätze, ich bin zu nichts zu gebrauchen.«

Der Doktor schnaubte. »Erzähl mir was Neues.« Bei Bobbies Namen hatte er die Augen zusammengekniffen. »Du hast dich doch nicht etwa heimlich davongeschlichen und ihn aufgesucht, oder?«

Er stopfte sich wieder eine Gabel voll in den Mund und kaute misstrauisch. Heute Abend gab es einfach nur Fleisch. Aber mir fiel ein, dass ich in der Speisekammer noch zwei Flaschen von dem tödlichen Gebräu stehen hatte. Ich könnte es einfach mit dem Kaffee für den Doktor aufgießen und dieser Farce ein für alle Mal ein Ende bereiten. Ich könnte mich und Bobbie von ihm befreien. Ich schreckte blinzelnd aus meinen Gedanken auf, hoffte, dass sie mir nicht im Gesicht geschrieben standen. »Nein, natürlich nicht.«

Der Doktor biss die Zähne zusammen. »Gut so, denn wenn er da draußen allein sein will, lass ihn. Aber unterstütze ihn bloß nicht auch noch dabei. Wenn ich rausfinde, dass du ihn aufgesucht hast« – er fixierte mich mit glasigem Blick –, »dann, so wahr mir Gott helfe, Truly, wirst du noch nicht mal mehr in der Lage sein, eine Entschuldigung zu flüstern. Hast du verstanden?«

Ich rückte meinen Stuhl vom Tisch ab. »Verstanden.« Ich dachte an all die Dinge, die ich von Bobbie wusste, aber Robert Morgan nicht, ganz zu schweigen von den Dingen über Tabitha Morgan, und beschloss dann, nach allem, was vorgefallen war, dass es mir kein bisschen leidtat, dass ich es für mich behalten hatte. Ganz im Gegenteil, hätte Tabitha Morgan ein Rezept für selige Unwissenheit gehabt, hätte mich kein Geld auf der Welt dazu gebracht, es einzunehmen. Ich war noch längst nicht fertig mit dem Doktor. Es war an der Zeit, meine Forderungen zu stellen.

Was mit gelegentlichen Experimenten mit Tabbys Hausmitteln an Robert Morgan angefangen hatte, führte alsbald zu einer regelrechten Attacke. Bald probierte ich fast jeden Tag ein neues von Tabbys lebensgefährdenden Kräutern an dem Doktor aus, indem ich sie unter das Essen rührte, wie man Pferden die Medizin unter das Futter mischt. Ich verabreichte ihm Oleander, Nachtschatten und sogar geringfügige Mengen Schierlingskraut, aber in mehrmaligen Dosen. Zuerst schien nichts zu passieren. Er schlürfte die Kräutersuppe, verschlang die Beerentorte mit Genuss und stand pfeifend vom Tisch auf. Eines Morgens jedoch, etwa ein Monat nachdem ich mir ernsthaft an seinem Essen zu schaffen gemacht hatte, erschien er ermattet und eingefallen in der Küche, die Haut um seine Augen dunkel und eingesunken, sein Hals erschlafft.

»Ich glaube, ich nehme mir heute frei, Truly«, keuchte er und schlang seinen Morgenmantel enger um sich herum. »Sag bitte alle Termine ab. Und kannst du mir einen Tee bringen?«

»Was ist los, Robert Morgan?«, fragte ich und versuchte mein Grinsen hinter einer Maske von Betroffenheit zu verbergen. »Du bist wohl nicht so ganz auf dem Damm?« Was mich anging, ich war es bestimmt nicht. Vielleicht lag es an den ganzen Pillen, die ich immer einnehmen musste, aber in letzter Zeit war mein Magen ständig übersäuert. Ich probierte es mit Teemischungen von Tabithas Quilt, aber selbst die halfen nicht. Meine Gelenke schmerzten trotz Arnika, und selbst die Ekzeme gingen mit der Salbe, die ich extra dafür hergestellt hatte, nicht weg. Je öfter ich die Zutaten auf dem Quilt in böser Absicht nutzte, desto seltener schienen sie bei gutwilligen Anwendungen zu funktionieren.

Er hustete in seine Faust. »Anscheinend irgendein Virus. Sag mal« – er runzelte die Stirn –, »findest du nicht auch, dass der Haferbrei merkwürdig schmeckt?« Sekunden bevor er in die Küche gekommen war, hatte ich einen Bund Wurmkrautblätter – berühmt für ihre halluzinogenen Eigenschaften – zu Brei zerstampft und die Flüssigkeit den Cornflakes beigegeben.

»Nein«, ich schluckte demonstrativ einen winzigen Bissen hinunter. »Ich finde, es schmeckt ganz normal.«

»In letzter Zeit fühlt sich meine Zunge so komisch an.« Der Doktor sah finster drein. »Als ob sie geschwollen wäre. Vielleicht ist es ja auch nur dieser Infekt.«

»Vielleicht«, stimmte ich ihm zu. »Aber so genau weiß man das nie. Vielleicht ist es ja Hexerei.« Ich zwinkerte ihm zu.

Robert Morgan schien einen Moment lang völlig verdutzt, dann kicherte er: »Und vielleicht toben nachts die Feen auf dem Rasen. Trotzdem…« Sein Lächeln erlosch. »Eine Untersuchung könnte nichts schaden. Ich habe einen Kollegen in Hansen drüben. Vielleicht ruf ich ihn einfach mal an. Ich bin nicht so ganz bei mir in letzter Zeit.«

Ich lächelte völlig unbeteiligt. »Na klar, Robert Morgan, das hört sich nach einer guten Idee an. Ihr Ärzte solltet zusammenhalten.«

Er segnete mich mit einem denkwürdigen Blick, aber dann schüttelte ihn ein weiterer Hustenanfall. Er hatte in den letzten drei Wochen so viel abgenommen, dass sogar die Filzpantoffeln an seinen Füßen zu groß wirkten. Jetzt wäre der geeignete Moment gewesen, um ihn endgültig zur Strecke zu bringen, dachte ich. Ein halbes Glas von Tabbys Gebräu würde ausreichen.

Aber was wäre dann aus mir geworden? Ob es mir passte oder nicht, er war der Einzige, der wusste, was nicht mit mir stimmte, der Einzige, der auch nur die geringste Aussicht auf Heilung versprach, und ich wollte gesund werden. Marcus hatte mir neue Hoffnung gegeben, und dann war da noch Bobbie.

Ich spülte die zerstoßenen Wurmkrautblätterreste aus der Schüssel und goss die übrigen Cornflakes vom Doktor in die Spüle. Vielleicht sollte ich Tabithas Heilmittel etwas sparsamer einsetzen, ermahnte ich mich. Es stimmte, dass ich in meinem Herzen immer noch einen Kessel voller Groll auf kochender Flamme gegen den Doktor hegte, aber dadurch, dass ich das Feuer schürte, ging es mir auch nicht besser. Um genau zu sein, hatte sich dadurch überhaupt nichts geändert. Ich saß immer noch im Haus von Robert Morgan fest, war immer noch groß wie eine Scheune, und so wertvoll die Rezepturen auch sein mochten, sie erwiesen sich in letzter Zeit für mich so nützlich wie das Schlückchen Wasser aus einer verdorbenen Quelle. Vielleicht sollte ich es mal wieder ohne versuchen.

24

Als klar wurde, dass Bobbie tatsächlich nicht mehr nach Hause kommen würde, wusste ich, dass es an der Zeit war, das zu tun, wozu Robert Morgan mich die ganze Zeit drängte – seine Habseligkeiten so ordentlich wie möglich in Kartons zu packen. Amelia kam vorbei und half mir, sie auf die Farm zu bringen. Ich schwor mir, sie Bobbie eines Tages wiederzugeben, aber während wir die Straße entlangruckelten, auf die weiten Felder und verwitterte Scheune zu, vergaß ich Bobbie vorübergehend und sah mich mit großen Augen um.

Dies war das erste Mal, seit ich weggezogen war, dass ich wieder hier war. Brenda hatte zwei Jahre zuvor einen ihrer Gläubiger geheiratet und war mit ihm nach Saratoga Springs gezogen, wo sie einen Cadillac fuhr, lernte, Wein zu trinken und immer wieder versuchte, Amelia zu überreden, die Farm zu verkaufen. Es war jedoch recht unwahrscheinlich, dass Amelia das tun würde, solange Augusts Gebeine in den Brachwiesen lagen. Es gibt Dinge im Leben, die sind zu schmerzlich, um sie loszulassen, ganz gleich wie sehr wir es wollen. Stattdessen war es Amelia anscheinend irgendwie gelungen, die Zäune auszubessern, den Hühnerstall zu flicken, das Windrad zu reparieren und neue Leitungen im Haus zu verlegen, es frisch anzustreichen und neu einzurichten. Das Einzige, was noch so aussah wie immer, war die alte Scheune. Schon zu

Augusts Zeiten war es ein offenes Haus für Eulen und Mäuse gewesen, aber jetzt schlug mir der Anblick der vergammelten Balken und des baufälligen Dachs regelrecht aufs Gemüt.

»Was meinst du, wie lange es noch dauert, bis sie komplett einstürzt?«, fragte ich und holte eine von Bobbies Kisten von der Ladefläche des Trucks.

Amelia warf einen Blick zur Scheune und zuckte mit den Schultern. Hier draußen, fernab von prüfenden Blicken des Ortes, atmete sie leichter und ihre Stimme klang sicherer. »Sie ist ganz schön windschief, aber sie wird nicht zusammenbrechen. Daddys Geist wohnt noch irgendwo da drin.«

Ich wusste, was sie meinte. Genau wie August war die Scheune noch nicht so weit, alles aufzugeben, selbst wenn die Aussichten nicht gerade rosig waren. Ich stellte die Kiste auf der vorderen Veranda ab. »Hier sieht's wunderbar aus. Du musst richtig geschuftet haben.«

Amelia errötete. »Ich hab nicht alles allein gemacht. Ich habe Hilfe gehabt.«

»Wen meinst du denn?« Außer mir fiel mir niemand von Amelias Freunden ein. Sie hatte natürlich Auftraggeber, Leute wie Vi Vickers, die wir beide seit Ewigkeiten kannten – aber ich glaube nicht, dass eine von ihnen Amelia als etwas anderes betrachtete, als jemanden, der bei ihnen zu Hause putzte und dann wieder für eine Woche verschwand.

»Komm mit, ich zeig's dir.«

Sie nahm mich bei der Hand und ging mit mir ums Haus herum. Als wir um die Ecke bogen, stockte mir der Atem. Die alten rostigen Autoteile, die zu keiner bestimmten Maschine mehr passten, waren verschwunden. Ebenso wie der kaputte Lattenzaun, die Unkrauthügel, und die kahlen Stellen, wo nur Dreck gewesen war. Stattdessen war da ein Garten, der sich gerade erst durch den Boden des jungen Frühjahrs bohrte – angelegt in einer runden, sanften Spirale. Ich erkannte den Entwurf sofort.

»Das ist der Garten von Marcus«, hauchte ich, und Amelia errötete wieder.

»Er hat erst vor ein paar Wochen damit angefangen, aber er hat schon ganz schön viel geschafft. Er meinte, er sucht nach einem Ort, wo er etwas anpflanzen kann, und ich habe ihm gesagt, dass hier mehr als genug Platz ist. Sieh mal…« Sie ging zwischen den dicht stehenden Sprösslingsreihen hindurch. »Wir werden Paprika, Bohnen, und Auberginen ernten, wenn ich's recht weiß.« Trotz der kühlen Luft waren ihre Wangen rosig und ihre Augen leuchteten. Ich hatte das Gefühl, dass ich allmählich verstand, was Marcus daran reizte, seinen Garten hier draußen anzulegen, neben dem freien Stück Land. Eifersucht brodelte in mir, und ich kehrte den Pflanzen den Rücken zu. »Können wir jetzt die Kisten hineinbringen? Ich erfriere gleich.« Es war gelogen, weil ich nie fror, aber ich wollte nicht, dass Amelia den Neid in meinem verkniffenen Mund erkannte.

Sie sah verwirrt und auch gekränkt aus. »Ja, gut.«

Was ich eigentlich wollte, war, in den ordentlichen Zeilen zu verweilen, die Marcus in die Erde gekerbt hatte. Ich wollte genau in der Mitte der Spirale sitzen und darauf warten, dass die Pflanzen sich entfalteten. Ich wollte, dass sie an meinen Gliedern hochwuchsen und mich umgarnten, bis ich gemeinsam mit ihnen auf einen Schlag erblühte. Aber es war Amelia, die die dickhäutigen Paprika ernten und Körbe voller Wachsbohnen pflücken würde. Amelia würde Marcus vom Küchenfenster aus zuwinken und ihn zu einem Teller frisch gekochtem Mais- und Bohneneintopf mit Räucherschinken einladen. Mir stieg die Galle hoch.

»Truly, was ist los?« Sie legte eine Hand auf meinen Unterarm, aber ich schüttelte sie ab.

»Ich muss langsam zurück. Ich muss das Abendessen für den Doktor machen.«

Es sah so aus, als ob Amelia etwas entgegnen wollte, aber

gegen das lebenslange Herunterschlucken von Worten kommt man nur schwer an. Ich fragte mich, ob sie die Eifersucht in meinem Blick erkannt hatte oder ob sie sich meine üble Laune selbst ankreidete; so wie ich Amelia kannte, war es eher Letzteres. Sie hatte vielleicht einen wunderschönen Garten, der sich zu ihren Füßen ausbreitete, aber in ihrem Innern betrachtete sie sich selbst immer noch als Unkraut – reizlos, unkultiviert, selbst in ihrem eigenen Garten nicht willkommen. Jede Münze hatte jedoch zwei Seiten. Unkräuter verwandelten sich manchmal zu prachtvollen Blumen. Schönes geht Hand in Hand mit Hässlichem einher, Krankes mit Gesundem, und in die gehörnten Schatten des Todes schlich sich manchmal das Leben. Der Trick besteht darin zu erkennen, was was ist und mit welchem man gerade zu tun hat. Man kann jederzeit das Gewicht ein bisschen zur einen oder anderen Seite hin verlagern, wenn man aufmerksam ist, aber zu diesem Zeitpunkt war ich es nicht. Ich war viel zu sehr mit den Steinen, die in meinem Herzen herumkullerten, beschäftigt.

»Komm schon«, seufzte ich. »Lass uns reingehen.«

Selbst noch nach zehn Jahren löste der Griff an der Hintertür der Dyersons ein vertrautes Gefühl in mir aus. Ob das Haus wohl immer noch nach Bienenwachs und Vanille duften würde und ob die Gefriertruhe immer noch vor sich hin surrte wie eine Stechmücke. Ich wollte dringend noch einen großen Atemzug von Marcus' Garten schöpfen, bevor ich hineinging, aber ich wollte Amelia nicht die Genugtuung lassen, und um der Wahrheit gerecht zu werden, mir selbst auch nicht. Ich hatte jahrelang in Erinnerungen an diesen Ort geschwelgt, und jetzt, wo er vor mir lag, wusste ich nicht, was ich davon halten sollte.

Amelia verdiente eine Erklärung für meine Stimmung, so viel wusste ich, deshalb nahm ich all meinen Mut zusammen und versuchte ihr eine zu geben. »Es ist der Garten«, brachte ich hervor. »Es ist derselbe, den Marcus beim Doktor anlegen wollte. Ich dachte – es ist einfach so… Na ja, ich dachte, es wäre was Besonderes.«

Amelia verstand auf der Stelle. »Was Besonderes für dich, meinst du.«

Ich senkte den Kopf. »So was in der Art.«

Sie lächelte. »Aber er ist etwas Besonderes. Siehst du das nicht? Dass er ihn hier draußen angelegt hat, ändert nichts daran. Er hat ihn trotzdem geplant. Er war es, der ihn ins Leben gerufen hat.«

Ich hob den Kopf, immer noch ein wenig schwindelig von Marcus' Schöpfung. »Oh«, hauchte ich. Ein Hoffnungsschimmer glühte in mir auf.

Amelia kam über die Veranda auf mich zu. »Truly, er mag dich sehr, das ist ganz offensichtlich. Das war schon immer so. Warum unternimmst du nicht etwas? Bobbie ist weg. Und er kommt bestimmt nicht zurück – das weißt du auch. Was hält dich noch beim Doktor? Warum ziehst du nicht wieder zu mir? Es wär wie früher. Komm nach Hause.«

Nach Hause. Es ging mir durch Mark und Bein. Die meisten Leute nannten einen festen Platz ihr zu Hause, aber bei mir war das anders. War es das Haus des Doktors, wo Bobbie gelebt hatte und ich schon so lange gewesen bin? Oder die Farm der Dyersons, wo Augusts begraben lag und wo so viel Platz war, dass ich mir klein vorkam; oder war es das beengte Holzhaus aus meiner Kindheit, wo meine Mutter und mein Vater gestorben sind? Ich griff noch einmal nach dem Messingknauf, in Erwartung der gewohnten Gerüche, die mich beim Öffnen empfangen würden. Ich dachte ein letztes Mal an Marcus' Garten und ließ ihn wehmütig hinter mir.

Das Einzige, was mich noch im Haus des Doktors hielt, war meine Rachsucht, aber die hatte lange Zähne, die sich festbissen, und ich wusste schon gar nicht mehr, wie ich mich daraus befreien sollte. Ich war von der Behandlung des Doktors abhängig, aber ich wurde mir auch gewahr, dass ich unerwartet Wurzeln unter seinem Dach geschlagen hatte, und der Gedanke, sie herauszureißen, um woanders hinzuziehen, selbst auf die vertraute Farm, ließ mich zögern. Ich war wahrscheinlich wie eine Kletterpflanze, die den Baum langsam aber sicher erstickte. Jetzt, wo ich ganz oben angekommen war, erkannte ich, dass ich nirgendwohin konnte, außer dorthin zurück, wo ich hergekommen war.

Als ich wieder beim Doktor eintraf, saß Robert Morgan in der Küche, an und für sich schon ungewöhnlich genug, aber dazu waren noch alle Lichter ausgeschaltet. Er saß so reglos da, dass ich ihn fast nicht gesehen hätte. Er wartete, bis ich den Mantel ausgezogen hatte und zerschnitt dann die Luft mit der Schärfe einer Rasierklinge. »Du warst ganz schön lange weg.«

Ich streifte den schwarzen Mantel von der Schulter und hängte ihn über den Stuhl, bevor ich mich setzte. Wie vorherzusehen war, ächzte das Holz unter meinem Gewicht. Ich wollte schreien, Schwefel und Feuer spucken, aber ich war so müde, dass es nur noch zu barscher Verärgerung reichte. »Ich hab Bobbies Sachen weggebracht.«

Robert Morgan reagierte nicht darauf. Ich verlagerte mein Gewicht auf die andere Seite. Ich hatte mich immer noch nicht an das Haus in seiner neuen Besetzung gewöhnt. Ohne Bobbie kamen mir die Räume vor wie nach einer Beerdigung. Es drängte mich danach, Licht zu machen, anzufangen zu kochen und die Küche mit Wohlgeruch und dem fröhlichen Blubbern von kochendem Wasser zu erfüllen, aber es bestand kein Grund dazu. Der Doktor hatte sich mit einem Teller kaltem Rindfleisch, Crackers, Käse und Sellerie beholfen.

Ich starrte auf die welken Stängel auf seinem Teller und dachte wieder an Marcus' Garten, stellte mir vor, wie üppig er aussehen würde, wenn alles reif war, und wie gut die frisch gepflückten Tomaten und Paprika schmecken würden. Ich malte mir aus, wie er mich mit einer Erbse nach der anderen direkt aus der Schote füttern würde. Ich dachte auch an die übrige Farm – es gab inzwischen keine Pferde mehr, aber vielleicht konnte ich im Frühling ein anmutiges Fohlen aufziehen, dem ich Sanftheit beibringen würde. Aber nicht mehr solche Tiere auf wackeligen Beinen, wie die, um die ich mich gekümmert hatte. Zur Abwechslung wollte ich mal ein bisschen Eleganz. Ich legte die Hände auf den Tisch und sah dem Doktor direkt in die Augen. Amelia hatte ganz Recht, es war bestimmt Zeit, die Tür zu meiner Zukunft aufzustoßen. Nichts hielt mich mehr hier, lediglich die hässliche Verlockung auf Rache. Es war Zeit zu gehen. Aber es dem Doktor beizubringen, war noch mal etwas anderes.

Ich dachte darüber nach und kam zu dem Schluss, dass es am besten wäre, schrittweise vorzugehen. Es war keine gute Idee, sich mit einem Sturkopf wie dem Doktor anzulegen. Es war besser, ihm erst einmal nach dem Mund zu reden. Ich holte tief Luft und wiederholte: »Also, ich habe es erledigt. Ich habe Bobbies Sachen weggebracht, wie du es wolltest.« Ich erzählte natürlich nicht, was ich damit gemacht hatte, und Robert Morgan fragte auch nicht danach, deshalb sprudelten die Worte aus mir hervor, als wollte ich einen Eintopf kochen. »Es ist alles weg. Sein Zimmer ist leer. Aber du weißt ja, dass er noch in der Stadt ist.«

Robert Morgan sah mich böse an, und ich gab es auf, weil er vermutlich noch lange nicht zu einer Versöhnung bereit war. Aber ich nutzte die Gelegenheit, auf meine eigenen Angelegenheiten zu sprechen zu kommen. »Wo wir gerade beim Wegziehen sind, ich nehme mal an, du brauchst mich jetzt nicht mehr wirklich, und Amelia hat mir heute Mittag angeboten, wieder bei ihr auf der Farm einzuziehen. Nicht« – ich hielt einen Finger hoch – »dass ich nicht noch einmal die Woche vorbeikommen könnte, um etwas für dich zu kochen oder zu putzen, so in der Art. Und natürlich komme ich weiterhin wegen meiner Medizin.« Ich legte die Hände übereinander und wünschte, ich könnte einen Strich drunter ziehen, so wie Bobbie es getan hatte, aber zugleich wusste ich, dass es mir unmöglich sein würde. Ich lehnte mich zurück und wartete auf das unvermeidliche Donnerwetter, aber es blieb aus.

Resignierte Stille breitete sich zwischen uns aus wie die Wasserringe auf einem Teich. Im Halbdunkel fiel mir auf, dass die Augenringe des Doktors noch dunkler, die Risse in seinen Lippen tiefer geworden waren. Er sah so erschöpft aus wie eine morsche alte Veranda, und plötzlich war ich beunruhigt. Im Nachhinein war es wohl keine gute Idee gewesen, Tabbys Rezepturen an ihm auszuprobieren. Mir hatte es auch nichts genützt. Es war gut, dass ich damit aufgehört hatte. Ich beugte mich vor und streckte meine Hand nach ihm aus. »Es tut mir leid«, sagte ich. »Versuch es zu verstehen.«

»Ich habe immer gedacht, dass du vor mir gehen musst«, sagte er leise.

Ich kniff die Augen zusammen. »Ich weiß, ich bin an der Reihe.«

»Nein, so war das nicht gemeint.« Er schüttelte den Kopf.

»Wovon sprichst du dann?« Ich zog die Hand zurück.

Er schloss die Augen. »Ich war beim Arzt, und er hat endlich die Testergebnisse erhalten. Ich leide an akuter Knochenmarksleukämie.«

Einen Moment lang herrschte Schweigen. Selbst mir war klar, dass es etwas Ernstes war, aber ich stellte dennoch die offensichtliche Frage. »Was ist das?«

»Eine bestimmte Krebserkrankung. Meine weißen Blutkörperchen vermehren sich zu schnell. Sie verdrängen die roten.« Es war mir bisher nicht klar gewesen, dass Blut in verschiedene Farben aufgeteilt wurde, aber ich konnte mir gut vorstellen, dass, wenn irgendjemand etwas so Grundlegendes wie sein eigenes Blut in etwas verwandeln konnte, was aufschäumte und sich bekämpfte, es garantiert Robert Morgan war. Es war, als ob auch er nach all den Jahren endlich herausgefunden hätte, was der Rest der Menschheit schon längst wusste – dass er mit sich selbst so im Unreinen war wie sonst kaum einer.

Ich atmete ganz langsam aus. »Wie lange hast du noch?«

»Wochen. Vielleicht Monate. Es hängt ganz vom Einzelnen ab.« Er mied meinen Blick. »Es gibt wirklich nichts, was man dagegen tun könnte. Nichts, was für mich in Frage käme.«

Ich dachte an Priscilla Sparrows letzten Besuch und bezweifelte das ernsthaft. Wenn Kranke krank genug waren, gab es eigentlich nichts, was sie einen nicht machen ließen. Aber der Doktor würde selbst noch dahinterkommen und wahrscheinlich eher früher als später. Und wenn es so weit war, wollte ich als Zeugin dabei sein. Meine Zukunft musste mal wieder warten.

25

Wenn es sich nur um ein paar Monate dreht, lässt sich vieles ertragen, was die einzige Erklärung ist, die mir für den unsicheren und doch überraschenden Waffenstillstand einfällt, der sich zwischen mir und dem Doktor in den letzten Wochen seines Lebens einstellte. Oberflächlich betrachtet hatte sich nichts zwischen uns geändert. Er brachte Stunden in der Praxis zu, ordnete Karteien, mistete Rezepte und Medikamente für ein ganzes Jahr aus, und ich beschäftigte mich im Haus. Auch ohne Bobbie fand ich noch genug zu tun, und selbst wenn Robert Morgan allmählich immer kraftloser wurde, schien er entschlossen, es sich nicht anmerken zu lassen. Er stellte immer noch seine Schuhe in den Flur, damit ich sie blitzblank putzte, verlangte messerscharfe Bügelfalten in seinen Hosen und seine Hemden extrasteif gestärkt. Er rügte mich scharf, wenn das Wasser in der Blumenvase im Flur trübe wurde, tadelte mich, als ich aus Versehen salzige Butter kaufte, und beschwerte sich über die neue Seifenmarke, die ich für die Hände gekauft hatte.

»Ich mag den Geruch einfach nicht«, fertigte er mich kurzerhand ab und sah mir dabei zu, wie ich sämtliche neue Seifenstücke in den Müll warf und die alten wieder hinlegte.

Ich würde behaupten, falls sich damals überhaupt irgendetwas zwischen uns beiden getan hatte, war es von mir ausgegangen, nicht von ihm. Mein Groll auf ihn war noch nicht überwunden, aber ich war nicht mehr ganz so wütend auf ihn. Es wäre zu sehr darauf hinausgelaufen, der Vogelscheuche eins draufzugeben, wo ich es doch eigentlich auf die Vögel abgesehen hatte.

Nachdem er mir von seiner Krankheit erzählt hatte, schleppte ich mich mit Bauchschmerzen in mein Zimmer hinauf, wo Tabbys Quiltdecke über meinem Bett lag, die Blütenköpfe schienen wie Tausende anklagender Augen in meine Richtung zu blicken. Was, wenn ich seine Krankheit ausgelöst hatte? Ich kämpfte mit der Übelkeit und riss und zerrte an dem Quilt, bis ich ihn zu einer Kugel zusammengerafft hatte. Dann trug ich ihn die Treppe hinunter, an denselben Ort zurück, wo er ursprünglich gehangen hatte, an der Wand im Wohnzimmer. Keine Experimente mehr, schwor ich. Schluss mit dem stundenlangen Kräuter ziehen lassen, noch nicht mal für mich selbst. Kein übel riechendes Breianrühren mehr. Ich war fertig mit Tabbys Zauberformeln. Von jetzt an würde ich dem Doktor nur noch liebevolle Fürsorge angedeihen lassen.

Aber ganz gleich wie eifrig ich mich auch mühte, ganz gleich wie oft ich seine Wärmeflasche auffüllte und die Laken wechselte, ganz gleich wie viele Male ich die Schale mit Erbrochenem neben seinem Bett wechselte, die Frage nach der Ursache von Robert Morgans Krankheit beschäftigte mich weiterhin. Sie zerrte an mir und rieb wie ein Sandkorn in meinem Schuh, bis ich es schließlich nicht mehr aushielt und ihn geradeheraus danach fragte.

»Was meinst du, warum du krank geworden bist?« Ich stellte ihm ein Tasse Tee auf den Nachttisch – nur Tee, nichts weiter – und faltete die Hände, wartete auf eine Anschuldigung oder zumindest eine Verdächtigung irgendeiner Art.

Aber Robert Morgan blinzelte nur sorgenvoll wie eine Eule. Er hatte mehr abgenommen, als überhaupt an ihm dran war, und seine Wangenknochen waren von stark ausgeprägt zu hervorstechend übergegangen. Ich wand den Blick ab. »Ich dachte, ich hätte es dir schon mal erklärt«, antwortete er. »Es ist eine Erkrankung der weißen Blutkörperchen.«

»Nein. Das weiß ich ja. Was meinst du denn, woher sie kommt? Was hat sie hervorgerufen? Vielleicht etwas, was du gegessen hast?«

Der Doktor sah zu mir auf. »Warum fragst du?«

»Nur so«. Ich verlagerte nervös mein Gewicht.

»Nein, Truly. Es liegt nicht an etwas, was ich gegessen habe. Es ist auch nicht, weil Bobbie weg ist. Es ist einfach darauf zurückzuführen, dass einige der Zellen in meinem Körper beschlossen haben, sich zu schnell zu vermehren. Das ist alles. Wenn ich mehr darüber wüsste, säße ich jetzt nicht in diesem Sessel. Dann würde ich vor dem Ausschuss für den Nobelpreis sitzen.«

»Aber das kann doch nicht sein!«, rief ich aus. »Da muss doch mehr dahinterstecken. Es muss doch einen Grund dafür geben.«

Der Doktor schüttelte den Kopf. »Ich fürchte, nein. Der Körper ist auch nur ein Körper mit seinen eigenen Gesetzmäßigkeiten. Er ist eine Sache für sich. Wenn er zusammenbricht, dann war's das.«

Ich atmete aus und sah zum Fenster hinaus in den klaren blauen Himmel. »Ist es das, was du denkst. Dass wir einfach so sind, wie wir sind?« Ich erinnerte mich daran, wie er das vor langer Zeit gesagt hatte, als er mich zum ersten Mal untersucht hatte. »Aber was ist dann mit mir? Werde ich mich jemals verändern können?«

Er winkte schwach ab. »Du – du fällst aus dem Rahmen, Truly. Ich weiß nicht, was ich dir sagen soll.« Der Doktor schloss die Augen und nahm einen Schluck Tee. Der Wind rauschte in den Blättern. »Krankheit bedeutet gar nichts«, sagte er endlich. »Es ist entweder etwas, was man heilen kann oder aber nicht. Ich habe immer versucht, den Leuten zu ermöglichen, damit einigermaßen gut zu leben.«

Ich stellte mir Marcus' Garten vor, angelegt in einer ausladenden Spirale, deren Blätter und Knospen zu Nahrung werden würden. »Was, meinst du, passiert, wenn wir sterben?«, fragte ich. »Meinst du, wir werden wieder zu Erde?«

Der Doktor zog die Stirn kraus. »Du meinst, so was wie Asche zu Asche, Staub zu Staub?«

»Ja, wahrscheinlich.«

»Biologisch gesehen, ja. Bei allem anderen bin ich mir unsicher.«

Aber ich wusste plötzlich mit Bestimmtheit, dass alles und jeder auf der Erde, zweifelsohne alles eins war. Ich dachte an Priscilla Sparrow und was ich für sie getan hatte und dass ich womöglich eines Tages auf den gleichen Gefallen angewiesen sein könnte. Und obwohl Robert Morgan und ich zwei komplett unterschiedliche Fälle waren, waren wir doch durch Bobbie und meine Schwester aneinander gebunden, und es gab absolut nichts, was wir dagegen tun konnten. Aber trotzdem waren wir uns nicht gerade sehr ähnlich, der Doktor und ich. Er siechte dahin, während ich die doppelte Portion abbekommen hatte von dem, was die Welt auszuteilen hatte, und noch nicht tot war.

Stattdessen lernte ich zu leben.

Amelia teilte mein neu entwickeltes Mitgefühl nicht. »Er hat das ganze Haus voller Medikamente, lass ihn doch sich selbst behandeln«, sagte sie, als ich ihr erzählte, dass ich nicht auf die Farm rausziehen würde, und warum nicht. »Er ist ein gemeiner Hund, und das war er schon immer. Überlass ihn dem, was kommt.«

Ihre Gehässigkeit bestürzte mich. »Das ist keine besonders christliche Gesinnung«, entgegnete ich, woraufhin Amelia nur schnaubte.

»Erzähl mir mal, was der Herrgott je für uns getan hat?«

Ich starrte sie an. Sie war beim Frühjahrsputz und hatte sich schon den ganzen Morgen über seltsam benommen, wie eine Schlange kurz vor der Häutung. Jetzt, wo der Doktor bettlägerig war und es außer mir niemanden gab, der sie hätte hören können, summte sie oftmals bei ihrer Arbeit vor sich hin und unterhielt sich sogar dabei mit mir, wie in diesem Moment. Dass mir dazu nichts einfiel, verstimmte sie nur noch mehr, und sie wischte den Staub vom Küchenregal und fing an, den Boden zu schrubben.

»Du schlägst doch nicht im Ernst vor, dass ich ihn hier alleine sterben lassen soll? Außerdem, ist dir jemals in den Sinn gekommen, dass ich noch einen anderen Grund haben könnte hierzubleiben?«

Amelia zuckte die Schultern: »Wie man hineinruft, so schallt es heraus.« Sie hielt mit ihrem Gewische inne. »Du weißt ja noch nicht mal die Hälfte über den Doktor«, sagte sie. »Und glaub mir, du willst es auch gar nicht wirklich wissen.«

Ich öffnete den Mund und schloss ihn wieder. »Auch du weißt noch nicht mal die Hälfte«, sagte ich schließlich. Ich hatte ihr immer noch nichts von meiner Krankheit erzählt. Sie dachte, die ganzen Pillen gehörten zu einem Vitaminaufbauprogramm.

Amelia sah zu mir auf. »Was soll das denn heißen?«

»Nichts.« Am liebsten hätte ich Amelia auf der Stelle von meinem Leiden erzählt, aber etwas hielt mich davon ab. Ich erzähl's ihr später, schwor ich mir, wenn sie fertig ist mit Putzen und wir Kaffee trinken. Heute wartete ich besonders ungeduldig darauf, dass Amelia zum Ende kam, damit sie mir Neues von Bobbie berichten konnte.

Ich stellte mir bestimmt zehnmal am Tag vor, wie ich ans andere Ende des Dorfes zum Friedhof lief, um ihn zu besuchen, aber da war ja auch Marcus. Der Doktor hatte mir klar zu verstehen gegeben, was passieren würde, wenn ich Marcus wieder in mein Leben ließ, und ich wollte ihm keinen Ärger machen.

Außerdem war ich mir nicht sicher, wie wir zueinander standen. Waren wir Freunde? Wieder alte Bekannte? Oder sprossen noch ein paar verschlossene Knospen an unseren Zweigen? *Er wird zu dir kommen*, drängte sich mir eine Stimme auf. *Warte nur ab*. Hin und wieder überlegte ich, ob sich vielleicht auch ein paar Liebeszauber auf Tabbys Quilt befanden, aber dann verwarf ich die Idee immer ganz schnell wieder.

Amelia wartete noch eine Minute, um zu sehen, ob ich klein beigab und ihr mein schweres Herz ausschüttete, aber von mir kam nichts, deshalb schüttelte sie sich, beleidigt wie ein Gockel. Sie wrang den Mopp aus und stellte ihn in die Ecke. »Das war's«, sagte sie. »Ich geh rüber und mach mich an die Praxis.« Ich sah ihr hinterher, wie sie über die Veranda zur Praxis marschierte und die Fenster aufriss. Den gesamten Nachmittag über scheuerte und putzte sie, bis sie am Ende des Tages außer Atem war und ihr Herz wie verrückt raste. Endlich kam sie wieder in die Küche, um das Reinigungsmittel auszutauschen.

»Was ist los«, fragte ich sie, beunruhigt über ihre roten Wangen.

»Das Zeug hier taugt nichts«, sagte sie, goss das Putzmittel aus und holte sich eine Flasche Essig aus der Speisekammer. »Ich glaube, ich bin allergisch dagegen.«

Als Nächstes band sie sich ein Kopftuch vor Mund und Nase, aber schon nach einer Stunde riss sie es sich wieder herunter, ihr Herz raste wie das eines Fisches auf dem Trockenen. Sie saugte und entfernte den Staub von den Rollos, schrubbte die Polster des Schreibtischstuhls und nahm die Beleuchtung auseinander, aber nichts davon schien zu helfen. Dann staubte sie die Bücher des Doktors ab. Ich spähte aus dem Küchenfenster und beobachtete sie dabei, wie sie auf halber Höhe der Leiter stand und erstarrte, den rosa Staubwedel in der einen Hand, in der anderen ein Buch. Ihre Lippen bewegten sich, und sie strich mit der Hand über den Titel, dann schüttelte sie den Kopf, kniff den Mund zusammen und stellte das Buch ins Regal zurück.

Sie bewegte sich vorsichtig – sie hatte den instabilen Rücken ihres Vaters geerbt – und stellte ein Buch nach dem anderen auf seinen Platz zurück, dann stieg sie rückwärts von der Trittleiter. Sie klappte die Leiter aber nicht zusammen, und das letzte Buch räumte sie auch nicht ordnungsgemäß wieder ein; ich erinnere mich daran, wie ich dachte, dass es für sie recht ungewöhnlich war. Das Buch, dessen Rücken eingerissen war von der häufigen Benutzung, ragte aus dem Regal. Ich überlegte, sie darauf aufmerksam zu machen, aber ich war viel zu versessen darauf, Neues von Bobbie zu erfahren, deshalb sagte ich nichts.

»Erzähl mir, wie's ihm geht«, drängte ich sie, als wir endlich unsere gewohnten Plätze in der Küche eingenommen hatten. Ich schenkte ihr eine Tasse starken schwarzen Kaffee ein. »Ist er glücklich?«

Amelia schien nicht mehr ganz so gereizt, nachdem sie mit den Hausarbeiten fertig war, und ich war froh darum. Vielleicht war es ja nur das ganze Aufsehen um den Tod des Doktors, das ihr widerstrebte, überlegte ich. Ständig darauf zu lauern, dass jemand sich entschloss und endlich starb, konnte den Lebenden ganz schön zusetzen, so viel wusste ich. Vielleicht wünschte sie sich, dass er einfach in ein Loch auf der Farm käme, ganz wie ihr Vater.

Amelia schlürfte ihren Kaffee und gab mir eine kurze Zusammenfassung der Ereignisse: »Sein Freund Salvatore hat ihn in dieser Bar in Hansen untergebracht. Ich habe über die Kneipe gerade was in der Zeitung gelesen. Die Kirchenleute protestieren davor, und die Polizei war schon mehrmals wegen Schlägereien da.«

Ich zog entsetzt die Augenbrauen hoch. »Was macht Bobbie denn da? Er ist doch noch nicht volljährig«. Ich hielt die Luft an und hoffte nur, dass es nichts Illegales war.

»Er arbeitet in der Küche, glaube ich. Man kann dort auch essen, das habe ich zumindest gehört, und er arbeitet als Aushilfe. Dabei hat sich anscheinend herausgestellt, dass er am Herd eine Wucht ist und voller Ideen steckt.«

Ich atmete aus. »Wie kleidet er sich denn jetzt?« Ich erinnerte mich an meine eigene frühe Kindheit mit grob zusammengeschusterten Anziehsachen für Jungs, und wie ich immer noch einfache Kleidung den Rüschen und dem anderen Schnickschnack vorzog. Kleideten wir uns von außen nach innen oder war es eher umgekehrt?

Amelia zuckte die Schultern. »Im Großen und Ganzen wie ein Junge, aber Marcus erzählt, dass er das hellblaue Kleid seiner Mutter immer noch nicht aufgegeben hat.«

Ich nickte. »Er muss Serena Jane schrecklich vermissen. Robert Morgan hat nie zugelassen, dass wir richtig um sie trauern.«

Amelia wurde plötzlich unruhig. Sie rutschte ein paar Zentimeter auf ihrem Stuhl beiseite, öffnete den Mund, als wolle sie etwas sagen und schloss ihn gleich darauf wieder. Bei der bloßen Erwähnung von Marcus' Namen war es, als ob wir beide von Schlingpflanzen erdrosselt würden. »Und wie geht es Marcus?«, fragte ich endlich, mein Herz ballte sich dabei wie gewohnt zur Faust. »Gedeiht der Garten?«

Amelia wich meinem Blick aus. »Sehr gut. Die Bohnen ranken sich schon mächtig um die Stangen. Warum kommst du nicht raus und siehst dir's an? Er ist fast jeden Tag draußen. Er könnte dir auch mehr von Bobbie erzählen. Außerdem weiß ich, dass er dich vermisst.« Wenn es um Marcus ging, fehlte es Amelia anscheinend nicht an Worten.

Ich senkte das Kinn auf die Brust. »Vielleicht.«

Amelia verhielt sich abermals so merkwürdig, als ob sie ein Pfund Blei auf der Zunge hätte, das sie gern loswerden würde, aber sie sagte nichts weiter. Wir sehen, was wir sehen wollen, ungeachtet dessen, was wir vor uns haben, und was ich in diesem Moment sah, war Amelias Zopf, der ihr wie ein Klingelzug über die Schulter fiel, wie ihr zierliches Schlüsselbein sich mit jedem Atemzug hob und senkte, wie winzig und gerade ihre Finger waren. Kurzum, ich sah an ihr all das, was ich nicht war, und ich war eifersüchtig. Ich sah auf meine eigenen dicken Arme hinab und meine bedrohlichen Beine und wünschte mir, sie wären so zerbrechlich und hübsch wie Amelias. Dann würde Marcus vielleicht zu mir kommen und einen Garten anlegen, ungeachtet dessen, wie der Doktor das fand. Ich stellte mir vor, was sich zwischen Marcus und Amelia möglicherweise abspielen könnte, wenn ich weg war, und mein Herz zog sich noch enger zusammen. Ich sehnte mich danach, Marcus aufzusuchen, um zu klären, was zwischen uns sein könnte, aber ich riss mich zusammen. Ich war eine tickende Zeitbombe. Wie konnte ich mich einem Mann darbieten, der schon mehr als genug vom Tod hatte.

Natürlich macht mich diese Erinnerung inzwischen traurig, denn wenn jemand mich jemals gekannt hat, dann war das Amelia – und nicht nur mein Äußeres, sondern auch mein Innerstes. Ich brauchte sie so sehr wie die Sonne. Sie war die stille Wärme, die in meinem Schatten flimmerte und ihn zum Leben erweckte, ohne sie fehlte es mir an Licht. Amelia stand auf und sammelte ihre Taschen und Eimer ein. »Ich muss los«, schniefte sie. »Ich muss die Hühner noch vor Dunkelheit füttern. Wenigstens *die* leisten mir Gesellschaft.«

Ich stand ebenfalls auf. »Gut.« Ich begleitete sie zur Tür und sah zu, wie sie in Augusts Lastwagen stieg. Sie ließ den Motor an und fuhr davon, dabei zogen sich die aufgestauten Spannungen zwischen uns immer straffer, so straff, bis sie zu guter Letzt wie ein Gummiband kurz vorm Einreißen losflogen.

26

Der Doktor hatte mich gewarnt gehabt, dass es mit ihm jetzt jederzeit bergab gehen könnte, aber an dem Morgen, als er es nicht mehr aus dem Bett schaffte, konnte ich es dennoch nicht fassen. Es war Mitte Mai – der Frühling stand in voller Pracht – die Vögel zwitscherten so laut, dass ich die kleine Zinnglocke, mit der der Doktor nach mir klingelte, zuerst gar nicht wahrnahm. Bald jedoch war das metallische Bimmeln nicht mehr zu überhören. Ich folgte ihm den Gang hinunter und fand den Doktor halb aufgedeckt und rot bis hinter die Ohren vor.

»Truly, ich brauche deine Hilfe zur Toilette«, sagte er mit so viel Würde, wie er aufbringen konnte, was in Anbetracht dessen, dass er ein Robert Morgan war, tatsächlich eine ganze Menge war.

»Ich kann Bobbie holen«, bemerkte ich, während wir durch den Gang schlurften. »Du vermisst ihn bestimmt. Wäre es dir nicht auch angenehmer, wenn sich dein eigen Fleisch und Blut um dich kümmert?«

Robert Morgan kämpfte mit dem Knauf der Badezimmertür und sah verärgert drein. »Er hat sich entschieden. Er hat alles aufgegeben, was dieser Familie jemals etwas bedeutet hat, und von nun an gehört er nicht mehr zu diesem Kreis.« Er drehte sich zu mir um. »Ab hier schaffe ich es alleine.«

Ich errötete. »Ich warte draußen.«

»Danke.«

Ich war weit davon entfernt, die Sache auf sich beruhen zu lassen. Während ich die Kissen aufschüttelte und die Decken wieder ordnete, erfreute ich den Doktor mit den neusten Nachrichten über Bobbie, die mir Amelia gerade überbracht hatte. »Er ist verliebt«, frohlockte ich, und umwickelte die Füße des Doktors eng mit dem Laken, in dem Glauben, dass es am besten wäre, wenn er es als Erstes von mir erführe. »Du errätst nie, in wen.«

»In wen?«, wollte Robert Morgan wissen. Er ahnt es garantiert schon, sagte ich mir, er weiß längst über Bobbie Bescheid, selbst wenn er es sich nicht eingestehen will. Ich holte tief Luft und legte los.

»Erinnerst du dich an seinen Freund Salvatore, der immer vorbeikam und mit ihm herumhing?«

Robert Morgan wand sich von mir ab. »Nein.«

»Aber natürlich, ein großer Junge mit dunklen Haaren. Ein paar Jahre älter.« Und außerdem Bobbies einziger Freund, hätte ich am liebsten hinzugefügt, unterließ es aber.

Der Doktor wollte immer noch nicht darauf eingehen. »Nein«, wiederholte er.

Ich winkte ab. »Na ja, macht ja auch nichts. Aber das ist er. Das ist der, mit dem Bobbie zusammen ist.«

Der Doktor schwieg so eisern, dass ich ihn am liebsten auf der Stelle umgebracht hätte, aber dann sagte er doch noch etwas, und das ging mir bis unter die Haarwurzeln.

»Ist er denn gut zu ihm, dieser Salvatore?«, fragte er, immer noch von mir abgewandt.

Da tat ich etwas, was ich selbst nicht fassen konnte. Ohne nachzudenken nahm ich die Hand des Doktors und drückte sie, als wären wir alte Freunde und nicht auf kaum erträgliche Weise verschwägert. »Sehr gut«, flüsterte ich, und stellte mir Salvatores kaffeebraune Hände vor, wie sie Bobbies weiße umschlangen. »Er ist der Beste für ihn.«

»Dann ist es ja gut«, keuchte Robert Morgan, »Ich denke, ich kann damit leben.« Und er wurde von einem tiefen Schlaf übermannt, bestimmt der erste, den er sich wirklich redlich verdient hatte.

Der Sommer wurde zusehends wärmer und der Doktor immer schwächer. »Haben wir nicht noch mehr Decken?«, zeterte er, einen karierten Wollumhang um seine knochigen Schultern. »Ich friere, ich brauche noch eine Decke.« Plötzlich leuchteten seine Augen, und er richtete sich ein wenig auf. »Wie wär's mit dem Quilt aus dem Wohnzimmer?«

Mein Herz schlug Purzelbäume, während ich ein paar seiner Tabletten auf die Hand schüttete. Ich schraubte den Deckel wieder zu und bemühte mich, unbekümmert zu klingen. »Ach, dieses alte Ding willst du bestimmt nicht. Es riecht bestimmt ganz muffig.« Es war das Letzte, was ich wollte, dass der Doktor es sich unter demselben Zauberkatalog, der ihn möglicherweise erst so weit gebracht hat, gemütlich machte.

Aber Kranke haben ihren eigenen Kopf, und sie sind unnachgiebig. »Das ist mir egal«, beharrte der Doktor. »Geh, und hol ihn mir.«

Ich probierte es noch einmal. »Hier, nimm deine Pillen.« Ich schäme mich ein bisschen, gestehen zu müssen, dass mein Hunger nach Rache auch durch Robert Morgans gegenwärtigen Zustand noch nicht völlig gestillt war. Manchmal siegte noch die Versuchung über die Reue, und deshalb gab ich ihm gelegentlich kein Wasser oder nur eine der Schmerztabletten, wenn er hätte zwei haben können. Er wurde jedoch allmählich so wirr, dass es ihm gar nicht mehr auffiel. Um ihn von dem Quilt abzubringen, gab ich ihm diesmal beide Pillen, aber es funktionierte nicht. Er schluckte sie und setzte unmittelbar von neuem an.

»Bitte, Truly, mir gefriert das Blut in den Knochen. Der

Quilt ist genau das Richtige.« Ich gab vor, ihn nicht zu hören, was sich als Fehler erwies. Als ich das nächste Mal zu ihm hinübersah, hatte der Doktor sich aufgesetzt; seine Beine hingen über die Bettkante.

»Was machst du denn da?«, schrie ich. »Du brichst dir verflixt noch mal die Hüfte, und das ist das Allerletzte, was ich brauche.«

Er schoss mir einen giftigen Blick zu. »Wenn du nicht machst, was ich will, mach ich es eben selbst.«

Er taumelte leicht, und ich stützte ihn mit dem Arm. »Also gut, also gut, zum Teufel, ich hol dir den Quilt. Leg dich bloß wieder hin.« Er gestattete mir, ihn wieder zuzudecken, mit einem katzenhaften Na-siehst-du-Grinsen im Gesicht.

Bis ich wiederkam, war er eingedöst, sein Mund stand offen, gleich dem einer Marionette, und ich überlegte einen Moment lang, den Quilt wieder runterzubringen, aber ich tat es nicht. Der Doktor war zwar krank, aber das bedeutete noch lange nicht, dass er Wachs in meinen Händen war. Sein Gedächtnis und seine Augen funktionierten noch immer einwandfrei, und wenn er ohne den Quilt aufwachen würde, wusste ich schon, würde sein Gezeter kein Ende nehmen. Seufzend schlug ich die Ränder der Decke unter ihm ein und schlug sie oben um, damit das Muster nicht ganz so auffiel. Robert Morgan schnaufte auf und öffnete ein Auge. »Danke«, brummte er und nickte wieder ein. Ich sah ihm eine Weile beim Schlafen zu, das eingefallene Gesicht immer noch ungewohnt für mich. Er verzog den Mund und stöhnte, war sogar noch im Ruhezustand grantig, und einen Moment lang war ich in Versuchung, ihm über die Stirn zu streichen, wie ich es bei Bobbie immer getan hatte.

Es würde noch schlimmer werden mit dem Doktor, das wusste ich bereits. Er hatte mich davor gewarnt. »Ganz gegen Ende«, hatte er zwischen den Zähnen hervorgestoßen, »musst du wahrscheinlich leider alles Schwere alleine heben, und dafür entschuldige ich mich schon jetzt bei dir.«

»Dann ist es ja gut, dass ich kräftige Arme habe«, antwortete ich, aber ich fragte mich allmählich, auf was ich mich da eingelassen hatte – einen Mann zu pflegen, der mich jahrelang gequält hatte, einen Mann, den meine Schwester und mein Neffe gehasst haben und vor dem sie davongelaufen waren. Wenn es so weit war, wäre es dann nicht besser, ihm einfach Tabbys Gebräu zu verabreichen? Wäre das nicht viel leichter? Und wenn ich ganz ehrlich war, wäre es nicht auch ein wenig befriedigender? Ein einziges Mal den Mann bei seinem eigenen Spiel zu schlagen. Ich könnte ihm die Erlösung bringen, die er mir nicht ermöglichen konnte.

Hör auf, sagte ich mir, während ich Robert Morgan ein weiteres Tablett mit Hühnerbrühe ans Bett brachte. *Du hast behauptet, mit dem Quilt abgeschlossen zu haben, er ist nur noch Baumwolle und Füllung und tausend kleine Stückchen verworrenen Garns*. Nur dass das nicht stimmte und dass ich das wusste. Tabithas Quilt war natürlich viel mehr als eine Decke aus zusammengenähten Flicken. Der Satz fiel mir plötzlich ein: Ein *Patchwork von Seelen*. Plötzlich verstand ich die Bedeutung der Engelsflügel. Sie waren mehr als zufällig angeordnete Symbole – sie waren Gedenkzeichen, so eindeutig, wie die auf dem Friedhof. Tabitha Morgan hatte dasselbe getan, was ich für Prissy getan hatte.

Die Borte war ein Verzeichnis von Toten.

»Was ist los?« Der Doktor sah erschöpft zu mir auf.

»Nichts«. Ich breitete die Serviette über den Quilt aus und hoffte, dass der Doktor niemals wahrnahm, was ihn da bedeckte, und mich zu einer Erklärung nötigte. Was sollte ich ihm dann sagen, fragte ich mich. Was würde ich tun, wenn er mich fragte? Ich wusste es nicht, aber es stellte sich heraus, dass ich es nicht brauchte. Der Tag, an dem mir der Doktor die Entscheidung abnahm, stand kurz bevor.

Einer Wesensveränderung beizuwohnen, bedeutete nicht unwillkürlich, sie auch zu erkennen. Im Fall von Robert Morgan begann sie ganz allmählich. Die Leukämie machte den Doktor nicht nur sanfter, knackte nicht nur seinen harten Kern, sie gab ihm auch Gelegenheit, auf anscheinend ansonsten unwesentliche Details zu achten. »Mir sind noch nie die gelben Rosen in der hinteren Ecke des Gartens aufgefallen«, lallte er, mit Betäubungsmitteln vollgepumpt wie ein Baby nach dem Stillen. »Sie haben die Farbe von Butter. Und dieser Baum dort drüben über dem Weg, was ist das für einer? Eine Ulme? Ist dir schon mal aufgefallen, dass die Eichelhäher diesen Baum besonders mögen?«

Ich sah aus dem Fenster auf ein Vogelpaar, das auf dem Ast der Ulme thronte. »Aber ja, Robert Morgan, ganz gewiss.«

Sein Kopf rollte schlaff über das Kissen. »Warum sind mir die Eichelhäher bisher nie aufgefallen, Truly? Warum bin ich nie durch den Garten gegangen und habe den Duft der Rosen am Zaun gerochen?«

Weil du ein verbiesterter Mistkerl warst, hätte ich am liebsten gesagt, aber ich ließ es sein. »Weil du mit höheren Dingen beschäftigt warst«, schlug ich stattdessen vor.

Der Doktor nickte entschieden. »Genau. Die höheren Dinge. Mein Kopf steckte in den Wolken, aber nicht mehr länger. Jetzt lege ich meinen Kopf auf die Erde.«

»Du meinst, du steckst den Kopf in den Sand?« Ich lächelte, aber Robert Morgan sah finster drein. Ich fand die Bemerkung angemessen, in Anbetracht dessen, dass Verleugnen das Verhalten war, das er Bobbie vorwiegend entgegenbrachte.

»Lach, so viel du willst, Frau. Ich meine es ernst. Die kleinen Dinge sind alles, was mir noch bleibt.«

»Damit kenn ich mich nicht aus«, schniefte ich, »wo ich doch eine Riesin bin.«

Später, als er schlief, ging ich jedoch in den Garten hinaus und schnitt ein paar Blumen für ihn ab, stellte sie in einer Vase neben sein Bett, damit er ihren Duft roch, wenn er aufwachte. Sie sind ebenso sehr für mich wie für ihn, redete ich mir ein. Schließlich war ich ja auch mindestens zwanzigmal am Tag in seinem Zimmer. Ich meinte, ein bisschen von der Fülle des Sommers verdient zu haben, wo ich auch etwas davon hatte.

Manche Menschen entwickeln sich zurück, wenn sie sehr krank sind, und genau das geschah mit dem Doktor. Zuerst rührte er sich nicht mehr, dann stellte er das Reden immer mehr ein, und schließlich, als sein Geist befreit war wie ein Knochen von einem starren Gips, wanderte er zwischen den Zeiten hin und her, glitt immer öfter von der Gegenwart in die Kindheit. Manchmal nannte er mich Serena Jane, was mich immer zum Lachen brachte, andere Male, wie an diesem verregneten Nachmittag, packte er meinen Unterarm und zwang mich, neben ihm am Bett zu sitzen. Da dachte er, ich wäre seine Mutter. »Bitte«, bat er und zog mich an der Hand, »bleib ein bisschen, Mutter.«

Ich versuchte mich aus seiner Umklammerung zu befreien. »Ich bin nicht Maureen, ich bin Truly, erinnerst du dich?«

Robert Morgan blinzelte und ließ mich los, sein Gesicht verzog sich. »Selbstverständlich, warum erzählst du mir denn das?«

»Nur so.«

Er rutschte unter der Decke hin und her. »Aber wenn du schon mal hier bist, könntest du mir vielleicht ein frisches Schlafanzugoberteil geben?« Ich musste mich anstrengen, ihn zu verstehen, seine Stimme klang so hohl wie eine Termitenhöhle.

»Aber sicher«. Ich holte einen gestreiften Schlafanzug aus der Kommodenschublade.

»Nur das Oberteil.«

»In Ordnung.«

»Jetzt sieh weg.«

»Aber soll ich dir nicht helfen?«

»Schau nicht her.«

»Ja, schon gut.« Ich wand mich ab und machte mir an der Teekanne zu schaffen, die ich mit hochgebracht hatte. »Aber es ist ja nicht so, dass ich was Besonderes zu sehen kriegen würde, glaub's mir.«

Ich wartete darauf, dass er eine bissige Bemerkung machte, aber es herrschte Stille. Ich drehte mich neugierig um. Was ich sah, ging mir durch Mark und Bein. Der Doktor untersuchte die Falten des Quilts, seine Lippen so dünn wie eine Nähnadel, und ich wusste sofort, dass er auf das Geheimnis gestoßen war. Ich versuchte, schnell den Quilt auszuschütteln, aber es war schon zu spät. An seinem Blick erkannte ich, dass er begriffen hatte.

»Oh Gott«, keuchte er, »Das ist das Schattenbuch von Tabitha! Nach all den Jahren habe ich es endlich entdeckt. Es existiert wirklich!« Er lehnte sich für einen Augenblick ins Kissen zurück und schloss die Augen, versuchte tief und regelmäßig zu atmen; alles, was er ein Leben lang geglaubt hatte, war ins Wanken geraten.

Was sollte ich schon sagen. Ich nahm seine Teetasse und goss heißes Wasser ein, wobei Robert Morgan auf etwas zeigte und krächzte. Ich sah mich um, aber da war nichts außer Dampf. Das war alles. Ich nickte, um ihm zu verstehen zu geben, dass ich es ebenfalls sah – ein schwereloses Alphabet, die Sprache der Seelen. Schweigend beobachteten wir, wie es sich ringelnd und kringelnd nach oben stieg.

Der Doktor verbrachte fast zwei Stunden vor sich hin murmelnd über den Quilt gebeugt, studierte jedes der gestickten Zeichen und bestimmte die Bedeutung. Er verharrte bei den Flügeln, ebenso verwirrt, wie ich es gewesen war, aber seine Kenntnisse der Botanik waren wesentlich besser als meine, und er fand schon bald die Beziehung zwischen den Flügeln und den Sträußchen todbringender Kräuter, die sie bedeckten, heraus. Seine Augen wurden zu Schlitzen, und er schlug mit der flachen Hand gegen die Matratze. Er konnte nicht mehr schreien, aber er konnte immer noch einen ganz schönen Rabatz veranstalten, und gerade jetzt sah er genauso böse aus, wie vor all den Jahren, als er mich durchs Klassenzimmer gejagt hatte.

»Priscilla Sparrow«, zischte er. »Wie hast du das angestellt?«

In der Hoffnung, ihn damit ablenken zu können, ging ich die unterschiedlichen Sinnbilder auf dem Quilt mit ihm durch: die Hand, der Knochen, der kleine Mund. Und schließlich die Flügel, die sich wie gebrochene Herzen über den Wirrwarr der Pflanzen am Rand ausbreiteten. Nichts konnte ihn abbringen.

»Wie?«, beharrte er, und schließlich gab ich nach und erzählte ihm von dem Trank und wie ich ihn am frühen Morgen bei Prissy vorbeigebracht und in einem Korb auf ihre Stufen gestellt hatte, als wäre es der kleine Moses. Ich erzählte ihm allerdings nichts von dem Elixier in der Speisekammer. Das blieb mein Geheimnis. Ich erwähnte auch nichts von den Beimischungen in seinem Essen in den letzten Monaten. Ich merkte jedoch, wie er mich vorsichtig musterte, und ich wusste, dass er sich selbst einen Reim auf all die merkwürdig schmeckenden Mahlzeiten machte.

Ich glaube, in diesem Augenblick wusste ich, dass er mich bitten würde, den Trank für ihn anzurühren. Ich konnte die Idee in seinen Augen aufflackern sehen, wie das Wirbeln der Blätter der Dyerson-Windrose, die unsicher, ob sie es wirklich wollten, es aber dennoch taten. »Truly«, ächzte er, »versprich mir, dass du jetzt gut zuhörst und genau das tust, was ich dir sage, ganz gleich was passiert.«

Es gab Hunderte von Gründen, es nicht zu tun. Prissy war zum Beispiel eine Kranke gewesen, der niemand viel Beachtung geschenkt hatte. Das Risiko, dass irgendjemand wegen ihres Todes Verdacht schöpfen würde, war äußerst gering. Zudem war sie vorsichtig vorgegangen. Sie hatte den Zettel weggeworfen und anschließend das Glas, noch bevor sie zusammengebrochen war. Beim Doktor lag die Sache aber anders. Er war zweifellos richtig krank, aber er war auch eine geachtete Kapazität. Jeder, der ihn kannte, wusste, wie sehr er gegen sein Dahinscheiden ankämpfte. Keiner würde erwarten, dass er einfach so kurz und schmerzlos starb.

Und warum sollte ein Mann, der sich sein Leben lang über Tabithas Heilmethoden lustig gemacht hatte, nun davon profitieren sollen? Er hatte sich dafür entschieden, sie zu verspotten und ihr zu misstrauen, und deshalb erschien es passend, dass er auch im Sterben bei seinem Glauben bleiben sollte. »Bitte«, wiederholte der Doktor und legte seine Hand in meine, als würde er seine Niederlage eingestehen.

Ich versuchte ihn abzuwehren, aber meine Zunge hörte nicht auf mich. Das Bild der alten Blätter des Dyerson-Windrads kam mir immer wieder vor Augen. Sie drehten sich und landeten immer wieder dort, wo sie angefangen hatten, unsicher, ob es das war, was sie wollten, aber sie taten es dennoch. Ebenso wie ich.

27

Für den Doktor würde ich Priscillas Trank ein wenig abändern – das war mir sofort klar. Er würde strenger sein. Säurehaltiger. Ich würde nicht einen Tropfen Lieblichkeit beimischen. Zuerst pflückte ich nur die Pflanzen, die auf dem Rand des Quilts abgebildet waren. Ich sammelte Zweige von Nachtschatten und die zarte Engelstrompete. Ich grub Narzissenzwiebeln aus und legte sie behutsam in den Korb. Aber schon bald wanderte meine Hand von alleine, pflückte Rosmarin und zellstoffartige Büschel vom Schnittlauch. Wo immer ich hinlangte, schien es, als ob meine Hand bereits wusste, wo das Bittere zu finden war.

Ich umrundete den Dorfanger, und mir fiel wieder ein, wie Serena Jane in dem einen Jahr zur Maikönigin gekrönt worden war. Dann ging ich die State Street hinunter, und bevor ich bemerkte, wo ich war, fand ich mich vor dem Friedhofstor wieder. Nach kurzem Zögern wand ich mich hindurch. Die älteren Grabsteine standen schief und zusammengesackt, aber die neueren ragten fest verankert aus der Erde, noch nicht bereit, sich aus der Welt der Lebenden zu verabschieden. Ich wusste natürlich, wo Serena Jane lag, aber ich hatte nicht vor, sie zu besuchen. Stattdessen wollte ich lieber in der noch weiter zurückliegenden Vergangenheit verweilen und wanderte durch die Reihen der älteren Grabsteine von Aberdeen, las emsig die Namen, und registrierte, dass nicht viele neue dazugekommen waren. Und schon bald, sann ich weiter, würde Robert Morgan unter ihnen sein.

Ich legte noch mehr Nachtschatten in den Korb, als ich ein Rascheln und ein Räuspern hinter mir vernahm. Mit rasendem Herzklopfen drehte ich mich um. Marcus stand vor mir. Ich erhob mich und strich die Kräuterkrümel von meinen Oberschenkeln, versuchte mir nicht anmerken zu lassen, wie steif meine Glieder sich bei der ungewohnten Übung zeigten. »Marcus. Hallo.«

»Hallo.« Er senkte den Kopf. Er trug seinen breitkrempigen Hut, und weil ich so viel größer war als er, hatte ich Schwierigkeiten, sein Gesicht ganz zu sehen. Ich überlegte, ob ihm das klar war. Ich spürte, wie mir das Blut im Hals pulsierte.

»Es ist schon eine ganze Weile her«, sagte er.

»Ja«, piepste ich.

»Du hast dich um den Doktor gekümmert.«

Ich nahm den Korb in den anderen Arm und seufzte. »Es geht dem Ende entgegen.«

Marcus nickte und sah zu mir auf. Seine Augen hatten fast die gleiche Farbe wie der Himmel. Er warf einen Blick in den Korb an meinem Arm. »Was ist das denn?«

Ich griff in den Korb, um die Pflanzen neu zu ordnen und fasste in die Brennnesseln, was mein Daumen zu spüren bekam. »Ach, nichts, ich sammle nur was für Robert Morgan.«

Marcus blickte finster drein, warf einen genaueren Blick auf den Inhalt des Korbes und hatte sofort erfasst, was ich da gesammelt hatte. »Üble Sorte Kräuter, die du da gepflückt hast. Richtig übel.« Er runzelte die Stirn und sein Blick verfinsterte sich zusehends, je länger er den Korb betrachtete.

Ich stellte den Korb ab und lutschte an meinem Daumen. Quaddeln breiteten sich aus wie Wespenstiche. Ich wollte nicht, dass Marcus sich die Blätter zu genau ansah.

Sein Gesicht verdunkelte sich. »Du hast dich ganz schön zurückgehalten. Du warst nicht ein Mal hier und hast nach

Bobbie gesehen. Und Amelia hat erzählt, dass du kaum noch mit ihr redest.«

Ich biss mir auf den Daumen. »Seit wann liegt dir so viel an Amelia?« Als ich an Amelias raffinierten Zopf dachte und wie gut ihre zierlichen Finger zu Marcus' passen würden, schnürte sich mir der Magen zusammen.

Marcus' Wangen färbten sich rot, ob nun aus Ärger oder Verlegenheit hätte ich nicht sagen können. Aber dann sagte er, als ob er meine Gedanken lesen konnte. »Oh Truly, ist es das, was du denkst? Glaubst du das wirklich? Wir kennen uns doch schon seit Ewigkeiten. Ich hätte erwartet, dass du uns besser kennst. Oder wenigstens mich.«

»Ich weiß nicht, was ich glauben soll.« Ich schloss die Augen. Lass es wahr sein, was er sagt, dachte ich. Lass Marcus immer noch genauso für mich empfinden. Ich öffnete die Augen. »Die letzte Zeit war schwer gewesen. Du fehlst mir.«

Marcus machte einen Schritt auf mich zu. »Du mir auch, Truly.«

Mein Herz pochte wild. Wir waren schon einmal so nah dran gewesen, es hinzukriegen, aber jetzt kam es mir so vor, als ob wir wieder ganz von vorn anfangen müssten. Marcus hob meinen Korb hoch, und ich spürte Gewissensbisse, fragte mich, ob er ahnte, was für Pflanzen ich da sammelte, und wozu. Ich wusste instinktiv, dass er es niemals gutheißen würde. Aber es ist auch egal, sagte ich mir. Bald wird der Doktor Frieden finden, und dann bin ich frei.

Marcus kam noch näher heran, bis ich die vertrauten goldenen Flecken in seinen Augen tanzen sehen konnte. »Truly, beug dich ein Stück herunter.« Er zog mich zu sich heran und küsste mich, verblüffte mich mit dem zitronig-herben Geschmack seiner Zunge. »Du weißt gar nicht, wie lange ich das schon will«, sagte er lächelnd, und ich strahlte zurück.

»Aber natürlich.« Es war schon komisch. Oberflächlich betrachtet schienen wir ein hoffnungslos ungleiches Paar zu sein, aber dennoch passten wir perfekt zusammen. Ich trat einen kleinen Schritt zurück. Wie konnte es sein, dass ich mich auf dem Friedhof befand, die Mittel für den Tod des Doktors zusammensuchte und mich zugleich so lebendig fühlte? Eine Fliege summte an meinem Ohr vorbei und holte mich wieder in die Gegenwart zurück. Ich konnte es nicht zulassen. Ganz gleich wie sehr ich es wollte, ich musste an Robert Morgan denken. Wenn er nicht mehr wäre, würden Marcus und ich an der Reihe sein. Ernüchtert wich ich vor Marcus zurück. »Wir sollten noch warten«, sagte ich.

Ich wollte, dass er mich zu sich zog und seine Position verteidigte, aber er tat nichts dergleichen, und vielleicht war es richtig so. Wir hatten schon zu lange gemeinsam im selben Ort gelebt, als dass irgendeine Art von Romanze eine Chance gehabt hätte, rügte ich mich selbst. Zwischen mir und Marcus standen so viele Leute. Der Doktor. Amelia. Bobbie. Ich wich weiter zurück und strich mein Kleid glatt, meine Hand immer noch in Marcus'. »Was hast du Bobbie über seinen Vater erzählt? Wie viel weiß er von ihm?«

Marcus scharrte mit dem Stiefel über den Boden. »Er weiß, dass er sterben wird. Er weiß, dass es ernst ist, aber er weiß nicht, wie schnell es gehen wird.« Ich errötete und räusperte mich unsicher. Marcus betrachtete mich eingehender. »Truly? Weißt du denn, wie viel Zeit ihm noch bleibt?«

Ich wand den Blick ab und dachte nicht an die verbleibenden Tage des Doktors, sondern an meine eigenen. War ich es Marcus schuldig, ihm von meiner Erkrankung zu beichten? Ich war mir nicht sicher. Nach allem, was er während des Krieges gesehen und durchgemacht hatte, würde er bereit sein, das Trauma einer ernsten Krankheit mit mir durchzustehen? Und was, wenn er herausfände, was ich für Prissy getan hatte und was ich mit dem Doktor vorhatte? Wenn ich es Marcus sagen würde, könnte es meine Chancen bei ihm zunichtemachen, so viel wusste ich, aber zugleich wusste ich nicht, wie ich ein Geheimnis von dieser Bedeutungsschwere für mich behalten konnte. Marcus' Hand um meine fühlte sich warm und verführerisch an. Sie versprach mir, dass sie alles vergeben konnte. Sie brachte mich beinahe dazu, alles auszuplaudern, aber in letzter Sekunde hielt mich meine Angst davon ab. Ich wollte nichts so sehr, als dass er meine Hand nie wieder losließe.

»Nein, natürlich nicht«, antwortete ich schließlich. »Woher sollte ich so etwas wissen?«

Marcus schien beruhigt. »Das weiß ich auch nicht. Es war nur so ein Gedanke. Aber du solltest Bobbie besuchen. Er ist gerade da. Er fängt erst später am Nachmittag an zu arbeiten. Ich jäte nur ein bisschen Unkraut ein Stück weiter den Hügel hinunter. Die Tür ist offen.« Er drückte noch einmal meine Hand und ließ sie dann los. Wir traten auseinander, und Marcus reichte mir den Korb. »Pass auf die Brennnesseln auf«, er strich mit seinem Daumen über die Quaddeln. »Die sind ganz schön tückisch, Truly. Die verbrennen dich bei lebendigem Leibe.«

Hitze knisterte durch meine Venen. »Danke«, sagte ich leise und zog meine Hand zurück, »Ich werde aufpassen.« Ich hätte gern gehabt, dass er mich noch einmal küsste. Ich wollte ihm sagen, dass seine Berührung den Ausschlag heilen, alles an mir heilen konnte, aber ich vermochte nichts weiter zu tun, als abzuwarten. Ich war von einer Hexe gebissen worden und ich konnte nicht anders, als die Natur ihren eigenen Weg zu Ende gehen lassen.

Nach wenigen Schritten kam ich beim Cottage an und wie Marcus angekündigt hatte, war es unverschlossen. Ich war noch nie zuvor dort gewesen und rechnete damit, dass es nur kärglich eingerichtet war, aber es war erstaunlich einladend und gemütlich darin. In dem Wohnraum war in einer Ecke eine kleine Küche untergebracht, ein großes gemütliches Sofa, ein Schaukelstuhl und ein Kamin mit gut abgelagertem Holz davor.

»Hallo?«, rief ich und streckte den Kopf zur Tür herein.

»Tante Truly!« Bobbie kam mir entgegengesprungen. »Na endlich! Ich habe mich schon gefragt, wie lange es wohl noch dauern würde, bis du hierherfindest. Ich hab dich so sehr vermisst.«

Ich wankte ein wenig, als er mir die Arme um den Hals schlang. Ich ertrug es nicht, ihm zu sagen, wie sehr er mir fehlte und klopfte ihm stattdessen auf die Schulter. Es war faszinierend, wie viel ein paar Monate an seinem Aussehen verändert hatten. Der schlaksige, schmollende Bobbie, an den ich mich erinnerte, war einem leidenschaftlichen jungen Mann mit Feuer in den Augen gewichen. »Ich wollte dir Zeit lassen«, log ich. »Aber ich habe täglich jede Minute an dich gedacht.« Ich wollte ihm nichts von den Drohungen seines Vaters erzählen oder von meinen Problemen mit Marcus. In gewisser Weise sah ich Bobbie immer noch als Kind an. Wenn ich ihn jetzt so betrachtete, fragte ich mich, ob es nicht an der Zeit war, diese Sichtweise aufzugeben.

Bobbie schniefte und drückte mich noch einmal. »Komm doch rein.« Er löste sich und winkte mich mit seinem muskulösen Arm herein.

»Also gut.« Ich zog den Kopf ein, als ich durch die Tür trat. Die Decke war so niedrig, dass ich mir noch größer und tollpatschiger vorkam als sonst schon. Ich bewegte mich ganz langsam, um nicht einen Stapel der Gartenkataloge umzuwerfen oder den angeschlagenen Krug mit den Rohrkolben und Gräsern.

»Komm setz dich doch«, bestand Bobbie, klopfte auf das Sofapolster und gab mir Gelegenheit, ihn näher zu mustern. Er sah älter aus, fand ich. Seine Haare waren so lang gewachsen, dass er sie in einem kurzen Zopf tragen konnte, und das verlieh seinem Gesicht neue und interessante Konturen. Ich ließ mich vorsichtig nieder, gespannt, wie weit die Polster einsacken würden. Aber erstaunlicherweise hielten sie meinem Gewicht ohne Weiteres stand.

»Du siehst gut aus«, sagte ich.

Bobbie errötete. »Danke. Du weißt wahrscheinlich schon, dass ich drüben in Hansen in einer Bar arbeite. Garth's heißt sie.« Er spielte nervös mit seinen Daumen. Einen Moment lang herrschte Stille. »Ich schätze, du weißt auch, was für eine Bar das ist.«

Jetzt war ich dran zu erröten. »Bobbie, Schatz«, sagte ich, »ist schon in Ordnung. Was auch immer, es ist in Ordnung.«

»Ich nehm an, dann hast du auch von Salvatore gehört.« Bobbie sah auf seine Hände hinab und wurde rot.

Ich wusste nicht so recht, was ich sagen sollte. Es war merkwürdig mit einem Jungen, der in meinem Kopf noch acht war, über Liebe zu reden. Ich räusperte mich. »Also, mein Schatz, so wie ich das sehe, ist Liebe nun mal Liebe, egal in welcher Form sie daherkommt.«

Bobbie grinste erleichtert. »Weiß Dad davon?«

Ich nickte: »Ja.« Er lehnte sich mit ernster Miene in die Polster zurück. Ich konnte nicht sagen, ob es Erleichterung oder Bedauern war, was sich in seinem Gesicht spiegelte. Vielleicht von beidem etwas. Ich räusperte mich wieder. »Er hat mich damit überrascht. Es war offener, als ich erwartet hatte. Er wollte bloß wissen, ob Salvatore dich gut behandelt.«

Erstaunen machte sich in Bobbies Gesicht breit. »Und was hast du ihm geantwortet?«

»Ich habe ihm gesagt, ja.« Ich schwieg einen Moment lang und dann beugte ich mich vor in der Hoffnung, dass das, was ich Bobbie gerade erzählt hatte, ihn irgendwie beeinflussen würde. »Hör mal, deinem Vater geht es inzwischen richtig schlecht. Ich finde, du solltest vorbeikommen und nach ihm sehen. Er – na ja, er wird nicht mehr lange leben.« Ich erklärte ihm nicht, woher ich das so genau wusste.

Bobbie schüttelte den Kopf. Die Sturheit trat wieder in seinen Blick. »Tut mir leid.«

»Du brauchst ja nur zu kommen und seine Hand halten. Du musst ihm ja nichts erklären.«

Bobbie kniff sich in den Nasenrücken. »Tut mir leid, Tante Truly. Ich glaube nicht, dass ich da noch mal hin kann. Außerdem hat er keinerlei Anstalten gemacht, mich zu besuchen.«

»Du weißt, was ihm das abverlangen würde, und seit einiger Zeit ist er gar nicht mehr in der Lage dazu.«

»Trotzdem.«

Ich drehte mich so, dass ich Bobbie direkt ansah. Ich legte ihm die Hand auf die Schulter. »Dein Vater liegt im Sterben. Das verstehst du doch, oder? Du hast danach keine Gelegenheit mehr, ihn irgendetwas zu fragen oder ihm irgendwas zu sagen. Bist du sicher, dass du das möchtest?«

Bobbies Augen glitzerten. »Vielleicht.« Er wand sich ab und murmelte: »Ich will nur, dass es vorbei ist.«

»Das wird es bald sein. Aber dann bist du alleine. Bist du bereit dafür?«

Bobbie legte abermals den Arm um mich und lehnte den Kopf an meine Schulter. Er roch immer noch genauso wie als Kind nach Ivory-Seife und Gras. »Ich werde nicht ganz alleine sein. Ich habe ja Marcus. Und Salvatore und dich. Dich werde ich doch immer haben, oder?«

Ich strich ihm die blonden Strähnen aus dem Gesicht, die so sehr wie die seiner Mutter waren. *Es wurde langsam Zeit, dass wir besser aufeinander aufpassten in dieser Familie.* Ich hatte es satt, ständig jemanden zu verlieren. Ich drückte Bobbie ebenfalls, ganz fest. »Selbstverständlich werde ich immer für dich da sein.« Aber es war eine Lüge. Trotz allem, was der Doktor unternommen hatte, wurde ich immer größer. Ich fragte mich, welcher Teil von mir wohl zuerst platzen würde. Mein Herz, wie es Robert Morgan hatte kommen sehen? Oder mein Magen? Oder vielleicht alles auf einmal? Ich wich ein

Stück von Bobbie ab und betrachtete ihn noch einmal eingehend; es gefiel mir, dass der starre Blick seines Vaters aus seinen Augen gewichen war. Am Ende schien doch noch der Geist seiner Mutter gesiegt zu haben.

»Mach dir keine Sorgen«, beruhigte ich ihn und strich ihm über die Hand. »Ganz gleich was passiert, ich werde immer irgendwie bei dir sein.«

Ich erzählte Robert Morgan nichts von meinem Besuch bei Bobbie, aber nicht aus Mitleid oder aus rücksichtsvoller Gutmütigkeit. Ich dachte einfach, dass es keinen Grund dafür gibt, Holz zu hacken, das schon in Spänen war. Die nächsten Wochen unternahm ich noch zwei Ausflüge, um genug Kräuter zusammenzusammeln. »Fang mit dem Nachtschatten an«, sagte er. »Dann nimm den Fingerhut hinzu. Weißt du, dass er auch heute noch in Medikamenten gegen Herzerkrankungen verwendet wird?«

»Dann bringt er dich gar nicht um, sondern macht dich stärker?«, fragte ich.

Er wischte sich einen Speichelfaden vom Kinn. »Vielleicht.«

»Wir werden's ja sehen.«

Er zog eine Grimasse. »Ich schätze, das werden wir.«

Robert Morgan schied nicht so einfach dahin wie Priscilla Sparrow. Er wollte ganz eindeutig noch ein wenig länger Befehle erteilen. Es schien fast so, als ob er, nachdem er mich schon jahrelang herumkommandiert und gequält hatte, nicht so einfach damit aufhören konnte. Er verlor seine Stimme, aber dafür läutete er ständig die Glocke, die ich ihm ans Bett gestellt hatte. Wenn ich ihm gerade ein Glas frisches Wasser gebracht hatte, wollte er unmittelbar darauf ein Pfefferminzbonbon lutschen und wenn ich ihm das gebracht hatte, wollte er die Zeitung lesen und bemühte sich, so zu tun, als ob die Schrift nicht vor seinen Augen verschwamm und auf und ab sprang.

»Robert Morgan, ruh dich einfach aus. Überlass alles mir«, sagte ich ihm, aber er ließ es nicht zu. Ich musste mich neben ihn auf den Quilt setzen, während er auf die verschiedenen Pflanzen zeigte, um sicherzugehen, dass ich sie in seinen Trank mischte.

Schließlich half ich ihm am letzten Juliabend in eine der Gartenliegen und deckte ihn mit Tabithas Quilt zu. Er hatte die Nacht dafür ausgewählt, damit die Sterne das Letzte waren, was er sah. »Bereit?«, fragte ich ihn. Die grüne Flüssigkeit in meiner Hand kräuselte sich im Glas und schwappte hin und her wie das smaragdgrüne Meer. Ich schraubte den Deckel ab und das moosige Aroma drang heraus. Der Doktor war jetzt so schwach, dass er kaum noch die Arme heben konnte. Er nickte nur und starrte mich aus eingefallenen Augen an. Ich nahm seine knochige Hand und legte sie um das Glas. »Halt es gut fest«, sagte ich ihm. »Du willst nichts davon verschütten. Hier …« Ich gab ihm eine Serviette. »Für deinen Hals.«

Die Abenddämmerung war perfekt. Die Grillen zirpten laut, und die Hitze des Tages hing noch in den Blumen und Bäumen, die ihren Duft verströmten, ein Hauch des nahenden Herbstes in der Luft. Es hätte ein guter Abend für alles Mögliche sein können – zum Durchbrennen und heimlich Heiraten, um ein Kind zu gebären oder einfach für etwas sorglose Entspannung –, aber stattdessen brachte ich einen Mann um, und nicht nur irgendeinen Mann sondern Robert Morgan, der mir seit zehn Jahren Obdach gewährte, mich behandelt hatte, mich verärgert hatte, und den ich dennoch in den letzten Tagen ein wenig zu mögen begonnen hatte.

Ich legte den Kopf zurück, sah zum Himmelszelt auf und fragte mich, ob die Seelen der Menschen dorthin wanderten oder ob sie zusammen mit den Knochen unter der Erde ruhten. Ich kniff die Augen zusammen, und die Sterne verschwammen, bis sie beinahe versteinert wirkten. Vielleicht war das Firmament eine Art himmlisches Grab, sinnierte ich, so wie die Erde der Aufbewahrungsort für unsere Leiber ist, und wenn wir zum Himmel emporsahen, erblickten wir in Wirklichkeit eine Million Leben, die auf uns herabstrahlten und uns aufforderten, sie nicht zu vergessen. Ich richtete mich auf und räusperte mich wieder.

»Gibt es irgendwas, woran ich mich ganz besonders erinnern soll?«, fragte ich ihn. Ich versuchte, an die Dinge zu denken, die ich von meiner Mutter, meinem Vater, von August und meiner Schwester hatte. Meinen Namen, entschied ich. Sicherlich auch die Gene, die mich größer werden ließen als sonst jemand. Von August hatte ich die Fähigkeit, das Verliererpferd beim Rennen auf den ersten Blick zu erkennen und die Gewinnerhand beim Kartenspielen, und Serena Jane hatte mir Bobbie anvertraut. Ich fragte mich, was der Doktor mir wohl hinterlassen würde, und da kam mir, dass er es vielleicht schon getan hatte. Er hatte mir schließlich die Wahrheit darüber erzählt, warum ich so groß war und was es für mich bedeutete, und er hatte mit mir das Geheimnis um Tabithas Quilt geteilt. Es hört sich vielleicht komisch an, aber er hat mir, kurz gesagt, das Geheimnis des Todes anvertraut und in Erweiterung dessen auch das des Lebens.

Das halbleere Glas in Robert Morgans Glas bebte, und ich hielt es für ihn gerade. »Mach dir keine Sorgen. Ich bin da«, sagte ich. Eine dünne Mondsichel stand am Himmel, und sie spendete gerade so viel Licht, dass ich Robert Morgans Profil ausmachen konnte. Auch noch von der Seite war zu erkennen, wie viel er an Gewicht verloren hatte. Die Kanten und Konturen seines Körpers erschienen noch schärfer umrissen als schon zuvor, als ob der Schöpfer ihn auf sein absolutes Wesen hatte reduzieren wollen, bevor er ihn in das Leben nach dem Tode eintreten lassen wollte.

Da geschah etwa Merkwürdiges. Damals dachte ich, es wäre nur auf sein Delirium zurückzuführen gewesen. Es war bekannt, dass Menschen bevor sie starben alle möglichen ungewöhnlichen Sachen machten, und wer versuchte herauszufinden, was es damit auf sich hatte, wäre ein schöner Dummkopf gewesen. Aber der Doktor war weder irre, noch war er verzweifelt. Es war eine Beichte.

»Kalifornien«, keuchte er.

Ich tätschelte ihm die Schulter. »Niemand geht nach Kalifornien«, versicherte ich ihm. »Alle sind hier, wie immer.« Sogar Bobbie, hätte ich am liebsten gesagt, aber ich verkniff es mir. Ein Sterbender hatte das Recht, den größten Unsinn zu verzapfen, wenn er es begehrte.

»Nein...« Er hob den Kopf an und wand sich mir halb zu. »*Kalifornien.*«

»Ruhig.« Ich drückte seine Schulter wieder nach unten, und das war es dann anscheinend. Ich kann nicht mehr genau sagen, wie lange wir noch so dasaßen – eine halbe Stunde oder die halbe Nacht – aber es erschien mir eher wie Letzteres. Hin und wieder sank der Kopf des Doktors vornüber, und er murmelte einen Namen: den meiner Schwester, Bobbies ein- oder zweimal, sogar meinen. Ich für meinen Teil sagte nicht viel. Ich hatte das Gefühl, dass alles, was ich sagen würde, entweder nichtssagend oder dumm geklungen hätte. Stattdessen saß ich einfach nur da und ließ die Sterne für mich sprechen, bis auch sie erloschen und die roten Finger der Morgendämmerung über den Himmel krochen. Da wurde mir klar, dass die Nacht tatsächlich vorüber war und Robert Morgan mit sich fortgenommen hatte.

28

Zwei Tode unter ähnlichen Umständen und zwei Beerdigungen in demselben Dorf innerhalb kurzer Zeit, doch während bei Priscilla Sparrows Bestattung kein einziger Trauernder anwesend war, war die des Doktors völlig ausgebucht. Ich kann mir den Mangel an Trauergästen an Priscilla Sparrows Grab auch nur so erklären, dass lebenslange ständige Verbitterung möglicherweise eine Leere hinterlässt. Natürlich war auch der Doktor ein Problemfall in Gefühlsangelegenheiten, aber dennoch scharten sich am Ende jede Menge Leute um sein Grab. Irgendwie hatte er es hinbekommen, das alles so lief, wie er es sich vorgestellt hatte, selbst vom Grab aus übte er noch seinen Einfluss aus. Ich schätze, der Tod ändert weniger, als man annimmt.

Eine Sache, die er nicht änderte, war die Beziehung zwischen Robert Morgan und Bobbie. Während der gesamten Zeit, in der die Dorfbewohner ihre Gebete sprachen und sich die Augen trocken tupften, sah ich mich immer wieder nach einem Anzeichen von Bobbie um, aber am Ende musste ich mir eingestehen, dass er nicht kommen würde.

»Er weiß, dass Robert Morgan gestorben ist, oder?«, fragte ich Amelia.

Sie blickte finster drein, und ich verbesserte mich schnell. »Natürlich weiß er es. Marcus würde es ihm nicht verschweigen. Außerdem« – ich wies mit dem Kinn auf das Grab – »ist es, glaub ich, nicht zu übersehen.« Dann war ich still. Seit ihrem letzten Putztag herrschte dicke Luft zwischen uns beiden, und ich trat unsicher von einem Bein auf das andere und wusste nicht genau, wie ich diese Stimmung auflösen sollte.

»Der Doktor sagte ein paar recht merkwürdige Dinge an dem Abend, bevor er starb«, sagte ich schließlich grübelnd, da ich nicht wusste, was ich sonst sagen sollte.

Amelia neben mir wurde stocksteif und reckte den Hals.

»Etwas über Kalifornien«, fuhr ich fort. »Glaubst du, dass er dort jemanden kennt?« Amelia sah blass aus. Ich wartete auf eine Antwort, aber es kam keine, und ich schüttelte den Kopf. »Das hatte ich auch nicht erwartet. Ich kann mir vorstellen, dass immer ein paar Geheimnisse um Robert Morgan bleiben werden.«

Ich trat auf das klaffende Loch zu, das Robert Morgan barg, Amelia an meiner Seite folgte mir, und wir standen einen Moment lang schweigend da, jeder in seine eigenen Gedanken versunken. Amelia holte tief Luft und hätte fast etwas gesagt, aber dann schloss sie den Mund wieder.

»Wolltest du gerade fragen, ob ich mit zum Leichenschmaus gehe?«, fragte ich für sie. Es war, als ob wir wieder in unsere Anfangszeit zurückgekehrt wären, wo die Gesprächslast auf mir ruhte. »Weil die Antwort Nein ist.« Er sollte bei Sal Dunfry stattfinden, wo ich als Kind gewohnt hatte, aber die Vorstellung, dort in diesen vertrauten Räumen auf das halbe Dorf zu stoßen, war mir unerträglich. Außerdem hatte ich noch etwas zu erledigen, worum ich mich kümmern wollte. Amelia fasste plötzlich nach meinem Ellbogen, ihre Worte purzelten wie Kraut und Rüben über ihre Lippen, ihre Stimme war so belegt, dass ich Schwierigkeiten hatte, sie zu verstehen.

»Truly, verzeih mir, was ich getan habe. Ich habe Jahre verstreichen lassen, wo ich längst hätte etwas sagen sollen.«

Ich zog die Stirn kraus. »Amelia, von was sprichst du denn?«

Amelia wollte gerade fortfahren, als sie von der lauten Vi Vickers unterbrochen wurde. »Wenigstens müssen wir uns keine Sorgen machen, dass sie hineinfällt«, feixte Vi Sal zu.

Sal kicherte und beäugte mich. »Sie würde auf halber Höhe stecken bleiben.«

Amelia hielt die Luft an, und zum ersten Mal in ihrem Leben sah es so aus, als ob sie in der Lage wäre, ein heilloses Durcheinander anzurichten, anstatt wie sonst, welches zu beseitigen. »Halt dich zurück, Vi«, äußerte sie laut und klar. »Ich wüsste da ein paar interessante Dinge über dich zu berichten.«

Vi atmete lautstark ein, als sie das hörte, und nahm dann die unterschiedlichsten Rotfärbungen an, aber noch bevor ich mich bei ihr bedanken konnte, war Amelia zwischen den Bäumen verschwunden. Es war derart gegen ihre Natur, sich so für mich einzusetzen, dass etwas in mir nachgab. Mir wurde bewusst, was für eine beständige Rolle Amelia in meinem Leben gespielt hatte, gleich vom ersten Tag an, wo sie mir in Brendas Küche das Puppenbein entrissen hatte, all die Male, die sie nach der Schule hinter Marcus und mir hergetrottet war, bis hin zu unseren Kaffeeklatsch-Gesprächen. Ich treff sie später, dachte ich. Ich werde ihr alles erzählen, was laut dem Doktor auf mich zukommen würde, selbst, was ich mit ihm und Priscilla gemacht hatte. Wir hatten den Gesprächsstoff eines ganzen Sommers nachzuholen, ich und Amelia. Aber zuerst wollte ich Priscilla Sparrow die letzte Ehre erweisen. In den Jahren seit ihrem Tod war ich ihrem Grab ferngeblieben, in der Meinung, was vorüber war, war vorüber. Aber der Tod des Doktors hatte mir Prissy wieder in Erinnerung gerufen, und ich wusste, dass es an der Zeit war, sie in meinem Kopf zur letzten Ruhe zu betten zusammen mit dem Doktor.

Ihr Grab befand sich von Robert Morgans aus auf der anderen Seite des Friedhofs, aber es war nicht so leicht aufzufinden. Es war noch nicht mal ein Grabstein darauf, nur ein lackiertes Holzkreuz, und ich wusste nicht genau, ob es daran lag, dass ein Stein zu viel gekostet hätte, oder dass sie einfach niemanden hatte, der sich um so etwas kümmerte. Ich pflückte einen Strauß aus Wilden Möhren – eigentlich ein üppig wucherndes Kraut, aber zugleich auch genauso spröde und sittsam wie Miss Sparrow, und legte sie unter das Kreuz aufs Gras. Ich faltete die Hände und beugte den Kopf, und dann, weil ich mir sicher war, dass es sonst niemand bisher getan hatte, sagte ich das Vaterunser auf.

»Es ist ein wenig spät dafür.« Ich riss die Augen auf. Marcus' Stimme überrumpelte mich.

»Marcus, du hast mich aber erschreckt.«

»Das scheint dieser Tage deine übliche Reaktion auf mich zu sein.« Er grinste zwar, aber es lag nach wie vor etwas Trauriges in seinem Blick.

»Das stimmt doch gar nicht.« Aber noch während ich es sagte, spürte ich die Sprünge, die mein Herz machte, als ob es hinauswollte in die weite Welt. Ich legte eine Hand auf die Brust. »Wie hat Bobbie die Nachricht vom Tod seines Vaters aufgenommen? Ich habe ihn heute nicht gesehen.«

»Er hat in letzter Zeit nicht viel gesprochen. Geht nur zur Arbeit oder trifft sich mit Salvatore. Er hat mir allerdings geholfen, das Grab auszuheben, das kannst du mir glauben. Hat sich einfach eine Schaufel geschnappt, den Kopf gesenkt und losgelegt. Ich habe noch nie jemanden so forsch graben sehen.«

Ich schwieg und erinnerte mich an die ersten Wochen mit Bobbie im Haus von Robert Morgan und wie er sich an das hellblaue Kleid seiner Mutter geklammert hatte. »Wir konnten noch nie besonders gut mit dem Tod umgehen«, sagte ich schließlich. »Wir haben nie groß darüber geredet, wie seine Mutter gestorben ist. Robert Morgan ließ es nicht zu.«

Marcus fuhr sich mit der Zunge über die Zähne. »Und jetzt hat er eine tote Mutter und einen toten Vater, um die er nicht trauern kann. Eines Tages wird das Folgen haben.«

Ich zuckte die Schulter. »Vielleicht zieht er jetzt ins Haus zurück.« Die freudige Erwartung schnürte mir den Hals zu; wie gut es sein würde, mit ihm unter ein und demselben Dach zu leben, seine Schritte auf der Treppe zum Dachboden zu hören.

Marcus schüttelte den Kopf. »Nein, ich habe ihn schon gefragt. Er sagt, er wäre noch nicht so weit.«

»Oh«, ich versuchte meine Enttäuschung zu verbergen, aber Marcus hörte sie heraus.

»Das Alleinsein hat auch seine gute Seiten, Truly. Du hast es nur noch nicht ausprobiert. Es könnte dir guttun. Mir hat es nach dem Krieg gutgetan, das kann ich dir sagen, ich mit einem Rucksack alleine unterwegs.«

Nicht, wenn der Körper eine tickende Zeitbombe ist, dachte ich bei mir. Dann ist Alleinsein nicht gut. Ich senkte den Kopf. »Ja, vielleicht, aber ich könnte mir vorstellen, dass ich mich ein bisschen einsam fühle.«

»Nun ja, es ist ja nicht gerade so, als ob der Doktor dir viel Gesellschaft geleistet hat.«

»Nein.«

Marcus starrte auf den Erdhaufen zu unseren Füßen, auf Priscilla Sparrows Grab. »Das hier war eine einsame Dame. Erinnerst du dich noch, wie furchtbar streng sie mit uns in der Schule war?«

Ich nickte. »Aber tief in ihrem Innern war sie gar nicht so schlimm. Vor allem später, als sie so krank wurde. Als sie mich letzten …« Ich schlug die Hand vor den Mund, zu spät, um zu widerrufen, was ich da gerade gesagt hatte.

Marcus kniff die Augen zusammen. »Und weiter?«, fragte er.

»Ich wollte nur sagen, dass sie einen weichen Kern besaß, das war's schon«, stammelte ich, aber es war zu spät. Die Rädchen in Marcus' Kopf hatten auf der Stelle angefangen zu rotieren. »Truly, was hattest du im Korb, an dem Tag, als wir uns hier getroffen haben? Sag mir, dass du nicht die Art von Pflanzen gepflückt hast, die ich in Verdacht habe.«

Ich öffnete den Mund, bereit alles abzustreiten, aber ein Blick auf Marcus und mir war klar, dass ich ihn niemals belügen können würde. »Es war nicht meine Idee gewesen«, krächzte ich. »Priscilla Sparrow hatte die Idee. Ich habe Tabithas ›Schattenbuch‹ gefunden, das in Wirklichkeit ein alter Familienquilt ist. Vielleicht ist er dir schon aufgefallen. Der im Wohnzimmer mit den ganzen Pflanzen drauf.«

Marcus legte die Stirn in Falten. »Der mit all den wirren Ranken?«

Ich nickte. »Sie waren nicht grundlos so durcheinander angeordnet.«

Marcus zog die Stirn noch ein wenig krauser. »Dann sind die Legenden um Tabby also wahr?«

»Mag sein. Wer weiß?«

Marcus' Blick war weiterhin nach unten gerichtet. »Du hast auch dem Doktor das Gebräu verabreicht, stimmt's?« Er kniff die Lippen zusammen.

Ich nickte und fühlte mich elend. Marcus ließ hilflos die Arme hängen, und in diesem Augenblick ging mir auf, dass er gar nicht so klein war, sondern einfach sehr kompakt. Wie eine Feder, die in sich selbst gedreht ist. Für solch ein Leichtgewicht wirkte er plötzlich ziemlich groß. Er sah so abrupt auf, dass er mich damit erschreckte. »Weißt du, warum ich Gärtner geworden bin?«, fragte er, blass um den Mund. »Weißt du überhaupt, warum ich hier unter all den alten zerfallenen Grabsteinen leben wollte?«

»Na ja, du kannst hier umsonst wohnen und …«

Marcus schnitt mir das Wort ab. »Es hat nichts mit Geld zu tun. Rein gar nichts.« Er starrte über die Gräber hinweg. »Ich weiß schon, als ich nach Hause kam, hast du gedacht, ich wäre durchgeknallt, als ich dir von Paris und den Katakomben mit den fünf Millionen Knochen erzählt habe, aber sieh dir nur mal die Reihen der Toten hier an, einer nach dem anderen zugedeckt, als ob sie in einem riesigen Bett liegen würden. Das ist genau das, was die Erde in Wahrheit ist – eine letzte Ruhestätte. Aber es ist eine, die man pflegen muss, weil wir eines Tages ebenfalls hier liegen werden. Das ist mir in Vietnam deutlich bewusst geworden. Einmal musste ich die gleiche Entscheidung treffen wie du für den Doktor. Ich meine, dass ich das Richtige getan habe, aber ich will es nie wieder tun müssen. Ich kann mir überhaupt nicht vorstellen, wie du freiwillig auf diese Idee kommen konntest.«

Ich sagte entschlossen: »Es muss wohl mit leben und leben lassen zu tun haben.«

Marcus verzog den Mund. »Ich finde nicht, dass dies die richtige Wortwahl für diese Art von Auseinandersetzung ist.«

Ich ging einen Schritt auf ihn zu, weil ich nicht wollte, dass dieses Thema wie ein unüberwindbarer Sumpf zwischen uns stand. »Aber es ist vorbei.« Ich dachte an die Gläser in der Speisekammer, die ich für mich selbst aufbewahrte – nur für den Fall –, aber ich fand es augenblicklich nicht angebracht, etwas darüber verlauten zu lassen. Ich wollte den Trank ja niemandem außer mir selbst verabreichen, und dort, verstaubt im Dunkeln stehend, konnte er keinen Schaden anrichten. »Keiner weiß davon«, sagte ich. »Niemand wird es je erfahren.«

Marcus wich vor mir zurück. »Du kapierst es nicht, Truly. Ich werde immer darum wissen und du auch. Die Geister werden für immer zwischen uns stehen. Du wirst schon sehen.« Ist das nicht Teil der Liebe, hätte ich am liebsten gefragt, den Geist von jemand anderem mit sich zu tragen? Aber noch bevor ich dazu kam, hatte er sich auf seinem guten Bein herumgeschwungen und war über das Gras davongehinkt. Zurück blieb nur seine Zickzackspur in der Natur, der ich am liebsten gefolgt wäre.

Über die seelischen Nachwirkungen eines Todesfalls wurde viel geschrieben, aber ich glaube, dass die körperliche Reaktion darauf mindestens ebenso viel Beachtung verdient. Ist es denn eine so abwegige Vorstellung, dass der Körper bei einem Verlust seinen eigenen Ritualen und Protokollen folgt und dass diese Riten sich nicht unbedingt mit dem erklären lassen, was sich in unserem Kopf abspielt? Und vielleicht ist es notwendig und sinnvoll, denn ohne diesen Zwiespalt würden wir wohl niemals zulassen, dass wir uns verwandeln. Ich bestimmt nicht, aber ich hatte auch gar keine Wahl – oder vielleicht sollte ich sagen, ich musste keine treffen. Ganz gleich wie man es betrachtet, nachdem der Doktor gestorben war, geschah etwas mit mir.

Er hatte mir den Namen eines anderen Arztes gegeben, einem Dr. Redfield in Hansen. Er war etwa im gleichen Alter wie Robert Morgan und hatte jahrelang in Albany praktiziert, bis er sich schließlich für ein Leben auf dem Land entschied. »Ich habe von allen deinen Unterlagen Kopien für ihn angefertigt«, versicherte mir Robert Morgan ein paar Wochen bevor er starb, »und er weiß genau Bescheid über deinen Fall. Er kann dir die Medikamente verschreiben und die Symptome im Auge behalten. Er kommt sogar ins Haus. Du musst ihn nur anrufen.«

Ein paar Tage nach der Beerdigung des Doktors fand ich den Zettel mit der Telefonnummer und fing an zu wählen. Ich hatte noch Medikamente für etwa eine Woche, aber ich würde bald neue brauchen und manchmal dauerte das ein paar Tage. Als ich gerade die letzte Ziffer wählen wollte, erhaschte ich jedoch einen kurzen Blick auf mein Spiegelbild im Flur. Während ich bisher immer nur einen Ausschnitt von mir in dem ovalen Spiegel gesehen hatte, fiel mir jetzt zum ersten Mal auf, dass meine gesamte Gestalt darin Platz fand. Ich untersuchte die neu entstandenen Flächen auf meinen Wangen, drehte meinen Kopf nach links und nach rechts und reckte dann das Kinn nach oben, um zu sehen, wie viel von meinem Hals übrig war. Eine frische Sommerbrise kitzelte und kratzte mich im Rachen, und ich erschauderte. War *es für alle anderen so,* fragte ich mich, *so einfach für jedermann sichtbar zu sein?* Ich erinnerte mich daran, wie Marcus mich getröstet hatte, als Miss Sparrow den Spiegel meiner Mutter konfiszierte. Was hatte er noch mal gesagt? Dass Spiegelungen nur kleine Lichtteilchen waren. Die Idee gefiel mir – dass selbst ich aus winzigen Fragmenten bestehen sollte, die sich neu zusammensetzen ließen.

Wie in Trance legte ich langsam wieder auf und ließ den Zettel mit Dr. Redfields Telefonnummer zu Boden flattern. Ich drehte den Kopf hin und her, aber jeder Blickwinkel bestätigte mir nur, was ich bereits vermutete: Ich war ein bisschen kleiner geworden. Ich konnte mir nicht vorstellen, wie so etwas geschehen konnte, besonders nicht, nachdem mir der Doktor angekündigt hatte, dass ich immer weiterwachsen würde, aber der Spiegel log nicht. Anstatt so breit und rund wie der Kastanienbaum auf dem Schulhof zu werden, stand ich da, und mein Fleisch und meine Knochen fügten sich in die Silhouette meiner Figur. Ich stürzte die Treppe hinauf und kramte die Arbeitskleidung aus meiner Jugend auf der Farm wieder hervor, und aus irgendeinem unerfindlichen Grund passte sie wieder, der karierte Flanell und der weiche Jeansstoff schmiegten sich an meine Haut wie alte vertraute Laken.

Um das zu feiern sammelte ich all die ballonartigen Rayonkleider ein, die ich die letzten Jahre über getragen hatte, stopfte sie in den Kamin hinein und sah zu, wie sie versengten und verkohlten. Es war so befriedigend, sie brennen zu sehen, dass ich, ohne lange nachzudenken, allen möglichen anderen Kram zusammensuchte und ihn ebenfalls verbrannte. Rezepte, die vergilbten Zeitschriften aus meinem Zimmer, die getrockneten Blumen vom Kaminsims – alles ging in Flammen auf. Am nächsten Morgen wusch ich den Quilt mit Lavendelseife und hängte ihn zum Trocknen in die Sonne, die nasse Füllung ließ die Leine schwer nach unten sacken. Ich holte die Vorhänge herunter und wollte auch sie waschen, beschloss dann aber, dass die Fenster ohne sie besser aussahen und deshalb stopfte ich sie ebenfalls in den Kamin und zündete sie an. Ich warf die schlaffen Stickkissen vom Sofa hinterher – mitsamt ihrem über die Jahre angesammelten Staub –, die Zierdeckchen von den Stuhllehnen auch noch, und dann rannte ich um mein Leben, als der gesamte Raum in einer ungesunden Qualmwolke aufging. Als ich endlich den Mut aufbrachte, das Wohnzimmer zu betreten, war das Feuer zu einem Haufen Glut zusammengesackt und die Dielen vor der Feuerstelle von den sprühenden Funken voller Löcher und Narben.

Bis zum Ende der Woche hatte ich das Öltischtuch aus der Küche, das alte Kartenspiel, das August mir als Kind geschenkt hatte, und fast die gesamte Kleidung des Doktors verbrannt. Meine Feuer wurden zu giftig und infernalisch für die kleine Feuerstelle im Wohnzimmer, deshalb setzte ich meine Aufräumarbeiten draußen auf Marcus's Blumenbeeten fort, genoss es, wie sie ebenfalls versengten. Das geschieht ihm recht, dachte ich, aber wofür, hätte ich eigentlich nicht so genau sagen können. Mir fiel täglich ein neuer Grund ein.

Wer weiß, was noch alles den Flammen anheimgefallen wäre, wenn ich mich nicht eines Tages selbst verbrannt hätte. Es war die alte Lektion von der Verbitterung, die ihre Kreise zog. Auf jeden Außenstehenden musste ich wie eine überdurchschnittlich große Frau wirken, die das Haus von jahrzehntealtem Müll und Tand befreite, den niemand mehr gebrauchen konnte, aber wenn man näher herantrat, konnten einen die auf und ab tanzenden Flammen in meinen Augen schon beunruhigen. Man hätte gesehen, wie ich direkt im Qualm des Feuers stand, obwohl das nicht nötig gewesen wäre, nur damit ich eine weitere Lunge voll des beißenden Qualms der Vergangenheit einsaugen konnte, bevor er mich verließ und weiter aufstieg. Mit jedem Knacken und Knistern wurde ich etwas kleiner und kompakter, bis ich mich so unempfänglich für die Leiden der Welt fühlte, dass ich leichtsinnig wurde. Ich nährte die Feuersbrunst immer weiter, bis sie höher und höher aufschoss und mir eines Nachmittags ein Funke einen Halbmond in die Hand brannte.

Vor Schmerzen winselnd ging ich hinüber zur Praxis, um zu sehen, ob ich beim Doktor eine Salbe fand. Weg vom Feuer kühlten meine Wangen rasch ab und kribbelten, obwohl die Luft feucht war. Meine Handfläche pulsierte und pochte einen Rhythmus, den meine Schläfen aufnahmen und nachahmten. Mit der heilen Hand tastete ich den Türrahmen oben nach dem versteckten Schlüssel ab, dann schob ich das Fliegengitter beiseite und schloss die Tür zur Praxis auf. Es war der Ort, den ich seit seinem Tod gemieden hatte, und obwohl es erst eine Woche her war, war die Luft abgestanden und undurchdringlich wie ein alter Autoreifen. Ich tastete nach dem Schalter und machte Licht an.

Ich öffnete die Tür zum Medikamentenschrank und fand eine Probe mit antibiotischer Salbe und Gaze. Während ich das Verbandsmaterial um meine Hand schlang, sah ich mich in dem Raum um. Der Doktor hatte ihn mit Amelia schon zu Beginn seiner Krankheit ausgeräumt. Sein Schreibtisch war frei von den üblichen Akten und Ordnern, und er hatte die alten Patientenkarteien entweder vernichtet oder an die Klinik in Hansen weitergeleitet. Ich zog beiläufig eine der Metallschubladen heraus und war erstaunt, dass darin noch ein paar Akten übrig waren. Eine davon war Priscilla Sparrows und eine meine.

Meine war so dick, dass es mir schwer fiel, sie mit einer Hand zu halten. Ich schlug sie auf und hatte auf der Stelle ein Jahrzehnt von Bluttestergebnissen, Maßen und anderen Zahlen vor Augen. Ich überflog kurz die Informationen, wagte nach all den Jahren immer noch nicht, mein Gewicht und meine

Größe mit einer tatsächlichen Zahl zu versehen. Ich wollte es nach wie vor nicht wissen. Hinten auf der Akte standen seine Anmerkungen und die betrachtete ich mir eingehender. *Patientin verhält sich widerspenstig*, stand da. *Weigert sich, die Diät einzuhalten*. Ich drehte das Blatt um. *Der Knochenbau der Patientin entspricht mehr dem eines Mannes. Patientin weist zusehends Muskeln auf. Das Herz der Patientin deutet auf starke Vergrößerung hin. Prognose eher schlecht*. Ich seufzte und steckte die Blätter in den Ordner zurück, stellte den Ordner auf den Aktenschrank. Die Aufzeichnungen des Doktors hingen wie ein überdimensionaler falscher Schatten über mir. Noch etwas zum Verbrennen.

An der Wand hinter dem Schreibtisch standen seine Bücher immer noch in der gleichen Reihenfolge im Regal. Anatomiefachbücher, Drogenverzeichnisse – es waren so viele Worte, so viele, dass sie ausgereicht hätten, den menschlichen Körper zehnmal zum Entstehen zu bringen, auf hundert verschiedene Arten. Ich fuhr die Buchrücken auf und ab, und jedes Mal blieb meine Hand am letzten Buch auf dem Brett hängen. Es ragte etwas aus der Reihe der anderen Bücher heraus, als ob es erst vor kurzem jemand hervorgeholt hätte. Ich sah es mir genauer an. Das hatte tatsächlich erst kürzlich jemand in der Hand gehabt. Ich zog die Stirn kraus. Wer sollte dass gewesen sein? Der Doktor? Aber er war bis zu seinem Tod nicht mehr aus dem Bett aufgestanden. Bobbie hatte zwar Schlüssel, aber er war schon lange nicht mehr hier gewesen. Blieb nur noch Amelia. Soviel ich wusste, war sie jedoch nicht mehr hier gewesen, seit der Doktor gestorben war, und es hätte ihr überhaupt nicht ähnlich gesehen, auch nur ein Ding zu verrücken und es dann nicht wieder ordentlich wegzuräumen.

Neugierig blätterte ich durch die Seiten in meinen Händen. Bleistift- und Tintenzeichnungen, exakt und zart wie Spinnweben, illustrierten all die Geheimnisse des Körpers.

Das muskulöse Herz. Die Trauben von Blumenkohlröschen auf der Lunge. Blutgefäße die sich zu Wedeln von Kapillaren verengten und mehr wie Farne als wie menschliche Bestandteile aussahen. Da blieb mein Blick an etwas hängen, was zwischen den Seiten steckte. Ein kleiner Fetzen Papier – die Ecke eines Briefkuverts. Ich zog es heraus und hielt es hoch, und es verschlug mir den Atem. Es war ein Absender und der Name darauf, in einer sehr vertrauten Handschrift, der meiner Schwester.

Was hatte ein Brief von meiner Schwester in Robert Morgans Regal zu suchen? Und wann hatte sie denn die Möglichkeit gehabt, ihm zu schreiben? Soweit ich mich erinnerte, waren sie in ihrer Ehe nie getrennt gewesen, bis sie ihn verlassen hatte. Ich holte das nächste Buch herunter und blätterte es durch, aber darin war nichts. Nur Seiten voller Buchstaben. Das Gleiche tat ich mit allen anderen Büchern, bis der Schreibtisch hinter mir voll damit war, aber ich fand keine weiteren Anzeichen für eine Korrespondenz von meiner Schwester. Verwirrt starrte ich wieder auf das Stückchen Papier, und da sah ich, was mir zuvor entgangen war. Der Umschlag war so eingerissen, dass die Hälfte der Adresse fehlte, aber es war genug übrig, dass ich mir ein paar der Worte zusammenreimen konnte – *11 Palm* irgendwas und der Staat aus dem der Brief abgeschickt worden war. *Kalifornien*.

Mir blieb die Luft weg, und ich sackte am Schreibtisch zusammen. Mir fiel wieder ein, was der Doktor in der Nacht seines Todes gesagt hatte. Hatte er wirklich von Serena Jane gesprochen gehabt? Aber das ergab keinen Sinn. Meine Schwester lag auf dem Friedhof von Aberdeen, in einer Kiste, begraben und versenkt neben all den anderen Morgans. Ich konnte jederzeit dorthin und mich vergewissern, indem ich den schweren Steinblock mit ihrem Namen anfasste. Aber der trauernde Geist ist etwas Irrationales. Er lässt uns irren, Anhaltspunkte übersehen, verhindert, dass wir bis zum Ende aufmerksam bleiben, und lässt die Möglichkeit zu anderen Rückschlüssen außen vor.

Von Neugier gepackt, riss ich die mittlere Schreibtischschublade auf und wühlte darin herum. Sie war leer, bis auf ein paar vergilbte Rezepte. Genauso wie auch die anderen Schubladen, außer der letzten. Dort unter der Abschrift seines Testaments, das ich bereits gesehen hatte, lag etwas, von dessen Existenz ich keine Ahnung gehabt hatte – die Übertragungsurkunde über die Farm der Dyersons. Ich zog sie heraus und sah sie mir genauer an. Ich hielt eine Kopie in den Händen, wie ich annahm, und sie war mehrmals geändert worden. Die Farm hatte einmal dem Doktor gehört, wie ich erstaunt feststellte, aber jetzt war unter Besitzer ein neuer Name eingetragen, einer, den ich niemals auf einem Morgan-Dokument erwartet hätte: *Amelia Ann Dyerson.*

Gleich einem Standfoto aus einem Film ging mir ein Bild von Amelia durch den Kopf, wie sie da in der Praxis auf der Trittleiter stand, mit einem Bündel Papiere in der Hand. Ich erinnerte mich plötzlich an all ihre Ansätze und Teilgeständnisse in letzter Zeit, ihre Blässe, als ich am Grab des Doktors Kalifornien erwähnte, und anstatt der erwarteten Wut spürte ich das Blut so kühl und berechnend durch meine Adern fließen, wie das von Robert Morgan zu Lebzeiten. Amelia hatte etwas mit dem Verschwinden der Briefe meiner Schwester und dem Geheimnis ihrer Existenz zu tun – das Einzige, was ich nicht wusste, war, inwiefern, und ich war mir auch gar nicht sicher, ob ich es wissen wollte. Es gibt einen Verrat, der so kolossal ist, dass ihn nichts mildern kann.

Ich schloss die Praxis ab und versteckte den Schlüssel wieder an der alten Stelle. Nachdem ich das geheimnisvolle Stück Papier sicher in meiner Tasche verstaut hatte, schossen mir eine Menge wilder Vermutungen durch den Kopf. Was, wenn meine Schwester noch lebte? Was, wenn Bobbie seine Mutter wiederhätte? Gab es tatsächlich so etwas wie Wiedergutmachung?

Draußen war es dunkel geworden. Die ersten Fledermäuse kitzelten den blassen Abendhimmel, und die Glühwürmchen machten sich bereit, ihr Licht zu entzünden und loszutanzen. Es war immer noch heiß. Das Feuer im Garten war heruntergebrannt, aber gab noch hin und wieder ein Knistern von sich, als ob es lebte. Die Brandwunde auf meiner Handfläche pochte und hielt Takt mit dem Blut, das durch meine Schläfen pulsierte und durch meine Ohren sauste, und ich wusste mit Bestimmtheit, dass mein Herz schrumpfte und dass dies auch Amelia zu spüren bekommen würde.

29

Es gibt Leute, die sich, wenn sie auf ein Rätsel stoßen, sofort in Bewegung setzen und überall nach möglichen Antworten suchen, Möbel verrücken, die Winkel von Türen und Fenstern ausmessen, unter Blumentöpfen nachsehen, überzeugt, dass sie sich auf der richtigen Fährte befinden. Vielleicht sind sie zu ungeduldig oder haben zu viele Kriminalromane gelesen. Sie haben sich so sehr daran gewöhnt, für alles eine Lösung zu erhalten, dass sie vielleicht glauben, es wäre ihr Geburtsrecht. Sie kommen gar nicht erst auf die Idee, dass es vielleicht keine geben könnte – zumindest keine befriedigende. Keine, die einen tieferen Sinn ergibt. Ich war nie eine große Leserin gewesen. Ich stelle mir vor, dass sich die Antwort auf ein Rätsel von selbst finden wird, wenn es so vorgesehen ist, und wenn nicht, dann hat die Vorsehung vielleicht einen triftigeren Grund dafür, als wir es uns vorzustellen vermögen. Aber es gibt Geheimnisse, die sind zu groß für einen Einzelnen, und andere zu quälend, um sie nicht zu lüften, und das sind die schlimmsten von allen, weil es letztendlich diejenigen sind, die einem wirklich das Herz brechen. Es sind die, von denen man am liebsten nichts gewusst hätte.

Ich machte mich nicht sogleich auf die Suche nach der Wahrheit – es war wie mit der Brandwunde in meiner Hand: noch zu frisch, zu empfindlich, noch zu schmerzend und wund. Sie brauchte Zeit, sich zu beruhigen und zu heilen, bevor ich damit wieder in die Kohlen fasste. Ich musste erst eine neue Haut darüber wachsen lassen. Um das zu kompensieren und meine Gedanken im Hier und Jetzt zu behalten, fuhr ich fort, das Haus des Doktors zu entrümpeln. Ich streifte durch den Dachboden und arbeitete mich durch alle Truhen und Kisten, sortierte das, was ich für wertvoll hielt, aus. Ich polierte das Treppengeländer, den Mahagonitisch und die Stühle. Ich kramte sogar den Werkzeugkasten hervor und zog sämtliche Gewinde an den Wasserhähnen nach.

Die Brandwunde in meiner Hand verwandelte sich allmählich in feste, rote Narbenhaut, aber sie juckte wie verrückt. Nichts, was ich darauf schmierte, weder die Salbe des Doktors noch Vaseline, half. Deshalb warf ich eines Nachmittags alle beruhigenden Kräuter, die mir einfielen – Kamille, Pfefferminze, Beinwell – in einen Topf und kochte das Öl aus, fing es in einem Becherglas vom Doktor auf. Dann mischte ich erwärmtes Bienenwachs darunter und strich es auf meine Handfläche. Meine Haut beruhigte sich sogleich und fühlte sich kühl und normal an und innerhalb von einer Woche ging die Narbe zurück. Ich hatte mir eigentlich geschworen gehabt, dass ich abgeschlossen hatte mit dem Quilt, aber genau genommen brach ich mein Versprechen damit nicht. Ich hatte mir die Mixtur ja selbst ausgedacht. Dennoch kam es Tabbys Medizin doch so nahe, dass ich den Quilt zusammenfaltete und ihn ganz hinten im Schrank verstaute. *Du hast genug Unheil angerichtet, die Geschichte ist fertig mit dir.*

Wer weiß, ob es dabei geblieben wäre, doch am nächsten Tag kam Vi Vickers mit Nesselsucht vorbei und wollte wissen, ob sich vielleicht in der Praxis noch etwas dagegen fand. »Bitte«, jammerte sie mit verklebten, zugeschwollenen Augenlidern. »So kann ich doch nicht den ganzen Weg nach Hansen fahren, und Art ist nicht da. Er ist den ganzen Nachmittag Golf spielen. Außerdem ist Sonntag, und alles hat geschlossen.«

Sie hatte Recht. Sie sah furchtbar aus. Deshalb hielt ich ihr, ohne groß nachzudenken, den Topf mit der Salbe hin, wie ein Geschenk. »Hier«, ich zog den Deckel ab. »Versuch's mal damit. Vielleicht hilft es.« Vi schmierte sich was davon auf die Wangen und wollte mir den Tiegel wiedergeben, aber ich schüttelte den Kopf. »Behalt ihn«. Ich schloss lächelnd die Tür hinter ihr und verstand plötzlich, dass es ganz egal war, wo ich den Quilt versteckte, weil er sich bereits in meinem Kopf festgesetzt hatte. Mir wurde klar, dass ich selbst entscheiden musste, wie ich damit umgehen wollte. Geschichte passierte nicht nur einfach; sie wurde gestaltet.

Am nächsten Tag beschloss ich, dass ich, wenn ich alles auf dem Quilt ans Licht der Öffentlichkeit bringen wollte, es dann auch vor allen zusammen, vor Gott und dem gesamten Dorf tun müsste. Ich ging nach oben und holte Tabbys Handarbeit herunter. Sie könnte ein wenig Sonnenlicht gebrauchen, einen ganzen Tag draußen in der Sonne auf der Leine. Als ich auf die Veranda hinaustrat, fand ich einen Topf Geranien, an dem ein Zettel hing: *Danke für die Salbe, Truly. Damit kriegt man sogar Augenringe weg! Alles Liebe, Vi.* Ich lächelte und stupste den Behälter mit dem Fuß an, froh, etwas blühen zu sehen nach all den Wochen, in denen ich immer nur Asche zu Gesicht bekommen hatte.

Es war mit Sicherheit Vis losem Mundwerk zu verdanken, dass es sich in Windeseile verbreitete, und bald darauf kamen alle möglichen Leute wegen aller möglichen geringfügigen Verletzungen und Schmerzen vorbei. Sie brauchten etwas gegen Verdauungsstörungen oder gegen einen drei Wochen alten Husten. »Ich bin kein Arzt«, wehrte ich ab. »Ich weiß eigentlich überhaupt nichts darüber.«

»Ich weiß«, sagte Sal, die ein Mittel gegen das Ekzem auf ihrem Handrücken suchte, »aber bei allen anderen hast du auch Wunder vollbracht. Kannst du es nicht versuchen?«

Ich musterte den Quilt und stellte noch eine Salbe her, ähnlich der für Vi, aber mit etwas mehr Beinwell, und brachte sie ihr zu Hause vorbei, meinem alten Zuhause. »Komm doch rein«, sagte sie und öffnete die Eingangstür so weit, dass ich blanke Dielen sah und der üppige Duft von etwas Gebackenem mit Zimt mir in die Nase stieg. Ich stahl einen Blick an ihr vorbei auf Sessel mit karierten Bezügen im Wohnzimmer und einen Schirmständer aus Porzellan neben einer Kommode. Ich erinnerte mich an die schäbige Tapete, als wir noch mit meinem Vater hier gewohnt hatten, und wie immer die gesamte Post von einer Woche den Boden bedeckte und schüttelte den Kopf. Es war etliche Zeit vergangen, das war wohl wahr, aber noch nicht annähernd genug.

»Vielleicht ein andermal«, winkte ich ab. »Ich muss los.«

»Dann noch mal vielen Dank«, rief Sal mir nach. »Du sieht gut aus, Truly. Hast du abgenommen?«

»Nee«, grinste ich. »Du gewöhnst dich nur daran, dass ich so breit bin.«

Sal zuckte die Schultern und zog die Tür zu. Aber als ich nach Hause kam, stellte ich mich abermals vor den Spiegel und traute meinen Augen kaum. Ich hatte seit Tagen keine Medikamente mehr eingenommen, aber ich war nicht weiter gewachsen. Ich war auf jeden Fall nicht größer geworden, und meine Hände sahen auch nicht aus wie Baseballhandschuhe. Stattdessen schnürte ich den Gürtel sogar ein Loch enger und dann noch mal eins, und keiner der Knöpfe sprang ab.

Das waren allerdings alles nur Annahmen. Um mein Gewicht tatsächlich festzustellen, gab es nur eine einzige Möglichkeit: Ich musste mich in der Praxis auf die Waage stellen. Und so geschah es. Ich verschob zum ersten Mal eigenhändig den Balken und war verblüfft, dass die Gewichte nicht sofort bis ganz ans Ende rutschten. Ich linste auf die Zahl und verglich sie mit denen, die ich von den Unterlagen des Doktors her noch in Erinnerung hatte und stellte einen kleinen Unterschied fest. Man darf das jetzt nicht falsch verstehen. Ich sah immer noch genauso aus, aber was der Doktor vorausgesagt hatte – dass meine Glieder so groß würden, dass ich einfach im Boden versinken würde, blieb nicht nur aus, sondern das Gegenteil war der Fall. Wie hätte Robert Morgan sich wohl erklärt, was mit mir geschah? Er hatte mit Sicherheit irgendeine ausgefallene medizinische Theorie für mein Schrumpfen parat, aber ich war davon überzeugt, dass mein Leichterwerden mindestens ebenso meiner Befreiung von ihm zu verdanken war. Wenigstens konnte ich, jetzt wo mich niemand mehr maß und wog, mir selbst aussuchen, welche Größe ich haben wollte.

Ich begegnete Amelia natürlich mehrere Male. In einem Dorf von der Größe Aberdeens ist die Wahrscheinlichkeit, dass man sich über den Weg läuft, größer, als es nicht zu tun, auch wenn man es gar nicht darauf anlegt. Selbst Marcus schaffte es nicht, mir ganz aus dem Weg zu gehen; wenn er mich traf, tippte er sich lediglich an den Hut und wechselte die Straßenseite. Ich verstand seine Zurückhaltung, weil ich den Grund dafür kannte, aber bei Amelia ging ich berechnender vor, zog sie immer weiter in meinen Bann, während ich mir überlegte, wann und wie ich sie mit der Sache konfrontieren würde.

Sie kam inzwischen fast regelmäßig bei mir vorbei, amüsierte sich über all die Mixturen, die ich herstellte, und zeigte sich beeindruckt von den Geschenken, die die Leute auf der hinteren Veranda abstellten. Körbe voller Pfirsiche, ein Laib frisches Brot. Ein selbst gestrickter Schal mit einer Notiz, auf der stand, dass die Farbe zu meinen Augen passen würde. Im Haus duftete es stets nach nassem Gras und Pfefferminze; Flaschen in den Farben von Edelsteinen reihten sich auf den Fenstersimsen auf.

Sie schien von dem Quilt fasziniert zu sein. Jetzt, da alle von meinem Geheimnis wussten, stellte ich ihn öffentlich zur Schau. Sie hielt beim Abstauben inne, um sich Tabbys Handarbeit anzusehen, die über der Stuhllehne in der Küche hing. Dann huschte sie in die Speisekammer und hielt die Flaschen in den Regalen ins Licht. Ich warf ihr einen Blick zu, um zu sehen, was sie da hatte. »Das hilft bei Kopfschmerzen.«

Ihre Finger griffen nach einer anderen Flasche.

»Für was das gut ist, weiß ich nicht genau. Vielleicht gegen Muskelkater.«

Sie langte hoch ins oberste Regalfach und holte eines der smaragdgrünen Gläser mit Tabbys Mixtur herunter. Die Flüssigkeit war unter einer Staubschicht begraben, die Farbe nicht mehr so intensiv, aber deshalb nicht weniger wirksam.

»Stell das sofort wieder zurück«, fuhr ich sie an. »Das ist für niemanden bestimmt.« Es war wie mit dem Fetzen Papier, den ich oben in meiner Nachttischschublade aufbewahrte. Er war bloß ein Relikt, ein Teil von etwas, an was ich mich nicht erinnern wollte. Amelia sah gekränkt aus, stellte aber das Glas in das Fach zurück. *Gut so,* dachte ich. *Jetzt haben wir beide ein Geheimnis.*

»Hast du was von Bobbie gehört?«, fragte ich sie schließlich ganz sachlich. »In der Lokalzeitung steht ein Artikel über seine Kochkünste. Anscheinend ist er wirklich talentiert.«

Amelias Blick füllte sich mit Stolz, und sie nickte.

»Ich glaube, er wird es meistern«, fuhr ich fort. »Jetzt, wo Bobbie bei ihm wohnt, nimmt Marcus bestimmt drei Kilo zu.« Beim Klang von Marcus' Namen runzelte ich die Stirn und verstummte, und Amelia, die meinen Unmut offensichtlich spürte, schloss die Speisekammertür und staubte weiter ab.

Den restlichen Nachmittag verbrachten wir mehr oder minder schweigend mit unserer Limonade auf der Veranda. Zu diesem Zeitpunkt war ich versucht, sie mit dem verwirrenden Durcheinander von Serena Jane zu konfrontieren, es ihr in den Schoß zu werfen, um zu sehen, was sie dazu sagen würde, aber vorher wollte ich sie noch ein bisschen strafen. Je länger ich schmollte und mürrisch war, desto unangenehmer wurde es ihr, und es bereitete mir jedes Mal ein Mordsvergnügen zu sehen, wie sie nervös an ihrem Zopf herumzupfte. Ich genoss es, wie sie immer und immer wieder an die Haustür klopfte, und sich dann wie ein verscheuchter Hund davonschlich, wenn ich mich weigerte aufzumachen, oder auch die beklommene Stille, die einkehrte, immer wenn sie Marcus erwähnte. *Und das ist noch so etwas,* dachte ich und ein ungewohntes Gefühl der Wut durchströmte mich und verlieh mir eine gewisse Macht: *Marcus gehört mir, das hätte mein Garten sein sollen. Selbst wenn ich sterbe und nicht mehr da bin, sollten sie nicht zusammen sein.*

Wie ich es auch drehte und wendete, dass Marcus im Dreck hinter Amelias Haus kniete, wurmte mich, genauso wie die Vorstellung, dass meine Schwester irgendwo dort draußen barfuß über den Sandstrand, durch die wilden Wogen an der kalifornischen Küste strich, in Gedanken bei den schiefen Zäunen und den Rissen in den Gehwegen von Aberdeen ebenso wie bei Bobbie. Was, wenn sie vom Tod des Doktors erfährt, fragte ich mich. Was, wenn sie wieder ins Dorf zurückkehrt?

Die Sommertage wurden zusehends wärmer, und das Stück vom Umschlag in meiner Schublade rollte sich ein und vertrocknete, so dass ich schon dachte, es könne aufsteigen und davonfliegen. Aber nein. Stattdessen wurde das Wissen darum immer drückender, blähte sich auf wie eine Gewitterwolke, bis ich es nicht mehr aushielt. Wenn ich all die Fragen, die sich mir aufdrängten, in mir behielt, würden es immer mehr werden, bis ich schließlich tatsächlich aus allen Nähten platzte. Und das wollte ich nun wirklich nicht, ganz im Gegenteil. Nein, die Zeit war reif, beschloss ich endlich. Ich musste die Wolken in mir zum Aufreißen bringen.

Am letzten Hundstag Ende August klopfte Amelia an die Tür, so zuverlässig wie die Sonne, zwei Papiersäcke voll mit Gemüse unter den dünnen Armen. Sie trug ihre übliche schwarz-weiße Garnitur und um ihre Schläfen ringelten sich ein paar lose Härchen. Aber wann immer ich an Amelia dachte, war es ihr Mund, der mir zuerst einfiel, die Lippen so schief und dünn wie die ihres Vaters, aber zugleich resolut und unnachgiebig, wie die ihrer Mutter; nichts kam so leicht über sie, schon gar nicht ein Geständnis.

»Was ist in den Säcken?«, fragte ich und öffnete ihr das Fliegengitter zur Küche. Amelia war heute unbändig und die Worte purzelten ihr nur so aus dem Mund. »Rote Bete. Kopfsalat. Junge Möhren und Grünzeug.« Sie stellte die Säcke auf die Arbeitsfläche. Der berauschende Duft von frischer Erde breitete sich aus.

Ich zog einen Stuhl hervor und mied es, sie anzusehen. »Willst du Kaffee? Ich koch dir welchen.«

Amelia pustete eine Haarsträhne aus ihrer vor Schweiß glänzenden Stirn. »Viel zu heiß. Hast du Eistee da?«

Ich öffnete den Eisschrank. »Orangensaft oder Limonade.«

»Limonade.« Amelia setzte sich. Sie betrachtete mich kritisch. »Du siehst anders aus. Und was machst du da hinterm Haus? Das sieht aus wie ein Kriegsgebiet.« Jetzt, wo meine Hand wieder verheilt war, machte ich trotz Hitze weiter damit, das Gerümpel von Jahrzehnten zu verbrennen. Es dämpfte meine Wut ein wenig, den tanzenden, lodernden Flammen zuzusehen, und hatte eine beruhigende Wirkung auf mich.

Ich goss die Limonade in zwei Gläser. »Frühjahrsputz.«

»Es ist schon bald Herbst.«

Ich zuckte die Schultern. Wir saßen einen Moment lang schweigend da und beobachteten, wie die Gläser schwitzten. Schließlich holte ich tief Luft. »Da ist noch eine ganze Menge Zeug in der Praxis.«

Amelia starrte auf ihre Limonade. »Bald kommt der Herbst. Dann hätte ich Zeit dafür.«

Ich nahm einen Schluck und stellte dann mein Glas wieder

auf genau denselben Fleck zurück. In diesem Augenblick erschien es mir wichtig, nicht mehr als unbedingt notwendig an der Welt zu verändern.

»Ich war schon dabei, dort aufzuräumen, bis ich mir die Hand verbrannt habe.« Ich hielt die Hand hoch, die bis auf einen blassen Halbmond verheilt war.

»Ach?« Amelia hatte mit Sicherheit die Augen ihres Vaters geerbt, mit schweren Lidern, dichten Wimpern, bestens geeignet für einen Spieler.

»Anscheinend hat der Doktor das meiste schon selbst weggeräumt.«

»Dann putz ich da für dich.«

Ich fuhr fort, als hätte ich sie nicht gehört. Ich fühlte mich scheußlich, so mit Amelia zu spielen, aber zugleich konnte ich meinen Zorn nicht länger zurückhalten. »Natürlich ist nicht alles weg«, sagte ich. »Seine Bücher sind noch da. Und das war da auch noch.« Ich griff in meine Tasche und zog das Stück vom Umschlag mit *11 Palm* und *Kalifornien* heraus. »Und auch das hier.« Ich holte die Abschrift der Überlassungsurkunde für die Farm hervor.

Es ist interessant zu beobachten, wie extreme Wut endlich als solche wahrgenommen wird. Es ist, als ob man einem Kreisel stundenlang beim Wirbeln zusähe, bis er plötzlich innehält und umkippt. Die Augen schießen hin und her und zucken und wollen nicht glauben, was sie da sehen. Ich wartete ab. Zwischen uns war eine unangenehme Mauer des Schweigens entstanden. Amelia streckte eine Hand aus und berührte das Stückchen Umschlag mit der Fingerspitze. »Wo war das?«, hauchte sie.

»In einem Buch. Ist es das, was ich vermute?«

Amelia nickte, den Blick immer noch gesenkt. Ich lehnte mich abrupt im Stuhl zurück, so dass er quietschte und knarrte. »Ich verstehe das nicht. Ich dachte, sie hätte Selbstmord begangen.«

»Es war jemand anderer.« Amelia sprach so zaghaft, wie die Eintagsfliege den Teich streift. »Nicht Serena Jane.«

»Aber woher hatte Robert Morgan die Leiche?«

»Er behauptete einfach, dass sie es sei, und zwang mich auch dazu. Er sagte, wenn ich es nicht tat, würde er mir die Farm wegnehmen.« Amelia bedeckte das Gesicht mit den Händen, und diese Geste sagte mir alles. Es war also doch Robert Morgan gewesen. Mit seinen Lügen, Einschüchterungen und Gruselgeschichten hatte er das gesamte Dorf fest im Griff.

Ich stellte mir den quadratischen, schmucklosen Grabstein meiner Schwester vor. »Dann ist es also nicht Serena Jane, die da auf dem Friedhof begraben ist?« Amelia schüttelte abermals den Kopf und ihre Passivität brachte mich in Rage.

Amelia schniefte. »Er hat mir gedroht, dass, wenn du jemals etwas davon erfährst, er es sofort mitkriegen würde. Er hat gesagt, er würde alle unsere Gläubiger über drei Staaten hinweg auftreiben. Ich wollte ihn dazu bringen, dir die Briefe zu geben oder wenigstens Bobbie, aber er hat gesagt, was vorbei ist, ist vorbei und Schluss.«

Ich wich abermals zurück. Ihre pragmatische Antwort entsetzte mich. Die ganze Zeit über hatte ich angenommen, dass sie den Aufenthaltsort meiner Schwester geheim gehalten hatte, aus einer Art Eifersucht heraus, aber damit hatte ich mir nur selbst geschmeichelt, wie ich jetzt erkannte. Am Ende war Amelia doch eine echte Dyerson, auf ihren Vorteil bedacht und immer in Deckung vor den Kugeln der Gläubiger. *Sie hat es getan, um ihre eigene Haut zu retten, nicht meine,* dachte ich. Ich erinnerte mich daran, dass Robert Morgan die gleiche Drohung ausgesprochen hatte, um mich dazu zu bringen, bei ihm einzuziehen, und nun fragte ich mich, was Amelia wohl an meiner Stelle getan hätte. Hätte sie das gleiche Opfer gebracht? Plötzlich hasste ich die Dyersons und ihr ewiges Unglück. Kein Wunder, dass sie solch traurige Fälle waren. Sie schrien ja geradezu nach Missstand. Sie hatten nie versucht, irgendetwas daran zu ändern. Ich schlug auf den Tisch. Ich würde niemals so werden, so viel wusste ich. Es wäre mir mit diesem Körper auch gar nicht möglich gewesen, und dies führte mir mehr als alles andere vor Augen, dass, was immer Amelia für mich bedeutet hatte, es niemals eine Schwester gewesen war. Ich legte den Kopf auf den Tisch. Von wegen die Welt an ihrem Platz halten. So viel dazu.

Natürlich war das Kind schon in den Brunnen gefallen. War es nicht auch das, was ich mir selbst immer gesagt hatte? War es klug von mir gewesen, dem Sog der Vergangenheit nachzugeben, fragte ich mich, mich von dem Geheimnis des Quilts einnehmen zu lassen, so wie jetzt von dem um meine Schwester? Ich wusste momentan keine Antwort darauf, aber es war an der Zeit, sich der Frage zu stellen und in der Gegenwart zu leben. Ich konnte nicht ewig wütend sein, sonst würde ich dabei verbrennen, so viel wusste ich. Ich musste versuchen, Amelia zu verzeihen.

Ich löste meine Hände und atmete tief ein. »Ich bin wütend, Amelia. So wütend, dass ich fast blind bin, aber es sind viele Jahre vergangen. Ich meine, wir brauchen einen Neuanfang. Ohne Robert Morgan. Ohne Gläubiger. Sag mir, wo die Briefe sind, und wir fangen dort an.«

Amelias Mund gefror zu einer Null, und ich erinnerte mich daran, wie schwer es ihr gefallen war, vor Miss Sparrow einen Vortrag zu halten, wie ihr, ganz gleich wie sehr sie sich mühte, alles durcheinanderpurzelte. »Es tut mir so leid«, platzte sie heraus. »Verzeih mir.« Sie bedeckte ihr Gesicht mit den Händen.

Mein Magen verkrampfte sich vor einer bösen Vorahnung. »Amelia, was hast du getan?« Die Vergangenheit war so übermächtig präsent, dass ich nur noch hingreifen und hineinbeißen wollte. »Sag mir, wo die Briefe sind.«

Amelia stieß einen tiefen Seufzer aus. »Verbrannt«.

»Verbrannt«. Das war keine Frage und keine Aussage, sondern ein hohles, losgelöstes Echo.

Amelia führte näher aus: »Der Doktor hat sie verbrannt. Ich habe dabei zugesehen. Wir haben im Wohnzimmerkamin ein Feuer angezündet, und er hat die Briefe hineingeworfen.«

Mein Herz raste, zerrissen und wund. »Warum hast du das zugelassen? Wie konntest du nur? Wo war ich denn?«

»Du bist hereingekommen, erinnerst du dich? Du hast gesagt, dass es Kuchen gäbe. Du hast nicht begriffen, was wir da gemacht haben. Robert Morgan hat dich angeschrien, und du bist wieder in die Küche gegangen.« Ich dachte kurz an den Nachmittag zurück, Amelia hatte in der Ecke gehockt, Asche in den Haaren, und der Doktor hatte mich plötzlich angeschnauzt. Amelia holte tief Luft und fuhr mühsam mit ihrer Erläuterung fort. »Ich wollte, dass er mir die Farm überschreibt. Alles, was ich jemals gewollt habe, war, dass du zurückkommst und wir zusammen dort leben, so wie früher... Truly, bitte, sag doch was.«

Ich starrte auf die Narbe in meiner Hand. Die ganze Zeit habe ich die Hinterlassenschaften der Vergangenheit verbrannt, wo doch das, was ich am meisten begehrte, schon verbrannt war. Ich schloss die Augen und stellte mir vor, wie der Sand am Strand weggespült wurde. »Das werde ich dir niemals verzeihen, Amelia«, sagte ich schließlich so leise und bitter, wie ich noch nie zuvor gesprochen hatte.

Amelia unterdrückte ein Schluchzen. Sie streckte mir ihren dünnen Arm über den Tisch entgegen, aber ich zog meine Hände zurück. »Geh jetzt.« Ich schloss die Augen und wollte nichts sehnlicher, als dass sie sich entfernte, dass sie verschwand und an ihre Stelle meine wunderschöne blonde Schwester trat. Als ich die Augen wieder aufschlug, stellte ich jedoch überrascht fest, dass Amelia noch vor mir stand. Sie hielt Tabbys Glas vor sich und betrachtete es abschätzend. Sie schüttelte das Glas und wirbelte den Bodensatz auf.

»Gib mir das«, sagte ich und machte einen Satz.

Amelia riss die Augen auf. Sie setzte das Glas an und wies gleichzeitig fragend zur Praxis hinüber.

Ich hielt die Luft an. »Woher weißt du das?«

Ihre Stimme klang krächzender, als ich sie je vernommen hatte. »Ich habe dich und Marcus nach der Beerdigung des Doktors darüber reden hören. Du dachtest, ich wäre weg, aber ich war noch da. Du hast mich bloß nicht gesehen.«

»Der Doktor hat mich darum gebeten«, sagte ich ungerührt. »Es war seine Idee gewesen.«

Amelias Lippen arbeiteten. Sie dachte nach.

»Er war krank und wirr«, sagte ich. »Er wäre sowieso gestorben.«

Amelia schob das Kinn vor und forderte mich auf, ihr zu widersprechen. Sie brachte die Worte nur mit Schwierigkeiten hervor. »Dann sag mir mal, Truly. War das Mord oder Gnade?«

Ich überrumpelte Amelia und riss ihr das Glas aus der Hand. »Macht das einen Unterschied? Er hatte sowieso keine Chance. Ich half nur der Natur etwas nach. Und wenn dabei außerdem noch ein paar alte Rechnungen beglichen worden sind, na, und?«

Es war immer noch besser, als das, was sie getan hatte, redete ich mir ein. Ich hatte nur Leben genommen, aber sie war über den Tod hinausgegangen und hatte die Existenz meiner Schwester ausgelöscht. Ihre Anschuldigungen nagten dennoch an mir, erinnerten mich an den Preis, von dem Marcus meinte, dass ich ihn zahlen müsse, weil ich den Wünschen des Doktors nachgegeben hatte. Gnade, begriff ich, war ein schweres zweischneidiges Schwert, das nicht nur Gutes im Schilde führte. Ich stellte das Glas auf der Arbeitsplatte ab und verschränkte die Arme. »Wir sind quitt. Raus jetzt.«

Amelia kannte sich jedoch genau aus mit der Gnade. Sie hatte ihr Leben lang damit verbracht, um sie zu betteln. Sie kniete vor mir nieder. Als sie zu mir aufsah, waren ihre Augen so schwarz wie die Krähen auf dem Friedhof. »Bitte«, flüsterte sie. »Vergib mir. Du bist meine einzige Familie. Ich weiß nicht, was ich tun soll, wenn du mir nicht verzeihst.«

An einem anderen Tag vielleicht, wenn die Luft nicht so heiß wie das Fegefeuer gewesen wäre, wenn es eine leichte Brise gegeben hätte, hätte ich vielleicht nachgegeben, aber in der Küche war es drückend und das Einzige, was ich spürte, war mein Schweiß, der so schnell aus mir aufstieg, dass er mich fast erstickte. Ich hatte das Leben satt, die Grillen, die die ganze Nacht hindurch zirpten, die rankenden Zweige, die sich am Zaun entlanghangelten, wo sie doch sowieso in ein paar Wochen die Blätter abwerfen und sterben würden. Ich schloss die Augen. »Geh«, zischte ich, und wartete, bis ich die Hintertür zufallen hörte, so leise wie ein Seufzer.

Ich ging durch das Haus, zog an allen Fenstern die Rouleaus herunter und löschte das Licht, so versunken in meinem Kummer war ich, dass ich noch nicht einmal bemerkte, dass Amelia das Glas mit Tabbys Kräutern mitgenommen hatte. Erst am nächsten Morgen bemerkte ich, dass es weg war, und ich erinnerte mich an ihre Pein. Mir schlug das Herz bis zum Hals, während ich mich fragte, ob ich ihr gefolgt wäre, wenn ich es gewusst hätte, das Gnadenschwert im Dreck hinter mir herschleifend.

30

Ich wünschte, ich hätte Amelia gefunden, aber es war Marcus, der, als er vorbeikam, um Unkraut zu jäten, sie in den Gemüsebeeten entdeckte, zusammengerollt wie eine Schnecke. Die Termiten hatten sie sich schon zum Festmahl auserkoren. Eine Polonaise roter Ameisen marschierte zu ihrem linken Ohr ein und aus, und eine Spinne untersuchte zaudernd die Nasenlöcher. Aus ihrem Mundwinkel rann eine Spur von grüner Flüssigkeit in die Pflanzenwelt. Marcus bückte sich und streifte die Insekten von ihrer Wange, dann richtete er sich wieder auf, stemmte die Arme in die Seite und hinkte zum Truck zurück.

Ich wurde davon wach, dass jemand ungehalten gegen die Haustür hämmerte. Dann hörte ich Marcus nach mir rufen und ich rannte hinunter. »Was ist los?«, fragte ich, den Morgenmantel über dem Schlafanzug noch halb geöffnet. »Ist etwas mit Bobbie?«

Im Zwielicht der Morgendämmerung erschienen die Schatten unter Marcus' Augen noch tiefer, und seine Iris hatten die Farbe eines Teichs kurz bevor er überfriert. Er hielt seine Hand vor den Mund und hustete: »Es geht um Amelia. Du musst mitkommen. Oh Truly, was hast du bloß getan?«

Wir sprachen die ganze Mark und Bein erschütternde Fahrt über kein Wort miteinander, aber als wir ankamen, überraschte mich Marcus damit, dass er am Haus vorbeifuhr und direkt zur Scheune hinüber. »Was wollen wir hier draußen?«, fragte ich und schlug die Wagentür hinter mir zu, aber Marcus sagte noch immer nichts und als ich die Scheune betrat, wusste ich, warum.

Er hatte Amelia auf die altmodische Art aufgebahrt, auf einem Brett mit zwei Böcken. Trotz der vielen Löcher im Dach war es immer noch düster und schummrig in der Scheune, aber Marcus zündete eine Kerosinlampe an, die rußte und zischte, und hängte sie hoch oben auf, damit sie ihr Licht verbreitete. Ich entdeckte das leere Glas zu Amelias Füßen.

»Oh Gott!« Ich wand mich ab, aber Marcus stand hinter mir und zwang mich, Amelia anzusehen.

»Ich hab sie hier reingebracht. Das habe ich neben ihr gefunden.« Er zeigte auf das leere Glas. »Wie konntest du es noch einmal tun, Truly? Ich dachte, es tut dir leid? Warum hast du ihr das gegeben?«

Eine Fliege surrte an meinem Ohr vorbei. Die Sonne ging auf, und durch die Hitze würden bald die Parasiten angelockt werden und der Gestank einsetzen, so viel war mir klar. Wir mussten jemanden benachrichtigen. »Ich – ich hab es ihr nicht gegeben, ich schwöre es«, flüsterte ich. »Sie hat es mitgenommen.«

»Warum?« Marcus' Stimme tönte wie der Hammer, der auf den Nagel traf.

Ich senkte den Kopf. »Wir haben uns gestritten. Na ja, ich habe damit angefangen. Ich habe ihr keine Chance gegeben, sich zu rechtfertigen.«

Marcus trat an Amelia heran, ein Lichtstrahl streifte ihr Haar. »Weshalb denn? Was konnte sie schon groß getan haben?«

Ich schlang die Arme um mich. Wo sollte ich bloß anfangen? Mit der Tatsache, dass meine Schwester in Wahrheit noch am Leben war? Oder dass Robert Morgan jemand anderen an ihrer statt beerdigt hatte? Oder mit der Narbe in meiner Hand und dem Tag, an dem ich den Briefschnipsel fand? Am Ende waren es wahrscheinlich abermals bloße Worte, die dieses Unheil angerichtet hatten, denn genau genommen hatte auch mein Leben bei Robert Morgan mit einer Nachricht von Serena Jane begonnen, genauso wie Amelias Leben wegen einer geendet hatte.

»Vermutlich könnte man sagen, dass uns Worte entzweit haben«, murmelte ich schließlich.

Marcus legte den Kopf schief. »Das verstehe ich nicht.«

Und deshalb erzählte ich ihm in der stickigen Luft der Scheune, wie Robert Morgan am Ende »Kalifornien« gehaucht hatte, und wie Amelia dem Doktor geholfen hatte, die Briefe zu verbrennen, und wie ein einziges kleines Teilchen aus der Vergangenheit entkommen war, wie ein Funke den Kamin hochschießt. Und damit noch nicht genug. Ich erzählte ihm von der Diagnose des Doktors und wie dieses Geheimnis mich von denen, die ich am meisten liebte, getrennt hatte – Amelia und Marcus, ganz besonders Marcus – und dass Robert Morgan am Ende Unrecht gehabt hatte. Ich erzählte ihm von dem Quilt, der in guten wie in schlechten Zeiten Anwendung gefunden hatte, und dass ich mich wohl niemals von seinem Wirrwarr aus Fäden und Wurzeln befreien können würde, ganz gleich wie sehr ich es wollte. Ich berichtete ihm wie die Engelsflügel, die Tabitha darauf gestickt hatte, mir in Fleisch und Blut übergegangen waren.

Als ich fertig war, strömten mir die Tränen über die Wangen, und mein Atem ging derart stockend, dass ich fast nicht merkte, wie Marcus mich in die Arme nahm.

»Schhh«, flüsterte er. »Es ist gut. Ich bin hier.« Und er küsste mich zum ersten Mal wieder, seit dem Nachmittag auf dem Friedhof.

Es gibt Geständnisse, die man unter vier Augen machen muss, Wahrheiten, die so schmerzhaft sind, dass man sie nicht direkt äußern kann, sondern die Seele des Gegenübers ansprechen muss. »Du hast Recht«, sagte ich, meine Lippen auf Marcus'. »Ich hätte den Trank nie zubereiten sollen. Das ist alles mir zuzuschreiben.«

Marcus drückte mich fest an sich. »Nein. Du konntest nicht wissen, wozu das führt. Du bist dafür nicht verantwortlich.« Er trat einen Schritt zurück, hielt aber weiterhin meine Hand. »Hör mal, Truly. Was du für den Doktor und Priscilla Sparrow getan hast …«

»Ich hätte auf dich hören sollen«, unterbrach ich ihn. »Ich hätte das niemals tun sollen.«

Er brachte mich mit einem Kuss zum Schweigen. »Nein. Es war richtig. Ich weiß das besser als sonst wer. Ich habe das gleich getan. Erinnerst du dich?«

Ich nickte und schwieg und erinnerte mich an seinen Brief und was er für seinen verletzten Freund getan hatte. »Ist es Mord oder Gnade, wenn Sterben zu einem der Grundbedürfnisse im Leben wird?«, sagte ich leise und erinnerte mich an Amelias letzte Frage, aber Marcus wusste auch keine Antwort. Wir standen da, die Köpfe gesenkt, unsere Hände fest ineinander verschränkt, die Herzen pumpten Blut durch unseren Körper – durch meinen großen und seinen kleinen – im gleichen schleppenden Takt.

»Wir müssen etwas unternehmen«, murmelte ich schließlich und wies mit dem Kinn auf Amelia.

»Du bleibst hier«. Marcus löste seine Hand aus meiner und ging auf das Scheunentor zu. »Ich bin gleich wieder da und überlass dir die Feinheiten.«

Er kehrte mit einem Eimer, Essig und Schwämmen zurück. Puder, Ölen und einem Laken. Getrockneten Kräutern, einer Münze und einem Stück roten Faden. Kerzen, um die Fliegen abzuhalten. Er füllte das Petroleum in der Lampe nach und ließ mich dann allein. Ich ging schrittweise vor und rieb zuerst Amelias Arme mit Essig ab, dann ihren Rumpf bis zu den Beinen und Füßen. Ich ölte ihre Stirn mit Rosenessenz, salbte ihre Wangen und ihr Kinn und legte die Münze unter ihre Zunge. Ich öffnete ihren Zopf und kämmte Puder in ihr Haar, dann flocht ich es wieder mit dem roten Garn und schnitt eine Locke zum Andenken ab. Ich rieb ihre Fingernägel mit Bienenwachs ein, bestrich die Handflächen mit Asche, die ich in der Ecke auf dem Boden fand und vergewisserte mich, dass zwischen jedem ihrer Zehen ein Zweiglein Vergissmeinnicht steckte. Als ich fertig war, faltete ich ihre Hände auf ihrer Brust und flocht den Stiel einer lila Distel um ihre Finger für göttlichen Schutz und Glück.

Es war eine friedvolle Beschäftigung, die Tote zu waschen – die ruhige, übersinnliche Konzentration darauf und das Einstellen aller anderen Aktivitäten. Während ich um den Aufbahrungstisch herumschritt, summte ich die fast vergessenen Hymnen aus der Kindheit, indem ich Satzfragmente und Melodien in einem Sammelsurium aus andächtigen Tönen mischte. Die einzige Religion, der die Dyersons je gefolgt waren, war der Pfad des Leides, und dessen goldene Regel war schlicht. Man tat, was getan werden musste, wenn es so weit war. Ich strich die letzte Strähne von Amelias Haar über ihre Stirn und trat einen Schritt zurück, um mein Werk zu begutachten. Draußen vorm Fenster sah ich Marcus ein Dickicht von Büschen beschneiden wie ein verbitterter Engel, der sich über die ersten Boten des Herbstes ärgerte. Die Winter machten ihn verrückt, und es kam mir in den Sinn, dass er ein Gewächshaus gebrauchen könnte – ein kondensiertes Universum, in dem die Gesetzmäßigkeiten der Natur aufgehoben waren.

Natürlich funktioniert das nicht wirklich so, aber es hilft, sich vorzustellen, dass es so sein könnte. Mit jedem Atemzug muss man Entscheidungen treffen – manchmal geht es darum, ein Leben zu beenden, und manchmal nur den Schmerz erträglicher zu machen – und manchmal haben diese Entscheidungen Folgen, mit denen man niemals gerechnet hätte. Dennoch beschloss ich an Ort und Stelle, dass ich tun wollte, was ich konnte, weiterhin Tees fürs Leben und Tees für den Tod brauen und sie ins Regal stellen, bis jemand käme und sie brauchte. Ich beugte mich über Amelia und küsste sie. Zum Schluss band ich ihr noch ein Stückchen Faden um die Zeigefingerspitze und zog es fest, damit sie mich niemals vergaß, und dann trat ich hinaus aus der Scheune ins Tageslicht, nachdem ich mich vergewissert hatte, dass das Tor weit offen stand, für die Seelen unter uns, die gerne eintreten würden und für die Geister, die hinauswollten.

Ein junger Beamter mit Pferdeschwanz aus dem Büro des Leichenbeschauers kam, um Amelia abzuholen. Er schüttelte den Kopf über den Faden an ihrem Finger, das rote Garn in ihrem Haar, und die Distel zwischen ihren Händen.

»Ich hab seit dem neunzehnten Jahrhundert nicht mehr solch einen Humbug gesehen«, sagte er und packte Amelia in einen industriegefertigten Plastiksack. »Wir sagen Bescheid, wenn sie zum Abholen bereit ist«, sagte er zu mir, knallte die Tür des Kombis zu und gab Gas. Ich trat mit Marcus aus der Scheune, und wir sahen dem Lieferwagen hinterher. Ich war froh, dass er hinter mir stand, seine Knie fest gegen meine presste und mich damit aufrecht hielt und mir Kraft gab.

»Wir müssen es Bobbie erzählen«, murmelte ich. »Einer von uns. Er sollte von den Briefen wissen.«

»Um vier geht er los zur Arbeit«, sagte Marcus. »Bis dahin ist er im Cottage. Ich verdrück mich so lange. Hier ist mein Schlüssel, falls er nicht da ist.«

»Danke«, ich drehte mich um, um ihn anzusehen, plötzlich verlegen. »Marcus…« Ich senkte den Blick. »Das, was da am Morgen in der Scheune…«

Er fiel mir ins Wort. »Lass uns uns nicht länger sorgen um das, was geschehen ist. Lass uns noch mal richtig von vorn anfangen, wenn das hier vorüber ist.« Er streckte mir seine verkrüppelte Hand hin, und ich nahm sie und deckte mit der Narbe in meiner Hand seine Flicken und Linien ab, überlegte was für einen Samen wir zusammen pflanzen würden und wie groß wir ihn päppeln könnten.

Bobbie riss die Tür zum Cottage auf, klatschte in die Hände und begrüßte mich stürmisch und begeistert wie ein junger Hund. Er trug Shorts und ein leichtes Baumwollhemd, durch das man die neuen Brustmuskeln sah. »Tante Truly! Wie heiß das immer noch ist. Möchtest du ein Glas Wasser?«

»Nein.« Die Luft im Cottage war stickig, und mir brach sofort der Schweiß aus. Amelias Tod lastete noch schwer auf mir. Ich wollte nicht drinnen sein, wo die Wände mich einengten und anklagten. »Lass uns ein bisschen spazieren gehen«, schlug ich vor. »Ich muss mit dir über etwas reden.«

»Klar. Ich hol nur meinen Hut.« Bobbie nahm einen Strohhut vom Kleiderständer und zog die Tür hinter sich zu, um gleich darauf das Gesicht zu verziehen. »Ich hab den Schlüssel vergessen«, stöhnte er. »Lass mal sehen, ob ich durch's Fenster klettern kann.«

»Nein, nein.« Ich hielt ihn zurück. »Das brauchst du nicht. Ich hab einen Schlüssel.«

»Oh«, Bobbie zog die Stirn kraus. »Prima. Und woher hast du Marcus' Schlüssel?«

Ich errötete, aber Bobbie hatte es anscheinend nicht bemerkt. Ich führte ihn einen schattigen Pfad entlang und zu dem Abschnitt der Morgans auf dem Friedhof. Meine Schritte kamen mir schleppend und bleiern vor, ebenso wie mein Herz. Ich tastete mich langsam in der Unterhaltung voran: »Bobbie, woran erinnerst du dich, wenn du an deine Mutter denkst?«

Er erstarrte neben mir. Wir sprachen so gut wie nie über Serena Jane. Mit Robert Morgan sowieso nicht, und ich hatte, immer wenn Bobbie nach ihr gefragt hatte, nur geseufzt und die Lippen aufgerollt, wie den Deckel einer Sardinenbüchse. Serena Janes Lieblingsfarbe, ihr Lieblingslied, ihr Lieblingsfilm – davon hatte Bobbie nie erfahren, wie mir jetzt klar wurde. Was er stattdessen eingetrichtert bekommen hatte, war ihre niedrige moralische Gesinnung. Sie war das schwarze Schaf und hochmütiger, als gut für sie war. Ein Pfau im Hühnerstall. Ein Schwan, der sein Fett abgekriegt hatte.

»Ich denke hauptsächlich an ihr hellblaues Kleid«, sagte er. Er hielt den Kopf beim Gehen gesenkt. »Es ist alles, was mir bleibt. Ich denke an ihr Haar, und dass es nach Puder roch. Ich erinnere mich, wie sie mir vorgesungen hat, wenn ich krank war.«

Es schnürte mir den Hals zu. Ich hatte das nie probiert. Ich erinnerte mich an meine erste Woche im Haus und wie ich versucht hatte Bobbie zu päppeln. »Willst du dein Ei nicht?«, fragte ich ihn jeden Morgen, die Stirn gerunzelt, und Bobbie antwortete immer mit einem Schulterzucken. Ich erinnerte mich, wie er kurz nach meinem Eintreffen in den Beeten kniete, Marcus, ein wohlmeinender Gnom neben ihm. Sie brachten Stunden mit Graben zu, Bobbie in der Hocke stieß die Schippe in den Boden, immer und immer wieder.

So ist es gut, murmelte Marcus und warf ihm einen Blick aus den Augenwinkeln zu. *Du lüftest die Erde ordentlich.* Bobbie hatte ihm darauf nie geantwortet. Er sah so aus, als ob es ihm gleichgültig war, was er da tat, solange sein Vater oder ich mit meinem monströsen Schatten nicht dabei waren. Da wusste er noch nicht, ob er mich würde lieben können, nur dass ich mich von seiner Mutter auf alle möglichen Arten unterschied, stämmig, wo seine Mutter zerbrechlich, grob, wo sie zart wie eine Gänsefeder gewesen war. Jeden Morgen beim Frühstück erforschte er die Erhebungen und Vertiefungen in meinem Gesicht nach einer Familienähnlichkeit, und jeden Morgen zog er hungrig von dannen. Der Einzige, der nie etwas von ihm verlangte, wurde mir jäh bewusst, noch nicht mal einen Pieps, war Marcus. Gelegentlich legte er seine Pranke über Bobbies Finger und zeigte ihm, wie weit er die Pflanze zurückschneiden sollte, oder lenkte ihn zu einem anderen Flecken, den er umgraben sollte, aber er ließ ihn hauptsächlich in Ruhe und beobachtete Bobbie dabei, wie der sich durch eine Handvoll Dreck nach der anderen buddelte.

Wir kamen bei den Parzellen der Morgans an. Die Erde um Robert Morgans Gedenktafel war noch aufgewühlt und uneben, als ob der Doktor Probleme hätte, in das Leben nach dem Tod überzugehen. Bobbie rückte von mir ab und sah aus, als ob er nach einer passenden Grabrede suchen würde, aber das Einzige, was er über die Lippen brachte war: *Tut mir leid,* was er so leise flüsterte wie eine Motte, die eine Glasscheibe streift. Während ich ihn beobachtete, fiel mir auf, dass er Aberdeens letzter Robert Morgan war, und der Gedanke ließ mich ein wenig schaudern. Vielleicht unterschied er sich gar nicht von den Männern, die hier unter der Erde lagen, aber irgendwie faszinierte es mich, dass er eines Tages in die Geschichte eingehen könnte. Es ließ mich den schrägen Einfallwinkel der späten Sommersonne, die auf das Gras fiel, und die ersten Spuren von Rot und Gold, die sich unter das Laub der Bäume mischten, würdigen. Es führte dazu, dass ich gern gehabt hätte, er würde für immer in Aberdeen bleiben, und ich hätte ihm das Leben geschenkt.

»Bobbie…« Ich steuerte auf Serena Janes Grabstein zu. »Ich muss dir was erzählen, aber ich weiß nicht genau, wie ich anfangen soll.« Bobbie ging behutsam über das Gras und wich den Gräbern aus. »Also, als Erstes« – ich steckte die Hände in die Taschen –, »ich glaube, ich sollte dir erzählen, wie dein Vater gestorben ist.«

Bobbie war ein guter Zuhörer. Er lauschte geduldig meinen Ausführungen von dem Quilt und wie erst Priscilla Sparrow auf den Pflanzenextrakt gekommen war und dann sein Vater und wie ich all die Kräuter zusammengesucht und die

Mischung nachgebraut hatte. »Deshalb bin ich daran ebenso schuldig wie die anderen«, erklärte ich ihm. »Es spielt keine Rolle, dass die Idee nicht ursprünglich von mir stammte, wenn ich dabei mitgemischt habe sozusagen.«

Er ahnte, dass noch was kommen würde und verhielt sich ruhig, wartete ab, dass ich weiterredete. »Die Sache ist«, fuhr ich fort, »das Zeug hat sich in so etwas wie einen Flaschengeist verwandelt. Es gibt den Menschen eine Wahl, die sie sonst nicht hätten. Für deinen Vater und Priscilla war es die richtige Entscheidung. Aber für Amelia« – ich wartete auf ein Zeichen, dass er begriffen hatte – »war es das nicht.«

»Amelia ist tot?« Bobbie war kreidebleich.

Ich nickte.

»Du meinst, sie hat von den Kräutern getrunken?«

»Es tut mir so leid.« Mir war gar nicht mehr ganz klar, bei wem ich mich entschuldigte, und ganz gleich wie sehr ich mich bemühte, ich schaffte es nicht aufzusehen. Zum ersten Mal im Leben machte ich die Erfahrung, was es bedeutet, klein zu sein.

»Aber warum?«

Wie sagt man einem Jungen, der ohne seine Mutter zum Mann geworden war, dass es sie die ganze Zeit gegeben hatte? Und wie stellte man es an, dass er die Leute, die es vor ihm verborgen hatten, nicht hasste? Die Wahrheit ist wie eine stumpfe Hacke. Ungeeignet für schweren Boden.

»Bobbie«, sagte ich, »du weißt doch, wie das ist, wenn man ein so schwerwiegendes Geheimnis bewahrt, bis es einem nahezu erdrückt und man es nicht mehr aushält?« Bobbie sah ebenfalls zu Boden und schwieg. Er wusste, dass ich auf seine Vorliebe für Make-up und die Frauenkleider auf dem Dachboden anspielte, während er heranwuchs und seinem Freund näherkam – das, wovon wir glaubten, es sorgfältig vor seinem Vater geheim gehalten zu haben. »Also«, fuhr ich fort, »es hat sich herausgestellt, das Amelia etwas vor dir und mir verborgen hat, etwas über dich und mich. Es hat sich herausgestellt, dass es gar nicht deine Mutter ist, die hier begraben liegt.« Bobbie hob abrupt den Kopf. »Sie ist vor Jahren weggelaufen. Ich nehme an, es ist deinem Vater leichter gefallen, so zu tun, als sei sie tot.«

Bobbie atmete flach. »Woher weißt du das?«

»Sie hat uns geschrieben. Vor Jahren. Dein Vater hat die Briefe in der Praxis versteckt, aber Amelia wusste davon.«

»Warum hat sie dann nichts gesagt? Warum hat sie sie uns nicht gegeben?«

»Ich glaube, dein Vater hätte ihr das Leben schwer gemacht, wenn sie es getan hätte. Du weißt doch, wie sehr sie an der Farm hing.«

Bobbie rieb sich mit den Handflächen über die Augen. »Ich kann es einfach nicht glauben.«

»Ich weiß.«

»Gibt es eine Adresse? Weiß irgendwer, wo sie ist?«

Ich schüttelte den Kopf. »Amelia und dein Vater haben die Briefe verbrannt.«

»Oh.«

Danach schwiegen wir und betrachteten die verschiedenen Gräber um uns herum. Ich suchte Bobbies Blick, wartete ängstlich auf seine Reaktion auf das, was geschehen war, doch es kam keine. Er war einfach viel zu überwältigt von dem, was er gerade erfahren hatte. Aber ich beschloss, später, wenn es ihn dann umhaute, bei ihm zu sein, gemeinsam mit Marcus und Salvatore.

»Es gibt nur das«, sagte ich schließlich, zog das Stück vom Briefumschlag aus der Tasche und hielt es ihm hin. »Ich hab's im Bücherregal gefunden. Vielleicht reicht das für eine Suchanzeige.«

Bobbie langte nach dem Papierschnipsel und riss ihn mir mit zitternden Fingern aus der Hand.«

»Elf Palm«, las er. »Das ist nicht viel.«

»Das ist alles, was wir haben«, entgegnete ich.

»Das ist wahr.« Er stopfte den Zettel in seine Hosentasche.

Wir standen noch einen Augenblick so da, betrachteten die schwankenden Baumwipfel und die Krähen, die hinein- und hinausflatterten, dann sagte Bobbie, dass er losmüsse. »Zur Arbeit«, erläuterte er. »Und zu Salvatore.«

»Wie geht's ihm?« Ich erinnerte mich schwach an seine breiten Schultern, und es beruhigte mich zu wissen, wie gut sie Bobbie schützten.

Bobbie nickte. »Es geht ihm gut. Mehr als gut.« Wir gingen zurück zum Cottage. Das Licht war grell, und es blendete uns und ließ uns stolpern. »Glaubst du, dass es in Kalifornien auch so hell ist?«, fragte Bobbie und ich sah auf und schirmte meine Augen mit der Hand ab.

»Ich weiß es nicht.« Meine arme Schwester, dachte ich. Sie konnte der banalen Verlockung von Glanz und Glimmer nie widerstehen. Sie hatte nie verstanden, dass Liebe, ganz besonders die eines Kindes, die bedeutendste Last war, die es im Leben zu tragen galt, selbst wenn es wehtat, selbst wenn man davon Ringe unter den Augen bekam. Ohne das rutscht die Seele an den Rand der Welt und flattert dort verwirrt herum.

»Das Licht ist himmlisch«, seufzte Bobbie, und ich dachte darüber nach. Vielleicht gab es ja wirklich einen Himmel. Vielleicht war es die perfekte Umsetzung aller Träume – ein unglaubliches Königreich aus Sonnenbädern und Muskeln, wo ein magisches Elixier einen heilen und stärken würde, wo die Menschen Rosen mit einer Berührung des Daumens zum Blühen bringen konnten, und die Frauen je größer desto besser waren.

Als wir beim Cottage ankamen, füllte Marcus' Statur eines der Fenster aus. Er wusch das Geschirr, machte mit einem Schwamm Kreisbewegungen voller Seifenschaum und spülte danach alles unter fließendem Wasser. Ich sah zu, wie er Teller herausholte und den Tisch deckte mit wilder Entschlossenheit, als ob er beweisen wollte, dass er nirgendwohin ging. Heute nicht und morgen auch nicht. Der Duft des Eintopfs drang zu uns nach draußen und Marcus drehte sich um und sah uns. Ich bemerkte, wie er sich aufrichtete. Er schien über etwas nachzudenken und beschloss dann anscheinend: *zum Teufel.* Er hinkte zur Tür, das Kleingeld in seiner Tasche klimperte im Einklang mit dem Takt meines Herzens. Mein Mund war trocken, aber ich schluckte schwer und klopfte an, wusste bereits, dass er noch einen Teller auf den Tisch stellte. Ich hatte gerade noch genug Zeit für einen letzten Wunsch an die Wurzeln und Würmer unter meinen Füßen, wo er entweder aufgehen und gedeihen würde oder in das Leben nach dem Tod einsinken. Aber ich hoffte nicht. Ich hoffte, dass er wuchs. Mit der Liebe verhielt es sich meistens so.

Epilog

Der Tod ordnet das Leben meist aufs Neue, manchmal zum Schlechteren, oft auch zum Besseren. Ein Monat nach Amelias Tod zog ich mit Marcus in das Farmhaus ein. Keiner wollte die Farm, deshalb fand ich nach Ewigkeiten endlich eine sinnvolle Verwendung für die Einnahmen durch Augusts verrückte Pferde. Unter Besitzer durfte ich meinen Namen auf der Dyerson-Urkunde eintragen, Marcus an meiner Seite, während ich die perfekten Schleifen und Kringel, die uns Priscilla Sparrow vor so langer Zeit gelehrt hatte, ausführte.

Als wir zum ersten Mal gemeinsam zur Farm hinausfuhren, sagte Marcus, er habe eine Überraschung für mich. »Schließ die Augen«, ordnete er an und führte mich über den unebenen Boden zur Scheune hinüber. »Okay, mach sie auf«, sagte er, und ich sah ein langbeiniges braunes Fohlen in dem frisch wiederhergerichteten Auslauf, den geschmeidigen Hals zum üppigen Gras hinuntergebeugt. Es hob erschrocken den Kopf, und da entdeckte ich die ungewöhnliche Blesse auf seiner Stirn, nicht wirklich ein Stern, eher wie ein Federnpaar. Engelsflügel.

Ich schlug die Hand vor den Mund und stieß vor Entzücken einen unterdrückten Schrei aus. Als ich die Hand nach Marcus ausstreckte, um ihm zu danken, hatte er sich vor mir auf die Knie geworfen. »Truly«, sagte er und sah zu mir auf mit seinen warmen Augen, »wir sind nicht gerade ein Traumpaar, wir beide, aber hier auf diesem Boden werden wir es schon schaffen. Willst du mich heiraten?« Er langte in seine Tasche und holte einen großen goldenen Ring heraus. »Ich habe ihn extra anfertigen lassen« – er errötete –, »damit er auch passt.«

»Ah« hauchte ich und schob den Ring über meinen knubbeligen Fingerknöchel. »Ja. Hundertmal ja. Aber da ist noch jemand, den ich fragen muss.«

»Warum hat das so lang gedauert?«, grinste Bobbie, als ich es ihm an diesem Abend sagte. »Ihr beide solltet schon seit Jahren zusammen sein.«

»Aber was ist mit dir?« Ich wurde rot. »Wirst du nicht einsam sein, ganz alleine hier?« Nachdem Amelia gestorben war, war Bobbie wieder in das Haus seines Vaters zurückgekehrt, aber es war etwas anderes, nur wir beide, friedlicher, aber auch ein wenig öde.

»Mach dir um mich keine Sorgen«, Bobbie lächelte. »Ich habe meine Pläne.«

Und in der Tat. Das Erste, was passierte, war, dass Salvatore bei ihm einzog, was für einige Aufregung im Dorf sorgte, aber nicht annähernd so viel, wie als die Zimmerleute anrückten und die Praxis hinten auseinandernahmen. »Was zum Donnerwetter geht dahinten unter der Abdeckung vor sich«, fragte Vi Vickers aufgebracht und versuchte, einen Blick hinter die blauen Plastikplanen zu erhaschen, die allen die Sicht versperrten. »Man hört den Krach noch bei Hinkleman. Es ist verdammt nervig.«

»Da musst du wohl noch warten«, sagte ich lächelnd. Ich wusste natürlich Bescheid, ich war ja selbst an der Aktion beteiligt. Bobbie brauchte Geld für sein Projekt, und nach all den Jahren war ich nur zu glücklich, endlich eine lohnende Investition für das Geldbündel unter meinem Bett gefunden zu haben.

Einen Monat später bekam Vi Vickers ihre Antwort. Bobbie hatte die Praxis seines Vaters in ein kleines Restaurant verwandelt. Bobbie kochte, und Salvatore bediente. Sie nannten es »Die Apotheke«, und schon bald darauf kamen die Kritiker aus Manhattan angereist und gerieten über ihre Rezepte in Verzückung. *Begnadet* und *lebendig* nannten sie die Speisen, ein *Tonikum für die Seele.* Marcus lieferte Obst und Gemüse, und eine Vielzahl der Gerichte enthielt vor Ort gesammelte Kräuter. Die Essensgäste fanden es reizend, dass die Vorderseite der Speisekarte aussah wie ein antiker Quilt.

Den echten nahm ich mit auf die Farm, als Wandschmuck, aber ich entdeckte schon bald, dass meine Tage, an denen ich mir an dem Quilt zu schaffen machte, noch lange nicht vorüber waren. Die Leute in Aberdeen waren hartnäckiger, als ich ihnen zugetraut hatte. Nachdem sie jahrelang von einem Morgan behandelt worden waren, machte ihnen die beschwerliche Fahrt über die unbefestigte Straße mit ihren Schlaglöchern raus zur Farm auch nichts mehr aus. Bald hatte ich einen regen Zustrom an Besuchern, die ungestüm an die Tür klopften. Zuerst zögerte ich noch, sie zu behandeln.

»Ich bin kein Arzt«, erinnerte ich Sal Dunfry, die herausgekommen war, um zu sehen, ob ich etwas gegen die Leberflecke an ihren Händen tun konnte. »Weit gefehlt.«

»Ich weiß das«, antwortete Sal und ließ sich in der Küche nieder, wo sie sich unaufgefordert einen Kaffee eingoss. »Aber egal, was du machst, es hilft, und außerdem geht's hier ja nicht um eine Hirnamputation.« Und dann hatte sie den einleuchtendsten Vorschlag von allen. »Du hast so lange bei Robert Morgan gewohnt. Du musst dir doch was von ihm abgeguckt haben. Warum siehst du dich nicht nach einem anderen Arzt hier um und schaust mal, ob er bereit wäre, mit dir zusammenzuarbeiten?«

Und so rief ich schließlich Dr. Redfield an, der ganz anders war, als ich ihn mir vorgestellt hatte. Er war fast so groß wie ich und hatte das Lachen und die Umgänglichkeit eines Harlekins. Er war fasziniert von den Heilmitteln auf Tabithas

Quilt und zeigte sich einverstanden, die Leute, die ich behandelte zu untersuchen, die Fälle zu übernehmen, für die ich keine Lösung wusste, und dafür zu sorgen, dass die, die ich behandelt hatte, auch gesund blieben. Und wieder füllte sich die Speisekammer mit Tees gegen so ziemlich alles, von Magengeschwüren bis zu allgemeiner Niedergeschlagenheit, und die Töpfe auf dem Herd blubberten ständig vor sich hin. Eine der Rezepturen reserviere ich allerdings für mich. Das letzte Glas von Tabbys grüner Lösung habe ich in der hintersten Ecke des Rübenkellers versteckt, unter einem Regal, wo das Leuchten sich nicht bei irgendwem im Kopf festsetzen kann. Ich sage nicht, dass ich es nie mehr wieder tun werde, aber ein Dasein zu beenden ist nicht dasselbe, wie einen Buchdeckel zuzuschlagen, wie ich inzwischen weiß. Es ist nicht so einfach, wie ein Eselsohr in die Seite zu knicken und es für später aufzuheben.

Es gibt allerdings ein paar Dinge, da geht so etwas, und der Brief von Serena Jane gehörte dazu. Bobbie und ich hatten einen Privatdetektiv engagiert, um sie zu finden, und nach ein paar Wochen landete er bei einer der Adressen einen Volltreffer. »Sollten wir ihr zusammen schreiben oder einzeln?«, überlegte Bobbie mit rasendem Puls. Salvatore legte ihm beruhigend die Hand auf die Schulter.

Ich dachte eine Minute darüber nach. »Einzeln«, sagte ich schließlich. »Aber lass uns die Briefe gemeinsam abschicken. Und lass mich ihr von deinem Vater schreiben.«

Bobbie wischte sich eine Träne weg. »Meinst du, sie hat ihn jemals geliebt?«

Ich dachte darüber nach und über die Umstände, die dazu geführt hatten, dass auf das einzige Mal mit Robert Morgan für Serena Jane die Hochzeit gefolgt war. Am liebsten hätte ich gelogen, aber Bobbie war kein Kind mehr. Er hatte die Wahrheit verdient. »Nein, das kann ich wirklich nicht sagen, aber was ich sagen kann ist, dass sie dich geliebt hat.«

»Wie denn«, fragte Bobbie böse. »Es gibt keinen Beweis dafür.«

Ich riss die Augen auf und öffnete die Arme. »Na, aber sicher gibt es den, Bobbie Morgan. Er war die ganze Zeit hier vor deinen Augen.« Bobbie sah einen Moment verdutzt drein, und dann brach er in schallendes Gelächter aus und umarmte mich stürmisch.

Serena Jane hatte ihrem Antwortbrief eine Postkarte beigefügt. Darauf waren ein Strand und ein Boot, das aufs offene Meer zusteuerte, abgebildet, und auf der Rückseite stand *Alles Liebe, SJ*. Ich öffnete den Brief und begann zu lesen. Sie war weggegangen, weil sie sich wenigstens einmal im Leben verirren wollte, wie sie schrieb, also hatte sie sich einen Jeep gekauft und war ohne Karte einfach drauflosgefahren. Sie stellte sich vor, dass sie den Pazifik schon erkennen würde, wenn sie davorstand. Es hatte sie gekränkt, dass keiner jemals auf ihre Briefe geantwortet hatte, aber zugleich hatte sie es auch verständlich gefunden, da sie ja diejenige gewesen war, die weggegangen ist. Ein- oder zweimal hatte sie daran gedacht zurückzukommen, aber dann hatte sie einen Job in der Kostümausgabe bei einem der Studios gefunden und einen anderen Mann kennengelernt, der sie leider vor ein paar Jahren verlassen hat. Ich las jedes Wort meiner Schwester zweimal, verharrte bei ihrer Beschreibung des Sands und der Pelikane, saugte ihr immerwährendes Erstaunen darüber, dass sich die Stars in Hollywood ständig in ihrer Reichweite bewegten, ein. Der letzte Satz von Serena Jane endete mit der dringenden Bitte, Bobbie möge ihr vergeben und sie trotz allem als seine Mutter, die ihn liebte, in Erinnerung behalten.

»Willst du sie besuchen«, fragte mich Marcus, nachdem ich den Brief erhalten hatte. Es war frühmorgens und die winterliche Morgendämmerung brach gerade wie eine Welle über uns herein. Ich blinzelte mit geröteten Augenrändern gleich denen eines Gockels. Ich dachte an den falschen Grabstein und wie die Ecken noch vom Regen und Wind der Jahrhunderte abgetragen werden mussten, wie die Schrift darauf noch scharf wie Dornen und schwarz wie Spinnen hervorstach. Ganz gleich zu welcher Jahreszeit oder wie viele Blumen ich darauf abgelegt hatte, der Stein war mir nie wie eine letzte Ruhestätte für Serena Jane erschienen. Zumindest keine echte. Robert Morgans Grabstein glich diesem aufs Haar.

»Ich glaube nicht, noch nicht«, antwortete ich und kuschelte meinen Kopf in Marcus' Armbeuge.

»Sei nicht traurig«, flüsterte Marcus und rieb die Nase an meinem Hals. »Doch nicht heute«, lächelte ich. Es war unser Hochzeitstag. Wir heirateten vorm Richter in Hansen, und Bobbie bereitete das Festmahl für uns zu. »Dann lass uns uns fertig machen«, drängelte Marcus. »Ich will dich im Kleid sehen, und es ist mir egal, ob es Unglück bringt.«

»Was Unglück angeht, haben wir an diesem Ort keine Chance dagegen. Er ist durchdrungen davon.«

»Nicht mehr.« Marcus schüttelte den Kopf, und mir wurde bewusst, dass er Recht hatte. Wir hatten etwas verändert. Zum einen hatten wir die Möbel umgestellt, so wie es uns gefiel. In der Küche standen jetzt Sessel, und in den Flur stellten wir einen alten zerkratzen Tisch als Briefablage und als Ort für Nachrichten an den anderen, selbst wenn wir nur zum Windrad hinübergingen, um zu sehen, wie das Wetter werden würde. Aber das mache ich nicht mehr allzu oft. Es ist mir gleich, ob es flüssige Pfeile regnet. Es gibt Tage wie heute, wo der Schnee sich vor der Tür auftürmt, doch auch das ist mir egal, Hauptsache, ich bin mit Marcus zusammen. Nachts schmiegen sich die Täler meines Körpers an ihn, und bilden eine Geografie, von der ich bislang nicht gewusst hatte, dass es sie gibt, bei der die Größe relativ ist und mehr davon besser und ich kaum genug kriegen kann.

Ich warf die Decke zurück und stolzierte zum Fenster hinüber, wo ich drei schwarz wie Tinte gefiederte Krähen sah, die auf den Blättern der alten Windrose thronten und zum Himmel krächzten. Ich schlang die Decke fester um mich. »Meinst du, wir zwei schaffen es, so viel Krach zu machen, dass wir die Krähen vertreiben?«, fragte ich Marcus grinsend.

Er warf einen Blick aus dem Fenster. »Nein. Sie waren lange vor uns hier, und sie werden auch noch hier sein, wenn es uns schon nicht mehr gibt. Dieser Ort gehört eigentlich ihnen.«

»Wahrscheinlich hast du Recht. Wir müssen wohl teilen lernen.«

Marcus schlich sich auf Zehenspitzen an mich heran. »Komm noch einen Moment ins Bett.« Seine Hände auf meinem Rücken waren warm. Mit geschlossenen Augen fiel es mir gar nicht schwer, seine Narben zu vergessen.

Ich wehrte ihn ab. »Ich muss noch was erledigen. Etwas, was ich schon seit längerem machen wollte.« Ich küsste seinen verkrüppelten Daumen. »Fang schon mal mit dem Frühstück an. Ich komme gleich runter.«

Während Marcus hinunterging und dabei die lateinischen Namen einiger Pflanzen vor sich hin murmelte, raffte ich Tabbys Quilt von einem Stuhl in der Ecke zusammen. Über all die Jahre waren die Farben immer blasser geworden, aber die Muster waren mir inzwischen so vertraut, dass ich sie mit geschlossenen Augen hätte wiedergeben können. Ich kannte jede einzelne Knospe, alle Blätter und jede Ecke des schwarzeingefassten Karrees.

Ich zog die Vorhänge noch weiter auf und suchte in der Schublade nach Nadel und Faden, fädelte ein langes Stück vom Garn durch das winzige Öhr und setzte mich dann in den Schaukelstuhl in der Ecke. Ein ungeübtes Auge betrachtete Tabithas Quilt als fertiges Kunstwerk, aber ich wusste es besser. Es gab noch ein paar leere Stellen darauf, doch das sollte sich bald ändern. Ich hatte bereits alles vorbereitet, mein Entwurf mit Bleistift vorskizziert, und nun stach ich in den Stoff, bis ich meine Zeichnung wiederfand. Drei ineinander verschränkte Paar Flügel, die sich am Rand entlang erstreckten. Ich holte tief Luft, hielt die Nadel gesenkt und begann zu sticken.

Zuerst waren meine Stiche krumm und schief, aber bald schon fand ich einen Rhythmus, und während sich das Garn hinaus- und hineinwand, fand meine Seele Frieden. Als ich fertig war, hielt ich meine Arbeit eine Armlänge von mir entfernt. Selbst bei dem Wettstreit der konkurrierenden Blumen stach meine Handarbeit hervor. Drei Paar Flügel, die all die anderen deutlicher hervortreten ließen und in den Mittelpunkt rückten. Das erste Paar Flügel war für Priscilla. Ich hatte sie in Lila gestickt als Zeichen der Würde. Das zweite Paar war für den Doktor. Die hatte ich schlicht schwarz gehalten, und für das letzte Paar, Amelias, hatte ich das dunkelste Blau benutzt, das ich finden konnte. Von jetzt an, schwor ich mir, würde alles, was ich noch zum Quilt hinzufügte, bunt sein. Alles würde ans Licht kommen.

Ich steckte die Nadel wieder ins Nadelkissen und schlang den Quilt um meine Schultern. Ich ging ganz leise die Treppe hinunter, damit mich Marcus nicht hörte, zog meine Stiefel im Flur an und legte mir einen Schal um den Hals. In der Hand trug ich die schlichte Holzkiste mit Amelias Asche. Seit Monaten hatte ich daran festgehalten und war nicht in der Lage gewesen, sie zu verteilen, aber heute war der Tag für Neuanfänge. Ich nahm einen tiefen Atemzug von der eiskalten Luft und ging los über die Felder.

Obwohl es Januar war, war der Himmel über mir so klar wie ein See im Juni. Meine Stiefel knirschten durch den Schnee, während ich das Land um mich herum betrachtete. Über die Koppel hinweg sah man die Ausbesserungen, die Marcus an Augusts alter Scheune vornahm, und was noch schöner war, neben der Scheune erhob sich ein neues Gebäude. Statt Wänden ragten Fensterscheiben in den Himmel und darüber erstreckten sich starke neue Streben für das Glasdach. Nach und nach wird Marcus seine Oase für den Winter bekommen. Dann können wir das ganze Jahr über Kopfsalat und Erbsen ernten. Im Februar werden Rosen, animiert durch die Hitze, die Fenster hochklettern.

In der Scheune stand Seraph, das Fohlen, gemütlich in seinem Stall angeleint, zu seinen Füßen ein Bündel frisches Heu. Er wieherte, als er mich sah, und stampfte mit dem Huf auf. Mit der Zeit wird auch er größer werden, aber ich werde mit ihm nie an Rennen teilnehmen. Er ist nur zum Vergnügen da, um über die Felder zu springen und zu galoppieren und die Welt mit seiner Schönheit zu erfüllen. Ich klopfte ihm die Flanke und schloss die Stalltür wieder. Ich hatte noch eine letzte Sache zu erledigen.

Es war nicht leicht, Augusts Gedenkzeichen inmitten des Schnees ausfindig zu machen. Es war schon vor Jahren umgestürzt, aber nachdem ich eine Weile im Schnee herumgewühlt hatte, stieß ich darauf und legte es frei. Ich streckte die Hände aus und schob langsam den Deckel der kleinen Kiste beiseite. Ich fasste hinein. Es war Zeit, Amelia zur letzten Ruhe zu betten – nicht unter der Erde, umgeben von Aberdeens grimmigen Vorfahren mit Backenbärten, sondern von Hand verstreut, Futter für die Raben und Krähen, ein leichtes Spiel für den Nordwind. Ich griff immer wieder in die Kiste, bis ich schließlich die letzte Handvoll Staub herausholte und mir die Körnchen durch die Finger rieseln ließ. Ich werde ewig Teile von Amelia in meinen Poren tragen, das weiß ich, aber ich werde sie auch immer hier auf den stoppeligen Weiden, die ich so sehr mag, wiederfinden können. Bei den verlorenen Seelen ist es am besten, sie dort zu lassen, wo sie hinfallen. Manche, wie Bobbie etwa, finden schon bald wieder zurück. Andere, wie Amelia, zählen zu den erst kürzlich abgereisten, und wieder andere sind so leicht, so einfach zu ersetzen, dass in ihren Särgen jeder liegen könnte.

Ich zog die Kanten des Quilts fest um die üppigen Rundungen meiner Arme und lächelte. Wenigstens werde ich dieses Problem nie haben. Wenn es bei mir so weit ist, dass ich in die Erde versenkt werde, wird sie mich sicher wiedererkennen. Das Loch muss breit und tief sein, eine regelrechte Schlucht, viel größer, als das von sonst jemandem. Dann werde ich erfahren, ob wir wirklich eins geworden sind, eine Kette von Gliedern, wie die Stickereien auf einem Quilt. Dann ziehe ich den letzten Faden aus meiner Seele und warte ab, was danach kommt.

Dank

Mein Dank gebührt zu allererst Dan Lazar, meinem Agenten und Fürsprecher bei Writers House, der immer an diesen Roman geglaubt hat, und als Nächstes meiner hervorragenden Lektorin Caryn Karmatz Rudy bei Grand Central Publishing, die meine Träume wahr werden ließ. Worte reichen nicht aus.

Herzlichen Dank an den Drever-Clan, insbesondere an Jan, Papo und Lala, für die Fotos und das Erheitern der Kinder. Vielen Dank auch an meine eigene Verwandtschaft: Ned, Willow, Raine und Auden. Ihr seid der Grund für alles.

Mein ganz besonderes Gedenken gilt ein paar Seelen, die schon vorausgegangen sind: Joe, Tommy, Mimi, Wyby und Wendy. Friede sei mit euch.